清诗别裁集

〔清〕沈德潜等 编

下

清诗别裁集卷十七

孙致弥

字恺似，江南嘉定人。康熙戊辰进士，官侍读学士。有秋左堂诗。〇松坪未第时尝为副使，采诗朝鲜等国，极韵事也。馆选后，与赵文饶同罹岸狱，几濒于危矣，卒以非辜得雪。后圣祖巡幸时，以献赋复官翰林，至学士。诗筋力于唐人，无绮靡习，当时推为作家。戊辰诸公并推重之。

江行杂诗

一舸淹晨夕，平沙艤落曛。江潮晴涌月，山火夜烧雲。黑想蛟涎出，腥愁虎气闻。明朝牵百丈，回首白鸥群。炼句近岑补阙，宋人便一直写去。

鹭鸶村下路，停策吊沉沦。大义存晞髮，高风缅补唇。明时甘浪迹，乱世得全身。搔首严陵濑，南阳有故人。晞髮、补唇一联，过谢翱墓、方干宅也。五六分承，结到严陵钓台，乃见宗主。

城迥浮雲外，舟移乱石间。波光能夺月，滩势欲驱山。过险心犹悸，思乡鬓欲斑。君看松顶鹤，雲暝亦知还。

福州道中

指点三山近，轻雲护翠微。晓烟榕叶暗，春雨蔗田肥。野女修棕笠，溪人浣氎衣。啼鹃苦竹里，争道不如归。

秋感

辽海关门百二雄，长城万里忆先公。储胥自有风雲护，部曲空成带砺功。一战龙旗劳汗马，廿年贝锦怨藏弓。不堪蔓草祈连冢，况复铜驼恨未穷。自注：先中丞赞辽十载，尝搴龙文大纛，鼎革四王及黄镇南辈皆出麾下。○郭令公部曲皆封公侯，李义山咏浑瑊诗，有「咸阳原上英雄骨，半向君家养马来」，诗中亦同此感也。

咏史次王玠右先生韵

南都歌舞动雲霄，回首燕台王气遥。燕颔何年驰铁马，羊头此日总金貂。霓旌小苑明秋月，锦缆长江泛暮潮。龙虎亲军三十万，登坛空想霍嫖姚。此见四镇不能周防，而金貂皆归铜臭，虽长江天堑不能守也。下章兼选优伶言之。

六朝遗恨水潺潺，金殿繁华闭翠烟。但听临春歌玉树，不闻清庙奏朱弦。铜驼泣露飞鸣镝，铁锁沉江渡战船。虎踞山前明月在，秋风怨绝李龟年。

同晙思大年访华天御先生

蒲帆片片带斜晖，路转蒹葭兴不违。白露为霜枫欲脱，澄江如练雁初飞。沧桑廿载衣冠在，猿鹤三军事业非。回首悲笳惊日暮，新亭风景一沾衣。

感旧示魏禹平

寒灯无焰醉瞢腾，独对遗编感慨增。复壁人曾藏北海，墓门剑许挂延陵。全家大节存忠孝，三世深交历废兴。郭隗台荒荆棘里，茫茫枨触恨难胜。自注：魏忠节公被逮，子敬先生从行。先中丞独匿之邸舍。及忠节卒，先公尽斥衣物，佐其归装，延陵许剑，乃与子敬札中语也。〇忠节公父子忠孝，中丞公孑身仗义，三世交情合并写来，遂觉生气满纸。

至江宁再叠前韵

蔽日浮雲已暂开，先秋偏觉气悲哉。燕归知入谁家巷，凤去愁看旧日台。胥靡敢期通帝梦，槛车羞比霸齐才。炎歊苦忆凉飔好，凭仗悲笳及早催。此学士脱罪后，重至金陵作也。胥靡之梦虚期，槛车之徵无望，词近退藏，而用世之怀勃然言下矣。后之遇合，已兆于此。

同介修孟游集元夫园居即事抒怀

朱弦寥落赏音微，尊酒论心静掩扉。遮莫文章供齿颊，底须愁病减腰围。𫘝騠七日堪千里，大鸟三年始一飞。醉拂吴钩谈转剧，主人忘送客忘归。

张尚瑗

字弘蘧，江南吴江人。康熙戊辰进士，官翰林院庶吉士。改江西兴国县知县。○损持太史诗，风神未足，沉著有馀，犹书家之颜平原、柳诚悬也。生平宗法昌黎，故尤工古体，诗稿止镌游闽、粤作，今全稿散失矣，深为惋惜。○去官后，笺疏诸经甚富，已镌者有三传折诸。

上滩

顺流船似箭，逆流船似绊。衢睦地势殊，牵挽程难算。江底清无泥，齿齿白石粲。船石相磨治，荦确冰初泮。深者四五尺，浅或未及半。牵船蹋冰行，挽衣不掩骭。胶浅签难施，肩舁杂呼唤。已前而复却，欲迎或还扞。一滩抵数里，一里或数滩。滩滩行相续，侵晓到日旰。惶恐黯黕名，熟闻心已惮。岂识瀫纹江，惊湍尔许悍。长歌行路难，击楫发三叹。起二语谣谚，已领一篇之意。后形容上滩险艰，不遗馀力，令读者目骇心悸。滩亦音叹，收十五翰中。

九鲤湖

艰哉观澜亭，所历皆悬度。过此鸟道绝，从游慄相顾。途危景益佳，兴发情无怖。身非邺侯骨，暂作壁间步。强半蛇蟥曳，有时猱玃骛。磴断体欲缒，根蟠足稍驻。琮琤丝竹涧，烂漫琪玕树。擘水石双门，挂岭玉三柱。却望珠帘垂，银潢屑烟雾。直下去无几，邅回劳予溯。湍驶何潺潺，褰裳不可渡。长啸向白雲，茫茫苍霭互。径路断绝，缘壁而行，蛇蟥同曳，猱玃并腾，服其真写得出。曩游黄山莲花沟、百步雲梯，曾亲历此境。

谒韩文公祠

总角诵公文，不啻编三绝。半世味公道，无能剑一吷。维公不朽姿，薄雲贯虹蜺。谤伤与夸眩，两者均蠓蠛。氛氲一瓣香，万古应同爇。举举何末生，敢云景行切。潮阳谪宦区，偶然鸿爪雪。借此涤炎陬，海滨斗杓揭。湖流漾清派，峰势环飞岊。江山衔明德，临眺心神澈。白雲飘檐楹，恍忆灵旗掣。公之行道，只在伦常日用，不特谤伤者可嗤，即夸眩者亦见之未真也。读原道篇自得。次章并其弟子表之，明其熔冶人才，有功后学。

史公识尊圣，世家表弟子。后虽未敢例，义在可窃比。济济伊洛徒，游扬复罗李。韩门数入室，若籍湜服喜。唐宋两朝史，附传共编记。匹夫百世师，坡言得之矣。配禹尚非夸，传轲又何訾。荒荒海水南，明珠孕天水。过化遂成材，庙食芳蘋芷。虬枝侍郎木，桧楷同蕤蕤。

观音岩

巨灵施昆刀，劈破青玉笋。千里插江面，削平如概准。群冈互起伏，离立车连轸。独此琨瑶屏，截肪无粟疹。顶矗日黯黯，趾沉波泯泯。一线裂石罅，虚中驾阑楯。香华鬘陀像，澒洞栖谷牝。凄风飒然来，猱玃度必霣。安得立三分，言从伯昏瞀。王渔洋赋此题，中云「骑危蹑虚空，险绝缘钩梯」。此云「一线裂石罅，虚中驾阑楯」，可以互证，想见左右石壁，危阑驾壑，此岩未易登也。

弹子矶

竞秀英州山，临江多俯瞰。观音与弹矶，巉绝奇尤占。划然千仞壁，削出长天堑。鸿蒙开辟时，鬼斧安施錾。虬柯缕络之，蒙茸纷碧绀。乳窦小于拳，累然不容甔。相传广明贼，弹落金丸陷。雄非天山矢，险异蜀门剑。但见滩流驶，湍急不可缆。怀古夫如何，寒风江湛湛。渔洋南来志云：「弹子矶悬崖千仞，如洞如厂，斧凿镌鑱，拟于鬼神。」诗中亦可互证。广明贼，未详。

仙霞关

七闽路与中原通，怪事咄咄惊天公。冈连岭复雲树匿，飞鸟不度猿猱穷。微茫一线走绝壁，谁凿溟涬开鸿蒙。二十八盘尤斗绝，路难直似摩苍穹。王公守国天设险，崤函轘辕自古崇。兹岂小巫怯百二，偏隅冷落篝篁中。正恐五丁力不到，无诸倔强凭巃嵷。尔来文物盛唐宋，舟车衢信当要冲。蛇形蟠曲㲪磴道，史浩于此开榛丛。宋明王孙两遗种，哀哀望帝啼鹃红。日者井蛙跳涔水，高拥黄屋弯朱弓。阴平夜缒渠帅缚，昆仑电扫巢穴空。虽云负固不可恃，车箱箭筈名益隆。热行五步一回首，仆夫告瘁心神忡。残旗折戟渺何许？故垒瓦砾馀蒿蓬。淙淙飞泉下幽壑，硼冲百道鸣丰隆。回溪互证前路失，恍惚七圣迷崆峒。南风不竞自天道，嗟哉竖子时无雄！欲呼真宰铲叠嶂，永俾灌莽无伏戎。左鼓右旗列几案，抡舟舁轿从西东。怀古登危重兴叹，溟茫襟袖侵霿雺。

仙霞关为闽、越扼要界，高二十里，为级三百六十，曲二十二，宋史浩所开辟也。康熙中，逆藩耿精忠谋越此关，制府李之芳以兵遏之，卒以就擒。中一段正指其事，纵横排奡，一气蜿蜒，得昌黎之气骨。

查　昇　字仲韦，浙江海宁人。康熙戊辰进士，官至少詹事。著有淡远堂集。〇宫詹书法得董文敏之神，入直南书房时圣祖屡称赏之。

访吴采山不值

秋水乘孤艇，沿缘乱苇间。时看黄叶落，境共白鸥闲。林影溪边屋，钟声雲外山。故人今不见，月出棹歌还。

过浦口和清字

公路浦口浦水清，甘罗城外征人行。大河直下千万里，哀雁差池三两声。南国浮雲天际满，异乡秋草梦中生。侧身四望浑无尽，新月江关一片明。风格亦从杜出。

陈丈朴庵招赏牡丹同人即席分赋得明字

金谷何如蜀锦城，放翁旧谱阅天彭。置身富贵何须早，到眼雲霞觉倍明。丁字帘前围蝶翅，午时画里验猫睛。风流共忆清平调，合座春光醉玉罂。牡丹用富贵字，最易近俗，此翻用之，转觉其雅，死活之别也。○埤雅载人得画牡丹与猫一幅，莫辨精粗，识者谓花枝哆而色燥，此正午时花也。猫眼黑睛如线，此正午时猫也，猫旦暮目睛圆，日午渐狭长，正午则一线矣。用来恰好。上一句以绣球作陪衬也。

八里庄

断井冰胶汲水痕，炊烟三两不成村。客嫌南语呼难应，门对西风火不温。白月荒途深夜柝，黄沙野菜杂蔬盆。耳边俄觉秋涛卷，卧听驽骀龁草根。

陈大章 字雨山，湖广黄冈人。康熙戊辰进士。著有玉照亭诗钞。○楚风旧沾锺、谭馀习，后又变为凌厉，芒角多而性情隐矣。作者矜平躁释，一归恬和，可以觇其所养。

九江夜泊

解帆及夕阳，系舟傍枯柳。天低九派流，浪抱孤城走。奇峰插斗南，雄势压江右。雲中五老人，见我时招手。静夜冷鱼龙，古戍沉刁斗。欹枕不成眠，且饮浔阳酒。舟中望见五老，转云五老招人，如此用笔，便觉灵活。

瓮山拜耶律文正公墓

林转河阴长，遥峰粲可数。迤逦得瓮山，嶔嵌若覆釜。劫火土一抔，英灵耿万古。元祖昔龙兴，戎马日旁午。微公济世心，斯人尽豺虎。荒祠香火微，断碣聚鼯鼠。漠漠望秋雲，含情空激楚。耶律楚材，辽之裔也。辅元祖有济世功，予游西山，曾拜其墓。

王文成纪功碑

碑略云：正德己卯，宸濠叛，称兵向阙，破南康、九江，攻安庆。臣以列郡兵复南昌，宸濠擒，馀党悉定。天子闻变赫怒，亲统六师临讨，遂俘以归。末云：式昭皇灵，嘉靖我邦国，时庚辰正月也。明年，嘉靖入继大统，果符其谶。先是公将献俘阙下，江彬等檄令纵之鄱湖，俟上亲战而后奏凯。公不得已，间道入杭，以濠授张永，遁入九华山。随补奏，序彬、永等功上之。然公卒无赏。嘉靖初，下其议，乃起为南京兵部尚书，封新建伯。

武皇巡游不知疲，朝御豹房暮京西。群狐跳梁嗥且舞，摇摇九鼎一发危。宸濠衅踵寘𨱎起，盘结肘腋成穷奇。堂堂孙许孙中丞燧、许按察逵。仗节死，东南倾刻翻潢池。虔州中丞屹柱石，忠义愤发非人为。同时幕府盛才杰，太守伍、邢诸公。戮力共竖天王旗。黄石矶前一再战，扫除凶焰无孑遗。事不浃旬功再造，只手半壁扶坤维。当时庙谋亦痴绝，露布已上重誓师。天子自将佩将印，六军雷动江淮湄。谤书何止盈一箧，当关虎豹皆狐狸。深谋豁达格神鬼，苦心退托随髡缁。开先寺前七佛碣，旁有大字镌崔嵬。雅颂严正揭日月，蝌蚪错落拏蛟螭。改元兆谶实天启，酬庸锡爵开祯期。平原之书次山笔，千载以后非公谁？昔从流传看拓本，顷来石壁瞻丰碑。公之英烈传万古，求之翰墨盖已卑。区区群儿肆口舌，剑首一映终何施。呜呼！奇人奇功不世出，使我摩挲再拜兴嗟咨。寘鐇，安化王也。先宸濠反，杨一清、仇钺讨平之。〇王守仁禽宸濠只三十六日，时安边伯许泰、太监张忠等皆受宸濠贿，恐守仁见上声其罪，转言守仁先与宸濠连，后乃变计。武宗知其忠，不信，复言其必反，多方沮抑之。守仁先以宸濠付张永，既乃入九华山僧寺待罪，得免。诗中直陈始末，作传读可也。

登小孤山

蜀江万里浮鸿蒙，洞庭势挟彭蠡雄。小孤突起插天半，百川砥柱为之东。磴道虚无动寒色，渔舟一叶傍绝壁。蛟鼍正昼吼风霾，泱漭孤雲天地白。参差楼观丽朝霞，绣檗珠箔颜如花。阴岩咫尺蓄雷雨，怪树千岁盘龙蛇。吴楚雄关此第一，折戟沉沙莽萧瑟。凭阑决眦倚半酣，尽卷乾坤入诗笔。隔江清霭有彭郎，银河带水遥相望。舟师招手闻绝叫，急趁南风过马当。小姑嫁彭郎，东坡偶然戏笔，后人辄以此相谑，殊可笑也。此出以端重之笔，能脱窠臼。

送胡卜子南归

春光叫彻栗留音，赠别何堪折柳吟。空说高台收骏骨，只应敝帚享千金。五更风雨穷交泪，驿路莺花故国心。白雉冈头荒圃在，未妨述作老雲林。

次韵姜西溟秋日杂感

珥笔频年在石渠，一囊官粟百无馀。自注：君久与史局，食俸而未得官。伯鸾本不因人热，中散从知与世疏。尺蠖屈伸存我法，蜗牛负戴亦吾庐。短檠取次新凉入，珍重穷愁且著书。

戊子生日书怀

少日凌兢履畏途，抽身雲水补桑榆。负薪未便惭翁子，学句犹能傲达夫。勋业尽抛青琐客，形容尚类列仙癯。萧条四壁空无有，新挂庐山瀑布图。自注：时有游庐山之意。观化久师齐物叟，忘机甘作灌园人。熊鱼自古难兼味，木雁中间可置身。野艇笼烟催放鹤，断槎欹石坐垂纶。一编最爱襄阳传，聊为清时备隐沦。

陆　寅　字冠周，浙江钱唐人。康熙戊辰进士。○冠周，高士丽京之子。丽京出亡不归，冠周访父，几遍宇内，终不得，幽忧毕生。少岁即有豫章拔地之势，遭困厄，诗品愈高，刊文集时，名未成也。戊辰后，诗无刊本，故未得见。

歧路行

出门竟何之？东西南北皆路歧。仆夫执辔马踯躅，骊歌一声声最悲。道傍桃李似惜别，飞花故扑金屈卮。人生目前贵适意，不如还逐屠沽儿。兄袁盎，弟灌夫，相逢自负高阳徒，樗蒱百万能呼卢。朝金张，暮许史，拔剑欲为知己死，眼前谁是严仲子？

宣德箭歌

丁巳夏，余客长安。市有鬻爬背麻姑爪者，视其杆，有「宣德八年馀干县所贡竹箭」字，后无所用，散落民间，改为爬背之具。余乃作歌。

长安城东鬻废箭，故老欷嘘万人看。金镞敲残鼓铸锋，鸦翎落尽丹黄变。弃掷风尘未尝试，老杆分明宣德字。珍惜曾教武库藏，标题尚识良工制。高皇昔日戎衣著，剑埽妖氛定雄略。已见蒲稍入大宛，更闻蒟酱开邛筰。茫茫九服初通贡，竹箭东南待弦控。包茅常例豫章来，司空檄取官胥送。贻谋孙子但垂衣，夜夜黄星护紫微。三殿日高香不散，上林花暖燕群飞。夕烽并罢平安火，服御深宫无一可。青磁烧出碧鸡成，熏炉制就黄金裹。内家擎献龙颜动，流落人间至今重。金马铜驼倏已非，石砮楛矢成何用？只今新制逾工巧，故物休言旧时好。猛将难调神臂弓，仙人且代麻姑爪。君不见银泉山下草萧萧，狐兔秋原正寂寥。仰天大笑羽毛落，一箭穿雲看射雕。明自宣德后，武备渐弛，至正统而有土木之变矣。从废箭中发露此意，点入宣窑、宣炉，不同闲笔。

秋日忆家大人粤游

又见秋风动，芦花江渚飞。忍看时序变，犹与老亲违。远信无他语，深情只望归。应怜挥手日，儿女共牵衣。真挚近杜。

自笑

自笑桑弧志，天涯只布衣。到家翻是客，逆旅岂如归。白日从愁尽，青山入梦非。缄书与僮仆，为扫钓鱼矶。五六写尽作客人心事，「青山入梦非」，即「梦里还家不当归」意，此觉更简。

钱塘怀古

祠庙吴山草木凋，芦中穷士旧吹箫。眼看吴市东门甲，怒卷钱塘八月潮。乌喙竟能亡敌国，鱼肠应悔刺王僚。锦帆一片风流尽，白马红旗浪里招。东门，史记正义谓鳍门，即鲟门，后改葑门。子胥云：「悬我目于东门之上，以观越寇之入也。」悔刺王僚，见位传僚之子孙，越未必灭吴也，前此无人道及。

秋日杂感

翘首天涯那可凭，丹枫一望泪初凝。郤羞积里逢严遂，曾否夷门辱信陵。揽镜未应头似雪，埋忧不办酒如渑。棹歌且逐中流去，荡桨操舟我亦能。颔联见不逢知己意。

沈名荪 字硐房，浙江钱塘人。康熙庚午举人，选攸县知县，未赴。著有梵夹集。○渔洋香祖笔记中载门人沈硐芳诗话三则，本字硐房，笔记中应误书。

题画册

篷开猎猎风脚，舵曳涨涨浪痕。杜宇飞边蜀道，哀猿啼处荆门。远红夕照千里，浓绿垂杨几村。已到落帆亭下，客心还怕黄昏。六言律诗，偶备一格。

去京师

望望南天雲树迷，沧浪仍卧钓鱼矶。谁言京洛缁尘满，我独还家是素衣。予咏白燕末二语云：「京洛何妨共栖宿，素衣未必化为缁。」有同心也。第硐房写怀，予则托兴。

丙戌榜前梦罗昭谏见过

鹄袍乌帻一先生，刺写江东给事名。八百年来成把臂，可能同访旧雲英。自注：昭谏有赠旧妓雲英诗：「我未成名君未嫁，可怜俱是不如人。」

湖矶归理钓鱼蓑，收拾从前泪点多。笑煞江南村使者，有名金榜便如何？自注：「泪拟何门落玉盘。」昭谏句，江南有使来聘越，不知有罗给事，问何以故，曰：「只为金榜无名，所以不知。」

惠周惕

字元龙，江南吴县人。康熙辛未进士，由翰林院庶吉士改授密雲知县。著有研溪诗集。〇研溪先生受业于尧峰汪氏，故诗格每兼唐、宋，然皆自出新意，风神转佳，不似他人摭拾宋人字面以为能事也。生平邃于经学，贯穿融浃，亦不第以诗家品目之。

出门

饥寒逼腐儒，颠倒作奇想。长安远于日，无故思一往。曾闻丈夫雄，咫尺视天壤。岂知适千里，三月费劳攘。为装迫旦暮，无乃太卤莽。萧然一室中，何物是行帑。念此壮心摧，低徊转悒怏。出门心事，为起手十字道尽，然能抱道守拙，饥寒亦不能逼也。浮雲翳清晨，孤帆雨初注。结束上高堂，回迟更千虑。苦心发欢颜，但道舟楫具。小儿不知愁，牵衣乞同去。不忍与明言，多方使之误。送行杂亲朋，刺刺语及暮。风急雨渐稠，篙师发微怒。郎今何多谈，明日谁与诉？

夜坐有怀

青天如澄江，片月初洗出。草光露离离，树影风瑟瑟。寒更夜点疏，惊羽孤飞疾。惆怅不成眠，怀人坐终夕。简极，高极。

从赤城至国清寺

千山万山渺何处，塔影层层国清路。斜阳林外送微风，布袜萧然蹋雲去。寺外澄潭一镜圆，连漪倒浸青苍山。长松蜿蟺落潭底，白日疑有蛟龙眠。泉声曲折引我入，菩提一树高摩天。庞眉老僧可人意，为我扫石开禅关。匏樽酌茗荐瓜果，野味足洗官庖羶。坐来庭径转岑寂，修竹杳窱闻清猿。北窗跂脚许高卧，冰簟荫借青琅玕。始知物外即幽旷，化城何必离人间。念昔平生俱道长，行骖劫劫无停鞭。三年席帽客京国，口识甘苦难为言。今岁崎岖浙东道，水浮陆走行三千。自注：自钱塘、太末、永嘉至台州，将出绍兴，计三千里矣。人生如此竟何为？空使惨戚凋朱颜。誓从今日抉尘网，山深林密行盘桓。桃花流水跣足渡，嵬峨半醉来参禅。但写国清之幽旷，易于平直，得平生道长一段，以往日之艰辛衬目前之游衍，弥觉翛然物外，趣味无穷矣。七言古须于平直中寻出曲折。

赠维扬顾书宣

维扬顾子文章雄，渡江问我清溪东。入门一见便惊绝，袖底诗卷光熊熊。造次手揽读未遍，齿牙陡觉生清风。君言学诗二十载，前后正变差能穷。人生眉眼不自见，愿以妍丑烦青铜。余时怵惕未敢荷，君才何健词何恭！吾身贫贱困荆棘，窃弄笔墨吟三冬。一言落纸与俗忤，口排吻击轰儿童。迩来读书但自省，得失岂暇争鸡虫。闻君议论复感发，如瞽得相行有筇。君才趫捷实倍我，何以属我相磨砻。乃知贤者不自伐，虚襟苦抑由中充。从今尊酒托末契，女萝袅袅缘长松。得闻君善我必劝，若遇我过须君攻。昌黎韩子昔有语，终始相合如蚷蛩。君今别去正秋暮，得句幸寄南飞鸿。眉眼不自见二语，妙喻不减东坡。

同诸君兴圣寺看杏花

谁剪明霞散山曲，千枝万枝红簌簌。五家合队丽人行，杜老瞢腾看不足。聊凭杯酒添春酣，乌帽欹斜尚可簪。客路心情似春雨，晚来和我梦江南。必徵引杏花典实，便是笨伯，妙处正在离即间也。然得此解者甚难，若竟以不切为能，则又误会其旨矣。

再赋一首示耑木及同游诸子

西勾之西花为国，晕碧裁红斗颜色。杏花今岁开独迟，不共棠梨作寒食。嫣然一笑破寺中，恰似诗人在迁谪。嬉春宝马空当当，尽是看红不看白。看红看白，遗山语。杨郎爱惜携酒过，花栏日底相婆娑。清香泥人著裀席，酒鳞泻影摇红波。花如有情解留客，到手莫负金叵罗。春风去矣绿阴合，明日花老君如何？正值改官县尹时，随所感触，俱成妙语，按其诗稿中知之。

夏日写怀

自从飞鞚到人寰，最忆城南香水湾。旅舍一凉来好雨，竹床昨夜梦青山。藕花风绕湖三面，红豆阴输屋半间。更有西邻垂白叟，来言玉桂待同攀。

重九潘长公恬庵昆仲招同魏苍石饮太白楼分韵

天围睥睨拥南楼，画棁飞甍俯济州。千载尚馀高士迹，一尊今续酒人游。碧雲淡日黄花节，红树西风白雁秋。客里放怀须酩酊，莫教枨触故乡愁。

敝裘 和查夏重

一番凄风促暮砧，漫倾残笥付缝纴。丝纹断续难容线，毛理稀疏不受针。犹有馀温胜短褐，还将独夜抵重衾。岁寒惟尔堪相倚，忍为丰貂易素心。一结见用意之厚，待物待人俱如此矣。推而广之，诏求故剑，亦是此意。

再用衣字韵 悼亡妾赵氏

春时初嫁秋来病，九月东游我未归。独拥寒衾压针线，辛勤还为寄冬衣。
年来无梦到彤扉，卧听三商玉漏稀。记得去春风雪夜，添香唤我著朝衣。

棹歌

秋光瑟瑟半江红，花事阑珊到水葓。昨日芙蓉今日老，一年生怕鲤鱼风。

杨中讷 字颛木，浙江海宁人。康熙辛未进士，官春坊中允。

高邮道中书事

秦邮几带尽荒芜，清水潭连甓社湖。草舍寒烟何处在？贫家斗粟料应无。空怀忧国长沙泪，难绘流民郑侠图。闻道今年秋正熟，官租想已半追呼。

陈鹏年 字北溟，湖广湘潭人。康熙辛未进士，官至河道总督，谥恪勤。著有沧洲诗集。

述愤次李崆峒韵

揽镜叹畴昔，我生良不辰。遭逢承平世，罪戾盖有因。束躬待斧钺，奄忽弥十旬。天怒谅可回，恩波浩无津。巽命重迟回，已足感臣邻。永念衰病母，江湖隔昏晨。恐惧心胆碎，雨泣鼻酸辛。上有圣明君，下有垂白亲。此为制府弹劾后作于狱中，不忘君亲，可以想其胸次。○崆峒为刘瑾所陷，有述愤作，故恪勤追和之。

新春杂感次韵和中山

铁瓮城边路，金焦江上山。蛟螭蟠地轴，貔虎踞天关。皎日群阴散，春风十亩闲。烟雲俨图画，蜡屐好跻攀。恪勤两次为制府参劾，待罪京江，故稿中京江诗独多。

京江杂诗

杰阁俯城阴，阑干每一临。曲阿秦郡县，北府宋园林。山色分吴楚，江流自古今。春风满天地，无限望乡心。

送静庵僧之五台结夏

五月正炎热，山寒不可胜。好将双赤脚，去踏万年冰。虎石阶前伏，龙雲钵底兴。欲随飞锡住，松雪路层层。

江干

愁雲毒雾锁江干，院落沉沉昼景寒。貔虎千重森铁瓮，穹霄何日下金竿。迢遥胏石呼难彻，寂寞丹心泪已干。虮虱一身天万里，仍依北极望长安。忠爱之忱，时时流露，故终免于难。

与许谨斋都谏夜话

琪树琳宫锁寂寥，逢君烧烛坐寒宵。三春华髮栖江表，五夜丹心恋圣朝。禁闼似闻怜说直，湖山自合老渔樵。鲤鱼风里桃花水，共听南徐早晚潮。时公诗有「鸥盟」字，嘱制府奏其连结海寇，必欲致之于死，犹东坡诗之咏桧也。赖天子仁圣，明其无辜，而公亦濒于危矣。诗中「似闻怜说直」，应指此也。

移寓城南草堂纪兴

北堂遥隔楚雲西，远近浮槎理亦齐。岂有园官供菜把，仍催稚子树鸡栖。寄奴井在泉堪汲，丁卯桥荒路不迷。比似成都留杜老，居人指是浣花溪。此在京江时移寓，玩其诗意，若欲终老于此者然。

冬日感怀

河淮重寄宠旌旄，方略频传霄汉高。中夜扁舟偕畚锸，经年匹马狎波涛。庙堂正切宣防计，簿领仍悬抚字劳。渐看海疆今沃壤，桑田儿女献春醪。此为从事河工而作，乃当日事也。下二章追念前事。

清时稽古独优崇，诏许诸儒集禁中。花发上林春窈窕，雪晴阿阁日曈昽。直庐夜检青藜照，讲幄朝呈白虎通。痛定湘累惭报国，皂囊无补但雕虫。此怀武英殿修书而作。

平生梦落五湖边，竹马重来事黯然。蠲赐欢声方动地，滞淫秋水又浮天。东南财赋无筹策，士女嬉游有岁年。春树万家烟雾里，白公堤上每流连。此怀治吴旧事而作，公先为郡守，后署分藩，故有竹马重来之语。

黄叔琳

字昆圃，直隶宛平人。康熙辛未赐进士第三人，官至吏部侍郎。〇昆圃先生爱才如渴，闻人一长，必称扬之，使之成名，盖宰相心事也。年十九登第，后庚午、辛未诸举人、进士两诣其第，称后同年宴会，诚熙朝盛事云。

柏林寺观李晋王画像歌

沙陀怀古趋僧舍，驻马柏林还看画。素绡拂拭生辉光，神威凛凛须眉张。红袍玉带结束好，唐季英雄一目眇。当时角立有朱三，百战干戈人易老。国仇未复留遗恨，破碎山河安足问？庄明带剑左右立，锦囊盛矢受遗训。谁欤写照妙入神，李家父子俱天人。鹰扬虎视空一世，经营惨淡传其真。千载留贻归净域，世无别本须珍惜。卷图四壁起英风，想象沙场万人敌。写出晋王英气勃勃，锦囊三箭宛然在目，非此诗不称此题。

送孙文博之雲南省觐

此去行歌陟岵诗，短长亭外柳如丝。雨过山驿鸡啼竹，风送江程狖挂枝。花下迎亲依晓署，尊前忆弟梦春池。可能裁得相思锦，六六红鳞寄莫迟。

高孝本 字大立，浙江嘉兴人。康熙辛未进士，知泾县、绩溪。著有固哉叟诗。○固哉作令，锄强梁，平寃狱，振兴文教，以不善事大吏去官，后遍游名山以终，两邑人春秋祀之。

没字碑

山巅树石表，雷雨终不蚀。扪读了无字，传是秦皇碑。东封铭功伐，曷诏丞相斯。或云藏金策，石函外覆之。亭亭霄汉间，观者徒然疑。祖龙昔多诈，兹意谅可知。六籍既已燔，焉用文辞为？将以愚黔首，徒令万古嗤。没字碑向无实指，此以焚书愚黔首意实之，应为定论。

登华山

万古神灵嶽，三峰镇雍州。首阳曾北裂，星宿此东流。台驻轩皇跸，天垂白帝旒。行携九
节杖，长啸访丹丘。

谁开千尺峡，断处若相连。岂有丹梯接，惟凭铁绠悬。猿攀岩倒上，鼠伏穴傍穿。自度车
箱谷，飞昇傲列仙。刘君东郊述登华之险，全凭铁索，铁索以上，复用倒攀旁穿，诗中两联，真写得尽。

直到神仙窟，阴阴紫翠浓。希夷雲际卧，毛女树边逢。二十八潭水，五千馀仞峰。烟霞都
踏遍，欲跨两茅龙。

赠王山史先生

紫气行看近，重重岭上雲。山尊秦二华，名重汉三君。独鹤亭初到，如鸾啸乍闻。欲依张
楷市，可许一廛分。

鹿忠节公祠 鹿太常善继

自是胸藏十万兵，提戈出塞事无成。庙堂不惜封疆坏，门户惟知水火争。辛苦四年随相

国，仓皇一死殉危城。白杨风急祠前树，犹作金戈铁马声。

姚弘绪 字起陶，江南华亭人。康熙辛未进士，官翰林院编修。著有招隐庐诗。

送阎荆州终养归中州

骊歌听罢惜离群，折柳春城倚晚曛。日下重君能爱日，云间愧我尚瞻云。霞觞味并金茎赐，彩袖香从玉殿分。圣主恩深亲未老，好承庭训答明君。三四自然雅切，不入于佻。

程文正 字范村，江南江都人。康熙辛未进士，官工部主事。

采石李翰林墓

苍苍松柏绕层岑，谢朓青山葬翰林。天子呼来犹得谤，世人欲杀亦知音。烟迷墓杳渔樵路，月照楼空江海心。鹦鹉鸬鹚杯杓好，死生有约酒星沉。若世人不欲杀，是以寻常待之矣。语极警极快，若黄九烟见之，必采入惊天集中。

钱王庙

霸业分星占斗牛，当年气盖海山秋。三千客自知罗隐，四十州空问贯休。铁箭尚藏遗庙在，锦衣谁似故乡游？残碑有字还堪读，玉局鸿文笔力遒。三四本事作对，天然名警。

姚士陛 字别峰，江南桐城人。康熙癸酉举人，著有空明阁集。

月夜泊慈水

舟泊闻宵柝，乡心正郁陶。岸虫秋老急，江月夜深高。儿女悬双泪，年华送二毛。嗟余悲失所，踪迹独劳劳。

送五弟 自注：时欲游萧山

宦游记汝悬弧日，一瞬沧桑十八年。早岁负薪廉吏后，重来衣葛故人前。出门含泪离慈母，长路冲寒值雪天。好认荒祠拜先子，江郎桥畔古坛边。别峰考作令萧山，其弟生长署中，故有重来衣葛之语。

有怀

但分离处即天涯，若个离家不忆家。自笑欲归归未得，也将归信卜灯花。

顾图河

字书宣，江南江都人。康熙甲戌赐进士第二人，官翰林院编修。著有雄雉斋集。○太史韵语都从性灵流出，无一言依傍，鄙意深喜，但所得诗只二卷，未见全帙。从前与令嗣善，不及一借，今令嗣已成古人，可惜也。

摄生

保国释外惧，摄生留小疾。朽索驭羸马，徐行百无失。中疏固其卫，获少靳其出。割欲如守疆，谨身如缚律。不读黄老书，渊冰宜战栗。自恃强健，每易伤生，留小疾正以摄生也。固其卫，靳其出，得老氏精蕴。

任运

善走须得途，邪径不可行。善博须得卢，不关人力成。达人期任运，世路夸趋营。百虑输一忘，百巧输一诚。不见信天翁，亦得全其生。虑输于忘，任运也。巧输于诚，任运中有工夫在，更说得密。

息交

君子如春风，可爱不可竭。小人如酒颜，但得暂时热。急弦莫浪弹，一弹弦一绝。市交莫浪交，中路难固结。惟当同心人，可与论金铁。状小人之交，喻新而确，连上二章，皆阅历有实得语。

诸葛铜鼓

武侯未筑邛山垒，先出偏师渡泸水。人言孟获不足擒，股掌玩之徒戏耳。岂知北伐用南夷，正欲中原扫仇耻。僰人笮马供鞭驱，罗鬼乌蛮皆效死。至今铜鼓散山谷，峒户流传尚夸侈。精铜其质革其音，想见援枹兵四起。乌蛇龙虎倏离合，戎机万变人难拟。曾传八阵有遗碛，更说旗台馀故址。此鼓千年尚宛存，血战消磨土花紫。君不闻定军山下阴雨中，山鸣雷动声隆隆。埋鼓镇蛮功未毕，反旗走敌恨无穷。公之平南夷，正为北伐计也。议论正大，写铜鼓处，亦有色有声。

断砚歌为姜西溟先辈赋砚为家梁汾舍人击碎

姜侯砚小才如掌，玉腻金清世无两。隃麋发采宣毫爽，酒半传观各夸赏。舍人怒起夺之急，嫚骂何堪一钱直。奋捶顿似玻璃拆，满座失声留不得。物之成毁有由然，舍人辩口方便便。君不见姜侯醉作草圣狂而颠，怒猊犯趵龙蜿蜒。又不见姜侯著书卷几千，抵突彪固追谈迁。脱手便有风雷缠，庙堂颇复急此贤。诸公百僚压其巅，禄米不救饥窘煎。焉用此石空钻研，羁穷白首默自怜。呜呼！胡琴摔破不复弦，唾壶口缺那更全。姜侯乃煎麟角凤觜之胶重缀联，玉蜍吐水调松烟。摩挲自谓石可田，石乡可游吾老焉。借舍人口中极抒愤懑不平，归到姜侯恬然自安，尤见身分，若无此结，易流于粗。

天平山

山游穷日返，绝胜数天平。伟石皆人立，欹崖忽鸟惊。僧龛雲共住，樵路鹿兼行。耳畔犹虚响，淙淙落涧声。

吕履恒

字元素，河南新安人。康熙甲戌进士，官至户部侍郎。著有梦月岩集。〇少司农时，言诗者多欲尊宋祧唐，而作者志趣，不但不落唐以下，并蕲追六代以上而从之，可云特立独行者矣。今后人之诗，尚能笃信家学。

斫榆谣

天谓我民何？夏不雨，秋不雨，春无麦无禾。取彼斧斨，榆则有皮叶。长吏见之，怒形于颜。趋伐其树，尽其根于田。将报上官，曰维丰年。意古词古，但如此长吏，今之所谓良臣也。

言诗

诗至唐，菁华竭矣，后人取其糟粕酾而漉之，知不复醇也，乃更杂以醯醢，气索味变矣今之有志者，盍力为防焉。

唐虞有赓歌，言志始为诗。浑噩元化里，包匭理无遗。饮食以为质，采色安所施。有娀既以衰，文质将析离。周雅启其钥，楚骚荡其涯。役精实有物，雲表发高思。苏李缀遗响，齐梁多芜辞。卓哉栗里子，清真乃得之。杜陵忠厚人，情深文亦奇。奈何李供奉，独赏谢玄晖？风、骚以后，独标陶、杜，此卓识也。小谢非不佳，然谓之名家则可耳。○一序极佳，近人久不敢开此口。

祖越寺至罗汉洞

空山寂无声，钟磬自生响。宛转松石间，忽来雲鸟上。筋骨未遑安，耳目已豁朗。岩腹正中穿，出入随俯仰。混沌谁开凿，玲珑非意想。仰视缥缈峰，天表撑一掌。其上有飞观，安能度衺广。自非餐霞人，邈然不可往。「出入随俯仰」五字，写尽穿洞神理。

牛口谷

虎头岩，牛口谷，山农斤斧入林木。取材为炭充官屋，命与豺虎争反覆。里胥坐门催军粟，箕敛斗会麦千斛。鸠声未已索食肉。终岁许许，不宁邦族，入门手足成皴瘃。皴瘃不足惜，担负入县，诘旦归来脣刍菽。老者欲死少者哭。为问哭者何所欲？愿地勿生山，山勿生木。不然宁葬豺虎腹。羡彼鳏寡与孤独，一身委壑，心无系属。愿地勿生山，山勿生木，想奇矣，末并羡无告之四民，痛楚何似。倘有观人风者，尚其采之。

长歌行送友人游大梁

君不见秦川客子旷世之逸才，吟诗百篇酒百杯。但见饮尽市中酒，不知诗似黄河天上来。瀚海鹏飞蔽日月，龙门鱣起随风雷。华嶽三峰在脚底，蹴踏万里昆仑摧。三光不舒神鬼怒，帝命文鬼施禁锢。极之所往吾道穷，东西南北游何处？洛阳古都会，才子如星布。贾谊长沙死，苏秦燕国去。后来者谁可与言？东里之颦邯郸步。我生在穷谷，白首事章句，与君相逢松石陬，感君却扇一回顾。婕妤羞见邢夫人，低头下泣不敢妒。我织流黄，君织纨素，五色为章，不如衣故。思公子兮未敢言，怨美人兮恐迟暮。浮沉谁许青雲交，莫问悠悠彼行路。以兹倾倒忘饥渴，欢娱过景参商阔。千里相思共秋月，明明在天何可掇。惟有春风知我心，一夕吹君来颍阴。颍阴西望乡关远，白雲无际山沉沉。箕山之巅，大嵬之岑，芳草清和，夏木萧森，可以与君握手而登临。胡为杖策大梁去，别恨还同河水深。况复今日人间世，朱亥侯嬴不得意。但饮千锺酩醁酒，莫问十年不平事。解我囊，治君装，薜荔衣，芰荷裳。浩然气吐青天上，下视俗物都茫茫。朽腐神奇亦何常？锦绣文章皆粃糠。水雲山木生光芒。长歌歇，天苍苍。友人先游西北万里之外，后相与会合，极服其才思之高，旋又往游大梁，恐今日之大梁，虽朱亥、侯嬴莫能遇合也。苍茫飘忽，泯承接段落之痕，近人无能为役。

关门行

自注：新安，一名铁门。

哀陈公也。公讳显元，楚之蕲州人。崇祯壬午令新安，以息民为治，时洛郡失守，属城邑皆燬。公率民登铁门寨，日夜守陴，不为动。贼檄公，公碎其檄大骂。贼怒，并力攻之。寨启，无少长皆屠。公走且呼曰，纠民守死者，县令也，宜杀某，勿苦我民！贼不顾，公持其刃呼益急，遂歼焉。其子某亦遇难。遗民三十六人，为负土筑坟。予闻诸父老云。

涧水奔山啮石根，逆流百折趋铁门。铁门山上垒培在，居民曰是陈公屯。瓦砾崩翻烧黔黑，荒冢草白天黄昏。犹传壬午世反侧，函谷关溃无完邑。我公陟巘辟巉石，率民坚守勿降贼。贼移檄文谓公语：弹丸区区何自苦？公挥炮石击贼军，双眦俱裂詈狗鼠。黄巾万众并牛力，飞镞满眼天地黑。累卵难支巢树倾，苍颠黄口遭刲磔。更张空拳无所惧，蹩躠血颈僵不仆。同时哲嗣亦罹殃，遗民负土营双墓。吁嗟乎！天柱地维昔崩摧，金城铁瓮空崔嵬。北门锁钥堕燕蓟，上东门亦军延开。迎降倒戈满眼是，公独守死何雄哉！春来杜宇犹啼血，瓦棺不朽常山舌。落落青松三尺堆，常照嵩峰万古月。

早发褒城

旅客闻鸡早，征车发驿亭。江城摇落月，石栈出寒星。林启前村白，天回远岫青。七盘关下水，幽咽不堪听。

梁州

蜀道天难上，梁州路已遥。岷嶓嶓北戒，江汉导南条。落日七盘岭，晴天万里桥。独留怀古意，歌哭未能销。

留别汉南诸子

白起城边草，年年怨别离。汉王台上月，夜夜照相思。歧路自兹去，故人何处期？涔淫数行泪，东尽汉江湄。兹取其格，不在语言之工。

栈中

九折征鞍一敝裘，壮游心曲在梁州。山当子午纵横处，水落褒斜日夜流。秦氏馀威碑字灭，汉家残烧石痕留。昔年义舍劳寻问，衰草寒烟见旅愁。前七子中，近李北地。

潼关用崆峒原韵吊孙司马

汉京形胜枕雄关，指顾山川一掌间。地险半开函谷月，天青唯见首阳山。中官催战来何疾，司马挥戈去不还。万古黄河流血泪，春风惨淡旅人颜。吊孙传庭也。传庭几灭寇，因天雨催战而败，传庭死而明亡矣。一结深惋痛之。

金川门咏史

金川北望日黄昏，闻道燕师入此门。不见古公传季历，只知太甲是汤孙。风雷岂为鸱鸮变，江汉难招杜宇魂。南渡降旗何面目，西山省恨旧乾坤。议论正，音响高，此种诗用全力而成。

孙大帝庙

仲谋才志拟难兄，江左开基事竟成。仇国称臣缘底急，同盟归妹却相倾。南邦文武材何在，东鄂江山迹已更。惟有遗宫传避暑，古苔荒草对孤城。降曹丕而谋西蜀，何颜见桓王于地下耶？愚尝有句云：「彼亦豚犬流，乌足称英雄。」

荆州怀古

尝思痛饮读离骚，万古伤心在二毛。风雅以还兼正变，怀襄之际独忧劳。同官已妒能文宠，弟子犹传和曲高。此日九原难可作，东门隐隐见蓬蒿。颔联写尽屈子生平。

严子陵祠　自注：祠在巩县。

霜落秋城木叶丹，客星祠畔肃衣冠。故人无意骄同卧，天子何能屈一官。严濑江山空浩渺，原陵松柏自高寒。东都多少知名士，不及冥鸿一羽翰。

山海关

天际重关虎豹扃，前瞻雲树尚冥冥。山馀落日千峰紫，海泻遥空一气青。汉塞烽烟亭麂坏，秦城膏血土花腥。漫吟碣石东临句，绝代雄才敢乞灵。

许由冢

青山顶上一孤丘，俯视陶唐十二州。偶使人间知姓字，遂教颍水浼清流。

荆山　自注：怀远即卞和采玉处，有抱璞岩。

玉蕴山辉自有期，匹夫眩璧罪何辞。那知太璞元来贵，不在连城互易时。见玉之贵不在既剖后也，为比德于玉者增长声价。今之抱璞者，急欲眩奇于人，何哉？

陈　璋　字钟庭，江南长洲人。康熙甲戌进士，官至翰林学士。著有东冶集。○学士系左之先生令嗣，韵语克承家学，即应制诗亦不肤浮，其本领可知矣。

闽山杂咏

初识南瓯路，滩船匝月程。江留螺女迹，台记越王名。地气三春冷，天时半日晴。谁呼行不得，江上鹧鸪声。

属国沧溟外，雄图压巨鳌。城隅防鼠雀，市上卖弓刀。旗鼓双峰雨，楼船八月涛。将军今坐镇，冠盖路相高。

万井山环抱，南图亦壮哉！槎从天汉上，门傍海雲开。乌石藏幽寺，青榕荫古台。到今传擘荔，坛坫愿追陪。

七月己未恭接诰命

少作贫家妇，归宁更不归。九京加翟茀，六月感牛衣。自注：前室王氏归余才半载，旋有历下之行，遂成永诀。故镜照颜惨，宵灯入梦稀。此生同穴誓，何日重相依。」

过张桓侯故居

汉鼎三分日，桓侯战伐高。心犹轻马赵，气已夺孙曹。卤莽生何惜，精灵死亦豪。英风留涿鹿，不剪旧蓬蒿。不填故实，自是桓侯，移壮缪不得。

送高鹤洲范舒山家切叔诸侍御西征

日下闻天遣，荒寒万国西。非关驱獬廌，直欲掣鲸鲵。倍道旌麾远，先锋铠仗齐。书生能慷慨，临别不含凄。结意见诸臣忠爱，不作儿女态也。余前亦有句云：「食禄自应持正论，至尊终是重良才。」见主臣交得。

揽辔平生志，防身一剑依。行间回斗气，马上带霜威。出塞诗应壮，从军事亦稀。王师定神速，好唱凯歌归。

秋猎应制

羽林按部下天闻，大漠风高两翼张。猎火烧原秋草黑，阵雲围碛暮山黄。太平不废三驱盛，神武能调七萃良。应有非熊占吉梦，游畋自古陋长杨。

沧洲兄席上咏冰

客醉宜供醒酒冰，水晶盘内露寒稜。直疑夏月常堆雪，不待秋风始扫蝇。裁作花纹看顷刻，削成山势笑凭陵。多君心地清如许，好为人间散郁蒸。两联俱耦句，胜予前奉敕和御制咏冰原韵中云「蚕种应知幻，山容未许凭」，遥遥印合。

西出居庸关

西出雄关路屈盘，风雲重接旧征鞍。山如屏合窥天小，水作虹流入耳寒。万里女墙连雁塞，百年兵甲洗桑乾。太平气象无中外，镇朔台高立马看。

闽滩竹枝词

船如纸薄不经风，三扇低遮箬叶篷。万丈龙潭千尺浪，也堪愁煞铁梢公。闽谚有「纸船铁梢公」之语。

虎踞龙蟠似此无，风雷怒挟一舟孤。千堆乱石排刀剑，直作南阳八阵图。

张逸少 字天门，江南丹徒人。康熙甲戌进士，官至侍讲学士。

北征凯旋诗

独断行天讨，亲征下诏书。六师谁敢敌，万里总长驱。列缺轰雷炮，横参耀隼旟。钩陈环紫极，肃肃护储胥。

变化鸟蛇阵，横纵虎豹韬。风生群马啸，日落大旗高。御仗森金甲，军锋淬宝刀。胜兵严壁垒，谁敢御征袍。

圣泽如时雨，军中尽感恩。犀衣颁七校，骏骑给千屯。令自秋霜肃，纶同春日温。众心连指臂，饮马黑河源。

神兵天上落，迅疾下兰皋。螳臂当车辙，洪炉燎羽毛。妻孥俱自尽，丑类敢潜逃。已奏犁庭绩，应将弓矢櫜。地中鸣鼓角，天上落将军，已为胜兵，况天子自将，从天而下乎？一气相生，无一懈笔，六章中尤推神勇。

俘谍邀宽典，恩先赦胁从。军门齐欵缚，圣度自包容。日逐诚难赦，昆邪亦可封。因知沙漠外，俯首望颙颙。

扫穴传方略，丰碑勒武功。亦曾资众策，只自断宸衷。战伐夷头曼，威名俪有熊。归来颁赏赉，燕飨赋彤弓。亲征至凯旋六章，已备章法、句法、字法，无弗老成，应推能手。

清诗别裁集卷十八

高其倬 字章之，奉天铁岭人。康熙甲戌进士，官至户部尚书，谥文良。著有味和堂集。〇文良馆选后，乞假读书数年，然后就职。生平学术政治，俱有根本。所为诗其言有物，匪求工于队仗声律之末也。古体尤卓然，而外间所称，转在近体。

行役晓发

飞鸟翔遥林，衔哺恋故枝。人生重离别，况我亲衰时。升堂告行役，暗泪肠中垂。未言向何处，先说还家期。慈亲起送我，语好颜色凄。爱我不便哭，愿我平安归。家贫万事乏，供馈倚病妻。嫁衣典已尽，不复馀襜帏。男儿羞低颜，舍子将语谁。在家同一愁，出门成两悲。伤心最何物，双轮八马蹄。今日行门前，明日行天涯。塞水呜咽流，木叶高下飞。天晴尚愁人，风雨秋凄凄。舍至情无以成诗，先写慈亲之慈，次写闺中之贤，万事倚托，字字从心坎流出，与东野游子吟可以并读。

古北口

九边雄寰中，古北乃其一。北顾阚居庸，南境抵辽碣。屹然介其间，长垣兀积铁。高冒峰峦巅，低竟蛟龙窟。晴空展虹霓，海势现城阙。千里不可穷，随山远曲折。城头一抔土，黎庶九州血。作俑赵与秦，流弊及明末。貂珰秉国成，书生总戎律。志拟封狼胥，兵不逾房闼。飒沓西风来，万骑射南月。腾凌在俄顷，若蹴蚍蜉堞。深源竟丧师，无忌空抱节。可怜边沙中，青磷照白骨。城同夏鼎倾，事与秋烟灭。龌龊何足论，阶厉病前哲。不见张韩公，筑城门不设。从来守边术，能战守可说。更有必胜方，千古同一辙。赤子付龚韩，白麻命萧葛。奄人秉戍，竖儒总戎，猰㺄狒狒，驱赤子为白骨矣。末见能战方许能守，而要归于循吏之爱民，贤臣之执政，诚拔本塞源之见也。此种正论，可以勒诸金石。

晓行

早行无定时，愁客苦夜永。出门望明河，月在西峰顶。木叶落衣上，马蹄踏人影。荒鸡树上啼，秋星露中冷。情惬耳目幽，身倦道途迥。荦确闻车声，更上东南岭。「四更山吐月，残夜水明楼」，读者如亲见其景，「出门望明河」二语亦然。

蓟州新城

于役季冬月，东入渔阳城。城圮五十载，奉诏新经营。墉堞一云具，筑作工遂停。胡不事宏丽，役物劳皇情。此州实险要，世界方升平。长驭控八极，内地固所轻。昔当明之季，置镇藩神京。高起两重郭，遍征九州丁。城中贮刍粟，城上罗旗旌。蓟门大帅任，郑重属老成。高议百僚会，推毂千人英。且复命丙魏，不啻求韩彭。陛辞涕汍澜，密诏言丁宁。志鸣伊吾剑，意洗鱼海兵。长计一蹉失，塞马仍纵横。连营一日溃，列嶂同时崩。尘来白日匿，烧猛苍天赪。九门戒楼橹，六府严关扃。平安一星火，重比千金琼。传呼达禁闼，夜寝始不惊。外召勤王师，内办迁都行。下诏责专阃，幕府空抢攘。拥兵不敢救，闭壁如聋盲。侦敌已出境，追骑甫及坰。杀人取其元，受赏都堂厅。累累鞍上级，一一田间氓。更奏塞外勋，肯耻城下盟。懦帅肆欺谩，勍敌生门庭。既以杀其躯，患亦贻朝廷。呜呼厉有阶，夫谁滋乱萌。或云右文士，误国由书生。或云吝边饷，饥卒难力争。南史与董狐，百喙同一声。敢独曰不然，奄寺实彗荧。监军专将柄，司礼为阿衡。众贿水输海，百度禾生螟。搒笞杀壮士，罗织戕名卿。刚鲠靡孑遗，婞婟忌忠诚。肯效鸷鸟击，转畏走狗烹。潢池弄兵者，竟射承天闳。缅维开创初，明祖垂家型。内官止四品，洒扫供使令。外事付卿贰，著戒在扆屏。孰畀铁牌毁，坐见九鼎倾。惜哉兴戎首，未正司寇刑。我皇法殷鉴，典制原六经。寺人无官阶，置员有定程。衣冠带履外，越者诛窜并。皇皇一王法，万世其勿更。愿献五百字，勒作城隅铭。

军政之坏，至杀百姓以献级，大帅猛于盗贼矣，而其实原于司礼监监军克兵饷，戕名卿，冒战功，至于蚁贼蜂起，而宗社随以陨焉。明祖初制，谁实毁之至于此极也。末归美本朝典制，禁辑寺人，真可垂法万世。○攘，音狞，前汉贾谊传「国制抢攘」，师古读为伧狞，乱貌也。

碧雲寺

崔巍碧雲寺，寿安山南阪。前貌众龙象，后植千松楸。于经首作俑，魏竖复效尤。规制骇心目，宏丽无匹俦。近屏罗翠嶂，远势交回洲。石室窈中空，缭垣屹外周。镂阶凤褵褷，琢壁龙蚴蟉。僭侈陋陵阙，岂止逾王侯。当其缮构际，乾坤困征搜。攻石千仞冈，輓材万里舟。苍生莽奔窜，四海输琛赇。卿相称义儿，秽名丰碑留。刑馀胡敢然，童昏寄垂旒。紾臂夺之柄，蛊腹心舌喉。钳锧杀乔固，轩墀延共兜。上擅天赏罚，下快私恩仇。敌张寇盗炽，木蠹禾生蟊。罪虽沦一族，祸乃延九州。高庙血祀斩，泗凤戕松楸。思陵葬无所，麦饭矧可求。昌平寒食日，春惨风飕飗。民家败纸钱，吹挂陵树头。穷奇旧衣冠，乃得归岩幽。百年有馀恨，烈士涕横流。伟哉张侍御，一洗异代羞！仆碑划名字，伐冢为平畴。兹事良义举，我更借箸筹。圣贤律既往，褒罚语不浮。善固揭百世，恶亦昭千秋。诛奸赖直笔，不系冢去留。上世戮鲸鲵，封骨高崷崷。请肆彼遗骼，存此招魂丘。用之作京观，事异理亦侔。覆辙留眼前，后车庶回辀。殷墟歌离黍，鉴之者有周。作诗述胸臆，以俟采风輶。张祁门请削魏阉墓事，诸名家诗多有之，详尽无如此篇，竟可作魏阉传读。〇徐善泠然志谓忠贤戮尸后，未闻墓葬，或甲申国破后，其党为之。王敬哉又谓天启三年，忠贤拓于经墓立冢于后，二说不同。岂营墓于天启中，而葬于甲申后耶？

望雪山

蜀山崥屼皆参天，雪山高压群山巅。剑岭巫峡总培塿，青城峨岫差随肩。禹迹不到失搜纪，遂使岳镇居祟班。五丁有力不敢凿，胚浑元气无雕镌。到今尚存太始雪，盛夏早似初冬寒。我来成都苦卑湿，每遇高爽心安便。入秋十日九阴雨，侧身西望空长叹。忽然金风扫霾翳，半空横转兜罗绵。素雲一段落天外，白头卓立罗烟鬟。天门玉龙露寒鬣，海风吹水排银澜。数百里外一举首，爽气已到须眉间。竖指数峰插霄汉，如坐井底窥星躔。压覆常忧坤轴折，回旋怕触曦车翻。高鸟之翔不敢度，往来或似飞空仙。此外茫茫复何有，蜂屯蚁聚丛生番。乃知造物有深意，区界夷夏分中边。刀州刺史真好事，欲通天险招呼韩。橐驼载布马载粟，罗致火罽收冰蚕。去年行台留陆贾，今年绝塞归张骞。似闻西方诸部落，稽首请事天可汗。蜀人弱脆蛮顽奸，畏之不啻雀见鹯。况复此曹不耕织，毳衣肉食劳县官。安得天生巨灵手，擘山为塞卭崃关。雪山以外，人近于兽，好事者招之使通，骛服远之名，滋扰民之累，不啻以雀予鹯也。老成深识，预能烛照数计，恶得第以诗人目之。

与熊敏思登蟠龙山顶望都城值大风有感呈敏思

城中拄颊看西山，千峰历历横眉端。山头倚杖望城市，万雉鳞鳞在足底。左有潞水右太行，桑乾流合东南方。王气中开千万祀，上应北斗兴明堂。琼楼十二门九阁，王侯甲第丽青春。大风忽起白昼昏，俯视一气不可分。唯见参天苍苍之绿树，蔽空翳翳之浮雲。浮雲绿树朝复暮，英雄竖子俱成尘。君不见石瓮山中耶律墓，碧雲寺后于经坟。连雲楼观已倾圮，满山松柏摧为薪。天边红日不肯回，头上白髮仍相催。攀龙附凤有时辈，餐腥啄腐非吾侪。与君无何日饮酒，买山著书归去来。登高望远，每畅高情，况于帝王之都耶？凭吊古人，抒写怀抱，以凌空飞动之气行之，此章又近太白。

秋宵

离抱何时释，秋宵特地长。梦回仍远塞，月好是殊方。蜡泪红垂地，蛩声寒近床。遥怜多病后，吟罢正回肠。

寄内

湿雲低似幕，永日坐如年。风雨方如此，归期愈渺然。深愁通日夕，远梦共山川。无计怜贫病，亲衰赖汝贤。

和许子逊中秋风雨后看月原韵

风雨初更歇，凉蟾已在天。涔涔终不湿，炯炯只孤悬。鬓映千茎白，秋逢两度圆。三吴烽燧静，弦管自年年。

点题后，就题寄托，见寸心炯炯，物不能累也，深得少陵家法。

过长平驿感坑卒事有作

丹水桥边落日明，头颅山畔晚烟生。十年碧血无遗磷，几簇黄沙有废城。阴密复冤酬上党，新安坑卒祖长平。纷纷竖子真儿戏，齿冷西来阮步兵。

剑门

两崖对起削雲根，邸阁全倾佛寺存。千古衰兴几蛮触，一龛钟鼓自朝昏。无人战鬼啼清昼，不夜於菟到驿门。蜀道荒凉身万里，不闻铃雨亦消魂。

佟法海

字渊若，辽阳人。康熙甲戌进士，官至兵部侍郎。著有悔翁集。〇司马秉心刚直，立朝侃侃，督学江左，外严内和，衡文一宗先正，伪体不能眩惑也。诗未得全稿，然所录四章，皆卓然可传者。

咏鹤

丹顶由来异，玄裳自少文。生成雲水性，偶与凤鸾群。翘足怜孤影，乘轩耻俗氛。长鸣因警露，岂为九天闻。通体自写怀抱，风骨独高。

送查悔馀还乡兼寄贾奠坤

生平文字友，引疾得休官。老去身须惜，归来梦亦安。江风吹浪急，山雨逐人寒。惟有怜同调，长嗟离别难。

忆昨青雲侣，偏承恩渥殊。出同陪羽猎，入共侍蓬壶。老境怜分散，天涯各一隅。秦邮如过棹，为我问珠湖。

浔阳楼

琵琶一曲断肠声，触拨当筵谪宦情。为语江州白司马，留将眼泪哭苍生。大臣心事，借题发挥，令人肃然起敬。

周起渭

字渔璜，贵州贵阳人。康熙甲戌进士，官詹事府詹事。〇贵州向日未闻诗人，又因天远，无从搜罗，故只采渔璜前辈，又未得全稿，所收从略，俟异日更征求之。

武陵为人写北窗高卧图

陶公卧北窗，梦寐无今人。岂惟无今人，颓然非此身。何处无北窗，卧者少真淳。胸中失佳趣，几榻俱埃尘。吾子虽今人，宛然葛天民。携枕入华胥，遂卜柴桑邻。萧条掩三径，松菊相与春。可知梦醒间，庄蝶孰为真。偶然南风来，吹堕漉酒巾。

避风赤壁登苏公亭放歌

今日江头风势苦，黑雲从风散为雨。波声撼塌邾子城，涛头径射白龟渚。犹似周郎万骑横江来，千艘撇擗闻惊雷。咫尺南北不可辨，际天烟焰纷成堆。舟人系缆垂杨陌，忽见峭壁镵天地崩坼。髯苏一去青山闲，老子今朝散轻策。崔嵬亭子江之滨，壁上二赋犹鲜新。人间风月不可驻，天上来此闲仙人。秀骨疏髯脱囹圄，诗不能茹酒不吐。吹唇沸地群狐狂，遣作江山文字主。东坡黄桑手自种，废垒蓬蒿耜亲举。平生食饱爱闲行，涴壁污墙到氓户。武昌樊口丹枫稠，载酒还作凌雲游。清波白月在人世，素心孤鹤横天浮。忽忆美人思魏阙，自惊流落天南州。我拜遗像空山陬，岩桂惨澹枝相樛。悲风入座髯飕飗，大江茫茫东注愁。二惇二蔡俱蜉蝣，唯公大节今古留。当年咳吐惊龙虬，洞箫呜咽闻中流，长啸一声烟潦收。

如此江山如此客，纵无词赋堪千秋。思公不见余空返，楚塞风和白石晚。柳外人家竹篱短，明月正照黄泥坂。二惇二蔡群狐跳踉，适使坡公为江山风月主人，小人之谋，无往不福君子也。中段浑括赤壁二赋，笔笔凌空。

南堤踏青因留观音寺小饮

选胜虽无独乐园，出城半里即山樊。雨馀朝麓岚光别，人比春禽笑语温。花雾阴时迷远浦，柳烟开处见渔村。凭君莫话金山约，玉带因缘恐断魂。

山阴舟中

越山岩壑锁烟霞，此日轻舟泛若耶。红雨棹边迷远近，绿萝阴里见桑麻。啼莺过水仍棲树，乳燕衔泥半带花。试访剡中幽绝地，不知何处戴逵家。「柳烟开处见渔村」、「乳燕衔泥半带花」，宋子虚集中时有此种佳句。

焦袁熹

字广期，江南华亭人。康熙丙子举人。著有此木轩诗。○广期先辈乡举后，不入春闱，意自知非用世人，故愿以不材终其天年也。穿穴经学，工制义，诗亦孑孑独造，不傍流俗。

杂诗

四气自潜运，阴阳互来往。春风何必多，碧草日夜长。一树生空庭，婆娑不堪赏。旧业靡遗馀，生意久夭枉。天心非不仁，物性固难强。睇彼桃李颜，徙倚增怅惘。嘉树之蕉萃，不如碧草之荣滋，岂天心有厚薄于其间耶？安命俟时可矣。此章比体。

经生歌

蹄涔之水，不生沦涟。覆篑之山，那有雲烟？章句微细，必无豪贤。可哀哉！说经铿铿，乃毕吾之馀生。见死守章句之不能有为也。此章兴体。

蒺藜

爱有蒺藜，树之中庭。日月几何？维叶青青。青青之叶，不可采撷。凌彼嘉卉，自以为杰。念汝非种，亦天所生。怜而勿锄，乃伤我于行。呜呼！畴昔之日，有一溉之德，不以为德，肆为残贼。蒺藜蒺藜，谁其树之？于汝勿尤，怛焉自思。加惠小人，而小人反欲伤之，乃绝无怨尤，而咎己无知人之明，究之过于仁，不失为君子之过也。此章比体。

秋虫

切切诉何事，无人知汝心。正繁灯欲死，乍断月应沉。申旦谁能那，悲秋自不禁。痴人偷向壁，侧耳一相寻。他人用在中间者，此用作起手，便觉突兀，此法得之少陵。

谢方琦 字应雲，江南宜兴人。康熙丙子举人。著有东墅集。

雨中送客

北风驱寒雲，萧萧乱松雨。前山忽杳冥，不辨溪头树。渔父村外归，牧人烟中语。翩翩东来鸟，悲鸣寻故侣。惆怅别情人，挂帆何处所？

雪后送殷介持归瞟城

朔风萧萧林竹折，晓来门外千山雪。有客淹留阳羡城，愁听旅馆鸡声咽。仲文儒雅旧知名，漂泊江湖百感生。故园东归岁云暮，断冰寒月他乡路。村桥早发行人稀，冻浦舟横不敢渡。朱门重裘被僮仆，文章不救穷途哭。短衣冲雪君毋悲，寒士何当谢荒谷。君不见少陵广厦空高歌，江上秋风卷茅屋。雪后所送客，自是不得志人，于其归也，以杜老之秋风茅屋比之，村桥早发一联，写雪后如画。

送友人之楚

残雪梅花月满庭，送君移棹访湘灵。几行归雁雲边断，无数寒山江上青。罨画一尊虚载酒，武昌孤剑又侵星。平生漫说无同调，好向三闾吊独醒。

春闺词

林外子规啼，数声窗欲曙。怜妾最伤春，语语催春去。子规似解人意，其实春去之感，过于伤春，仍是败人意也。最近崔颢、崔国辅小诗。

何梅

字雪芳，福建建宁人。康熙丙子举人。官建阳教谕。

望接笋峰不得上

入洞疑无路，虚无接笋梢。钩梯仙鬼半，铁索死生交。人影猱升木，僧寮鹤架巢。那能乘羽化，绝顶共诛茅。险语破鬼胆。

三山归舟 杂咏之一

闽溪不可上，上若上青天。缆向峰头系，舟从石罅穿。晴空排虎刺，急濑吐蛟涎。赋命真穷薄，频年往复旋。

沈　育

字配苍，浙江嘉善人。康熙丙子举人，官永宁知县。

皋陶祠

虞廷推执法，才子产高阳。主德宽三宥，臣心慎五章。讦谟同禹益，奸宄服蛮荒。遗庙杨侯国，青松近北邙。

「慎五章」，较东坡「杀之三」为得体。

郭有道墓

东汉多贤达，人伦君最优。士林争折角，仙侣羡同舟。品在君宗上，名超清浊流。中郎碑不见，论定足千秋。

郭有道人品在南北部诸君之上，五六语品评惬当。

鸡头关

鸡头山势迴，人马半空旋。风御千盘磴，雲遮一握天。猿声深树外，鸟道夕阳边。渐喜关南去，悠悠入汉川。

谒董江都祠墓

兴庆池南下马陵，广川魂魄古祠凭。旁搜典籍秦灰后，首应贤良汉诏兴。一代师儒崇道义，诸王子弟敛骄矜。可怜年少长沙傅，太息徒劳泪满膺。崇道义，即所云「正谊不谋利，明道不计功」也。下以能服骄王言二语，已该广川生平。

王 焜 字大生，江南嘉定人，长洲籍。康熙丙子举人，官丹徒教谕。著有考槃集。

短歌行

亲交莫绝，秉烛莫灭。来日孔怀，如何易别。营营百年，万虑难捐。在乐滋忧，当歌慨然。人生如蚕，食桑于野。桑少防饥，桑多防泻。茧成自殉，竟何为者？我欲终此曲，挥泪不能长。白头莫照镜，照镜悲流光。在乐滋忧，忧中有乐，乐中有忧，孟子「充虞路问」章可证也。茧成自殉，蚕犹有功于世，人之饱利而死者，并远不如蚕矣。警劝世人不少。

赠蜀使

尊酒此时别，猿声他夜同。江连白帝郭，月照汉王宫。蜀栈孤貂外，彭门积雾中。使旌随雁尽，留梦绕蚕丛。

客有谈海上已亥之变诗以纪之

往事茫茫话劫灰，屡经兵燹使人哀。但夸南北凭天险，不信孙卢截海来。白骨青磷愁向暮，茧丝保障究谁才？自从庙算添戎旅，铁瓮吹笳万马回。此言郑成功入寇之事。

虎丘二姜先生祠

掖垣抗疏触天威，拜杖淋漓血染衣。远戍孤臣终守节，罢官难弟竟无归。宣州藁葬依灵爽，茂苑荒祠隐翠微。下马行人奠椒醑，千秋孤竹并光辉。他人吊二姜祠者，但表给谏，而行人阙焉，此兼及行人之去官避难，乃见周密。

许　遂　字扬雲，广东番禺人。康熙丙子举人，官清河知县。

山月

不知谁抱镜，挂在白雲岑。万壑照成雪，梅花寒一林。美人此遥夜，千里结愁心。解带松风下，霜华流素琴。格高气清，如出屈翁山手。向阅扬雲稿，独赏此篇，近见广南选本亦然。诗取可传，不在多也。

李永祺　字鹤君，浙江嘉善人。康熙丙子解元。

病起

崚嶒未怕骨如柴，排闷时时强散怀。叔夜养生终是癖，伯伦醉死便须埋。枕边唤梦劳黄鸟，陌上行游让玉骢。莫负阳春好烟景，且教办取踏青鞋。

周士彬 字介文，江南娄县人。康熙丙子副榜。著有山舟诗。

虫灾艰食赋以遣意

力稼冀有秋，螟蟊害穈芑。非无负郭田，突烟寒不起。携鑱劚土芋，矻矻雲山里。盈筐遂忘疲，持归饷妻子。杜陵劳拾橡，柴桑欣采苡。身悴神常怡，先民安素履。喈喈林杪禽，饱甚声欢喜。何人抱穷愁，戚戚成愚鄙。抚琴写素怀，松月明窗几。天怜乐饥人，丰年行转矣。于艰食时，传出乐境，胸中本有乐也。

营巢燕

双燕衔泥葺巢垒，飞去飞来掠烟水。巢成抱卵意苦辛，忍饥终日伏巢里。哺养新雏四五子，冲风冒雨寻鱼蚁。燕雏羽弱飞难起，母燕呢喃翔复止。一朝相引向天飞，子去母归谁顾视。独有前林慈乳乌，衔恩反哺情无已。此等诗可以教孝。

扬州

青楼歌舞胜杭苏，花月神仙总一途。骑鹤腰缠争艳羡，无人解道董江都。咏扬州诗者，多及陈、隋遗事，独拈出董江都，令人耳目一醒。

严虞惇

字宝成，江南常熟人。康熙丁丑赐进士第二人，官至太仆少卿。著有严太仆集。○太仆六经皆有述作，而读诗质疑二十卷，尤有功诗学。古今体诗略为寄兴，然亦不苟同于人。

咸阳怀古

六王毕后霸图空，三百离宫一炬中。八水凄清秋色早，九嵕巀嶭夕阳红。车回博浪沙中客，舟引蓬莱海上风。自料骊山万年计，岂知遗恨在樵童。博浪一击雄威尽夺，神山难到，妄想空存，祖龙自思，亦有黯然色沮、哑然失笑者也。遗恨樵童，用牧羊儿失火之事。

奉和东山对月有怀之作

十年一梦鬓垂丝，禅榻茶烟事最宜。正是空江明月夜，相逢尊酒落花时。伤心暮雨还朝雨，瞥眼桃枝更柳枝。身似荷珠原不著，从今学道未嫌迟。三四忘乎对偶之迹，神到时有之。

秋宵宴集酒阑漫兴得娘字

客里经秋只自伤，况逢明月倍凄凉。悲歌燕市寻屠狗，寥落江潭解佩纕。天上已归秦弄玉，人间重见杜韦娘。酒阑曲罢浑无寐，疑是维摩证道场。

姜宸英

字西溟，浙江慈谿人。康熙丁丑赐进士第三人，官翰林院编修。著有苇间诗集。○苇间根柢经史，以古文名，年将老，因大臣荐，食七品俸，与修明史，然仍艰于遇合也。至入词馆时，已七十馀矣。己卯典北闱试，因正主考李殿撰累及下狱，旋殒其生，天下共悲叹之。

徐健庵编修筵上观洗象

长安六月三伏始，主人门对御河水。御河流水声潺潺，玉泉奔赴城西湾。是日都人看洗象，立马万骑车千辆。曼延蹴踘罗岸旁，吹角鸣钲沸川上。满堂宾客何从容，棋局未了酒不空。日中报道象奴出，至尊朝罢明光宫。魑形诡貌三十六，一一骑就深潭浴。雲起乍疑龙蜿蜒，湍回更与人翻覆。须臾小吏前推排，将军拔营群象回。就中一象行踯躅，齿毛脱落颜摧颓。长者谓余岂解事，此物经今不知岁。闻说先朝万历初，贡车远自扶南至。中更四帝时太平，一朝闯贼残神京。忍死不食三品料，俯首泪下声哀鸣。沧桑变换忽尘梦，勉强逐队留残生。茫茫旧事君莫说，劝君且饮杯中物。流寇破京师，过象房，群象哀鸣泪下，比于唐之舞马，此日所存者，其一也。沧桑之变迁，物类之忠爱，全于后半传出。予在京时，见象有齿毛脱落蹒跚缓行者。象奴谓是万历时贡物，阅健庵为编修时，又将八十年矣。读苇间集并记之。

哭魏叔子二首

鸾江哀挽一时闻，惜别他年怅离群。天末无因能致酹，夜台谁与共论文？江山寂寂归魂断，葭菼凄凄去路分。尚有蔡邕书籍在，独随秋草伴孤坟。

苦节谁云不可贞，翠微山共首山清。更无安道能求死，只有韩康解避名。远愧文章当纻缟，不教官爵累铭旌。临风一恸江天豁，未觉前贤畏后生。己未鸿博，叔子徵召不至，故有韩康避名句。

惜花

汪士鋐 字文升，江南吴县人。康熙丁丑会元，官右春坊中允。著有秋泉居士集。

一春强半是春愁，浅白长红付乱流。剩有垂杨吹不断，丝丝绾恨上高楼。

陈沧洲太守出瘗鹤铭于江中以拓本见示作歌记之

焦山山崖瘗鹤铭，雷击坠江江冥冥。一旦水底出至宝，神物焜耀舍精灵。此碑书家最珍惜，欲拓恐犯蛟龙腥。致令赝本遍天下，刻画嫫母夸娉婷。或传此是右军迹，逸少二字疑足徵。或云弘景或顾况，未睹真迹凭图经。沧洲使君好古士，搜奇抉怪心无宁。揭来江边问遗碣，太息墨宝存空亭。时当穷冬江水涸，巉岩洗刮平沙汀。或侧或仆露奇字，磊落散布如天星。命工舁石置江岸，残笔剩画稀留形。重依旧石定方位，安排字迹还仪型。屹如阴崖立华屋，恍然峭壁开新硎。字体宽绰近古隶，锋棱虽刓光晶荧。睇视山中宰相笔，齐梁风格我所凭。何年埋没忽露泄，水府倏忽仍丘陵。吾吴太守素神异，驱使直可到六丁。狼贪虎噬且弗避，挥斥水怪如蝘蜓。世间宝物久必显，雲日肯被烟尘暝。扶倾固待巨人手，此举便已喧惊霆。远道寄我喜创见，从今摹画希精能。此石此铭不再得，毋使日夜椎拓无留停。

狼贪虎噬，谓噶制军也，借题发挥及之。〇起瘗鹤铭于江滨，固恪勤之盛举也。但砌入祠壁时，遭工人搜抉，苔藓虽除，风神不存矣。摹古者当以江滨水落时拓本为长。

插秧图

车轧轧，水活活，谁家田翁勤种田，插秧田中量疏密。呼童课仆运秧马，俯首泥行股无䯋。今日车水满，明日祝秧活，不知何日秀且颖，筑场刈禾赋秷秸。大儿读书如养苗，勿忘勿助不敢握。小儿读书心孔开，惟恐卤莽与灭裂。主人有田复有儿，书味酒香满一室。呼童留客和田歌，田家之乐乐如何！写田家乐事，令人神往，但恐儿子读书，不免渐失真朴，奈何！

徐　发　字衮侯，江南长洲人。康熙丁丑进士，官户部主事。

早春

新月如钩挂碧空，六街游眺兴无穷。隔墙歌管娱残夜，出窖名花媚好风。珍惜飞鸣怜病鹤，消除矜躁仗枯桐。盍簪招取同心友，把酒应多酌次公。出窖花，所谓唐花也。三春花一时并开，夏季花则不能矣。

春分日和韵

一半春光付柳条，可怜天气是今朝。寻芳每踏苍苔路，梦别重经红板桥。零落梅花人共老，凄其灯火酒全消。遥知乡国清明近，水涨横塘隐画桡。

陈　芸　字玉文，江南吴江人。康熙丁丑进士，官桐庐知县。著有雪川诗稿。〇清如镜，净如拭，意味稍薄，而真气独存，贤于饾饤为博、纤佻为工者。

临终诗二首留别诸同志　辛卯中秋后二日

两曜无停机，委运固其理。修短良不齐，谁复能逃此。俗士恋其生，涕泣对妻子。达士轻其生，鸢蚁均一视。二者皆弃天，有识所深鄙。君子则不然，奉之以终始。生有所以生，死有所以死。吾闻诸曾子，至死而后已。俗士贪生，人知其非，老、庄达生，共推为高矣。此见两者均非，一归于存顺没宁，才是吾儒正学。

我有同心人，道义相友师。频年丧逝多，存者复别离。即今将去客，欲别无由辞。丈夫会有志，岂为儿女私。所恨在世日，孤负箴与规。临风一长叹，愿为诸君期。百里半九十，一篑功莫亏。鉴戒不在远，请君视此诗。前章自矢，此章规友，见一息尚存，不可忘临深履薄之功也。说理不腐，况得于临终时，足征平日敬身之功。

发南陵

一路寒泉送客程，离亭回首隔山城。秋从黄叶声中老，人向青山缺处行。几片闲雲供画本，一林落日待诗成。来时记得留题处，尚有残尊慰客情。

挽姜西溟

晚入承明数未奇，那知铸错不堪追。文章旧价欣方慰，辛苦初心悔已迟。遗恨一时头腹尾，空传三绝画书诗。生刍一束无从唁，独向西风泪暗垂。头腹尾，暗用管宁、华歆事，西溟被罪，由于同年中一二人也。挽诗特为表之，犹见公道在人。

梦中

东流无复水重回，欲断危肠暗自摧。见燕引雏还堕泪，听鸠呼妇不胜哀。春风陇上新寒食，夜雨堂前旧镜台。子母重泉相见否？梦中还望寄声来。先赋悼亡，后痛丧明，触绪兴悲，令读者弥增伉俪嗣续之重。

读相如传

移病文园卧岁馀，同时真恨失相如。所忠枉遣求遗稿，不记当年谏猎书。相如可重，特在谏猎一书，词赋其末也。作者不肯埋没古人。

山行

宋聚业 字嘉升，江南长洲人。康熙丁丑进士，官吏部文选司郎中。著有南园诗稿。○南园以刚直触忤年制军，致身亡家破，其人足重可知矣。诗虽不多，亦自矫矫。

山行风暖落花轻，雨过田间野水鸣。自笑微官如布谷，年年三月劝春耕。

宿沅江驿楼时秋分夕

沅水三更月，燕山万里雲。梦随天共远，人与序俱分。风景殊蛮落，音书断雁群。可堪秋节半，兰畹正清芬。

题南阳旅壁

真人白水生文叔，名士青山卧武侯。水自奔腾趋汉口，山犹层叠枕城头。时来一夕收铜马，事去经年运木牛。叹息兴亡千载上，荒村野庙总悠悠。三四承山水言之，五六又承文叔、武侯言之，格律一新。

同吕侍御元素过新郑侍御有妹随婿在官予兄弟五人天各一方感而赋此

怜余兄弟各西东，一处离情五处同。音问久疏雲树外，笑言暂接梦魂中。根浮春水漂萍叶，影乱秋风叫雁鸿。今日停骖新郑道，羡君兄妹乐融融。通首皆感弟兄分散，而侍御兄妹相聚，只于结处一点，作法甚变。

鄂尔泰

字毅庵，奉天人。康熙己卯举人，官至大学士，谥文端。〇文端开藩吴中，以古学造士；今南邦黎献集，彬彬如也。掌翰院时，亦以立品董率后进，生平不欲以诗自鸣，而意格自高，熔冶骚、选者转未能或先。

听姜客弹琴

初春多佳日，旭影照高林。晓烟敛木末，暖意浮衣襟。檐前有嘉树，枝上有鸣禽。道人太古士，幽旨寄瑶琴。元声随指下，和气散轻阴。无须泛瀛海，已见成连心。听者各有得，岂必求知音？

赠方望溪

六经治世非土苴，相期津逮阈垠涯。抉经之心不易得，词林文苑徒纷拏。博物但解辨鼫鼠，搜神或诧名驺牙。心井逼塞航断港，银海掉眩生狂花。此曹正坐读书误，遗弃根本搜枿芽。桐城望溪我老友，学崇中正防奇邪。说经铿铿究终始，尤于三礼咀其华。曲台增删繁就简，正义参订蓬扶麻。群书穿穴寻圣奥，下帘每听鼓三挝。方今重轮陛下圣，五纬顺序曜帝车。致君尧舜诚有术，许身稷契非矜夸。天地人祀各适职，往谐秩宗帝女嘉。惟寅惟清恭朝夕，诏兼书局穷罗爬。吾衰旧闻苦荒落，妄冀邃密商量加。间送一难辄许可，琼琚乃报投木瓜。姚姒上溯下闽洛，青镜恐蚀妖虾蟆。岂邀名誉嗣圣德，宁望荒远登羲娲。所贵经学适时用，瞑坐矐若翻金鸦。委蛇退食时过我，剧谈恒瀹头纲茶。翛閒依然两学士，相视一笑无喧哗。张苍伏胜暨辕固，经儒往往臻耆遐。朝廷会行乞言礼，洗爵君且斟流霞。望溪说经，简而能当。诗中称扬无溢分语，轩昂磊落，音节极高。

昭陵石马歌恭和御制元韵

行天维龙御飞霞，行地维马周天涯。开张卓立须驾驭，岂独巡游西海腾渥洼。千金市骏世希有，美名徒挂涓人口。自来房驷无虚生，六辔乘时应乾九。圣朝启运战与农，秉耒调马弯雕弓。文皇双马特超绝，駒駼騄駬堪齐踪。艰难马上得天下，累洽重熙集纯嘏叶。至今斫石傍昭陵，始信人间有神马。雲台烟阁铭功宗，策勋此马将毋同。在天之灵凭陟降，嘶随列缺追丰隆。吾皇鼓车方记里，万仞塞垣销壁垒。金鳌长见巩如山，石马何由汗如水。留都展礼朝翰屏，鸾旗照影辽河清。待翻乐府歌天马，伫看马负图出龙祥徵。太宗文皇有神马二，皆乘之破敌建功者，后斫石像于昭陵，御制作歌，文端敬和。

恭和御制永定河元韵

无定河名古，南流自北京。恍疑天上落，不肯地中行。无事智方大，穷源委可并。禹谟原可继，永永庆功成。不肯地中行，故名无定，师神禹行所无事之知以治之，则无定者定矣。末句点题，通体俱醒。

谒杨忠愍公祠

司马分曹日，批鳞再见时。求仁原自主，得死更何辞。十罪弹文在，千秋正气垂。只今瞻庙貌，顽懦有馀悲。

九日海天阁

秋气郁佳哉，秋鸿归去来。百年元是客，万里独登台。黄叶寺前雨，茱萸江上杯。海天寥阔际，何处是蓬莱。

赠学使中丞法渊若

已教干莫息锋铦，辙遍江南众所瞻。除却诗篇何有癖，独于山水不能廉。瘴烟蛮树棠阴在，绛帐春风画戟兼。今日相逢共尊酒，形骸脱略两无嫌。

滇中回宿易隆诗示送行者

踏雪飞鸿任此身，戟辕回首已前因。从知三万六千日，半是东西南北人。怅别群僚纷涕泣，遄归一老念尊亲。平蛮坊底休烦思，记取天涯若比邻。三万六千对东西南北，本老杜「寻常、七十」而变化之，彼板对者不能解此。

闱中述怀柬同事诸君子

寂静春闱春意深，模糊老眼怯春阴。四千四百有奇卷，二十二人同此心。屏绝丕休求正士，别裁茁轧得元音。三条烛烬前尘梦，坐对奎堂思不禁。丕休哉，宋杨亿事。茁轧，宋杨刘体。

将出都赴滇却寄吴中王子重吴漪堂夏晓堂徐学人诸老友

尺书裁罢又重拈，细字旁添手自缄。此去滇阳真万里，梦魂不易到江南。

经略北军吊战殁诸将佐

虫沙猿鹤总堪哀，持节筹边嘉峪关楼名塞上来。闻道将军期马革，几人真个裹尸回。「可怜无定河边骨，犹是春闺梦里人」，为从军者言之，此为将帅言之，弥可悲也。议开边者尚敬而听之。

张　远　字超然，福建人。康熙己卯解元。著有无闷堂集。○超然旅寓常熟，久困举场，发解时，其年已老，以老名士终，贤于方干身后成名矣。诗格大段疏朗，异于局束如辕下驹者。

下建溪诸滩

无诸拓闽疆，山川贾馀霸。乱石斗雷霆，终古不可罢。轻航一鸟疾，砰湃千转下。前舟欻然没，初见各惊诧。须臾出白浪，回旋去如射。生命寄柁师，与石争一罅。在险魂屡飞，过后舌频咋。造物产湖海，至此穷变化。若匪众盘涡，闽溪高可泻。仙霞插霄汉，天险此其亚。所有纵横徒，一丸每频借。吾闻天下雄，以德不以诈。闽中如井底，未足供叱咤。安得常治平，弦歌出桑柘。极形诸滩之险，若可凭藉，而归于以德不以诈，煌煌正论，足以不刊。○予前观罗刹江潮，迎潮者逆流而上，远望如舟没浪中，忽然复出，三入三出，倏达海门矣。篇中「前舟欻然没」数语，真工于形容。

开笼行

秦景天自连江笼鹧鸪寄曹秋岳先生，先生作开笼行，予嗣响焉。

鳌江之山削苍玉，鳌江之水浮深绿。石榴花发春茫茫，鹧鸪无数啼山麓。一声两声纷如泣，落日衔山声渐急。其中有客思江南，怪尔曾云行不得。罗入笼中寄远人，不伤其羽伤其神。深林丛草那可问，却看燕雀心酸辛。聪明文采古所戒，生人生物同至仁。开笼放入青霄去，还尔悠悠自在身。「聪明文采古所戒」句，一篇主意，季汉之祢生，唐初之四杰，皆以文采累也。鸿飞冥冥，安得不令人羡慕！

题黄山山人墨竹

结体欲密势欲舒，节圆叶老如草书。吴兴已往不可作，此君顾影空扶疏。黄山山人澹于菊，胸有千竿万竿竹。翛然落笔电与雷，纵横幻诞何奇哉！墨汁三升酒一斗，飒飒晴空风雨来。蛰蛇出蝬剑出匣，夭矫老龙卸龙甲。共道一日不可无，颇恨古人无我法。襪材挥尽世莫知，撑肠拄肚徒尔为。伯时画马入马腹，但恐山人变竹枝。笔下有兔起鹘落之势，神肖东坡。

鹊巢为童子所破

十载风尘客，棲棲旅食难。以予摇落意，羡尔一枝安。力尽哓哓语，巢成呴呴欢。岂期轻薄子，偷眼已相看。

病起怜双鹊，依依向我悲。巢倾宁问卵，身在竟安之？天地饶鹰隼，江湖足鼓鼙。羁棲随饮啄，且莫怨群儿。第二首放笔推开，见举世危机，自是杜陵家数。

岁暮寄怀故园亲友

一年一万一千里，马足车轮舴艋舟。自笑此身浑似叶，不知于世复何求？磨牛处处循陈迹，笼鸟依依忆故丘。正是羊城梅放日，瘴雲霾雨独登楼。何等起法！开、宝以后，罕见此笔墨。

闽中杂感

奕叶承恩异姓王，𡾋峞宫殿拟汾阳。三年鼙鼓惊天地，当日清箫引凤皇。蓝水一丸争鼠穴，仙霞千骑失羊肠。莲花峰下荒坟月，惭愧他家白马郎。清箫引凤，指联婚天室言。

还至延平遥望先墓有作

登楼遥望墓门秋，辛苦经年尚剑州。岂有弟兄依陇亩，只凭风雨护松楸。来从豺虎行边路，去逐鲸鲵腹里舟。四十无成还浪迹，雲山何处可回头？

送沙子羽之日本

寿安山迥敞雲烟，邪马台高四面天。缥缈似游星汉外，依稀直到日轮边。乘桴昔日伤尼父，蹈海今谁是仲连。见说遗经在兹土，却将吾道问东偏。相传徐福求仙不返，挟未焚书时诸经去，故日本国至今犹存古本尚书。欧阳公「令严不许传中国，举世何曾识古文」，即指此也。

魏　坤　字禹平，浙江嘉善人。康熙己卯举人。著有倚晴阁集。〇禹平系忠节公后人，少负才名，交满宇内，而遇合独艰。诗体研摩宋人，各从所好也。所录五章，皆才情发越之作。

寄居虫

人生如瓜牛，长负躯壳累。何况外缘假，妄思得久寄。兹物生海壖，乃具周身智。常共水族游，爱此一螺翠。延缘遂迁入，宛转据其内。腥涎吐清波，微风纳凉吹。扬鬐遇钓师，触急辄惊避。两两收霜钳，虚中得静閟。晏然称寓公，久亦渐忘伪。如以物附物，是一即非二。而我辞乡国，岁岁困旅次。结屋少定踪，对之发深喟。暇或笺虫鱼，为汝别种类。状难状琐事，居然尔雅，末叹息已之无家，随所感触，诗人往往有之。

登黄鹤楼

江声已吞大别口，束之不住复东走。怒涛万顷天风号，沙岸日斜鼍欲吼。一叶剪过烟波湾，登楼凭遍十二栏。忽飞凉雨溅衣湿，白浪高于黄鹄山。山川满眼来萧索，吟鬓互垂且孤酌。青莲毕竟非仙才，崔颢题诗不敢作。醉拟横将铁笛吹，归向仙人借黄鹤。何等自负。

送少司马杨以斋先生予告终养归里次悔馀韵

行诣谁从末俗论，陈情今见衮衣人。喜当海宇销兵日，许乞林泉将母身。得失不须分出处，去留总是恋君亲。马蹄笃速行何亟，肯待河流泮早春。

慈仁寺有粥孤雁者四明万季野购畜于庭作羁雁诗邀予赋之

不趁凉雲结阵飞，羁孤似尔欲何依。弥天矰缴虽知避，满地江湖却暂违。空守殊乡惊岁晚，难招旧侣待春归。临风无限回翔意，独立闲庭对落晖。

田横岛

蹈海谁能帝汉高，同时一死等鸿毛。只怜五百忠魂散，不及鸱夷有怒涛。五百人同死，而精灵泯没，殊恨事也。熟题须寻出新意，庶免雷同。

沈天宝

字竹西，江南吴江人。康熙己卯举人。

公无渡河歌

公无渡河，公竟渡河，渡河而死悲洪波。渡河尚不可，何况溟海恶浪山嵯峨。黑雲压天日无色，阴风惨淡百怪多。君何为而来此地，粤东行省老从事。王事有程不敢稽，疾驱海滨意难迟。珠崖孤悬绝岛中，遥指百里舟航通。怪雲一缕起天末，舟人为语嘘长风。君诧狂言决长往，扬帆鼓枻驰空蒙。中流飓母果为祟，狂飚拉杂翻艨艟。一时官吏相抱死，百二十口无遗踪。呜呼！君非同姓屈原愿灭顶，又非求仙徐福来自沧瀛东。何为竟学披发狂痴之老叟，捐躯沉魄蛟龙宫。君有田园吴越间，华堂窈窕临晴川。美酒清歌娱旦暮，曲房尽贮如花颜。何为求荣自束缚，一家飘散如飞烟。庚岭岭头妇哭死，两子连殒浔阳船。妾生两雏在襁褓，呱呱扶榇归荒阡。君不见长安大道平如砥，朝入金门暮朱邸。一朝失足蹈危机，卵覆巢倾亦如此。吁嗟乎！宦海风波随处多，岂独人间公渡河。借乐府题以书近事，元微之将进酒篇已开此体。

汪绎

字东山，江南常熟人。康熙庚辰赐进士第一人，官翰林院修撰。著有秋影楼诗。〇殿撰于胪唱日，马上得句云：「归计未谋千亩竹，浮生只办十年官。」癸未假归，未十年卒，知诗谶之早成矣，诗切磋于邵陵，然邵陵真而近俚，殿撰则骨秀天成，禀诸性生，友朋莫易。

新草

原上离离草，春来一雨生。寸心烧不死，万里碧无情。油壁轻轻度，花骢款款行。六朝佳丽地，愁煞夕阳明。

秋砧

万户清飔动，疏砧特地哀。杵随凉叶下，响带早鸿来。长信秋偏早，渔阳猎未回。无衣应不少，刀尺漫相催。用意全在一结。

梅花楼访月溪上人

撼屋西风起白蘋，纸窗木榻静无尘。斜阳影里看归鸟，落叶声中著病身。丈室只容清净侣，禅门今见读书人。惭予又作长安客，梦断山塘二月春。予方外友樾亭，能读儒书盈箧，樾亭没而所接皆俗僧矣。读第六语，不禁有触，第月溪未知果能读书否也！

望岱

矫首原从万仞论，千年汉畤上公尊。峥嵘直上疑无路，呼吸通天尚有门。独立岩岩真气象，满前叠叠尽儿孙。闲雲莫恋山头住，四海苍生正望恩。此殿撰计偕时望岱而作，隐然以第一人自命。结意欲霖雨苍生，原非忘世也。后假归不出，旋至奄忽，岂登第时或有徵兆耶！

秋柳次韵

短长亭畔暗销魂，无复丝丝映绿门。千缕冷风馀倦态，满梢清露尚啼痕。萧萧去马斜阳路，点点归鸦落叶村。独立寒潭倍惆怅，婆娑生意不堪论。颈联取题之神，咏物诗须得此事外远致。

寄庭仙

五年心事共谁论，惜别胥江日色昏。水底须眉终有相，雪中指爪已无痕。秋风鲈脍江南味，春雨梅花处士魂。毕竟家山贫亦好，知君亦厌孟尝门。初看似讽庭仙归老，实则全写自己襟抱也。玩末句爽然，东山之不出，已决于此。

首夏同青门雪航以宁允恭叔度宴集秋水阁即事限韵

凭高风物欲凌秋，门外平湖碧似油。暝色已归鸦背外，斜阳犹恋柳梢头。疏疏远岫屏间画，点点轻帆镜里鸥。不尽萧条东涧水，至今呜咽为谁流。

秦始皇

方丈瀛洲杳莫攀，金银宫阙涌烟鬟。桃源自是人间世，却遣童男问海山。总说求仙之妄，却道来自别。

项羽

一炬咸阳火未残，楚人真是沐猴冠。英雄岂学书生算，也作还乡昼锦看。书生见解，一笔扫尽。

老聃 天宝中尊为玄元皇帝

仙李蟠根天上栽，玄元皇帝庙崔嵬。神仙不作儿孙计，一任张巡恸哭来。巡恸哭玄元皇帝庙起兵，而竟不一救，笑唐代附会神仙之妄也。

柳枝词

一种风流得自持，水村天与好腰支。月残风晓无穷意，说与桃花总不知。

田家乐

短篱矮屋板桥西，十亩桑阴接稻畦。满眼儿孙满檐日，饭香时节午鸡啼。田家至乐，早朝时节候鸡啼者，焉能识此？

张廷玉 字衡臣，江南桐城人。康熙庚辰进士，官至大学士，谥文和。

杂兴

月亏方就盈，阳尽斯来复。静观天地机，回旋似轮轴。盛满易为灾，谦冲恒受福。所以贤哲流，秉心若虚谷。名高气益卑，位显心弥肃。大智询刍荛，殊勋谢舆服。常思重载车，不为再实木。以兹保初终，何忧易倾覆。吾愿读书人，休同晏子仆。高而不危，亲切言之，此公生平持守处。

我闻昔人言，苛政猛如虎。又诵魏风篇，硕鼠况贪取。嗟哉牧民人，煌煌绾珪组。乃以父母称，而为众所苦。驺虞有仁心，麟趾中规矩。蔼然太和气，千载如可睹。君子慎所择，休与毒兽伍。此为墨吏酷吏勖也。有父母称而不愧父母实者，吾愿真见其人。

飘风不终朝，骤雨不终日。三复老子言，可知立身术。譬彼草木微，春华秋始实。气候苟不完，累累安可必。寄语功名人，进取休太疾。早荣亦早枯，易得还易失。默识乘除机，处满须防溢。此戒进取之速，早发还先萎，古人所以贱春花而贵苍松也。

题渔乐图

秋江渺渺无津涯，江边渔父船为家。往返何知路远近，一帆明月依芦花。清晨举网西风里，网得长鱼满船喜。儿能炊火妇烹鲜，邻叟还贻新醖美。陆鲁望，张志和，朝朝诗思在烟波。吾曹不解工吟咏，醉唱羲皇网罟歌。羲皇网罟歌不传，元次山补之，渔人能唱，犹谓不解工吟咏耶？

山中暮归

林端鸦阵横，烟外樵歌起。疲驴缓缓行，斜阳在溪水。妙在添不得一语。

清诗别裁集卷十九

杨汝穀

字石湖，江南怀宁人。康熙庚辰进士，官至左都御史。○石湖公不动声色，为时名臣，朝野以德人推之。诗亦和平乐易，不愧雅音。

杂诗

神龙蛰深渊，杳冥人莫测。玄豹隐南山，泽肤甘不食。造化本无端，归藏始生息。气盛物所尤，名高德之贼。卓哉先民言，士必先器识！

北行偶述

皑皑村树白，暧暧朝阳昇。瘦马立犹僵，西风瞥如箭。飞尘染素衣，严霜改颜面。村酒浊如泔，沙土和羹饭。向北物价增，去乡身命贱。回首故山遥，但见南飞雁。

舟中怀长孙超恒时新任藁城令

汝始分符去，吾才买棹归。纵然违祖膝，犹喜近亲闱。法立奸胥畏，心清案牍稀。此方经巨浸，轸恤念民依。近来作吏者以奸胥为耳目，法不立也。案牍累积日纷，心不清也。颈联二语可作官箴。

闻钱彭源卒于苍溪诗以哭之

烛暗窗昏夜黯然，惊闻巴蜀讣音传。一官薄俸蚕丛外，万里全家鸟道边。但有清名堪寿世，更无灵药可延年。伤心堂北孀亲老，哭向秋风暮雨天。

陆师 字麟度，浙江归安人。康熙庚辰进士，官至兖宁道。著有玉屏山樵吟。〇玉屏观察，人第知其长于制义，不知其历任政绩，不啻古循吏也。而充矿使一节，以真苗难得，未裕国课，徒累官民，奏请停止，东土人至今感而祀之，诗其馀事也。然观其自序云：「情取其真，不务绮丽，义归于正，专绝浮蛙。」可以见品格之尊矣。

杂感

朝听衙鼓挝，暮听枥马嘶。夜长不成寐，忧来无端倪。老亲迟暮景，荒庭守蒿藜。雪髯添几茎，麦饭进几匙。白雲天东南，可望不可跻。

入夏苦霪雨，两河岁少登。吾邦冈阜多，颇以丰稔称。皇天怜瘠土，长官曾何能。哀彼中泽鸿，嘹呖号寒冰。子母各翻飞，何乡可依凭。此任河南新安县时作。

之官真州述怀

昨归自东垣，结庐屏山住。书史寻夙好，长日尽可度。亲亡焉用禄，涕泗誓诸墓。此意愧未坚，又被微名误。绮罗纷五色，鸣机自织素。纵然违时趋，努力守故步。

物生号有万，心性冰炭异。蝉蜩吸露华，蜣螂甘秽腻。若使易地谋，却走两不嗜。扰扰歧路间，东西各行意。儒者重敬官，市估乃竞利。

邗沟自隋唐，昔称繁庶地。宴享穷珍羞，吉凶逾典制。巷有衣锦人，家无终岁备。权衡奢俭间，张弛有治义。采风美唐魏，古人岂无意。庶几去其甚，聊洒俗吏愧。至今人第夸扬州富饶，不知业盐筴几家外，贫困犹他处也。权衡奢俭而欲去其太甚，即此见良吏用心。

为士不学道，所得皆支流。为民不服耕，逐末非良谋。彼都中声利，迷罔何当瘳。一发挽千钧，力薄知未周。我舌敢辞敝，我行敢告休。力田与孝弟，勗哉景前修！

杂咏

独坐空堂中，时隐南郭几。悠然万虑消，止水清见底。无端一物交，倏尔两念起。因两遂生万，棼纭不可纪。静定动亦定，乌用著些子。鉴空而衡平，君当会斯理。周子云：「主静立极。」不独静时当静，即万感杂投时，心中有主不乱纷也。诗中所云，岂拘守声律者所能？

祷雨自劾

祝融乘权号令酷，赤日黄埃助炎熇。稚禾枯焦似束薪，涧溪涸竭行成陆。哀哉斯民瓶罍空，妇叹儿号盈白屋。已走群望荐牲璧，未见天公鞭蛰伏。天降灾祲非偶然，毋乃感召由司牧。一官衣食寄闾阎，何忍鞭箠等犬犊。本心未丧戒摧戕，于民无恩仅无毒。黄昏纵谢四知金，白日虚糜五斗粟。我今自分无寸长，官方久矣宜褫逐。安得旸雨时若民无饥，挂冠高隐弁山麓。此诚不负本心之言。乾隆乙亥岁大荒，丙子岁大疫，官吏有戒摧戕不流毒者乎？读此诗，为之浩叹而已。

骑牛曲

牛背儿童自放歌，头头注涧复逾坡。问渠何法牛驯扰，鞭挞无惊刍牧多。牧民之道，尽末一语。

许迎年

字毅士，江南江都人。康熙庚辰进士，官中书舍人。著有槐墅诗钞。〇诗品如灵和杨柳，初日芙蓉，晚唐中最近温岐，情韵胜也。配徐淑则互相酬唱，风格略同，艺林比之秦嘉夫妇，因并及之。

新竹

乍与僧参玉版禅，旋看解箨衾新烟。斑龙惊蛰多争地，翠凤修翎欲上天。鸟坐丛枝歌睍睆，月摇虚幌影连娟。此君相对殊潇洒，不厌秋声搅夜眠。

莱阳二姜先生祠

黄门高节著莱阳，伯仲风裁在抗章。请剑尚方思斩佞，荷戈南国竟投荒。危言足破狐狸胆，浩气堪增史册光。海涌峰头祠庙在，溪毛特为荐馨香。风裁裁字，平仄二音，唐贤并用。

和淑则园居病起作

一病经春瘦可怜，几时不到曲阑前。花残幽砌堆红雪，莺坐垂杨破绿烟。轻暖未成连日雨，薄寒犹怯晚春天。方池新涨游鱼乐，兴寄濠梁秋水篇。

杨守知 字次也，浙江海盐人。康熙庚辰进士，官榆林知府。

哑嘛酒歌

杨花吹雪满地铺，杏花一片红模糊。榆钱皴风风力软，芳林处处闻啼鸪。青旗斜漾茅屋底，天然好景谁临摹？我留此地一事无，太平之世为羁孤，东邻西舍相招呼。殷兄张丈兴俱动，醵钱买醉黄公垆。麦缸鹅黄新酿熟，味醇气郁过醍醐。彭亨翠瓶如鹑觚，细管尺五裁霜芦。低头吸同渴羌饮，一口欲尽鸳鸯湖。榆林水名。白波倒卷东海沸，渴虹下注西江枯。碧筒不用弯象鼻，龙头屡泻蛟盘珠。须臾瓶罄罍亦耻，春意盎盎浮肌肤。刘伶大笑阮籍哭，直欲跃入壶公壶。吾皇圣德躅逋租，吏胥不扰民欢娱。今年更觉酒味好，百钱一斗应须酤。盲娼丑似东家嫫，琵琶筝阮声调粗。有时呼来弹一曲，和汝拊缶歌乌乌。青天作幕地为席，醉倒不用旁人扶。乐哉边氓生计足，白羊孳乳驴将驹。卖刀买犊劝耕锄，女无远嫁男不奴。含哺鼓腹忘帝力，岁岁里社如赐酺。安得龙眠白描手，画作击壤尧民图。

风土诗传出太平无事景象，乃不徒作。

徐昂发　字大临，江南昆山人，长洲籍。康熙庚辰进士，官翰林院编修。著有畏垒山人诗集。○畏垒文酒自豪，常倾四座，所著骈体，追仿六朝，笔记亦见博洽，倘能本此出政，便为艺林完人。○五言古从杜陵出，近体得力樊南，而能自出面目，同时谈艺名士无与俪者。

下田雨叹

古者制田亩，其要维沟防。崇方与广纲，秩秩悬宪章。厥田虽沮洳，堤岸峻且强。水淫不能灾，歉岁成丰穰。汉时贤守令，此义尚肃将。奈何千载下，朘剥为循良。养人乃食人，田事岂所详。遂使三尺雨，下隰波沧浪。呜呼匠人职，古法未渺茫。沟防废不修，万姓罹凶荒。一言俟采风，吏责非天殃。圜田之制，既以治水，亦以治田，今废久矣。养人者但知食人，谁能为下田计耶？借采风之使不行，作诗者存其议而已。

夏寒

天地张阴机，日夕风雨横。雷霆喑不吐，萧条万象静。枕席霾雾宿，窗牖波涛泳。缊絮复启箧，袷衣尽除屏。凉入肌骨酸，气中藏府病。乘时妖厉作，钱镈无人竞。借问此何时，指牛看斗柄。温风不应候，其国少缓政。况复阴沴结，懔懔如冬孟。方今国用宽，陛下甚明圣。比岁膏泽降，凶札悯万姓。奈何厥罚寒，凭陵当火正。毋乃群有司，下意慢上令。大祲大疴馀，征求恣考搒。刑峻伤天和，敛急剿民命。国家制廪禄，岂曰饲谀佞。愁雲塞八荒，终夜心怲怲。「毋乃群有司，下意慢上令」，自昔已然，慷慨陈辞，声色俱厉。少陵和舂陵行、次山示官吏作后，此篇几欲希风。

雁门关

昨升系舟山，试望雁门塞。巀嶪阵雲黑，势与玄岳配。及兹赴谷口，局步入烟霭。曲曲山根盘，层层苍壁对。岚光自摩荡，岩壑递明晦。古雪滋阴崖，新泉下奔濑。猿猱一线路，迴出飞鸟背。侧磴上空曲，攀危凌地籁。始知经陟高，足底群峰会。玄冥操斗柄，制此天北戒。插汉立雄关，蓄畿隔内外。东掠凤皇城，西极菖蒲海。呼吸万里通，形胜兵家最。信乃天下蔽，讵惟三晋隘。时清关门开，耕田铸矛镦。不见沙土中，箭镞馀腥在。

铁岭关

铁岭负青天，岝㟧耸岭背。峰连削壁险，路入倾崖晦。兵家矜却笠，地势雄守隘。束马贯层峦，贾勇陟危塞。山盘鸟道纡，磴转硖角对。沓石堕仍倚，飞泉散复汇。鸣蝉响清越，树密昼阴暧。力前忽斗下，猛进眩反退。折趾谅不辞，我仆嗟已殆。三关信雄杰，乘鄣此亦最。山形接北荒，边琐通恒代。缅昔貙虎斗，百战争要害。设险殃万民，茫茫咎真宰。状奇险处，字字矜炼而得，结意见在德不在险也。

过彭蠡湖

水落晴沙高，鹳鸣霜野冷。我来越彭蠡，及此秋光迥。林岫远参错，洲溆互陵亘。鱼龙气不骄，鸨鹢散游泳。川涂玩回转，欹疾孤帆影。洪流既归壑，巨薮失溟涬。乃知造化根，终焉返虚静。沿溯过连圻，苍然见西岭。暧暧斜阳中，悠悠动渔艇。异人不可求，松门企清景。天下万动归根于静，不过借湖指出。

漱玉亭

合沓岩厓窄，风雨松颠声。双瀑从西来，飞出九叠屏。群峰忽摇荡，右界银河倾。孤亭揽要妙，恍惚光怪呈。天清霹雳斗，日抱虹霓生。飞瀑溅积素，上散为雲英。奔漱涧壑间，万玉相铿訇。违山已十里，馀响腾空青。惜哉古球石，独向山中鸣。坡公作以自得胜，此作以矜炼胜，惟不相袭，故相逼。

凤尾冈望海

侧磴缘秋毫，连岩眩明晦。跪局逾积阻，旷望霄宇大。凤翥振华尾，下视九州隘。我来蹑其颠，若陟灵羽背。一身与雲轻，迥出天地外。峦岭何隐轸，草树纷映暧。仿佛鱼龙沸，万里沧溟汇。神山恍可接，灏气吞南戒。飒沓风雨来，萧萧鸣众籁。鞺鞳重潮奔，铿訇群壑会。长啸顾向途，邈然阅人代。「一身与雲轻」二句，极状凭高眺远，下写望海，不必尽力形容，别于观海也。若出时下才人手，浪费笔墨矣。

经广武城

驱马出广武，杳渺长坂横。冲风击山鼓，白日收光晶。羝羊衔髑髅，散乱落沟坑。阴气万里结，青草不肯生。四极失所制，关塞起龙争。圣皇内外一，介士彯长缨。夜眠朝射猎，边柝寝不惊。不见白登台，西连苏武城。此非中州之广武也。羝羊四语，写尽古战场气色，后归本圣朝，见武备修饬，得立言之体。

观打鱼戏为鸬鹚歌

鸬鹚鸬鹚巢高木，张口吐雏连五六。眗眗碧眼玻璃明，棱棱长啄钩铤曲。野人椓网横覆车，鲭沙两翮不得舒。鹿角腥涎养驯熟，朱绳系颈来捕鱼。潮波吞天一叶舞，野人指挥若部伍。鸬鹚穿浪疾如风，水面回篙掉飞艣。戏鲤游鲂惊失次，拏鬐磔尾万鱼逝。翻身入水追亡逋，擂鼓船头助声势。大鱼鳞脱红肌摧，小鱼半死盈舱堆。鸬鹚鼓翼鸣得意，贪残嗜杀神所猜。野人捩柁斜阳坠，论斗卖鱼谋一醉。鲜鲙遥看藿叶香，轻刀细剁春葱脆。鸬鹚鸬鹚，垂头敛翅上横木，一寸鳞鬐不入腹。入水出水，追逋磔鬣，尽贪残之力，只为渔翁利，而己毫未入腹，鸬鹚亦何取耶？此诗妙在全不说破正意。

相见湾词 自注：在赣州南二十里章江中。

人厌溪湾迟，我爱溪湾漩。三暮三朝见百回，相思那及长相见。

扬州

木鹅沉处锦帆斜，隋氏离宫接暮霞。辱井有魂悲玉树，仙都无梦饷金蛇。裙襻禹穴千年茧，镜拥迷楼万朵花。莫向吴公台上望，江南江北总无家。从义山「地下若逢陈后主」二语而申言之，一加点染，遂若别开面目。

淮阴侯钓台

木落荒原水气昏，英雄渔钓迹犹存。蒯通不售三分策，漂母长留一饭恩。人叹老臣知国士，天哀女子杀王孙。藏弓烹狗由来事，只合终身淮上村。蒯通之策不售，而漂母之饭常怀，淮阴无反志明矣。咏钓台者甚多，此作独为完善。

城南二首次宋五嘉升韵

汉室曹瞒是獍枭，猘儿年少欲横挑。刀围玉帐觞公瑾，花簇珠屏舞大乔。水上神书才息焰，床头明镜旋生妖。蟠龙门外牛羊墓，麰麦粘天似雪飘。此咏吴桓王也。英气勃勃，千载如生。东风倚棹木兰舠，旧事淮张剩野蒿。人吊夕阳花作雨，鸟啼初月水平篙。江陵故老怜萧铣，陇首荒宫记隗嚣。亡国有魂归不得，驱狼填海漫呼号。此咏张士诚也，比以萧铣、隗嚣，恰如分量。

集秀野草堂醉后作

飞扬意气未磨砻，五岳崚嶒方寸中。草木尚生无患子，男儿那作可怜虫。逢花茗艼为愁饮，结柳逡巡叹学穷。至竟文章成底事，莫临辽海哭秋风。无患子见本草古今注，谓此树可以杀鬼辟疫，即菩提子也。企喻歌辞曰：「男儿可怜虫，出门怀死忧。」此种对法，全学秋风客、春梦婆之类。

查嗣瑮 字德尹，浙江海宁人。康熙庚辰进士，官翰林院侍讲。著有查浦诗钞。

贾太傅祠

陈书痛比秦庭哭，作赋情同楚奏哀。已遣长沙忧不返，如何宣室召空回。身逢明主犹嗟命，天夺中年亦忌才。此日题诗还下拜，也如君吊屈原来。逢明主而不用，前人屡言之矣。「天夺中年亦忌才」，人人意中事而未及言也，一经属对，便成名作。

过白沙岭寄同年张砚斋

积翠浮空不见峰，群峰俱拥万株松。怪来小驿重关路，忽与千岩万壑逢。丹壁斜飞千尺练，白雲遥送一声钟。龙眠居士如相识，画我山庄第几重。

徐永宣

字学人，江南武进人。康熙庚辰进士。著有茶坪诗稿。〇茶坪天爵自贵，不就选人。诗全得力于东坡，王墙东耘劬极称道之，谓其晚唐风韵，各有会心也。

缫丝行

柳花村巷晴窗南，蚕神祀罢事春蚕。一箔三眠日卓午，食叶声中作风雨。妇姑饷蚕不得闲，双眉不暇描春山。戴胜飞鸣茧成早，缫车索索丝皓皓。卖丝抵税输县官，入冬子妇仍号寒。

润州

江山谁第一？最是润州城。山上南朝寺，江头北府兵。三春添黛色，万古一涛声。阅尽东西客，劳劳役利名。「万古涛声」中间，添入「一」字，见人事日变迁而涛声自终古也。下接结二语，天然无缝。

舟行即事用香山韵

秋深酷爱水雲空，兴到五湖东复东。船泊荻花全白处，酒沽枫叶半红中。贵人翁仲埋荒草，浮世宾鸿逐断蓬。何似素心晨夕共，诗签茗碗得相同。三四语令穰画卷中每有之，予泊船时，往往遇此而不能言，弥用自愧。

竹垞先生留宿枫桥慧庆寺夜话追悼陆文孙

自注：陆与先生同里，善音律，流寓常州，卒于粤东。

朔风号怒纸窗前，忆旧僧房感逝川。乡曲公怜杨狗监，天涯吾悼李龟年。雪深院落妻无絮，叶拥阶除突少烟。此夜枫青灯影黑，鼓寒霜重不成眠。通体意在文孙，故于竹垞从略。第三语伤竹垞之濩落，下俱言文孙之贫而没也。结意黯然伤神。

宋建中靖国辛巳七月二十八日为东坡先生骑箕之辰先生乞居常州卒于孙氏寓馆其地去余家不数十武旧迹犹存岁值辛巳去先生六百年矣感今追昔邀同学诸子于是日肇祀先生用眉山二字成诗二章致敬恭思慕之意云

铩羽难迁月下枝，文殊问疾倍支离。梦萦竹屋风前树，心绕觚棱雨后葵。已分孤臣伤骨鲠，可禁众女嫉蛾眉。怜才只有宣仁语，千载追寻五夜悲。东坡先生生平轗轲，惟宣仁太后能知其才，并谅其忠爱。宣仁殂落，东坡连窜，以至于死矣。此诗特为表出。

白雲深处碧波环，诗谶无端落此间。回首古桥衰柳断，伤心小院野花殷。魂归月黑疑儋耳，鹘没天低忆故山。直接岷江溪水是，瓣香袅袅泪潺潺。六百年后辛巳，此意亦宜一见。

秋日访朱锡鬯先生

沈尤村僻绝尘寰，千个筼筜水一湾。学道著书无个事，满庭黄叶对秋山。先生清节，一语写景中传出，令读者如或遇之，此种微妙，难为外人道也。

蔡　坠

字甘泉，江南江宁人。康熙庚辰进士，官瓯宁知县

蟂矶孙夫人庙

魂伤巴蜀雪消时，岁岁东风哭子规。近水芳春花易落，沉沙终古石难移。悲衔白帝生睽隔，恨切苍梧死别离。环珮不归清夜杳，月明无主照荒祠。如此英女，而所遭不辰，家国两有遗恨，视乃兄之降曹，真可愧也。渔洋断句后，应推是篇。

送卓子任之大梁

中原天接大河长，驻马夷门又夕阳。客路半生心似雪，风人未老鬓先霜。屠沽事业传公子，词赋声名重孝王。此去梁园千里外，不因怀古自悲凉。

陈沂震

字起雷，江南吴江人。康熙庚辰进士，官给事中。

雲安

水折山纡路欲穷，何曾破浪驾长风。高峰猿啸重雲裹，绝壑舟行乱石中。宦迹羁愁川上下，诗翁遗事瀼西东。雲安曲米今何有？寂寞谁怜酒盏空。此川中作令时诗，下一首同。

巴东

征人日夜逐征鸿，乍过川中入楚中。版籍已知邦国异，人民仍觉语音同。五年三峡风波路，万里孤舟老病翁。谁信书生遇天幸，平安八口出巴东。

白雪楼

自古衣冠笑楚优，文章声价付悠悠。人间岂解阳春曲，此地犹存白雪楼。山色千寻常耸翠，泉源万斛自飞流。乾坤清气依然在，更向何人笔底收。吊李沧溟，见后世有攻伐之无继续之者，连下首皆学使时诗。

试院即事

画戟森严昼漏迟，凝香燕寝日斜时。柝声绕院人声寂，满箔春蚕正吐丝。

途中

白雲如絮拥苍山，肤寸能弥六合间。却怪纷纷频出岫，不曾行雨竟空还。行雨泽物者有几人耶！出岫后安然而还，足矣。

许　湄

字凌洲，浙江嘉善人。康熙庚辰进士，官湖南石门知县。○此予座主竹君师考也。勤恤荒政，民受其赐，石门至今俎豆之。

拟古

斑竹生楚岸，檀栾映沧波。天寒倚翠袖，日暮愁湘娥。春雨抽新丛，森森郁中阿。而何阶前綮，攒出如蒿莪。托根一失所，过者寻斧柯。贞坚不自保，咫尺婴祸罗。嗟彼当门兰，芳馥将如何？哀君子之罹祸也。通首比体。

双溪坪勘灾

费洪学 字巽来，江南吴江人。康熙庚辰进士，官博野知县。

策蹇来投止，荒庐绕棘丛。看人惟野鼠，撼壁有狂风。痁鬼村村聚，牂羊户户同。救灾长吏职，无术起哀鸿。写灾荒景象如绘，结意自道无术，蔼然仁者之言。

登滕王阁

刘师恕 字秘书，江南宝应人。康熙庚辰进士，官至直隶总督。

岧峣杰构势凌空，凭眺山川气象雄。彭蠡潮声转天外，豫章山色落杯中。才人逸唱秋烟渺，帝子遗墟夕照红。一阁堪怜几兴废，江头为问钓鱼翁。

护花

花开笑春风，却被风吹落。自无坚贞性，但怨风轻薄。赖有护花幡，众芳得所托。恐此亦偶然，莫便矜灼灼。见秉性贵贞，不藉拥护也。

卧龙冈武侯祠

祠堂旧是栖迟地，门外曾停三顾车。自信君臣并鱼水，不教莘渭擅耕渔。大星堕地终炎祚，古柏参天傍草庐。魏殿吴宫俱泯灭，荒冈犹峙劫灰馀。从杜诗化出，而泯其痕。

秦文超 字伟士，湖南长沙人。康熙壬午举人。著有涵村诗集。

过漂母祠

清淮水涨岸添痕，望里长堤古庙存。一饭偶然怜饿者，千金何必重王孙？母能忘报真高谊，汉不酬功实寡恩。我亦江湖垂钓客，经过聊为荐芳荪。

黄任 字莘田，福建永福人。康熙壬午举人，官四会知县。

暑雨后坐月

雨洗月逾洁，气寒光转幽。露萤不自夜，风树已先秋。烹茗籁遥起，拂琴泉暗流。清宵形对影，身世两虚舟。学温、李诗者，偏得此清绝之作，从温、李入，不从温、李出也。

读楚辞作

无端哀怨入秋多，读罢离骚唤奈何！明月竹枝湘浦夕，西风木落洞庭波。美人环珮惟兰杜，公子衣裳在芰荷。千古灵均有高弟，江潭能唱大招歌。

题画

桃花灼灼水潺潺，隔断千山与万山。生怕渔郎漏消息，不流一片到人间。

西湖杂书

珍重游人入画图，亭台绣错似茵铺。宋家万里中原土，换得钱塘十顷湖。即胡澹庵所云小朝廷意，高宗不复父仇，隐然言下。

珠襦玉匣出昭陵，杜宇斜阳不可听。千树桃花万条柳，六桥无地种冬青。感杨琏真伽发六陵事，西湖诗流连光景者多，此较有关系。

彭城道中

天子依然归故乡，大风歌罢转苍茫。当时何不怜功狗，留取韩彭守四方。泗上亭长何词以答？

陈睿思 字匡九，江南长洲人。康熙壬午举人。○予前结葑南诗课，招匡九入，每诗成，众人屈服，谓文庄公有后。兹选中三朝要典、丁将军故剑二篇，皆课题也。才命相妨，中道徂谢，士林咸为惋惜。

赠张永夫

卢仝家贫无长物，一婢一奴屋数间。先生之贫异于是，破灶颓堕寒无烟。途穷厌见俗眼白，饿死不食嗟来食。骄儿不袜脚冻皴，老妻无食面黧黑。一间茅屋四壁空，雨淋日炙号长风。蟏蛸入户苍鼠立，夜寒僵卧牛衣中。屯蹶否塞贫且病，忧思感愤明其衷。险语突兀泣神鬼，奇气磊落撑苍穹。豪家婢仆何昌丰，睢盱俳笑老秃翁。白日晦昧吾道穷，此辈何足填心胸。喘月之牛负涂豕，纷纷轻薄应如此。君不见季次原宪留清名，斯人今日常不死。极形其穷，而以险语奇气表其必传，永夫可慰于地下。

阅三朝要典

明熹宗时朋党盛，君子小人互争竞。小人道长君子消，宦官乘时盗国柄。委鬼茄花互连结，旸睒跳踉意气横。朝拜假父夕拜官，山鬼昼出白日暝。顾命元臣愤不平，群贤交章以死净。宫中府中羽翼成，涕泣青蒲血空迸。深居九关啄天下，收缚清流纳诸阱。狂澜已将砥柱摧，疾风那怕秋草劲。红丸梃击连移宫，三案手翻乱廷平去。公然撰刻示天下，正者曰邪邪曰正。吁嗟朝士蒙恶声，杨左诸臣一网尽。转瞬烈帝登明堂，黑白分明是非定。小人束手空怨嗟，君子弹冠更相庆。所怜奸慝暂退藏，天下纷纷终不靖。譬如痈疽生腹心，毒气烁体亡身命。药石虽能溃腐肉，瞑眩不救膏肓病。我思其殃谁所致，终之者魏始者郑。谋危太子心计深，挟狡矜凶口语佞。光宗即位不永年，太平天子生难更。后来邦国日殄瘁，蛾贼纵横遍枭獍。要典虽焚事已迟，庙堂空见忧心怲。九州龙战血玄黄，其先履霜阴始凝。后世人君其戒之，莫使女子奄人与国政！从三案始终备言之，诗笔即史笔也。此种七言古，直欲追步孟县。

观丁将军故剑

丁公小永孙子棻，崎嶔历落非庸人。兴酣对客拔剑舞，飞电睒睒风轩轩。坐客观者喜且愕，丁生材武超人群。生云小子何足算，公等未见先将军。将军自少性敢决，翘关负米空千钧。生平武事略可数，钩戟剑矟刀枪弴。就中剑舞尤第一，上马下马皆如神。白猿遁逃不敢进，青龙仿佛缠其身。余闻自恨生已晚，不得身与将军亲。将军更有遗事否？余为倾耳君具陈。生云昔时有草窃，啸聚海岛如雲屯。醢人之骨食人肉，元戎束手徒逡巡。吾祖仗剑往杀贼，髑髅带血枭辕门。贼中岂少强健者，直前捕斩犹孤㹠。后来贼平受上赏，皆由一剑成功勋。只今吾祖已没世，英风猛气犹生存。此剑时时吐光怪，匣里龙啸清宵闻。同人拔鞘决眼觑，殷红战血痕疑新。昔闻陇西世受射，将军之后应生君。君今好文不好武，性嗜奇古师皇坟。自言今者特偶耳，儿戏恐使他人嗔。劝君只合绳祖武，毋徒健笔扛龙文。古来武人画麟阁，文士老死荒江滨。君不见贱子学书不学剑，途穷恸哭空酸辛。只写入先将军一语，便已出众，以下磬控纵送，无不如志，末一语转合文士之困穷，不胜哽咽。〇前人论七言古，必时露奇警句，乃不薄弱，篇中「髑髅带血枭辕门」、「殷红战血痕疑新」，皆奇警句也。得此通篇振起。

王式丹

字方若，江南宝应人。康熙癸未赐进士第一人，官翰林院修撰。著有楼村集。〇楼村壬午乡举，年已六旬，明年会试、殿试皆第一。乡举时已定元矣，后得吴楚琦卷，改置第六，其实吴卷远不逮王，知本朝三元应有待也。归里后，以同年友累，至于对簿。辨雪未几，遂成古人。艺林重其才，因悲其遇云。

题徐昭法先生涧上草堂画兼贻西照头陀

头陀姓戴，名易，字南枝，越之遗民也。寄迹于僧，卖字葬昭法先生于珍珠坞，著虎丘表忠补一篇，载文靖公及涧上遗迹甚悉，又有钓台诗五百首。

鼎湖昼曀龙无所，席藁孤臣泪如雨。香草庵前魂夜飞，臣报其君子肖父。一树冬青半欲枯，枝上灵禽自俦伍。铁函荒井抱遗编，时有风流照毫楮。翛然落墨仿倪迂，寂寂空岩带平楚。当年思肖画兰花，只画根茎不画土。涧上襟情亦似之，自写草堂心独苦。我今读画缅遗风，江南鬼哭珍珠坞。埋骨凭将卖字人，更与流传表忠朴。好把严陵五百篇，留伴此图共千古。文靖父子，吴之王蠋、夷、齐也。诗详叙其死难守节，末并及戴南枝之为人，得史家附传体。

萧尺木凌歊台图

高堂素壁雲气生，莽苍一㡧秋山明。矗空巀嶪势千丈，飞流树顶如闻声。借问此景从何得？凌歊台畔青峥嵘。大江东去抱姑孰，天门竦立牛渚横。崇台拔地接星络，湘雲巴雪相逢迎。寄奴卖屦作天子，目营八极凭江城。燕秦电扫自豪喜，三千歌舞随霓旌。至今英雄久灰灭，漠然山高而水清。锺山有客癖模仿，坐挥墨瀋升斗倾。不为永初绘巡幸，卧游自欲酬生平。桥头策杖者谁子？幅巾潇洒携秋英。毋乃义熙老处士，独依松菊歌闲情。谢宅已荒桓井废，断碑苔蚀留空名。何当野立下幽听，慈姥夜戛琅玕鸣。我来读画三叹息，万年之计徒屏营。凉宵对此且痛饮，西风飒飒灯荧荧。

睢阳庙二首

曾披唐史传遗烈，百战孤城迹不磨。犄角力堪歼寇盗，殒身功已障山河。名先李郭悬青简，血并南雷染碧莎。此日楹间修一拜，阵雲边月想悲歌。睢阳一城，若非张、许死守，则睢阳早破，而江、淮力不支矣。使李、郭得成恢复功者，张、许力也，「殒身功已障山河」一语，具有论史之识。

绣幔烟沉铁面寒，冲冠馀怒尚桓桓。戴天定不偕阿荦，斫地还应灭贺兰。自注：铁铸贺兰进明跪阶下，为观者捶击，止存半躯。万古岁时尊俎豆，九幽灵爽托筵篿。即今灯火倾城市，彩绘旌旗彻夜看。

于忠肃公墓

自拚热血洒高穹，只手扶天日月中。帝位安危操上策，外藩影响戮孤忠。苔封石马三春雨，烟暝巢乌万木风。相望鄂王精爽在，灵旗萧飒暮山空。咏古贵于简要，「土木、夺门」二语中俱已写尽，见作者锻炼之功。

南中书事

禹甸埴坟殊广大，蛮方节钺漫纷纭。欲披角鲤池边草，旋搅都鹅洞里雲。孔僅算缗原始祸，卢循入海岂能军？诏书一纸烽烟静，重见侏离拜圣君。

钱名世 字亮功，江南武进人。康熙癸未赐进士第三人，官翰林院侍讲。○因未见稿本，故所收独略。

春霁山行

盂春值阴雨，经旬闭柴荆。晨兴理短策，试向前山行。始霁群卉坼，稍暄百鸟鸣。攀跻纡石磴，迢递延葱菁。谷幽岚正合，路转湖偏明。松风有时歇，悠然闻水声。即此惬吾虑，绵邈生遥情。

题延陵季子庙碑后

避位曾传泰伯风，那言高义子臧同。史书未改仍公子，人物无凭只上中。班史列季子为上中人物。地僻似村烟月白，庙闲如社野花红。伤心窟室铍交后，断送亡王泣甬东。

刘岩 字大山，江南江浦人。康熙癸未进士，官翰林院编修。著有大山诗集。○大山富学殖，笃友生谊，因草南山集序文隶籍旗下。世宗御极，同被累者胥还本籍，服官有迁至阁学者，而大山已前卒矣。诗品发乎至情，不尚词华，世罕称述，予独珍重之。

杂诗

抛金似泥涂，不如富购书。有书堆数仞，不如读盈寸。读书虽可喜，何如躬践履。积金不积书，守财一何鄙！书多弗能读，贾肆浪奢侈。能读弗能行，蠹枯成敝纸。前人已道及，此畅言之。下半首即申前半首意，不添一闲语，是为创格。

杂感

凶器古有兵，高品古有名。兵凶不可黩，名美不可争。赫赫鬼神心，恶杀兼恶盈。穷兵祸自毙，矜名身自倾，二者同一机，盈乃与杀并。惟寂与惟寞，所以全厥生。矜名之敝，与穷兵同祸，而以寂寞为全生之方，真至言也。后作者文字之祸，几濒于危，此意外之变，又非满盈之谓。○一路兵与名并说，读末二句，知名乃主，兵乃宾也。

哭家西谷侍御

我本江东产，君乃渭北人。二纪聚京国，情若同胞亲。两家有娇儿，盈盈掌中珍。齿发过半百，得嗣皆艰辛。惓言双稚子，永好为弟昆。君魂游泰岱，輀车返西秦。我儿泣呱呱，君儿泪沄沄。婴孩离且痛，何况我与君。生别且不忍，何况死生分？后西谷有后，而大山之嗣，视西谷之亡倍惨矣。

与履安夜话

空墀雪未消，寒酌人初醒。穷冬岁欲徂，不觉增酸耿。离逖十年心，凄清一灯影。泥途子在屯，羁絷余蒙眚。日月悬高天，波澜起智井。良朋翳岂无，古义夙所秉。破胆倚平生，掉臂咤俄顷。袖短展莫长，灰残嘘亦冷。非子谁慰怀，使我日延颈。患来悔近名，老至忆幽并。宿诺焉可孤，相期问清颖。此作者罹患后作，已悔近名之非矣。

赠人

邹阳休上书，缧绁非所耻。祸虽如风飚，义命有根柢。次公从长公，讲经狴犴底。闻道在崇朝，夕死亦可矣。刑以惩小人，怀之在君子。匕鬯苟不隳，何妨惊百里。委运与思督，并行正相倚。古人大业成，皆自忧患始。

病中杂诗

兔魄晦乃光，尺蠖屈乃伸。众顺死之辖，诸逆生之门。聋者目善视，瞽者耳善闻。缺一得专一，用志斯不分。困尔以疢痗，加之以艰辛。谁悟天地意，无恩乃殊恩。能如所言，则无入不自得矣。末俗但望天地之恩，而不知无恩之恩，终身皆戚戚时也。

挽徐泰初

病中决归计，预以书报家。妻儿怀征人，夜夜占灯花。不望印悬肘，不希金满车。妻愿见阿夫，儿愿见阿耶。骨肉苟得完，长饥又何嗟。宁知忽弃捐，旅魂栖天涯。忆与汝偕游，爰自白门始。驱驴来幽燕，卧我空斋里。阶前木叶声，秋雨打窗纸。坐上无车公，饮酒不欢喜。当时意气豪，尔我俱壮齿。弹指廿馀年，蹉跎嗟我子。余见子盛衰，余亦将老矣。惆怅平生心，悲风飒然起。造物使子穷，穷且至于死。死且在道途，何为命如此。孱孱浮薄躯，船木薄如纸。潞水深复深，蛟鼍弄牙齿。一棌波上轻，归去三千里。篷窗夜哭声，如在枫林里。三章俱直白语，而情至文生，至今读之，犹觉悲风四起。

天台万年藤杖歌

金庭洞天高冥冥，悬崖峭壁垂苍藤。风饕雪啮雨淋沥，孕藏夔魍遭雷霆。九峰一万八千丈，兜络石骨撑天青。天台仙人挥玉斧，斫断一枝手中拄。出洞入洞拨痴雲，上山下山鞭馁虎。我昨五岳恣游遨，扶持两脚欺猿猱。东坡铁君已绣涩，少陵桃竹难坚牢。可怜形质癯然瘦，经历千年始成就。五百为春五百秋，应与大椿禀同厚。只今九节八尺长，模状依稀老耆旧。一生耻傍博山侯，伛偻省中笑灵寿。此种七古，可追退之山石。一结换境，见张禹虽有赐杖之荣，不足多也。万年、灵寿，两两相映。

采桑秦氏女

倭髻明珠缃绮裙，钩将沃若叶纷纷。千人坐上夸夫婿，五马车边笑使君。洛水但闻歌闭月，巫山惟见赋行雲。罗敷本是邯郸女，能遣桑中似汝坟？邯郸有此女，可以化淫为贞，如此立言，才别于风雲月露。

蒋廷锡

字扬孙，江南常熟人。康熙癸未进士，官至大学士，谥文肃。著有青桐轩、秋风、片雲诸集。○文肃工绘花卉，品与恽南田敌。成进士后宫中极贵重之，流传世间者，真本绝少，马扶曦父子代作者，即可乱真也。少岁豪于诗，感时伤事，放情纵酒，一一寄诸永言，青桐轩诗皆未遇时作也。后此黼黻文明、敷扬大业诸篇未见镌本，故所录只在青桐轩稿中。

续古诗

松萝良有托，葛蔓亦有依。丘中一贫士，四海无所归。日饮涧中水，朝采山上薇。天寒水结冰，年深薇渐稀。浩吟悲哉行，君子其庶几。游鱼跃池乐，苑马腾枥肥。岂知鸿鹄志，不逐燕雀飞。

豆荒

西北多高田，种花亦种豆。夏至二十日，播植唯其候。刈草复治秽，深耕还浅耨。疏根欲其干，粪土欲其厚。望荚成二七，不先亦不后。吕览："得时之豆，其荚二七为族。"谁知入五月，雨下大且骤。豆苗未盈寸，披靡倒若蹂。水浸及湿蒸，空败不可救。绵连势更甚，长草如长寇。戽水倏复盈，筑岸旋已仆。浩歌南山诗，酌酒聊自酹。出白傅手，不过如此。意取其真，辞取其达。

柴荒

庭中多草莱，阶下多松竹。朝取炊晨餐，夜拾煮夜粥。松竹易以尽，草莱生不足。朝持百钱去，暮还易一束。湿重不可烧，漉米不能熟。八口望曲突，嗷嗷叹枵腹。前月山中行，山木犹簇簇。今从山下过，遥望山尖秃。农民无以爨，焚却水车轴。田事更无望，拆屋入城鬻，鬻之富贵家，可以烂鱼肉。尤神似秦中吟，为诸生时，留心艰苦如此，他日相业，宜出诸大臣上。

题小颠墨竹

画竹不如真竹真，枝叶易似难得神。风晴雨露皆有意，子瞻与可无其人。去岁辟地栽新竹，枝叶离披覆茅屋。竹梢枯劲竿清瘦，久久可以医吾俗。昨夜雨过月上时，壁上掩映青青枝。张子对之无一语，淋漓泼墨发异思。淡烟轻雾笔底生，枝枝尽带风雨声。移向乾明寺中挂，壁石好撰张颠名。

表忠观

流离五季遍干戈，草窃英雄幸遇多。一角国分唐土地，百年庙共宋山河。凌烟阁上功臣像，衣锦营中驷马歌。为问贩盐为盗日，仲谋曾许较如何？颔联已举其大。

送陶子师任昌化

崖门图画便凄然，况复穷荒在日边。道险不知山水趣，法宽犹用宋元钱。自注：高、廉、琼三处皆用古钱，丁卯岁，制督吴公请行钱法，而古钱尽废，然琼州海外，至今未格也。月明黄木湾头驿，人语红蕉花畔船。只有一端廉吏计，木棉花发省装绵。

看梅

横列春山翠帐开，几株相映白皑皑。轻烟未散月未上，放鹤亭边雪欲来。高格。

张自超

字彝叹，江南高淳人。康熙癸未进士。○彝叹知己非用世人，不就选谒，生平邃于经学，诗亦从经学中出。

咏怀

阮生何鄙固，往往泣途穷。途岂有穷时，毋乃太热中。学道无独识，举足迷西东。太虚亦寥阔，顾弗容其躬。能贵不能贱，遂为物所攻。时论于儒者，谓贫为素风。摇落感剩蒂，飘漾如飞蓬。愿为达观者，与世开鸿蒙。途岂有穷时，唤醒急躁人多少。贫贱能移之人，即富贵能淫之人也，达观者尚未足以知之。

秋怀

大道自坦夷，于中生荆棘。扩清有古人，所贵无遗力。尧舜至今存，孔孟教不熄。世运或迁移，日月亦食昃。遁非圣贤心，剥犹天地德。霜风洗长林，群木涵新色。廓清异端，正以章明圣教，尧、舜至今存，由孔、孟之教不熄也，谁谓诗不足以载道耶？

桑

老桑古怪大成围，秋风落叶著地飞。腹空皮裂榦拳曲，霜雪历尽生意微。左边柔条犹自好，解向东方弄晴晖。我生骨瘦常苦寒，茧丝赖汝成冬衣，愿汝百年不戕贼。春日三眠蚕可食，半荣半枯生亦得。即作者自状其生平。

扫尘行

扫尘练日腊三七，细竹长竿风卷疾。岁岁荒村守敝庐，家家净扫迎新吉。扫遍瓦椽及四围，甑中之尘凝不飞。朝来坐曝茅檐下，垢面相逢仍苦饥。「甑中生尘」，旧语也，加「凝不飞」三字，便觉贫况可掬，即此想见彝叹清风。

何焯

字屺瞻，江南长洲人。康熙癸未特赐进士，官翰林院庶吉士，卒后赐侍讲学士。〇义门先生负正气，汤文正为某所劾，义门时为选贡生，诣劾者门骂詈，人共高之。屡试不中，圣祖赐举人，连赐进士，身后进爵赐金，君恩厚矣。生平勤于猎古，自十三经注疏、二十一史、诸子、离骚、文选俱一一订讹钩贯，天下共想望之。时文选本，其馀事也，今散亡零落尽矣。艺林得其一二，奉若珙璧然。

金陵怀古

寥落寒雲蔽旧京，歌残玉树听凄清。并无铁锁沉天堑，遽见金舆出石城。一马尚能龙变化，千门谁使草纵横。乌衣巷陌寻常在，可是夷吾浪得名。颔联见不能如孙皓之防敌也，颈联见并不能如晋元之偏安也，结意见王导犹下新亭之泪，此则并无其人矣。

吴廷桢

字山抡，江南长洲人。康熙癸未特赐进士，官翰林院学士。著有南村诗。○南村以北籍被斥，圣祖南巡献诗，召试御舟，成江字韵绝句诗，中上意，复还举人，明年成进士，自是恩遇日隆，方欲大用之，而南村卒矣。诗稿未及见，此从江左十五子选中录出。

试儿行为天标令子赋

璇源照夜凝冰壶，老蚌就掌生明珠。翠眉玉颊瞳点漆，人间又见徐卿雏。去年汤饼会众客，郁葱佳气方充闾。走邀温峤辨英物，耳畔仿佛闻啼呼。今来周晬露头角，娇娇自与群儿殊。豪鹰崭岁毛骨异，敢以凡鸟题门枢。雲屏翠幕好遮护，抱持保姆颜敷腴。图史百物罗左右，满堂坐展红氍毹。排窗穴壁竞觇窅，亲戚笑问儿何须？径前握管随手抹，似寻字画摹之无。诸馀玩好不挂眼，岂羡取印提戈殳。乃翁雅素耽词翰，吮毫舔墨勤咿唔。儿生堕地有同嗜，端能读父盈车书。草牍方当等曼倩，临书且为留官奴。几人有儿得宁馨，万金之产良非诬。我归责子坐叹息，提孩便已趋殊涂。朋来虽有四男子，森如立竹僵墙隅。懒惰总不好纸笔，召令吐记常含糊。正应坐我老伏枥，顾后驹齿皆顽驽。韩子不免简教示，陶公终是分贤愚。诗成聊复使之写，得不愧汗沾肌肤。生儿当如李亚子，尔曹碌碌何为乎？逐层引出，正如春蚕吐丝，七古所忌平直，得此层次曲折，自无平衍直致之患。○提戈取印，试儿诗中所必用也。此以撒为用，便不觉其陈陈。

石田画庐山高

石田老人笔有神，匡庐面目为写真。荦确高峰斑驳卧，蜿蜒悬瀑蛟龙蹲。更叱巨灵运神斧，削出坡陀似悬乳。哀猿下饮难攀条，寒鸟归飞愁堕羽。万古盘涡转轮毂，三叠水帘珠万斛。游人总向画图看，依稀认得康王谷。何年来游支短筇，笋舆芒屩相过从。会当洗耳万山顶，高揖五老看炉峰。

观潮

阊阖长风吹海立，冯夷怒挟天吴入。层层驾浪薄秋旻，凉波如沸鱼龙泣。海门匹练遥飞来，龛山赭山青崔嵬。罔象横冲两崖束，巨灵直擘中流开。划然分奔吼馀怒，霆击雷轰碎天鼓。日车倾昃羲和愁，疾掩阳乌避吞吐。是日阴晦。倏忽奔腾万马狞，鸱夷蹴踏来窈冥。雪山摧翻鳌脊瘦，冰柱迸裂蛟涎腥。俄闻舂岸喧雲碓，旋见跳波散珠琲。惊涛荡潏天低昂，乱石訇訇山破碎。潮头一落百丈强，迎潮之子凌苍茫。千桅乍隐鸥起没，一叶忽浮凫拍张。目精眩转毛洒淅，我生江乡懵未识。吁嗟向若恤然惊，倒泻长江荡胸臆。水犀强弩千雕翎，欲寻断镞扬遗灵。钓台西峙滩涨急，海天顼洞孤烟青。此咏广陵潮也。一路排山倒海而来，末幅烟波无际，盖潮至富阳而怒平矣。

天妃闸

断堰锁崔嵬，奔流下石隈。势吞淮甸尽，声撼海门开。水气晴吹雨，天风夕送雷。扣舷惊险绝，谁是济川才。

淮浦夏日杂感

浊浪南奔万马雄，清淮如线失春容。天连碧海盘霜鹘，水拍金堤转雪龙。四载禹功今未远，一丸蚁穴古难封。杞忧却怕天饶笑，且与平治磊块胸。

晓望华岳

曙爽西来嶽势尊，削成天外射初暾。寒松翠滴仙人掌，晴雪光浮玉女盆。气肃金晶横地轴，路寻箭筈倚雲根。悬知绝顶通呼吸，直欲排空谒帝阍。

函谷关

丸泥塞险恃崇墉，表里山河百二重。城晚角声通晋塞，关寒树色锁秦封。惊心逋客听鸡度，矫首真人跨犊逢。西去嶽莲迎面起，雲开立马许从容。连前一篇雄整称题，犹见王、李遗格。

吴瞻淇

字漪堂，江南歙县人。康熙癸未进士，官翰林院庶吉士。○漪堂先生不以诗鸣，而天然温厚，如其为人，所养醇也。

发富阳夜次严濑

忽见桐江树，回头失富春。中天一片月，千古两高人。自注：严子陵祠对谢皋羽墓。世乱宜晞髮，时平亦洁身。清风迎客棹，欲为涤征尘。五六语分承皋羽、子陵，洁身每在危乱之邦，时平洁身，前惟巢、许，后惟子陵也，语不刻削而自切。

三答家兄

留滞周南客，相思春草馀。梦来乘夜月，诗好代家书。父有千秋业，儿惭两地居。何时耦耕罢，商略注虫鱼。

清诗别裁集卷二十

查慎行

字夏重，浙江海宁人。康熙癸未进士，官翰林院编修。著有敬业堂集。○敬业会试出汪东山殿撰之门，东山向日执后辈礼相见者也，至是敬业居弟子列甚恭，而东山仍事以前辈，时论两贤之。生平敬慎笃实，见重内廷，同时班、扬之列，无一人疑忌之者。○施注苏诗行世久矣，敬业补所未及，兼多驳正，缘无力未及镌行。所为诗得力于苏，意无弗申，辞无弗达，或以少蕴藉议之，然视外强中乾，袭面目而失神理者，固孰得而孰失也。惟学之者，勿更扬其波，斯为善学者耳。

秋感

渡淮橘成枳，一变性终失。不闻返故土，枳又化为橘。人生百年中，孰是保初质。就衰水赴壑，驻景戈挽日。几见白头翁，鬓霜复如漆。见变善为恶，不能复返为善，即未有小人而仁者意，所以防失足也。下又推广言之。若果于回车，仍可返跖为舜，此又当活看。

闸口观罾鱼者

闸河一线才如沟，戢戢鱼聚针千头。其中巨者长二寸，领队已足称豪酋。尔生亦觉太局促，漂沤散沫沉复浮。不知世有海江阔，长养何异蒙拘囚。居民活计乃在此，劳不撤网逸不钩。竹竿绷罾密作眼，驾以一叶无篷舟。朝来暮去寻丈内，细细粘取银花稠。庖厨却缘琐碎弃，曝向风日乾初收。微腥但供饲狸用，性命肯为纤毫留。吾闻王政虽无泽梁禁，鲲鲕尚有洿池游。人穷微物必尽取，此事隐系苍生忧。一钱亦征入市税，末世往往多穷搜。

主意在贪残尽取，末路一点，知通体全注于此。

洪武御碑歌

升仙台前白玉碑，柱石拏攫龙之而。鸿文载在御制集，初不假手词臣为。我来摩挲一再读，颠者踪迹大可疑。忆昔元人失其鹿，群雄角逐争驱驰。濠州布衣人未识，芒砀雲气常随之。金陵一朝定九鼎，六合不足烦鞭笞。是时楚兵最剽悍，不自量力来交绥。国家将兴有先兆，天遣来告贞元期。明明天眼识王气，故以险怪惊愚蚩。英君往往谋略秘，计大不许寻常窥。亦如田单破燕骑，神道设教尊军师。不然兹事乃近诞，小数何足夸权奇。白旄一麾江汉靖，军前长揖从此辞。留侯自伴赤松去，縠城空立黄石祠。天池之山高巍巍，竹林仙驭杳莫追。鹤归倘记石华表，世代已逐沧桑移。百年雨露在山泽，惟有松柏参天枝。

张三丰事，本近诡谲，明祖制碑文以表之，即断白蛇、赤伏符等意也。篇中点破神道设教，正论不磨。

王文成纪功碑

明朝制科号得士，吾乡前辈尤绝伦。于公王公后先出，往往艰大投其身。朝廷坐收养士报，仓卒定变皆儒臣。正德己卯夏六月，逆濠犯顺江湖滨。公然举兵思向阙，三郡一哄生袄尘。皖口骎骎势将下，留都岌岌恐震邻。是时海宇正清晏，武备缺略久不振。公方持节抚南赣，似可观变徐邅迍。同仇大义愤所切，守土敢限越与秦。出师必待九重诏，是谓以贼遗君亲。飞书插羽声罪讨，攻所不备真如神。自从捣巢及执丑，通计时日才兼旬。军门戎首已面缚，天子鞅軨方南巡。石头城南献馘罢，待命行及明年春。周公东征尚跋疐，形迹讵可拘忠纯。盈廷宵小古亦有，忌者愈众节愈伸。初心祇期济国事，岂必画像图麒麟。兹山勒铭盖有故，深刻岁月题庚辰。纪功非夸乃纪实，书法遒劲辞温醇。首从伐叛叙始末，继举神武归丹宸。天方嘉靖我邦国，谁其纪者臣守仁。随征官属例得列，惜哉名姓今俱湮。读书台傍一片石，百四十字磨崖新。逸事吾闻长老说，弘治一榜凡三人。后来立朝适共事，数本前定非无因。胡发其奸孙殉难，公乃一手回千钧。自注：弘治五年，吾浙乡榜，公与胡公世宁、孙公燧同举，其年场中见三巨人，传为异事。及宸濠之变，胡首发其奸，孙以巡抚死难，三人共此事，亦一奇也。煌煌勋业本德性，出遇世会开经纶。质语百世可无惑，似此理学宁非真？后来轻薄好诋毁，撼树不过欺愚民。如公表见犹未免，此外何以加冠巾。手磨碑碣发长啸，白日皎皎悬秋旻。就擒宸濠始末详言之，表出一榜三异人事，见事属前定，非偶然也。末以纷纭诋毁，比之蚍蜉撼树，用以间执小儒之口。

中秋夜洞庭湖对月

长风驱云几千里，云气蓬蓬天冒水。风收云散波忽平，倒转青天作湖底。初看落日沈波红，素月欲升天敛容。舟人回首尽东望，吞吐故在冯夷宫。须臾忽自波心上，镜面横开十馀丈。月光射水水射天，一派空明互回荡。此时骊龙潜已深，目眩不敢衔珠吟。巨鱼无知作腾踔，鳞甲闪烁翻黄金。人间此境知难必，快意翻从偶然得。遥闻渔父唱歌来，始觉中秋是今夕。

高斯亿为余画竹以诗报之

画竹原从草书出，眼中孰是张芝笔？高生善书久绝伦，馀技兼为竹写真。自言亦用狂草法，颇觉游戏能通神。无诸城中少修竹，客舍连旬苦炎毒。赖君妙手补化工，为我一挥终十幅。幅终掷笔风雨来，野人疏爽心颜开。须臾雨止墨光湿，润入纸背生苍苔。老龙蜕骨瘦崛强，翠凤掉尾纷毰毸。魄雄气大腕力壮，尽扫箓簜皆凡材。忽然幻作铁钩锁，自注：江南李主作竹，自根至梢，极小者，一一钩勒成，谓之铁钩锁。自云惟柳公权有此笔法。世有诚悬应识我。渭川千亩胸郁蟠，放纵精微无不可。文湖州脉继者难，后来独推王孟端。人间多画风中柳，自注：东坡题文与可墨竹诗：「那将春蚓笔，画作风中柳。」珍重萧郎十五竿。前后以草书作关锁，章法不懈。

谒南海神庙

姚侯送我游黄湾，澄江一道晴无澜。黄昏到岸天色变，彻夜震撼号惊湍。平明谒海神，雲气解駮光斑斓。殿中击铜鼓，声落海外迎潮还。巡檐绕廊看古碣，手剔碧藓青苔斑。或欹或仆或屹立，节角刓杀形模残。煌煌御书碑，迥出唐宋元明间。浴日孤亭表其右，七十二级直上穷跻攀。不知榑桑出地几千丈，顿觉万象晃朗穷豪端。骊龙吐珠蛟喷涎，阳乌击水鳌移山。祝融分位当炎躔，紫霞红浪上下两摩荡，中有万点风樯竿。星流电掣到庙下，一一椎髻垂花鬘。吾皇膏泽被百蛮，远人毕至迩者安。自从计臣握算变新法，盐筴纤悉多归官。广川大泽禁渔猎，网漏鱼鳖群生悭。问神受封今几代，蒿目岂不知时艰？国家大事必祭告，谓是正直无欺谩。幽明肸蚃一气旋，忧乐当与民相关。曷不草绿章？为民请命恩宜颁。但使方隅获沾山海利，神亦坐享血食无惭颜。计臣析利，至于川泽无渔猎、鱼鳖无漏网，而望神之为民请命，此无可奈何之辞。

与顾梁汾舍人次阁学韩公韵

不是微之定牧之，紫薇亭擅舍人辞。十年未就归田赋，众口犹传赴洛诗。往事相关棋已散，秋风才到鬓先知。怪来东阁留宾地，难遣深情是酒卮。

拂水山庄

松圆为友河东妇，集裏多编倡和诗。生不并时怜我晚，死无他恨惜公迟。峥嵘怪石苔封洞，曲折虚廊水泻池。惆怅柳围今合抱，攀条人去几何时。重其积学，惜其失身，讽刺以和婉出之，得风人之旨矣。

汴梁杂诗

梁朱宋赵遗墟指汴京，纷纷代禅事何轻。也知光义难为弟，不及朱三尚有兄。将帅权倾皆易姓，英雄时至适成名。千秋疑案陈桥驿，一著黄袍遂罢兵。陈桥之变，太宗实与其谋，而主之者宋祖也，贬光义而难兄之失自见矣。文人之笔，严于鈇钺，信然。

秦邮道中即目

不知淫潦啮城根，但看泥沙记水痕。去郭几家犹傍柳，边淮一带已无村。长堤冻裂功难就，浊浪横侵势易奔。贱买河鱼还废箸，此中多少未招魂。借河鱼以形漂没之多，笔下疑有冤魂屯聚。

景州董子祠

西风残照广川城，董相祠边感慨生。官秩稍增秦博士，文章独辟汉西京。醇儒岂以科名重，英主无如经术轻。却笑武皇亲制策，牧羊牧豕尽公卿。牧豕牧羊即烂羊头、灶下养之先声也，转自崇经术者开之，故奇。○牧豕犹伪经术，此因牧羊而连及之。

度仙霞关题天雨庵壁

虎啸猿啼万壑哀，北风吹雨过山来。人从井底盘旋上，天向关门豁达开。地险昔曾资剧贼，时平谁敢说雄才。煎茶好领闲僧意，知是芒鞋到几回。

黔阳杂诗

玉斧铜标界有无，苴兰城外亟储胥。田横客已辞穷岛，乐毅功难敌谤书。官滥羊头争献镜，谋新鼠穴可乘车。英雄稚子论谁是？广武登临叹有馀。

送陆蓬叟之井陉

不道西游尔许难，万峰高下渡桑乾。乱鸦雪紧荒城暮，丛雁天低断角寒。燕市莫寻当日伴，并州且作故乡看。到时尺素烦驰寄，及与梅花报岁阑。

拟玉泉山大阅二十韵

地辟丹棱泮，天开裂帛湖。连冈环北极，列曜拱中枢。鞮驿销氛气，风雲蓄睿谟。不忘神武略，独握帝王符。吉日将差马，先期已祭貙。桓桓齐步伐，肃肃选车徒。野旷金钲转，沙平玉帐铺。一人躬韎韐，九校勇驰驱。鹅鹳知兵法，龙蛇入阵图。雪光明组练，寒律劲雕弧。忆昨三犁候，亲征万里逾。行间走英卫，麾下拔孙吴。挞伐声灵在，韬钤将相俱。诗人赓虎拜，士气动山呼。振旅时方暇，回銮日未晡。殊威宣逖土，同轨坦经途。典礼因时举，欃枪埽迹无。武功虽再缵，文德久覃敷。用遏昭无外，周防戒不虞。煌煌太平业，磐石巩皇都。叙明大阅，下将万里三犁振起，顿觉神骨俱遒，作长律解得此法，自无平直之患。

登芜湖浮图

落帽家山记几巡，弟兄南北各伤神。茱萸明日重阳酒，五处登高各一人。自注：时家次谷在粤，荆州在燕，德尹在黔，惟韬荒家居，故云。

曹操疑冢

分香卖履独伤神，歌吹声中繐帐陈。到底不知埋骨地，却教台上望何人？或云：发尽七十二冢，或云，埋骨更在七十二冢之外，奸雄心事，未易窥测也。此即以望西陵语调笑之，曹瞒应亦齿冷。

题蔡方麓修撰早朝图

陈至言 字青厓，浙江萧山人。康熙癸未进士，官翰林院□□。著有青菀堂集。

水晶帘卷月如钩，侍史妆成尽下楼。比似早朝还较早，不教君起看梳头。

感怀

白石何齿齿！清泉何浥浥！中有穷巷人，风尘寡颜色。驱马发大河，碎琴金台侧。风尘肉眼多，慷慨竟何益。羽以翠得称，玉以韫鲜识。谁曰托微波，终使形骸隔。姱修求匪亏，吾道在夷白。任运可逍遥，何须计通塞。以术干人，何如守素；夷白，守素之实也。碎琴长安者，当废然自返。

美人城南隅，婉娈发清扬。翳彼金玉姿，翠裾垂明珰。容与耀殊质，芗泽助晨妆。蛾眉众谣诼，罹忧处空房。弃捐无是非，庭户鲜辉光。众口如浮雲，君心如曦阳。凋枝抽荣条，春来自芬芳。守素以俟时，毋为自摧伤。不疾浮雲之掩，而望曦阳之照，春至抽荣，忧伤自息，此为诗之正声。

春游同吴六应辰张四星陈金大以宾韩十三涣文暨家魏公兄登厍乌山兰若醉中慈上人索赋

湖光如练山如拳，青天倒削波心莲。何年飞下小蓬岛，驱山不用秦王鞭。山前山后桃花路，不上湖船那能渡。满船载得踏春人，荇带荷钱春欲暮。茅庵谁结山之阿，青竹江篱古薜萝。径穿曲磴飞红雨，门对平湖卷白波。白波卷不开，红雨飞不定。湖风忽起乱鸦啼，白雲流水泻成镜。座中韩生忽大叫，对花无酒花亦笑。阿菱十二能操舟，隔湖买得射洪到。射洪春酒醉百壶，壁上新诗值一扫。慈山山人知不知，人生行乐须及时。自注：白香山歌童名阿菱。

北平送友人南归

哀角严城起，悲秋泪满衣。如何游子恨，偏自送人归。霜落孤鞍急，天高独雁飞。赏心零落尽，朋旧日应稀。

江上阻兵

闻道胥江口，黄巾未解兵。春沙晴洗马，烽火夜连营。羽信惊帆影，乡心乱角声。请缨系南越，无路痛书生。

白杜鹃花

蜀魄何因冷不飞，空山一片影霏微。那须带血依芳树，自可梳翎弄雪衣。细雨春波愁素女，轻风明月泣湘妃。江南寒食催花候，肠断无声莫唤归。

咏白丁香花

几树瑶花小院东，分明素女傍帘栊。冷垂串串玲珑雪，香送丝丝麗罽风。稳称轻奁匀粉后，细添薄鬓洗妆中。最怜千结朝来坼，十二阑干玉一丛。咏花二诗，不徵典实，不著色相，而杜鹃、丁香自然分别，于遗形取神处求之。

岳端 字兼山，安和亲王子。著有玉池生稿。○红兰主人礼贤下士，邹、枚之列时来座下，尝选郊、岛诗以示不弃寒瘦之意，其志趣可知矣。

春郊晚眺次韵

长堤一望夕晖斜，芳树枝枝待暮鸦。西岭生雲将作雨，东风无力不飞花。娇莺细啭留清昼，孤鹜徐飞带晚霞。野客独扶藜杖远，柳阴深处觅渔家。清扬圆转，元人中在萨照磨、宋子虚之间。

题闺秀朱柔则寄外沈用济画卷

柳下柴门傍水隈，夭桃树树又花开。应怜夫婿无归信，翻画家山远寄来。远人不归，而图家山景以动之，用意曲折，即此可见幽闲贞静之风。

博尔都 字问亭，宗室镇国将军。著有问亭诗稿。

送友之粤东

相送粤东去，深怜客舍寒。秋风摧木叶，忆尔下南安。马首五千里，猿声十八滩。扶胥海口过，眼界倍教宽。

雁

零露冷汀洲，归鸿度小楼。秋心齐唤起，不止动边愁。意不必深而韵远，自为唐音。

喻成龙 字武功，奉天人。官至刑部侍郎。著有塞上集。○尝有句云：「丈夫既捐躯，岂能依骨肉。」又云：「立马望黄河，天青塞雲紫。」颇学少陵。

闻笛

梦里悠扬横笛声，高天露下共凄清。愁来江汉人何处，望里关山月倍明。万里孤雲随绝漠，十年羸马更长征。谁知一曲终宵怨，霜雪无端两鬓生。

曹寅 字子清，奉天人。官江宁织造。著有楝亭诗稿。

岁暮远为客

晓灯寒无光，驱马别亲故。残月堕枫林，荒烟白山路。十年游子怀，惜此岁华暮。载咏无衣诗，何以蒙霜露。起手十字，写尽辞家之苦，可与别赋并读。

读洪昉思稗畦行卷感赠一首兼寄赵秋谷宫赞

惆怅江关白髮生，断雲零雁各凄清。称心岁月荒唐过，垂老文章忧患成。礼法世难拘阮籍，穷愁天欲厚虞卿。纵横捭阖人间世，只此能消万古情。

揆叙

字恺功，奉天人。官至都御史。

鹰坊歌

西郊天阔沙茫茫，高槐古柳溪风凉。地偏寂寞少人住，但作瓯脱供鹰坊。中有海青最神俊，竦立毛骨森昂藏。金眸玉爪异凡品，下视狡兔如跛牂。侧眼似觉天地窄，常思一举摩穹苍。忆昔辽代最珍贵，女真贡献交相望。搜求无厌旋致祸，两国转眼悲兴亡。至今黑水留异种，雕笼竞致来遐方。五陵年少颇好事，爱玩岂惜千金偿。嗟汝生性特趫捷，隼鹗未许随肩行。长绦羁绁岂初意，岁月浸久成驯良。关山秋暮盛羽猎，商飚倒卷尘沙狂。翻身向空入霄汉，快若骏马初脱缰。鸷鹅潜飞雒雉避，雲罗万里无遮防。老拳劲翮奋搏击，风毛雨血齐飞扬。天生羽族亦有命，饥雀叫噪悲空仓。林边野鹤骨立瘦，度腹仅得分馀粮。尔形褵褷亦安用，终朝肉食恒充肠。人间生计总愧汝，翻笑溪獭衔鱼忙。侏儒方朔异饥饱，万物荣悴真何常。况今飞啄本同类，强弱吞啖堪嗟伤。食虾原不乏鱼鲔，捕蝉亦复惊螳螂。何当忘机效海客，驱逐猛挚延奇祥。群飞众动各适所，丹山鸾凤常游翔。桐花摇落期不至，老鸦攫肉纷路旁。且随韩嫣逐金弹，排风毛质看腾骧。议论正大，不及唐东江作，而笔力亦自矫健。

钮琇 字玉樵，江南吴江人。官邑宰。著有临野堂集。○玉樵博雅多闻，著觚賸一书，能举见闻异词者折衷之，可以补正史之阙，诗亦变风之遗。

修塘谣

朝闻官兵至，暮下修塘檄。官塘不修误军机，官塘修时民罹厄。泥一斗，砖一箕，负之担之向水涯，尽是塘夫膏与脂。皇天不识塘夫苦，淫雨增波啮塘土，官吏督修猛于虎。杵声薨薨筑且坚，急索私例时加鞭。泣言官人勿加鞭，囊中尚馀卖儿钱。末语冀官人之动心也。只恐官人闻之，转增其怒，尚嫌其少耳。

秋雨叹和杜少陵韵

羲和投鞭白日死，满堂水衣苍色鲜。滩声潺湲入秋耳，更惊斛麦须千钱。东风萧萧吹雨急，茅茨数点波间立。菽沉禾烂不可收，舟居嫠妇中宵泣。
市人喧语何纷纷？防河府帖来如雲。三日河夫点行急，惨澹骨肉须臾分。阴霾迷天白昼黑，荷锸河干不暂息。寄言家人已无食，卖儿街头莫论值。
积阴六旬指可数，城中十室九无堵。去年年丰时亦和，何事今秋独淫雨。雨狂声撼草堂寒，行厨薪湿晨炊难。闻道长安久赤地，弘羊拜爵河流乾。视少陵作尤为变声。

春草

不信繁华事已空，伤心南浦复蒙蒙。何年陵寝斜阳外，几处亭台暮霭中。历乱影连流水碧，萋迷香衬落花红。多情陌上双蝴蝶，犹是飞飞失故丛。

题方石居赠忍公用吴愧庵先生韵

方庭修竹绿如围，琴榻书床识静机。紫朮夜舂供客饭，白雲秋製入山衣。落花径曲呼童埽，斜日林空放鹤归。最喜远公宽酒戒，虎溪乘月叩禅扉。

感事

赭服南冠两鬓华，却携妻子系天涯。春风客泪河桥柳，夜月乡心驿路笳。恸哭范滂犹有母，飘零张俭已无家。只今知己多豪侠，空忆当时广柳车。拟以范滂、张俭，必负才而被累者。末责以豪侠之不能脱人于难，谈何容易耶？取其辞句之工可也。

于养志 字涵一，奉天人。官四川巡抚。著有读易草、西征集。

不寐

秋风吹白帝，枕上落江声。小苑烟光薄，疏帘月影清。三更羁客梦，万里故乡情。渐听荒鸡动，驱车按部行。起手杜陵家数。

管抡 字青村，江南武进人。官师宗州知州。著有吹万集。

匡庐歌

平明迎日上庐嶽，春山涤翠清如濯。攀萝直上三万级，侧身蟠走如飞鹤。雲鳞鳞，花冥冥划然巨灵劈千丈，泻出万派洪涛声。耳目荡漾不能主，恍如坐我于沧瀛。沧瀛风雨不可测，中有一人不相识。回头笑指游空蒙，导余绛节双玉童。呼吸帝座随清风，俯视一一金芙蓉。白雲如绵满空谷，乘此欲与天庭通。拍肩笑问洪崖生，口吹玉笛银河倾。山中木叶萧萧响，下界疑为鸾凤鸣。襞笺授萧史，供饮白玉醴。长觥倾倒慎莫辞，醉眠石上呼不起。白猿苍鸟莫相猜，前五百年曾住此。空灵缥缈之气，凝结而成，自是君身有仙骨。

蛮中作

破驿悲风雨暗春，草堂无恙得吾真。从来圣世要荒外，儋耳龙场自有人。自负不浅。

陶孚尹

字诞仙，江南江阴人。贡生，官教谕。

早春闲兴

东郊雨后景逾新，蜡屐寻芳踏软尘。桥畔杏花村店酒，水边红袖画楼人。鹁鸪觅垒频穿幕，鹦鹉偷言巧弄春。陌上王孙何处去，青青草色送征轮。韦庄、韦縠，风流斯在。

怀友

又见灵光劫后存，金陀遗事共谁论。年时记得同游处，衰柳西风白下门。自注：莆田余曼翁。

舟中

乌衣剪剪柳毵毵，陌上谁家赋采蓝。我在木兰船里住，梦魂依约到江南。

水仙花

澧兰沅芷若为邻，澹荡疑生罗袜尘。昨夜月明川上立，不知解珮赠何人？同是凌波微步之义，而风神闲远，在欲离欲即之间。

张养重

字虞山，江南山阳人。○张尝有句云：「南楼楚雨三更远，春水吴江一夜生。」王渔洋尚书赏之。初谒渔洋时，即问此等好句，生平有几？张退谓人曰：「生平快意句，不意王公一见道出。」

自困溪历延平抵建宁杂咏

风吹博望槎，白浪滚江沙。缆走悬崖险，舟穿乱石斜。龙钟垂涧竹，踯躅映山花。野泊无人境，前林起暮鸦。「缆走悬崖险」，即所云「百丈牵江上濑船」也。「舟穿乱石斜」，即所云「船落危滩无正行」也。经过险境，吐语自然暗合。

不寐数严更，危崖戍火明。闻鹃春泪滴，防虎夜心惊。枕落高滩响，篷悬密雨声。山川凄绝处，魂断剑州城。

汀州道中

左顾朝阳右赣州，新罗高据万山头。番瑶接地蟠关隘，烽火连天起戍楼。日夜乡心皆北向，古今汀水独南流。可怜满眼崎岖路，惟有清猿伴客愁。

陈学泗　字右原，江南长洲人。诸生。

望岳

闻道仙都白玉坛，东来灵气郁巑岏。天回青眼三千里，路上雲霄五十盘。终古儿孙朝岱帝，当年碑版肃祠官。浮踪误我登临约，苍翠何时得饱看。

天孙列岳翠为屏，共说天门走百灵。沧海一杯高顶白，齐州九点暮烟青。芝童不信来尘壒，羽盖虚疑出杳冥。安得身轻似黄鹄，洗头池畔摘寒星。三四语似乎登岱矣，然以共说二字领起，则实处皆虚，末更醒出望字意。

纪事

巨浸东南力未苏，万家饥鹄不胜呼。中丞欲请敖仓粟，司谏先陈郑侠图。漫议补苴停转运，最怜剜肉赐全租。春来县吏敲门早，试问三农一饱无。自注：去岁吴地水灾，柯黄门力请蠲赈，得免丁徭之二，漕米亦从折色。○此康熙乙亥年事也。减丁徭，折漕米，君恩高矣。又尝分省轮捐，百姓有终年不入县门者。升遐之日，深山穷谷如丧考妣，视宋仁宗有同符云。

衮龙新幸柏梁台，供奉传呼走马来。共荐长卿能作赋，可知汉武最怜才。银鱼学士绯袍夺，紫袖昭容绣牍裁。多少兔园词客老，空依北斗望蓬莱。自注：上喜诗赋，高少司寇、沈太史并以应制诗邀赏。

鹦鹉洲吊古

侧身天地竟何之？记室才高数独奇。愤到渔阳聊骂坐，狂来北海任呼儿。一抔已没蛟龙窟，千古谁怜鹦鹉词。欲采江蓠迷处所，暮烟洲渚水涔涔。至今鹦鹉洲已没于江，余经其地，酾酒凭空吊之，无复芳草萋萋矣。五语盖纪其实。

沈受宏 字台臣，江南太仓人。岁贡生。著有白溇集。○白溇先生孝友诚悫，在名场五十年，终老不遇，而中心坦如，所养可知也。诗学亲承梅村祭酒指授，故吐辞渊雅，无志微噍杀之音。

赠吴事衍

先生延陵老子孙，娄江科第推高门。名流冠盖世虽换，豪士风流今尚存。忆昔从兄宦锦水，芒鞋茧足荆棘里。百口长悲殉乱离，一身何幸还乡里。草堂丝管秋风寒，谱出新声行路难。自注：有蜀鹃啼新剧。共传顾曲周公瑾，谁识哀时庾子山。三十年来头已白，萧然放散江湖客。博场酒社共追欢，画笔棋枰兼负癖。西南近日羽书传，重见公孙跃马年。人间多少沧桑事，付与先生一醉眠。

九龙滩

我从建溪走千里，胆落魂销百滩水。舟人更说九龙滩，绝险诸滩安足齿。嗟予漂泊何为哉？今日亲到龙滩来。恰闻昨日七舟下，两舟却破寻尸骸。上滩犹比下滩好，人登崖岸且自保。长索条分众挽舟，独把操篙付三老。一滩水悬一丈高，奔雷卷雪舂怒涛。舟尾向天舟倒立，还防巨石訇相遭。欲上不上力再著，号呼互应愁一错。我傍山根彳亍行，崚嶒石罅难移脚。九龙九龙路折盘，尽日劳劳上几滩。最有墓龙势尤险，过此相庆方平安。呜呼上滩人自苦，下滩水急谁能主！轻舟逐浪转如飞，纵有贲获勇何补？清流之人水中生，自注：闽中舟子俱清流人。弄舟惯与洪流争。商旅乘舟漫侥幸，性命直比鸿毛轻。我意欲将山路辟，下属安沙上铁石。自注：安沙镇、铁石矶为九龙上下地名。闭却九龙不复行，往来免误天涯客。史、汉叙事全在生动，使千载下如亲其事，如见其人，六代下俱平坦矣。中写上滩数语，犹存史、汉遗法。

舟暮

不知所宿处，暮色正氤氲。路远随行贾，村稀傍戍军。江清波浸月，山赤火烧雲。同客如鸿雁，天边自作群。

忆母

贫是儒家事，难安为老亲。遥怜负米客，长作倚闾人。夜绩孤灯暗，朝梳白髪新。生男亦何益？只是累艰辛。从忆母中传出母之忆子，其言蔼如。

渡海

一观沧海失江河，捩柁扬帆发浩歌。地到尽时天不断，人能来处鸟难过。风如黑雾奔腾急，浪比银山簸荡多。却叹田横心力苦，此中曾复弄兵戈。颔联十四字，能尽力赋海矣，及读周贺

「岛间知有国，波外更无天」，更觉多少自在。

许九日闽归

万里归家白发新，秋风重得饱鲈莼。脱身戎马怜今日，回首关山哭故人。跌宕七言才更健，萧条八口业长贫。一杯同把松窗酒，坐看天边战伐尘。

衢州书事

尚书昔日驻旌旄，烽火危疆保障劳。已见降王归斧钺，徒闻战鬼逐弓刀。山围四野寒雲没，水拍孤城夜雨高。回首可怜离乱处，至今闾井半蓬蒿。此咏李文襄事，神气完足，绝似梅村。

客晓

千里作远客，五更思故乡。寒鸦数声起，窗外月如霜。如出李青莲手，此种神妙，何必界限古今。

武林杂感

宝石峰头语塔铃，夜深鬼火映沙汀。春山遍作祁连冢，芳草年年不肯青。

篋篥高城夜月明，军中少妇忆南征。可怜七里滩头水，流到钱塘是哭声。

示内

莫叹贫家卒岁难，北风曾过几番寒。明年桃柳堂前树，还汝春光满眼看。如此处贫，终身可泯怨尤，视牛衣对泣者，身分远过。

送毛亦史入都

三月莺花紫陌春，曳裾何处逐风尘。毛生初作平原客，莫便轻他十九人。

苏堤口号

六桥遥带两峰孤，烟水茫茫旧宋都。一向鄂王坟上拜，回头不忍见西湖。责高宗之溺于偏安，不欲复仇也。余旧有句云：「却怜一片临安月，同照龙沙五国城。」亦是此意。

同钱太史泛舟东湖座有女郎湘烟戏题

酒绿灯青夜语中，家乡同隔海雲东。伤心一种天涯客，卿是飞花我断蓬。「我未成名君未嫁」，感旧也。此则暂时相遇，而飞花断蓬同伤漂泣，于无关合处生出关合，一往情深。

送春

客舍长安十丈尘，闭门终日苦吟身。一花一草何曾见，却道今朝是送春。极陈因题偏得此新色。

陆　韬字亦岸，浙江山阴人。

白雲

白雲缕缕青山出，雲自忙时山自闲。唯有野人忙不了，朝朝洗砚写雲山。以忙写闲，如许措辞，纯乎天籁。

方登峄字凫宗，江南桐城人。官工部主事。著述古堂诗。○水曹以朋友负罪牵连谪戍，处极危苦之境，而能种花赋诗以寻乐意，所养定也。迨奉诏赦归，已殂谢塞外矣。以孙问亭官保贵赠如其官。

秦女休行自注：女报仇也，女秦人，名休。

一尺髻，三尺刀。仇人头，在女腰。渭水深，华山高。血风腥，天冥冥，手提髑髅气峥嵘。法吏执之付以理，女欲报仇，先办一死。后来又有庞娥亲，千古英雄在女子。两女子能复父仇，惟志坚而气定也。宋高宗辈能毋愧死？

盘中诗

木刻鸠，纸剪马，飞山头，走山下。露贯珠，纫为襦。雲裁衣，烂光辉，是耶非，孰辨之。六月桑，吐蚕丝，冬之蕙，茁新枝，尔所思，非其时。素者髮，丹者泪，心恻恻，老已至，骨肉残，风雨驶。寸有长，尺有短，双轮驰，不可挽，我所急，天所缓。击瓦鼓，声乌乌。白雲满天歌且呼，歌周四角旋中区。初言似者之不能为真，次言过时者之归于无用，末言年命之速，时不可挽，而一付之悲歌也。中间隐分五解。

老枪来

俄罗斯国，即古大食，善用火枪，故又以其技名之。相传元世祖得其地，立弟为可汗镇之，至今国主，犹元裔也。边界泥扑处城，与艾浑接，水陆道皆通，岁一至卜魁互市。人性好斗，至则弁兵监之。作新乐府纪事。

老枪来，江边滚滚飞尘埃。七月维秋，罽彼马牛。马牛泽泽，易我布帛。大车是将，爱集于疆。来莫入城，俟天子命以行。天子曰都，远人适馆饩以糈。高颧智目卷髭须，狐冠草履游中衢。观者鼓掌相轩渠，岁以为期兮日月徂。归去，归去，豢尔牛马驹。言外有防其扰乱意。

古诗

勿效步兵哭，应比士龙笑。有时笑亦哭，不在音与貌。钟鼓可以哀，长歌可以吊。寸心无营求，流泉净泥淖。味淡声亦希，渊然涵众妙。笑哭两不关，天半发清啸。孙登之品自高于步兵、士龙。哭与笑俱胸中不能平也。笑亦是哭，无人见到。

村北

野旷朝霭清，峰高日半规。远风吹水气，澹林结幽姿。策蹇访故人，村北路逶迤。碧阴漾千亩，凉露沁心脾。刈麦走田父，妇子相追随。老翁欣得食，回头顾其儿。大儿束麦把，小儿抱豆枝，歌笑偕邻叟，饮濯清湍湄。留连缓去路，寓目心情怡。田间有真乐，朝市知者谁？

出西郊道过摩诃庵经前明宦寺葬地

易代一抔土，累累葬宦官。馀威剩碑碣，流毒在衣冠。树接宫雲密，钟敲佛火残。东京乔固冢，鬼哭北邙寒。诛奸宦，悲忠直，侃侃棱棱，诗不徒作。

望南信不到

不见儿书至，应知下笔难。有心慰衰老，无计说平安。关塞寒雲早，门庭落叶残。倘逢南雁过，便当室家完。

霜迟乐

七月不落霜，卜魁城边穈子黄。八月霜不落，千夫下田总欢乐。官田刈谷载满车，官兵急公先完租。毳帐牛车十日路，驱向城中易茶布。和茶煮谷布裁衣，卒岁不忧寒与饥。人人尽乐霜迟好，荞麦沙田收更早。但愿年年不出兵，官兵皆作农夫老。

七兄以诗慰病和答

形骸百炼后，心事五更中。苦海终无岸，愁城岂易攻。道危迷老马，边远失归鸿。谁谓青天阔，浮雲亦碍空。

纪事

争看金甲健儿装，玉辇雲移下凤皇。城名。都尉鱼丽开细柳，将军猿臂射长杨。蠡弧露冷摇秋月，鞞鞈风高带晓霜。大阅至尊非好武，良弓不为太平藏。

与毛会侯

耆英洛社旧登坛，四十归来早罢官。赴召有谁谗贾谊，输租今已累兒宽。休嫌华髮功名薄，毕竟青山岁月难。诗酒柴桑堪闭户，文章千古不凋残。会侯以邑宰罢官，应鸿博之召，而又不遇，故惋惜之，而复叹其隐居之高，立言之不朽，见人之所重，在此不在彼。

蒋楷 字荆名，江南长洲人。

河堤曲

走河堤，风凄凄，黄雲黯黯落日低。沙边丛树半枯死，荒村无人鸦乱啼。走河堤，风凄凄。走河曲，风簌簌，填柴作岸芦作屋。西风一夜钜野流，鱼头赤子千家哭。走河曲，风簌簌。似谣似谚，胚胎变风。

濮　淙　字澹轩，浙江桐乡人。

闻梁蘧玉已寓京口

容易相逢尚未逢，老年亲故喜相从。已辞野店中山酒，望断烟江北固峰。一夜梦游千里月，五更霜落万家钟。莫言人远天涯近，书到楼头第几封。中有名句。

赠方望子入黄山修炼

诗成当代说方干，何事辞家久不还。梦里汤泉非故国，眼前云海是名山。花深古灶凭烧药，月冷啼猿为守关。只是白头慈母在，不教容易别人间。入山修炼，非儒者事，况有慈亲在耶？送之即以招之，得赠人以言之体。

杨　宾　字可师，浙江山阴人。〇考安城为友人累，戍宁古塔，可师赴阙讼冤，得旨之柳条边迎亲，归作柳边纪略，塞外人称杨夫子。书法不染宋、元习气，诗体专主沉著，身后散如雲烟矣。惟于其门人处得塞外诗一册，故所录皆辛苦愁惨之音。

纳木窝稽

跋涉过混同，所历已奇峭。结束入窝稽，一望更深奥。阴霾不可开，白石安能照？古雪塞危途，哀湍喧坏道。更无人迹过，惟闻山鬼啸。车驱苦艰涩，换马欲前导。霜蹄偶一蹶，流血沾乌帽。魂魄已莫收，童仆徒慰劳。死亦分所当，生岂人所料。但苦历穷荒，庭闱终未到。

至宁古塔二首

望望吉林峰，白雲绕其下。登顿及今朝，亦得依亲舍。父母骤相逢，注视还相讶。别时髮覆眉，胡乃成老大。邻舍争慰劳，应接苦不暇。姓氏未及知，空言聊慰藉。日暮细挑灯，恍若梦中夜。喜极乃更悲，不觉泪如泻。「父母骤相逢」二句，与「妻孥怪我在，惊定还拭泪」同一真至，而父子至情则又过之。「姓氏未及知，空言聊慰藉」，非身亲其地者不能道也。此种诗岂在语言声律之工。

上书不得达，生男亦胡为？四十始省亲，问心良可悲。戏綵愧老子，挽须同小儿。西山日已薄，乡国归何时？叹息谓季弟，尔独无分离。承欢廿八载，此乐人谁知？季弟随侍戍所，故羡其承欢之乐。然不有行者，谁奉晨昏？不有居者，谁陈冤抑？杨氏可云有子。

换车行

冰冻马蹄行不止，历尽千山复千水。边门未出已难堪，况出边门二千里。沈阳城外换柴车，柴车换得无人使。坡陀木石相枝撑，谷口泥淖多呀坑。日日辕摧与毂折，翻雲覆雨如人情。人情翻覆乌可识，出门步步行荆棘。涕泪沾巾向北风，但见庭闱死亦得。直白语，从少陵出，不从白傅出。

出威远边门

黄沙漠漠暗乾坤，威远城头欲断魂。芦管一声催过客，柳条三尺认边门。乱山雪积人烟绝，老树风回虎豹蹲。从此征鞍随猎马，东行夜夜宿雲根。

王　戬

字孟穀，湖广汉阳人。著有突星阁诗集。○王渔洋谓孟穀池阳山行长句，过欧公庐山高远甚，而其诗却平直，故不及录。

秋日游白茅寺次少陵韵

天空灵籁发，入耳心逾静。何许微风过，月林摇客影。人生五浊世，为欢苦不永。争如瓶触藩，有如瓶堕井。及兹清夜游，无辞烛共秉。佛香一院深，僧梵四山迴。身尚依迦叶，足真践箕颍。禅灯照宵梦，妄念未能屏。金篦开倦眼，慧目陟东岭。他时礼白雲，应上最高顶。

读放翁集

南渡四杰俱惊才，醉心尤在渭南伯。江翻海立富篇章，跃马弯弓老梁益。一寸丹心常炯然，归来垂钓镜湖边。却怜老死空家祭，不见王师北定年。略其诗集，表其忠义，立言识轻重处。

顾希喆

字有典，江南长洲人。太学生。○先生与惠研溪太史为汪钝翁入室弟子，五经纷纶，有井大春之目，诗其偶然作也。然吉光片羽，弥用宝贵。

姑苏杨柳枝词

行春桥下午风和，画舫楼船次第过。一面青山三面水，不知何处柳阴多？

越国佳人旧有名，吴中娇舞不胜情。柳腰合是芳魂化，长向胥台一路生。原唱系钝翁先生，时和者甚多。几同济南秋柳，然风神摇曳，无逾二作。

许　润

字俭农，福建闽县人，以子松佶官江苏布政使司，赠如其官。

己巳六月拜别家慈之楚

荒鸡断续天将曙，游子辞亲寸心悸。霜鬓携灯立槛前，频语加餐暗垂涕。舟子招招促行李，残书数卷裹破被。解维咫尺是天涯，回首空间人独倚。发乎至情，可使妪解，东野游子吟后，乃有嗣音。

闽溪舟行即事

天设南闽多险阻，古今劳役几时休。下滩疑泛银河水，上濑如牵陆地舟。响应风湍歌欵乃，身藏雲木叫𬨂辀。笔床茶灶延缘好，准拟浮生托白鸥。

戊子春自岭南奉老母挈家旋闽

行囊带得岭头春，荔浦珠江过眼频。半世总为天外客，一家今是故乡人。回看东粤名山远，好补南陔乐事真。莫问田庐在何处？洛阳季子本清贫。远客旋归，人生乐事，况一家全归，尤天伦至乐也。此种真诗，读者亦为色喜。

舟泊剑津怀亡友刘复庵

分手齐安隔数春，何缘龙剑合延津。可堪风雨孤舟夜，白髮盈头哭故人。哭故人一层，白髮盈头一层，孤舟一层，夜一层，风雨一层，合并写来，如听猿鸣三峡。

毛世楷

字古愚，江南吴县人。官光禄寺典簿。

武昌

百战江山一水萍，武昌宫阙旧亭亭。枝梧蜀汉争持角，控制东南欲建瓴。未定中原安枕席，底思建业厌鱼鲭。只今铁锁销沉后，浪打寒潮入穴青。自注：锁穴尚在。○此合吴大帝后三嗣主言之，盛衰之感，浑括无遗。

秋日感怀

秋夜焚香醮玉真，秋河霤霤动星辰。人间何处投金濑，天上徒闻析木津。同学少年悲杜甫，美人迟暮感灵均。青天碧海吾无悔，且泛南溪采白蘋。此感士不遇赋意也。三四虚含，五六正写，最得浅深次叙。

杨　模

字子式，浙江仁和人。以孝闻。生平不惑二氏，布衣中有卓识者。

汉阳旅中送蔡子彙征游湘潭

相送斜阳外，相逢更几时。共来荆楚地，还赋别离诗。祖席杯堪把，河桥柳挂丝。洞庭他夜月，千里系遐思。

闰六月初七夜月

南讹莫认火西流，顾兔高悬略似钩。四日魄生方入夜，七回弦上未成秋。先期乞巧穿针线，后月舒光照女牛。半露姮娥能却暑，广寒深处玉为楼。字字雅切，第四语疑有鬼工。

沈　畯 字田子，江南吴县人。廪生。

荒亭

荒亭古墓南，远见车尘灭。墓前双石人，送尽人离别。

九日

有酒赏重阳，无烦白衣至。恐惊邻舍翁，谓是催租吏。催租吏，搅潘邠老不成诗者也，此云惊邻舍翁，用意又别。

吴启元 字青霞，江南歙县人。〇青霞不安交人，与傅雪堂友善，雪堂显达，位至大中丞，青霞落落，目中如无其人也。后雪堂以事戍辽左，青霞不远五千里走塞外慰问羁客，胸襟磊落，视世之翻云覆雨者为何如哉？

山海关

地临辽蓟中分界，天限华夷第一关。直绕长城东到海，凌空高障北依山。当年士马何曾战，此日梯航尚未闲。闻道乘槎通绝域，可能身入斗牛间。沈雄悲壮，此即慰问傅雪堂时作。

广宁望医巫闾山雪吊汉管处士

巫闾山上雪漫漫，何处峰头著幼安。木榻跪穿心久定，黄金锄去眼谁看。沧江水涸蛟龙徙，大漠风高鸑鷟寒。我亦子陵台畔客，绿蓑青笠一渔竿。三四吊幼安，五六写望雪，神理浑厚之中，格律仍复深细。

章藻功 字岂绩，浙江钱塘人。康熙癸未进士。

晚游西湖

雲漏晴光一缕斜，纷纷归逐七香车。山中影散樵薪客，堤外帘收卖酒家。乍卷村烟横远岫，暗移篝火点平沙。可容烂醉湖头宿，梦转三更玩物华。通体不脱一晚字。

沈锺彦

字美初，江南长洲人，诰赠内阁学士，兼礼部侍郎。〇后学周準填讳。〇先君子喜成断句诗，馆于画师汤式九家，汤写一花卉，先君子辄题一诗，年五十馀，专工分隶书，诗偶然作矣。身后稿为人窃去。初刻国朝诗时，未能得也。兹于汪氏学徒册子中，得此三诗，皆汤氏馆中作，潜儿时所及见云。

题画

春林如画罨朝曦，燕立秾阴湿不飞。柳外有楼帘半卷，掠花双剪莫忘归。

罂粟花

炊烟时或断贫家，晓起俄看五色霞。任尔侏儒夸独饱，篱头已放米囊花。

金钱花

邓氏铜山虚设想，沈郎榆荚许为邻。清宵风露频频掷，似向空庭卜远人。花晓开夜落，故有三四语。

清诗别裁集卷二十一

沈绍姬 字香岩，浙江钱塘人。○香岩羁迹淮右，垂老不归，浙中诗坛，亦罕数其人者，偶于清江于氏，得手钞一册，亟采入之。其生平出处，未遑详悉。

钱塘怀古

城上黄雲锁戍楼，城头古木叫钩辀。地从江底分吴越，天向栏前挂女牛。尚有荒祠题伍员，曾无杯酒祀钱镠。可怜人事今萧索，花草依然发故丘。吴、越之分，以江为界，用江底字，句便不平，此可识捶字之法。

寄怀查伊璜先辈

亭亭绝巘结萧斋，高峙龙门百尺阶。苏晋堂前宜绣佛，马融帐后有金钗。凄凉歌板怜君僻，磊落文章与世乖。爱我巴歌长击节，汝南月旦愧齐谐。

杜鹃

年年啼遍欲残春，午夜枝头血满唇。不尽羁魂悲蜀道，何来处士感天津。声中似怨无家别，地下应怜再拜人。纵使欲归归便得，故宫何处更容身。中二联俱以对句见灵活。

寄家人

归来偕隐计犹虚，垂老他乡叹索居。别久乍疑前劫事，路歧才得去年书。梦如柳絮飞无定，愁似芭蕉卷未舒。记得小园亲手植，一栏红药近何如？有敦瓜苦，烝在栗薪，到家喜极，无可措辞，故指瓜苦栗薪以志岁月也。此寄家书，千头万绪，难于著语，故忆一栏红药，讯其荣悴也。此种诗风人之遗。

司马懿故居

王业偏安蜀道难，奸雄宁独数曹瞒。中原回首移神鼎，竖子成名建禅坛。城上风旛新塔宇，墓中巾帼旧衣冠。掀髯西指蚕丛路，丞相祠堂尚锦官。

题前监军闻启祥传后

嚼齿穿龈死不辞，千秋名教得操持。门生谁续招魂赋，狱吏亲闻绝命诗。总为人门留正气，不求马革裹全尸。盛朝若举褒忠典，应敕盱江好建祠。

淮阴侯

鼎足才堪角两雄，当年应悔灭重瞳。分羹父子恩犹薄，推食君臣谊岂终。独有千金酬漂母，曾无一语感滕公。名成自古身当退，没齿休论战伐功。报一饭之漂母，而不报救死之滕公，英雄举动不可解也。汉祖不封纪信亦然，此意无人道及。

题韩蕲王湖上策蹇图

南渡何人主庙谟，清凉居士老西湖。两朝和议分棋墅，百战雄心付酒垆。策蹇山前逢故吏，参禅花底坐浮屠。只今犹恨丹青手，不画麒麟阁上图。

蚊

斗室何来豹脚蚊，殷如雷鼓聚如雲。无多一点英雄血，闲到衰年忍付君。一生肮脏，借妖么题发出，与「自脱貂裘数箭瘢」，同一慨当以慷。

咏古

脱颖人成公子名，不然碌碌竟何称。夷门虚己真知己，莫绣平原绣信陵。

为报韩仇奋一椎，副车虽误亦雄哉！淮阴也是韩王后，何用当时蹑足来。从无人开此口，欲报韩者几于语塞。

张衍懿 字庆馀，江南太仓人。

进峡

峡自夷陵束，江从白帝悬。两崖如剑立，百丈入雲牵。石出疑无路，雲开别有天。往来频陟险，千里正茫然。三四即「入天犹石色」注脚。

瞿唐峡

历数西南险，瞿唐自古闻。水从天上落，路向石中分。如马惊秋涨，哀猿叫夕曛。乘流千里疾，回首万重雲。此下瞿唐也。玩「如马」字样，及「回首万重雲」句，峡之在上可知。

过马伏波墓

溱水东流绕墓田，伏波埋土几千年。西风但见吹残鬣，南海犹闻畏跕鸢。岂有明珠来戚里，空留铜柱在炎天。功成未得雲台画，回首荒原一惘然。谤来宵小，功在南天，二语为伏波定论。

度梅岭

拔起危峰万仞雄，势临百粤控南中。人从丹壁千盘上，路入青天一箭通。古碣尚留唐相迹，荒祠谁祀越王功。只今四海梯航日，早见征车度晓风。

孙中岳 字枫麓，江南桐城人。

大侄书金陵回即走西安怅然念之

才解征鞍又远行，相看意气转纵横。故宫荒草埋金狄，客路秋风动石鲸。词笔已从梁苑秃，诗情又向灞桥生。陇头流水声幽咽，似我频年送别情。随题转折中，有全力法，本之初、盛唐人。

王誉昌 字露湑，江南常熟人。诸生。○露湑有崇祯宫词百首，人共称之。然十七年中，忧勤尽瘁之意，未能传出，故从舍旃。

舟泊武林城外因忆新安会稽之胜赋呈确庵夫子志别

四月河桥绿酎浓，篷窗歌咏自从容。人间草木馀春梦，劫后湖山又晚钟。学溯考亭开雾障，书探禹穴破雲封。重期此后追随处，知在烟萝第几峰？五语新安，六语会稽，结呈确庵，亦如题安放之作。

过东郊故园追和家大人韵

昔年亭馆筑城闉，此日重游自怆神。十亩仅传三世业，一身已作两朝人。门前碧草埋荒径，楼上青山认旧邻。记得趋庭分彩笔，也教题咏药栏春。

鹦鹉词

翻为多情损性灵，断魂还认陇山青。何因得证摩尼塔，一卷笼中般若经。

谢志发

字雲逸，江南长洲人。著有一角山楼稿。

春日送张梅庄之维扬

春郊烟景浓于酒，万缕千丝堤畔柳。当杯惜别暂流连，长条能绾离情否？挂帆暮霭指维扬，渡口分飞各一方。一苇不从张仲去，思随飞絮绕雷塘。

过褚渔黄山居

数峰深曲径，返朴遂栖迟。虚室雲为牖，成邻鹤在枝。漱甘临涧石，遁迹称茅茨。客至青精饭，长镵共采芝。颇见作意。

过旧送别处

忆昔亭前柳，分携曾系船。至今攀折处，犹是锁愁烟。言浅韵深。○此诗社题也。同赋是题者，皆极力铺张，然只是送别处诗。作者二十言中，一一注意旧字，尤西堂先生定为压卷，众无异辞。

姜实节 字学在，山东莱阳人。流寓吴中。○此贞毅先生仲子也，好古畏荣，布衣终老。诗工七言断句，每于若不用力处遇之。

绣谷堂中牡丹今岁惟开一枝杨子鹤马扶羲徐采若暨目存上人各为作图王石谷补一石余为题句

四人分写一花枝，写出传看朵朵奇。恰似兰亭摹拓本，浅深肥瘦各相宜。比拟恰好，若但著意牡丹，便是笨伯。

白头公鸟

霜鬓逢春可自由，老人端的为多愁。不知小鸟缘何事，也向花前白了头。

雕

天山白草路横分，日暮悲笳不忍闻。想得玉关方转战，皂雕风起欲盘雲。忽然变调。

题黄鹤山樵听雨楼卷

湖天过雨水冥冥，吹绿东风草一汀。绝似铜阬桥上望，远山如髮向人青。

题簪花图

六年前见倾城色，犹是雲英未嫁身。今日相逢重问姓，座中愁杀白头人。此歌者张乙娘照，蒋绣谷属杨子鹤图之，同时赋诗者多浓纤肥腻，独作者盛衰之感尽倾一座，外此目存上人，亦复超然。「黄四娘家花满蹊」，姓名因杜老传也。

吴祖修 字慎思，江南吴江人。贡生。著有柳塘诗。〇柳塘为高才生，友教远近，张损持、陈起雷、周汉荀诸公皆门下士也。诗尚才情，议论不主蕴含，能成一家言者。

古诗

兀坐一室中，澄观若止水。群动既已息，万籁不到耳。方寸涵灵台，光明畴与比。此中无将迎，安用起魄礧。蒙庄旷达人，亦未解斯旨。如何逃虚空，跫然足音喜。此古贤静坐观心之法，宜达观者未喻。

少陵薄文章，谓非道所尊。不读破万卷，何由闻斯论。经史足驱使，今古堪胚浑。寂若万象灭，灿若众星繁。根柢有至理，刊落皆陈言。以此为诗史，孰能穷其源。

侍家君渡江时有风涛之恐

日斜问渡汉阳门，双桨中流浪欲翻。人世那能容李白，风波何必系章惇。惊心频洒途穷泪，剪纸难招定后魂。还是故乡风景好，鲈鱼莼菜足江村。

书牧斋诗后

红豆山庄拂岫青，客来犹见子云亭。当年党论推尊宿，近日骚坛尚典型。不死拟将成汉史，孤生忍独守玄经。延登旧恨君休诧，目断台阶两两星。牧斋不死，一以明史自任，一以受温体仁讦，未得相位为恨，佐命兴朝，庶展抱负也。此意为柳塘指出。

书梅村诗后

梦回龙尾醒犹残，重入春明兴转阑。宣去可能如老铁，放归未便戴黄冠。悲歌自觉高官误，读史应知名士难。今日九泉逢故友，西台涕泪几时乾。自注：先世父扶九送司成北上诗，有「若使啼鹃真带血，西台一曲故人情」之句。○梅村为盛名所累，未能如铁崖之放归，由未能如铁崖之陈诗也。言下无穷惋惜。

读司马相如传

绮靡文传是子虚，曲终雅奏竟何如？后人嗤点凌雲赋，曾读当时谏猎书。

读王褒传

金马祠神事已遥，子渊才擅汉宣朝。非无圣主贤臣颂，只教宫人记洞箫。连上章俱用议论，以山咏贾谊诗其初祖也。高青丘咏史亦多此种。

寄示赵书年陈起雷

千里歌骊竟不闻，尚思尊酒数论文。过门不入能无憾，未敢人前薄待君。千里远别不闻于师，故以诗责之，然不即比之乡愿，言中犹有馀情。

陈 炳

字虎文，江南长洲人。〇虎文居阳山之阳，性狷介，几至三旬九食，有馈以粟者，苟非义不受，与黄震生中坚友，论诗文不合，至拍案面赤，过此仍欢好也。工篆刻，得顾苓正传，俗士求镌名氏，虽多金谢之不顾。诗宗孟山人，或少变化，然尘坱尽涤，亦如其性情之孤孑焉。

杂诗

斧柯不到处，恶木易成林。君子抱渴疾，偶然息其阴。端人贵洁己，宁使霜露侵。事往悔何及，喟焉伤我心。

汉上

楚国江山古，维舟望渺然。山盘青入蜀，江合白吞天。樊口上寒月，汉阳生暝烟。欲寻抱瓮者，小别夕阳边。此首如孟山人之咏洞庭湖，独为变调。

寻马山人不遇

一壑冷雲白，山家何处寻？忽逢采樵者，遥指梅花林。曲径吠寒犬，短篱鸣野禽。柴门闭幽寂，独立听泉音。

文 挟

字宾日，江南长洲人。著有十二研斋集。〇待诏五世孙，能述祖德，敦士行，诗品亦近清真。

病中杂诗

十日髮不梳，五日面不靧。久病卧荒村，秋深积阴晦。体弱殊畏冷，破衲已可爱。晚晴秋更佳，山色遥如黛。我当拭几尘，推窗坐相对。

吾爱陆渭南，一生常善病。谓非酒色来，虽病元气正。双眼涩如棘，揞颐犹高咏。省事兼寡言，能使心无竞。病亦不迎医，书卷养性命。

冷士嵋 字又嵋，江南丹徒人。

寄刘令言

关河霜冷雁南游，雲物凄凉属暮秋。万里飘蓬犹作客，三年戎马更登楼。艰难阮籍穷途哭，憔悴江淹去国愁。为报他山摇落尽，风尘惟有敝貂裘。

李必恒 字百药，江南高邮人。邑廪生。○宋漫堂中丞选江左十五子诗，厥后十五人中，殿撰一人，位大宗伯者一人，大学士者一人，馀任宫詹入翰林者，指不胜屈，而李丈以诸生终，且耳聋多病，年止中寿，何其厄也！然诗格之高，才力之大，可久者应让此人，事久论定，所得果孰多孰少耶？惜未见全稿，只从选本中录出，不无遗憾云。

咏史

方朔仕汉廷，事道非玩世。时时一讽谏，彼自敬其事。叩头诛董偃，凛凛直臣义。岂得以诙谐，目之曰游戏。

文成甫伏诛，五利复亲属。爵禄尚可捐，何至弃骨肉。天子而神仙，人苦不知足。汲黯言诚戆，陛下内多欲。千古英明之人，即千古大愚之人，一言道破，不觉哑然失笑。

悼亡诗

一室何啾啾，人语杂鬼哭。那得少踟蹰，黄泉路迫促。飞来白项鸟，哑哑上我屋。心知不吉祥，其时六月六。病妇晨起坐，清水自膏沐。再拜辞舅姑，双足不能缩。洒泣眼无泪，酸苦只在腹。回头语小姑，语咽气复蹙。可怜我生儿，艰苦赖鞠育。勿以生死异，饥饱时在目。开我嫁时箱，布衣未堪鬻。指日秋风来，改作我儿服。

徽音久如何？日月忽已积。枯坐惨不欢，出门昧所历。空房起昼阴，冷气出枕席。窗多蛛结网，案尽鼠行迹。亦有筐中麻，灯火手自绩。亦有所对镜，花钿恣狼藉。徘徊思言笑，仿佛面如觌。回头遽欲语，抚心一擗擗。前夜梦见之，色惨体更瘠。恍惚絮语间，问儿何所食。暂时魂魄聚，觉后泉壤隔。忘情愧太上，庄缶讵忍击？渔洋悼亡诗，风雅之中，纯乎富贵气象，此则元相所云「贫贱夫妻百事哀」也。越琐屑，越见真至，即他人读之，亦为感伤。

谒浮山禹庙次昌黎石鼓韵作歌

粤若稽古帝舜世，光华复旦卿雲歌。滔天独恣河伯怒，帝曰四岳咨如何。九载隳绩羽山殛，黄熊碧血膏霜戈。惟鲧有子子曰禹，负罪饮泣争濯磨。行山表木敷五土，大地棋置如星罗。首疏济漯定冀域，导南条水先岷峨。舟车绊络纷水陆，橇檋杂沓周陵阿。支祁夜锁缚奇相，百灵炯炯谁敢诃。九河既道九原涤，支分派析无舛讹。浊水绿字著神怪，穴中金简书蚪蝌。鼎涂百物御魍魉，驱使蛟鳄驯鼋鼍。蠙珠璆琳贡银镂，铅松篆簜浮青柯。土功荒度错昏昼，跛乌八载同掷梭。东渐西被朔南暨，手胼足胝难委蛇。呱呱门内弗暇子，涂山洒泣同湘娥。玄圭载锡干厥蛊，黄龙呈瑞江之沱。烝民乃粒玉帛会，万国辐辏车书和。厥田惟上中下错，总铚秸粟开输科。淮海惟扬古泽国，昏垫实维东南多。旧传浮山此作镇，岣嵝赑屃神鳌驼。或云一拳实中系，其下滚滚洪涛过。或云娲皇炼馀石，巨灵斧劈同切磋。又云蛟龙性险怪，制以镔铁沉诸波。顶露一丈其色黑，平砥如掌无偏颇。由来神物历年久，溯源那复知其他。楚俗纷纷竞淫祀，蛇神牛鬼争媕婀。数椽冷落傍阛阓，空馀盛迹谁摩挲。我来再拜瞻巀嶭，俯仰四瞩生悲哦。坏廊风吹舞鸭脚，丽牲有石谁刑鹅。山根斑驳苔藓蚀，清泉朝汲唯禅那。吁嗟下士抱微尚，利济无术心某轲。负薪沉璧戴君相，会见注海行江河。缅思禹功缵明德，分阴用惜毋蹉跎。用韵诗须胸有成竹，以意为主，而以韵从之，则无趁韵之病矣。看此篇叙事议论一气呵成，若自己用韵者然，中有大力量在。

铙歌

从军乐

牵马出里门，扈跸边城去。西陲有遗孽，狡脱甚投兔。誓灭此朝食，家室非所顾。附书与六亲，不必念苦辛。天子是主帅，拊循如家人。天子是主帅，士气为之扬。天子是主帅，甲胄生辉光。早夜五十里，在道无兼程。军中米粟多，到处泉流清。昔怨从军苦，今歌从军乐。功成受上赏，图形在麟阁。歌成于圣祖亲征噶尔丹时，一片铿锵，汉、魏音节。

役者讴

辇粟陟砠，山石龃龉。岂不惮行？念我圣主。念我圣主，在军中，亲秣跗。旰乃食，早夜不得休息。小人戢戢，敢告劳苦。驱驼千匹牛万头，峙乃糗粻负乃糇。馀粟累累弃道周，野鸟争啄声啾啾。起句至「敢告劳苦」用七虞韵，中夹入十三职中三句，汉乐府尝有此体。

归化城

归化城，徕群生。日入之部，就我日出主。闻风者，施施来。来施施，帝念之。作室家，相地宜。俾尔父母兄弟妻子无寒饥。出作入息，以遨以嬉。驻者歌，行者思。归化城，乐不可支。

破阵乐

炮车轰天白日烧，阚如虓虎军声鏖。天威所到心胆堕，霜刃未交敌垒破。尘漫漫，大风起。鼓不绝，马逸不能止。穷寇解甲降，巨憝抱鞍死。皇帝曰嘻！武不可究。罪人斯得，矧敢多又。旦日将军来，幕府上功簿。峨峨甲仗高于山，孳畜谷量不知数。天子受贺军门开，山呼万岁声如雷。

释累俘

临高原，漠北墟其无人。但见风驰霆击，沙石的砾争飞奔。歼渠魁，丧厥元。自馀跂行喙息百一存，寡妻弱子俘军门。皇帝德大，盖载远迩。曰予不孥戮尔。多赐缯帛，美酒甘食，与之更始。传告众人，赦女胁从贷女死，盍归来乎圣天子。乐府之妙全在音节短长，错综变化，使人不可测识，此篇略备。

大恺

奏恺乐，歌彤弓。拟鼍鼓，铿鲸钟。酒再行，乐三终。群臣拜手上帝功。帝不自功谓女庸，尔诸臣来。大者公，小者侯，厘尔圭瓒。秬鬯一卣，维兹山川田土弗敢爱。分土三，列爵五。及苗裔，永终誉。

月上

月上微风起，飘飘吹素林。草虫浮夕响，木叶识秋心。凉气湖中水，砧声空外音。不知孤馆客，此际感何深。

乙丑纪灾诗 序

邮自鼎革后，水患之大，淮为最。考淮水发源于桐柏，释名曰：淮，韦也，韦绕扬州北界，东至于海。水经注曰：淮水径义阳，东过锺离县北、夏丘县南，又东至徐县，又东盱眙县，东至广陵淮浦县，会黄河而入海，此其故道也。前明废海运，复会通河以漕东南之粟，乃修归仁堤，大葺高堰，障全淮使出清口，与河流会，藉淮刷黄，从雲梯关入海。以故运道不梗而淮水亦不至为害。鼎革以来，堤防废坏不修，顺治十六年己亥，归仁堤决，康熙元年壬寅，又决。洎自周桥开而淮水尽东注矣。淮水既东，清口之力遂弱，不足汰黄流之淤。久之，云梯关故道为积沙壅阻，于是黄水逆入清口，奔注洪泽湖，淮复挟黄为害，合二水，悉停蓄汇萃于高、宝诸湖。而下流范公堤诸闸久废，其入海诸港口又皆湮塞，其受无涯，其归无所，二十年来，七邑乃为之壑矣。乙丑夏，淮、黄交涨，邮城不没者三版，予宅在城外，水深丈馀，坐卧小楼者匝月，洫洫乎抱为鱼之恐。愁苦中辄赋一诗，得八首，非只纪事，实以告哀。夫治其源，宜修归仁、固高堰；杀其流，宜开支河、浚海口。今河臣于沿堤一带，设立减水诸坝，又令每岁增堤土三尺，噫！于保堤则得矣，如水患何？留心民瘼者，宜思所变计焉。一序中河臣之失与治河方略，如烛照数计而龟卜，乃事外者知之，而任事者惟守增土保堤故辙，杞人之忧何时可已耶？

何年湮息壤，千里发胎簪。洪泽陂难障，淮南害独深。尾闾原地势，降割岂天心。十万生人命，经旬突不黔。

报道归仁决，须臾涌浪高。羊头何滚滚，釜底自滔滔。草木先秋萎，鱼龙竟日号。不堪容膝地，霪雨又萧骚。

即以城为岸，惊涛直撼城。长湖无鸟过，六月已凉生。野哭何人急，讹言半夜惊。全家风浪里，秉烛坐深更。

泛宅知无计，危楼且共存。半间连榻灶，八口杂鸡豚。呕泄情怀恶，燔烧泪眼昏。皇天吾不怨，幸免作鱼鼋。丙寅冬，予所触目，见高阜所栖如鹅鸭鬼魅者几人，不止如诗中所云。癸酉、乙亥秋更不堪矣。

藻荇牵高树，荒村八九墟。人情争纲罟，劫运到诗书。大厦何当庇，他乡好卜居。可怜空际雁，无处觅沮洳。

眼见污邪尽，高原卷亦空。疗饥思圣米，自注：唐宣宗大中六年，高邮大旱，民于官河中漉得异米，号「圣米」。御湿觅山芎。不没城三版，难租地一弓。奇灾经几见，骇绝白头翁。

司空奉帝命，曷以拯灾黎。上策惟通漕，仄声。奇勋在护堤。归墟迷海口，沙路塞雲梯。财赋维扬地，何堪竟作溪。河之为患，五六语尽之，疏通海口，治河者倘急宜筹及。

五行多错迕，谁与问京房。縠洛将无斗，淮黄久失常。禹功真不再，天变故难详。激荡悲风起，哀音彻大荒。

方正学先生祠

烽烟一夕逼南畿，痛绝孤臣泪血挥。十族可堪同蔓草，自注：时戮建文诸臣，谓之瓜蔓抄。九重亦自愧麻衣。金川燕子飞还出，玉垒龙孙去不归。祠宇高皇幸邻近，一坏锺阜共斜晖。

吴门徐昭法先生画芝

垒坷轮困态最工，披图谡谡起清风。定知崖畔丛三秀，不在祥符万本中。

沈曾成 字韶九，江南吴县人。官知县。

闻吴中旱

南国惊传雲汉歌，空闻阙下颂嘉禾。粒馀鹦鹉三秋少，草尽飞蝗八月多。粟里已无田种秫，春陵难遣吏催科。长河天上谁能挽，一泻乡关润绿莎。

孙元衡 字湘南，江南桐城人。官台湾郡丞。有赤嵌集。

渡海

捩柁扬帆似发机，茫洋自顾此生微。乱山断处天应尽，一髮穷时鸟不飞。鱼眼光边波闪烁，龙涎影外国依稀。壮游奇绝平生冠，斯语东坡未必非。

蒋景祁 字京少，江南武进人。官府同知。著有东舍集。

伏波庙

雲台图功臣，椒房独未许。示公转见私，远嫌亦何取？龙蛇方斗争，几先择真主。回翔竟不归，风雲会轩举。五溪阻且深，一鼓气如虎。顾眄惜壮年，矍铄勇堪贾。薏苡蜚语腾，宫侧起谗蛊。公匪一将荣，犀贝何足数。松固乳臭子，无乃累建武。薄游沅江滨，灵祠立江浒。遗事徵故老，英风尚千古。慨然怀昔贤，功名想铜柱。「松固乳臭子，无乃累建武」，儒者之言，不必意尽语竭。

朱载震 字悔人，湖广潜江人。选贡，官石泉知县。著有东浦诗钞。

建兰

从兰生幽谷，莓莓遍林薄。不纫亦何伤，已胜当门托。辇至逾关山，滋培珍几阁。掉头忘闽海，倾心向京洛。轻飔昼回芳，清泉晚宜瀹。玉轸一再弹，天际如可作。此为王新城尚书题花木六咏之一也。新城谓王筠为沈约赋郊居十咏，约曰：此诗指物呈形，无假题署。今之视昔，殆为过之。诗意古淡无迹，不同漫许。

雪中呈黄湄先生

钟动明光接曙晖，雪花片片点朝衣。玉珂积素趋仙仗，金勒凝寒出琐闱。北极楼台天上迥，西山雲树望中微。闭门有客还僵卧，岁暮羁愁未得归。

陈于王　字健夫，顺天宛平人。

游文殊院历天都峰逢采药者

夜宿疑积雨，晓知松风鸣。日出雾霭消，紫气群峰生。十月山叶绿，境僻草木荣。策杖穿萝径，宛转随昏明。路滑悬溜滴，桥欹崩石横。苍茫众岫接，络绎飞泉迎。矫矫霜髯叟，负镭岩边行。息肩趺盘石，细说农皇经。谓我有夙缘，相顾若有情。令我坐其侧，翠筐厓上倾。双朮赤白色，二苓龟蛇形。柏叶含贞性，蕧花至阳精。服食屏嗜欲，堪与元化并。金丹饵轩辕，误人始容成。言讫超然去，白雲空冥冥。起十字山中夜宿真境，后写采药者蓦然而来，超然而去，妙在尽而不尽。

硃砂庵 一名慈光寺

古寺开岩腹，层层雲气流。溪声过竹院，山影落僧楼。施食玄猿接，斋钟远客投。奇峰三十六，一一画中游。

王丹林 字赤抒，浙江钱塘人。官中书舍人。著有野航诗集。○诗品在牧之、飞卿间，羁留日下，诸巨公交口推重，方欲荐扬明廷，而中道摧折。诗之镌刻者亦少，艺林至今想望之。

银塘曲

宜春小苑楼倚空，绿杨晴扫千丝风。湘帘翠卷暮山色，断霞散作鱼尾红。美人旧事平阳主，十五盈盈学歌舞。罗袜还凌洛水波，锦衾只梦巫山雨。团扇承恩夏日长，晚装闹扫追微凉。玻璃一顷剪空碧，白玉勾阑银作塘。姊妹相怜复相妒，私语凭肩一回顾。文鸳双宿乍惊飞，贴水荷盘泻珠露。

白桃花次乾斋侍读韵

相逢不信武陵村，合是孤峰旧托根。流水有情空蘸影，春风无色最销魂。开当玉洞难知路，吹落银墙不见痕。多恐赚他双舞燕，误猜梨院绕重门。无剪刻痕，有天然趣，一时和者皆出其下，辇下诗人钞写几遍。

乾斋再赋白桃花重和

亚水仍宜晓涨时，似无姿处最多姿。融融和露逢三月，皎皎临风见一枝。缟袖未依秦隐士，蕊宫休遇汉偷儿。红尘拂面何曾染，枉赋刘郎紫陌诗。

寒食

鸣鸠谷谷画楼边，欲雨还晴百五天。香荠乱堆梁苑雪，绿榆小铸沈郎钱。催花雨起无多日，街纸鸢飞又一年。赖得近时无火禁，茶床吹袅竹炉烟。

题桃叶渡江图

细雨横塘记昔过，画图开处奈愁何？桃花一簇红无主，春水三篙绿始波。解珮清狂馀仿佛，溅裙宿约竟蹉跎。由来兰桨无情物，锦瑟华年送已多。

悼亡妹

十年兄妹怅离居，恶问惊传涕泪馀。急雪罢吟檐外絮，大雷空寄袖中书。塞鸿影断乡关远，墓草痕生奠馈虚。宝瑟凝尘长簟冷，潘郎憔悴欲何如？昔人论诗，实事贵虚用，死事贵活用，道韫咏雪，明远寄书，实事死事也，用「罢吟空寄」四字，则虚且活矣。悲悼之语，出以悃款，其情自深。

顾嗣协 字迂客，江南长洲人。官新会知县。○迂客诗才不在令弟秀野太史下，未见稿本，不及多收。

杂兴

骏马能历险，力田不如牛。坚车能载重，渡河不如舟。舍长以就短，智者难为谋。生材贵适用，慎勿多苛求。言用贵适乎其材也。此种诗，刘继庄时有之，缘情绮靡之家，未能办此。

出居庸关

巉岩形势好跻攀，粉堞高楼一望间。自有天威临绝塞，不因地险恃雄关。冲雲涧雪悬千丈，扑马尘沙失万山。哀角悲笳听渐近，何堪落日照征颜。

题宋宫赞药州北征图

刁斗声中起塞氛，词臣亦复张吾军。王师神武原无敌，儒将风流更不群。铁马夜嘶千里月，雕旗秋倦万重雲。画工自具凌烟手，图出沙场纪旧勋。铁马雕旗一联，写塞外景象，有声有色，可匹「令严钟鼓三更月，野宿貔貅万灶烟」之句。

李　寅

字东崖，江南吴江人。恩贡生。崇祀乡贤。

书武侯传

痛想宗臣握帝图，盟心无地不艰虞。运移京国方扶汉，力竭西南更托孤。纵使河山分鼎足，忍教正朔委当涂。可知空谷龙蟠日，莘野躬耕道自符。初决策时，已知三分鼎足，而既受重托，志在死而后已，三代下出处之正，惟卧龙一人也。诗中无意不到，如读武侯列传。

书邺侯传

衣白山人现宰官，每参帷幄系危安。但清河朔风尘易，欲扫宫庭枳棘难。战伐有功身屡退，副储无恙魄犹寒。平生漫托神仙术，绝胜华阳早挂冠。平定河、朔，保全储副，功几不在汾阳下。托言神仙，犹从赤松子游意也。而旧唐书以鬼道少之，真乃不成议论。

王　锡

字百朋，浙江仁和人。邑诸生。著有啸竹堂集。○作者古今体诗俱有家数，即入西泠诸子中，亦为上驷，而名不出里巷。予往来浙西，历访辞人，无道及百朋姓氏者，偶于仁和柴侍御案头得之，录入卷中，因知名家而湮沦者正有其人也。为之怃然。

法相寺

释氏贵无生，不在形骸久。性真既已离，色相复何有。寺僧惑愚民，丹漆饰木偶。谓是肉身存，双耳长齐口。斯言或信然，结习终多狃。四大了不空，六根反尘垢。何如任归全，清净还高厚。吾闻孔子云，死者欲速朽。破释氏之说，表出归全正理，是为儒者立言。

题朱氏山庄

才过合涧桥，便到雲林寺。泉石奇以秀，疑非人间地。不知万木中，亭榭更幽邃。溪声隔竹喧，松色当楼翠。鹤识岭雲归，僧乘萝月至。嗒然吾丧吾，安问形与器。溪声四语，如晤对左司。

冬晓登韬光禅院后山望晴雪

天地气严凝，出郭游人少。踏雪登山巅，凌虚纵远眺。万户炊烟迟，奇景湛清晓。竹折枝蒙密，松危势天娇。足底多寒雲，眼前绝飞鸟。风惊碧落间，日出扶桑表。千重越岫明，一带钱江小。百里纷皑皑，万象争皦皦。积素射晴霞，异光互回绕。目眩下高峰，冥蒙林壑杳。举首望精蓝，楼台俱缥缈。

长平庄歌

怀宗御极临中夏，薄海纵横尽戎马。旰食宵衣理万幾，励精志在安宗社。刑于化久洽彤闱，周后端庄擅母仪。樛木任教萦葛藟，关雎自合咏螽斯。龙飞三载生元主，帨设九重光绣户。吉梦虺蛇信有徵，盈盈蕙质含芳杜。当年胄子本同怀，总角随肩戏玉阶。扑蝶催开文绮扇，簪花学戴火珠钗。天生慧性耽书卷，早沐殊荣封大县。燕至高禖祀屡从，茧成副袆分亲见。琼筵酌醴水犀杯，玉几挥毫铜雀砚。春风秋月几推移，忽是蛾眉三五时。梅额偏能标雅韵，桃夭正好赋佳期。官家特敕大宗伯，更命司仪精选择。选得良家才地高，周郎真是乘龙客。金钱已卜凤凰鸣，银汉将填乌鹊行。未及洞房传蜡炬，可怜烽火照燕京。九门狐鼠方延敌，百万豺狼顿入城。天子仓皇鸾禁里，后妃相继君前死。藐孤暗遣出宫门，深望少康能雪耻。御剑亲将贵主挥，莫教玉叶污泥滓。已同小妹逝泉途，帝上煤山赴鼎湖。宝带珠襦遗道路，五侯七贵丧妻孥。长平气绝贼惊愕，戚里载归徐进药。臂血犹红宛转生，终悲骨肉俱零落。季芈原因人负全，孤身已分葬冰天。国亡不辱复不死，缺月何堪望又圆。边将乞师秦殿哭，六军南下共鸣弦。赤眉败死黄巾灭，忽睹兴朝定鼎年。明年上书愿祝鬓，罔极深恩庶仰答。温纶不许奉空王，令与周郎重会合。金釭宝扇七香车，备物盈庭礼有加。馆筑平阳金作榜，园开沁水绿为花。不从鹤市埋芳草，更上凤楼誓偕老。帝女观刑屋社秋，罗裳无意薰龙脑。繁华虽与旧时同，岂若身居柘馆中。故国金人辞汉阙，来朝玉马裸周宫。秾李降嫔方一载，广寒深处应相待。鸳鸯分散不同池，只影高空归碧海。死后还邀湛露恩，赐钱营葬广宁门。石马悲鸣风惨淡，金蚕出没雨黄昏。韦氏里中香渐散，荀侯巾上泪多痕。名标彤史垂终古，身入黄泉觐至尊。空陇年年寒食节，白杨青草最销魂。纪怀宗长公主始末也。随事叙述，婉转悠扬，而怀宗之忧勤，公主之贞淑，亡国之悲凉，兴朝之忠厚，一一传写于可弦可诵之中，视梅村长律转有馀韵，谁谓前有名作，后人不必握管耶？〇公主名徽娖，都尉姓周名世显，详春明梦馀录中。

春江花月夜

春江两岸百花深，皓月飞空雪满林。为爱良宵清似昼，独来江畔试幽寻。东风送冷春衫薄，花月堪怜难掷却。孤月何能夜夜圆，繁花易遣纷纷落。搔首踟蹰江水滨，月明忽遇弄珠人。红妆笑入花丛去，并作江南肠断春。月转江亭花影动，数声娇鸟枝头弄。侵晓分途踏月归，连宵应作春江梦。题中五字安放稳贴，风神去原辞未远。

观潮

风激沧溟立，惊涛拍翠峦。朝昏存大信，天地涌奇观。皎日雷频作，秋江雪早寒。贾帆收欲尽，千里水㳽漫。三四笼盖一切，觉摹拟形似者，但得其琐屑耳。

丁卯中秋

去岁中秋节，灯前病剧身。黄昏正风雨，白首独酸辛。此日全微命，高堂失老亲。不如垂死处，尚见倚闾人。两中秋前后分写，仍是一气浑沦，见今兹全躯而丧母，不如前此垂死之身，犹依母氏也。律诗之变至少陵已极，此又在少陵变体之外，发乎至情，格律不足以拘之也。

冷泉亭

小憩空亭恋翠微，上方日暮客过稀。春秋阅尽水长冷，风雨到来山欲飞。岭半树高猿每挂，林间雲暝鹤知归。炎天坐久寒生骨，思向僧家借衲衣。三语正写冷泉，得山之欲飞作衬，字字皆活矣，极生动，又极见成。

李白

谁道谪仙狂，豪情托举觞。目无高力士，心识郭汾阳。青莲大节已尽二十字中。

咏雪

朔雪舞回风，华凝香阁晚。绣幕尚生寒，人在龙沙远。

俞　燨　字日丝，浙江秀水人。

灰七姑辞　自注：禾俗尝以二月祀灰七姑，即紫姑之遗也。

红缯张筲箕，斜插海棠杏，灶前舁来灶下请。小妇荐清茶，中妇陈白饼，大妇拜致辞，烛花弄鬟影。种秔种秫须多收，养蚕新丝十倍抽。不愿生儿近王侯，但愿蕃息滋羊牛。小姑灵感识人意，鬃箸重重书作字。筲箕频动小姑回，瓦炉香烬柏子灰。稚男收拾枣栗去，门前箫鼓喧春雷。村落间琐事，写来最真。

马草行

沧洲烽火彻夜红，援师奉调来南中。援师五千马万匹，所过军营吹筚篥。县官索草候经临，朱票纷纭远近出。家家并日办马槽，办豆更办莝草刀。草船满满连百艘，马草积如山岳高。援师驱马江干过，馀草零星弃道左。老农束取负担归，然草煮豆聊充饿。吏胥首告盗官货，哀哉愚民家顿破。一经吏胥，破家者不知几许，长民者何由知之，抑或知而不知？

刘石龄

字介于，江南长洲人。著有瓠容草堂集。〇国初孝子刘蓼萧于鼎革后，艰苦省亲，父前没，遇母于见娘村，盖前定也。介于为孝子之子，读有用书，奔走四方，韩文懿公重其人，欲荐于朝，未及荐而韩公卒矣。诗滂湃闳肆，得力昌黎，近体浸淫宋人。因未见全集，故只录古体二章以志厓略。

登祝融峰顶宿上封寺

梯空蹑晴霓，振衣祝融顶。俯视七十峰，茫然堕烟井。湘流失湾澴，洞庭馀溟涬。目穷日月乡，袖拂天汉影。回首苍梧雲，飘飖度前岭。太阳汲新泉，石鼎瀹苦茗。肺腑添清凉，丹元溢光景。麾斥隘八区，幽寻惬孤秉。徘徊会仙桥，晴崖发娟靓。绝壁有行迹，仙路细如绠。虬松生古岩，翠叶光炯炯。灵秀天所锺，应与兹山永。倒景回明霞，大地总澄莹。归来宿上封，一枕山雲冷。生平学韩，此章又近谢公。

恒山

宝符玄玉奠兹麓，有神上下扶坤乾。曲阳飞石就禋祀，虞舜不到恒山边。兹语荒怪谁所纪，翠砥屭奰空磨镌。磁窑两岸尽绝壁，南有细径缘秋烟。崖回水立三百丈，巨石怒落随奔泉。几年于此垒雲栈，排空石窦鬼手穿。馀材蠡啮插山腹，欲落藤蔓相钩牵。平生未尝识剑阁，或谓蜀道险亦然。崩岁万仞试初步，飞仙岩阁中霄悬。虎风一噫土囊口，犍牛飘坠轻乌鸢。浑浑雲雾起林际，乖龙鳞尾方蜿蜒。紫芝翳翳隐幽峪，黄榆飒飒飞晴天。中有仙人系驴树，下根离析枝相连。寒涛万壑起松杪，翠雪散落山亭前。夕阳晚霞足幽眺，丹灶夜光然通玄。野人颇有济胜具，度越峻岭如登仙。俯视群山尽臣庶，太白巨丽差随肩。茫茫一气辨龙塞，橐驼万队成蚁旋。丈夫宁能死章句，有名须勒狼胥巅。此心未遂身老大，投足岩岫差安便。遍游五岳自兹始，俟昏嫁毕当何年。天地奇境，须得此惊人句写之，蜿蜒如龙，几于不可控驭。

黄中坚

字震生，江南吴县人。岁贡生。著有蓄斋集。○蓄斋以古文鸣，诗其馀事，然即此二章已见其情至文生，不同饤饾。

闻陆既藩柩归吊之

昨得传来信，灵輀返故居。悲深翻作喜，望切转疑虚。一棹风烟外，孤魂忧患馀。生还当此日，欢笑定何如？传来凶信故悲，闻其柩归翻喜，及望而未至，又恐消息之虚也。十字中无限曲折，结用反衬，以生还之乐，衬丧归之戚，倍难为怀矣。

题马雲逵像

故国苍凉天地秋，谁将肝胆托清流。狂澜已向东南倒，正气偏于草莽留。愤似安民悲刻石，自注：官为魏阉立碑，命镌石，君先期远避去。厚同齐相赎孤囚。自注：魏忠愍公子濂以逊赃追比，君劝募入金，得免。画工只貌须眉古，一片丹心未易求。官命镌魏阉功德碑，雲逵曰：「安民乞免镌名固善，然已污吾手矣。」遁之浙西以免，又魏忠愍被逮，至胥江，周忠介欲以女妻其孙，无人为媒，雲逵独任之，此又诗中未及详者。

沈　廉 字补隅，浙江嘉兴人。○补隅方壮入秦，有「去题百二关中壁，要看三千里外山」之句，闻者壮之，后足迹几遍天下。而蜀游一集，沉郁中复极纵横，颇得杜陵气骨，一时鲜摩其垒者。

出连雲栈抵宿褒城

蜿蜒雲栈萦空回，划然半壁秦天开。烟峦高下势排宕，兴元形胜何雄哉！放眼褒中树如荠，一片孤城落井底。纷纷飞鸟堕苍烟，落日无光沙泥泥。我马虺隤不复骄，解鞍止宿心摇摇。孤雲两角天一握，侧身西望惊魂销。眼前险阻无时无，区区百里成坦途。且复开襟浇浊酒，放歌一醉花间垆。前路崎岖君勿虑，扬鞭更上青天去。

江口行 并序

江口者，岷江口也。明末孽贼张献忠据成都三载，诛求民物殆尽。鼎革后，献孽运其辎重赴楚，巨舟数百号，连樯衔尾，东至嘉州，直抵江口。先是有武举杨展者，豪勇冠西川，愤贼蹂躏，练集乡兵备贼，至是截之。献孽怒，举火悉焚其舟，金物并沉于江。献孽复集贼党还成都。会王师至，尽歼灭之。西蜀既定，颇有觊觎江中遗物者，竭人力取之，终莫能得，半溺于水，到今七十年矣。呜呼！由此观之，彼献贼之暴，愚民之贪，皆归乌有也。乙未秋，成都杨鸣冈孝廉述其事，爰作江口行以志慨云。

岷峨江水清且深，黄金那识行人心。岷峨之水清且浅，黄金偏著行人眼。为问黄金何处来？客谈往事真荒哉！献贼当年荡蜀土，生民甲第成飞灰。一朝束装贼东走，连樯直下岷江口。岷江杨展豪勇者，痛愤呼天忍束手。义旗一举群飞扬，弓刀直掩日月光。一时天地为震怒，横江截杀势莫当。旌旗遍野风飕飕，嘉州三日江不流。烟雲黯淡日无色，山川撼动蛟龙愁。孽贼此时无一可，突怒鼻端欲出火。狂呼一炬燎群艘，黄金百万归洪涛。贼众奔忙还锦水，王师歼尽獍与枭。妖氛靖后七十载，可怜犹见民脂膏。江流滔滔走如驶，黄金曜日清见底。贪夫从此智力穷，无冬无夏驱人工。摸金半入江鱼腹，十无一得空贪欲。冯夷冷眼笑人忙，孽贼猖狂有馀毒。不贪为宝古所云，世人攘取徒纷纷。窃国窃钩分大小，斩刘沦溺同亡身。我闻客言三太息，可备野史传其真。君不见古来让以天下惟恐浼，世间尚有洗耳沉渊人。献贼之虐，愚民之贪，同归于尽，中写杨展义勇，能以乡兵截杀群贼，大是快人。

自彝陵州发棹至黄牛峡

江月欲落晨鸡鸣，客船未发官船行。晓风飔飔舟子喜，蒲帆吹出彝陵城。鼓声坎坎日方吐，船头渐听滩声怒。棹转俄惊又一天，桃花鸡犬回头误。入峡愈深山愈奇，半雲半雨崖倾欹。疾风卷水水欲立，纷红骇绿相离披。尽日冥搜思缥缈，空里无声绝飞鸟。斜照西南一角天，数峰青入微雲表。初疑前山无路通，划然一线开鸿蒙。乃叹伟哉神禹迹！人力疏凿天无功。危滩更转势欲压，路断雲根疑倒插。喷珠跳雪从空来，不知此是黄牛峡。我闻昔日有黄牛，助禹开导疏江流。至今风雲相隐见，惝恍如有神人游。百丈高牵不可越，行人到此真愁绝。一舟欹荡波涛中，却与鱼龙争出没。吁嗟乎！黄牛峡水无时停，黄牛峡石无时平。人言虽险君勿怖，那得人间有平路。「斜照西南」二语，先用虚写，「危滩更转」以下，乃用实写，举犟淙潺，声势俱壮，一结转说开去，意境莫测。

锦江观涨

桃花落尽春水生，锦江忽作辊雷鸣。奔流欲转草堂去，大声撼动芙蓉城。两岸回旋如走马，飞腾上下驰流星。浪花排空百丈立，银河倒泻天为倾。一气浑噩渺无尽，乾坤不觉如浮萍。忆昔长江破巨浪，风帆乘我空中行。身如沧海渺一粟，性命直与蛟龙争。今日江城看春涨，披襟想像神犹王。安得呼起浣花翁，相与乘舟坐天上。

苦雨有感

萧瑟三秋序，沉冥万里天。吴侬愁送日，蜀国雨为年。时去名何与，诗穷老或传。黄花应有恨，不肯放尊前。「雨为年」三字，新绝，警绝。

入连雲栈

飞栈盘空鸟路分，烟岚雾树合氤氲。人缘蚁垤纷相引，风递猿声断更闻。百道争飞天外瀑，千峰乱插马头雲。身当绝境浑忘险，不觉频穿虎豹群。

剑门

乱山回抱蜀天昏，双剑为峰辟一门。怨鸟三春悲望帝，井蛙当日笑公孙。幽花怪木随高下，冷雾荒雲自吐吞。千载漫多凭吊客，摩崖诗遍绿苔痕。自注：石壁多镌前人题咏。

翁　荃 字止园，江南江宁人。○止园究心三礼学，与方望溪、张彝叹诸先生说经硁硁，不以诗人自命也。即诗中寄托，亦复抱负不凡，读其诗，可以观其旨趣矣。

读武侯靖节合集

士生三代下，著书日纷纭。武侯与靖节，述作称完人。三聘出草庐，治国兼治军。灭贼志未遂，鞠躬竟忘身。彭泽归去来，耻为二姓臣。甘守西山节，荆轲愿空存。二公重志行，岂惟尚华文。隆中倘未出，悠然乐天真。柴桑苟任事，述祖抒忠纯。易地则皆然，孟子曾有云。吾生千载后，展卷如相亲。梦寐接古贤，心期共探论。还祈志颜尹，望古情弥敦。

三代下，汉以武侯为完人，晋以靖节为完人，显晦不同，志节一也。篇中善于推论，结意尤高。

田家诗拟陶

穷经一生事，老至强荷锄。先师鄙樊子，农圃谢不如。我胡忽改业，甘为小人徒。珪组岂不荣，日与倾危俱。黾勉食其力，一饱安有馀。魂梦无萦扰，日高起徐徐。床头清酒熟，聊以解辛劬。

盛　远　字宜山，浙江嘉兴人。

自题寿域

窣堵波成傍佛寮，钟鱼香火伴昏朝。不知一盏花前酒，谁向刘伶墓上浇？

沈自东　字君山，江南吴江人。诸生。○君山少岁，有客诗中称木为卉，人或非之，君山曰：诗云：「山有嘉卉，侯栗侯梅。」然则诗亦非耶！众服其英敏。

孙供奉

欃枪凭魏阙，魍魅紊乾纲。举世皆披靡，孙君独感伤。昔曾蒙绛服，今肯戴银珰。殿上人为兽，床前弱敌强。奋身惊逆贼，断首谢先皇。有靦苏循辈，居然鹓鹭行。唐昭宗时，有猴善随班起居，因赐以绯袍，名「孙供奉」。朱温篡位，亦欲其供奉起居，猴见温跳跃奋击，遂被杀。○「殿上人为兽」五字警绝。

卜　焕　字彤文，山东日照人。诸生。

爱菊

我非柴桑翁，素性亦爱菊。地不满数弓，所栽备种族。泥沾洗馀滓，天暑障素幅。插援聊扶倾，除蠹恐滋毒。爱护同家儿，日夕劳顾复。花时绕畦看，相于淡无欲。迟暮亦何妨，霜馀惬幽独。自号菊花农，头衔珍令仆。花品人品并见，不学陶，自足陶趣。

清诗别裁集卷二十二

康乃心 字孟谋，陕西郃阳人。康熙乙酉举人。○王新城尚书登慈恩寺塔，见康孟谋题庄襄王墓诗于壁云："原庙衣冠此内藏，野花岁岁上陵香，邯郸鼓瑟应如旧，赢得佳儿毕六王。"大加称赏。入都为众公卿道之，一时名满辇下。此新城欲扬其名，诗恐未副实也。兹特取送人作令一律，而前辈爱才之意，仍表而出之。

送李虞臣任宝昌令

华岳仙人地，函关柱史家。铜章分海国，驿路指天涯。众望真如岁，官评匪种花。东南民力竭，抚字在桑麻。赠人以言，得古人遗意。

吴斯洺 字琳岩，浙江归安人。康熙乙酉举人。著有补阁诗钞。

忆旧游

偶随骐骥过幽州，蹴躏尘中赋倦游。不惯扫门称上客，只堪长揖谢通侯。一年羁旅生离恨，千里风烟上敝裘。幸有故山茅屋在，萧然长啸海天秋。孤踪兀奡，不合时宜。

吴资生 字天培，江南吴县人。康熙乙酉举人，官宝应教谕。

就道录别

西风吹我鬓，寒日照我冠。亲朋各挐舟，送我芦花滩。怜我年半百，得官仍酸寒。官卑禄自薄，苜蓿馀空盘。何时抒壮怀，雲际飏飞翰。款言谢亲朋，我心匪求安。虽无民社责，抚时每长叹。方今值灾荒，苍黎半凋残。哀哀满路哭，谁恤骨髓乾。活人惭未能，敢博妻孥欢。淡泊以明志，守我瓢与箪。居职无大小，要归免瘝官。解缆从此辞，浩浩江天宽。无理民之责，怀救民之心，冷官中易得此人乎？设为问答，古乐府时有之。

刘青藜 字太乙，河南襄城人。康熙丙戌进士，官翰林院庶吉士。著有高阳山人集。〇太史既通籍，弥刻苦自励，乞假后补官旋卒，故发言为诗，多食荠肠苦之意。

赠车同

痴雲压长空，荒郊风栗冽。敝裘毛已秃，疲驴骨欲折。问君何所之？语次气哽咽。子妇往归宁，一病遂永诀。淮西有书来，返榇资囊竭。况有小儿女，呱呱须提挈。灯昏漏且残，为君中肠结。麦舟愧古人，惆怅明朝别。车同，仝轨字也。中河南解元，王渔洋称许之，惜无从觅其诗稿友朋何寥寥，人事兼聚散。一饭别君庐，时日不可算。子嗟丧频仍，余苦病居半。酸辛勿重陈，倒箧烦点窜。但愧岭头泷，波澜怯河汉。佳恶吾自知，洪炉休辞锻。后会总茫茫，莫负灯花灿。太乙、车同皆愁苦之士，故以丧与病对言，后属点窜诗稿，望其攻瑕，诚古道交也。词意清真，何从著得藻采。

稗子行

妇子纷纷携筥筐，齐向荒郊收稗子。晨出暮归收几何？一斗才舂二升米。莫嫌此物太艰难，犹胜田间把耒耜。今年五月月离毕，沧海倒翻泻不止。拍天巨浪浸层城，平原洼地可知矣。小麦湿蠹秋禾空，辛苦何曾咽糠秕。天生稗子惠孑遗，残喘暂延全仗此。只愁采掇会当尽，鸿雁嗷嗷饥欲死。

杜少陵墓

万里清明节，回头忆北邙。可怜出巫峡，曾未到襄阳。故国三千里，羁魂二十霜。蹉跎稷契志，终古恨茫茫。此吊少陵墓，故只就出巫峡没耒阳言之。末二语志其生平之大者。

宿友人宅有赠

小巷城根僻，空庭月影寒。家贫偏好客，身健早休官。绿剪霜畦短，黄分湖蟹团。他年鸡黍约，争敢忘馀欢。家贫好客，身健休官，人生乐事，世偏多家富而不能好客，年耄而犹恋一官者，读此得毋粲然。

将赴都门

十载长安道，风尘鬓欲皤。天宁哀志气，人尽笑蹉跎。日落汾丘垒，冰胶乾勒河。又驱羸马去，惆怅意如何？

孟德疑冢

铜雀凋零鸳瓦残，西陵遗冢遍河干。不知歌吹层台妓，冷魄还从何处看？奸雄用心，不值诗人一哂。

王苹

字秋史，山东历城人。康熙丙戌进士。著有二十四泉草堂集。〇秋史所居近望水泉，元于钦所编七十二泉之第二十四也，少岁多否少可，人以狂士目之。王渔洋、田山薑二公赏其诗，并奇其人，渔洋许其不以贫贱终，后果如其言。

南园

何处篠簃有敝庐，空存老树与清渠。乱泉声里谁通屐，黄叶林间自著书。草色又新秋去后，菊花争放雁来初。菘畦舍北馀多少，取次呼童一荷锄。三四语，王渔洋剧赏之，称之于张南溟巡抚，南溟与定布衣交者也。时尚未为诸生。

春日述怀

泉头十九年前住，试看垂杨大几围。犹是只鸡招近局，依然山鸟怪儒衣。诗如上水船难进，身似沾泥絮不飞。屈指年华竟虚掷，从前悔未买渔矶。

读吴野人集

海上吟诗到白头，菱花满地一沙鸥。一生不出东淘路，自有才名十五州。

吊张布衣

拜杖谯楼血肉飞，少年帕首奋重围。惜君生后陈同甫，独使丹阳有布衣。布衣名秦运，明末上书开府，陈战守之策不用，杖四十，推堕城下几死。秋史另有张布衣传载其事。

吴士玉 字荆山，江南吴县人。康熙丙戌进士，官至礼部尚书，谥文恪。著有吹剑集。

玉带生歌奉和漫堂先生

先生原本云：杨铁崖有七客者之寮，以贮所藏笛、琴、管、胡琴、古瓮与研，并己为七。六客各锡以嘉名，而砚旧宝于文丞相，紫质玉纹，所谓玉带生也。丞相殉国，砚归谢皋羽，转归铁崖。铁崖作志，命门生张宪作玉带生歌。余幸覯奇宝，亦赠以歌。

中丞好古摅幽情，示我宝研光晶莹。紫衣通身腰横白，云是景炎故物玉带生。曾游铁门翻白雪，向陪皋羽[illegible]冬青。其先文山早结契，挥洒神笔凌霄峥。铭锡贯珠四十四，至今的烁光日星。棐几摩挲追往事，感慨郁律何能平。或云信国当年初射策，生也即随顾盼趋承明。万言一扫尽龟鉴，铁肝石胆生风棱。转瞬烟尘昏澒洞，生同颠阨哀零丁。丹心磨砺何不灭，正气磅礴歌吞声。天崩地塌壮士死，但闻西台击竹声悲鸣。可怜宋社沧海水，片石乃有神灵凭。鼎迁者三载五百，贞质不毁堪嗟矜。英英紫玉晕痕透，有如白虹贯日昭精诚。仰止孔石自注：孔子遗研。陋桑铁，笛管之族非其朋。焦琴况出自奸相，自注：琴为贾似道故物。苏龚那混申椒馨。彼哉客寮并数七，嘈杂非偶徒虚名。岂如我公位置肃，左图右史笺遗经。

濡翰端可斡玄化，作歌雅欲亲典型。公歌突过玉笥作，为生写真垂千龄。万言一扫四语，见砚与文丞相一生关切，后将贾似道之琴作一反衬，忠奸判别，波澜不穷矣。作七言古须得此法。

嵇曾筠 字松友，江南无锡人。康熙丙戌进士，官大学士，谥文敏。

五台山

昔人一览五台胜，谓可不须五嶽游。把诗令我神辄往，襆被欲发仍勾留。那知山灵有深眷，衔命太原偿此愿。见山已自开心颜，况复驱车到天半。摩霄跨汉何岌嵸，呼吸直与精灵通。疑是娲皇此炼石，化作五朵青芙蓉。闻说东台特奇妙，拾级先登纵遐眺，夜半涌出朱砂丸，海外天鸡犹未叫。山僧复导过西台，举头正喜鸿蒙开。阴晴凉暖变俄顷，飒然万里边风来。遥指南台高几许，蹈虚蹑险如霞举。上方历历见星辰，下界冥冥自风雨。欲往北台更飘瞥，分明引入水晶窟。阴崖高叠万古冰，幽涧长流千岁雪。中台宛在山中央，云是文殊旧道场。驯虎何曾避行客，伏龙犹自依空王。飞泉宛转当檐落，注入清池长不涸。境中大可印禅心，惟见一泓开澹漠。小憩刚逢梵课馀，妙香冉冉飘衣裾。到此能令众缘息，只有夙好犹难除。摄衣馀勇更一鼓，直上莲花岭头坐。两丸日月足底生，百道烟霞腰下裹。一峰万状难具论，诸山环侍犹儿孙。置身合在最高顶，俯瞰一气浑无垠。登高倘使心不猛，奇胜何由得全领。从知万事须造巅，赖得兹游发深省。朅来幸得公务闲，闲情暂寄水石间。幽吟颇得清净理，遐赏适在清凉山。却为王程难久住，摇鞭又入红尘去。回看一片出山雲，不识为霖向何处？明点五台，移形换步，登高造巅，悟及立行。结到出山之雲，雨泽天下，宰臣心事如见矣。

寄天津范自牧观察

有母常教独倚闾，显扬无计愧何如？南溟鹤唳归华表，吴地冰霜逼岁除。傥忆通门重启事，定教伏阙上遗书。忠魂已化苌弘碧，雪涕君恩浩荡初。哀赠公怀节母也。阅诗意，应是未通籍时作。

登披雲山眺海

披雲更上一层台，睥睨乾坤独举杯。海势欲浮台宕去，涛声直撼斗牛回。三秋笳鼓当风竞，千里艨艟蔽日来。为诏奸雄齐解甲，圣朝悬爵待招徕。

宫鸿历 字友鹿，江南泰州人。康熙丙戌进士，官翰林院编修。

李木庵先生壁上观李松岚画松歌

松岚画松谁与匹，毕宏以来推劲敌。数尺根株一百盘，惯将拗笔摹高格。学士壁间画五松，高枝樛结如苍龙。苍龙夜挟雷雨至，五松嶽立争豪雄。瘦蛟蟠纸多棱节，虎脊熊腰姿态绝。老干常捎三峡雲，新枝已屈千钧铁。风条露叶故依然，化工入手天无权。水墨经营极意匠，晴烟不断青蜷蜷。噫嘻艳蕊浓花世所尚，吾徒冷落知谁向？无用霜皮四十围，有时白髮三千丈。愿君宝此后凋心，桃李春风莫惆怅。

长安午日

生事都如缚粽菰，千缠万裹滞长途。高门敢望齐丞相，醒眼真怜屈大夫。彩结灵符聊辟鬼，盘堆昌歜故愁吾。南州五月鲥鱼美，未买烟蓑棹五湖。长安逢午日，意不止吊灵均也。处处双关，诗律剧细。

俞兆晟 字叔颖，浙江海盐人。康熙丙戌进士，官内阁学士。○公视学江左时，诸生进谒，相接如先生弟子，论文行外，兼及诗品画理，以二者皆公所长也。清风和气，至今犹想慕之。

吴宫曲

馆娃春深昼寂寂，美人列坐弹瑶瑟。自裁白纻六铢衣，回雪流风侍君侧。清歌珠串袅入雲，粱尘不动花缤纷。繁弦急管停复作，当筵催进泥金裙。军声殷殷来檇李，犀甲晶莹照秋水。破楚门东铁骑围，君王夜醉扶不起。白纻歌残事已非，洞庭渔唱雨霏霏。至今城上乌啼急，犹听吴娘夜捣衣。悠扬婉转，结处一声中有无限馀声。

蒋纲 字有条，广西全州人。康熙丙戌进士。

舟次书感

蒲帆一幅挂秋槎，渺渺烟波去路赊。不及茂陵归有壁，翻同杜老别无家。橐中长物馀诗草，道上重阳负菊花。他日萦怀在何处，知予依斗望京华。妙能活用。

郑任钥 字鱼门，福建侯官人。康熙丙戌进士，官至湖北巡抚。〇江左多名学使，公其一也。生平不以诗重，而诗亦可传。

春蚕词

蚕月人家爱晴旭，纸筐分叶声满屋。三眠过后桑树稀，称来银茧缫为丝。山村日午纬车响，榆柳阴阴烟火迟。忆昔民间累苛派，新丝二月长先卖。近年儿女有完襦，急公更足偿私债。艰难衣食在农桑，年年拜祭马头娘。不辞小妇闺中苦，愿作山龙藻火裳。他手每说饲蚕之苦，此用翻案法，见闺中女子忠爱有馀。先生补衮之心，言中流露矣。

徐俟斋画芝

采蕨归来日已移，写将三秀寄遥思。秋风满眼嗟零落，岩谷何人和紫芝。见前民凋谢，同志无人也，如此才是俟斋身分。

乔崇烈 字无功，江南宝应人。康熙丙戌进士，官翰林院庶吉士。著有学斋集。

悼亡

惨目复惨目，掩涕入汝房。揽镜泣孤影，抚枕悲残芳。嫁衣亦已敝，绣幕无时张。箜篌遗素壁，刀尺缄空箱。种种感故物，脉脉想容光。忆汝初归时，盛饰拜姑嫜。锱铢今何有，毁弃坐我穷叶。往余客京师，心念第三郎。料知需玩弄，买来小银铛。封题托鸿羽，更著书数行。嗟我寄未到，此子先夭殇。汝每持以泣，因之汝亦亡。那更复见此，能不摧肝肠。

末买银铛寄归一段，愈琐屑愈见情真。

立秋日枕上

新凉涤残暑，细雨作秋声。笛簟初宜夜，鳏鱼自怆情。草荒原上冢，梦断驿前更。来日怜儿女，单衣补未成。

徐用锡 字坛长，江南宿迁人。康熙己丑进士，官翰林院侍讲。

得何义门太史凶信

汉代诸经师，一一得传授。君学谨派别，原本切讲究。一目下十行，毫发悉穿透。微言洞窾会，善发昔人覆。楮墨鉴古刻，灭烛能辨臭。偶逢谑浪虐，终得芳润漱。爱憎不入时，针石起颠踣。大节尤过人，五十终哀疚。门庭绝纤埃，廉介无苟就。所嫌直如弦，险道屡颠仆。颠仆不肯回，仍纠俗纰缪。欲杀皆庸流，吾敢同众诟。他日念斯人，文林应俎豆。义门先生之以直受祸，及受祸后，仍不改其直，道尽生平，须眉毕见矣。如此哀挽，可云古道照人。

关峡早行

柝响知关峡，东方尚未明。蛇纡危壁路，雷走大河声。星落寒灯见，沙崩疲马惊。一夫须设险，塞下尚连营。三语炼在危字，四语炼在走字。

张麟书 字玉函，江南华亭人。康熙己丑进士，官翰林院编修。

早梅

梦寐难忘姑射姿，春山无伴每相思。谁将暖律翻三弄，却遣芳魂逗一枝。浅濑影疏人小立，曲帘香动鸟先知。赏心不待花如雪，好在寒冰未解时。

缪　沅

字湘芷，江南泰州人。康熙己丑，赐进士第三人，官至刑部侍郎。著有馀园诗钞。○司寇视学楚中，延四方名流校阅，所得人文，极一时之盛，楚人为予称道之。诗旧入江左十五子选中，予曾评点，后披全稿，见半属朱墨改易，所云「老去渐于诗律细」者耶？

王孝子诗

丁徭日繁重，闾户多逃亡。文安王氏子，飘泊辞故乡。弃我旧井灶，舍我旧耕桑。甘心杂匹耦，各自东西翔。故乡不能归，涕泣泪如雨。一灯何荧荧，健妇措门户。生儿在襁褓，日夜尚须乳。儿生未十期，儿志如成人。上堂见阿母，儿有平生亲。儿生不知父，儿不如鲜民。阿母为儿言，汝父久埃尘。上天与入地，欲见愁无因。孝子闻母言，含泪声酸辛。团圞复团圞，为儿授家室。登堂见花烛，吞声哭不得。儿生未识爷，何以安枕席。誓辞连理枝，永远事行役。再拜阿母旁，泣血涴颜色。出门何所之？惘惘别里门。长号感行路，天地为之昏。日则望雲驰，夜则戴星奔。飞篷冒天末，何处寻本根。行行大壑旁，僵卧荒祠外。精诚动木石，魂魄交冥昧。开门揖老叟，梦中与神会。午食见指南，莎虀未粗粝。当归乃隐语，不闻附子脍。迤逦入东南，山泽形神枯。黄沙蚀颜面，疮痍生肌肤。果然带山下，梦觉逢精庐。佛香飘院落，有客苍髯须。询知旧乡里，惊喜立坐隅。寻声犹识得，精神相感乎。父子抱持哭，泪落千僧徒。殷勤劝还乡，缁林戒行李。入门见老妻，毁颜已暮齿。新妇洁盘餐，为翁具甘旨。至行格天地，和气浃乡里。高曾遗矩矱，子孙遍朱紫。至今道旁人，齐歌王孝子。胎源于孔雀东南飞一章，中间梦与神会一段，妙在若可解，若不可解。

房中诗

娇儿衮师绕案长，文如翻水声琅琅。夜堂篝火摊书读，吹落灯花红簌簌。小者玉颊好眉宇，手持梨栗能尔汝。中男依兄坐短檠，毛诗新读一半生。山妻椎髻夜操作，手弄诸雏共笑乐。频年踪迹随天涯，赖汝黾勉能持家。不为楚相君勿哂，与君相偕鹿门隐。孺仲一家，可云有道，妻子皆得佚乐。司寇非隐人。而家庭之乐与孺仲同也。语语用韵，两韵一转，格调得自嘉州。

袁術

公路浦前白日昏，千重骇浪犹奔腾。袁曹昔时争战地，秋原尚作黄雲屯。兄弟阋墙事堪叹，术也仇绍翻结攒，谬算适足羞先公，强云图谶天所赞。里谣谁记当涂高，僭号不闻阎象谏。符命之说诚荒唐，当车有臂疑螳螂。江淮冻饥士卒死，宫中日夜为荒亡。蛾眉皓齿竞害宠，冯家小女悲悬梁。灊山之败所自致，江亭奔窜如亡羊。堆床十斛仅麦屑，一勺入口无蜜浆。当时割据意何取，离离满目悲禾黍。我来袁浦为吊古，老龙昼眠蛟夜舞，鲸波蚀尽战场土。

众尊为帝，而欲奔匈奴以自绝者，刘虞也。因当涂高谶语，而欲自称为帝者，袁术也。汉末群雄，惟术为至愚且妄，身死后妻孥不保，亦惟术为至惨。篇中综本传始终言之，不漏不支，自然中节。

送顾嗣宗返吴门次留别韵

韩孟雲龙日夕依，故山猿鹤久相违。人如诸葛真名士，品是江东大布衣。吴地烟岚应入梦，楚天鸥鹭渐忘机。步兵日有莼鲈思，隐语当归且缓归。

访汪钝翁先生故居

山光塔影尚嶙峋，遗筑丘南野水滨。草没垣衣何限感，乞花场上吊诗人。

乞花场，钝翁先生所居。

张大受

字日容，江南嘉定人。康熙己丑进士，官翰林院检讨。著有匠门诗文集。○先生未第进士时，即已陶成士类。既入馆选，汲引尤众。后有负之者，弗与校，且若不知也。吴中宏奖风流，断推匠门，今没世已久，过其故居者，犹想望馀风焉。骈语韵语皆清新独出，披其集如遇其人。

鲁肃庙

阔达谋吴策，几微保汉心。才输公瑾捷，道契武侯深。夏口帆初上，龟山庙至今。灵风吹赤壁，城北雨沉沉。肃始迎先主于长阪，继劝吴主召周瑜还，与武侯共破曹操，后又劝借荆州于刘，则肃匪独忠于吴，兼能保汉也。十字中包括无限史事，三四申言之。

送顾禄百外孙

博识虫鱼晰，闲吟花草工。长康三绝擅，东野一身穷。老我离思外，慈亲望眼中。荣名真不朽，雲树隔江东。

慕庐先生还朝

交无洛蜀本和衷，雅量分明司马同。常以文章推后辈，久将政事托群公。委蛇晏退裘应潎，狼藉髭留醆莫空。出处古来雲变化，芳馨谁播史书中。韩公得诗，答以断句云："扁舟不怯羸装薄，好语穿来一一珠。吟到交无洛蜀句，千秋牙旷赏音孤。」以公中朝孑立，不随党同，诗能得其素心也。三四亦惟公足当斯语。

题大临故宫词后

旧顿荒凉锁绿茵，宝钗双燕只生尘。眉痕不照长门月，臂点曾销永巷春。百首宫词王司马，一声河满孟才人。阿谁尚记华清恨，听谱霓裳泪湿巾。此泛咏故宫也。百首宫词，一声河满，黯然神伤。王司马「司」字，可作去声读。

睢州谒汤公祠

过宋频登夫子堂，传经应比郑公乡。曾游霁月光风里，早叹浮云白日旁。众母至今歌子产，伏龙畴昔起南阳。音容似昨人千载，赢得吴民泪溢眶。茂叔襟怀，伏龙出处，国侨遗爱，而不免浮云之蔽日，君子叹息痛恨于方正不容也。事久论定，曲直显然，彼谮人者，亦何益而为此哉？

送沈子大赴江西

才子秋风泪点多，远行霜晓唱骊歌。三年皮骨空人役，千载文章奈命何，紫气豫章龙变化，青峰彭蠡雁经过。旧时慷慨南征赋，送客都门髮已皤。

答袁虎文

重游梁宋访心知，一揖尊前感赠诗。射虎旧夸从李广，斗鸡今喜逐袁丝。文章白璧元无垢，意气青苹两不疑。归到江南最相忆，小园风雨对床时。

呈竹垞先生四十韵

日月悬鸿笔，江湖伴钓翁。斯文如一髮，此老不三公。世溯韦贤相，生称江夏童。异书都默识，疑义若披朦。瑚琏珍初待，金刀数正终。兰成终窜谷，王粲早飘蓬。寄兴沧溟外，悲歌燕赵中。挥笺回雪白，拍板落花红。剑拔看天小，觞浮觉海空。但随游野豕，未卜渐逵鸿。当代旁求说，盈朝并荐雄。对扬钦学邃，拔擢荷恩隆。太白官供奉，龙门史折衷。抡才弘铁网，校艺试青铜。书卷装归橐，神仙近法宫。骑将天厩骏，捧出御书虹。自此期调鼎，无端怨失弓。归来操翰墨，吟笑脱樊笼。亟舫波还泛，书亭日久烘。圣经罗象纬，物理析鱼虫。注地郦元似，论诗萧统同。采飞神每助，斤运帝无功。凤小能翔汉，兰摧莫叫穹。暮年馀痛哭，笃志益明聪。鹿引晨穿屐，龙听夕倚篷。门生舆请异，朝士刺求通。斯画珊瑚缺，邕文金帛充。共知占蔚豹，仍望载非熊。小子劳钻仰，先生发覆蒙。逢人怜抱璞，知己抚炊桐。再谒鸳湖曲，高谈桂树丛。森森开武库，蔼蔼挹春风。世路谁轻薄，耆儒只困穷。养心欣事简，糊口幸年丰。甪里芝徒采，春卿爵可崇。人情留朴拙，天气值和融。三岁依门下，千秋叹道东。经营惭小技，雕斫冀良工。广乐陈鼗鼓，凡民警聩聋。升堂私有愿，陶冶及纤洪。先叙门第，次叙学术，次叙荣遇，次叙被谗放归，次叙膝前夭折，次叙成就后学，而以己之就正有道终焉。队仗工整，琢句清新，视杜陵较薄，元、白较厚，长律中推高格矣。

题徐大临湖乡小景

鸟背岚光过夕汀，碎萍鱼唼水花腥。青山一角湖三面，记是塘西乙未亭。七言绝句，唐人以神韵胜，宋人以清新胜，此宋体中最高者。

山居

爱看支硎一角山，何妨身卧薜萝间。峰头片片秋雲白，不碍虚亭鹤往还。

清流道中梅花

驻马清流香气吹，东风渐近落花时。可怜踯躅关山路，才见江南第一枝。

惠士奇

字仲孺，江南吴县人。康熙己丑进士，官至翰林院侍读学士。著有半农人诗。○半农少即笃志经史，而于经学尤深，著有易说、春秋说、礼说、大学说等书，皆晚年论定者。视学广南，以通经术为先务，空疏旧习，为之一变。操行之洁，比于白圭、振鹭，广南前此未尝有也。身后祀于韩山，配食昌黎韩子，至今尸祝之。诗近唐人，以自然为宗，视研溪先生家学，各有所得。

除夕写怀

持门赖健妇，颇忆贫孟光。今夕复何夕，洗手调羹汤。辛盘与椒酒，一一亲排当。夜半理梳裹，灯前事晨妆。君姑尚未起，鸡鸣候高堂。躹躹偕先后，杂珮鸣珩璜。我亦梦到家，身侍阿母旁。乌啼忽警觉，仍在天一方。

梦回思往事，石阙空衔悲。缅惟遭丧日，事远尚可追。先君昔迁谪，家细不得随。二载密云尹，澹然遂长违。时余行未至，伯兄适南归。饭含未及视，安用有子为？一棺尚寄旅，僻在城南陲。遥忆今夜奠，纸钱风吹灰。吾闻古丧礼，未葬不释縗。念此痛欲绝，有如刺心锥。哀歌不成曲，我唱和者谁。二章发乎至性，不以辞句为工。

坐月酬郑𫓧见怀之作

明月上西轩，流光照积雪。开轩一长望，皎皎千里洁。佳人怨遥夜，起坐弹金屑。为我操孤鸾，怅然感离别。相思报瑶华，无使音尘绝。

牧童词

溪水碧，溪上牧童青箬笠。乌犍斜系柳阴中，藉草卧吹三孔笛。横鞭还过饮牛亭，亭边扑扑飞牛虻。雀儿鼓翅虾蟆跳，陂塘水满齐牛腰。归来仍放青山郭，远树仟仟烟漠漠。日暮闻歌不见人，隔林月下敲牛角。连下三章，皆张、王体中最雅洁者。

簇蚕词

麦风细，蚕眠地。桑叶残，蚕上山。蚕房渐觉侵微暑，乍暄还暖愁煞汝。朝热熏笼夜点灯，窃脂驱雀猫捕鼠。一日茸茸粉絮结，两日堆堆白于雪。三日团团论斗盛，小妇量来大妇称。缫出新丝付机杼，织成十样花纹绫。君不见茧税年年充国课，浴蚕娘子常衣布。

樵客行

春山暮，山花吹满樵人路。平原浅草连天远，樵风初起樵雲卷。数声樵唱出林间，夜夜归来担头满。晓上阴崖逢月黑，前溪虎去犹留迹。昨宵山水漂人家，失却涧边磨斧石。伐木当伐檀，刈薪当刈兰。刈兰为佩檀为辐，免使年年老空谷。

田家行

二月青虫初化蝶，三月红蚕欲断叶。桑榆门巷绿阴成，四月家家缫白雪。屋边豆苗垂宛宛，雁齿丛长雀梅短。道中历乱虾蟆衣，昨夜风来牛迹满。竹鸡啼罢楚鸠语，十日田家九日雨。平旦开门看天色，声声老扈催收麦。日出腰镰向陇头，桑间惊起黄离留。

送蒋树存之官馀庆

忆昔识君年弱冠，风流文酒长耽玩。无事频过交翠堂，觥筹往往行无算。二月山塘柳色青，玉箫金管醉中听。可怜明月初三夜，最忆春风第一亭。沉沉玉漏鸣街鼓，寂寂春阴月停午。灯前一曲柘枝新，小玉傞傞踏筵舞。雲散花残事已空，秦淮水榭又相逢。三条共剪深更烛，五夜同听锁院钟。数载飘零不相见，去年忽睹雲卿面。待诏吾留金马门，修书君上南熏殿。只今天子急循良，莫恨天涯道路长。乌撒白苗生似鹿，畲丁溪子狠如羊。边氓正欲烦君抚，况有君家理县谱。九溪斜绕葛蛮司，十洞遥连金竹府。不知握手在何年？离别今朝倍黯然。待尔归来寻旧约，月明重泛虎丘船。写离合聚散情事，可入管弦。○理县谱，系僔琰父子作令事，事见南史，此应借用。

送陈秋田先生之官长宁

善卷洞里咀丹客，玉液朝朝炼精魄。偶然作吏山水邦，衣裳犹带雲霞色。昔年曾到瘴江滨，布袜青鞋万里身。邑里时逢乌蜑户，居民半是马留人。今年仍往西南徼，路远健鹰飞不到。剑阁回看北向雲，石门遥指南征道。知君才似寇巴东，莫叹生涯类转蓬。登栈人行红树杪，隔溪猿啸白雲中。平林芳草萋萋绿，从此连绵到西蜀。月上峨嵋一片秋，烟销巴水三回曲。泸川渺渺夕阳低，更在泸川西复西。遥想讼庭春寂寂，海棠花发杜鹃啼。

张文献公庙

海燕辞巢日，何曾恋旧痕。南州一麾去，北阙几人存。蕃将频蒙宠，胡雏竟负恩。凄凉谪仙怨，空向曲中论。自注：剧谈录：「玄宗幸蜀次骆谷，下马望长安，呜咽流涕，谓高力士曰：吾用九龄之言，不至此。因上马索长笛吹之。有司旋录成谱，名谪仙怨。」○即少陵所云「受谏无今日，临危忆古人」也。公归南州而李林甫、牛仙客用事矣。北阙尚得有人乎？「几人存」，婉言之也。

广州十二月书怀

风物娱游子，孤怀强自宽。鹧鸪知岁暮，鹦鹉诉冬寒。山上飞鸣好，樊中饮啄安。可怜珠树鸟，无地避金丸。自注：酉阳杂俎：鹧鸪正月一飞，至十二月十二起。新唐书：林邑献鹦鹉，数诉寒，诏还之。

○写飞鸟即自抒怀抱。

姑胥台怀古

五道通诸郡，三江绕故都。白猿终霸越，黑犬竟亡吴。人去空芳草，春来长绿芜。萧萧杨柳岸，愁杀夜啼乌。黑犬及下章公孙圣事，俱见越绝书。

好上三台望，还从九曲行。可怜文种水，犹抱伍胥城。风雨松陵暗，烟波笠泽清。公孙今在否？寂寞久无声。自注：公孙圣曰：「我死，当使后世有声响。」及吴亡，三呼三应。

题座主安溪相国纪伯父葆甫先生破贼诗后

孤城鼓角四山闻，刁斗声中五夜分。独领数人探虎穴，何如一鹘入鸦群。青袍不改儒生服，白马偏成上将勋。万丈峰头馀故垒，千秋犹说李摩雲。李罕之攻破摩雲山，树栅其上，时人呼为李摩雲，见五代史。

送徐亮直编修奉使琉球

海神擎日映波红，此去扶桑直向东。鲸眼常明无月夜，鲎身能使不帆风。天书捧到恩应渥，唐帕传来语尽通。自注：唐帕，译者之名。想见中山迎使节，踏歌齐拥紫髯翁。「烟开鳌背千寻黑，日射鲸波万顷金」，三四语足与相敌。

张照

字得天，江南华亭人。康熙己丑进士，官至刑部尚书，谥文敏。〇文敏性地高明，通释氏教，所作诗左礚右触，皆禅语也。予未谙禅理，仍取主性情、叶风雅者。

观海

境界真无两，聊为物外观。乾坤浮一气，今古浸双丸。野鸟飞难过，真仙望亦寒。人间白少傅，高咏海漫漫。乾坤十字，本魏武、东坡句意熔而成诗，可以压倒一切。

蓬莱

蓬莱山下水横波，流入银湾隔翠蛾。天上星辰欢会少，壶中日月别离多。鸾惊香梦红兰笑，花带愁痕青鸟歌。昨日子登传敕去，一时齐羡下天河。此即悼亡之作，以李义山体行之，不使人一览而得。

悼亡

边关暑夕冷于秋，孤鹊惊飞别树头。此夜万家明月里，几家思妇独登楼。

秦道然 字洛生，江南无锡人。康熙己丑进士，官翰林院编修。著有泉南山人存稿。○前明高忠宪、归季思二公诗理足于中，不假修饰，得陶公一脉。泉南先生亦然，无理语，有理趣，别乎白沙、定山流派。彼求工词句与说理入腐者，均不知其品之高也。能读陶诗者，欣然遇之。

山居诗

山斋寂寂，玄鸟初来。春风融融，林花乍开。共二三子，抚景衔杯。从容咏歌，吾师点哉！自写天机，人力不与。

静坐吟

我爱山中坐，白雲来无时。垂天自靄靄，归山亦徐徐。青松千岁姿，夭矫干霄枝。舍此不栖鸟，营营竟安之？超然无怀世，日夕心神怡。

我爱水边坐，照我遗世情。周流虽不居，莹澈全其真。蒲芦依渚碧，杜若方春荣。波间双白鸥，游泳不复惊。高天雲影净，相对同涵清。

夏日闲居

何以娱永日？对景常忘言。栖迟讵非计，造物与我闲。碧草长庭除，珍禽息树间。微风生秋意，雨气在远山。良友欣然来，小酌俱陶然。柴门月色里，相送溪桥边。

春日月坡初成

湖干月无际，月坡先得之。山人倚杖间，坡上月到时。逝者不可留，明月常如兹。田夫荷锄归，渔舟亦来斯。笑言堤柳畔，谁云不相知？仰观天宇空，不碍浮雲驰。千川同一月，耽寂亦成私。抚景时有得，古人吾所思。千川同一月，化机之大公也。若寂守一川，谓惟此川有月，则私矣。此吾儒与释之别。

湖上闲居友人适至

昔人感离群，吾亦念吾友。片帆湖上来，扁舟系堤柳。呼童扫三径，欣欣竞奔走。清言味道腴，庶慰别来久。相期在千载，聚散亦何有。结契不同方，合并亦非偶。载歌伐木章，真气满户牖。

弢光静坐

一涉山水趣，所得常有馀。况兹禅境寂，更值三春初。岚光照几榻，花气盈庭除。忽聆清磬音，顿觉尘迹疏。先圣言渊渊，瞿昙说如如。门庭别疑似，当别静与虚。欲识道味腴，莫厌山中居。从释教引入吾儒，儒教主静，释教主虚，静能生动，虚不能生实也。静与虚判然，即公与私判然。

咏史

六籍委秦焰，圣学弃榛丛。董子乃崛兴，遗经究始终。不沿纵横流，不将枝叶穷。精心契先圣，高文发群蒙。譬如剥复间，微阳生穷冬。譬如百世系，一线传其宗。孟氏醇乎醇，继之则有公。何为昌黎书，乃称轲与雄。昌黎亦指扬氏之疵而辄称之者，溺于辞章之学也，此能明道脉之正。

偶作

文章从何生，其道本自然。中天列象纬，川岳蒸雲烟。风来水生波，春至花自鲜。人心何所有，出之则绵绵。悟此无文意，至文乃生焉。嗤嗤夸毗子，绮丽徒争妍。

老境

天运日推迁，人生有大分。隆冬百虫蛰，分耳非为困。老年精力衰，聪明安所骋。冥心了无作，无作乃无闷。

李绂

字巨来，江西临川人。康熙己丑进士，官至户部尚书。著有穆堂初集。〇穆堂来吴，问字于匠门，而学问各有所得，匠门主温雅，穆堂主阔大也。诗品不加修饰，亦复自见风标。

夏至日荥泽渡黄河

日车方北至，我马独南行。广武风犹壮，黄河浪不平。澄清谁揽辔，凭吊漫沾缨。前路雄关近，平靖关。当年驻重兵。

秋山学圃为张韦斋明府题

庄舄经春只越吟，菜根滋味忆山林。夕阳千树鸟声寂，凉月一庭花影深。窣堵波原难作宅，磨兜坚已自题箴。惟馀结习残书在，窥见羲皇以上心。韦斋，匠门弟也。识穆堂于未遇时，去官后，暂留江右佛寺，穆堂作诗赠之。

驿南铺不寐

草舍摧颓早戒更，旅人静夜倍凄清。沉沉戍鼓楼头动，宛宛参旗天半横。短堞一空鸡绝唱，败槽百啮马多声。十年梦想公车路，支枕连宵白髮生。荒驿情事，身亲其境者能言之。

方式济 字沃园，江南桐城人。康熙己丑进士，官中书舍人。〇中翰随考皃宗水部居塞上，服勤左右，以慰晨昏，著五经一得，书未成而卒。诗格清真，乐府尤矫然拔俗。漳浦蔡文勤谓其秀骨独异，清音自远，诚定评也。后以子问亭宫保贵，赠如其官。

远行曲

结束语童仆，鸡鸣看天曙。辞我乡里亲，曳屦出门去。出门口无言，寸心煎百虑。请取囊中琴，暂坐理弦柱。一弹示知音，音新知者故。人情恋乡井，冰霜况岁暮。此身值贱贫，焉能乐完聚？岭高猿狖坠，水急蛟龙怒。行行将何之？白日沙飞路。此即省亲出门，别邻里亲交而作。

铁五送至蒲河赋别

劳骨不遑席，脂车迫东驰。晴日照大野，去去从此辞。相送蒲河阴，感激潜酸嘶。恋景重须臾，念当生别离。我有数行泪，欲堕还自持。死化桑下蚕，吐君衣上丝。生同比翼鸟，夜夜长相思。生死如浮雲，素交山不移。

八月十七日霜

土床入夜气，骨冷火不温。起视手种花，委仆墙篱根。早霜才一夕，不缓须臾恩。穷边无林柯，后凋谁与言。柔条爱戕伐，悼惜同兰荪。回忆故乡暖，万里伤征魂。穷边十字，见投窜荒远，虽抱后凋之节，人谁知者，可以悲其志矣。

护菊

盆菊瘦亦花，尺茎缀钱小。荒地苦栽培，强说颜色好。种从邻圃移，南阶溉昏晓。八月藏户牖，扶护费探讨。而胡傲霜姿，翻畏寒霜早。人实累此花，使汝随边草。人实累花，怨而不怒。

扫地

抱帚倚户立，寒风吹衣巾。凌晨汲土井，洒扫庭陔尘。扫尘不扫雪，留取寒意真。弃帚出门望，边尘浩无垠。俯视秽草积，仰见黄雲昏。放废敢晏安，劳力清心神。强炼未死骨，涸水潜穷鳞。家破散如雨，一仆随征轮。偶效胼胝力，赧颜诩辛勤。万里亲童奴，傲惰谁能嗔。

采萱

晓起望术阡，萱花盈古道。采萱欲忘忧，佩之转纷扰。岂有壮士怀，听命寸茎草。勿谓百年短，计日不为少。忧更多于日，忽忽忧中老。蕙茝化为茅，勿叹秋风早。人能自立，虽处忧患不伤品节，倘荃蕙化茅，即日受和风，亦何益之有哉？

蜀锦曲

蜀锦机长越罗短，绣出鸳鸯春水暖。姊妹绮年俱遣嫁，空闺寂处兰膏卸。女贞择对师孟光，依然操作纫兰纕。藏有天孙五色线，鲜明巧夺雲锦章，愿缝尧衣与舜裳。借贞女缝纫传出山甫补衮意，忠爱之思，蔼然言下。

城上乌

扬州城上乌，傍晚城楼歇。蔽日飞哑哑，天光乍明灭。扬州极盛推前朝，珠帘画阁闻吹箫。香尘细碾朝复暮，平山迤逦连红桥。一夜神兵渡淮水，炮声震动无坚垒。血溅孤臣旧战衣，降旗不见城头起。雨湿沙青鬼昼哭，至今丰草埋遗镞。饥乌不识太平年，犹想城头啄人肉。因神兵之速，显阁部之忠，血溅孤臣一联，真觉摸之有棱，鞭之见血。

陇头水

河水浊，江水清。妾似陇头水，清浊自分明。昔为田家女，择婿嫁边吏。田夫入城不隔宿，边吏年年在边地。闻道梁州新破虏，燉煌已入中朝土。戍卒受赏官封侯，血裹冰霜凝绣斧。主将笑拥双婵娟，筝琶夜醉穹庐眠。横塘水接陇头去，送妾双泪流君前。「田夫入城不隔宿」，俚俗语，转与古乐府近。

题遂安邹广文效忠图

遂安城，大如斗。贼兵来，县官走。儒官骂贼贼缚肘，乘机遁出豺狼口。集众击贼梃在手，妖星一扫宁鸡狗。贼伏莽，去还来。城门火，栖乌哀。登陴矢石驱风雷，狂氛恶雾层层开。释重围，士民喜。归我绛纱帷，理我旧书史。孤忠未显微官死，当年佐阵儿折齿，儿今抱图献天子。音节详明，忘其为酬应之作。

送朱鹿田之任蜀中

天入万峰攒，羊肠路屈盘。黄巾追往事，朱邑幸之官。复业民无几，催科政待宽。从今行蜀道，歌唱不知难。

法塔哈门

自注：奉天以北第二关，过稽林百八十里。

山口严扃月照营，等闲客过待鸡鸣。此身已在重边外，不怕阳关第四声。

吕谦恒

字天益，河南新安人。康熙己丑进士，官至光禄卿。○光禄诗烹炼，兄元素司农诗古雅，新安二吕并重于时。

望岳

马首三峰近，林端万壑封。青天回落雁，赤日抱苍龙。玉女时吹笛，仙人此种松。罡风何处断，忽听九霄钟。

起二十字雄浑苍坚，华嶽已落我手，通体只是望，不是登，此作家本事。

西乡对月

纤月照阑干，愁心夜独看。光流千嶂动，影入万松寒。银汉何清浅，金波自渺漫。临风旋起舞，乌鹊过林端。

宁乡道中

奔峭时相引，盘回势屡迁。雪峰藏白日，雲谷束青天。路转啼猿里，人行飞鸟边。悬车频度险，回首失三泉。自注：三泉，地名。○藏字、束字，极捶炼之功。

望吴岳呈王使君拟山

吴岳高寒蔽蜀门，巡檐跂望肃心魂。地形近接关山脉，礼秩遥同太华尊。众壑雲雷生白昼，中峰星宿落黄昏。凌风欲蹑王乔舄，玉粒丹砂信可扪。五六语总经捶炼而出，故能字字奇警。

送泽州相国予告归里

元老承恩帝里回，奏书三上曰俞哉。丹心宁恝苍生望，白髮方看绿野开。纶阁有章光日月，岩城无地起楼台。他时天语还存问，沁水遥瞻佳气来。五语表其奏疏光明，贤于孔光削草之媚，六语表其持躬洁白，同于寇莱公行己之清，「有官居鼎鼐，无地起楼台」，魏野呈莱公语也。

登岱

烟岚雪瀑见鸿蒙，阊阖平分一气中。身倚青苍岩壑迴，目穷雲水海天空。鸡鸣半夜腾潮日，钟落层霄响涧风。七十二君劳想象，盘回辇路望茏苁。

方觐 字近雯，江南江都人。康熙己丑进士，官陕西布政使。

定兴县谒杨忠愍祠

倔强杨员外，乡闾尚有光。何须冠獬豸，直欲问豺狼。伏锧差无补，当车肯自量。荒祠临野水，肃拜奠椒浆。忠愍本无言责，而欲为国除奸，置死生于度外也。三四掷地有声。

送正观

三年不见故山秋，一枕西风万里愁。已识关中迁大姓，谁知天际有归舟。飘零节候惊黄叶，浩荡烟波想白鸥。行到江南堪下泪，暮雲衰草满汀洲。正观戍塞外，间岁归里省亲，方伯于北地送之，送其暂归也。玩诗意自明。

七夕

佳时卧病更添愁，枕簟凉生觉早秋。苊篋尽教尘网遍，三年不上曝衣楼。佳节悼亡，倍难为怀，予作七夕辞亦有句云："只有生离无死别，果然天上胜人间。"同此感也。

子规啼

吴　翊　字振西，江南太仓人，康熙己丑进士，著有乐园集。○振西系梅村族孙，为诸生时，学使者试必第一，试牍传播，几于纸贵，未尝以诗鸣也。今搜览遗集，不必刻求胜人，而古今体安和妥适，才人学人两者兼之，梅村之流风远矣。

平羌江口江水清，峨眉山头山月明。江楼望月人未寝，肠断子规啼一声。

西山探梅

虎山桥头太湖曲，花为银海山为玉。湖乡岁判梅花租，花开便抵湖田熟。我来系艇南溪边，晴空无雨山无烟。只有白雲三十里，模糊隔断山中天。笋舆侧入似无路，矮篱窄径相回旋。粘衣不嫌花雾重，压帽更爱花枝偏。前迎后送迷远近，豁眼倏上山之巅。熨斗岩边路幽仄，长旗岭外连西碛。十家五家无别种，千树万树同一色。微分螺黛嶂横青，遥夺琉璃波涌白。出林更上莲花台，枝枝玉叶当门开。一掷凡躯众香国，十年面目惭尘埃。使君仙尉如可唤，芳魂古魄何悠哉！梅花不老青山在，姓名清绝留苍崖。吴侬爱花乏花趣，但贪狂赏悭清句。寒花谢客似有言，好劝幽人为少驻。举西山全胜言之，诵其诗，可当卧游矣。使君，晋青州刺史郁泰玄葬于此山。仙尉，但传邓姓，不详其名。

洞庭山馆呈司寇东海公二首

廿载鸿文典集贤，还乡仍续石渠编。暂仲谢傅登山志，较胜温公在洛年。嶽渎遗经搜禹穴，金銮旧记录吴船。须知玉局闲居士，元是蓬瀛第一仙。健庵司寇去官后，奉诏开书局于洞庭东山，准司马相公修资治通鉴之例，盖异数也。书系一统志，故有嶽渎遗经、金銮旧记云云。

锦堂恩诏许归休，妙选宾僚佐校雠。江左文章分史局，山中宰相起经楼。诗豪酒敌皆登座，野老溪僧亦伴游。笑引韩门穷贾岛，放吟同上碧峰头。

新燕

归飞已逼䴏毰毸，卢女金堂到自谙。故国无心抛海外，春风有主忆江南。花融泥软新相得，隼忌鹰猜旧不堪。近识朝元消息否？珠帘零落几回探。语语注意新字，却又泯然无迹。

谒范文正公祠

庆历推英杰，龙图景大贤。少思天下任，老至四夷传。熏德吴风外，徽文洛学前。人师真百世，社祀近千年。缅昔孤如绠，登朝直似弦。垂帘诚宫阃，专柄斥枢铨。奋舌天心正，嚼肤党议偏。赐环仍待制，筦钥又从边。地辟横山垒，师承好水川。灵胸罗甲盾，蕃落靖戈鋋。卒践三台重，终持十事坚。志伸恢旧典，遇短谢时权。育士开黉序，收宗设义阡。一庄风自古，五世泽犹延。祠额咸淳创，碑铭至正镌。蒸尝歆格远，榱桷垩涂鲜。舍菜羞蘋藻，翻经谒几筵。衣冠标正大，钟鼓震愚颛。长白书堂录，天章馆阁编。万言何慷慨，六籍本搜研。要识为梁栋，须从忍粥饘。名高迁谪里，忧极治平先。忠孝还诒子，精诚俨在天。苏胡开礼乐，自注：公延胡安定教授古学。夔契咏诗篇。自注：见庆历圣德诗。旧宅寒松偃，亭园老杏妍。披图一回首，古色照苍然。不遗本传，而于被谤夏竦、镇靖西夏著意言之，末归到断齑划粥，先天下忧，见士当励志穷居，不求温饱也。篇法、句法，皆苦心营构而成。

张景崧

字岳维，江南吴县人。康熙己丑进士，官乐亭知县。著有锻亭诗稿。〇锻亭学诗于叶横山先生，称入室弟子，论诗以鲜新明丽为主；谓与其为假王、孟，不如为浅温、李，以王、孟可伪为，温、李不易伪为也。尝以诗呈王新城尚书，新城比之韩门张籍，人服其允。

弄潮儿歌

钱塘江上弄潮儿，放船拉桨乘流澌。短布单衫不盖膝，科头跣足喧朝曦。自言大父官蓝田，堆金不计万与千。阿侯年少邯郸侠，貂衣骏马珊瑚鞭。儿年七八掌上珠，逢人称是千里驹。双鬟左右列屏障，不教风著千金躯。大僚特疏上天子，克剥脂膏饰罗绮。坐辞华屋入囹圄，一家夜哭长安市。当时珠履客三千，至今漂泊谁堪倚。洪涛江上高于天，性命换得青铜钱。豪华如电不可恃，东升红日西山巅。豪华子弟读之，恐面热内惭，汗出而食不下咽也。或恐子弟并不能读，奈何？〇子孙性命换钱，由祖父克剥脂膏所致，居官者盍一思之。

京口

身外茫无际，横江老雁秋。芙蓉皆别思，风雨独归舟。断岸随烟合，奇峦破浪浮。自从南北限，万古逐东流。

和途中即事韵限高字

愁起疲驴背，吟声入楚骚。江湖萦别梦，风雨恋征袍。驿草秋先歇，边雲晚更高。时平多设险，旅夜看龙韬。「边雲」五字高浑。

饯雁

数声哀怨客楼闻，九月相逢二月分。缯缴伺多难避地，关山历尽怅孤群。离肠曲曲湘潭水，行色重重楚峡雲。此去岂无留别字，一行空际自成文。

晚渡平望湖同舟话旧

稻粱谋已拙耕耘，越水吴山逐雁群。细雨残钟荒驿梦，斜阳衰草故人坟。空江鸦散遥冲雾，绝巘樵归尽蹑雲。吟得小诗留蠹箧，也当麟阁记殊勋。晚唐神韵。○锻亭尝戏咏甘蔗丞相有句云："是长乐老焉知苦，非读书人终欠酸。"可云工巧，因题纤小，故不录全诗。

蒋仁锡 字静山，顺天大兴人。康熙已丑进士。

唐谏议刘蕡

只手思扶皇运倾，春秋三传论纵横。生前不售锄奸志，地下何惭谏议名。恶稔北司威正煽，冤衔南国恨难平。自注：蕡为宦者所恶，贬柳州司户参军，卒于贬所。玉溪为写招魂句，湓浦书来怆客情。蕡身后，对策之言皆验，因赠谏议大夫，故有地下何惭之句，所谓他日请念者此也。

王时宪 字若千，江南太仓人。康熙已丑进士，官翰林院庶吉士。著有性影集。○萧山毛氏诗序极夸其拟十九首、拟陶、拟杜、拟元、白、苏、陆等作，然摹其体而未传其真也。愚所取者，转在自出新意之篇。

寄赠麓台用杜戏题王宰画山水图歌韵

泼墨生寒雲，落笔成奇石。人间藏弆求之迫，天家亦欲观真迹。遥知奉敕写幽林，风雨惊飞殿廷壁。旧传家学娄江东，丹青妙手神明通，兴到笔健如游龙。嶽嶽给谏素鲠直，大有古之诤臣风。闾阎疾苦莫可比，远隔君门万千里。应诏定绘豳风图，不徒皴染闲山水。题山水图，讽其绘画豳风，上陈闾阎疾苦，得因事立言之体。

舟中遣兴

四十日来谁地主，二千里外客天涯。青山两岸寻诗路，黄叶孤村卖酒家。鼓枻有声过蟹舍，使帆无际失鸥沙。前途遥指苍茫处，黄鹄矶边正晚霞。

旅舍感怀

侯门纵可曳长裾，懒癖偏安水竹居。台畔空传收骏骨，肆间敢望活枯鱼。鬓将如鹤频看镜，松欲成龙尚著书。百尺楼头且高卧，陈登豪气未全除。太史为颛庵相国从父行，成名时，年已老矣。玩五六语，见其老而勤学。

黎志远 字宁先，福建长汀人。康熙己丑进士，官至京兆尹。

礼执客鄂城用和巨来韵见贻事牵未报汉阳舟次次韵寄答

离群剧调饥，晤言暂濡沫。方快鄂城游，倏有潇湘别。论文期摘瑕，求友惟攻阙。古风不可回，时颇笑迂阔。长江撼坤浮，舲窗敞天豁。晚月升虚无，夕霞烂披列。低昂渔子舟，参差渡人筏。顾我自夷犹，啸歌为谁发？征夫出王城，九玩团团月。人事俄是非，宦途遽得失。夙怀经世心，讵可违前辙。飞鸿向长沙，沙渚何当歇。吾爱武昌山，迟君理布袜。载收玉与珉，慧珠照澄澈。运旋转于无痕之中，善学选体。

泊陈家湾睹山石奇秀迟客舟同登不至日暝独游未穷其胜

殷殷红树村，漫漫白沙堰。深丛切秋禽，修竹翳长阪。奇境在幽遐，神工启关楗。泛滟鲸波摇，跳跃龙游宛。玲珑变绳墨，叠皱若违反。兰舟不即来，临渊奚缱绻。薄暮迟客心，篷窗聊息偃。侵宵杖策行，焉得穷其阃。雲寒月色深，渔静江光远。嗟予事行役，徒尔登眺晚。玲珑就一处言，合众玲珑言之，则变绳墨矣，粗心游山者，不知其妙。

清诗别裁集卷二十三

王世琛 字宝传，江南长洲人。康熙壬辰赐进士第一人，官至侍读学士。

登楼

万里辞吴会，经年滞越舟。两行乡国泪，独上海山楼。飓母威难近，蛮雲瘴不收。炎荒非我土，何事爱南游？

英州道中寄大兄

江岸草萋萋，愁悬落日低。天涯两兄弟，客路各东西。眠食知何似，音书莫懒题。遥怜端水上，惟听子规啼。

灵山峡

瘴锁双峰合，江穿一线通。崩崖飞飓母，落日啸猿公。林暗苍梧雨，波翻厓海风。朝朝啼杜宇，萧瑟似巴东。连上二首稳顺清朗，似极玄、又玄风格。

题昼三照

边草初枯猎马肥，甲光照日散金微。健儿羌笛三声晚，射虎归来雪满衣。

沈树本 字厚馀，浙江归安人。康熙壬辰赐进士第二人，官翰林院编修。著有艑翁诗集。〇从来学苏诗者，只得其随手征引，波澜不穷，其弊往往流于纵肆，此独于用意正大处求之，即质之元遗山，必无沧海横流之目。

大水叹五首

戊子春徂夏，时若雨旸风。种苗行方遍，铺田渐芃芃。农夫顾之喜，谓今岁其丰。如何欻遘患，霪雨无终穷。西吴百万亩，化作鼋鼍宫。灾殃其数然，讵敢怨苍穹。所嗟民无食，何以及岁终。作诗维告哀，声比寒号虫。

溪水日夜长，莫辨芦荻洲。桥面撑巨筏，门内维行舟。邻家有破灶，来往纷游鯈。望中见屋脊，簸荡如浮沤。下田不可救，沉没无一留。高田筑版牐，全力保瓯窭。须臾仍溃决，一概成洪流。谁绘洚洞图，为民陈风楼？帝尧方咨儆，应切怀襄忧。

米船隔江左，米价腾浙西。五斗逾千钱，长饥痛蒸黎。囷空突无烟，食尽秕与稊。秋成望更绝，四顾维荒畦。东家投水死，西家弃其妻。归来仰屋叹，儿饿牵衣啼。儿慎勿再啼，今夜犹同栖。明当入城市，鬻汝如犬鸡。回顾堕血泪，寸肠若刀刲。徘徊出门看，旷野愁雲低。

去年旱魃虐，焦卷苗无根。今岁商羊舞，沉浸连千村。水旱适洊至，何策苏元元。吾闻上古时，备患有本原。三年则馀一，仓廪常高屯。纵遇天灾至，民力堪自存。救荒于既荒，所济何足论，而况并无策，蒿目空忧烦。近日行社仓，似救荒于未荒矣，然徒饱吏胥，日滋民害，遇荒岁不发一粟，殊不可解也。读鑰翁诗，附记于此。

吾皇仁如天，湛恩垂涣汗。旧税与新租，全蠲岂惟半。小民一岁间，县门踪迹断。奈何奉行者，天语敢轻玩。公然肆追呼，不顾人愁叹。况此遭凶荒，岂能免逋窜。长歌春陵行，千载思浪漫。元结称浪叟，亦称漫叟，春陵行，元结忧民诗也。○详写被灾，同于呼吁矣。值圣朝爱民如子，而民尚不被泽，是谁之咎欤？乾隆二十年，水灾之后，继以虫灾、风霜灾，为祸更甚，使鑰翁见之，不知如何痛哭也。

五显岭

高峰入闽奇，飞路盘空幻。硖角隐堂皇，壁面压溪涧。泄雲生嵌窦，飘雨来转盼。甗甗滑难行，攀缘苦未惯。进虞一步艰，坠有千丈患。战兢腰脚疲，牵挽衣裳绽。前望怖啼狖，俯视羡归雁。险疑过秦关，危或逾蜀栈。积阴何时开，叠嶂谁能铲？人无恋舟车，我将老葭薍。

浴象行

瑶光之精照九真，奇兽天生好躯干。贡入虞廷受封号，朝仪熟习无拘惯。神威礌硊过熊罴，异状嵚崟陋貔豻。随时澣濯顺阳气，勾引倾城哄奇玩。故人僦屋宣武门，邀我来观玉河畔。一笑登楼快倚栏，楼下千人万人看。传呼都尉出西城，指点蛮奴踞南岸。阗阗群象来，锦鞍结队红雲烂。鼓声初歇人语寂，并立沙汀卸羁绊。一人裸体骑一象，徐徐踏浪排鱼贯。细刷四蹄及两牙，洗净尘污一身遍。水面浮来自在行，瀺灂盘涡才没骭。翻身一跃入波底，疑堕蛟宫杳难唤。隔浦俄惊浪拍天，波心突出银涛乱。蛮奴依旧跨肩头，观者魂摇共嗟叹。也似吴儿石作肠，潮头出入全无惮。往来盘舞复几回，扬沫飞涎绕雲汉。连蜷修鼻吼长风，老鱼瘦蛟皆远窜。浴罢依然上锦塘，赤罽重装日将旰。明日宫门须待旦。油壁花骢影渐稀，风吹十里香尘散。濛濛楼角翠浪流，西山扫黛横天半。

状象奴入水出水，如见其人，结处蒙蒙楼角翠浪流，谓长鼻喷水，溅及楼角也。姜西溟太史作，感旧缠绵，此篇叙事详尽，各擅其胜。

磨盘山

回顾不见入山处，此身已似盘中住。百千旋折眼生花，三五回环神失据。才思左往复右行，正欲仰登先俯注。坡平幸获寻丈宽，径仄只留分寸度。鞭丝帽影蚁缘窗，马足车轮蛇绕树。乍阴乍阳日向背，在前在后风来去。山远不逾三十里，山高不越万馀步。从卯到酉历未穷，自壮至老陟犹误。燕齐大贾有深愁，并代健儿俱却顾。人间不省行路难，请过磨盘山上路。起六语写尽山行屈折，已尽磨盘之义，以下募涧注坡，直如行所无事。

游汴城宋宫故址

帝阙崔巍逼敌营，乘舆仓卒赴青城。力穷巷战悲何稟，计决亲行误范琼。此后难逢回日驭，有人空唤渡河声。杜家留守真鸡狗，草草南归失四京。徽、钦北狩始误于不用李纲，继误于不用宗泽，至用杜充为留守，而国事万不可支矣。此种诗可作史读。

赠王载扬

唱遍杨枝又橘枝，洞庭林屋有新词。谁知枫落吴江冷，未是崔郎压卷诗。载扬少工诗，人无知者，鯩翁见而赏之，遍告诗坛，名遂著。载扬，吴江人，故以枫落吴江冷为比。

李白填词

花前承旨笔如飞，三阕新词万古稀。被酒不忘规讽意，故将燕瘦比环肥。从前作者但羡其才思之敏，知遇之荣，此能道其规讽微意，所见者大。

徐葆光

字亮直，江南吴县人。康熙壬辰赐进士第三人，官翰林院编修。○曩见太史怀旧诗七章，胎源于少陵八哀，今已散佚矣。兹从奉使琉球册中录出，得其大概。

康熙戊戌六月朔奉命册封琉球述怀三首

我生寡行役，敦敦守书案。少长太湖旁，临涯渺无岸。朅来京国游，涉江已三叹。浊流益奔驶，疑向银河乱。今将事澥东，宠命贲冗散。皇灵旸九垓，当险敢云惮。衔纶出区夏，邮签浩难算。八千闽越路，未及溟程半。涉川守忠信，古人宁我谩。兹游纵目初，奇绝平生冠。

去家逾一纪，有母嗟尸饔。微名虽获忝，禄薄仍固穷。侍养曰有季，顾我如飘蓬。玄鬓恐日霜，倚门望屡空。七十古云稀，兹秋欣已逢。膝下阙亲拜，颂况徒为恭。闻命蹶焉起，问驿江之东。我家官河壖，水邮当此从。省觐始一遂，长跽献泥封。自注：癸巳覃恩诰封始赍回。

王程幸非迫，且复乐融融。家贫如屋败，榱桷强撑拄。大者既就挠，薄弱成何补。瘦妻岂云健，乃委持门户。二女皆获归，纫缉良辛苦。相见且欢喜，谪怨茹不吐。佳儿得嘉耦，此日来归祖。新妇前致辞，阶前彩双舞。不觉爱怜生，拭泪成姁语。水清石累累，此事自前古。到家不成归，离绪还缕缕。首章奉命，次章拜母，三章辞家，章法井然，词亦朴茂。

自口外回至密雲道中车折轴遇雨

出山复入山，颠顿不知几。瘦马怯孱颜，两毂閂石齿。脱险就夷旷，泥行钝亦喜。中轴忽摧折，轮转不逾咫。劳薪不能言，事败悔方始。解轭就牛车，落日照行李。驶雨截山来，坏雲翻墨起。桥阻断虹边，路辨掣电里。风吹只裯单，沾湿行未已。将经沧海身，平地已如此。

枫岭山行至梨岭

风泉聒旅枕，壁灯照客起。雲木混初阳，蒙茸犹谷底。笳鸣惊宿禽，旌影照溪水。虹桥接枫岭，闽程从此起。仰见梨山巅，雾行犹十里。阴崖竹梢空，寒碧光薿薿。山僧延客坐，孤亭翠微里。亭边方竹枝，乍见心尤喜。棱棱节目匀，端正比君子。我行既在险，所恃非圆美。从僧乞杖材，中矩皆如砥。行行步亦步，扶我历蒙汜。人生陟险，惟中正自守，可以免祸，古来聪明人每以圆美得咎，不止捷径窘步已也。从方竹杖悟及持身有素，言下遇之。

上滩行

祇命走闽服，崎岖敢易安。纸船托微命，上滩复下滩。上滩逆水怒，求进尺寸难。片石扼我崄，力费千篙攒。下滩得水利，双楫如轻翰。穿针与走马，自注：皆滩师语。一泻百里宽。顺流虽云乐，触激无坚完。滩师头易白，鬥捷摧心肝。上水既失利，小心事惊湍。救堕愁脱手，引汲心胆寒。釜悬船挂壁，溜急鱼升竿。步步自牵挽，力尽终跻攀。于此互乘除，得失如循环。上滩与下滩，请君择其间。处顺恣肆，处逆周防，恣肆者败，周防者安，行路褆身，其义一也。

顾嗣立 字侠君，江南长洲人。康熙壬辰进士，官翰林院庶吉士。著有秀野诗集。〇秀野选元人诗集，搜罗殆遍，使百年文献不致沦没，皆其功也。素以文酒友朋为性命，有名人过吴下者，惟恐不诣其宅。至家道中落，犹以不能酬赠为愧。与前明葛震甫之爱客正复相类。今三十年馀，此风歇绝矣。诗品初仿金、元，继跻昌黎，后臻王、孟、韦、柳，垂老以未能步趋李、杜为憾。盖其诗得江山之助，游历愈广，风格愈上；桂林、嵩岱二集，尤为生平之冠云。

读元史

中原皇纲失，宗社如山崩。读书遭兵燹，灭没无一存。伟哉姚公茂！绝学能相承。军中来江汉，窦许号得朋。读书鸣琴下，圣贤接寝兴。宝剑抉浮雲，手扶日月升。经学唱西北，文物得未曾。茫茫六合内，独让斯人能。姚公茂，名枢；窦、许，窦默、许衡也。周室悯黍离，蜀臣悲杜宇。吁嗟彼王孙，甘心事仇虏。死愧文丞相，生惭谢皋羽。书画虽绝伦，大节吾不取。贤哉彝斋翁，高风邈千古。遇弟辄生嗔，到门必见侮。吾爱水仙图，宝为翰墨祖。彝斋，名孟坚，字子固，以梅竹水仙擅名。文章开鲁姚，元气尚团结。天历置奎章，作者首虞揭。金华接踵兴，儒林推四杰。为学务根柢，行文净冰雪。古藻扬清光，煌煌照碑碣。一代制作手，小儒尽咋舌。同时惟欧阳，瓣香乃祖烈。后来宋太史，犹承黄柳诀。斯文如江河，源远流不竭。猗欤百年间，生才竟殊绝。传道脉，厉清节，人道所重，表章前哲，别于风雲月露之词。

自钱唐江口至常山舟中杂诗

积雨湿江雲，林深白一片。春风忽吹开，青峰递隐见。晴旭散旅愁，鼓枻聊自遣。昨宿西安城，今到常山县。故人松桂林，葱茏眼中见。自注：张常山天农有读书松桂林图。西北有浮雲，别来几番变。阮籍醉不醒，司马游已倦。弭节暂淹留，孤踪愧深眷。画笔所不能到者，以韵语补之，此化工也。起四语，予尝于舟行晓望时一遇目。

望郎回

自注：在大安驿，有石形如妇人，携一稚子立山上，名「望郎回」。

望郎回，望郎回，朝朝望郎郎不回。孤儿三尺，形单影只。冬愁风酸，夏愁日赤。南山雲连北山雨，一样人间两样土。望郎回，几时来。东海会有西归水，妾作石人甘烂死。为男子作诗，风其忠爱，为妇人作诗，风其贞烈，此立言体也。杜陵得三百篇之遗，作者犹得此意。

日观峰

群山向背东南缺，一声鸡鸣海波裂。黄雲下坠黑雲浮，金轮三丈鲜如血。当时李白平明来，风扫六合无纤埃。精神飞扬出天地，口吟奇句招蓬莱。我今黯黮失昏晓，双石凌虚自悄悄。安得快剑开烟雲，直指扶桑穷杳缈。尝于五更登天台华顶，见浮雲卷尽，海面俱红，须臾金轮上升，天地忽开，万象呈露，前之赤海尽浮金光矣。读黄雲十四字，服其简而能该。

万安

城仄群峰压，江纡乱石通。滩声从地北，瘴气自天东。采竹童乘筏，捞鱼家置笼。滩师喜风利，拨棹入黄公。自注：土人识水性者，呼为滩师。黄公滩即惶恐滩。

贾傅故宅

治安策上众狺狺，谪向长沙卑湿滨。生遇汉文犹痛哭，放同屈子竟亡身。洪炉久已为铜炭，宣室何劳问鬼神。绛灌不知才子贵，漫轻年少洛阳人。

宿迁西楚霸王故里

拔山扛鼎力难支，有勇无谋败固宜。王霸业成破釜日，英雄泪尽别骓时。重瞳每小江东土，残魄犹依鲁国祠。只有野花纷五色，春风省识帐中姬。项王霸业成于救赵，败于弑主，至垓下而气已尽矣，三四语已举其概。

黄陵庙

翠帷玉佩问湘娥，夕张佳期忆九歌。寂寞荒祠丛竹泪，西风吹作洞庭波。

杜　诏　字紫纶，江南无锡人。康熙壬辰进士，官翰林院庶吉士。著有雲川阁集。○雲川以诗受知于圣祖，会试不第，赐进士，入词馆，士林荣之。而雲川以养亲归，不复出矣。晚与道士荣涟、僧天钧结九龙三逸社，有庐山东林之风焉。中岁尝选唐诗叩弹集行世，皆中、晚名作，故平生得力亦在大历以后云。

隋堤曲

隋堤一带官河口，不种桑麻种杨柳。锦帆帝子数巡游，厌住东京乐奔走。将兵西域再征辽，呼韩稽颡诸蕃朝。江都宫监伺颜色，翡翠玻璃恣雕饰。水晶殿揭珠帘开，香风吹送飞仙来。凭肩笑语能几回，梦游恍惚吴公台。吴公台下雷塘路，野土茫茫乱烟树。伤心为吊玉钩斜，柳色黄昏不知处。柔肌令仪，按节起舞。

周处读书台

台废尚遗址，荒荒宿草中。在朝能独立，致命见孤忠。始信读书效，因高力战功。斩蛟与射虎，未足号英雄。见力战致命，缘读书有得，而斩蛟射虎，未足言也。一气鼓铸，结倍有力。

黄金台

霸业销沉等劫灰，黄金照耀独名台。兵连五国收燕地，力借群豪始郭隗。岂独一时能雪耻，直令千载感怜才。于今漫落风尘客，犹是纷纷向北来。隗韵平仄俱收。

戏马台

戏马元来楚故乡，鸿沟还记各分疆。尽教率土归刘氏，剩有斯台与项王。一战快心惟巨鹿，三分失策在咸阳。如何盖世英雄气，独为虞兮泣数行。王汉王巴蜀、汉中，使得还定三秦，此项王最失策讫。特为拈出，具见论古之识。

雨泊吴阊送春同顾梁汾先生作

吴宫花老泪胭脂，点点残红堕晚枝。自是东风无著处，本来西子有归时。锦帆冷落青帘舫，玉管阑珊白苎词。双桨绿波留不住，半塘烟雨柳如丝。以西子泛湖比春光徂谢，又恰关合金阊送春，天然波折。

次泰和韵送同年于元士入都因简刘喻旃杨若游诸同馆

春明分手两经春，吴舫欣同夜语亲。欹枕却怜听雨细，入山还喜试泉新。饱尝世味初归客，寒到征衣又送人。为语玉皇香案吏，秋风且莫忆鲈莼。不无玉堂天上之感。

花朝宴集

旧游零落复新知，不放伤春到牧之。一笑岂云无觅处，百花多在未开时。金铃小系香仍浅，羯鼓高催信较迟。共是软红尘里客，薄寒消得酒盈卮。

罗浮蝶

海南飞梦渺无涯，小洞朱明自有家。仙种固应呼凤子，香魂只合伴梅花。别来风雨迷烟嶂，扑向樊笼泣露华。回首此身空羽化，满身狼籍葛洪砂。第四语天然名隽，雕琢转或失之。

王图炳 字麟照，江南华亭人。康熙壬辰进士，官至詹事府詹事。著有授香书屋诗。

咏史

洙泗无暖席，齐梁无停轨。吾道大可为，斯人讵可避。闭户与缨冠，出处须易地。贞元有韩公，读书尚其志。唐士太披猖，淫靡沿六季。独自抱遗经，卓哉不朽事！抵排二氏言，周情兼孔思。凤跃钧韶鸣，气象庶几似。当其未遇时，皇皇出载贽。佛骨尚欲烧，鳄鱼尚欲制。岂其百炼刚，绕指顿柔脆。三上宰相书，谁识艰难意。汝曹不自量，嗤点何容易。撼树在蚍蜉，当辙笑螳臂。韩公三上书，共谓宜少安毋躁，此独表其皇皇济时之心，与席不暇暖同意，知人论世，不当如是耶？

鹦鹉

文采擅江东，陇山短梦通。有时寻稻粒，无计脱絛笼。侵晓梳翎惯，当窗学语工。聪明真误汝，天际看冥鸿。

游仙

青雀西飞绕集灵，麻姑仙诀悟熊经。玉杯日暖黄雲动，金掌风微白露零。望气方壶犹寂寞，祈年太乙尚丁宁。君王欲乞长生术，不道郎官是岁星。

平原村

年少惊人入洛名，雲津龙跃是平生。八王兵甲无臣主，两晋文章有弟兄。晚节不堪愁鹤唳，旧交闻已赋莼羹。春蒲细柳平原路，长使行人泪满缨。累世将家子，而甘受仇邦恩遇，又处浊乱之朝，而不思潜身远害，宜其及于难也，以季鹰之归作对面衬托，其义弥显。

白燕庵

虾菜飘零范蠡船，幅巾短杖自翛然。柴桑归及元兴日，同谷歌成天宝年。流水桃花何处问，春风燕子至今怜。隔村隐隐精蓝结，知是当时已解禅。海叟以遗民终，不罹于祸，诗中独高清节，略其文辞，是识解高处。

渡江

雲自孤飞月自明，蒲帆十幅蓦江行。君听浊浪金焦外，淘尽英雄是此声。无限悲壮。

程梦星

字伍乔，江南江都人。康熙壬辰进士，官翰林院庶吉士。○太史好友朋，喜著述，注李义山诗，成平山堂志，名流过维扬者，每定缟紵交。原字伍乔，取南唐书伍乔居庐山，僧梦大星旁一星，曰伍乔星也。后易曰午桥。

读史

公孙举贤良，先弃后乃收。巍然置第一，晚封平津侯。陆贽举韩愈，亦以冉举售叶。其论不贰过，即以前文投。一君与一相，取舍岂自由。得失故有命，际会良悠悠。见遇合有命亦有时，君相不能主也，从前无人道及。

老人峰歌

山烟作雾朝濛濛，模糊烟外疑远峰。风开日出始破笑，一峰背俯兼头童。何年南极下霄汉，无事僵立空山中。诸峰儿孙并胪列，形体虽具难相同。平生侪辈恐无几，匡庐五老齐高风。世人少壮几时好，等闲倏作鸡皮翁。何如此峰既老常不老，前古后今无始终。浮丘容成每来往，俯视尘世扰扰同鸡虫。

归画行

恽南田著色山水一册，余向以古书易自王大镕林者，藏之十年，忽为谁何窃去。越二年，马二橘堂招游红桥，因景象如画册，为述前事。马云购得之市肆，复以归余。感其谊，系之以诗。

百事过眼如雲烟，山林钟鼎皆随缘。一生爱画入骨髓，得丧未免情萦牵。南田草衣赵昌笔，变格忽复穷山川。公孙大娘舞剑器，出自纤手尤轻妍。我初得之我好友，换马但恨无婵娟。牙签付与那顾惜，一时好事人争传。归来几案共晨夕，鲈香茗椀相周旋。从来怀宝动遭忌，鼠辈讵肯留青毡。贯休吝未舍莲老，长康痴乃空桓玄。今年今节值首夏，马君招我城西偏。苇间延缘逐渔钓，沽酒不惜青铜钱。晚潮过雨鸭头绿，夕阳挂岫胭脂鲜。抚景忆画忽太息，南田故物来当前。马君闻之叩始末，事有缺陷犹能全。为言前年适买得，归我并不烦陈编。亡羊失马情顿异，喜跃几落红桥船。秦庭忍弃连城璧，齐人竟返龟阴田。物情别后见更好，况复友谊同缠绵。丈夫一饭亦有报，我穷报德惟诗篇。缅怀寓意不留意，珊瑚铁网终弃捐。宣和之谱空想象，古今一映浮雲然。忘情太上不可到，去来无住参枯禅。贯休、长康一联，比画之失也。秦庭、齐人一联，比画之得也。结到太上忘情，去来无著，可云更上一层楼矣。

雲栖

灵山结想十年前，一路穿雲许问禅。人绿须眉全是竹，晴喧风雨总因泉。地高偏觉江声近，峰远犹将梵呗传。吟尽夕阳归较晚，清池应爱远公莲。

舒大成 字子展，直隶宛平人。康熙壬辰进士，官翰林院编修。

自城子山还宿白家滩赠主人

到山日亭午，鸡鸣桃花村。畇畇原隰广，蔼蔼桑麻繁。展眺兴方永，即事情弥敦。盘餐古时俗，作息平生言。际夜转清闃，明月来南轩。抚时宁不惜，劳生焉可论。当须遂夙愿，与君采芳荪。

山行

杳杳雲外钟，原陆飒已晦。宁知沙际月，复与前峰对。墟落有归人，烟萝闻犬吠。作者五言应得力于唐贤三昧，风味近刘眘虚，不能用多能用少也。近人能用少者，惟吾友乔亿慕韩。

柬灵皋先生

伐木废千载，劳者方载歌。卬须良有系，观善匪在他。大道无隐晦，斯文流江河。先民重迈征，所戒惟蹉跎。春风回岁律，芳色滋庭柯。喟然惭所钦，去日何其多？古淡。

当时

玉箸严催金叵罗，当时欢会总如何？燕辞华馆无回信，叶落横塘有去波。晓日轩窗闲梦少，晚凉庭院别怀多。露桃花下三年客，肠断秋来一曲歌。

林　信

字吉人，福建闽县人。康熙壬辰进士，官中书舍人。著有朴学斋诗。

甘泉宫瓦歌 自注：文曰「长生未央」。

甘泉汉宫遗古瓦，何年弃掷荒陇下。泥沙埋没风雨剥，谁人物色求诸野。阿兄游宦西入秦，嗜奇好古搜沉沦。西京文字传绝少，何意长生四字完形神。周围一尺有二寸，水清翡翠光鲜新。非篆非隶含古意，不雕不琢归元淳。欧阳集古见未到，刘攽博雅谁探真。二千馀年复宝重，转忆飞廉太乙俱成尘。当涂铜雀非侪偶，历十四朝真可久。宝器逾晦逾光明，肯让漳河片瓦传不朽。吉人兄同人游秦，得瓦于田畔瓦砾中，径五寸强，厚一寸弱，围一尺二寸弱，吉人另有记。宝器逾晦逾光明，才人沉沦久而光显者，何独不然。

游武夷登一览亭

吾闻武夷山，乃是昇真元化之洞天。中间溪流有九曲，三十六峰陗折相排联。我家去山七百里，攸然神往已十年。虽未扶藜临涧谷，早有清梦来腾骞。今冬适经双溪口，舟子西指思回船。兴高踊跃决探胜，四日径到仙宫前。凌晨登筏溯霜濑，山容面面堪沿缘。幔亭巍峨耸雲际，玉女秀出清而妍。虹桥千载驾陡削，接笋一线梯钩连。嫣然花竹藏别坞，小九曲内宜安禅。隐屏精舍昔讲学，窅且奥处罗群贤。雍雍弦诵倡棹曲，会心微妙超言诠。盘游六曲望不极，有亭天半凭空悬。虚无缥缈径欲断，猿鸟绝迹惟雲烟。舍舟轻身陟危磴，听彻水乐鸣溅溅。仙船天路落不落，谁弄狡狯疑彭篯。险艰历尽到奇绝，天游古观山之巅。亭称一览小闽越，抉眦远睇无涯边。此时不知此身在何处，便思脱遗人世同飞仙。丹山碧水如此胜，恨不早拍洪厓肩。会当买山傍雲壑，尽载群籍来摩编。山灵爱山亦爱我，定应招我弃官赋就归来篇。可作武夷有韵游记读，不嫌其详。

黄师琼 字愿弘，江南长洲人。康熙壬辰进士，官广通知县。

题谢梅庄侍御军中学易图

河洛理数窥胸中，觥觥嶽嶽前贤风。折五鹿角敢言事，龙荒漠漠来从戎。陀罗海畔今和煦，二月柳条青亦吐。一编玩味最高峰，仰见天心在子午。姤之金柅复之初，静吉动凶遇有馀。愿君进退持以正，消息盈虚任卷舒。六十四卦，而独取义于姤之初六，见君子刚正，而一阴始生，静正则吉，往进则凶，必含晦章美，静以守之，庶可以回造化也。时梅庄弹劾贵臣，谪戍塞外，故以进退持正相勖，后仍以刚取戾，岂学易而不能神明于易耶？

虞景星 字东皋，江南金坛人。康熙壬辰进士，两任知县，改授吴县教谕。工诗画，书学米襄阳，雅负郑虔三绝之望。

班婕妤

翻因弃置久，转念宠恩偏。灯暗增成夜，花飞长信年。秋风有时歇，团扇岂常捐。独惜罗衣色，尘生不再鲜。悻悻小丈夫，不能作是语。

湘中曲

风起黄陵庙下秋，断猿声里系孤舟。雲鬟雾鬓知何处，竹色娟娟月影流。

任兰枝

字香谷，江南溧阳人。康熙癸巳赐进士第二人，官至礼部尚书。著有见南诗集。○公出使安南宣谕国王，使王知天朝恩重，拜舞感泣，此生平大节，诗亦典重有体。

武侯祠

丞相祠堂沔阳浒，桧柏森森铁榦古。行人指点定军山，月黑天阴闻战鼓。三分炎祚鼎终存，万马中原气已吞。五丈原头将星落，此间终古藏忠魂。泱漭寒流向东去，霜郊黯见平芜路。南通剑阁北褒斜，想见当年运筹处。我来下马拜荒丘，三代而还第一流。绵竹战馀瞻尚死，一门忠烈壮千秋。凭吊武侯，写出风雲动色，忠魂如在，末并传出绵竹之战，一门死烈，此前人未说到者，应与王新城定军山下作并传。

大相岭

肩舆历峻坂，力尽得跻攀。冰雪明孤岭，风雲暗百蛮。地应雄剑阁，天已近阳关。旧说南征相，兵戈驻此间。

宿剑关

斜日下荒原，驱车宿剑门。寒山风落石，残夜虎窥村。断续京华梦，凄清独客魂。古来设险地，兴败共谁论？五言律多从杜出，咏蜀中诗尤宜近杜。

巴州

深院严扃尽日闲，一年花事已全删。情同笼鸟难舒翼，行似枯僧正闭关。万里烟波通峡水，连朝雲雾失涂山。故园遥在春江畔，那得扁舟纵往还。

杨绳武

字文叔，江南吴县人。康熙癸巳进士，官翰林院编修。○太史为忠文公孙，秉志节，通经术，不以诗人鸣也。

孝陵

鼎湖龙去上升天，弓剑埋藏四百年。金碗玉鱼无恙在，不须清泪滴铜仙。竖儒瞻拜旧山陵，落日平芜百感生。欲奏通天台下表，只怜才谢沈初明。不必有黍离麦秀之感，而情韵自深，以沈初明比拟，恰是异代子臣，措词得体。

吴 襄 字七雲，江南青阳人。康熙癸巳进士，官至礼部尚书，谥文简。○文简老年遇合，位至六卿，出处进退，如凤皇芝草、贤愚共称美瑞者。诗品亦高，不肯流入三唐以下。

柏乡雨花庵口占

雨花亭子上，坐饮赵州茶。古寺木初落，疏林日已斜。黄花应笑客，白髮未还家。老衲若南去，乡山问九华。自注：僧楚泽云，将行脚南中。○黄花一联十字成句，此文简出使楚中过而留题也。名流过者，俱有和作，总未及其自然，予见而录之。

送徐澂斋先辈奉使琉球

浩渺沧波隶九州，贡航不绝大琉球。嗣王册命今三锡，自注：国朝册封琉球，今为第三次。使者才名第一流。龙节高擎天北极，星槎直泛海东头。书生报国宣威德，敢诧乘风万里游。时送行诗汇成卷轴，剧多名作，然颂扬得体，无逾此章。

秋吟

落叶满秋山，征人久不还。一声何处雁，应向玉门关。神完气足，语稳调高，征戍离情，自在言外。

题黄山蒲团石

唐建中 字赤子，湖广竟陵人。康熙癸巳进士，官翰林院编修。

小心坡上得心安，鹘落猿飞路不难。百步雲梯谁撒手，九年空坐石蒲团。

临高台

临高望秋水，寒镜出尘函。碧藓净孤渚，苍雲阴半岩。风传隔院笛，叶送下江帆。正有南来雁，离情孰寄缄。

张梁 字大木，江南华亭人。康熙癸巳进士。著有澹吟楼诗。○张氏门风鼎盛，声华赫奕，而澹吟不乐仕进，户庭萧寂，如游方外人。喜鼓琴，兴到时，弄一二曲。晚迁居青浦之珠溪，无疾而逝，人谓同禅家之解脱者。

弹琴

偶坐藤萝下，挥手弄素琴。我琴不悦耳，能作澹泊音。本非求人知，我自写我心。锺期既已亡，成连谁能寻？岂徒桑与濮，六代趋荒淫。时世有升降，性情无古今。抚兹枯桐枝，欲辨口若暗。罢琴人寂然，明月窥疏阴。古人五言如「人心尽如此，天下自和平」，「能使江月白，又令江水深」，七言如「空山秋满霜烟平」，写琴理琴韵，非琴声也。作者此篇已得古人三昧。

弹琴杂诗

孤桐独为奏，不假金石谐。微矣园客丝，能写旷士怀。中散已云逝，千载罕见侪。奈何大雅音，委之优与俳。抚弦传窅渺，希声正复佳。岂难悦人耳，所耻在淫哇。听者虽或疏，宫徵安可乖。

束髮好鼓琴，自谓甚易工。初得一声似，旷若意已通。学之既十年，兹理弥无穷。吾未忘吾手，焉令诸有空。乳泉滴幽洞，篝木含远风。至音非可求，只在天然中。诸有皆空，只在天然，滞于手不能空也，末句点明。

梅花三弄

梅花随东风，淡淡入我弦。冻雲残雪春乍破，一枝两枝篱落边。喧啾野雀噪深竹，溪水无波照空渌。阳和暗觉指下来，遥峰泼翠岚阴开，五色凤子双徘徊。小弦急，大弦缓，冷香拂袖东风软。嫋嫋冰魂吹不断。忽然孤鹤唳一声，罗浮山远春梦惊，霜天欲晓寒更清。平生茅屋心，松篁共萧寂。山家闭户悄无人，绿满青苔落英积。瑶琴愔愔醉横膝，一片孤月当窗白。梅花与琴，浑融无迹。

无名氏

明怀宗御容歌

帝丰颐隆準，冠金兜鍪，衣锦袍银铠，天威凛然，藏于先朝指挥卓焕家。癸未冬，道经维扬，过指挥从子尔堪，得拜觐焉。

甲申三月国大变，贼骑横行满京甸。百官狂走内竖降，九门洞开人不战。烈皇平明起太息，独自击钟向前殿。左右顾视无一人，公主饮剑情割断。身殉社稷在煤山，血诏留衣髮掩面。后来渴葬向玄宫，六十年间市朝换。宁知遗像今尚存，天人眉宇臣民见。黄袍白铠玉几陈，端然帝座赫百神。龙髯一尺怒欲拂，似愤当日无忠臣。况值万方苦兵革，郁陶犹疑见颜色。直是忧勤一片心，纵有丹青画不得。史相可法涕泣绘此图，军前跪拜激顽夫。

翠华金根走姑孰，琱戈铁骑围江都。惜哉孤城卒难守，空将报国心肝剖。敕印亲交贺总戎应昌，指挥卓焕捧御容。真州欲往飞梁断，完节自赴波涛中。指挥平生节自矢，因奉御容不敢死。至今从子藏宝函，挂出天颜真尺咫。忆昨路经思陵东，松桧飒飒来阴风。鼎湖龙驭去不返，金盘谁荐樱桃红。呜呼！国家养士三百载，杀身成仁几人在？羡君忠孝聚一门，永与此图垂勿坏。自注：尔堪为明户部侍郎忠贞公敬十世孙。○「龙髯一尺怒欲拂，似愤当日无忠臣」十四字，几于模之有棱。末幅归本一门忠孝，与少陵赠曹将军霸诗同一苍凉激壮，是为神来。

谢遵王

字前羲，江南江都人。康熙癸巳副榜。

吴中感兴

两月金阊住，听残白纻歌。山惟洞庭好，春是虎丘多。良觌故人远，乡心寒食过。舵楼闲倚望，渺渺奈愁何？三四已括吴中之胜，「春是虎丘多」，眼前语，道来转觉其新。

枕上

帘幕微风入，轻寒枕簟侵。梦多通夜恶，病觉隔年深。簌簌灯花坠，寥寥戍鼓沉。寒蛩偏恋我，床下和哀吟。前羲没于早岁，此即病中作也。读去哀音动人。

顾陈垿 字玉停，江南太仓人。康熙甲午举人，官行人。○娄东诗人虽各自成家，大约宗仰梅村祭酒，玉停晚出，欲自辟町畦，而能不离正轨，亦后辈中矫矫者。

饯敬亭上江西观察分题得盆桧

一尺万丈势，郁此昇仙姿。托根几案间，抉石出怒猊。黛枝雲盖结，铁榦霜痕披。圣植既劫火，犹睹具体微。风霆起春蛰，应有飞龙知。愿为祖生楫，送君中流时。借题发义，见得圣传一脉，正可乘时有为也。后敬亭居官，克副此语，可云不负友朋矣。敬亭，字子大，名起元。

分拟鲍参军白头吟

持妾怀中月，照君弦上心。琴声逐流水，月向波心寻。体双珍合璧，心一利断金。如何乖宿昔，貌昵情辰参。破璧成带玦，挫金置毡针。昔为比目鱼，今作分飞禽。分飞日以远，反目望转深。言念结好初，忍垢共泥沉。钱刀焉足贵，信义乃可任。不见黔娄妻，相看雪盈簪。温厚缠绵，忆泥沉之共艰，责信义之足守，怨而不怒，可与谷风并读。

豹留皮

豹留皮，人留名，死无所留，不如无生。大丈夫，得死所，光奕奕，照千古。王铁枪，不识字，但好武。郓州失，铁枪出，破强敌，期三日。妻子羁唐勿复言，男儿誓不私家室。辕门置酒出舟师，座客未散连锁摧。亚子胆落守殷窜，威名播耳如春雷。青蝇营，贝锦成。保銮溃，中都倾。吾枪可折，吾膝胜铁，谁能向鬥鸡小儿屈。惜哉豹，为鼠死，豹皮文独存，鼠腐臭未已。彦章事朱温固为不能择主，然既已事之，则君臣之义不能乱也。欧阳公力为称扬，明儒又过为贬抑，篇中于忠勇则显言之，于失身则微风之，两者兼，而王铁枪之论定矣。

十阿父

为天子父，孰如其尊。阿父过多，难为儿孙。杀人于市，如屠犬豕。皋陶袖手，虞舜充耳。一父披猖，九父诪张。愿言筑宫，奉以上皇。脂车秣马，归之汴京。后周太祖后柴氏无子，以后兄守礼之子为子，是为世宗。守礼杀人于市，有司以闻，不问。时王溥、汪晏、王彦超、赵令坤等同为将相，皆有父在洛阳，与守礼往来，惟意所为，洛人畏之，号「十阿父」。

古北口

地险雄关旧，秋临独客惊。马头悬汉月，山背络秦城。草带烽烟色，蝉为朔吹声。舆图正无外，大漠亦神京。捶炼而成，言无浮响。

偕王树先观察渡钱塘舟中对弈

问渡携棋局，忘言到夕曛。星辰两手握，吴越一江分。小劫壶中隐，馀音橹外闻。机心浑不用，仍可狎鸥群。吴、越以江为界，人能言之，以手握星辰引为对偶，两语皆警拔矣。作律诗须得此意。

瓜州晓渡

征鞍才卸客身轻，指点金焦双眼明。宿雨渐收遥岸出，海雲初落怒潮平。人归春晚犹馀兴，风入江南亦有情。正值百花新酿足，一杯先为破愁城。第六语，久羁北地者始知其工。

寅鉴堂后灯筵即事自注：各以己字为韵

珠明玉艳簇芳庭，细腻风光锁曲屏。歌板欲残馀白雪，月轮初上淡春星。坐忘宾主宵嫌短，思入乡关酒易停。不奈峭寒归客枕，半垂纸帐一灯荧。

砚

端溪谁割紫雲腴，万古文心向此摅。小点墨池成巨浪，就中飞出北溟鱼。小中见大。

尤秉元 字昭嗣，江南长洲人。康熙甲午举人，官乐至知县。○昭嗣年五十馀，呴呴嚅嚅，依然童稚。及乎莅官，民安政肃，去后犹思，贤者洵不可测也。诗承西堂、沧湄两先生后，不入轻浮之习，是为唐音。

孤雁篇

玉关万里秋风远，南归雁渡芦洲晚。数行中断忽分飞，零落寒空谁作伴。可怜孤雁不胜情，常伴寒星夜夜鸣。客舍凄凉魂欲断，深闺辗转梦难成。客舍深闺听凄恻，绝弦更有伤心客。十载同栖连理枝，一朝忽拆双飞翼。空馆经秋冷繐帷，黄昏微雨画帘垂。当时漫作求凤引，此日翻成别鹤悲。悲来常向西风恸，重纩难温谁与共？一似孤鸿失侣飞，湘江不作鸳鸯梦。天上人间两渺茫，年年岁岁恨难忘。尺书肯寄重泉去，为道萧郎正断肠。昭嗣三十馀悼亡，不娶，旁无姬侍，人高其清净，不知其情深也。篇中连绵不断，如春蚕引丝，失偶人几不能读。

芙蓉映水曲

秋江潋滟开明镜，湘女窥帘晓妆靓。遗佩飘香散作花，一枝艳质临江映。江水盈盈未易求，相思空望夕阳楼。西风一夜生南浦，零落红衣入暮愁。

牡丹

洛阳花谱几番新，烂漫欣看谷雨辰。晚出遂超群品上，才开便足十分春。倚栏妆重愁无力，绕幕香浓欲醉人。千载沉香遗迹在，谁将绝调写风神。李山甫「数苞仙艳火中出，一片异香天上来」，罗隐「公子醉归灯下见，美人朝插镜中看」，皆粘腻语，而薛逢之「买栽池馆恐无地，看到子孙能几家」，则又过于衰飒矣。颔联尔雅典切，古今人何必不相及耶？

张弘敏 字讷夫，江南丹徒人。康熙甲午举人，官孝感知县。

咏史

剑术莫论疏，荆卿一何愚。生劫万乘主，此事大难图。惟彼虎狼秦，变诈实多虞。诳楚绝齐交，终不致商於。焉能反侵地，信义申匹夫。急揕嬴政胸，群愤亦少舒。如何披督亢，犹事久踟蹰。嗟哉报丹心，空与日月俱。荆卿不止剑术之疏，欲生劫以反侵地，是以齐桓望虎狼之秦，其势必不能也。末不没其报丹之心，咎之之中，实深惜之。

放榜明日知落副车有作

琼楼高迥绝跻攀，大药功成第八还。行到半天仙骨少，罡风复遣落人间。

吴廷华 字中林，浙江仁和人。康熙甲午举人，官福建海防同知。著有东壁诗钞。○东壁穿穴经学，尤究心三礼，所为诗徵引典实，虽风雅不足，不碍为方家也。

沈孝子行 自注：为艮思观察子庠生敦懿作。

我友有子称小凤，少岁六经熟磨砻。忘身竟以死孝传，千古人伦作桴栋。孝子陈情救乃翁，乃翁得旨还天中。自注：时寓居河南辉县。昨岁母殡值邻火，扑灭不觉麻衣红。麻衣红，不可褫，宁死肯任母殡毁。头焦额烂肤不完，殡宫获全孝子死。孝子曾补两笙诗，南陔白华有新词。居身洁白守庭训，循陔乃厄南宫离。我闻客位之殡涂且肂，攒至西序预火备。此礼废坠千百年，致令孝子蹈炎炽。我友哭子几丧明，邦人请旌留孝名。登危临深古所戒，成仁取义非过情。读书要在持大节，至行煌煌如火烈。旌庐令典金石光，精神不逐劫灰灭。始而陈情救父，继恐火焚母棺，衰绖扑火，自焚其身，固死于孝者也。得此诗表之，孝子可以死。然孝子于是乎不死。○士丧礼：「掘肂见衽。」肂，埋棺坎下也。颜延之哀册文：「戒凉在肂，杪秋即穸。」注：「三日而肂，三月而葬。」

题杜文贞公小像

长乐坡前白讥甫，自注：饭颗山，唐摭言作长乐坡。太瘦生缘作诗苦。我闻斯言不谓然，是亦群儿谤伤语。三人各瘦公有云，诸弟岂尽能诗人。唐书文苑传可考，丧乱饥饿从公身。自公莅官天宝季，渔阳鼙鼓势何炽！陷贼归来惊所亲，老瘦当知从此始。乾坤疮痍劳至尊，苍茫家室空柴门。三年奔走益潦倒，一身皮骨嗟空存。我读公诗见大略，浩气纵横非束缚。况闻下笔如有神，豪吟安得身如削。披图恍遇山泽癯，聊存诗案明其诬。闻说李侯亦憔悴，千首敏捷终何如。太白戏少陵语，本出杂说，不足凭也。以「三年奔走空皮骨」句为证，见少陵之瘦，由于丧乱，而旁喻曲引，以破所戏之语，无微不到。

徐陶璋

字端揆，江南长洲人，昆山籍。康熙乙未赐进士第一人，官翰林院修撰。○殿撰中岁成诗，流于性情，温厚之馀，故动皆有则。

桐庐

轻帆漾微风，到郭及亭午。晷影落清波，衔雲映吞吐。沙渚集渔舠，鹭鸶晒毛羽。参错缀人家，临水开牖户。楼阁见层叠，罅隙松篁补。愧无荆关笔，好景渺难谱。微体幸萧散，得未羁簪组。心胸湛虚明，俯仰忆往古。近欲访玄英，俯首拜抔土。远攀汉客星，高风邈天宇。拟将谢浮名，烟波狎柔橹。何时携双柑，春莺听花坞。上半写景，下半怀古，「心胸湛虚明」二语，作上下转关，篇法整肃乃尔。

洪忠宣祠

不愁鼎镬一心坚，辩折金廷气凛然。举目动惊风黯惨，攀髯空想泪潺湲。放还北地辞羁绁，沦谪南朝被弃捐。寂寞钱塘孤庙冷，千秋有恨听啼鹃。忠宣羁北地十五年，金人鉴其忠放归，高宗亦谓其同于苏武，而秦桧恶其刚直，后至安置英州，桧之恶可擢髮数耶？同时朱弁亦十七年放归，事与相类。

凌如焕

字榆山，江南上海人。康熙乙未进士，官至兵部侍郎。

题隆中草庐

摄衣岘山巅，停舟鹿门涘。凭吊草庐人，抱膝山之趾。烛照天下事，未尝一挂齿。一朝感知遇，卧龙挟雲起。攘外遏强寇，安内辅孺子。伊吕良可追，管乐讵足拟。二表泣鬼神，耿耿光青史。命毕五丈原，恨流江汉水。当年有庞公，陇上秉良耜。足己外无求，民物捐敝屣。惟公立谈时，决策扶炎纪。闭户不失人，救世不枉己。缅怀三代下，谁许齐一揆。用行而舍藏，庶乎子渊氏。忠武自比管、乐，少陵比以伊、吕，而此以子渊氏拟之，行藏合宜，所谓易地则皆然也。尚论古人，正须独放眼力。

新滩拽滩歌

风瑟瑟，树萧萧，拽滩水落新滩高。蜀道青天不可上，横飞白练三千丈。居人喜欢旅人愁，千盘万折过陇头。

北雪消，南风作，新滩水平拽滩恶。中流伏石如蛟龙，纸船全赖铁梢公。旅人色沮居人利，石米百钱取如寄。自注：货米船下滩经水者，值取百钱一石。○可作古谣谚读。

余敏绅 字张佩，福建建宁人。康熙乙未进士。

传胪日作

初日曈昽刻漏传，鹓班肃立静鸣鞭。一声胪唱才过耳，五色雲高或在天。幸藉朴诚逢圣世，肯图温饱愧前贤。粗才未奏凌雲赋，也向螭头惹御烟。胪唱日想到或有韩魏公其人，心事光明磊落，谓他人，非矜一己也，朴诚自矢，不图温饱，可以觇其为人。

杨士凝 字笠乘，江南武进人。康熙丁酉举人。

饥民谣

村村屋头鸦乱飞，尘封爨火炊烟微。邻人乞食县门去，羡杀鼠食官仓肥。江南今年星在罶，青钱二百米一斗。诏令减价更赈荒，里老奉行开户口。县令踏勘初入村，万户尽望天家恩。饥民无钱吏胥怒，有名不上官家簿。斗米二百钱，民已艰食，乾隆乙亥、丙子，又增二分之一矣。勘灾之弊，自昔已然，可胜慨叹。

不如归去

不如归去，省我坟墓。十年万里白头亲，肠断缝衣无寄处。归来五鼎列墓前，有泪不达重泉路。警远游子，视东野游子吟尤不忍读。

吴江

丹枫飒飒下寒塘，财赋江东第一乡。谁唱吴歌醒客睡，半湖残月半船霜。

雨霖铃曲

天子犹难活妇人，梨园枉唱雨霖铃。万层剑岭千条峡，忍使官家掩泪听。

潘其灿

字景瞻，江南吴江人。康熙丁酉举人，太史稼堂次子。

春风和李玉洲韵

韶华可是隔年期，转眼春风似旧时。远客楼高愁独觉，深闺帐暖梦偏知。分番芳信园中报，一片晴光陌上吹。回首几多离恨积，凭栏好与诉相思。深闺一语，尤为着题无迹。

登河防口边城

山海居庸千里长，前朝于此重边防。藩篱属国亡三卫，屏蔽中原恃一墙。保塞规模传魏国，筑台形制说南塘。而今中外为家日，直北舆图接大荒。

癸卯岁暮感怀

敝裘燕市又经寒，岁晚冰霜闭户看。梦断梅花乡国远，愁凭竹叶酒樽宽。郢歌白雪谁怜寡，蜀道青天始信难。寂寞藜床高卧处，碧霄依旧路漫漫。

翁志琦

字式金，江南吴县人。康熙丁酉副榜。○式金向曾属草诗序，因远行未果。今披览遗稿，多原本性灵之作，采入选中，略补未能应命之咎，故人应亦谅我也。

反班婕妤怨歌行

团扇复团扇，皎皎白于雪。永昼引清飔，良宵延素月。秋来置箱奁，寻常不轻发。薄俗区故新，君子秉贞节。炎曦会有时，谁云恩义绝。元辞可以怨矣，此更秉心贞正，立言有则。

外孙信儿至

七年依我住，晨夕不暂离。三月不相见，惓惓系我思。欢呼入门来，一笑舒双眉。登我所坐榻，弄我所吟诗。我吟三十载，苦心实在兹。名山传绝业，回首当付谁？数篇乞记诵，授之复何私。他时晓人事，应识此言悲。见无人承柏匮诗也。授之外孙，旋付剞劂，今诗坛传有琢山姓氏，可慰九原。

答女口号

左家娇女禀夙慧，把卷问耶欲学吟。耶穷正缘苦吟误，尔何学吟费苦心。不闻郝锺礼法重大义，妇德何尝在识字。正论不磨，如李易安转受识字之累。

连夜梦归故乡醒后偶成

梦境原虚幻，情真幻亦真。身尝为客苦，心恋在家贫。衣食怜娇女，忧劳慰老亲。不知闺阁梦，曾否见归人？

白髮

朝来揽明镜，白髮感蹉跎。毕竟无公道，愁人鬓畔多。

田氏紫荆里

田氏遗墟没草莱，春风犹见紫荆开。愿携当日连枝种，分与人间处处栽。

沈元沧 字麟洲，浙江仁和人。康熙乙酉、丁酉两中副榜，以教习官文昌知县，后以子廷芳贵，赠通议大夫。著有滋兰诗稿。○家麟洲以诸生受圣天子知，命入武英殿纂修，与诸词臣齿，真异数也。之官后，亦多善政，因亲属被罪，牵连及祸，人并冤之。诗与查他山先生唱和，品兼唐、宋人之长。

外舅查声山先生挽辞

夙有莼鲈志，秋风忆钓竿。地高投足险，恩重乞身难。诗酒尘边废，林泉画里看。自注：公图花溪水竹，以寓归思。诵诗时叹羡，每在硕人宽。宫詹受恩深重，几埒江村，而小心谨慎，则又过之，所以难于乞身也。晚年心事，馆甥婉曲传出。

夜雨与友人感赋

江村归去见闲田，屡遇尧汤水旱年。秋气萧条连井邑，烟光惨澹自山川。虚疑世有桃源路，共笑人忧杞国天。多事刘琨空起舞，鸡声误却半宵眠。频遇灾荒，救人无术，抚时感叹，有心人每怀此念，而泄泄者以杞人之忧笑之。此种情事，古今一辙。

杂咏

秘殿从容召对频，庙堂气象若为新？难逢沙汰江河手，合有招延羽翼人。种漆樊侯知备预，忧葵鲁妇枉悲辛。今朝听说朝阳凤，一纸封章新进臣。

避世金门不厌深，华颠短褐岁侵寻。相逢北阙青雲客，谁和南山白石吟。数著能谈天下事，千秋须识古人心。贾生已去王通逝，独立苍茫感不禁。

甲寅闽变永嘉令马公琊与温处道陈公丹赤同时殉难今春马公子观察君陈情行在特锡恩谥忠勤敬赋一章以纪其盛

一官迢递到岩疆，闽海烽烟正扰攘。此日陈豨终负汉，同时南八自忠唐。三年乱定闻家祭，两字名尊慰国殇。庙社灵旗应俨在，清魂千古恋桐乡。南八忠唐又有雷万春在，此因马公而兼及陈公，犹因南而兼及雷也。举一人而中藏一人，句法甚巧。

过黄公滩自东坡改为惶恐文信国仍之后相沿为故实矣

雨馀乘晓狎危澜，来过黄公第一滩。帆饱长风争马驶，溪添新涨抵江宽。篙师欲作摊钱戏，客子休歌行路难。天意似怜山水癖，要令南海纵奇观。

白雲簃杂咏之一

临风双鬓影飘萧，手把残编慰寂寥。贤母自能知陆续，直臣幸免祭皋陶。谤深谁为珠犀雪，路远拚将髀肉消。闻道恢恢天网阔，那因鸾凤放鸱枭。自注：用后汉陈耽语。○此被累以后，重至广南而作。

涿州

百雉重城势不孤，居然绾毂拥皇都。风雲气概楼桑里，土壤膏腴督亢图。事去英雄遗恨在，时平草泽弃才无。独怜老作西征客，鞍马劳劳走道途。

题屈子诗外二首

匹马三边听鼓鼙，吴钩笑拂月初低。英雄末路怜红粉，消得香东与墨西。自注：香东、墨西，二姬名。○寓情红粉，乃英豪末路，犹信陵饮醇酒、近妇人也。

笑他馀子竞风骚，未许陈梁声价高。一代才名兼意气，海南沛上两诗豪。沛上，谓阎孝廉古古，诗格不同而意气则同，故并论之。

清诗别裁集卷二十四

汪应铨

字杜林，江南常熟人。康熙戊戌赐进士第一人，官翰林院修撰。著有容安斋诗。○殿撰才华发露，与时龃龉，罢官后游楚，大吏聘修省志，犹有弹劾之者，纪渻养鸡主于不鸣，有以也夫。

题读书楼

人生何谓富？山水绕吾庐。人生何谓贵？闭户读我书。君构读书楼，楼与山水俱。藏书数千卷，任君畋且渔。山水契动静，读书友轩虞。眺望连近远，梦寐俱恬愉。此身置太古，此心游太虚。回视尘世间，富贵吾土苴。山水读书不能相兼，读书楼在山水间，天下之乐无以加焉，然知其乐者几人？沉溺于土苴者纷纷矣。

清镇县七夕

水上浮萍沙上蓬，牂牁江畔晚凉中。无双今夕羁孤客，第一春桥系短篷。银汉碧天斜易晓，芦帘纸阁怅应同。去年漾水漂流者，已望牵牛向碧空。怀家意写来蕴藉。

雾中花

名花笼雾认难真，道是还非梦里身。仿佛汉家宫殿冷，隔帷遥见李夫人。

张廷璐

字宝臣，江南桐城人。康熙戊戌赐进士第二人，官至礼部侍郎。著有咏花轩诗。〇心躁者多志微噍杀之音，心平者多顺成和动之响，言为心声，不可强也。药斋公不干进，不务华，以介自矢，以诚感人。视学江苏九年，如和风著物，万类萌动，既久，士林犹歌颂之。宜发言为诗，比于水之潆洄，春之和盎，读者心醉气夷而不自知也。注力不在五言，故不备录。

岍山招游雲龙山用东坡答吕梁仲屯田韵

黄楼嵯峨古彭门，雲龙山下多烟村。暇日招游恣登陟，壶榼不用燔鸡豚。淮泗交流清浪驶，吕梁迅急黄河浑。峣岩似腾北海蜃，巨嶂如起南溟鹍。冈阜萦抱气尤王，洪波襟带势欲吞。振衣绝顶俯平壤，川原环拱雲龙尊。古藤倒垂猿狖挂，怪石磥砢熊罴蹲。青畴千顷水方退，高坻往往留潮痕。禾根犹见集雁鹜，屋外直欲浮蛟鼋。今年盛夏苦霖潦，茅檐白雨如翻盆。水田坐看秋税减，寒谷惟待春风温。城中居人尚安枕，万家鳞次炊烟昏。兹山高旷足眺览，巍然放鹤亭孤存。石磴透迤古苔滑，苍枝诘曲老树髡。黄茅冈头指遗迹，群羊仿佛眠雲根。山人已往坡老逝，空嗟岁月如涛奔。残碑寂寞野烟罨，虚廊萧瑟寒雲屯。胜游凭吊增慨叹，不辞斗酒倾匏樽。用苏韵便近苏诗。

送魏定野归柏乡

肃斋把臂足清欢，联句论文夜漏残。杨柳旗亭偏送别，杏花村店尚馀寒。莱衣爱日春方永，谢草关情梦未安。无计留君倍惆怅，心随归骑过邯郸。「杨柳旗亭」一联，似人人意中语，然佳处正在自然，一加追琢，恐失天趣。

赋得落日楼台一笛风

馀霞散漫晚烟浮，长笛风前响欲流。几点鸦归远村树，一声人倚夕阳楼。梅花早向江城落，杨柳曾传绝塞愁。何似神仙骑鹤背，凌空吹彻万山秋。

哭梁贡

秋风素旐听虞歌，月落空山叫夜乌。堂上白头翻哭汝，膝前黄口已成孤。魂依姜被霜华冷，肠断苏机血泪枯。寄语闺中髽髻妇，茹哀还慰八旬姑。此哭女夫而作也。白头无子，黄口无父，人生最不堪事，末嘱空闺髽髻，抑哀慰姑，望其节孝两兼，立言真至。

恭和御制秋蒐杂纪元韵

登陟冈峦势磊嵬，经过涧壑水潆洄。骑来天厩三千驷，蹋破秋云几万堆。林外琱戈随豹尾，峰头黄伞傍龙媒。从知蒐猎关戎政，载笔还须付马枚。

南归

廿载劳人得赐闲，故园风景隔尘寰。萦洄马鬣双溪水，层叠龙眠万笏山。巾屐独寻新薜径，烟云仍护旧柴关。林泉潇洒无拘捡，大似开笼放白鹇。此五章致政归时所作。

天池水击有鲲鹏，蜩鸴榆枋自不胜。腰绶已抛三尺组，头衔犹领一条冰。收将帆橹乘楂客，携去瓶盂退院僧。日上松窗新睡觉，还疑带月望觚棱。忠爱之言，于极闲处传出。

松风萝月送馀年，暮霭朝风别有天。门为看山宁用杜，车还驾鹿不须悬。烹茶泉比中泠水，荷锸秧分下潠田。老我得从耕牧者，萧闲真觉主恩偏。杜门悬车，归田后常语也。一经翻用，便觉生新。

由来齿角未容兼，独荷生成意已厌。奉席儿能谢簪绂，扶筇妇尚理齑盐。含饴孩幼甘同剖，高枕林庐梦亦恬。惭愧此生论取与，天公伤惠我伤廉。从「熊蹯鱼腹岂能兼」意化出，极欣喜意，转似以明出之，妙不可言。

舟泊无锡

九龙山色何媚妩！坐见白雲生缕缕。空蒙散作波上烟，篷窗一夜萧萧雨。

送杨升闻归里

节近传柑花映扉，山园且莫恋芳菲。迟君一叶樵风便，流过春江燕子矶。诗中天籁，亦以不雕琢得之。

郑江 字玑尺，浙江钱塘人。康熙戊戌进士，官至翰林院侍讲。著有筠谷诗钞。○筠谷以诗为事业，有指其失及改定其诗者，终身敬礼之。出使广南时，山人黄子雲适留其地，为点窜数言，出橐中金赠之，俾还故乡。此风近日已罕见矣。

西溪草堂图

吾乡山水窟，莫如西溪幽。延缘一径通，落落清瑶流。夹岸无杂树，鹿角枝相樛。霏微岚翠间，香雪千林浮。有时略彴横，野竹寒修修。寻幽窈窕入，落英满扁舟。花阴路疑尽，豁然见平畴。四山围滃绿，土俗勤锄耰。此中隐君子，毋乃栗里俦。一茅粗剪葺，六枳纷环周。虚室静生白，恍然物初游。腥鹤唳天半，若与孤情酬。仙源在枌榆，余胡久淹留？西溪在北高峰背，舟行凡十八里，溪窄只容一舟，梅林两岸，风翻落英，沾人衣袂，钱唐幽绝境也。昔曾经其地，兴会未到，难形语言，读此诗，令人神往，可当重游矣。

度翚岭

新安僻一隅，崖谷莽相围。寒雨度翚岭，悄然徒御悲。匪悲道路险，疲氓寒无衣。祇役我之分，劳民毋乃非。既不能重趼，复不奋翅飞。民劳岂得已，王程不可违。酬民以价直，几为吏橐肥。诘问得其情，惩吏乃用威。疲氓感我意，绕座涕泗挥。民情大可见，岂愿咸其腓。劳劳道路间，志在救朝饥。饥寒苟不恤，焉用长吏为？勤劳王事，而不忍以兽役人，仁人之用心也。诗之樸老近元道州。

常山县

风帆沙际落，岚翠碧丛丛。一县江声里，四山雲气中。迎人幽鸟语，随意野花红。回首乡心远，沿流直向东。

残柳

画桥斜去水东流，落日西风泽国秋。树下彩雲都散尽，夜来明月尚勾留。碧蹄马老怜荒驿，白髮人闲倚酒楼。六代离宫鸦数点，满天疏雨不胜愁。五六取题之神，不粘不脱，一结尤有远韵。

钓台

高台俯映暮江清，叶叶风帆尽日行。碧水几时停过客，青山终古属先生。可知遁世原持世，始信逃名是爱名。惭愧萍逢无定迹，沧洲暂借濯尘缨。「遁世原持世」，谓东汉节义之风，从羊裘翁开出也。「逃名是爱名」，工于著辞，他手以钓台为钓名，浅而无味矣。

飞来寺

澄江绿瀞沾于苔，群峭摩天一线开。吉贝花中闻梵呗，兜罗绵里现楼台。榕阴浓叠千重翠，松吹晴喧万壑雷。瘦石玲珑霞缥缈，却疑岩岫亦飞来。

邹升恒 字泰和，江南无锡人。康熙戊戌进士，官至侍讲学士。著有借柳轩诗。

分赋得采香径送沈归愚太史暂假归里

吴宫花草今何处？岩畔犹馀采香路。当年越女颜如花，莲舟荡漾双桨斜。后宫罗绮照野水，鸳鸯作队随溪沙。六千君子一朝起，台上佳人委流水。相逐鸥夷泛五湖，羞见荷花守红死。千年遗迹想依稀，过客唯应吊落晖。诗人家傍采香径，不采秾香采紫芝。老入承明亲禁掖，暂辞钔砌还山泽。洗砚池边访旧踪，樵翁溪友还相识。自怜软土滞年年，何时同泛香溪船？「不采秾香采紫芝」，为归人增长声价，然愚实有愧其言也。是日赠行者共十有二人，先生诗尤高雅，录此并识一时良会。

丁香和韵

春空烟锁缀星星，两树琼枝占一庭。交网月穿珠络索，小铃风动玉冬丁。傍檐结密人难拆，拂座香多酒易醒。只恐天花散无迹，拟将湘管写娉婷。羌无故实，自足风流。

宋　照　字堇涵，江南长洲人。康熙戊戌进士，官翰林院庶吉士。

雾凇

风寒雾下成银沙，遍糁林木垂鬖髿。天公知我太岑寂，先遣万树开梨花。梨花一望杳无际，应是碧空惯游戏。东方渐见升阳曦，还怜化作轻雲飞。冬月行德州曾见此景，因忆嘉州「千树万树梨花开」句，然未形诸诗也。读此叹作者先得我心。

白雲寺阁次壁间张使君韵

白雲小阁与雲平，开阁莹然眼界清。飞鸟没边孤塔见，乱山缺处夕阳明。僧投远寺烟中去，筏下空江镜里行。林外声声啼布谷，青郊应及试春耕。

王　恪

字愚千，江南太仓人。康熙戊戌进士，官知县。著有长留诗集。〇愚千为家台臣先生女夫，指授既正，而笔力清刚，一空时下纤秾之习。观诗集命名，知其自信者素矣。

椒山先生祠

风节容城仰，斜阳凭轼时。疏成十罪定，狱借二王辞。大鸟前朝墓，披鳞异代祠。病中虚拜荐，钦挹起馀思。椒山先生疏指嵩之十罪，千秋定案矣。如此著笔，笔有风霜。

水宿

水宿风餐里，栖栖过此生。米原无帖乞，碑信有雷轰。中土多凋瘵，西陲尚甲兵。休从詹尹卜，归去好躬耕。

寄题陈桥驿

五代干戈苦战争，天心拨乱主潜生。营光久应焚香祝，检点曾传得谶惊。仓卒黄袍酬素志，绸缪金匮负遗盟。最怜永弃幽燕地，当日师名是北征。黄袍加身后，杜太后云「我儿素有大志」，则宋祖之不臣显然矣。金匮之盟，负者太宗，而宋祖主是议亦非中庸之道也。结意燕、雲永弃，强名北征，宋之积弱已萌于此。此种诗，可当后世春秋之笔。

送杨文叔北上 自注：从冼马川中学幕归，即偕北上。

万里征尘拂袂初，骊歌促别意何如？已看蜀道非难上，谁说长安不易居。作客仍依王俭幕，故交好借惠施书。自注：指仲孺太史。知君负米缘情切，早寄乡音慰倚闾。三四语工于点化。

石鼓

当日岐阳猎火红，大书深刻配车攻。奇文人嗜三苍并，盈数天亏九鼎同。歌托韩苏参史笔，辞超秦汉系王风。重搜残臼成完璧，千古辉煌太学中。辛鼓流落人间，改作舂臼，故云九鼎同也。后复搜得，同置太学戟门。

王懋竑

字予中，江南宝应人。康熙戊戌进士，雍正中以教授改官翰林，入上书房行走。○太史精研理学，身体力行，一时有小朱子之目。诗亦言其所得力，不求工于词也。

书座右二章

长堤溃蚁穴，君子慎其微。生平操持力，不敌一念非。波浪浮天阔，滭滭决四围。内省增叹息，已往安可追。

奔马不可驭，盘石不可斡。是非反掌间，铅刀贵一割。我心似寒灰，百念俱刊刓。愿更塞其端，绝之在由枿。此言慎独之功，欲念乍萌，绝之于微，勿使其潜滋暗长也。妙在亲切，不觉其腐。

吴家骐

字晋绮，江南吴江人。康熙戊戌进士，官至礼部侍郎。

圣驾南苑大阅恭纪

鸾旗肃肃驻郊坰，辇道风和霁色明。四海无尘宁弛武，六军有纪尽知兵。雕弓亲试穿雲箭，绣罕还巡夹日营。昨夜赐酺恩泽溥，马腾士饱遍欢声。

城南帐殿晓雲开，万骑星罗拱日来。虎旅自谙司马法，鹓班齐侍晾鹰台。两行列阵坚于壁，九进闻声动若雷。变化方圆包地轴，君王元裕统天才。

杨忠愍公祠

忠愍千秋总不亡，折奸那惜触锋铓。不须蚺胆当三木，只请龙颜质二王。謝上霜飞章急下，城中风惨锁犹香。平生未了伊谁补？浩气常馀百炼刚。熔化传中语，一归自然。

华希闵　字豫原，江南无锡人。康熙庚子举人。著有延绿阁集。○豫原名节自负，遂宁张公审督抚互揭一案，归罪张清恪公，避制府气焰也。豫原不平，上书斥之，几罹于法，后圣祖直清恪而罪制府，豫原得以无事，即此一节，异于模棱婞婀者矣。

山居月夜

苍翠落虚牖，坐对龙山峰。忽看峰际月，已挂溪头松。月高淡星汉，倒影溪流中。境静尘俗屏，人闲眺听空。泯心欲忘我，如游上皇风。此时何所有，雲外闻疏钟。

萬邦荣　字西田，河南襄城人。康熙庚子举人。

偶感

世无名与宦，人心皆太古。世无轮与蹄，人皆守乡土。造物凿混沌，驱人投网罟。谁能翔天外，超然黄鹄举。此即老氏之学，欲返三代为太古也。然亦自成名论。诗格老幹千寻，尽芟枝叶。

成败何足校，英雄自有真。据迹鼓唇舌，千秋一酸辛。不见屠狗辈，乘时灭强秦。卧龙思复汉，赍志何曾申。不以成败论人，是作豪杰语。

致君复淳风，杜老有夙志。南山石可耕，俟时合高寄。胡为望吹嘘，千人欲涕泗。区区愁饿死，饿死乃常事。叩门随肥马，自反恐含愧。上书光范门，斯亦贤者累。杜、韩志在救时，故急欲见知，与后世之耽利禄者异也。然持此责备，西田之安命俟时，皎然共见。

郑世元

字黛参，浙江馀姚人。康熙庚子举人。著有耕馀集。○耕馀诗无镌本，浙中亦无道及名姓者，兹从令嗣炳也太史处借得，未尝求新立异，而胸次高朗，卓荦可观。会稽诗人中，罕此矫然者。

感怀杂诗

贫贱非所忧，菽水有馀欢。毛义喜形色，意讵荣一官。用愧七尺躯，无由洁晨餐。斗粟不任舂，负米计弥艰。大义在不辱，守身重丘山。安得力耕养，十亩乐闲闲。以不辱身事亲，荣于禄养矣，此义知之者少。

刘勰著雕龙，怀之谒休文。磬折车辐下，有才惧无闻。又闻鲍明远，奏诗义庆门。韬知恐沉没，上书以求伸。无称虽可疾，荣名胡因人？荣名虽可宝，此身亦宜珍。眩玉贤者羞，自媒贞女嗔。崇实宾自至，奚为丧我真？因人成名，屈辱甚焉，此义知之者尤少。

泰山不自高，因丘垤以形。河海不自广，因沟浍以名。他山有砺石，良璧逾晶莹。木槿争朝荣，松柏弥见贞。何妨粟有秕，维箕簸之精。何妨苗有莠，镈赵耕者明。纯用比体，拉杂成文，在诗为鹤鸣，在文为枚乘上吴王书，皆开先也。作者工于用比，最耐人思。

出门别妻子

病身不得安，行役赴南峤。五岭天之末，未知几时到。仰见秋鸿征，嗷嗷背雲叫。回首望乡里，魂梦使颠倒。我恨不如月，两处能相照。辘轳挂心头，转辗向谁告？不能如月两照，乐府中每有此种话头。

在家不知好，出门使心悲。娇女绕我膝，小儿挽我衣。似亦解离别，却去还复来。惟此不忍割，令我殊依依。昨日适南市，思买缯绮归。绮要机中织，蚕妇方缫丝。将丝拈作线，成衣知几时。我老待儿养，塌焉摧心脾。

勿用顾旅人，我犹得自强。融融荣卫间，渐觉回三阳。饥已思食粥，渴已思饮浆。前途虽然辽，有弟相扶将。只愁雁鸿少，勿虑岁月长。但看岭梅发，知我思故乡。明年五六月，寄汝荔支尝。

观音岩

粤山山奇，兹岩益奇绝。嵌空有神功，壁立淬寒铁。晻哼山精藏，灵秀真宰泄。赤日万古阴，江雾昼常结。飞楼骑危驾，石隙透微穴。拾级如盘螺，堂隍忽开列。僧梵响出雲，钟乳倒垂雪。南思罗浮佳，北与大庾别。目谋觏斯奇，殊使羁心悦。

郁郁词二首

年荒，有兄不顾其弟者，作此词以感之。

郁郁紫荆，枝条纷纷。枝条虽分，其本则均。父母生子，惟我弟昆。弟昆分形，血气一源。予手若创，予足不伸。予体不伸，予心烦冤。兄兮不关，谁知予之饥寒。

相彼鸣雁，犹同其群。胡今之人，不知有弟昆。我视之弟，亲视之子。念我父母兮，心热而颡泚。呼父母告之，辞弥朴声弥哀矣。近并有不顾父母之饥寒者，更当作何语以感之！

捉船行

客行在西吴，喧呼闻捉船。云奉宪司票，取数须一千。乌程县堂晓传鼓，县官排衙点船户。

东船西舫寂不行，里正如狼吏如虎。行人坐守居人困，百里官塘断商贾。罟师渔父都含愁，城南城北水断流。千艘万橹城中集，苇岸芦港风悠悠。大船竞输钱，差役幸暂免。小船无钱只一身，捉住支吾应供遣。自从名隶公家籍，日日河头坐白日。太仓合米聊入腹，谁为饔飧顾家室。可怜有船何处撑，江干万众俱吞声。捉船不行，日坐河干，可发一叹复一笑也，予有民船运一篇，情事正复相类。

官赈谣

黄鬚大吏骏马肥，朱旗前导来赈饥。饥民腹未饱，城中一月扰。饥民一箪粥，吏胥两石谷。我皇圣德仁苍生，官吏甚勿张虚声。中间四语似儿童谣辞，古今一辙，付之无可奈何而已。

检先大人遗集

清气回天地，丹心在简编。平生千古意，属望后人贤。马服深惭括，周南泣授迁。空嗟不能读，三祝未终篇。叹己之徒读父书，谦辞也。对以司马谈之周南授迁，自任何等，服其队仗之高。

看客舞刀

秋水飞双腕，冰花散满身。柔看绕肢体，纤不动埃尘。闪闪摇银海，团团滚玉轮。声驰惊白帝，光乱失青春。杀气腾幽朔，寒芒泣鬼神。舞馀回紫袖，萧飒满苍旻。

观枪法

闻声驰铁骑，过影走金蛇。进退真神捷，盘旋任屈斜。毫光团白雪，风雨散梨花。一气如相贯，全身总被遮。阴阳回地纽，狐媚遁天涯。仿佛陈安技，真堪任虎牙。上章舞刀，此章舞枪，无一语可以互易，令读者如置身玉轮梨花之间，是何神勇！

厉　鹗

字太鸿，浙江钱塘人。康熙庚子举人。著有樊榭诗集。〇樊榭学问淹洽，尤熟精两宋典实，人无敢难者，而诗品清高，五言在刘昚虚、常建之间。今浙西谈艺家，专以饤饾挦扯为樊榭流派，失樊榭之真矣。

永兴寺二雪堂晓起看绿萼梅是冯具区先生手种

幽人先鸟起，林硐正寂然。是时春空霁，山翠争便娟。的的花间雨，濇濇花上烟。烟雨为合离，花态亦变迁。祭酒昔游此，手种犹生前。傲兀根倚石，欹倒枝映泉。微馨委陈迹，高格同枯禅。儒官罢亦得，不废招隐篇。攀花久延伫，世已无其贤。起句传晓起之神，花态随烟雨变迁，静心游览人，方领得此趣。具区手种梅，只淡淡写之。

西溪巢泉上作

玩溪遂穷源，东峰屡向背。朝日上我衣，春泉净可爱。不知泉落处，潺潺竹篱内。喧闻两叠泻，静见一潭汇。松风飏纤碧，花影蓄深黛。名言犹有相，幻照乃无悔。悠然巢居心，颇欲终年对。晓起观泉，初阳上衣，写得字字入神。

春阴望西溪人家雲山梅竹互为掩映

溪声迤西流，寺桥扼其隘。分馀落麦田，绮秀渺方罫。行人越阡陌，春望怡我辈。皓皓远梅林，映山青晻暧。下有渔樵廛，竹树互襟带。炊烟化山雲，雲起半明晦。花原色不同，辋口境如在。怅矣怀闲居，悠然悟天绘。炊烟和山雲几合而为一，此云化山雲，见炊烟亦神灵物也。笔有化机，无施不可。

西溪晓起

首春溪中寒，偃卧在岩穴。宵分天柱梦，觉来转清切。开门残月在，下见数峰雪。雪际生白雲，窅映不可说。登桥水市静，寻径冰泉裂。田翁尚无事，初阳候林缺。怀新意似欣，理旧抱已结。何如岩栖人，然竹饭松屑。

行田至荆山岭下作

大山何连延，细岑若回顾。中有微径通，两村隔松雾。平畴开朝日，宿麦半凝冱。雲根脉未泄，涓流但微注。野人篱落小，鸣鸡隐杂树。虽无氾胜书，农话眷幽素。稍营下潠业，更羡上洄住。竹桥滑春霜，往来定非误。状村落景如画。

理安寺

老禅伏虎处，遗迹在涧西。岩翠多冷光，竹禽无惊啼。僧楼满落叶，幽思穷扳跻。穿林日堕规，泉咽风凄凄。寒翠欲滴，野禽无声，非此神来之笔，不能传写。

二月十七日重游洞霄宫探大涤洞天

振衣浴罢体更轻，竹枝投石声彭觥。空山昨夜龙洗窟，雨过万壑泉纵横。山灵知我有默祷，故遣浮雲散萦绕。一峰阴见一峰晴，天柱中央翠于埽。元同先生昔隐居，洞天长锁琅函书。前游日夕未曾到，恨身不得乘飚车。穿尽幽篁履苔石，惊见谽谺洞门坼。童子曾为捣药禽，桃花解笑题诗客。此中日月停两丸，想象九夏尤清寒。微明秉炬触暗壁，古灵题字来寻看。玲珑乳窦隔凡处，路接华阳不归去。有人问我洞中来，为说浮雲如柳絮。日月停两丸，谓洞壑阴森，羲、娥旋转，其光不到也。通体疑有仙气。

过宋通问副使朱公少章墓

突兀残碑立古阡，行人犹记绍兴年。青衣已见君王辱，白髪何期使节旋。老泪冰天他日恨，遗文曲洧至今传。一抔筑并花宫地，夕呗晨钟更惘然。朱公留虏地，值徽宗殂落，哭以文云：「叹马角之未生，魂归雪窖；攀龙髯而莫逮，泪洒冰天。」一切御容御画从五国城寄归，宋之苏属国也。放归时，年已老矣。墓在九里松，诗句句稳贴，无一剩语闲字。

方正瑗

字引除，江南桐城人。康熙庚子举人，官至潼商道。著有连理山人诗钞。○引除自高祖廷尉公以下，世传理学，出政当军需络绎时，玉关万里，转饷十年，犹能创建书院，与人讲学，诗其馀事也。然皆古茂纯正，蔚然成一家之言。

述母训

藐孤幸有托，一线书种留。辛苦四十年，泪枯心未休。从政居大夫，国恩亦已优。秦中十五城，一箸兼为筹。万命倚生死，焉可私殖谋？大本贵先立，清风领诸侯。廉泉可以饮，腹满他何求。喜儿赤子心，虑儿骨不遒。引索驭奔马，一蹶缰难收。勿逐骁腾飞，信道从天游。上以酬君恩，下以解亲忧。通体皆母训，称述外不赘一语。

度秦峪岭至商州与王刺史 自注：如玖，宛平人。

梯雲数千级，忽登秦峪顶。群蹙马蹄下，商颜尚延颈。风过虎气腥，山荒草木瞥。民脂竭土祠，落日丹青冷。射矢黄沙冈，鸣钲药子岭。百里多陶烟，十人九垂瘿。下鞍问疾苦，农樵意自骋。刺史政不苛，安居乐乡井。夜黑月未上，灯火散林影。

关西书院落成示诸生

西岐圣人邦，治化隆终古。粤自汉唐来，功利杂尊俎。今兹礼乐备，文明会当午。未免征战馀，习俗尚黩武。青袍少业儒，铁衣多擒虏。岂知陕右地，原为理学薮叶。读书不讲道，忠信便无主。笥中岁赐金，买得百弓土。筑屋跨山河，聊以蔽风雨。矜式祀二贤，自注：睢阳汤文正公斌、曲阜孔公兴釪，皆前任潼关守道。诸生聚三辅。学为圣人徒，方圆就规矩。何人非颜曾，何乡非邹鲁。殊涂而同归，狂狷各有取。勿谓岐阳遥，流风动钟鼓。以理道化刚武，使士、八有邹、鲁之风，仍复还西岐旧俗也。诗品端重，不靡不佻。

嘉峪关登筹边楼时宁远查大将军入觐

金锁严关绝塞开，旅人乘兴上楼台。天山雪影浮空去，瀚海风声卷地来。揽辔平生微有志，筹边万里愧无才。遥闻戍鼓传呼急，内召将军拨马回。

放罗浮蝶

八幅裙开叶叶新，金笼初放翅如轮。神仙自合离尘网，颜色由来误美人。莫向花边迷旧影，好从洞口觅前身。蛮烟蜑雨还家路，飞破江南一片春。颜色固误美人，不知文采亦误才士，借题抒写，于言中言外求之。

古镜

土花点点上青螺，珠匣尘封委绿莎。绝代应怜颜色少，六宫曾识旧人多。月沈碧海秋无影，雲暗沧江水不波。一照尚能愁鬼魅，双盘龙气未消磨。六宫一语，于古字不取貌而取神，彼死煞刻画者，劣得其形似而已。

叶士宽

字映庭，山东籍，江南吴县人。康熙庚子举人，官至宁绍台道。

司马悔山即和司马承祯山居洗心韵

山中雲霞古，山外草树腥。出山猿鹤寂，还山梦魂清。流水断复续，空谷幽而明。坐我石榻稳，著我罗衣轻。眼中何所见？太古苔痕青。耳中何所闻？绝顶波涛声。吾心既已洗，谁博浮埃名。无求安有悔，遗身自忘情。岂必王山去，即此凌青冥。有烟霞气，泯斧凿痕，无求安有悔，见有求必有悔也。指示迷途，令人深省。

断桥山用少陵白（波）〔沙〕渡韵

欲断不断桥，万丈临坼岸。有湫起乖龙，破石入雲汉。帝怒割左耳，置之悬崖半。老猿此回踪，山鸟隔林唤。涧底雲涛翻，陂上雪花漫。奔湍往复回，喷沫迸且散。我来临深渊，下视目光乱。仙境无由登，凡骨自悲叹。刻画断桥，至于猿狖回踪，山禽不度，安问行人。作皮肤语者，不解如此用笔。

上党

上党天边郡，壶关控扼齐。群推九州险，全压太行低。往恨经貙虎，清时绝鼓鼙。从知秦赵斗，只在故城西。

天下劲兵处，严疆自古凭。虹鳞卷飞旆，兽角断悬绳。三辅真肩脊，河东旧股肱。至今唐使节，犹得义阳称。苍茫浑厚，胎源少陵。

许廷鑅

字子逊，江南长洲人。康熙庚子举人，官武平知县。著有竹素园诗。〇子逊少英敏，长弓刀马槊，遍历四方，友海内知名士，居官有善政。去官后，人歌思之。诗严于唐、宋之限，五律近李翰林，七绝近杜樊川，诸体中二体为尤工也。高文良公章之对客每吟子逊佳句，而文良有作，子逊每与商略，艺林两贤之。

湘帆图

湘山苍兮湘水流，波平一镜兮轻烟浮。美人自抱香草怨，鹧鸪啼出苍梧秋。渺湘波兮纷几曲，帆转随湘兮何处宿。遥山九面碧参差，暗水浮香流碧玉。羌峭帆兮何人？涉澧浦兮吊灵均。披图笑尔日孤往，故乡不忆秋风莼。櫂潆洄兮意超忽，睇峨眉兮在天末。醉来长啸湘雲飞，一笑停帆弄江月。诗与题称，妙在若不用力。

栖霞庵双忠祠

暨阳城边白日昏，悲歌为吊双忠魂。仰瞻庙貌飒以爽，守城遗事追前尘。是时江南传檄定，国已无君奉谁命。区区两尉不顺天，义激中心热血迸。弹丸小邑灾荒馀，敢以螳臂而当车。屹然陈尉首倡义，经营战守心焚如。迎归阎尉善谋断，登坛指挥壁垒变。甲兵十万罗胸中，部勒森严当一面。梯冲火炮百计攻，捍御随机俱猝办。寺僧贩竖荷戟殳，断头掉尾能决战。元戎温言指昊苍，降者名氏书旂常。我亦荒朝四镇一，于今可匹诸侯王。登陴慷慨明人纲，我肯反面为豺狼。嚼铁相持力已竭，援尽何堪粮粒绝。红光起处城忽崩，数穷乃见顽民节。壮哉陈尉气若雲，阖门举火以自焚。阎尉受伤战益力，杀人如草犹纷纷。被絷刺伤血出漉，大呼速斫深宵闻。衔鬚而死死得所，此城岂有降将军！妇女不异田横客，齐赴涛浪无生存。噫吁嗟乎！衮衮高牙与蟒玉，临难乞怜如蚁伏。若非赤手扶天纲，空见颓波沉地轴。项亡汉祖封雍齿，齐破燕人重王蠋。兴朝表忠励臣庶，精卫填海愚亦录。古庵改建双忠祠，凛凛英魂往而复。此时回忆睢阳城，千古英雄共尸祝。 本邵子湘阎典史传成诗，守城事本近桀犬吠尧，然周之顽民，殷之义士，不可没也。陈尉名明选，阎尉名应元，时应元已升任出城，迎归共守。元戎即刘良佐。应元杀于栖霞寺中，明选死于巷战。城陷时，合城妇女沉于江潮中，无一辱者，此乾坤正气存于衰乱时也。叙事兼议论以行，又妙在能用全力。

采石

投窜归来后，惊波弄月圆。江山无太白，寥落几千年。予亦骑鲸客，来乘牛渚船。登楼人不见，春水上青天。 全是太白，近代徐昌穀亦有之。

黯淡滩

惊滩来黯淡，行旅奈愁何？山鬼荒啼雨，江鼍怒蹴波。舟从天上落，人似梦中过。岁岁劳于役，危途历已多。

白菊

正得西方气，来开篱下花。素心常耐冷，晚节本无瑕。质傲清霜色，香含秋露华。白衣何处去，载酒问陶家。晚节五字可传，品高处在绝去镂刻。

中秋大风雨后看月有作

已分沉沧海，清光不上天。乍惊东壁晓，仰见一轮悬。万里人同节，中秋影共怜。何能负良夜，宴赏又经年。一气直下，不以对偶为长。

和顾大嗣宗伤春之作兼送南归

离亭微雪点征衣，惆怅天涯事已非。萍叶只随潮信转，杨花争见雨中飞。梦回遥夜惊明烛，人对残春恋落晖。望远思乡两无赖，故山空自寄当归。宾主不偶，俱于伤春中见之。

七夕雨中

不见西南玉镜明，佳期迢递隔层城。频飞千里针楼梦，独听空堂夜雨声。乌鹊桥成头渐白，银河天远水空盈。但令此夕常相会，牛女何劳别恨生。

芜城感旧

雷塘春尽草如烟，落拓江湖又一年。吟遍吹箫桥畔路，无人知有杜樊川。风神绝世，高文良最赏心者。

三千殿脚总如花，断粉零香散暮霞。唯有离宫旧明月，夜深还上玉钩斜。

题画菊

芳菲过眼已成空，寂寞篱边见几丛。颜色只从霜后好，不知人世有春风。晚节自佳，不受春风煦育也。觉老杜「富贵应须致身早」句，犹为浅浅。

重过东园别墅感旧作

午桥庄闭少追游，树色波光带雨愁。今日羊昙头白尽，尚零衰泪过西州。此感娄东王氏而作，与赵椒过汾阳旧宅一首同一风神。

七夕有感

离多倍觉故情欢，却望针楼欲上难。记得星桥逢两度，玉钗人共凭阑干。自注：去秋闰七夕。○情深矣，以神韵佐之，觉其情愈深，当求之语言之外。

初八夜见月

鹊桥昨夜玉軿回，雲散香销尽可哀。寂寂空房正肠断，清光一片为谁来？

田同之

字彦威，山东德州人。康熙庚子举人，官国子监助教。○彦威为山薑之孙，而笃信谨守，乃在新城王公。有攻新城学术者，几欲拚命与争，论诗一篇其宗旨也，不直赵秋谷宫赞，故大声疾呼论之。

与晼叔编修论诗因属其选裁本朝风雅以挽颓波

晼叔寸心贮千古，说诗沁入诗人脾。殷殷雅意惜同调，停桡三日长河湄。把臂依然忘我丑，我心写兮前致词。风雅颂骚历今古，英灵秀气各含吐。八代三唐两宋间，但有正变无门户。底事有明三百年，分疆别界如秦楚。刘高并革元代风。旋尊台阁归肤庸。李何边徐盛弘正，炳如星日悬天中。讵料公安竟陵起，一则为魔一为俚。魔俚相承溺浊流，赖有黄门追正始。正始未复虞山来，不分雅郑分朋侪。党同伐异恣颠倒，七子前后遭挤排。瑶琴宝瑟置不齿，赏心筝笛琵琶耳。石湖为矩剑南规，五尺之童轻正始。我朝定鼎代右文，宾龙绣虎来纷纷。或如开宝称大手，或如元祐张奇军。名家大家各位置，坛坫巍巍夸并峙。争爇山东一瓣香，远近文人无异议。山薑花谢蚕尾倾，野狐怪鸟齐争鸣。泛泛东流视安德，狺狺众口嗥新城。黄钟毁弃瓦缶重，长夜漫漫竟如梦。陈相便尔嫉陈良，师有屈兮弟无宋。扶轮大雅非君谁？屈直先自海邦讼。愿君挽弓射训狐，置身千仞宜高呼。别裁伪体君之分，勿使此事终模糊。呜呼！勿使此事终模糊。先论明代，后及本朝。牧斋是宾，明言之；新城是主，转隐言之，使览者自得其意。

赵北口感旧

燕南赵北路迢迢，往事何堪问柳条。只此公车风雪里，十年三过十三桥。

黄之隽

字石牧，江南华亭人。康熙辛丑进士，官翰林院编修。著有㢈堂集。○云间诗，自陈黄门振兴后，俱能不入歧途，累累绳贯，至卢文子后，又日就衰隤，鲜所宗法矣。㢈堂学殖富有，而心思才力又足以驱策之，故能自开生面，仍复不失正轨，谓之诗学中兴可也。

杂诗

丝布皆可服，本自机上分。布作缟素色，丝成罗绮春。载染红紫艳，花色争鲜新。紫绮裁穷裤，红罗制舞裙。细腰同结束，密与支体亲。回顾衣桁间，缟袂积埃尘。罗绮虽见爱，私亵不可陈。布素虽见弃，拂拭有馀芬。言文采炫于一时，不如太质之可久也。此六义中比体，不用说明正意。

卓文君寄远

灵禽有良匹，邕邕叶和鸣。奈何拚飞去？忽然弃平生。凤鸟不变音，君子不变心。故人恩爱重，夙昔念同衾。明月在天上，流水在地下。秦蜀路非遥，人心自相阻。春风桃李花，绿叶对青枝。愿为岁寒友，偕老何不宜？原辞白头吟，闺阁中颇有英爽之气，此云凤鸟不变音，君子不变心，即谓君子之恒久不已可也。有韵之言，不妨断章取义。

种王瓜篱豆诸蔬

昔逮养亲日，灌园佐盐鲜。亲亡事奔走，忽忽二十年。倦游返衡门，老圃聊息肩。修我灌园业，情事恍如前。汲水凉非水，清泪同涓涓。此蔬亲不逮，此圃亲所传。终作抱瓮身，五鼎未列筵。瓜瓠如有知，为我根蔓牵。蔓则蔽苍野，根则入黄泉。以告我父母，贫贱子可怜。瓜瓠莫结子，有子亦徒然。老圃，亲之所遗，因灌园蔬而自伤卑贱，并蔬熟而亲不及待，皆泪痕血点凝结而成者也。予亦有地一区，系先君子向时艺花者，因贫售人，今欲赎归艺植，而亲不及见矣。读此诗，为之泫然。

水碓

转轮在水稻在屋，糠秕如尘米如玉，谁其为之机与轴。坎臼在地杵在水，横贯轮心轮运瀑，以溪之水代人足。列杵五六杵齿齿，一杵入臼一杵起。圜轮迫杵水迫轮，急急晨昏舂不止。溪女鬓插山花红，列坐臼旁如课功。从容揎袖簸扬毕，劳逸不与吾乡同。我来如听一部之水乐，轮音为商杵音角。细写难状之情，正于琐屑处见笔力，此古文叙事手也。熟精左、史者能之。

海啸歌

壬子七月十八九，羽檄纷驰报郡守。上海南汇两邑人，一旦其鱼几万口。郡守告予往勘灾，华娄两宰同去来。目惨不忍齿频述，芦蘼掩胔心神哀。馀则入海不可问，田庐荡荡无尘埃。崇明宝山同此难，靖江江阴亦罹患。他邑已发催饷符，老夫读符添浩叹。呜呼！祸非由海降自天，灵佑百姓胡为然？山左产麟昭圣瑞，吾乡遭水纪尧年。

登报恩寺塔绝顶

到眼无埃壒，苍茫入素秋。万家斜照外，千古大江流。金碧翔霄表，虬龙压石头。长安称雁塔，此亦旧皇州。三四语登塔时所见略同，而于长干寺塔尤切，以帝王之州，长江环抱也。十字捶之有声。

漂母祠

少年欺带剑，老母念垂竿。恩怨一时有，波涛千古寒。封侯金自易，乞食饭应难。最是穷途感，英雄泪不干。

武昌怀古

碧眼孙郎此建都，凭陵中国控全吴。危矶冒堞犹黄鹄，长锁连江岂赤乌。霸业久随流水去，客愁唯对楚山孤。太平城郭周遭在，战垒荒荒隐绿芜。长锁连江，乃太康元年事，计无所出，聊以御晋，若赤乌时，将相有人，必不为此下策也。孙皓之失，言下显然。

鄱阳湖水大发自木樨湾瑞洪至赵家汇田庐浸没舟过感赋

换眼湖光接杳冥，此中波岸记曾经。浪花自拍无人屋，树杪皆萦有蒂萍。想到避灾闻痛哭，谁为守土告明廷？凫鸥不解行人感，梅雨蘋风戏一汀。只是波涛入室，树木粘萍耳。今云无人屋，有蒂萍，加一拍字、萦字，便觉新警异常。

题李草亭画寒江送别图

长江风定水无波，岁晚天寒客又过。一度送行传一画，人生那厌别离多。从「黯然销魂」中传出异样风趣，熟处生新，不落习径。

储大文 字六雅，江南宜兴人。康熙辛丑会元，官翰林院庶吉士。著有存研楼诗。

秋江词

瑶草湄，琼树杪。海客居，何缥缈？泛长江，楚天晓，木兰舟外烟波绕。江上景，山嵯峨。仙人楼迥轻雲过，美人帘卷秋色多。鸳鸯队队忽惊散，西风遥送采莲歌。采莲歌，怨迟暮，芙蓉花，坠江露。意言无尽，下不能更添一语。

谢道承

字又绍，福建晋安人。康熙辛丑进士，官至内阁学士。著有小兰陔诗集。○阁学高行屡闻于家光禄敬亭，后于今似璥处得其遗集读之，仁孝之思，时时流溢，洵为德人之言也。璥系予戊辰所取士，官比部，亦敦本行。

冬笋

苍岩郁寒姿，先雷蓄孤劲。砯崖冻壑中，气盛萌欲进。譬诸君子心，虚直含至性。胚胎何坚贞，节目自苞孕。长镵雪外携，斸取雪没胫。清幽兰比德，洁白玉同莹。品格远膏腴，烹饪戒饾饤。莫嫌滋味薄，能使襟怀净。试看山林人，萧然祛俗病。不须故实，自然雅切，从物性中传出君子德性，理足于中，随所感触，所云「惟其有之，是以似之」者也。

承晨昏省侍太夫人必诘问史事或对稍延诃责随之今不复闻矣

儿来前，自尧经今凡几年。儿强记，自尧经今凡几帝。儿时应对稍逡巡，母颜变色旋恚嗔：陈篋孙志学人责，稽古胡不如妇人？吁嗟乎！母言在耳，儿颜犹泚。安得我母常嗔儿常泚，于今劝学无闻矣。

归山后家园萧飒甘旨缺供太夫人见怜每食减啬乙卯十月为二子璈璬析箸怆然几筵永志馀痛

切肉作羹，母呼进菜。侍侧劝餐，母匕不再。獭能报本乌返哺，夕膳晨羞阙供具。母曰汝贫，母以我故。加豆盈觞，匪行我素。俄焉空庭感风树，为丰为啬总不御。吁嗟乎！儿无母哺哺于儿，抚兹杯棬双泪垂。上章忆母氏之劝学，此章忆母氏之慈爱，字字从至性流出，去三百篇未远，每一披读，令人欲泣，所感同也。

一枝山房见新月

墙角光仍隐，檐牙淡欲流。葛衣凉似水，板屋静于秋。山鬼吊灯暝，林鸦绕树幽。关河同一照，惆怅此淹留。

送友南归口占

亲老偏为客，家贫却在官。百端俄顷集，岂独别离难。

陆奎勋 字聚侯，浙江平湖人。康熙辛丑进士，官翰林院检讨。著有陆堂诗学。○陆堂穿穴五经，皆有述作，今人中井大春也。诗独风流明丽，广平赋梅花，不碍心似铁，洵然。

江南曲拟梁昭明

江南草长莺乱飞，柳花如雪粘人衣。龙头画舫送将归。送将归，两持楫。妹桃根，姊桃叶。

诗至梁、陈，已开词人小令之渐，不始于李太白、温飞卿也。此故得其神似。

移居

地偏仍在市，具少不须车。将隐文焉用？虽贫乐有馀。故交三径月，历劫半床书。错拟临江宅，空教庾信居。

不须车，比少于车更贫矣，古人语须如此活用。

湖上念金心斋

钿车轫辘碾芳尘，湖上重游隔几旬。柳絮忽粘空外雨，(犁)〔梨〕雲不断梦中春。渚藏冶绿浑迷路，佩结幽香别赠人。宁料湘潭憔悴客，仍逢嫛女詈申申。

柯　煜

字南陔，浙江嘉善人。康熙辛丑进士，官宜都知县。著有石庵樵唱。〇石庵困顿场屋，老而始遇，一官憔悴，以病乞身，至荐举鸿博，而石庵则已没矣。诗私淑牧斋，亲炙钝翁，论者谓得两家之长，予谓不袭两家之貌，斯为善学两家者。

古诗

小智欲求道，得失常相因。如镜不莹背，如烛不耀晨。镜烛岂不朗，操舍还由人。荡荡至人出，羲阳彻八坤。浮雲绝蔽亏，万古光华新。小智自用，不能烛理，所见者偏也。惟性体虚明，不矜私知，则物无不照矣。说理诗以比兴出之，遂不流入于腐。

总总六合间，万物各有我。臆见苟未除，名理动相左。譬彼迎嘉宾，重门反深锁。宕胸生虚明，灼然胜观火。我见未除，何由入道。万物一体，唯圣者能之。

述怀

仕宦已三世，我岂石隐流。高堂渐斑白，诚怀捧檄谋。三釜计不就，五亩遄归休。长跪谢阿母，阿母屡点头。折腰非尔愿，饮水非吾忧。是母是子。

屋上三重茅，已为风卷去。天教屋漏痕，供我学书具。肯同桀黠奴，三窟窜狡兔。烟尘罨琴樽，荒秽塞畦圃。一笑姑置之，拂拭书中蠹。先祖有风雨绝句，下二语云：「天公助我临池兴，墙角新添屋漏痕。」心思所到，先后印合，古人往往有之，必以「漠漠水田飞白鹭」二语，谓王摩诘袭李嘉祐句，殊轻薄也。况王在李前，岂前人反袭后人语耶？

劝农

雨足秧针满，翠色迎衣裾。牛背一鸦立，夕阳人力锄。万物自闲暇，三农日勤渠。丰乐今伊始，勉旃事菑畬。往见石田翁画鸦立牛背，今为石庵诗写出，诗中有画，画中有诗，岂独摩诘然耶？

题浔阳送客图为宋兰挥检讨赋

梁园才子瀛洲仙，幕府读书方少年。浔阳楼高试骋望，雕阑一曲横江天。登临怀古意绵邈，生绡染出琵琶篇。当时白傅佐江郡，旷怀日习东林禅。无端送客成邂逅，京都音乐闻江边。青衫红袖两凄恻，千秋歌曲争流传。只今丹粉绚本事，水雲仿佛鸣香弦。贞元朝士感沦落，善才弟子馀婵娟。霓裳六么疑可识，檀槽手抚神宛然。古来悲欢事何限？岂必同病才相怜。高歌妙绘恣挥洒，动荡胸臆开心田。乃知贤豪襟韵各有托，非同非异非言诠。奇章赞皇兼将相，岂若香山佳句争流连。还君此画情悁悁，幽斋灯灺耿不眠。疏帘剩有玲珑月，曾照西江诗酒筵。

赠沈鲁瞻

男儿踪迹误浮沉，把臂相于快入林。客馆因依同雁序，霜天酬唱作龙吟。一灯分照还家梦，千里谁明抱璞心？请念退之论驽骥，莫将高价索黄金。

蒋恭棐 字维御，江南长洲人。康熙辛丑进士，官翰林院编修。

景州董子故里

嫚秦废学校，坑儒并焚书。师吏辜诵说，六经归榛芜。汉兴虽天授，创业由征诛。典礼命叔孙，绵蕞诚区区。百年生董子，私淑洙泗徒。下帷绝窥园，精心究典谟。从容对三策，致君期唐虞。武皇内多欲，遇之以虚拘。讵能崇正学，诏令相江都。后复相胶西，骄主重谄谀。诚正能感通，两地无龃龉。邪臣怀妒嫉主父偃、公孙弘，谲计何从摅。春秋详灾异，众口訾其迂。弟子昧师说吕步舒，妄谓论大愚。获罪得免死，诚口全其躯。所幸圣道明，邪正分殊途。以待后来者，迭起胥匡扶。有宋五子兴，直溯姬孔初。日月悬中天，蒙翳消雲衢。何人启涂径，广川实先驱。而胡昌黎伯，吐辞取敷腴。屈原司马迁，子雲与相如。论道遗董子，所见犹偏隅。我过景州里，祠宇丛枌榆。稽拜瞻仪容，和粹缅真儒。王道复谁陈，揽辔空踟蹰。暴秦以后，至董子始昌言圣道，后文中、昌黎递匡扶之，至濂、洛、关、闽而圣道大明，则董子实有守先待后功也。后半透发此旨，有声有光。

马维翰

字墨麟，浙江海盐人。康熙辛丑进士，官至四川川东道。著有墨麟诗卷。○意不肯庸，语不肯弱，莽莽苍苍，纵笔挥霍，虽未神来，已梯峭险。墨麟学杜，可云循墙而走矣。

早发俯浦

寒威凛冬季，木落风凄紧。束装适京国，夜漏短无准。父母送临河，肫复辞难罄。首言慎起居，次言远驰骋。得既勿满盈，失亦戒孤愤。努力崇正轨，缁尘发深警。长年动兰桡，瞻顾两未忍。俯首别泪滋，回汀更引领。细雨櫂横塘，庐舍去隐隐。铭心宝训言，守身日三省。初出门诗，矢志便已正大，后时出政，自能不辱其亲。

九折坂

自注：用杜诗木皮岭韵。

盘盘出鸟道，杳杳行人村。斗起邛崃山，仄隘逾剑门。天险溯开凿，未可常理论。阴阳分向背，旦夕殊寒暄。连山走雲气，倏忽同追奔。一峯独秀出，颇似岳势尊。其下九折坂，劙绝割厚坤。况复急雨薄，万壑当昼昏。回舆与叱驭，北辙视南辕。所志各有托，忠孝惟其根。踟蹰两不决，心绪蚕丝繁。峭壁落井底，一髮青天痕。人生鲜百岁，只有名常存。勒铭匪易事，或用酬惊魂。奇险句似得力老杜发秦州诗，以下诸咏皆然。

泸定桥 自注：用杜诗石柜阁韵。

落日岚气阴，斜照峯头赤。泸河卷雪来，激荡河边石。底定定何时，盘马对绝壁。铁索系两岸，缚桥渡行客。人影漾惊波，行空无辙迹。前滩势未平，后浪声转迫。孽龙蟠深渊，长蛇赴大泽。惊魂定无时，王事敢求适。

大喇嘛寺歌

我无摩泥照浊水，偶参上乘心清凉。惠师罗什亦已化，今之行脚惟衣粮。西炉自昔西番地，旧无板屋皆碉房。不生草树山壁立，茫茫沙碛无稻粱。恭惟先皇赫威命，版图始入开封疆。至今万里乌斯藏，亦来重译瞻冠裳。奈仍夙昔锢不解，俱言此类生空桑。空诸所有有彼法，如何佛寺犹雕梁。缭以垣墙一百丈，甃以文石周四方。横窗侧闼面面辟，旛竿略绰当门张。其上层楼绾金碧，下画神鬼东西厢。寺僧少长凡几众，不语前立纷成行。偏袒右肩事膜拜，双瞳转仄黝有光。宰生割剥了不怖，呼号其侧神扬扬。六时梵呗若功课，渴饮酪乳饥牛羊。宵分聚徒大合乐，互吹骨角声低昂。即论释典尚清净，此宁有意登慈航。或云流传术颇异，播弄造化如寻常。安禅毒龙致时雨，诵咒青女停飞霜。此岂实具定慧力，竟能诡术回穹苍。咄尔世人迷不悟，福田利益萦中肠。乾坤高厚妙运用，岂待尺寸量短长。圣人深意在柔远，顺育万类通要荒。因势利导牖蒙昧，欲使寒谷回春阳。昭昭大道揭日月，异教岂足紊纪纲。矫首夷风倘一变，饮食男女真天堂。或云「流传术颇异」以下六语，远方畏服其教，圣朝容纳之，用以柔顺远人，非尊信异说也。末归到圣人之教，如经天日月，儒者正论，旷若发蒙。

梅花

疏枝雀啅转春温，正试东风第一番。每自凝神当远驿，为谁孤立向荒村。晴雲曳宕春无限，午夜分明月有痕。索解此中浑未易，目成脉脉在忘言。已能脱俗。

南行漫兴

沈黎南下路迢迢，仰面青天欲射雕。何处标名铜作柱，早时转饷铁为桥。王师久驻将无倦，荒服多虞或未骄。正值原田望霖雨，每占箕毕起中宵。将无倦，言必倦也。或未骄，防其骄也。

远书底用问边鸿，得失因缘塞上翁。敢惜金缯当此日，正期锁钥仗群公。夫人堡有和番计，丞相碑传纵虏功。可信降酋无叵测，漫教部曲卧雕弓。无洗夫人之谋，忠武侯之智，而谓降虏贴服，武备废弛，恐生意外之变，劳臣心事，昭然欲揭。

沈懋华

字芝冈，浙江归安人。康熙辛丑进士，官由翰林改侍御。○侍御诗意主蕴含，不欲说尽，唐、宋之分，斷斷如也。晚归佛氏教，不复作诗。

泰和道中

行子易时序，但嗟江路难。孤帆转天际，遥出青林端。山影落空翠，涛声生夜寒。乡书犹未达，雲海正漫漫。

渡江

路尽鸟飞外，微茫一叶舟。月斜江岸晓，潮落海门秋。山色南朝寺，钟声北固楼。寄奴城外草，隐隐入边愁。此诗吾友许武平极称道之，谓其调高意远，直接唐人。

秋夜东湖玩月

洞庭木脱渺愁余，倚櫂寒流挹望舒。笛里关山清夜怨，镜中楼阁美人居。天高风转依枝鹊，川静波腾纵壑鱼。直是乘槎度银汉，都看白露下前除。字字清远，妙在意言之馀。

鲁曾煜

字启人，浙江会稽人。康熙辛丑进士，官翰林院庶吉士。

商妇篇记汝阳事

问妾何人妇？商家执巾缕。枯杨生其稊，亦自称连理。前年贩洞庭，今岁粜吴市。妾尝处空闺，独宿鲜娣姒。妾貌苕之荣，妾心水之止。东邻何少年，自矜冠玉美。妮词致黄金，新声挑绿绮。为妾谢少年，越礼禽行耳。庭前雪皑皑，江上石齿齿。石坚不可泐，雪净不可滓。付命朱丝绳，妾念君休矣。「男儿爱后妇，女子重前夫」，「使君自有妇，罗敷自有夫」，以拒狂且，何辞婉而意严也。此云「越礼禽行耳」，死志已决矣。诗亦从汉人中出，而立言各有体裁，扶持名教，赖有此种。

李鍼

字含奇，直隶卢龙籍，江南吴县人。康熙辛丑进士，官翰林院庶吉士。〇太史馆选，未几旋卒，无有知其能诗者，读其遗集郁伊易感，怆快难怀，情至文生，咀吟不厌，何吾吴之多诗人也！彼山泽之士，沉沦而不章者，可胜叹哉！

杂感

烂漫年华烂漫愁，春光春水两悠悠。卷施有叶心先断，杜宇无声血已流。叹逝陆机同阅世，思家王粲独登楼。此乡信美非吾土，冷落胥江一钓舟。此章自叹，下章伤逝，断肠人远，伤心事多，年之不永，已兆于此。

生别吞声已不禁，频为死别更摧心。围棋寂寞虚山墅，清宴依稀忆竹林。自注：叔季两叔相继早世。季子远携留墓剑，自注：密友缪罄，闻墓草已宿。女婴空冷捣衣砧。自注：同怀姊丧。三年伏枕双垂泪，肠断清猿向晓吟。

送友归鉴湖即赴辰阳幕

易别还如商与参，醉歌燕市怅分襟。旅游旧雨联今雨，归客越吟还楚吟。潮落严滩残雪尽，春生湘浦紫兰深。相思一夜江花发，千里月明同此心。越吟楚吟，谓鉴湖、辰阳也。此句虚领，下又分承，格法极细。

甘曰懋 字实夫，四川大邑人。康熙辛丑进士。

华顶道院见三十六峰老农吴青霞题诗壁间寄赠

袖拂刚风倚天阙，忽见龙蛇气蓬勃。君从三十六峰来，独上莲花揽明月。自是君身有仙骨，放歌长向烟霞窟。回头却笑韩退之，痛哭苍龙岭上时。

王恕 字中安，四川安居人。康熙辛丑进士，官至福建巡抚。著有楼山集钞。

牧牛词

童儿长成何所求，农家职守惟牧牛。春风著物百草长，驱牛啮草来沙洲。童知牛性不择草，遇丰茸处俱堪留。乘闲好弄三孔笛，绿杨影里声悠悠。天上日车休辘轳，少待吾牛饱其腹。牛得饱兮安吾心，牛不饱兮愧吾牧。不施鞭朴牛驯扰，顺牛之性无机巧。牛蹄彳亍牛尾摇，背上閒閒立春鸟。高下陂陁任所之，牛日肥兮牛不知。呜呼司牧尽如此，人间那受饥寒死！通体说牧牛，牧民之道已曲折详尽，正意一点自足。○牛肥必使牛知，此小补术也，不使之知，上下两忘气象。

过十八滩

补天剩块截江流，今古惊涛咽暮秋。万石棱棱争出水，千崖叠叠曲行舟。猿啼频下孤臣泪，日落重增旅客愁。惶恐滩头征雁断，几人回首望神州。

邵　泰

字峙东，直隶大兴籍，江南吴县人。康熙辛丑进士，官翰林院编修。

壬子正月重赴金陵志馆偶诵陶诗遥遥从羁役一心处两端句怃然有感

春风从何来，所过不留迹。人与物同春，欣欣各自得。而我独何为，当春转萧瑟。亲老不能待，饥驱此行役。纵非出山泉，仰愧入林翮。一心信两端，绎思有馀戚。缅昔负米贤，欢焉供子职。太史以母氏年高，居官未久，即请终循陔之养。诗中暂赴志馆，戚然于中，仁孝之思可风矣。

储雄文 字汜雲，江南宜兴人。康熙辛丑进士。

有访

未遇幽人又独还，贪看落日立溪湾。隔溪几处炊烟动，遮断寒林数叠山。

访朝阳道院

竹径阴阴磬韵流，行来便觉此生浮。道人所得惟贪懒，满地松花散不收。两断句，气韵欲流，如读有声之画。

清诗别裁集卷二十五

蒋　深　字树存，江南长洲人。官山西朔州知州。著有绣谷诗钞。○绣谷以纂修书画谱得官，居官有政声，诗亦时露警句，名场中交重之。

蝇

趋热性能惯，贪饕死亦轻。未容随骥尾，先欲乱鸡鸣。把剑何堪逐，无屏谩点成。秋风萧飒后，怜尔竟何营。嘲趋热客也。语语典切，得少陵咏萤火遗意。

过落花村寄姚水部梓岚

蒲村西十里，隔水澹斜阳。花落在何处，人行觉路香。鸡栖烟箐密，鸦曳暮雲长。想见湄潭老，探幽觅句忙。村名韵极矣，三四语传出村行者之韵，而水部之韵亦于言外见之。

军旅

书生事军旅，奉檄楚江游。人度危滩月，猿啼独夜舟。遥闻刁斗静，犹喜甲兵收。不作从征咏，登楼客已愁。

晓行

闻鸡莫叹客途穷，拂曙星河倚剑雄。马上续完乡国梦，笛中吹起戍楼风。雲开泰岱天门白，人渡津关海日红。湛露未晞秋信到，芦烟深处数声鸿。 旧语一经点换，顿觉鲜新。

麻阳船口号

逆流好用船头力，下水偏将船尾行。一叶不妨危地过，此心平处水皆平。 此心不平，坦道皆危地也。以平心应世，东坡之屡谪南荒，无不自得矣。此作者阅历有得之言。

魏荔彤 字念庭，直隶柏乡人。官观察使。著有怀舫集。〇观察为文毅公子，嗜古学，勤著述，诗歌杂文不下数千章。今镌板俱散轶矣。只存平时记忆二章，见鳞爪，可想象雲中龙也。

题沈归愚万峰独立图

峰峰卓立断跻攀，笻屐逍遥鸟道间。试问此翁登眺后，何人更上万重山。 向更有七律赠言，末云：「他年旌节临吾土，便合扫门迎故人。」后余奉使之楚，适经其地，而观察下世久矣，为之怃然。

马陵道

战垒千秋沙草平，更无残戟碍春耕。荒城夜半喧雷雨，还似当年万弩声。天然映合。

王　涛　字衡山，江南含山人。拔贡生，官兖州府同知。著有青霓阁集。

赠唐魏公

辕驹苦局促，寒猬多羞缩。市儿眼如豆，群疑偏满腹。欲吐还复茹，嗫嚅私相属。多君挺英姿，天马脱羁束。雄辩惊四筵，高谈折五鹿。闻者舌尽挢，言出人人服。岂惟言服人，石画如刳竹。一官聊摄间，舌敝颖亦秃。愿垂竹帛名，志不在食肉。会当携巨觞，对君洗尘俗。同登光岳楼，齐鲁归洞瞩。岱峰雲荡胸，东海日初浴。俯仰天地观，好纵千秋目。

读此诗，知衡山志在济时，不随刀笔筐箧徒也。屈于下僚，有愿未遂，惜哉！

李　莲　字少峰，湖广荆门人。

石城

晋代衣冠空薜萝，石城埤堄尚峨峨。镇雄江汉山增险，藩撤孙吴水不波。混一方知臣力瘁，忧危孰料女戎多。废兴堪下千秋泪，若问浮名心已磨。晋平吴后，贾后之祸旋起，羊祜所谓平吴之后，当劳圣虑者也。鄢陵之役，晋已胜楚，范文子谓外宁必有内忧，即是此意。

计默

字希深，江南吴江人。○此甫草先生子也。遨游四方，名满日下。晚岁，余曾评定其诗，今令子维严物故，无从徵索矣。于汪尧峰集中录此，附存二章，可以想见其馀。

和汪钝翁姑苏杨柳枝词

红桥绮陌柳阴浓，历乱飞花类转蓬。怪杀前山女贞树，能禁二十四番风。见柔靡不如坚贞也，然以神韵行之，与骂题者迥别。

去年折剩复依依，赢得江头紫燕飞。委属东风与将护，一枝留待藁砧归。

汤準

字稚平，河南睢州人。○稚平为文正公季子，幼承家学，以乐天守道自期。诗不求工，而陶冶性灵，自足天趣。诗以人重，人不以诗重也。作序者以孟山人、林处士拟之，恐非其伦。

咏史

唐伐羌戎盛冉駹，韩公谋略信无双。年来西域劳兵革，愿筑三城署受降。筑受降城自是御戎长策，即先王守在四夷之意。

临漪园

闲园随意采芳荪，兴到常携酒一尊。却笑平泉太多事，苦将木石戒儿孙。达人之言。

桃源

柴桑便是羲皇世，智慧相忘息众喧。能使此心无魏晋，寰中处处是桃源。靖节含意未申，此申言之。

徐善建 字孝标，浙江嘉善人。○此陆清献公高弟也。究心周易及宋五子著述，教人读小学、字义诸书，谓先识体段，方可入精微处，学者多师事之。

观乌哺儿有感

抱儿嬉树下，新绿遮庭户。忽闻啁啾声，仰见春乌乳。不辨谁雄雌，四翼共辛苦。一出掠春虫，一居御鹰虎。出忧居力单，居忧出遭罟。瘁羽岂暇梳，娇音不遑吐。黄口快得食，那知翁与姆。感此抚童雏，何如此禽羽。上念父母恩，泪下如注雨。性情浅者，只感触己之哺儿，今上念父母哺己之恩，愀然蔼然，可以教孝。

王汝骧 字雲衢，江南金坛人。由选贡生官通江知县。○雲衢文制义宗工，中岁为诗，不落宋、元气习，古体尤上，外人不知为诗人，以文名掩也。有嗜痂癖，每来吴中，酒后背诵余诗至数十章，人多笑而怪之。诗稿未镌，葺诗时，屡访不得，只存其旧时钞誊二章，比之吉光片羽焉。

鸡头关

征马鸣萧萧，涧水流潺潺。水鸣何呜咽，马鸣多哀酸。借问客何之？言上鸡头关。关门开一线，羊肠袅青天。上有千仞壁，下有百丈渊。惊风吹落石，洪流荡奔湍。危途无返辔，微生寄征鞍。靡靡遵木末，遥遥造雲端。故乡杳何许，天路安可攀。侧听陇头吟，感我涕汍澜。

黄牛峡

三峡天下奇，黄牛险尤绝。奔腾万里流，磔竖两崖裂。舟从罅隙行，身在古石穴。惊涛殷怒雷，触石歘晴雪。缆牵如蚁进，桡退只一瞥。舟师唤奈何，长篙屡撑折。哀猿数声叫，客子双袖血。到此英雄人，自顾同蠓蠛。生涯抵投荒，轻身计何拙。载咏小旻诗，抚心愧前哲。连上章能造险语，仿佛老杜入蜀诸诗。

陈奕禧 字谦六，浙江海宁人。官石阡太守。〇石阡以字学鸣，诗亦清稳，王新城尚书尝称赏之。

望中条山有怀吴天章玉溪隐居

雪晴初日照，历历中条岑。下有幽人宅，长邻洞壑深。松门闲倚杖，潭水坐清心。静听风泉落，泠然弹玉琴。

虞帝陵

陵寝古鸣条，平冈入望遥。自注：陵在鸣条冈之尽处。殿庭二女侍，冠珮五臣朝。府事开神禹，文思协帝尧。飨堂合乐处，仿佛奏箫韶。

郭元釪

字于宫，江南江都人。官中书舍人。○于宫亦江左十五子中之一，尝辑金源诗，无挂漏者，可补元遗山之缺略。

答邵子湘

芙蓉湖上邵髯翁，高行鸿文眼界空。京洛声华怀漫刺，江湖踪迹趁归鸿。南丰不让刘中垒，杜甫平交严郑公。老却少微星下客，梦魂肯踏软尘红。五语高子湘之文，六语高子湘之品。

顾文渊

字文宁，江南常熟人。著有海粟集。○蒋文肃题其集中云：「不作廊庙歌，云是骚人词，写出肝胆语，愿得知己知，不得知己知，甘受他人嗤。」观此赠言，其诗可知矣。其人亦可知矣。

余锦泉席上听众姬琵琶筝

有酒易倾不夜之圆月，有金难铸不谢之名花。秦川公子发大笑，偏与花月争豪奢。左秦筝，右琵琶，九枝蜡烛光如霞。青蛾皓齿两行列，袖拂红牙低按节。初调絙朱丝，峡口春冰裂。再弹捍拨齐，铃声雨淋咽。江妃汉女玦环鸣，相和筝琶同撇捩。俄惊双凤凰，飞上梧桐冈。啁啾屏尽百鸟喧，雍雍和鸣向朝阳。逡巡换宫商，倏忽移角徵，朔风应手卷惊沙，白草茫茫雁声死。饮恨羁臣击剑歌，裹创战士闻笳起。凄断故园心，扰破离人耳。停弦两两寂无声，纤纤怜杀春葱指。天孙织锦作缠头，五色彩雲遗彼美。花残月落不忍归，卷下珠帘隔千里。起结神似太白，中间移宫换羽，顿挫激昂，使读者目眩神移，几于应接不暇。

十八滩

荒荒异县经万安，毒雾散影分林峦，暮愁雨宿朝风餐。前途遥数十八滩，一滩一险俱心寒。青螺层层如抱拥，石插旋涡各森耸，寒流百道喷石孔。七千里外宋孤臣，落日滩头说惶恐。宋孤臣指东坡。暮帆齐落喧鸣铙，村人堵立林塘坳，利箭在箙弦在弰。不知何山逐獐鹿，亘天野火烧黄茅。危矶千丈蔽天宇，长年日晚忽停橹，月逆行雲吞复吐。虎伥啼过断人声，丛莽中间伏强弩。

烟中捩舵水倒冲，千篙争力怖杀侬，森森石齿排剑锋。人言险滩最天柱，水底白日蟠蛟龙。五章又似少陵短章。

严启煜 字玖林，浙江归安人。官永康训导。○玖林尝言：「昌黎、昌谷虽非诗之极至，然针砭庸熟，廓清之功，真乃比于武事。」又言：「二昌乃吾死友。」今披其集，皆和平中正，无诘屈奇诡之习，岂善学者不求形似耶？

榆皮行

井庐无烟野无草，万户嗷嗷缺一饱。村南村北总成群，去剥榆皮行及早。何人括尽榆荚钱，枯幹只剩榆皮坚。榆皮可食少官税，悔不种地成榆田。枝头聚雀泣相语，新长嫩芽君莫取。雀乎雀乎慎勿争！我辈舍榆方掘鼠。乾隆乙亥大荒，吴中榆皮剥尽，掘山泥以食，民多死者，此云掘鼠，正复相类。

留别吴门诸子

夕阳衰柳系归桡，离思孤随雁影飘。岂类穆生忘设醴，自伤伍相久吹箫。游雲变灭元无定，盘谷宽闲实见招。只惜旧时诸伴侣，春灯花下隔吟瓢。

背花宁待管弦终，归卧雲林半亩宫。世外渔樵有真趣，山间鸡犬尽淳风。采松袖染秋岚碧，捣药窗留夜火红。他日皋桥明月里，故人应共念梁鸿。

汪文桂 字周士，江南新安人。

秋日曹秋岳先生过饮桐溪草堂别后有作

谢公屐齿款双扉，点笔翻书对夕晖。径仄秋花迎客座，夜深凉月恋人衣。惊心蕉鹿追宵梦，款语沧桑坐石矶。晓柝更催归棹发，望中帆影思依依。写得凉月有情。

秋日同季弟归里和韵

秋深才得返乡闾，弱弟偕行赋遂初。衣上辛勤慈母线，箧中珍重故人书。白雲红树堪移棹，万壑千峰拟结庐。到日松楸亲拜扫，山田犹待把犁锄。

汪文柏 字季青，浙江桐乡人。官指挥使。著有柯庭馀习。○竹垞朱先生序其诗，谓「匪仅开宋、元之窔奥，直造唐人之室而跻其䢺」。不无溢美，然谓时有佳句，比之孟山人之「微雲淡河汉，疏雨滴梧桐」，斯为得之。

盛湖

矮屋环湫市，洄流界叠塍。夜灯千匹练，秋雨半湖菱。击榜吴娃捷，评珠贾客能。辛勤终岁力，犹未足催征。十字非亲诣其地，不知其妙，即景成诗，羌无故实，应得于有意无意中。

登烟雨楼

十度凭栏九度晴，今朝烟雨一舟横。雁飞难辨空中字，橹过惟闻暗里声。软浪成花侵寺壁，冷雲如墨拥轩楹。举觞放眼吟长句，始信高楼不负名。「橹过惟闻暗里声」，自是佳句，然施之此题，弥见其佳。

费锡琮

字厚蕃，四川新繁人。著有白雀楼诗。○厚蕃为高人此度长子，克传家学，五言亦有「大江流汉水，孤艇接残春」之概，新城王尚书惜未见其诗。

黄河

灵脉来天上，浑流昼夜奔。纵横穿套口，屈折下龙门。地入荥阴断，山临华岳尊。何须逢汉使，便拟溯昆仑。一气鼓荡，力遒气雄。

登北固山

绝岭横江岸，登楼望渺然。潮来徐福岛，山出寄奴泉。境界分吴楚，波涛混海天。千秋征战地，今喜靖烽烟。

费锡璜　字滋衡，四川新繁人。〇此此度次子，熟古乐府，诗中苍苍莽莽，时有古音，然亦不无粗率处，淘汰之，取其古而近雅者，迥异时流。

儿语

鹞鹰搏鸡，鸡有母护。离亲出门，心寒行路。连下章竟是古谣。

食鱼去乙，食李去核，治国去贼。

送刘得柔入秦

紫骝卸玉羁，故人来齐安。昂藏河朔气，两鬓萧萧寒。为言三载别，歧路各漫漫。燕秦二千里，浮雲会江干。雪堂寂寞秋，倾盖暂盘桓。片言泻黄河，随风生波澜。蛇虺横江湖，噬螯太无端。湛卢不在握，徒手空长叹。明日东西别，征车不可攀。

湖上

碧澄千顷豁，青立一峰孤。月似悬秋镜，人如坐玉壶。烟光随地尽，水色到天无。肯与渔翁醉，邻舟近可呼。「水色到天无」，言远水接天，合而为一，不见水也，此工于炼句。

海村杂诗

海楼秋易夕，水寺昼长昏。谷贵难成市，时荒早闭门。蛇龙各自媚，礼乐不言尊。寄问西村叟，方饥劚草根。「难成市」、「不言尊」，写荒年景象如见。

出塞

一度卢龙塞，伤心景物殊。秋风嘶老马，落日聚饥乌。岭上寒雲合，闺中明月孤。还闻遣博望，雨雪在长途。

少年行

臂上角弓强，腰间剑似霜。旧从李都尉，新拜汉中郎。爱马黄金埒，调鹰白玉床。平原秋草浅，射猎出长杨。

汴城晚望

落木萧萧汴水清，雲沙何处雁飞声。河蟠雍豫千支合，地拓中原万里平。累代废兴难屈指，百年禾黍独关情。梦华空有遗民记，不是宣和旧帝京。

变歌

东门杨柳枝，早晚遭攀折。今日是相逢，明日是离别。六朝小诗。

相逢

歧路不相识，一言倾寸心。赠君腰下剑，不在直千金。以千金直重，则义气减矣，此善翻前人句意。

吴姬劝酒

吴姬十五鬓鬖鬖，玉椀蒲桃劝客酣。但过黄河风色冷，更无春酒似江南。如闻劝酒之声，而渡河以北之风尘，言外可想。

陈玉齐 字在之，江南常熟人。著有情味集。

秦皇

离宫环极起周庐，万里沧波候大鱼。入海云迷徐福岛，封山雨湿李斯书。华阴道上逢沉璧，阳武沙中失副车。王翦用兵真老谆，尚留三户未驱除。

徐　兰 字芬若，江南常熟人。流寓北通州以终。著有出塞诗。○芬若亦字芝仙，长白描人物，诗无一语不奇，吾友徐龙友见之，几于下拜，奇人见奇，诗尤契合云。

雨阳黑河

天地有此河，墨流独浼浼。黄河曾为圣人清，浊浪咆哮独不改。迢遥西上势蜿蜒，两旗疆界相钩连。自注：土默忒，两都统分地。受降城头坐飞将，牧马不敢争河边。上有共工触破未补之漏天，下有鲛人痛哭不测之深渊。阳春有脚走不到，那得两岸生人烟。但见奇花塞洲渚，色如人面形如拳。花里见鱼不见水，一网可以盈一船。饥儿阻雨不须哭，朝鱼暮鱼食尚足。雷电光中住过春，脚底莓苔黯然绿。天晴曝衣上古原，白骨堆边检金镞。境奇，诗亦与之俱奇，芬若又有大松山诗，起云：「一峰飞入云，云故推之出。一峰飞出云，云故援之入。」奇警前人未道，因通体用韵夹杂，故去之。

磷火

土雨空蒙著衣湿，磷火如萤飞熠熠。须臾散作星满天，空际如闻众声泣。有火独明必鬼雄，众鬼吐焰无其红。约束群磷共明灭，无乃昔日为元戎。别有火光黑比漆，埋伏山坳语啾唧。鬼马一嘶风乱旋，千百灯从暗中出。电声闪闪两军接，狐兔草中皆震慑。一泒刀声不见刀，髑髅堕地轻于叶。血过千年色尚新，那知白骨化烟尘。新鬼日添故鬼冷，无复寒衣送远人。写磷火之忽聚忽散，鬼雄鬼马之光怪离奇，纸上几于有形声矣。后又写群鬼之接战，更幻更奇，吴道子善画鬼，亦未到此。

归化城杂咏

祁连呼吸与天通，不与人间节候同。后骑解衣风柳下，前军堕指雪花中。鬓离汉地根先白，泪过秦山色变红。骆伍漫劳歌况瘁，侯王犹自佩雕弓。奇人总无凡语。

塞下曲

万骑从天下，边人拭目看。长城无限窟，饮马一时乾。

关山月

城头一片秦时月，每到更深照黑河。马上万人齐仰首，不知乡思是谁多。

出关

凭山俯海古边州，旆影风翻见戍楼。马后桃花马前雪，出关争得不回头。眼前语便是奇绝语，几于万口流传。此唐人边塞诗未曾写到者。

沈用济

字方舟，浙江钱塘人。国子生。著有方舟集。○方舟足迹半天下，至广南与屈翁山、梁药亭定交，诗乃大进，游边塞，留右北平久，诗皆燕、赵声，一时名流几莫与抗行。然所成诗一句一字，质之同人，有讥弹辄改定，所由完善无罅漏也。向见重红兰主人，辇下名大著。余留京邸时，知方舟为诗人者寥寥矣，不知向后有能传其人否耶？感慨系之。

燕山

我行经燕山，凭吊古战场。当时锐头儿，誓死事戎行。功业未得成，金镞遗山冈。皂雕如车轮，飞来立人旁。黄雲蔽四野，风沙浩茫茫。驱马行出关，悲歌慨以慷。身著短后衣，剑佩百炼钢。扼吭度飞狐，仰面看天狼。生当为冠军，死当为国殇。慨当以慷，皂雕十字，读者如置身边塞间。

妾受命辞

妾受命兮少孤，师氏教以诗书。阿母爱予早有家，托君子以贱躯。一解。乘华轩兮归德门，曳绮縠兮罗金尊。上事公姥兮无间言，俯蓄五子兮今有孙。二解。何以奉君朝餐？铜盘或炙或熘。何以奉君御寒？裁缝越布吴纨。三解。鼠穿墉兮狼入室，唇乾口燥兮不可与说，无褐无衣兮迫冬日。四解。晨鸡咿喔天雨霜，明星煌煌出洞房，为君秣马游四方。五解。丈夫气磊落，朗如日照临。渴莫饮盗泉水，倦莫憩恶木阴。六解。出门常苦远，在家常苦贫。女子当门户，百难萃其身。七解。思我君子兮蔚为国华，富贵勿喜兮贫贱勿嗟，履仁服德兮名乃纷葩。八解。○此代其配朱夫人立言也。先言奉公姥，抚诸雏，次言持门户，次言遭家难，次言送远人，末勉以修德行。得雄雉「不忮不求，何用不臧」之意，立意音节，在东西二京之间。

黄河大风行

黄河之水自天落，我舟来向黄河泊。遥看雲气如飞龙，知有东南大风作。大风一起天茫茫，排山倒海不可当。浪花卷起高十丈，虚拟沉牛截狂象。危樯大艑撼不停，霎时飘散同流星。高岸倒震鼍鼓裂，怒涛乱卷蛟涎腥。暝来打篷声膈膊，半为雨点半冰雹。夕阳欲下风更狂，吹落孤帆天一角。一舟重有万钧力，飏入泥沙脱不得。一舟触石摧鹊尾，窥见青天在舱底。水面一舟飞鸟轻，无枝可栖心目惊。其馀溜急难鼓柁，客船十个碎两个。同泊尚馀四五船，船船相触绳相联。长年当风立至晓，我辈安得高枕眠。近见青齐成水府，况闻中州少安堵。皇天降灾良有因，汝曹定触河神怒，不尔风涛何太苦！男儿勿恃胆气粗，要知蹈险非良图。新河安稳路径直，汝何不趋趋畏途。岂惟黄河为畏途，波澜平地无时无。诗亦有雲垂海立之势，近七子中李献吉。结意忽然换境，感触者深。

大同道中

千岭朝阴岳，三城控大同。雲形随列嶂，山响应琱弓。马踏黄河雪，鹰呼白草风。飞狐那用塞，天险古来通。一路边塞之诗，俱沉雄峭拔，不在李北地下。〇「沙乾奔渴马，风急下饥鹰」，亦边塞中诗，附录于此。

太行山

山作潼关险，艰哉势独雄！千盘拔河内，一折走辽东。大壑雲雷伏，阴崖日月通。巍巍天下脊，元气结鸿濛。

登八达岭

策马出居庸，盘回上碧峰。坐窥京邑尽，行绕塞垣重。夕照沉千帐，寒声折万松。回瞻陵寝地，雲气总成龙。

行经将军猛虎诸滩

高高滩十丈，直下响成雷。舟掷波心去，人穿石窟来。虹蜺双瀑挂，菡萏小峰开。浊酒酬三老，倾危仗汝才。掷字、穿字，千捶百炼而得。

潼关二首

重关踞天险，三辅重神京。绣岭遥尊岳，黄河曲抱城。一夫今保障，群盗昔纵横。星陨何年事？徒伤父老情。自注：谓孙督师传庭。

窥关如在井，立马一峰高。竟失山河险，徒夸汗血劳。沙虫迷白日，陵谷徙洪涛。翻使黄巾笑，横行遇汝曹。黄巾笑，谓不能力战，叠进降表诸人也。孙督师、周宁武外，有一人忠勇者乎？

登建陵

鼓櫂辞西粤，开帆趁北风。水声飞弩下，山势斗鸡雄。雨歇秦关外，秋深蜀道中。稻粱谋故拙，吾愧信天翁。前所炼在虚，掷字穿字是也。此所炼在实，飞弩斗鸡是也。

昭平道中

滩势奔腾下，舟行次第高。瀑流争一石，人力尽千篙。壁峭奔雷雨，林深聚羽毛。江乡归未得，梦寐亦风涛。此所炼诗眼，又在争字尽字，加捶炼功，则无草率之患。

从彭蠡转九江泊小孤山下

不信滔滔者，洪荒直至今。高帆转湖口，片石奠江心。鹰匝亭台迥，龙蟠窟宅深。迎神歌一曲，弦响下青禽。

花田

埋玉传南汉，花田今尚存。雪中香不散，烟外月无痕。芳草寻诗路，青旗卖酒村。漫将蝴蝶数，一一美人魂。前一路诗皆英雄气，此首又儿女情，见英雄儿女原不必分也。雪中谓花开如雪，非真指雪言。

登泰山绝顶

丹梯飞磴接天门，杖底风雷万壑奔。四岳共推青帝长，一峰还占丈人尊。汉家雲气封中出，秦代松阴石上存。俯仰不知天下小，蓬莱宫闲射朝暾。无懈字，无浮词，胜于鳞、元美作。○方舟诗虽切磋于药亭，然古体或逊药亭，五七言律远过之也。近人用耳不用目，谁能信之。

望西岳

五千仞削势崔巍，西镇坤维玉作台。海日夜从金掌出，莲花春向石盆开。宫临白帝三峰立，城绕黄河九折来。欲跨茅龙问酒母，芝田堪种乏仙才。精神满腹，亦胜元美作。○酒母，酒家妪也。仙人子先与之骑龙上华山，亦成仙，呼为酒母，见列仙传。

思陵　怀宗

锦屏山色隔城来，渴葬千秋事可哀。一剑割将公主爱，九门报道寺人开。凄凉血诏留衣衽，寂寞桐棺付草莱。太息乌号几人抱，红墙日落首重回。独举殉社稷时言之，真觉一字一愤，十三陵诗，以此首为最。○德陵三四云：「宦寺九州祠宇遍，爱书三案士林空。」熹宗失德，尽二语中，因附录于此。○九边诗最有名，然方冀朔诗似更英快，故舍此取彼。

湘江道中

越客归舟向洞庭，心随一雁入空冥。烟开沅水双流合，帆转衡山九面青。魂返江枫哀楚些，曲终瑶瑟怨湘灵。振衣已出尘埃外，渔父何因笑独醒。

由丽江抵北流

频年鞍马历荒陬，唐代羁縻是此州。瑶洞千蟠攀岭怯，鬼门一线入天愁。朝昏吹角呼林鹿，妇女张弓射野牛。却望伏波铜柱在，飞鸢跕跕海西头。鬼门七字，笔下有阴险愁惨之气。

天下大师墓

曾闻遁迹入禅关，身似浮雲到处闲。解道龙蛇潜草野，何年弓剑傍桥山。缁衣那有中官识，御马谁迎老佛还。一自樱桃无荐地，肯留封树在人间。曰曾闻，曰解道，曰那有，曰谁迎，曰肯留，见建文之归，皆致身录、从亡随笔等书造作之辞，其实未尝有迎归事也。实录称帝阖宫自焚，中使出其尸于火，七日乃葬，是明明死于火矣。至天下大师墓，朱竹垞谓房山僧塔，或题司徒司空，或题帝师国师，金、元旧制皆然，后人附会为建文墓也。此诗故作疑词，使人言下自得。

海幢寺观大水西下

郁水西来万壑奔，倒翻塔影荡雲根。中间一束高腰峡，直放惊涛出海门。

题谢皆人诗后

红桂飘香月露清，玉完天上奏瑶笙。白头弟子秋风里，来听霓裳第一声。

笥沟早发

北风猎猎水茫茫，多谢吴门鼓枻娘。铁鹿长樯四千里，送人夫婿早还乡。载儿夫婿去，刘采春怨之，送人夫婿归，方舟又谢之，舟人受怨乎，受谢乎？各见吐辞之妙。

櫂歌

风江潮动月茫茫，懊蔼声中夜未央。南北东西尽莲叶，不知鱼戏在何方。

毛张健

字今培，江南太仓人，贡生，官训导。

寄衣曲

去年寄衣秋月明，络纬索索窗前鸣。今年寄衣风复雨，不识何时到边土。边城八月多早寒，清霜触体愁衣单。千丝万缕妾手制，中有珠泪焉能干。不愿功成垂竹帛，但愿全躯返乡国。学张、王体，难于别开生面。意绪自抽，一归敦厚，如旧谷中舂出新粒也。

少年行

千金宝刀红玉弝，绣鞍蹴踏长楸下。扬鞭不避执金吾，横过禁园矜善射。自云生长金张门，意气雄豪那可论。小时便食天家粟，曾向长杨奉至尊。陇西老将七十战，绝域到身空浩叹。羡君不识兜与鍪，襁中骨相当封侯。以飞将军之到身绝域，衬出少年之宠荣，即所云「生年十二有董封」也。寒郊类转蓬，乌乎知之？

贾客乐

布帆满幅高百尺，知是贾人远行役。贾人生小乐风波，不恋家中好田宅。瞿唐滟滪平地过，此行金钱十倍多。更促前程向江口，淮南米贵今如何？春闺少妇空房宿，听罢乌啼泪盈掬。原词极形贾客之乐，此于贾客逐利中，形出闺房之苦，末二语总于换韵换意中翻新。

毛序

字东球，江南太仓人。著有静娱集。

偕同人散步

残红委烟水，潭深渌更净。临流弄清泚，鬓眉淡相映。泠然洗我心，迥绝非人境。鯈鱼从容游，鸥鸟度明镜。物我两俱忘，不减濠梁兴。回首林丘间，闲房一声磬。心和气平，物我皆得，其不著力处，正不易到。

风轮羽扇歌

鹤翎皎洁修而丰，制成团扇虚含风。参差六翮形蒙茸，贯以铁轴轮辐同。下首郁屈如弯弓，风胡何年铸芙蓉，质理苍黑非铅铜。剑首一穴贯轴中，复有无弦焦尾桐。踞坐掣曳呼侍童，辘轳引绠机旋空。柔橹咿轧中徵宫，高堂飒然起蓬蓬。动如橐籥出不穷，四坐森爽心神融。病夫惮暑常怔忡，烛龙火伞交相攻。思驾飞车访赤松，琼楼玉宇无蕴隆。借君吹嘘凌颢穹，下视九万尘溟蒙。叙琐屑事，独见雅切，末幅绘风，神来之候。

挽龚敬五

执友惊沦逝，沾袍涕泫然。卑飞辞捷径，少别即重泉。灯暗匡衡壁，尘淹子敬毡。如君瑚琏器，何可使无年。

天意原难问，龙蛇厄运过。青衫仍落魄，白发竟如何？讲诵生徒散，丛残著述多。黄垆感存殁，回首邈山河。

陈培脉

字树滋，江南长洲人。国学生。○树滋笃于友谊，壮岁与诸才士角逐名场，然众人升雲路去，而树滋终老诸生，无几微见色也。诗宗法盛唐，晚游新城尚书之门，所诣益进。

相逢行赠宋六木天

一年相逢在辇下，秋雨槐花对僧舍。同时献策不见收，剧饮淋漓共悲咤。一年相逢在济南，拥炉未尽深宵谈。乌啼晓霜催别绪，送君道上鞭羸骖。一年相逢在淮口，我挂征帆方疾走。君时追送骑马来，隔岸遥遥但挥手。淮口一去岁一更，断蓬落叶愁飘零。讵意今宵灯火里，相逢又在曹丘城。人生聚散本难定，暗中有物持其柄。一年一度一相逢，如我与君良足庆。欢游莫道在异乡，寒梅著花春酒香。日日看花共饮酒，从今且得无参商。只叙聚散，自见交情。

登娑罗坪

绝壁迢迢上，忘危胜可探。百盘穷大壑，千仞度层岚。采药逢毛女，藏书问老聃。白雲如可卧，一枕学图南。

南越王墓

天下亡秦日，乘时据粤中。自娱聊窃帝，大长竟称雄。炎海风涛壮，孤坟草木空。千年馀霸气，常绕尉佗宫。一笔写就。不加追琢，比之弹丸脱手。

登慈恩寺浮图

飘然天半御风轻，身在浮图绝顶行。三辅山河掌上尽，五陵雲树望中平。烟氲香界从朝暮，高下桑田几变更。故事尚传唐进士，曲江宴罢共题名。五陵、三辅收之指掌间，何等胸次！章八元登此塔，至云「危梯暗踏如穿洞，绝顶初攀似出笼」，几不成语，当时元、白盛称之，何耶？

蓬莱阁观海和观察宋公

杰阁崚嶒倚杳冥，凭高望远极东溟。龙宫潮涌千重白，蜃市烟消万点青。鞭石荒唐怀霸主，浮槎恍忽遇仙灵。蓬莱咫尺非难到，便欲携筇叩紫扃。

徐州怀古

纷纷楚汉当年事，凭吊西风向战场。隆準至今尊帝号，重瞳终古怨天亡。吕梁涛落蛟龙走，芒砀雲深虎豹藏。王气彭门消歇尽，孤城一望水茫茫。

恒山

上应天枢象北辰，众山环拱碧嶙峋。雲霞隐见金银阙，昏旦盘旋日月轮。呼吸苍冥通一气，逍遥紫峤会群真。阳终阴始扶元化，朔漠长留太古春。

氤氲雾霭拥危峦，象肖灵蛇势郁盘。望去神光凌斗极，飞来秀色落桑乾。龙潭雲出千巖雨，虎口风生万壑寒。我欲摩崖登绝顶，扶摇何处觅青鸾。恒山诗罕有佳者，作者以全副本领赴之，遂觉神力俱王。

陈留吊蔡中郎二十四韵

道出陈留郡，车停颍水滨。不胜怀古意，为吊鼓琴人。王粲称前辈，张衡记后身。轶才真旷世，伟貌迥殊伦。淹贯鸿都学，辉皇清庙珍。于时良策蕴，应诏直言陈。鸾凤偏垂翅，骊龙漫触鳞。幽囚北寺狱，远徙朔方尘。祸稔天心酷，忧深国步屯。妖氛缠黑气，贼寇起黄巾。炎祚倾危日，枭雄剥乱辰。徵车怜迫促，解绶悔逡巡。殄灭嗟元恶，弥缝赖大臣。然脐诚已晚，动色亦何因。过细宁难宥，冤奇竟莫伸。踉跄付廷尉，涕泣遍朝绅。已矣儒宗失，悲哉史笔沦。无儿延嗣续，有女历艰辛。忠孝名终在，风流迹未泯。篆书垂一代，碑版照千春。尚论追芳轨，遐思托德邻。茫茫寻故里，寂寂委荒榛。事往浮雲散，文传炳日新。虎贲犹得似，想象为伤神。董卓既诛，中郎在王允坐上，言之而叹，有动于色，是其所短。馀如谏三互法、谏市贾、谬为宣陵孝子、谏天降灾异，条列七事，皆原本经术，有裨政治者。即董卓初徵时，因不能逃避始就，既就亦屡次箴规，而王允恐其作史讪之，必欲死之，毋乃已甚乎！诗中逐层排比，得失并陈，工力悉敌，颇得少陵家数。

张锡祚

字永夫，江南吴县人。〇永夫野居南园，后迁木渎之下沙，三旬九食，经年卧病，居半以药石为饔飧也。诗初以生新为宗，能盘硬语，后一归平澹，在韦左司、柳柳州之间。年五十馀，穷饿以卒，葬灵巖山麓。碣曰「诗人张永夫墓」，好事者每携酒酹之。

编篱

林壑有真趣，尘俗难相通。清晨饭藜藿，荷锸春风中。薜荔劚邻园，杞菊采榛丛。枯朽既芟除，柯条尽青葱。日入返茅檐，罗植清溪东。屏藩宛天成，束缚随人工。放诞世所弃，舒散岂尔容。已造自然。

重九后溪南采杞菊

佳节倏复过，寒商激林杪。霜清杜若洲，花发蒹葭岛。空庭无嘉卉，何以慰幽抱？缘源路转迴，穿林人渐少。朱实披榛丛，黄花掇香草。寻异心无厌，适己物逾好。即此俗虑遗，逍遥可忘老。

赠涧上僧

竹庭残雪净，林壑寒流清。经声静夜阑，水月生空明。道人了观化，心止神流行。空斋一相对，澹然离俗情。色香臭味俱净，此种诗几不能品评其佳。

访沈石田故居

抗心希古贤，闲情缅高士。孤舟渡平湖，日落遵枉渚。逶迤入荒村，徘徊觅遗址。人语散凫鹥，草长眠鹿豕。何处有衡门，田中问孙子。

田家诗

硗确土无膏，人弃为原陆。释子云西来，挂笠结茅屋。学空易为悦，机熟遂众欲。妪老苦力田，薄言往种福。日出听谈经，暮归悔碌碌。惟我喜饮酒，醉乡数往复。酒醒春鸠鸣，踏月起浸谷。所愿谷抽芽，生理良已足。学空两言，见空幻易于动人也。然福田之虚无，孰如力田之实获乎？饮酒浸谷，乃见本分。

雨夜怀昙长老

寂寥湛深夜，青灯照空宇。花发岭头梅，人听窗间雨。情虚遗众缘，境清望真侣。释子卧雲居，幽襟共谁语？

晨诣南园采蕨

闲居穷篇翰，理生愧无术。隔屋听鸣鸡，启扉看曙色。逶迤板桥西，俯仰清溪侧。薄物世所遗，采掇欣有得。悠然盈倾筐，延咏忘朝食。

题美人岁朝图

和气散林皋，江梅香满屋。佳人爱新节，朝光画眉绿。素琴静清声。翛然倚修竹。不须粉绘，如见美人。觉周昉诸人只传形似。

月蚀诗

庚辰七月夜十五，清光圆圆烛天宇。斜明刮露侵窗扉，蛰虫亥豕眼分数。俄惊蟾蜍入绛津，姮娥孀独含悲辛。气娇力怯不相敌，四分五分挂半轮。九分十分明光息，斗牛气乱浑如墨。望舒镳辔顿金枢，栋倾舟覆迷南北。吾闻皇天无私泰阶平，二纪五纬谁相争。日完其朔不掩望，昌吴融汉惟沦精。胡为氐羌重译称臣妾，阴灵圆夜遭震慴。予欲上天护颓魄，无梯难向青冥蹑。

寒食日龙友于旦招集归愚书屋感旧述怀用昌黎寒食出游韵

一百五日倏复来，群阴尽剥阳气盛。惠风出谷雲雾开，霁色花光共辉映。病夫寂寞卧蓬蒿，囊空莫与繁华竞。忽逢朋辈遣长鬟，招我城南共游咏。林塘历尽入溪湾，到门始觉日影正。满堂豪翰笔不停，猛气纷纭鼓已更。曹郐浅陋真小邦，曷敢与抗惟禀命。忆昔横山有遗老，海内独司骚雅柄。良辰燕赏集嘉宾，泉流风发交相庆。当时岂有文雅飞，但期不失门人敬。诗坛十载沦荒芜，墓门草塞音容夐。荒郊茅屋昼闭门，得句欣欣谓予圣。那堪畏友今盈前，陈刘应徐四座并。怵心刿目岂人工，文章窈渺出天性。洪涛初过澄波鲜，平坡未尽奇峰横。诸公才调皆掞天，如予只合遐荒进。奈何并辔得联镳，好丑妍媸同一镜。雕虫小技不足豪，正变源流那能政？由来天物忌刻削，万事终须蓄馀劲。日斜投笔酹深杯，束手高斋听号令。中一段感旧述怀，悼横山先生已亡，无人主持风雅也。一气卷舒，略无痕迹。〇连上一章，皆三十岁时作。

冬夜怀天宁县长老

野塘无暮柝，灯暗识深更。溪尽断人语，月明闻橹声。薄帷尘梦冷，趺坐道心生。遥忆安禅客，龙眠万虑清。

谒韦刺史祠

平生轻吏舍，祠宇傍宫墙。谁载花林酒，来分画戟香。道心栖野寺，诗思冷秋塘。日暮瞻遗像，斜阳正满堂。

牡丹

深院东风入，开帘香气清。名花愁采摘，独立殿残春。格贵谁求价，庭空欲避人。玉台今寂寞，对尔觉伤神。此因牡丹而悼亡也。五六语独见清新。

杏花

零落江梅帐别离，小楼人静倦吟诗。孤村花发春当路，十日雨晴红满枝。谷口耕夫歌断后，坛边渔父棹回时。南轩老树谁相赏，日暮凄凉傍酒旗。「数枝艳拂文君酒，半里红歌宋玉墙」，自是凡笔。此则清远过之，论品格不论风藻也。

遣愁

老屋欹斜挂薜萝，柴门寂寂断经过。拥阶梧叶落无数，带雨黄花开正多。三易龙蛇轻动蛰，二南钟鼓自平和。素心人远谁同调，絺绤凄风独放歌。动蛰则悔吝生焉，平和则睑巇泯焉，二语已见易、诗大旨。

邵曾训 字飏园，江南无锡人。诸生。○飏园书法力追晋人，邑中人士多宗之，自王虚舟吏部移居无锡，人皆舍邵宗王矣。轻道艺，重人爵，不胜慨然。

蚕妇吟

姑采墙下桑，妇采陌上桑。桑叶昨嫩今日老，天气今晴昨日好。一解。嗟蚕无粮，妇沮枯桑。邻桑沃若蚕早熟，四月新丝上杼柚。种桑亦爱枝叶多，空抱本根奈尔何？二解。守俟蚕眠不思卧，爱秋寒觉夜难过。蚕荒舅姑怒，蚕熟新妇苦。三解。今年四月少晴时，蚕病家家不出丝。新丝价长旧丝上，旧丝未赎新丝当。四解。有丝不上身，有丝不卖人。县官征比已赦租，家主只恐臀无肤。五解。古意古声，蚕家之苦已备。

蒋廷铉

字律先，江南吴县人。诸生。著有半关诗集。〇半关嗜义山诗，不喜老杜，不知义山诗正从老杜出也。兹录其有神韵三章，得义山之一体者。

落花诗和韵

王孙何事不重游，零落秾华略似秋。燕蹴恰逢沾舞袖，风扶犹欲上歌楼。今生约已东皇判，未了缘从夕照留。色相由来总无著，有生只合住丹丘。第四语写得无情者有情，今生约，未了因，天然对偶。合之感旧二章，知借题以托兴也。徘回吟诵，辄唤奈何。

感旧

玉洞桃花也自红，拟将烂漫答春风。岂知狂客归来晚，零落青山碧涧中。

习静长翻般若经，每依月观与风亭。自从环珮无消息，檐马丁冬不忍听。

殷誉庆

字彦来，江南江都人。〇王渔洋尝称殷彦来之才，怜其屈抑未遇，余未与相识，觅其稿不易得矣。于友人处得近体二章，皆首尾完善有声光者。

玉山亭

万顷澄光倚翠屏，矶头缥缈峙孤亭。窗收吴楚千帆白，座揖金焦两点青。高岸浪交遥似没，危崖木落倒堪听。扁舟待渡依江浒，疑有鱼龙积气腥。

暨阳怀古

此地勾吴战垒开，尚馀重镇楚江隈。城边斥堠连天远，海上鱼龙卷浪来。黄歇冢荒迷蔓草，延陵碑古蚀苍苔。西风入夜鸣哀角，并和砧声彻晓催。

李嶟瑞

字苍存，江南盱眙人。著有焚馀稿。〇王渔洋称苍存诗文从衡有奇气，江、淮间才士。今读其集，工丽之作居多。

寒日登宝积山与客谈宋南渡事怀古有作

自注：宋与金和，于此山纳岁币，因以得名。

愁雲万叠锁层峰，石径犹疑战马踪。南渡衣冠惭小国，北人臣妾视高宗。金缯不惜抛流水，社稷何曾复故封。登眺枉为韩岳恨，夕阳寒寺一声钟。

芳乐苑故址

王气江东势渐倾，纷纷土木壮台城。苑从赵鬼歌中起，花向潘妃步底生。蔓草久依驰道长，清尘无复属车行。山僧莫更谈遗址，落日秋风只雁声。东昏从赵鬼之言，起芳乐苑，凿金为莲花贴地，令潘妃行其上，曰「步步生莲花」也。三四属对已尽芳乐之概，下就故址言之，落句与前宝积山一结相似，唐人许丁卯亦每有此病。

仲春漫兴

午困常贪睡不醒，残书架上任零星。年饥未敢呼庚癸，命贱何烦问丙丁。疏幕婢留飞燕路，小窗童挂护花铃。春来颇说山游好，爱惜芒鞵懒踏青。队仗工稳，不落小家。

张元昇

字时升，江南江阴人。布衣。著有半园诗。〇半园早岁壮游，中年后隐居荒江之滨，不与人接，吾友王子韩起时为余诵其佳句，然欲一见其人无由也。既读其遗诗，韩起所诵之句，俱不入选中，意者自嫌工巧未归高格耶？余尝寄诗赠之，中云：「潮回疑蚀岸，雲动欲移山，穴并台佟凿，门同栗里关。」倾倒之者素矣。

坐友人东轩对月

今夕不为乐，明月窃笑之。故人有好怀，招我坐轩墀。凉风飒然至，葛巾吹欲攲。金樽泛清酤，满酌不容辞。萧条人间世，昔人渺难期。作者诗学杜陵，一起又却似太白。

舟中

一身嗟浪迹，九月更浮舟。宿鹭依颓岸，寒花逐乱流。江雲昏对雨，市火细明楼。漂泊孤帆暝，悠悠动旅愁。气味近杜，不在形貌。

眼复明呈诸旧游

不信多愁眼，还堪照古今。皇天终不弃，孤客亦何心。身世宜新哭，山川续旧吟。但能从我好，穷饿自鸣琴。亦突兀，亦肮脏。

赠别雲间高日采

兀傲嗟予旧，清狂识汝新。苍天怜骨格，老眼拔风尘。倚剑寒灯夜，题诗异国身。从来嵇性懒，相对独情亲。沉郁苍凉，上章言会合，下章言送别，诗中章法。

乍见真堪乐，将归却可怜。乱山孤客影，斜日欲离天。别泪江亭上，乡心马首前。凄凉分手处，后会在何年。

度陇杂咏

寂寞经荒县，萧条只几家。边雲迷古堞，嶂月冷清笳。小市都无米，居民不解茶。破檐门不设，愁杀晓风斜。

高秋

寂寞高秋晚，微霜下古城。西风吹鬓老，落叶入诗清。天地孤鸿影，关山画角声。只思归去好，闲卧听春莺。「落叶入诗清」五字，苦吟而得。

过雁

远渡湘江水，来悲海国秋。几重黄叶路，万里晓霜愁。片影迷寒月，孤声落暮楼。西风正萧瑟，对汝泪堪流。

曹叔方以久客夜吟题请予赋诗 自注：叔方楚人，时值兵乱，流寓江阴。

清漏迢迢夜正阑，寂寥孤馆剑光寒。半天霜堕杵声急，一院月明人影单。海国燕鸿秋思苦，湘山烽火楚城残。自怜头白不归去，空倚西风泣路难。

晚秋感怀

霜浓日瘦半溪阴，一片西风百感侵。穷海天高寒鬓影，空山木落老秋心。年荒贫病坚辞鹤，灶冷凄凉泣问琴。却叹吟残重岑寂，更谁载酒过花林。五语言无粮放鹤，六语言无柴爨琴也。贫况可想。

夏弘 字任远，江南扬州人。○殷彦来寄亡友夏任远诗于渔洋，渔洋赏其中有晚唐佳句，并谓彦来友道可风，皆古人谊也。见分甘馀话中，附记于此。

秋夜读九歌

娟娟凉月生虚壁，酒罢摊书读九歌。兴托美人情最切，思深公子怨何多。湘皇泪雨滋丛竹，山鬼悲风带女萝。一夜寒砧催木叶，洞庭今已起微波。末点秋夜，仍关映九歌。

春寒

门掩苍苔一径中，秋千闲在曲阑东。梨花落地半窗雨，柳絮入帘三日风。斗草懒舒红袖冷，啼莺无奈画屏空。江南二月韶光贱，孤负枝头蛱蝶丛。摇之曳之，风神无限。

孔东塘博士招同人集傍花村

傍花村里花如雪，扑席浮觞二月时。莫向伶人争画壁，双鬟都唱使君诗。死事活用。

廖燕 字人也，广东曲江人。诸生。

饮酒

万古此一时，天地为我宅。纷纷各有求，何时免忧戚。我心清且闲，顺逆等朝夕。微酣意自佳，兴至境多适。悠悠欲忘言，仰睇寒空碧。是饮酒起法。

刘祖启 字显之，广东东莞人。贡生。

喜锺翀是至

草色满阶除，君来独慰予。人当离乱后，交在死生馀。冒雨沽村酒，冲泥得野蔬。共谈身世事，款款月来初。

王文潜 字清淮，广东南海人。布衣。○清淮流寓吴中，落拓不偶。诗成随手散去，他人袭之，亦不知为己作也。客死，同人葬于虎丘之半塘。诗一首，从友人册子中录出。

丙申岁春留别松萝

驿路梅开春正芳，归心偶动问轻航。经年半醉湖田上，自注：松萝隐居湖田。何日重携虎阜旁。烟水梦魂千里月，乾坤吟啸一头霜。同怀莫讶轻离别，难遣罗浮业尽荒。留别后，仍未得归，卒殁于旅寓，亦可悲其穷矣。

黄河澂

字葵之，广东南海人。著有葵村诗。

归燕

昔别依穷海，今来逐暖风。细微无物役，飘泊有人同。正喜衔花语，仍劳葺垒工。遥怜楚江外，栖止尽林中。写归燕，而己之去来无定，亦在其中。咏物诗须如此作。

送胡长史从军郁林

野烧明虚帐，秋声落战旗。可能闻笛夜，相忘在家时。阮瑀工书札，陈琳解赋诗。知君年少日，曾慕帝王师。

娇女

娇女如新月，微光欲照人。眼边频顾汝，掌上更无珍。绀髪剪齐额，红衫裁过春。岁华看渐老，欢喜入佳辰。比娇女以新月，不类而类，情至者知之。

边马

暴露风霜早，长嘶傍塞门。殁无文梓榔，身有仆姑痕。暮齿愁相弃，成功不与论。殊方来汗血，玉辇日承恩。三四典雅，结意深远，明皇用蕃将代汉将，言外可思。

南海神祠

神奠南溟靖海妖，开门风浪极天遥。凌虚台榭观初日，排仗鱼龙候早潮。祝版御名皇帝署，祠官仪品太常标。地灵不共桑田变，剩有唐碑历数朝。

翁　诰　字元将，江南吴县人。上舍生。

题金亦陶运甓图

清谈坐啸晋祚坼，五马南奔避刘石。长沙励志向中原，朝暮州斋运百甓。樗蒲戏具牧奴事，生既无闻死何益。高论犹堪振懦夫，光阴分寸谁珍惜。金君名字慕古人，昂藏磊落自写真。鸡群独立千里鹤，形貌不与寻常论。八州富贵非所羡，名山大业当精勤。君不见弃官归去彭泽令，祖孙高躅千秋敬。抚松采菊良可师，运甓君偏希士行。吁嗟乎！少年掣电须臾过，努力不早奈老何！及时矻矻休蹉跎。亦陶之考为孝章先生，能抱渊明之节者。亦陶不师渊明而师渊明之祖，意各有取也。然亦陶非用世人，故云「八州富贵非所羡」，而勉以能惜分阴，用意微至。

郁扬勋 字钦谐，江南吴江人。诸生。

憩徐氏北园池上

秋雨晚初霁，欲送千里目。揽兹一峰翠，秀色淡秋菊。奇石叠崩崖，归雲卧巖腹。登顿历易尽，穿林下平麓。霭霭谢公园，闲门枕山足。清晖拂衣袖，历乱森乔木。溪堂杂菱荇，沙屿散凫鹄。围棋曾几时，已动西州哭。因悲平津邸，世事变凉燠。三咏华屋诗，徘徊倚修竹。司寇公北园，余及见其盛衰，作者此诗应在初零落时，故有世事变凉燠之感，今则废为义冢矣。曲池之平，华屋之倾，古今一辙，可胜慨然。〇此诗稿本所无。四十年前友人游徐氏荒园，从壁间录出，爱其闲远含蕴，转存是篇。

吴之骥 字鸣夏，江南歙县人。诸生。〇此友生吴太史瑾含祖也。诗稿甚富，瑾含邮寄，偶然散失，只存记忆二章，比于吉光片羽，惜之益珍重之。

登金山塔

踏尽层梯到半空，洪流一柱镇蛟宫。羲娥近走檐楹际，江海平分指顾中。帝子凤笙吹缥缈，仙人桂馆启鸿蒙。三山采药堪长往，我欲归乘万里风。赋此题者，过于求奇，每流荒幻，若此气足神完，无一闲笔浪墨，洵推高唱。

出宁羌马上漫成

乱鸦散尽晓烟浓，马首青横剑外峰。斥堠东连秦锁钥，雍梁西界汉提封。天边鸟道秋无际，雲里猿声树万重。极目黎城何处是，西风寂寂下高舂。

先著 字迁夫，四川泸州人。迁于金陵。著有之溪老生集。○迁夫自云先世泸州，或云托言蜀地，并托言姓先，犹明代之孙一元不知果秦人否也。诗有生趣，不必以正声绳之。

述怀

劳生百年内，患有人之形。一身归虚无，万念偏营营。虽有贤智人，惟与忧患并。不能弃人纪，焉得辞天刑。绝类废群生，造化难为情。已矣何所逃，安之以无争。老氏之学，归到「不能弃人纪」、「安之以无争」，仍是孔门一脉矣。

堰北水

堰北水，一日高一尺，十日一丈强。秋来淫雨多，千里万里洪流长。报水汎人善泅水，入水不愁沉水底，顺流一日五百里。自注：裹皮毬泅水面，日五百里。修堤筑堰年复年，安得水势倒行还上天。决口乍塞塞口决，明年再请司农钱。

病起截句之一

移植甘蕉为绿阴，经年长大已成林。天寒霜落休轻剪，恐有秋来未死心。自写逸民身分。

赠海雲子

相逢炎月亦萧森，来处家乡是古斟。自注：寿光即古斟国。与论山川几人物，仕秦王猛亦何心。自注：景略，县人。○苻坚得王猛，几同昭烈、孔明鱼水之合，然责其不仕晋而仕秦，自是正论。

邵　陵　字湘南，江南常熟人。著有青门集。○青门诗以流易为工，不出眼前景、口头语，自能奕奕动人。然一时宗其说者，每流入打油钉铰一派，去风雅远矣。所存一章，殊有生趣。

江天寺

半空蜃气结楼台，沤里须弥亦壮哉！狠石未能超海去，怒涛直欲上山来。雲堂暮鼓斋时动，烟渚秋帆雨后回。试向江天亭外望，似萍身世实堪哀。能造奇语，而不入粗浮。

清诗别裁集卷二十六

李　崧 字静山，江南无锡人。布衣。著有芥轩诗集。〇芥轩天真未漓，视天下无不善人，人有机械者，对芥轩亦无所施，生平在春风和蔼中也。居鹅湖之浣香园，妻子奴婢，萧然自得，晚岁盲于目，诗成，每令童孙书之。

沈庄樗古隶歌

银光横陈泻寒玉，力排龙虎断鳌足。兵甲销磨古战场，折戟沉沙遗锈镞。是谁作此古隶书，庄樗先生出凡俗。先生耆年鬓萧骚，手模碑版情偏豪。苍崖古庙及破冢，每过其处常周遭。一点一画无假借，心摹手追不轻下。青霄纷纷乱粟雨，魍魉呼号鬼神诧。秦有程邈汉蔡邕，锺繇梁鹄称神工。有唐鼎足韩择木蔡有邻李潮，兼擅数子推玄宗。封禅碑直追汉人。国初顾苓与郑簠，大江以南称两雄。苓也谨严笔屈铁，簠也流宕徒横从。先生奋起更超越，网罗今古无遗踪。赠予长笺并短幅，大如盆盎细如粟。玉轴牙签座上陈，周鼎商彝眩人目。海阳程旭吾及门，善写丹青颇得名。一见法书狂叫绝，临摹面壁搜杳冥。苦心经营忘昼夜，形枯神瘁戕其生。呜呼！造物毓才禀元气，君之精力雄健谁能争？此芥轩赠先大夫作，中间品评恰如分量，结意从横恣肆，不得以寻常方幅绳之。

赠戴南枝

热血难消白髮新，沧桑阅历几番尘。独书甲子依彭泽，老向乾坤哭富春。画里无人元隐士，井中有史宋遗民。一竿何处堪垂钓，流水桃花护旧津。中二联比以陶渊明、谢皋羽、倪雲林、郑所南，连引四人，而不见堆垛，笔妙故也。南枝，山阴人，佣书葬徐昭法高士。读此诗，可以想象其为人。

宴溪亭玩牡丹感旧歌者

去年清宴此花前，一串歌珠粒粒圆。今日花前追往事，空留白髮照婵娟。

周龙藻

字汉荀，江南吴江人。〇汉荀为忠毅公后，学使者试士，辄冠其曹，名著大江南北间。以岁贡士终。艺林惋惜之。诗稿甚夥，所镌惟乐府三卷，诸体俱未寓目，故所收亦止在三卷中。

大墙上蒿行

墙上蒿，自夸托根高，根高苦不固，萎落随风飘。墙上蒿，自喜擢秀早，秀早苦不长，离披抱霜槁。蒿生蒿死曾足计，但恨踞盘难得地。明堂选柱少成材，等闲齐把萧蘩弃。伏波慕良臣，肯逐井蛙住。亚父好奇策，终被重瞳误。丈夫未遇鱼水知，且办隆中高卧处。眼前富贵轻秋毫，扶持岂必假羽毛。纷纷依傍何其劳！君不见墙上蒿。见居高位而不能有为，不如栖隐蓬庐，待时而出也。元辞含意未申，此以议论倾吐之。

结袜子

豪门积黄金，欲以求士死。君看士有心，岂在饰珠履。慷慨夷门翁，死生一言耳。言简意足。

陇头水

陇坂遥遥九折长，驱车欲渡心苍茫，忽闻有水喧道傍。人言此水声声别，尽是征夫眼中血，万古千秋共呜咽。呜咽声，流未已，辘轳声，行不止。夜半吹寒笳，边风四面起。悲莫悲，陇头水。

后怨歌行

藕丝断，不再连。铜镜破，不再圆。即看金屋人如旧，昨日恩情今日捐。情多情少安足计，只道色衰恩始替。惊心最是落花风，偏在温存旖旎中。妾恨不为珠娘楼、窈娘井，骨碎君前犹耿耿。求凰曲化白头吟，拨尽红炉灰已冷。当初离乡来，满望登玉阶。玉阶非不登，转瞬沉草莱。乃知苦乐真相倚，才隔衾裯同万里。升沉反覆变须臾，纵有容华难久恃。「雨落不上天，水覆难再收」，只道得色衰爱弛，此即从温存旖旎中见已伏丝断镜破之根，比青莲意翻进一层，令人思梁、孟之合，以德不以色者为可久也。

妾薄命

秋月凄清秋露下，灯花落尽银河泻。举头怅望女牛星，翻羡嫦娥长不嫁。

周在延

字龙客，河南祥符人。栎园侍郎幼子。

送吴冠五至历城

白雲缥缈唱骊歌，朔雁迎帆渡大河。自昔吴公天下少，至今名士济南多。探奇莫负劳山约，观礼应先阙里过。齐鲁当年故友在，烦君问讯近如何？三语送冠五，美其治之第一也。四语至历城，嘉其地之多贤也。诗能典切，便不肤浮。

许世孝

字念皇，江南常熟人。副使瑶之子。

二月半

平分花事是今晨，半入深春半早春。杨柳不堪藏燕子，淡黄愁杀翠楼人。

钱良择 字玉友，江南常熟人。著有抚雲集。○玉友随大吏出使海外，又同朝贵使塞外绝域，为诗感激豪宕，不主故常，而所选唐诗，又兢兢规格，如出二人，议论不可一律拘也

观小妓娟娟舞剑作

蛾眉有英雄，晚妆脂粉薄。短鬓白衣裳，窄袖锦缠缚。背人紧湘裙，端捧莲花锷。请为当筵舞，佐此良宵乐。取笔渍砚池，授客使分捉。舞急各蘸洒，客漫应曰诺。小立寂无言，左右试展拓。微卓蛮靴尖，撒手忽然作。初如双玉龙，盘空斗拏攫。渐如曳匹练，旋绕纷交错。须臾不见人，一片寒光烁。直上惊猿腾，横来轻燕掠。胆落迂儒愁，倾心壮士怍。羸童缩而遁，奸人战欲疟。墨洒密雨丛，笔败砚池涸。罢舞视其身，点墨不能著。嫣然泥人怀，腰肢瘦如削。儿时见汤文式九舞剑，谓矢不能入，众以鸣镝试之，连断三矢，此蘸墨洒之，不能著点，同一神伎也。自初舞及罢舞，如见其人，妙在是美人不是壮夫，此作者极用意处。

关山道中

于役方知行路难，兼程莽莽过重关。鸟随落叶下枯树，人带夕阳穿乱山。废耒江淮愁木

略，荷殳秦楚盼刀环。季鹰岂有封侯骨，甘弃莼鲈去不还。

寄内

六分春色四分过，梦断家山近若何？九陌莺花情绪少，十年夫妇别离多。无方贤俊皆簪笔，有道乾坤渐止戈。只有恨人归未得，镜奁闲杀旧青螺。三四语天然入妙，情到最真，不烦镂琢。

得剑村寄怀诗次韵答之

亦知信美非我土，谁说狂夫不忆家。昨夜客窗风雪里，梦归山馆种梅花。忆家成梦，梦归种梅，于不著紧要处写情，语浅情深，得古风人之旨。

姚飞熊　字非渔，广东祯州人。

哭亡妇龚孺人

长御瑶琴抚七丝，谁知弦断即今时。文园早死应无憾，尚得文君作诔辞。以先死为无憾，情何深也。然为夫作诔者，先有柳下季妻，此偶及文君云尔。

当年曾共吊朝云，折得花熏蛱蝶裙。不信明春寒食节，为君伐石志新坟。

罾鱼

罾挙溪头凤尾鱼名多，瓦盆贮酒试高歌。不愁今夜仍风雨，借得邻船一领蓑。

古　易

字之人，贵州都匀人。贡生。

秋夜闻歌

雲停碧落桂飘香，竹肉齐声起后堂。壮士尊前惊变徵，美人帐下怨清商。绕梁何处传新谱，擫笛谁家傍短墙。流落江南老词客，还思天上咏霓裳。

顾　彩

字天石，江南无锡人。

梅花驿

马迹车尘暗陌头，遥看古驿入南州。渡河芳草王孙去，过岭梅花使者愁。五夜泊船江店火，万山吹角戍人楼。可怜丝管长亭别，欲折垂杨不自由。

陆　䔖

字念尔，江南长洲人。著有湖村诗。〇念尔天才高旷，谓诗专主性灵，以人工累之，犹太虚中著浮雲也。此言恐开废学之渐，然冰雪襟怀，略无渣滓，朋侪中无与偶者，三十馀，中菌毒死，倘使之永年，加以学力，所诣可限量耶？

白雲洞

我游白雲洞，身在白雲里。落叶和松风，时闻响山雨。石床不可留，清寒逼衣屦。隔坞暮钟声，雲留我归矣。从柳州小记中悟出。

游邓尉山

停桡费家湖，山翠围几重。舍舟事筇屦，渐入香林中。邓山峙湖滨，峰势高巃嵸。三万六千顷，湖流浸长空。花外见晴雪，花里闻香风。朝烟而夕月，泠泠沁心胸。小憩上竹阁，恍然睹文公。趺坐鸣蒲牢，噌如吼苍龙。清音应虚谷，馀响入深松。忆昨西溪宿，醒时闻此钟。

山行

去祖茔数武，循小径入，泉声淙潺可听。梓篱半掩，萝屋一椽，有僧居之。樵者置束薪于门，僧钥扉以去。松风吹衣，苍苔湿屦，独行久之，了无人迹。一序清绝，似唐人小文字。

独行披荒丛，信步得异境。山色净杉柳，泉声寒藻荇。恍疑石屋中，疏磬烟萝暝。欲问无人家，夕阳照孤影。

次和荃谷寒夜独坐之作

抱膝虚堂上，灯前顾影双。霜林风叶尽，山月正当窗。庭讶翻巢鸟，村疑吠客厖。有怀淞水畔，一苇钓寒江。不著一字，尽得风流。

过石楼赠山僧不群

万峰台下碧山岑，疏竹围窗白日阴。僧古已无烟火气，树枯饶有雪霜心。洒空松吹飞寒雨，卷壑风泉响夜琴。不是樵人偶相识，那知尊宿在祇林。

王天骥

字千里，江南长洲人。诸生，后家于江宁。○千里自命才人，纵酒狂呼，直欲压倒一切。年五十馀，归于澹寂，取从前所作尽烧之。身后无子。老年作亦无存者，兹录其邮寄二章。

孤坐斋

岚霭日夕蒸，帘栊气阴晦。此中得孤坐，可以绝世累。竹翠寒不凋，山光静相对。高在意言之外。

自笑

自笑尘中老倦游，绳枢圭窦对林丘。隐之嫁女真牵犬，康伯逢人莫驾牛。纵使无钱休卖赋，但能有酒不言愁。年来心事知何恋，红蓼青蘋碧水流。

陈　鍊 字道柔，江南武进人。诸生。著有西林诗钞。

野望书怀

霜晨闲踏旧鱼矶，地僻应怜屐齿稀。何处水云孤雁叫，满天风雪一僧归。杜陵广厦蓬茅是，白傅长裘犊鼻非。岂独袁安正僵卧，千村随在足寒饥。 书生负如许怀抱，韵语中可以想见生平。

朱　经 字恭庭，江南宝应人。诸生。著有燕堂诗钞。

寡言

陇山多飞鸟，翱翔适其生。鹦鹉夸能言，樊笼苦拘萦。钟鼓悬太常，考伐声铿訇。不叩而自鸣，群谓之妖声。吉人以行重，躁人以舌轻。缅怀磨兜坚，守口心怦怦。

责己

勿谓寸阴短，既过难再获。勿谓一丝微，既缁难再白。赴善登崇山，寡过扫尘积。一日省一愆，三月未盈百。责人不肯恕，责己每自匿。愿言砥廉隅，此身敢虚掷。

惜日

江河日流注，难挽东逝波。羲和日奔驰，难回鲁阳戈。终日但饱食，冉冉岁月过。此后悔失时，荒耄无如何。浮游水上萍，奄忽霜馀莎。勉旃复勉旃，慎无悲蹉跎。以上三章，吾辈读之，几欲通身汗下。○尝论诗贵理趣，不贵理语，然所谓理语者，如明代白沙、枫山诸公每以语录成诗，不无泛腐；若切己箴规，可以省身治心者，又当别论。盖「有觉德行」、「基命宥密」，《雅》、《颂》中不废斯言也。

徐　恪

字昔民，江南江阴人。贡生。

桃叶曲

春雨木兰舟，春风桃叶渡。娇莺自在啼，双桨横塘去。横塘绕山斜，一径采山花。门前旧湖水，还对莫愁家。三月桃李飞，四月蘼芜歇。五月南风来，溪头长莲叶。莲长过人头，折来寄西洲。西洲望不见，烟雨空江楼。楼前雨如丝，楼上烟凝黛。日暮琐窗寒，风吹双缕带。双带结同心，江深情更深。相思不相见，独自理瑶琴。瑶琴复何许？忆得横塘语。郎从莲叶翻，侬比莲心苦。千里下关山，不将书报还。梦中金错剪，击碎双鸳环。殷勤再三道，西风寒料峭。只恨柳丝轻，莫遣桃花笑。昨夜伫回车，葱昽闻井鸦。那知风雨隔，望断长风沙。全学西洲曲，神行于缠联萦锁之间。

谒方景二公祠墓

苍松吼灵雨，白日摇孤光。宗臣俨像设，肃拜趋祠堂。成王周公辨，大义声雷硠。精诚动星象，袍笏飞秋霜。当时弃朽骨，匿迹埋山冈。后来公是非，何曾恕文皇。年号削建文，瓜蔓屠忠良。一死明大义，万古扶纲常。锺山石马蹲，孝陵寝殿荒。雲旓肃奔扈，千载遥相望。

成王周公一联，指方公，精诚星象一联，指景公，下合言之。是非长存，不恕文皇，人心所以不死也。此种诗乃不徒作。

张劭 字博山，浙江嘉兴人。

华山

青柯坪上即莲华，千尺珠帘雲半遮。南跨长空桥一线，西探毛女洞三花。仙人树里鞭银鹿，方士岩中炼赤砂。陡觉天风吹两腋，扶摇如御碧雲车。

顾绍敏 字嗣宗，江南长洲人。廪生。著有陶斋诗钞。〇嗣宗屡试南北闱，终于不遇，晚而著书自娱，亦足悲其志矣。诗自中唐以下，两宋、金源、元、明无不含咀采撷，汇而成家。平昔论诗，以情韵为上，风骨次之。故稿中诗品，亦恰如其议论。

修禊六章

丙戌上巳，集王氏归田园，因仿兰亭四言，集右军叙字。同集者，秀水朱检讨竹垞先生、商丘宋公子微峰、昆山徐参议自强、主人兰圃父子。

幽兰在室，修竹在林。俯视流水，于山之阴。静观万化，情与会临。永怀昔者，有感斯今。

言畅兰抱，时和群集。岂无丝竹，乐此永日。林映幽湍，春生虚室。娱情山水，兴怀作述。

欣此和宇，感怀昔贤。至人无妄，其乐也天。风咏临觞，相与晤言。斯文有作，可以永年。

有水既清，有山既崇。修林映日，兰带随风。娱此暮春，天宇和同。大人观物，万化无终。

有怀长水，其流激清。天诞大老，惠此后生。畅咏弦丝，列坐林亭。观文察幽，静言永听。

左带长林，右临清曲。有亭有舍，有兰有竹。有文有弦，可以娱目。崇情朗抱，畅然自足。

观物观我，感时乐天，即准诸永和诸公，并推高唱。兹偏于集字中得之，神来之候，非关人力，作者亦不知其然而然也。

牧牛词

秧针短短湖水白，场头打麦声拍拍。丝杨影里系乌犍，双角弯环卧溪碧。晚来驱向东阡行，踢角上牛鞭两声。短童腰笛唱歌去，草深扑扑飞牛虻。但愿我牛养黄犊，更筑牛宫伴牛宿。年丰不用多苦辛，陇上一犁春雨足。

澹泊居花下招同惠仲儒郑季雅沈归愚徐龙友王斗文小饮作歌即送季雅入都

清明雨过春蒙蒙，情怀索莫如寒蛩。西河有泪久呜咽，夜半梦魘惊惺忪。古香荒土斸新冢，一杯清醑浇蒿蓬。书斋鱼尾锁寂寞，蛛丝罥席垂帘栊。谁知造物每多事，也复乱发花丛丛。鼠姑两本色欲绝，开轩一笑惊春红。家人怪我少欢绪，依然罗幕张轻风。竹萌如玉脍如雪，好友招集开醅浓。索郎快睹碧碗冻，花光酒色相曈昽。清平三调久称绝，元舆一赋谁争雄。诸公才思并清俊，妍雅合度吹笙镛。所疑雲龙本一气，愈何轩达郊何穷？饮停郑子语刺促，忽尔言别辞江东。榆钱散打绿阴暗，黄沙扑面飞鬣松。去年作客太无赖，秋南春北随飞鸿。何如束腹卧穷巷，卷书细读听长松。郑子掉头意不尔，令我愁别悲忡忡。

一路平平叙去，注意在送郑入都，见出不如处，果能薄身厚志，穷居亦足自乐也。赠人以言，犹见古道交意，得此一段，遂觉通体皆活。○时主人丧子，起手从此叙入。

桐庐道中

三日钱塘路，春游逐钓艌。水生严子濑，花发谢公村。沙鸟随潮集，烟螺带雨昏。不闻越女唱，谁遣客中尊。三四何等见成。

汨罗怨

天意难重问，王孙不可留。未能捐楚珮，只自托湘流。有美伤谣诼，无情怨蹇修。夫君终不悟，芳草寄离忧。

菖蒲潭访艳山上人不遇

莓苔铜井绿，西下菖蒲潭。芳草迷行屐，梅花覆小庵。白雲疑度涧，香气欲浮岚。不遇文殊老，牵门上竹篮。

秋夜闻笛有怀

雨过秋堂梦不成，旅人独坐夜凄清。竹梢露下鹤初警，墙角月明蛩有声。旧恨每从灯底得，闲情只向笛边生。谁怜一掬穷途泪，独有陈留阮步兵。「山雨乍来茅溜湿，溪雲欲堕竹梢低」，石田句，写微雨入神，此写秋夜入神，觉韦庄、罗隐风趣犹存也。闻笛有怀，只于来路一点。

秋日感怀

霜染林皋木叶催，蒹葭秋水隔重隈。美人有怨收团扇，狂士歌呼托酒杯。映日芙蓉依浅沼，撩寒杨柳下荒台。子山词赋伤摇落，秋老江南亦可哀。

梦醒孤窗细雨斜，剩将薄病对黄花。心情略似窥笼鸟，岁月浑如赴壑蛇。楚国有人怜息妫，蜀笺无信报秦嘉。天涯知己谁相问，好负羊裘上钓槎。息妫，妫音平仄两收。

秋来无事不伤神，风物从教又一新。沙雁隔雲将别浦，寒蛩覆业渐依人。中郎应自怜焦尾，巧匠何堪笑斲轮。只有闲情忘未得，柴门还对旧松筠。三咏写景中，便带比兴，当合言中言外求之。〇寒蛩一语，状寒士依人，见王粲、马周未遇时，俱不能免，为之慨然。

赠山阳程爽林

无端意气漫峥嵘，知己天涯涕欲倾。骏骨可能招乐毅，狗屠从此识荆卿。论交不忘期终始，有道真堪托死生。与尔苍茫同吊古，黄金台畔暮雲平。爽林慷慨好义，能赴友朋之难，「有道真堪托死生」一语，足以见其崖略。

渡江

驿路长亭复短亭，柳花漠漠昼冥冥。人归冀北衣原素，山到江南眼更青。雨过夕阳看度鸟，风来远浦数扬舲。开尊且酌高邮酒，不共灵均叹独醒。此陶村北闱不遇，渡江而归也。三语反用「素衣化为缁」句，妙于点化。四语倍形南还之乐，亲尝此境者，始知其工。

秋柳和亮直韵

徐夔

字龙友，江南长洲人。廪生。著有西堂集。〇龙友负才高俊，读书一二遍，终身不忘也。与予结诗课时，专学昌黎，芒角四露。之广南学幕后，醉心义山，谓以男女会合喻君臣事使，得风骚宗旨，格律又一变矣。年五十，殁于广南，榇归。广南诗散失，兹所收者，皆向年朋旧论文时作。读其诗，犹见其尊酒浇胸气概也。〇注义山诗，与朱长孺注互有异同，与惠定宇栋注王渔洋精华录，已经行世。

江南何处迥添愁，眉叶腰枝逼杪秋。一带残黄鸦数点，断肠正在水西头。

西风一夜报新霜，衰柳寒烟澹夕阳。愁煞青衫白司马，永丰西角泣秋光。全以韵胜。

移居赠永夫

吾友永夫古狷者，不义予之弗受也。十年卧病时掩关，户外纷纷看野马。当年侧身五坞山，予亦结庐山之下。已畦先生盛生徒，摈斥伪体亲风雅。时予年才十六七，不克升堂听诚夏。韩门磊落多奇才，镠铁银镂尽炉冶。永夫之诗比昌谷，永夫之穷过东野。先生曰吁子来前，有粟可分馆可假。朱门时亦馈粱肉，掉头不应如聋哑。龙蛇道厄先生殂，侯芭有泪时倾泻。几年漂泊东西游，到处逢人皆窃骂。尔我重订雲龙交，岁惟作噩月当且。新知落落无几人，略如陶谢结白社。鲟溪沈子笔最奇，手掣神光仡甜闇。莳田吴郎多态度，婀娜欲弄河间姹。永夫出语必惊人，镂胁穿心慎挥洒。自郐以下皆无讥，儿子纷纷鄙纨袴。一日对我频绉眉，邻家老妇颜如赭。惟鹊有巢鸠居之，依旧淹留无片瓦。入门家徒四壁立，短衣往往不掩踝。孺子黑瘦弟冻皴，新诗盈帙欣可把。近来又复学古澹，刻玉作钩改作锜。嘱我试作移居诗，万錾冰壶杂土苴。永夫，永夫！叙君生平有如此，呜呼吾意其谁写！生平诵法昌黎，而此章尤神似寄玉川先生作，盖永夫之怪奇寒饿，原与玉川类也。此种笔墨，吾党中恐无第二手。

苦热

众星夜出如张罗，更深月黑天无河。梧桐无声竹森立，毒雾著体心烦苛。吾吴自昔称泽国，襟带江海中盘涡。时当朱明司夏政，绿杨匝地清风过。晚凉理榜入浦溆，凫雁飞起穿菱荷。竭来炎官执柄令，赫赫火伞高嵯峨。蝮蛇雄虺酟人骨，磨牙螫尾馀么麽。虾蟆蛙黾固同类，洒灰不禁其如何。日轮当午照下土，操鞭弭节非羲和。雷师无权阿香死，造化谁为司天戈。旧时灵雨不复作，坐见举国来奔波。吾闻尧时十日出，草木焦卷同蓬科。弯弓射乌堕羽翼，此事荒远疑传讹。天心仁爱古所著，茅茨土簋知无佗。方今泰阶四时序，阳侯何事收滂沱。中田无雲日杲杲，春可无麦秋无禾。珠帘冰簟正愁绝，何况贱子婴沉疴。安得白雨洒秋令，击壤一和陶唐歌。炎官执柄以下，恣肆言之，轩然起大波，不使人一览易尽。

蔡将军歌 有序

将军讳人龙，吴县人，明天启壬戌进士，授浔州守备。平瑶力战死，子至中，率死士入贼巢，获父尸，执剧贼归，瑶人散走，浔州平。诏赠游击将军。

浔江万重山，门户争一峡。贼兵巢其中，出没猿猱捷。将军慷慨真人雄，南入百粤西擒戎。有子骁勇如奉叔，前身应是周盘龙。均房山断无钩梯，三军前行路欲迷。大星昨夜陨如火，黄雲暗暗天为低。豺狼转多路转恶，将军勇气十倍作。左右盘空抝宝刀，头颅满地驰风飚。深林密箐伐鼓急，战马悲鸣军吏泣。仰天拔剑振臂呼，血溅苍穹据鞍立。长君年少忠勇俱，义激诸军驰百夫。背负髑髅血模糊，深入贼巢执其俘。咸阳一炬狐兔尽，大藤险恶今坦途。男儿要自获死所，惨澹阴风足千古。卞壸握爪谁其俦，温序衔须此可数。军前将士手口瘏，陇上歌成血泪枯。矢穷兵尽无时无，如公父子真丈夫。呜呼！如公父子真丈夫！平浔州者，将军子至中，入手先伏「有子骁勇如奉叔」二语，下深入贼巢不嫌突如，此文章家倒插法。中写将军义勇，如「子璋髑髅血模糊」，可以愈疟。

观秦丞相李斯邹峄山碑

碑在邹县治之右，宋元祐间，县令张重摹上石，无识其字者。予为书一通付胥吏。

鱼膏灯灭银雁飞，荒陵火入化宝衣。辒辌骨臭已千载，何况金石埋烟霏。峄山之碑野火燎，枣木传刻形摹肥。谁为伐石矗立此，大书深刻高巍巍。细观似同骑省本，相斯刀笔存依稀。我来下马坐其侧，以指画肚穷是非。蛟鼍斫断口难读，无异石鼓驱骓骓。讼庭清寂了无事，二三老吏闲倚扉。见我口诵窃相语，授以纸笔立周围。为书一通导之读，得所未见惊且欷。当年祖龙踞周鼎，剪除六国如驱豨。井田封建荡灭尽，铲削仁义为不禨。相斯佐之更新法，盭深督责唯刑威。东行郡县上邹峄，镌劖崖石昭日晖。丞相臣斯臣去疾，咸昧死请无从违。其辞直欲迈三五，谗谄面谀紫乱绯。呜呼！夏殷周礼至此极，千古覆辙堪悲譩。方今庙堂慎旌别，登崇俊良绝脂韦。淫朋比德岂宜有，盍不去此玷翠微。请刻豳风七月之七月，使彼长吏朝夕知民依。

暴君虐政，奸相手书，本不足贵，况又宋代翻刻耶？欲铲除之，而更立豳风七月之诗，光明正大，昭如日星。

登北极阁

杰阁高空近玉京，凭栏一望起秋声。龙蟠虎踞兴王地，白石清江过客情。岂有占星周内史，更无绵蕝鲁诸生。由来陵谷随时异，满目寒雲下古城。阁系前朝观星处，下为国子监彝伦堂，故五六语及之。

闻笛有忆

江月光盈江水深，江干忽听老龙吟。谁将清夜桓伊笛，吹入山阳向秀心。回乐峰头胡地管，洞庭波上楚人砧。天涯一种秋声急，雪满江南孤客簪。格高音亮，颈联乃推开旁衬，结意一并收拾，粘滞者不解此法。

大雲庵访子美旧址

白石岩扉挂薜萝，法雲深处郁嵯峨。春风乔木鸟初下，夜月空庭人自过。宾客纵能齐摈斥，文章终不废江河。鹭鸶飞上石枰去，犹听沧浪水上歌。言王拱辰辈能借饮酒细事一网打尽正人，而子美文章不能使之不传也。若闲闲写景，便是寻常笔墨。

江东

青盖曾传入洛阳，石文天册更荒唐。金椎有日沉江底，木柹何年下建康。已见楼船来蜀国，岂容帝座设南方。江东世业飘零尽，愁杀平原著辨亡。通首咏孙皓事。

秦淮杂诗

半山堂屋草萋迷，介甫声华认旧蹊。欲纪元丰天子圣，天津桥上杜鹃啼。哲宗元(丰)(祐)纪年，系宣仁太后秉政，其时君子满朝。自宣仁崩，改元绍圣，群小以绍述为辞，而贼虐正士，挑衅金人，至于南渡矣。所绍述者，王安石之新政也。诗中意在显微之间，此种用笔，最近唐人。

郑　钛　字季雅，江南长洲人。○季雅少年诗，以「日籴桃花米五升，秋声只在豆花棚」得名，犹徐昌穀「文章江左家家玉，烟月扬州树树花」也。后一变奇古，骎骎升大雅之堂，朱竹垞先生极推赏之，有「吴人狂，郑生独狷；吴人诗靡，郑生独刚」之语。蒋文肃亦奇其才，然不欲因此求进，其品亦有可观。

月夜宿院中小阁

暝色起平坡，钟声满山户。一禽忽惊聒，凉月已复吐。窗棂色如水，松叶纷可数。松下坐白猿，鬑髯极清古。「松月夜窗虚」，浑然月夜景也。徘徊谛视，则松叶纷可数矣。古今人各有其妙。

送族弟瀛洲之官安县七十韵

朝廷设令长，盖为司牧计。远近岂异伦，小大无二例。要令瘠土民，俱受抚字惠。盘错如朝歌，虞诩乃径诣。王(遵)〔尊〕经九折，叱驭不留滞。奈何仕宦者，择地须佳丽。未论县紧赤，首欲系租税。其次问关征，再喜有邮递。意在攫羡馀，那肯顾一切。必得邻近邦，方免怨迢递。苟遇瓯脱乡，辄自长拂戾。岂知远方人，同是版籍隶。既已身许国，安可避劳勚。二者在今时，锢习亦陋弊。畴能力矫之，因以风当世。子本媚学徒，经术固根柢。探囊取甲科，志气莽精锐。区区百里秩，不足当睥睨。要登千仞峰，聊从一丘跻。今年始牵丝，僻在秦陇际。濒去忽量移，重得巴江澨。计程杳五千，封疆挟畛畷。旁观见尔尔，动色为侘傺。子独貌怡然，西望便振袂。曰惟古蜀都，陆海富刀币。汶州在北面，剑阁门户闭。浮山嶂嵽嵲，黑水波溶潏。阴壑集猿猱，广泽潜鲮鳜。虎落带棕榈，人家映箵筀。芋田收每倍，橦布美莫媲。自从崇祯末，豺貙肆狂噬。遂令周馀民，斩刈犹草薙。今虽渐生聚，弥望尚凋敝。所赖贤长官，煦妪流恺悌。颇闻近年来，为政复猛厉。旷土乍耕获，赋有日增势。譬之笃疾后，大虚损荣卫。参朮未暇投，反进野葛剂。子去慎针石，苍生命所系。今人席未暖，往往即思替。入货乞铨除，章绂郎曹缀。不思尔拜爵，恸哭几家毙。劝子勿欲速，精神壮年岁。况此号边方，铨司有新制。循资易腾踔，谁敢逾次第。笑彼事台宪，趋承竭智慧。璀璨黄金盘，磊落堆火齐。伛偻纳阶前，惟恐目不睇。子宁负生平，冰操应砥砺。当今四门辟，贤否难障蔽。果能饮水清，自尔动天帝。我与子同宗，吴越分支系。昔侍寒村翁，授经托深契。群从惟子贤，与我交早缔。论心十载前，游迹满燕蓟。今春又对床，直至鸣蝉嘒。非但外形骸，居然老兄弟。是以倾肺肝，知能恕狂呓。衣襟凉露湿，征路浮雲翳。褒斜悬栈险，桔柏共流逝。前旌烟外飘，后骑林梢继。声声杜宇啼，物色凄沙汭。吊古女郎祠，握笔多清制。此邦称漏天，从来少晴霁。地湿岚气重，加饭宜子细。我方厌风尘，拟泛太湖枻。将从绿毛仙，金庭守杉桂。未敢散萍蓬，何时聚鄂棣。僧庐近青门，临别还小憩。杯行莫辞醉，酒尽当再貰。

问钱穀、计关征、算邮递、校羡馀，此初得官时也。媚大吏，备贡献，已而毙民命，富家室，乞迁除，此既之官后也。篇中穷形尽相言之，君从何处看得此无人态耶？中望瀛洲励清节、流恺悌，救此远方民，得古人勖勉之意。〇寒村翁，金进士穀似，名居敬，纷纶古学，诗见重于渔洋王公，惜身后散佚无存者。

扰龙松歌

昔闻散花坞中片石峰，破石孕出千丈之奇松。今观非松又非石，但见虬枝夭矫向空立。得非窦子明，汶阳放钓来相迎。又疑轩辕帝，扳髯飞腾在雲际。上有铁干五鬣长，绝似爪角森森张。下有溜雨霜皮在，鳞甲斑斑色五彩。我欲系之双赤绍，雲雾晦冥恐遁逃。凛冽千年遗积雪，惨澹六月闻寒涛。吁嗟乎！秦封大夫宁胜此，何为偃蹇深山里。一朝绝壑雷雨起，看尔东行入海水。松在黄山之始信峰，即所云帝松也。今为邻郡人盗伐，东行入海，其信然耶？

夜光木歌

我闻拘弥之国有变昼之草，岂知兴州直北滦河东，更见夜光之木生蓬葆。野人劚得盘曲形，皮膜剥尽肌珑玲。黄昏扃户置床侧，煜爚幽焰腾寒厅。初疑唐居士，剪纸贴壁弄奇诡。又疑佛图澄，败絮塞孔照耀同明灯。仿佛甓社湖中见，神蚌吐珠映水面。得非放萤苑里游，冷气射骨凉飕飕。短檠墙角真可弃，摊卷还能辨细字。骙童刀削玉琐碎，磷火荧荧忽满地。吁嗟尔木上禀太阴精，烛龙之所不栖，羲和之所不及，乃是万古积雪千年老冰凝结成。是以白日韬晦，宵暗晶明。若非周王八骏张骞槎，谁复遇之震且惊。尔胡不学天禄杖，刘向阁中伴书幌。尔胡不学牛渚犀，驱逐鬼怪清鲸鲵。徒然潜伏穷荒外，丛棘柔藤森翳荟。呜呼！世间万物得地方荣滋，岂独尔木叹息不逢时。腾掷奇恣，凡夜中有光者，无弗胪列，不嫌复，不嫌尽也。结意几令抱材不遇者同然慨息。

题殉节录 钱楞，嘉善人，国初任将乐令，山贼攻城，战死。

洛阳相君忠孝家，公生浙西乃再见。国初闽峤烽未息，仗剑从军气掣电。飞书磨盾动大帅，怀印骑驴治山县。谁知贼众卷波来，独据孤城请挑战。呜呼死绥古来有，定鼎之际多观变。公乎挺戈誓杀贼，不顾妻儿况亲串。阵前从死十数人，碧血淋漓湿刀箭。至今庙食延平津，南八将军同醊奠。死者已死侯者侯，公独何人奏金殿。安得史笔昌黎翁，逸事为补睢阳传。

寒蝉

衰柳古池阴，寒蝉咽复吟。近兼风里叶，远带月中砧。但觉露堪饮，忽惊秋已深。白头潘骑省，为尔不胜簪。句句有寒意，不同泛然咏蝉。

题陈南麓都谏匡山读书图

昔领豫章节，曾看五老峰。今宵直鸾掖，犹梦青芙蓉。丘壑诗中见，雲烟画里逢。浔阳数千里，展卷胜携筇。

青莲读书谷，康乐翻经台。松下轩窗坐，岩间卷帙开。玄猿汲涧去，白鹿衔花来。如听银河落，砰訇万壑雷。

刘　震

字东郊，江南长洲人。〇东郊一布衣，倾动公侯，匪独才分之高，由胸襟洁白，不为名利动也。诗英气逼人，如芙蓉出匣，晚岁惑于欺人者之说，谓诗必不循绳尺，众人共骇乃佳，自后隤然放笔，迥如二手矣。予所录者俱中年作，一存吾友之真。

送罗万峰

佳会不可常，客子心郁陶。他时纵复遇，何以永今朝。严风西北来，辕马鸣萧萧。积雪满天涯，倦鸟思故巢。黯然离别情，泣涕上河桥。河桥无停波，岁月忽已暮。冰霜自峥嵘，征车莫能驻。人生感意气，念子美无度。长安冠盖场，心独切孺慕。挥手尘埃中，面目喜如故。皎皎霜前月，寒菊满径芳。光华相照耀，芳馨袭衣裳。奈何一为别，山川阻且长。蓬根在我足，车轮在我肠。衷情苟不渝，千载永相望。

易水歌

田光一死今古难，荆轲入秦髮冲冠。仓黄当日绕柱走，踞坐笑语神犹完。残忍惨刻贾人子，以信服物非齐桓。奈何轻欲学曹沫，可怜易水千秋寒。高渐离，矐其目。人击剑，我击筑。报仇更比漆身苦，两人后先得死所。血随易水流不止，荆高至今犹未死。君不见鲍鱼之臭不可闻，戍卒一叫骊山焚。生劫之误，剑术之疏，荆轲固不能辞，而能夺祖龙之魄，与高渐离俱凛凛有生气也。读至末幅，真觉一字一快。

画鹰

李君知我善苦吟，图画示我开胸襟。芳春烂漫忽如扫，悄然动我三秋心。阴森一树龙天矫，尺寸行间千尺杳。千尺高柯立鸷鸟，笔洗秋空天色老。霜翎如剑自无敌，集者欲飞飞者击。庭中花木雀倒窥，过眼一飞如箭激。男儿意气敌万人，安能刺促老此身。一起无力，以下霜风满纸，所谓「写此神骏姿，充君眼中物」也。

峄山湖余紫岩太守同作

扁舟北来太行左，拄颊微吟效梁父。岱宗千里蔽浮雲，湖波仿佛商羊舞。冥鸿亦似畏惊涛，天半群呼声正苦。春前堤岸今湖心，尚有禾苗碍柔橹。主人诗情最高远，指点苍茫作怀古。秦皇李斯安在哉！峄山碑断苍烟埋。君看湖水乘秋涨，犹带咸阳暴气来。前半极形湖涨，后吊古处，直欲诛凶暴于既死。

固关道中

崎岖天路仄，径绝险摩空。直此盘回上，何难霄汉通。阴晴山向背，苦乐辙西东。百二秦关接，重重控禹功。起四语如生铁铸成，大历后罕遇此等笔力。

甘宁庙

百骑功成后，将军庙貌存。春秋还血食，风雨正黄昏。墓木神鸦拱，江声战马奔。东吴多俊杰，何地有招魂？

祖龙

六国丘墟九宇恢，更张周典见雄才。驾临东土崇台构，宫压南山复道开。只见壁随山鬼至，那闻药自海船来。阿房转瞬繁华歇。却与诗书共劫灰。诗、书虽焚，终不磨灭，阿房一炬，荡为冷灰矣。作者并论，犹为恕辞。

望岱

玉检金泥历代传，振衣千仞是何年。风吹一片青冥色，万朵芙蓉落马前。

岘山

当涂典午事纷纭，西蜀山川付暮雲。我到岘山无泪洒，秋风曾拜卧龙坟。无人敢开此口，作者公正，可以想见。

余京 字文圻，江南丹徒人。布衣。著有江干诗钞。〇予游焦山，见山间有文圻石刻诗，颇有警句，询之寺僧。僧曰："此市人也。"有轻之之意，予访之江干老屋，遂与定交。时柏乡魏念庭观察爱其诗，欲令往见。文圻曰："往役，义也，以诗为羔雁，非礼也。"卒不往。魏公益重之。诗格意俱高，尤长近体。既老，从游日众，然得其一体，无能为替人者。

毕孝子宁古塔负祖父骨归里

混同江畔沙草黄，阴雲昼翳天无光。羁囚廿载老为鬼，往往夜哭思家乡。虬山孝子痛父戍，赍志穷荒愿身赴。蕙兰憔悴悲春晖，早向秋风委霜露。铁岭辽河五十秋，旅魂漠漠伤淹留。鸡竿明诏下鳌禁，忽许枯骼还山丘。孝子遗孤年已壮，帝阙奔号请归葬。西曹求檄颁故迟，踯躅京华家破丧。万里穷多事远征，饕风密雪逾长城。呵冰鬓发晓每冻，闻角区脱宵常惊。幽泉负骨旋乡里，马鬣齐封堂斧似。两世精诚事竟成，不愧一门双孝子。其人可传，诗亦足以传之。

七夕妙高台坐月

今夕天风爽，吹余到十洲。瑶台孤岛夜，银汉半轮秋。潮响龙移窟，江明鹊起楼。凭栏星斗近，指点说牵牛。

白沙王翁百岁

住世凭何术？遥遥到百年。数君强仕日，还在乱离前。地老千头橘，囊存万历钱。儿孙满阡陌，都种白沙田。此种诗品可入中兴间气集中。

中秋月蚀

秋半蟾光彻底清，妖蟆残夜蓦然生。匣开尘土蒙金镜，盘弄泥丸污水晶。自满定知多外侮，处高原忌太分明。广寒宫阙愁昏黑，斟酌姮娥秉烛行。五语有「满招损，谦受益」意。六语有「冕旒蔽明，黈纩塞聪」意，收昌黎、玉川奇肆之作于八句中，是何等本事。

秋杪薄暮登北固木末楼即事

雁背遥翻落照来，楼登木末客徘徊。江山旷劫争棋局，灯火光阴促酒杯。万井人烟秋惨淡，百年戎马地蒿莱。西风归路吹残醉，雲掩高城画角哀。起句得势，以下便如剖竹。

八月十三夜焦山坐月同学庵释巨涛

月出双峰敛暮岚，临流久坐借僧庵。澄清银汉露涓滴，浩荡碧波帆两三。龙戏夜珠藏海底，雁随秋气落江南。惠休有句通禅味，金粟香中好共参。

十四夜焦山水晶庵看月

薄暝疏钟隔树闻，海风收尽岭头云。住山梦好经三宿，看月光圆到九分。天浃银河涵水气，江平冰縠织波纹。僧窗不用呼灯火，老眼能书白练裙。

暮春同吴门沈归愚登蒜山憩清宁道院

老去攀跻兴尚存，蹒跚陪客蹑云根。天晴烟树分瓜步，春涨波涛拓海门。野马细缊频过眼，沙虫变灭几招魂。乱藤荒草山前路，铁骑曾经十万屯。卢循率十万众争蒜山，刘裕以长刀斫敌破之，末句用其事。

藉草峰巅片刻留，旷观身世叹蜉蝣。残年岁月双筇杖，吾党乾坤一钓舟。夜雨苔痕山径滑，夕阳松影石坛幽。劳生多病惟谋药，丹鼎犹存五粒不？

雲房杯酒坐闲身，白首相知感慨新。庑下梁鸿谁共语，楼头王粲尚依人。青山有梦常为客，黄鸟无言自送春。归舫吴门樱笋熟，柳花风起石湖滨。庑下梁鸿，文圻自谓；楼头王粲，谓予也。时予授经魏观察署中，故有是语。

焦山山门外坐月

临江席地坐黄昏，入夜微吟冷客魂。皓月出雲旋堕水，青山隔岸正当门。金蛇搅浪光难定，巨象乘潮势欲奔。万里碧天沧海阔，何人骑鹤上昆仑？自注：对岸为象山。〇焦山坐月诸作，精华流露，首首可传。

秋杪登清宁道院与漪亭学庵同赋

扶杖登高怆客魂，西风黄叶满前村。林间佳菊能留客，江上名山总到门。饭罢楸枰消白昼，酒阑钟鼓报黄昏。暂离城郭无多路，便觉渔樵地位尊。「江上名山总到门」，金焦、北固、五洲皆在槛前也。结为布衣增價，翁山诗往往有之。〇五日泛舟丁卯桥颔联云：「小桥疏柳唐人宅，落日寒潮楚客魂。」真名句也。因通体未称，故附录于此。

秦应阳 字含真，江南长洲人。官六安州教谕。

飞蛾

飞蛾性趋炎，见火不见我。愤然自投掷，以我畀炎火。动静自有常，躁急适贾祸。明发天宇空，飞跃无不可。惟趋炎，故躁急，茫茫六宇，见我者有几人哉！一结天空海阔，无适不可。

徐翔鹍 字雲客，雲南昆明人。

普安道中

暮色萧条岁欲阑，长途犹自赴征鞍。横穿峻岭几千丈，直下危峰数十盘。古树夕阳鸦影瘦，乱山残雪马蹄寒。风尘满眼愁无奈，始叹当年蜀道难。

叶肇梓 字季良，江南和州人。

横江词

人道横江恶，侬道横江好。不是浪如山，郎船去已早。翻太白意，词转似太白。

牧牛词

黑牯力衰行每迟，白犊奔突饮清池。东冈西陇随力去，牛饥只向草多处。深山牧牛岁月长，系牛小树今枯桑。牛食牛眠适牛意，闲来敲石作儿戏。太平牧牛有馀乐，不用将书挂牛角。汉书挂角，借以干杨素，非真读书也。翻去自好。

集归去来辞字为诗追次坡公韵

涉世知无策，还乡路可寻。孤行聊自善，万感复何心。雲岫遥扶杖，风泉远入琴。东皋清绝径，容易得登临。

富贵求焉得，耘耔乐有期。归与无不可，行矣欲何之？独酌向庭菊，孤怀寄赋诗。息交聊自远，畴复是心知。

不悟今时是，安知昨日非。泉飞还入壑，雲化复成衣。引酒寄情远，抚琴得趣微。晨窗观去鸟，日尽自归飞。无集字迹，与坡公相近。

汪绍焻

字炽南，浙江秀水人。岁贡生。

项王

骓马虞兮可奈何，汉军四面楚人歌。乌江耻学鸿门遁，亭长无劳劝渡河。鸿门之遁，为避祸也，推孝惠、鲁元堕地，乞分太公一杯羹，无复人理矣。此诗抑倒沛公，能为项王吐气。

刘伯伦

生死穷通付醁醽，妇言虽好不须听。利名役役真成醉，只有先生是独醒。当涂、典午间，谁非中酒者，以独醒许伯伦，唤醒醉梦人不少。

邵锡荣　字景桓，浙江钱塘人。

舞剑篇与陆方义

我尝高咏古人古剑篇，我欲起舞追飞仙。古来剑解七十二，惜哉后世无人传。陆生陆生尔且前，我今试舞双龙泉。长兵短接须精练，雌雄炯烁落银霰。万人力敌莫可当，顷刻风云看百变。忽徐忽疾疑旋蛟，忽连忽断惊飞雁。耸跃星流身不见，雨打梨花团雪片。陆生此时睹之惊绝神，且愿执鞭追后尘。慎勿轻携此剑渡江海，只恐双飞出匣归延津。

钱锦城　字镜先，江南常熟人。牧斋宗伯孙。

席上咏物分得橘

丹实离离间碧林，千头声价重南金。逾淮若改平生质，孤负当年作颂心。言坚贞之质，不可变易也。乃祖能守此两言，便为东林完人矣。

安　期　字亦生，江南无锡人。

流萤词

熠熠流光漾水烟，池亭雨歇晚凉天。西风吹堕红蕖里，照见鸳鸯自在眠。池塘中每有此景，却无人写到。

许心扆　字丹臣，江南长洲人。竹隐太守子。

松陵道中

寒雨洒孤城，秋声满丛薄。乌啼枫树间，江空闻叶落。

戴　鉴　字冰揆，江南嘉定人。

孙若望谢珙县归过访话旧有感

剑阁连雲入梦劳，十年重见意萧骚。破巢似我空三匝，愁鬓看君有二毛。不负家风存旧笏，存笏斋，松坪读书处。得归宦海息惊涛。通门老友无多在，往事闲追首漫搔。

岁晚入都途中杂咏

迢迢古道客栖栖，风卷黄沙落日低。岂是此身同代马，年年只向北风嘶。极见成语，道来自佳。

王　肇

字建初，江南太仓人。著有鹪鹩集。○建初隐于市，卖饼易食，暇则以诗自娱，无求于人。王冰庵太守折节定交，诗成每商之建初，建初时有可否，艺林两贤之。

丹阳月夜

辞家未云迈，愁思如春长。谁能见明月，而不念故乡？舟子掩篷卧，露下凝清霜。出我瓮中酒，斟酌此清光。忽闻高楼笛，一曲何悠扬！飞音过水来，缭绕清川旁。仿佛折柳曲，使我中情伤。明发又移棹，回首天苍茫。「谁能见明月，而不念故乡」，千古有情人语，通体自然，不烦些子著力。

王　琛

字来珍，江南太仓人。○来珍隐于医，志趣与建初同。遇歉岁，三旬九食，无饥馁容也。冰庵太守重其品，亦与课诗，时偕建初称娄东二王。

闲居

佳兴在春日，喧风吹敝庐。山妻具粗饭，稚子撷野蔬。欢然适口腹，俭岁如积储。淡泊气乃充，无求养我愚。小庭何所有，花竹交扶疏。闲中送余目，归雲与鸟俱。此生苟自适，焉知岁月徂。「淡泊气乃充」，非虚假之气也，隆中人足以当之。作者亦能言之。

萧赵琰 字撰三，江南宜兴人。诸生。○撰三抱才不遇，年复不永，远近惋惜，所存诗无几，皆近「食荠肠亦苦，强歌声无欢」者，言为心声，信然。

桂之树

桂之树，托根君之墀。大火当昏，郁郁离离。桂之树，结叶叶，交枝枝，中有丹心君不知。君不知，含情直待秋风吹。秋风吹，君知之。即张曲江丹橘一章意，音节古，使人不觉。

溪桥候月

候月荆溪口，初凉桥上生。星辰秋在水，河汉夜无声。农火归残巷，渔家话浅更。兴来忘所待，人影欲同行。星辰十字，在贾长江集中亦为杰句。

过净梵寺吊周瑜城

松涛听不尽，铁马去何之？只有僧归寺，更无人守陴。乱莺公瑾曲，远岫小乔眉。多少徘徊意，春风解缆时。五六语偶然关合，不觉其纤。

汪天与 字苍孚，江南歙县人。官刑部郎中。有沐青楼诗。

西海门

鸟道直穿雲，不暇盘旋上。有时膝代足，手扪那容杖。目眩怯回头，坐稳时一放。精神犹惚恍，心胸为涤荡。力竭到峰巅，平衍神忽王。亟趋西海门，路转光明藏。千峰划然开，紫翠呈万状。夕阳在东麓，倒射芙蓉嶂。谁为问巨灵，仙窟何年创？石床置碧霄，玉屏列丹嶂。雲峦一万重，三神山在望。何须蹑仙踪，且快兹游壮。予登莲花峰有句云：「四体失所司，目眩心忡忡」，即篇中「有时膝代足，手扪那容杖」二句意也。未经历者，不知此语之真。

穿鳌鱼洞度莲花沟上文殊顶

巨鳌潜海中，何年此迁播。古洞恒阴森，屏息不敢唾。伛偻穿胁出，延缘扪脊过。眼明一松横，根穿石壁破。风雲看飞腾，江海几掀簸。径度莲花沟，心胆寒无那。悬崖如泛虚，股栗神已懦。每涉惧不测，伫足欲相贺。降若探龙渊，陟如转蚁磨。九地升九霄，始达狮子座。莲花入雲开，莲蕊日以大。迎送松依然，涧底龙犹卧。至此筋力疲，藉草一少坐。历历忆生平，久惯经坎坷。此间觉平夷，无须咎摧挫。度莲花沟由百步雲梯而上，侧足股栗，壮夫亦慑，即所云「九地升九霄，始达狮子座」也。结意翻开，有无穷身世之感。

题雪庄和尚小照

雪庄开士居雲舫，三十馀年不下山。何事尘缘消未尽，尚留面目在人间。雪庄入都，见重朝贵，几为尘缘所缚，故作诗以风之。

吴瞻泰 字东岩，江南歙县人。诸生。○东岩为大司成鳞潭先生长子，少留心经术，思为世用，入省闱十五，终不遇，乃遨游齐、鲁、燕、冀及江、汉、吴、楚、闽、越、交，诗品日高，然以诗人名，非其志也。所著有汇注陶诗杜诗提要删补选注等书。

过虎村上芙蓉岭

山深异气候，四月正流澌。冰有夏虫识，花无春鸟知。村寒烟不起，径险杖难支。一线开天窦，芙蓉更擅奇。犹是「即今河畔冰开日，正是长安花落时」意，一经锤炼，更觉遒警。

宿松谷庵听瀑

向晚投松谷，青苍夹洞门。沙流侵客屐，笋迸出雲根。冻雀千林静，飞涛万壑奔。一宵疑骤雨，起坐见朝暾。

自题莲花峰顶试泉图

万仞青莲上，梯雲为试泉。谁将一勺水，引上九层天。气带流霞色，香无下界烟。茶经曾品未？兴发自吾先。起步与王右丞「万壑树参天」一章同一起法。

送洪去芜入黄山度岁

怪尔冲寒入杳冥，一筇万里破空青。雷奔石底晴看雨，人在空中夜摘星。喜就温泉除宿垢，懒将仙荚问山灵。鼎湖龙去留丹灶，元日朝参紫玉屏。空中摘星，登黄山时真有此景，度岁只末一点自高。

汪　衡

字禹吹，江南吴县人。诸生。○此钝翁先生长子，负才早殁，二弟但夸门阀，难免柳子铁炉步之诮矣。读禹吹诗，不胜清门零落之感。

七夕

明河漾金波，令节双星渡。那堪一岁愁，尽向经宵诉。东方色荧荧，离情复如故。犹胜远游人，空闺泣朝暮。

渔灯

月落空江露气浮，芦花深处宿渔舟。寒灯映水繁星乱，夜半潮回带影流。

计元坊

字维严，江南吴江人。○维严为甫草先生之孙，希深同学之子，硁硁自好，诗有源流。雍正甲辰，访予于葑溪老屋，不值而返。寄诗三章，已臻古淡，今虽散佚，每一追忆，如尘如梦，不胜惘惘也。

励志诗

青青园中林，并望成嘉树。或者干雲霄，或者苦颠仆。岂真托根殊，亦异灌溉故。人力不滋培，栋梁安得具。而何蚩蚩氓，荣落委天数！见大有为者，贵以经术培其本根也。通首比体。

士人乏奇才，动辄咎贫贱。岂处贫贱中，抱负遂难见？曲逆方宰肉，一乡已称善。诸葛当躬耕，三分定佐汉。内反无足凭，气馁徒炫乱。不见玉韫山，与石自有辨。贫贱中正，可树立根基，激有志气人不浅。

鸩毒惟晏安，古人戒自适。所以陶士行，运甓日累百。破贼石头下，精勤由素积。奈何卑栖士，嗜懒如有癖。志为气之帅，志锐气自役。愿师闻鸡人，无蹈嵇阮迹。南朝八达流弊，足坏士品，足坏国家，标出陶侃、刘琨，最有定识。

述兴

人方危苦时，薄施辄感德。自昔奸雄辈，持此罗上客。蔡邕依董卓，有才而无识。受恩旋杀身，士贵能挺特。所以孟夫子，餔歠戒乐克。见因不失亲，不可轻受人惠。

徐志岩

字象求，浙江德清人。历任开封北河郡丞。著有抑斋诗稿。

诸子会课

刘勰论文心，陆机作文赋。何如对圣贤，孔乐颜可铸。谁云制义作，苟且敷章句。精理抉天人，宋儒可沿溯。春风吹衡门，草堂开艺圃。橐笔集生徒，齐侍先生屦。授简复拈题，一一中毫素。周情与孔思，静中许良悟。或疾如涌泉，或迟若窘步。中正期徐臻，狙诈愿屏除。去。述古有馀欢，偭规良足惧。伫闻正始音，雲山有韶頀。和平之音，不流于腐。近日割裂盛行，中正少而狙诈多矣，作者独能防弊于未然。

蒙澴

滩卷千堆雪，山藏一线天。当秋茅瘴合，亭午旭光偏。怪鸟啼深树，孤猿啸冷烟。平生仗忠信，不怯下泷船。

谒张文献祠

曲江风度远流徽，姚宋同心日并晖。金鉴果能陈黼座，玉环何事系罗衣。贬官荆楚缘持正，遗祭丘坟为见机。自注：早识安禄山有反相，请诛之，上不听。古庙肃瞻松柏下，蔼然遗象见依俙。唐五行志：术士徐遐周诗曰：「若逢山下鬼，环上系罗衣。」即马嵬之谶也。三四见信用曲江，必无六军不发之祸。

闻鹧鸪

游子天涯生计非，遥山如黛日相依。忽听格磔钩辀语，触拨归心泪满衣。

汪　𠭯

字丽天，浙江归安人。候补员外郎。

秦淮秋柳

内桥南去水平芜，处处秋烟似画图。惆怅千丝残照里，不堪重问旧栖乌。

拂地西风起白门，几枝寒碧衬烟痕。不知何处吹横笛，漠漠江南乌夜村。纯以韵胜。

许　玑

字罕宜，江南吴县人。

静夜吟

霜林月逾白，满径横藻荇。万籁总无声，大地此时静。心迹两寂寞，尘杂不须屏。檐前星已稀，池畔鹤初警。独往亦独回，自顾形神影。清绝。

答友问

友人问我山居乐，第一读书松竹林。世上万缘都不到，时时证入圣贤心。能得此乐，三公不易。

钱嵩期

字人岳，江南阳湖人。贡生。著有一房山诗钞。

赠友园居 时主人六十

风物翛然在竹林，颠毛未许晓霜侵。已忘胜负还看弈，为薄才华欲废吟。说剑碎琴年少气，种松爱菊岁寒心。公孙荐达非吾事，自注：公孙弘六十召对贤良方正策。肯使红尘点素襟。徙宅还同乌易柯，闲园望里足烟萝。青藤白袷时还往，张丈殷兄共啸歌。野狖窥人来渐熟，山云湿径扫偏多。期君采药铜官路，曳杖携筐入硐阿。写主人之近道，而作者性情，亦与之俱见。

清诗别裁集卷二十七

金志章 字绘卣，浙江钱塘人。雍正癸卯举人。官口北道。著有江声草堂诗集。○乾隆壬申，不戒于火，诗俱灰烬，友朋搜罗散佚荟萃贻之，只十之二三也。然豪情盛气，勃勃纸墨，可以想其生平。

因树亭观唐明皇磨崖碑

明皇昔日侈东封，千乘万骑纷雲从。超然意象小秦汉，七十二代思兼容。金泥玉检著符瑞，江茅鄗黍昭虔供。礼成大祀颂声作，鸿文典诰铿钟镛。天章神笔纵挥洒，鸾飘凤泊翔游龙。磨崖深刻纪岁月，万古照耀天门东。是时国家正全盛，地大物阜民和丰。庙堂宴安渐鸩毒，玉鱼绣褓酣深宫。侈心一开蠹随入，九庙俄顷飞灰红。淋铃蜀道驰万里，百神不救尘埃蒙。徒存兹碑峙巘嶫，雨蚀藓剥雲烟中。牧儿野火烧不得，至今椎搨传遗踪。吴郎嗜古得此本，世守什袭装池工。高斋招我共销夏，披襟展玩清宵同。规连珠树矩折玉，墨彩腾上光熊熊。手摹口诵极赞赏，忽忆往事心神忡。中兴反正颂神武，亦有巨刻磨宠灾。盛衰治乱互倚伏，鉴戒实可垂无穷。殷忧启运满致覆，此理自古关昭聋。开天已远代几易，犹留宝刻珍书丛。摩挲掩卷三叹息，人君莫漫夸丰功。为汰侈满盈鉴戒，后以浯溪中兴颂碑作衬，即孟子「生于忧患，死于安乐」意也。末一语，是画龙点睛手。

钤山行

钤山四绕青谽谺，袁江一线盘修蛇。东西峡口两洪束，东为昌山洪，西为钟山洪。县城中裹如莲花。此邦何人昔最著，豪贵屈指推严家。早年登第竞名誉，追逐何李矜浮华。归来筑室此山顶，图史枕胙旁人夸。青词晚岁博金铉，万事横决如抟沙。文章不掩孔雀毒，膝下豺虎兼娄豭。读书不识忠孝字，廿年辛苦何为耶？立身一败愧乡里，至今齿冷千秋哗。清江六月烧晚霞，长桥终古缘城斜。熏天之势竟安在？徒令吊古兴咨嗟。「文章不掩孔雀毒」，奸佞之人，虽有才华，莫能盖也。「读书不识忠孝字」，令阅者悚然。

岔道射虎行为李守戎作

北风卷地尘沙黄，杲杲塞日无晶光。山城荦确少行迹，猛虎昼出蹲南冈。双睛睒睒射惊电，耸尻竖尾如竿枪。咆哮踞地地欲裂，百兽走匿山魈藏。血人于口爪牙利，家家闭户群苍黄。陇西飞将勇莫当，家世猿臂能挽强。鬅鬙猬磔气勃发，直视斑子如跛羊。长弓大箭走相搏，瞋目叱咤声雷踉。洞胸贯胁猛竟殪，气焰安在僇然僵。樵苏从此少患害，行李来往仍穰穰。我时驱车出北口，逢君迎谒趋道傍。为余津津谈且喜，英风爽飒神飞扬。须臾健儿舁虎至，馀威尚觉生风霜。羡君除暴真健者，当路岂复忧豺狼。呜呼！当路岂复忧豺狼。死虎馀威尚生风霜，则生时之凶恶可知矣。十四字猛气逼人。末并望除去当道豺狼，咏叹出之，所见尤大。

白沟河吊二忠祠 张公叔夜、文公天祥

白沟河上夕阳时，下马荒原吊古祠。北渡中宵悲扼吭，南冠孤愤漫题诗。鬼谋曹社家同破，龙去崖山事不支。太息残碑焚野火，六陵荒草共凄其。分咏二忠，语皆典切。

黑峪

盘盘鸟道上青雲，峻坂危坡路不平。入险横穿豺虎窟，凌虚俯瞰鹗雕群。三关形胜凭高尽，一一水波涛出塞闻。极目长城回望处，河边饮马汉家军。

二十四矶

惊涛如雪溅长空，峭石崚嶒讶鬼工。二十四矶帆侧过，不知身坐浪花中。

鹧鸪塘

客情乡思总凄迷，睡起篷窗日欲西。忽听一声行不得，鹧鸪塘外鹧鸪啼。天籁。

姚　湘

字行表，江南桐城人。雍正癸卯举人。官常熟教谕。

郭林宗墓

知人荐士缅遗踪，此日经过马鬣封。一木势难支大厦，六屯祸不及潜龙。登仙只合同元礼，表墓宁须藉蔡邕。更有申屠共标格，高风树屋独名佣。桓、灵两朝朝局，党人之标榜丧身，林宗之不为危言覈论，得以免祸，三四语尽之。末引申屠蟠，见因树为屋，同于佣人者为更高也。诗须如此作，方不浮泛。

梅

任尔冰条湿粉痕，何须纸帐护春温。红亭远隔人千里，翠羽初飞月一村。留得寒香清到骨，莫听羌笛暗销魂。几年孤负西园约，冻合孤山独掩门。与「愁在三更挂月村」同妙。

荆州道中

女媭砧响杳冥冥，楚些吟成不忍听。行过渚宫神黯淡，猿啼夜半在空舲。

沈青崖 字艮思，浙江秀水人。雍正癸卯举人，官至开归道。○家艮思以监司任军储，有掎摭之者，系狱几数年，上知其冤，释之，仍官监司，以议论正直为大吏弹劾，复去官，始终以不善谄曲被祸者也。在狱时，著有五经明辨录、纲目尚论编，多前人未发及正前人缺略者。

钱博士登俊赠西域地图

客从军中来，遗我盈丈纸。展卷列丹青，大荒靡涯涘。嵯峨于阗山，蜿蟺伊丽水。轮台及阳关，如在掌上指。汉唐殊名称，回夷互迁徙。服畔靡有常，古来多战垒。白骨沉沙窝，金刀折涧底。寒暄异中华，幅幁空万里。有壤不可耕，得民不可使。唐虞声教讫，西被流沙止。聚米虽良谋，形势何足恃。素壁张斯图，聊识大亥趾。老成经国之言。

邵锦潮 字赐笏，直隶宛平籍，吴县人。雍正癸卯举人。

蒹葭

秋色浮江上，烟波共渺然。苍茫迷远渚，寥落向遥天。折叶惊寒雁，飞花点钓船。伊人不可即，怅望水雲边。

喜晚香辞幕府归出示新诗留饮

千尺流泉百尺松，白雲丹嶂自从容。偶同麋鹿游城市，终觉鹓鹍厌鼓钟。句就烟霞频出手，醉馀磈垒肆填胸。明朝便蜡寻山屐，到处随君蹑旧踪。一笔挥洒，绝去雕饰，此境正未易到。

闺人赠远

日夕上高楼，雲山一望秋。悠悠渡头水，空送往来舟。

曹庭枢

字古谦，浙江嘉善人。雍正癸卯副榜。○古谦应博学鸿辞，诏入都，日课一赋一诗，同人敛手推让，试后放归，复入都，病殁。此就向所录者存之。

张鸿勋惠读看雲吟稿作长歌奉柬即送其南还

病夫高枕掩关卧，晨罢栉沐惟枯坐。有客投我诗一编，急起把读积懑破。砰訇振作钟镛声，错落咳成珠玉唾。十年人海奔堀堁，诗笔不留点尘污。吁嗟乎！山鬼笑人文不灵，素衣化缁衫犹青。小住为佳归亦得，扬舲南指垂虹亭。送君行，饮君酒，顾此身后名，期在勿速朽。台阁诸公自衮衮，富贵岂同金石寿。但令作述高等身，何必黄金印悬肘。君归林屋勤著书，肯学丈人山隐居。「龙威丈人山隐居，西入包山窃禹书」，言其不自著述也。于随手生波中，讽以立言自命，工于措词。

春雨和钱屿沙编修韵

两两溪边水鸟呼，渐看檐际湿模糊。凭栏花重红疑滴，隔座山横翠欲无。吟苦纵愁春冷淡，病多偏稳睡工夫。卷帘自爱虚无景，未要潇湘入画图。

陈祖范

字亦韩，江南常熟人。雍正癸卯会试中式，乾隆壬申举经学，官国子司业。著有见复诗草。〇见复捷春官，未殿试归，著书友教，垂三十年。大臣以经学荐，授少司成。居家受官，生平以天爵自重者也。诗无意求工，自馀道气，不得以词人之诗目之。

恒雨

春末夏之首，恒雨连数旬。吾土异高低，高者下种匀。沟车挂梁壁，妇子纺以纫。但俟水势减，耘耔及良辰。低者沦江湖，波涛浩无垠。鸡犬悉上屋，举家寄河唇。相去数十里，彼此殊越秦。苦乐宜均被，譬如人一身。半体虽独活，偏枯为不仁。所以君子心，溥遍无涯邻。忧喜不以己，四海熙阳春。物我同体，已见此诗。

感秋

人生弦上栝，流光迅于矢。春鸟畅欢情，秋虫感衰耳。万籁乘时鸣，一心异悲喜。中宵不成寐，转辗揽衣起。今人未尝生，古人未尝死。欲求不死方，从师悔晚矣。读末四语，令人内惭面赤，觉可愈头风，可愈疟疾，只是语句奇险耳。

梦述

自从别家来，十夕九梦亲。父念子行役，不因存殁分。存为倚门望，隔形不隔神。殁为空中魂，魂依游子身。危高山之巅，慓深水之湣。悲哉同行子，生独为鲜民。白雲处处多，天涯见无因。可补陟岵、蓼莪之缺。

与星旋释

尔我各异趣，青山为之媒。尔心与山静，我心对山开。山意不将迎，能通彼我怀。书声杂梵呗，瓶钵偕尊罍。大道固无碍，何从起嫌猜。推窗月皎皎，梅花点苍苔。结得淡然。

答任翼圣计偕留别

往还多面朋，孰是心所同。乡荐忝伯仲，时论推雲龙。一友教四方，一匿影蒿蓬。相见苦不易，终岁欣相从。得窥所学富，饱闻议论雄。冥搜力沉著，集益心虚冲。乌能石攻玉，愧用莛撞钟。圣籍久黯黕，迟子发群蒙。斯行匪干禄，要展经术功。析理戒穿凿，守道无穷通。钓鳌不钓鱼，君家有任公。析理十字，作者一生得力。

咏史

吾慕江州陈，宗族七百人。每食设广席，长幼列坐俱恂恂。和气感畜犬，百犬共牢食必均。为问此何时？豺虎磨牙噬生民。君如弈棋国传舍，天下不复知尊亲。世上自乱家自理，闭门别有无边春。

送西京训导宣城

老为千里别，何以遣离情。道在官无小，风清宦易成。议参秦博士，诗继谢宣城。遥识青衿子，趋风江畔迎。

寄沈归愚

把酒论文记往年，隐侯格律敢随肩。宫中久识元才子，明主终收孟浩然。鹤怨猿惊怀故地，马迟枚疾斗新篇。嗤予守兔清江曲，燕树参差帐各天。简寄诗篇，亦寓规讽，良友赠言，何时敢忘。

缪曰芑 字武子，江南吴县人。雍正癸卯进士，官翰林院编修。

书杜少陵诗后

稷契成虚愿，诗篇轶众群。吐辞皆信史，每饭不忘君。汗马怀诸将，龙池望五雲。千秋惟白也，可与共论文。平稳写去，已尽老杜生平。

秋柳

摇落西风里，垂条浪不生。本非攀折候，犹有别离情。凉露成清滴，寒鸦噪晚声。吾生饶短髪，愁对淡烟横。前半正写，后半虚写，处处有远神。

潘　果 字师仲，江南无锡人。雍正癸卯进士，官辰州同知。

观星台

太虚茫茫星吐精，仰观何托观群星。三垣高居列宿拱，七曜以次升天庭。观星之台自此筑，古器森立交峥嵘。吐吞日月孕精气，异采焕发坚光凝。夏官历历亲示我，法象粗得知其名。浑天最古位居右，西洋测景开皇清。自注：铜象凡十三座，皆古物，惟此象为我朝新铸，居中。日躔月次分杪忽，相风高尺晴空横。忆从虞后在玉衡，子来继咏灵台成。狂秦乱纪失遗法，汉更七帝铜仪兴。自注：制自宣帝时。递相精核迄元代，人巧上与天工并。真收万象入指掌，岂比露盘承六茎。缘何末造不能守，往来再徙归燕京。昔闻王孙论九鼎，虽小亦重大或轻。铸金象物尊尚尔，况为於穆图真形。何以守之德是凭，惟皇得一符清宁。用意全在末段，必如此，诗不徒作。

蟂矶孙夫人庙

江神踏浪朝灵宫，灵宫夫人下幽穹。女官擐甲拥前后，宝刀烂若银芙蓉。阿兄虎视霸南国，玉颜小妹饶家风。天教帝子作之偶，明珠斗帐藏真龙。赤壁战后老瞒惧，不敢南下驰艨艟。如何婚姻失前好，忍教与国连兵戎。臣服魏廷亦豚犬，仲谋那足称英雄？蜀帝复仇猇亭败，永安遗诏苍黄中。夫人有家归不得，九嶷梦断寻无踪。蟂矶自沉灵魄在，于今遗庙留江东。庙中传芭女巫舞，报赛神鼓声冬冬。江流有尽恨无尽，疑有泪竹斑斑红。仲谋降曹真不可解，两国连兵，不独蜀之遗恨失吞吴也。借题发出，见权有愧于其妹，一起如见夫人英武，一结想见夫人抱恨，玩其音节，得乐府迎神曲之遗。

项王庙

威望居然压沛公，指挥一误霸图空。纵留子弟八千在，早失关河百二雄。遗庙可堪邻泗上，英灵只合返江东。所嗟锐气真无敌，不出淮阴数语中。项王失策，在王汉王于巴蜀、汉中，使得还定三秦，则大势全在汉矣。诗中指出，具有卓见。

桓宣武墓

笑尔何心蓄不臣，馁魂终此伴青磷。生初枉自呼英物，身后教谁叹可人。自注：温过王敦墓，辄叹曰：「可人！可人！」江北柳围空长大，洛阳钟簴竟沉沦。纵然未死膺殊锡，地下如何见太真？

尹会一　字元孚，直隶博陵人。雍正癸卯进士，官至吏部侍郎。著有健馀诗草。

居庸关

莽莽关山起暮愁，乱雲层叠隐危楼。雕弧控满清宵月，画角吹残紫塞秋。旅梦无端空索莫，归心何事更夷犹。燕南碧草还飞蝶，已见桑乾带雪流。月与雕弧相关，秋与角声相关，此诗律细处。

陶正中

字田见，江南无锡人。雍正癸卯进士，官翰林院编修，外转至山西布政使。

读史

商君修耕战，立约于徙木。赏信罚随彰，卒以震巴蜀。枭雄负异能，断制贵专独。民可与乐成，创始每弗欲。君子重违众，持衡妙善俗。握机良所同，用意乃各属。不见褚衣冠，终焉致巷哭。子产、商君同是变革旧政，而用心各别，一是斫丧国脉，一是整齐风俗也。同中见异，于公私义利判之。

徐以升

字阶五，浙江德清人。雍正癸卯进士，官翰林院编修，转御史，外转至广东按察使。著有南陔堂集。

炙砚

文思忽飞扬，冰凝砚一方。炙馀资石炭，化处受玄霜。调燮交离坎，中和适燠凉。不须呵彩笔，抒藻有辉光。调燮中和，由于家人之反身。小中见大，咏物诗须如此作。

关山月

大旗霞卷夕阳残，旋见边城涌玉盘。鼓角无声霜气肃，山河流影镜光寒。白头汉将占星立，红泪胡姬倚马看。净扫烟尘天阙迥，清辉多处识长安。神似李北地，以长安月作结，颂扬天朝，前人未到。

金凤纶

字□□，江南嘉定人。雍正甲辰举人。

冰花

自注：元人有题无诗，作此补之。

犁星没后水藏漪，泽畔鳞鳞见异姿。凝艳不教青帝主，鬥华休遣夏虫知。凌波神女搴还薄，作雪天工剪并奇。莫讶清英易消歇，杨家山已付流澌。律之细也，字之稳也，人巧尽，天工出，应从偶然得之。

王峻

字次山，江南常熟人。雍正甲辰进士，官翰林院编修，转御史。著有艮斋诗集。○艮斋素行侃侃，弹都御史某，视赵用贤之弹张江陵夺情，则又过之。诗亦英爽如其为人。惟于王新城诗，时加诋諆，赵秋谷诸公闻之，应云将伯助予也。然即此亦是不随众好处。

禹州道中

茫茫四野寒萧骚，朔风动地声怒号。车帷卷破马踯躅，夕阳惨淡横平皋。行人瑟缩帽檐侧，手脚冻冷面如墨。晚来投店满衣尘，童仆相看不相识。

题戴巨川庶子画马

自题曰称德图

先生画马如画牛，不著鞍鞯不络头。超遥肯与驽骀伍，放旷还同麋鹿游。先生相马如相士，德合刚柔比君子。神闲气静在平时，电激飚驰日千里。拈毫十日又五日，惨淡经营能事毕。恍疑貌出古纤骊，直压开元卌万匹。君不见黄金之勒锦障泥，多少款段当风嘶。安得壮士驰骏足，层冰蹴裂交河西。少陵题画马云：「当时四十万匹马，张公叹其材尽下。」最称杰句。此云「恍疑貌出古纤骊，直压开元卌万匹」，英气直欲追逐少陵。

谒岳忠武庙

强弓手挽雅歌娴，未许韩刘伯仲间。谁使朱仙回玉帐，转愁雪窖有刀环。长城自坏天难问，半壁偏安主厚颜。遗庙近邻嵇绍墓，灵旗风静古碑闲。此汤阴岳庙也。当时三字狱成，固由秦桧之奸，而小朝廷之不欲复仇，其罪更大。「转愁雪窖有刀环」七字，直诛高宗之心。

李重华 字实君，江南吴江人。雍正甲辰进士，官翰林院编修。著有玉洲诗集。○玉洲天赋俊才，复得匠门指授，生平游历，入巴、蜀，客山左，留秦关，经三楚，登临凭吊，发而为诗，嵚嵚历落，俱得江山之助，宜足继匠门而兴起也。诗话二卷，或引而不发，或金针度人，可希风昌穀谈艺录。

拟魏武帝纪行

元戎肃徒旅，行行越潼关。秦原莽牢落，空舍无炊烟。杀气一以盛，骸骨为丘山。遗黎各疮痍，窜伏何险艰。念我皇汉京，宫殿皆颓垣。大盗觎神器，流毒徒构患。迫主以播迁，剽掠于市阛。群谋踵而起，梗塞弥宇间。吟我破斧诗，悲伤难具言。曹氏一门多才，而苍坚尤在孟德，篇中风骨似之。

道古

子长愤著书，论或凭胸臆。殷勤表素王，已足称神识。时方贵黄老，经术尚薄蚀。卓然仰高山，先路导其惑。骈罗七十子，附圣为羽翼。遂使弦诵堂，崇祀盛轨则。我嗟卫道人，曾未预配食。盲左既酬功，腐迁何愧色。汉代表章圣道，广川以后，有太史迁世家、列传，羽翼之功，不可没也。配食庙廷，前人未开此口。

剑阁

我行阅雄关，天剑殆无敌。迢遥来一髮，突兀遏重壁。望望嵯岈间，豁罅不盈尺。到关穿雪窦，窥户睇月隙。峨峨二山中，万丈一磐石。都无客土附，而总精铁积。其间郁丛箐，其底乱潨射。乌兔失飞走，蛟螭避堂宅。入门循地隧，双峡亘而窄。左作长鲸掀，右类巨鳌掷。雷轰泯斧凿，雲蔚随缕脉。回风骤长驱，雪气砭领脊。洪荒想胚胎，元气更并迫。倘非仙掌排，亦属应龙划。五丁力不逮，渠能万灵役。残山通仄狭，留险藉控搤。谁知徒长奸，据窃逞荷戟。炎汉固殊类，偏安我惋惜。子阳先覆辙，王孟后接迹。称帝旋洞胸，降王递衔璧。何况献贼流，蝮蝎恣毒螫。张牙纵狂啮，擢髪终寸磔。伊昔凋敝初，人烟莽萧瑟。生息今百年，垦辟连万陌。文翁兼诘戎，武乡兼教泽。辽绝若番藏，倏瞬达重译。而此枕席安，号涣谁拥隔。地利分险夷，皇图观顺逆。磨崖奋如椽，中命诫梁益。

前极形剑门之险，后屡述窃据之败，见有德则可守，恃力则速亡也。末归美本朝，见文教武功远及番、藏，而梁、益内地，安如磐石矣。「地利分险夷」五字，收上半篇，「皇图观顺逆」五字，收下半篇。

望太白

太白群山外，岧岧淡莫分。遥知千岁雪，正杂万峰雲。鸟道踪应绝，龙湫吼若闻。帝台三百里，香气接氤氲。

鸡头关

鸡头千仞峻，白道细如丝。怒水盘根迅，雄关立壁危。北来天去握，南望汉为池。咫尺褒城驿，连钱蹀躞驰。「汉为池」对「天去握」，是为活对。

五丁峡

绝壑灵奇尽鬼工，停眸便识五丁通。双崖翠影侵天合，万窍雲根入地空。杜宇魂生迷鸟道，蜀山蛇拔剩龙宫。金牛纵被秦人误，开辟何曾让禹功。「万窍雲根入地空」，他人费作赋才，虽千百言亦写不到。

剑阁

宋玉狂言亦快哉！果然长剑削天开。泉声独引雷车落，峰影双扶日驭回。壮士枉穷排嶂力，大文终重勒铭才。中原龙虎无消歇，日见关门驷马来。

过居庸

太行东骛正回环，界截烟雲是此间。九土横分雄地轴，三边总会扼天关。羽书报捷风雷迅，戍卒承平虎豹闲。此去汉南皆枕席，马蹄思踏贺兰山。

登蓬莱阁

槛底沧溟浸太空，凌乘如到蕊珠宫。波间万怪时嘘气，天外三山日御风。术士妄寻焉得遇，诗翁偶祷竟能通。良宵会约群仙醉，待看重轮彻地红。三语写海市可见，四语写神山难到也。下联分承海市、神山，却用颠倒承之，化板为活。术士指文成、五利，诗翁指东坡。

书周遇吉传

为扰潼关突蓟丘，大同搏战鬼神愁。辞家战士无旋踵，报国将军有断头。致死已摧狂孽势，迎降真恨贼臣谋。十三陵末馀抔土，千古忠魂哭未休。宁武破时，贼兵伤几过半，李自成谓：「自此至京，尚有险要四关，倘尽如宁武。我辈休矣。」方欲退兵休息，而大同姜瓖、宣府王承胤降表相次至，贼遂直破京师。诗中三四表周将军，五六恨二贼臣也。如许发挥，不啻披阅史传。

与张支百研江话诗随笔

李杜横驰翰墨场，如椽韩笔颇相当。数篇琴操尤高蹈，束皙何因便补亡。束皙补亡，前人议其去雅音甚远。此借以衬昌黎琴操之高，如拘幽一操，真能道止敬心事，补亡六章中殊未有也。此种论诗，具有确见。

俞荔 字硕卿，福建莆田人。雍正甲辰进士，官长宁知县。○硕卿居官清正，以失上官意落职，到家后，杜门自守，筑堂曰迂溪，犹柳子自愚，而并愚其溪也。

迁溪草堂初成

何妨环堵即为宫，适趣依稀栗里同。不速到门惟夜月，无私惠我有春风。是非难染溪边石，得失奚关塞上翁。闭户领来清淨福，却忘身在万山中。三四有风浴咏归之趣。

吕守曾 字松坪，河南新城人。雍正甲辰进士，官山西布政使。

乌江怀古

荒垒萧萧触目惊，乌江东注恨难平。千金急购英雄首，八载空劳子弟兵。古渡苍茫通利口，乱山合沓隔彭城。鸟啼似识兴亡意，犹自凄凉学楚声。

望嵩山

三十六峰如髻鬟，行人来往舒心颜。白雲蓬蓬忽然合，都在虚无缥缈间。高格。倘渔洋见之，必许其把臂入林。

张鹏翀 字天扉，江南嘉定人。雍正丁未进士，官至詹事府詹事。著有南华诗集。〇南华天才敏捷，赋雁字诗，日未午，成七言律三十章。赓和御制，顷刻数篇，上褒美赏赉之。有经进诗，上时转次其韵，比太白之君

为调羹，东坡之金莲烛送归院，遇尤荣也。后更唱韵成诗，捷于击钵，然风格亦少减矣。工画，捷同于诗。生平事事洒落，人目为漆园散仙，窃自喜。中道殂谢，九重惋惜，叹才人之不易得也。卷帙甚富，兹录进呈法戒诗十馀篇，近体略及。

经史法戒诗

夏造衰兮殷道兴，得贤臣兮作股肱。股肱辛勤亲五就，故主荒淫终莫救。岁苦旱兮殚忧心，躬为牺兮祀桑林。苞苴女谒备自责，祷辞未毕倾甘霖。至诚感神信如此，天道只如人道迩。一夫失所真宰愁，莫令君门悬万里。此法保民自责，至诚格天也。

成康既远王道微，昭既南征兮穆又西驰。骋八骏于万里，觞王母之瑶池。事虽荒而难信兮，徼祈招之风诗。神仙不可期，远略难为续。至尊居九重，王度式金玉。此戒肆心荒远也。

春秋见至隐，履霜防忽微。人主不早虑，因之致颠危。前有谗不见，后有贼不知。晋献惑嬖妾，优施教骊姬，分明置堇毒，乃谓爱我为。卒至两败伤，智谋亦何施。覆辙示深鉴，足为后事师。此戒信谗人，重内宠也。

天王柄下移，征伐强侯出。霸业亦寖衰，陪臣势无匹。强私家，弱公室，三桓六卿互分析。岂无衣，六与七，不如子衣安且吉。坏法乱纪自王朝，史书特继春秋笔。此戒政柄下移也。周厘王封武公为晋君，威烈王封魏斯、赵籍、韩虔为诸侯，此王朝坏法乱纪之甚者，故表而章之。

国有谋臣邻寝衅，贪人败类乘侥幸。秦穆悔过著圣经，皤皤黄髪实邦荣。入朝见嫉入宫妒，殃及黎民终弗寤。善善不用笑郭公，仁贤虽在国虚空。此法秦穆之悔过任贤，戒郭公之善善不用也。兼法与戒言之。

汉高大度膺神器，弘远规模传世世。恭俭尤称文帝贤，身衣浣濯为民先。年年祷祀祈民福，郑重农功珍五谷。但令闾阎常富足，国家何用储金玉。此法恭俭重民食也。

神仙有无何恍惚，黄帝广成但传说。秦皇汉武慕长生，方士怪迂始百出。安期卢敖去不来，文成五利徒喧豗，神君未下鬼先集。世上乌有神仙哉！蓬莱可望不可即。但愿人人足衣食，昇平乐过华胥国。此戒求仙也。

六经烬后罗残缺，博士儒生集群说。欲施仁义法唐虞，及事神仙亟征伐。天马徕时海内虚，穷兵黩武竟何如？当年幸下轮台诏，后世犹传封禅书。此戒黩武也。

近小人，远君子，桓灵之衰只由此。跋扈才诛任宦官，一时钩党尽摧残。俊厨顾及空标榜，白马清流酿祸端。士气衰，国运否，人才与国相终始，千古兴亡鉴青史。此戒亲佞远贤，锄正人，殄邦国也。

治安共说梁天监，南北通和救涂炭。金瓯无缺侈心生，白马青丝轻纳叛。薄心肠，激成变，果致纷纭滋反间。舍身同泰会无遮，血食牲牷改为麪。贪嗔至竟未能除，荷荷空悲净居殿。此戒佞佛无益，只速祸也。

阅武堂前种杨柳，至尊屠肉潘妃酒。只爱莲花步步生，曾知国步艰难否？百年南北擅风流，谁信无愁果有愁。才见荒宫馀辱井，又看芳苑起迷楼。阿麽讵惜好头颈，琼花只恋须臾景。解道真仙也自迷，不知狂魄何年醒。此戒色荒也。齐、陈、隋一辙，故合言之。

临淄英武摧群凶，美政开元继太宗。台阁名臣刺州郡，人情和洽多年丰。历年既多心渐侈，国事无端寄杨李。长安一骑荔支红，万姓那知作疮痏。渔阳鼙鼓太无情，入蜀青骡辛苦行。谁将夜雨淋铃曲，更作朝元奏乐声。此戒耄荒以后，任奸邪，宠女谒也。

宋家累叶垂遗泽，求治贤君方侧席。天津桥上听啼鹃，祸乱将兴任安石。相公新法执持坚，祖制讵难胥变易。忠良屏黜奸邪升，朝局如棋互废兴。千古知人诚不易，那论福建误金陵。此戒变祖法，用言利臣也。〇仿西涯乐府而略变音节，自成一格，共五十三章，兹存其尤者。

有所思行

落花纷纷如雪积，明月皎皎如霜铺。揽衣步月蹑花影，悄然孤馆空庭隅。沉思欲寐不能寐，明月烛床花满被。客游花月故园心，庐山高高湘水深，远书欲寄空沉吟。虚写所思，意言不尽。

长沙

碧湘门外渺寒波，欲采芙蓉奈晚何？今夜黄陵庙前月，茜裙谁唱竹枝歌。神似何信阳。

曹銮

字玉如，广西全州人，雍正丁未进士。

苦水铺 今名甜水铺

苦水铺，神仙过，留筒布。古谣。断头掉尾今无人，五尺之童稳行路。载重货，轻身过，苦水铺为甜水铺。「断头掉尾」四字，写尽从前狞恶，竟可作古谣谚读。

刘青芝

字华岳，河南襄城人。雍正丁未进士，官翰林院检讨。

寄李侍御

骢马乘来四载馀，京华处处避𫓧䠶。饱闻圣主求言诏，未见诸臣谏猎书。岂是阳城方简默，不劳永叔代踌躇。老生局外多私计，勿使吾曹望或虚。古道照人，昌黎、庐陵复见矣。李侍御能如亢宗、希文与否？

吴履泰

字茹原，福建晋江人。雍正庚戌进士，官翰林院侍读学士。○我师立言致行，一归诚实，初谒见时，问以持己立朝之道，曰："端本原，无私心而已。"即此训言，终身行之不尽者也。读韵语二章，可以想见其为人。

读书一章示诸童子

读书无源委，有如断港流。濡润涔蹄间，不能溉田畴。骄阳涸原泽，能有点滴不？苟能探其要，河汉当清秋。倒注屈千里，中有万斛舟。六籍开其源，群史决其沟。精华吸百氏，下逮骚人俦。元元复本本，千载穷冥搜。以此负文雄，气盛言毕浮。奈何末学徒，颠倒不自尤。童丱髮未燥，猥以词赋投。讹音复舛韵，彀壳声啾啾。小年资弄舌，学语成咿嚘。问以经史事，茫然张两眸。俗学吁可嗟，举世多谬悠。古人诵亡书，三箧探诸喉。吾歌为此诗，非敢相嘲咻。持告尔小子，庶以鉴前修。词赋惟猎浮华，元元本本，总归经史也。近人只守干禄时文，并置词赋不问，恐叩以骚、选，亦茫然只张两眸矣。前辈为后生言，语语朴实，可以揭之座右。

蚕

八茧称佳种，三眠贵早成。岂因能补衮，不自爱馀生。萦裹真何益，缠绵适见烹。缫丝悲老妇，索索纺车鸣。事君致身，于纤小题传出，得杜陵之遗矣。

曹一士

字谔廷，江南上海人。雍正庚戌进士，官兵科给事中。○谔廷诸生时，名满大江南北，既为黄门，所条封事，皆去积弊培元气，有利国家者，艺林吐气，赖有斯人，奏疏可覆按也。诗亦不肯随俗，时露奇警。

拟古

旷野张异乐，如在洞庭旁。元气裹六极，太音弥八荒。不顾世上耳，安能主故常。听者惑且骇，充耳神茫茫。焉得万里风，吹送来帝乡。一奏四时理，再奏百族康。未遇时，自命何等，宜立朝风节，嶽嶽不凡。

咏古

桃李艳春日，松柏黯无光。贞心结千古，誓不随众芳。风雲一朝变，天地为苍苍。有明盛坛坫，七子互腾骧。牛耳执王李，才高气愈扬。仰视高秦汉，俯窥藐宋唐。指挥籍湜辈，笧匐郏莒行。震川老举子，茅屋荒江旁。言招故生徒，讲学称先王。势焰固不敌，名声讵相当。云何百世下，中天吐寒芒。古今几作者，身晦道乃昌。祧祔有定论，翕赫安可常。见名位不可恃，而实学积行久而弥光也。道存身晦者，可以自坚。

鹦鹉

飘零绿羽向秋阴，风雨时能惠好音。老去诗篇多错落，闲来佛语费沉吟。十年庑下高人迹，万里秦山故国心。惆怅雲霄空有志，病躯拟共息长林。颈联传出高人踪迹，高人心事，从来咏鹦鹉者，未见及此。

听弹塞上鸿

龙沙漠漠草荒荒，嘹唳冰弦落雁王。作阵阴山呼伴侣，离群葱岭入微茫。欲弹闺阁刀镮泪，可寄关山锦字行。听到一声边月白，受降城上有新霜。

王绳曾 字武沂，江南金匮人。雍正庚戌进士，官江宁教授。

深秋塞外怀于根楚中却寄

征雁嘹唳横高秋，楚天极望雲悠悠。君非落帆鹦鹉洲，定应载酒黄鹤楼。楼前江水荡胸臆，天外横岳明双眸。忆昨蓟门雪，数里阻道周。闻子忽南行，惝恍心神愁。短歌遗我告我别，读之涕泗交横流。何事燃灵犀，深渊照潜虬。何用铸古鼎，魍魉穷雕搜。凤凰翔兮足千仞，好凭百鸟鸣喧啾。直道而行总乖隔，惟有江山风月囊中收。策杖重寻苏李迹，高吟怀古遥相酬。以我鷦栖林，又如鱼中钩。霜寒白草折古塞，沙昏牧马嘶荒丘。洞庭始波木叶脱，子境有此凄凉不？如何同心侣，睽阻生离忧。仲宣苦依人，长卿亦倦游。冀骏途穷长坂蹶，湘瑟声杳空江浮。平生志气向谁尽，黄金掷牝将何求？终当与子返归辙，五湖眺览携筇高上龙峰头。仰天相视一长啸，万壑欲动风飕飕。楚中、塞外，忽分忽合，凌空灭没，后半如捕蛟蛇。

马朴臣

字相如，江南桐城人。雍正壬子举人，官中书舍人。○相如以友朋为性命，有过从者，必酌以酒，明日断炊，弗顾也。殁于京师，几无以为殓，闻鬻马于市，始得盖棺。友人作鬻马行以吊之。

渔

自把长竿后，生涯逐水涯。尺鳞堪易酒，一叶便为家。晒网炊烟起，停舟月影斜。不争鱼得失，只爱傍桃花。世上有此渔人耶？我欲随之问津。

七夕

何关人事说年年，此夕银河分外妍。闲对半湾无主月，痴看一片有情天。别离隔岁仙难免，飘泊经秋客可怜。忙煞邻家小儿女，喁喁乞巧不成眠。句句是客中七夕，别离之感，隐然言外。

秦淮水阁醉题

一杯清酌独婆娑，笑倚朱栏对碧波。月影分明三李白，水光荡漾百东坡。愁来天外雁飞远，秋到人间客占多。我自胸中有忧乐，阿谁吹笛夜深歌。三李白，百东坡，此种对偶，何减元遗山「秋风客」、「春梦婆」句。

张映斗 字雪子，浙江乌程人。雍正癸丑进士，官翰林院编修。

咸阳

河山百二西南抱，终南山色开堂奥。西周丰镐陷戎尘，秦得咸阳廓新造。当时一剑扫六雄，焚弃图书绝搜讨。鞭笞四海震匈奴，皇功帝德弥穹昊。传世从兹亿万年，国祚何烦子孙保。沙丘一夕鲍鱼腥，东海神仙竟杳渺。中原逐鹿莽狐蛇，孺子堪怜出轵道。咸阳宫殿久榛芜，岂待今时迹如扫。千秋龟鉴示兴亡，仁义从来为国宝。准之常理，有暴虐天下而帝王万世者乎？「国祚何烦子孙保」，盖深揶揄之也。末二语本贾生意而正言之。

沈荣简 字振之，浙江归安人。雍正乙卯举人。

五日集孙阮亭孝廉深竹映书堂分韵

楚些哀歌送远声，虚堂列坐午筵清。竹深那许红尘到，暑薄才宜白袷轻。画鹢旌旗悲正则，长堤花木忆端明。西泠两度逢重五，对酒依依隔岁情。自注：己巳五日，亦集饮孙斋。○书堂在西湖，故有「长堤花木忆端明」句。

张一鸣

字凤举，江南长洲人。雍正乙卯举人。著有乐圃诗钞。○凤举受知张清恪公，清恪被诬，几蹈不测，凤举蹑险尾行，士林重之。生平好义多类此。所著条上张抚饬吏议十则、笺注杜樊川集若干卷，诗其馀事云。

过诗人家永夫墓

天意笃之子，使之长贱贫。贱贫满世间，若个称诗人。诗人葬空山，抔土亦有神。山鬼穿幽篁，入夜常相亲。千秋此岩阿，永永栖吟魂。采菊为君荐，聊此同清芬。惟长贱贫故得成诗人，是天之厄之，正所以笃之也。然贱贫满世间，而一人独称诗人，此又永夫之不负天，别于满世间之贱贫者也。立意既高，笔复窈折，不使人一览易尽。

长安秋日

薄宦天际浮，旅况不胜愁。空累猪肝饷，谁将马骨收。归家惟付梦，作客最憎秋。十载长安道，栖栖感旧游。

登金山

万顷惊涛孤岫悬，登临身世两茫然。飞楼倒瞰真无地，危磴高盘别有天。白下朱方频战伐，吴头楚尾总雲烟。晚来拟放江心棹，欲试中泠第一泉。自注：泉在江心石罅侧，月夜起沫，始可沉铜瓶汲之。○是登金山诗，移不得大孤、小孤等处。

归鸦

稻粱计拙海田荒，薄暮哀鸣去路长。欲觅一枝何处所，满天风雪漫回翔。作者留滞长安，欲归无计，比拟归鸦，直觉百端交集。

高不骞 字槎客，江南华亭人。官翰林院待诏。

雨馀渡澄照塔院

湖雨过前汀，行舟出杳冥。山含九朵白，塔耸一痕青。风幔苍茫卷，晴钟次第听。城阳归路远，不上水心亭。

王时翔 字皋谟，江南太仓人。以诸生荐举，官至成都太守。著有小山诗钞。○小山初为晋江令，前令尚击断，人皆股栗。小山曰：此吾赤子，敢以盗贼视乎？自是历任守此心，外严内宽，一归仁厚，所谓经术饬吏治者也。诗能从情性中出，往往清绝。

于忠肃公墓

北狩仓皇日，孙申为郑谋。变疑鸜鹆谶，冤起鹭鸶讴。社稷功千载，湖山土一抔。嗟哉徐石辈，青史只遗羞。鸜鹆谶，以昭、定兄弟之变，比英宗、郕王也。于公被祸后，时民谣云：「鹭鸶冰上走，何处觅鱼嗛。」鱼嗛音同于谦，盖鸣其冤也。以此属对，工而能切。

赠金东塘

五字随州擅，君家许问津。自逢弹古调，不敢薄今人。枫影寒孤榻，钟声净六尘。隐居兼德耀，酬唱共忘贫。东塘诗长于五言，以清胜人，篇中正赏其清也。配亦能诗，故有末二语。

过戴高士南枝旧寓

短簿祠前路，遗民寄旅魂。谁怜晞髮叟，未葬白雲村。南枝尝佣书葬徐俟斋先生，而己之遗棺未葬，宜小山感慨系之。

寄范声佩进士都门

我占湖滨一钓竿，相思有梦到长安。美人何处碧雲合，欲赠芙蓉江水寒。远韵远神。

赛音布 字九如，辽阳人。

赠吴四师牧

少小负奇气，长为边塞游。合围秋射虎，聚宴夜椎牛。几夺匈奴帜，曾分天汉忧。即今年七十，不肯解吴钩。

杜晓峰出塞

龙庭余旧到，送子泪沾衣。风定树犹怒，日高霜正飞。啸阴山鬼过，叫月野驼归。常使心魂感，还家梦亦稀。边庭诗每多拟作，九如身历其境，故于赠送人出塞，尤能传出沙漠之苦、军中之豪，几欲与崔司勋、岑嘉州比埒。

刘廷玑 字玉衡，辽阳人。官至江南淮徐道。著有葛庄诗钞。

折杨柳歌辞

含泪送君行，送君到南浦。杨柳最无情，不知离别苦。折取烟中枝，千丝与万丝。人从此时去，却向何时归。有言未尽中心曲，长条难系斑骓足。望中不见远行人，河桥摇曳伤心绿。诗亦以摇曳取神。

晚投村庄

白草荒烟淡，苍山古道斜。雁将天作路，雀以树为家。日暮樵歌返，秋成社鼓挝。村民性淳朴，留客话桑麻。颇能造句。

班竹岭早发

鸡鸣催客起，带梦走江乡。竹似嫌人俗，山应笑我忙。两溪分燕尾，一径转羊肠。不是勤民事，何缘破晓霜？

题韩王故里

钓鱼城下饿王孙，一旦登坛九命尊。进饭不忘犹报德，解衣常念肯孤恩？仰天若挈陈豨臂，相背应听蒯彻言。隆准也同乌喙忌，功臣千古共衔冤。明淮阴之不反，即于本传中辨之。比弇州、牧斋二作较胜。

蒋锡震 字契潜，江南宜兴人。著有清溪偶存。〇契潜少参洞中呼崖和尚，后归儒，师储同人先生学古文，制举业非所好也。喜探奇，尝独经董山下，闻上有孙皓囤碑，日已没，步山椒观之，夜半抵家，其好奇可知矣。诗亦有奇气，惜不多见。

梅花

竹屋围深雪，林间无路通。暗香留不住，多事是春风。

冬夜宿野人家床无帏幕屋破而多风取积草障之乃戏曰此汝家草屏风也索句遂题

不藉籧篨自作扃，避风应笑肉为屏。似渠雅制谁宜称，合号乾坤一草亭。使俗事能雅，便是能手。

毛锡繁

字繁弱，江南吴江人。国学生。

沈石田秋林读书图

读书秋树根，我爱杜陵句。风流白石翁，洒翰有同趣。高斋傍疏林，落叶纷无数。天空景物澄，幽人独寐寤。临窗手一编，游目屏繁虑。由浅渐入深，得新讵忘故。所乐难强名，终身无餍饫。据梧吟高风，时与黄炎晤。「由浅渐入深」二句，示人读书自得之妙。结二语，回顾秋林。

施　诲

字每馀，江南宣城人。○此愚山先生弟也。诗不宗愚山，恐于雷同，此即其志趣不凡处。

留别聂象铉时象铉亦将行

风雨篝灯一载情，送君翻笑别君行。漫将老泪沾双袖，已被狂名误半生。杜甫秋吟多感慨，坡公春梦太分明。前途亦有谋生策，负郭闲田莫废耕。

顾　易

字中孚，江南昆山人。贡生。○中孚遇穷名达，身薄志厚，性情慕陶，故律陶诸咏，风格天然，自在流出，忘其为陶也。外有谱陶一卷，补本传之缺略，读陶一卷，表生平之笃好，并行于时。

律陶

伊余何为者，误落尘网中。饮酒不得足，赋诗颇能工。百年会有役，一世皆尚同。多谢绮与角，愿言蹑轻风。

养真衡茅下，甘以辞华轩。但道桑麻长，而无车马喧。厌闻世上语，宁效俗中言。高举寻吾契，青松在东园。三四语与戴无忝集陶相同，神到之候，自然遇之。予向亦集此二语揭之蓬门，未尝见二君诗也。

步止荜门里，遥遥望白云。几人得其趣，即事多所欣。虚室绝尘想，闲居离世纷。苗生满阡陌，转欲志长勤。

冷风送馀善，闲雨纷微微。万物各有托，一觞聊可挥。安知物为贵，但使愿无违。盥濯息檐下，固穷夙所归。露凄暄风息，白日掩荆扉。众鸟欣有托，孤雲独无依。四时自成岁，百卉具已腓。冻馁固缠己，泫然沾我衣。清凉素秋节，丛雁鸣雲霄。量力守故辙，高酣发新谣。敝庐何必广，浊酒且自陶。诚愿游昆华，远招王子乔。

钱中枢 字秋水，江南常熟人。

嘉定州

地势九峰合，人烟四望稠。江流清见底，木叶翠无秋。渔户獭为网，山家竹作楼。亦知汉嘉守，真个胜封侯。翠无秋，言地气暖不凋伤也。用东坡诗意。

登白雲寺途中即景

日日泥途困客程，穿岩还仗篾兜轻。人间险阻穷今日，眼底山川冠此生。黄蝶趁花纷梦影，飞泉落石走雷声。白雲已别吾心在，松柏森森逗晚晴。

吴承泰 字让三，浙江乌程人。

山行柬周炼师

苍峰落日寒，万壑秋声起。白日逐雲归，行人犹未已。只二十字，可抵一篇山中晚行游记。

钱之青 字凤文，浙江乌程人。太学生。

风阻岳州

帆指潇湘去，其如风雨何？秋声岳阳树，寒色洞庭波。欸乃渔歌起，微茫雁影过。昔贤临望处，触绪感怀多。极自在，苦索恐转不能得。

张安弦 字琴父，浙江乌程人。

送燕

节届秋分社事忙，送君前路入苍茫。年年不作无家别，半在他乡半故乡。言外感己之无家。

徐洪钧 字双南，江南宜兴人，诸生。〇双南喜钞书，经史子籍诗赋骈语会于心者，必手录出，游必载箱簏以行，年六十。右体患拘挛疾，仍用左手书，弗辍也。诗意以沉著为主，品炙本朝人诗共五十馀章，多平允者。

和昌黎秋怀诗

万灵均有知，露零鹤自警。修士多感秋，日短志弥永。学道已苦迟，精进讵嫌猛。寻源有深浅，修短视我绠。耳目净浮华，宁谧差可幸。会心正非遥，顿使烦虑屏。下一分功力，得一分道趣，百倍千倍，所得因之，所谓「修短视我绠」也。

书怀

读书贵神解，无事守章句。混茫万古心，每于故纸寓。忆昔就傅时，端受卤莽误。年来发深省，颇领此中趣。中夜每独坐，睒睒灯火聚。到眼初茫然，思力未能赴。朗吟一再过，旨趣或流露。回环三复馀，延缘得津路。此时万籁寂，炯炯一心注。若距且若迎，倏尔忽来悟。顿令千载人，精魄宛相遇。掩书起推窗，皎月挂高树。秦会之谓书快读则无味，奸人能道著读书趣也。篇中写巽入工夫，语语心得，一结超然，妙在结出题外。

过梁溪

东风作意送归舣，舟子吴歌尽短腔。一枕梦回天已曙，九龙峰影落篷窗。

缪　谟　字虞皋，江南华亭人。岁贡生。

出门

四日犹新婚，出门何草草。离别有千名，此别古来少。箫声绝不欢，厨气偏可恼。本是吉时辰，翻为恶怀抱。羞涩红烛枝，仿佛颜色好。焉能识心性，尚未辨手爪。墙下花娟娟，篱边竹袅袅。春光岂别时，况走燕京道。念子嫁已迟，恐我归复老。杜诗「暮婚晨告别」，为出师也，太平无事，四日出门，毋乃太匆忙乎？「妾身未分明，何以拜姑嫜」，是新妇不识堂上；「焉能识心性，尚未辨手爪」，是游子不识新妇，各极其妙。

舟次

丝雨霏残春，春江一问津。潮生柔橹逸，风转片帆伸。芳草疑无路，垂杨若有人。暂依烟渚宿，未必白鸥驯。

蒋　溥　字苍存，江南吴县人。○苍存不事生产，穷居山郭，于吴门族属，犹北阮南阮之分也。然能守於陵之节，读书自好，至今过其故居，疑有清风拂人。

桐花歌

山窗三见桐著花，先生三载兹为家。老树不知寿几许，穷村偃蹇无精华。刳心竟作蚁乡里，抱花频有蜂乾死。先生得毋类二虫，眼前生趣还馀几。桐阴瑟瑟摇微风，桐花垂垂香满空。压檐一枝早开谢，花朵历落庭阶中。疏帘一幅潇湘雨，老莺作歌雏燕舞。朝晖散影何娟娟，山窗寂然人正眠。纯乎天趣，自称先生，宋人每有之。

朱奕恂

字恭季，江南长洲人。廪生。○恭季二十馀岁，咏怀诗落句云：「男儿意气原无改，哭向穷途笑向天。」抑塞磊落乃尔。后学日进，行日醇，远近称长者。四十后不复吟诗，谓于道未尊者也。兹所录四章，皆壮岁时作。

拟古出塞

束装赴青海，醉里别乡关。少妇识雄心，不复问刀环。笑彼马伏波，犹恋裹尸还。埋身青冢侧，阴雲黯天山。极形义勇，翻尽臼窠。

荷珠

小雨林塘净碧罗，田田分得夜光多。江姝唾逐天风落，仙掌晴分曙月过。幸未赠来愁结佩，若为采去误凌波。荡舟耶女休相妒，乐府虚裁一斛歌。刻画已极，却似未尝刻画者然，此诗品也。往时诗社中作，众人传写，今稿中散失矣。予以旧所记忆存之。

秋日杂感

短蒯长歌二十年，不羁天地总翛然。监河赊许供江水，营室虚偿贷聘钱。妇索短绠枯井畔，儿煨半芋败垆边。日高颜巷西风急，傲骨嶙峋万仞巅。

五人墓

花市东头侠骨香，断碑和雨立寒塘。屠沽能碧千年血，松桧犹飞六月霜。翠石夜通金虎气，荒丘晴贯斗牛芒。片帆落处搴清藻，几伴归鸦吊夕阳。不须征实，自无浮响。

王景琦

字韩起，江南江阴人。贡生。○韩起名节自负，康熙中，学使者魏以太夫人寿，建水陆道场于古寺，寺僧悬孔子拜释迦像，韩起见之，勃然卷画像归，胥役诉之学使，学使怒，拘韩起至，韩起曰：「生恐累公得罪名教，故奉圣像归；此举正为公也，且不独为公，为天下万世道统计，天下有圣人拜异教者乎？」学使诎于义，婉言谢韩起，裂去佛像，拜而焚之。即此一事，知其正直矣。录韩起诗，附记于此。

咏淳化里

浇薄已成俗，淳风世所难。儿童知礼让，父老重衣冠。耕稼惟同井，催科不用官。乡邦能化此，便作上皇看。朴老，得力于杜。

同钱青在夜饮赋此赠别

青灯酒数巡，寒夜独相亲。以我无家客，逢君失路人。吟魂清远道，坚骨炼长贫。又逐征鸿去，轻车少住轮。唐人风度。

侯　铨

字秉衡，江南嘉定人。廪生。○秉衡，太常讳震旸曾孙，国学讳岐曾之孙，修髯长身，谈及忠义，觥觥嶽雲，从嘉定寓居虞山，与陈见复、汪西京诸君结诗社，予亦与定交，友朋有阙失，必直言箴规，不失先世风。秉衡没，同学中直谅者少矣。录其诗，因追忆其风概如此。

南屏晚钟

声喧百八起西泠，敲彻斜阳近翠屏。闲逐野雲停半壑，远随孤棹落前汀。六桥金粉人初散，十里莺花梦乍醒。断续听来何处好，碧烟明月冷泉亭。妙在语语是晚钟，粗心人不解办此。

清明日作

自注：时乡试报罢。

连日阴寒乍放晴，愁边不觉是清明。漫从榆柳分新火，枉向莺花忆上京。得失已空蕉鹿梦，浮沈聊结鹭鸥盟。宵来盼断松楸路，有泪无言对短檠。

蹉跎身世苦无悰，开遍来禽兴转慵。璞玉无言宁自炫，蛾眉已老为谁容。馀光犹凿邻家壁，浪迹休嫌庑下舂。安得故园营十亩，一犁烟雨傍吴淞。隔断故园，又伤濩落，怀乡感旧，情见乎词。

送西京再至京师次西涧翁韵

才得言归又欲行，黄梅雨过片帆轻。家庭两月团圞话，客路三千去住情。梁稳香泥怜燕子，花飞柳陌怨莺声。匆匆便作临河别，离绪无端触处生。作客苦况，颔联道尽。

不寐

露滴寒蛩咽，风高枕簟凉。归心凭短梦，一夜几还乡。

题桃花扇传奇

青盖黄旗事可羞，锺山王气水东流。沧桑眼底伤心泪，付与词场麹部头。赋此题者甚多，未免过于琐屑，著笔沧桑，不粘儿女，故为雅音。

胭脂井畔事如何，扇底桃花溅血多。长板桥头寻旧迹，零香断粉满青莎。

叶舒璐 字景鸿，江南吴江人。岁贡生。著有分干诗钞。○己畦先生群从皆能诗，学山、景鸿尤表表者，今景鸿集已采，而学山诗无从访求，甚惋惜之。

孟夏同沈公倚昆季暨家弟侄辈泛舟登斗姥阁宴集剧谈寓都门事带月而还集杜三十六韵

我衰易伤感，甘林。忆昔少壮日。垂老别。脱略小时辈，壮游。人寰可超越。画鹘行。惆怅年半百，立秋。平生心已折。地隅。愁寂意不惬，李公光弼。赖有杯中物。巴西驿亭。但遇新少年，上水。老矣逢迎拙。赠卢丈琚。通家惟沈氏，沈八丈。早通交契密。寄张彪。同姓古所敦，示从孙济。嗣宗诸子侄。示侄佐。痛饮情相亲，寄薛郎中。入门高兴发。与李白寻范十。招邀屡有期，陪李司马。交会未断绝。喜雨。今夏草木长，述怀。甘酸齐结实。北征。四月熟黄梅，梅雨。熏风行应律。暮春江陵。雲溪花淡淡，次盐亭驿。霁潭鳣发发。题张隐居。景从陪群公，往在。差池上舟楫，白沙渡。滩浅正相依，陪王汉州。一邱藏曲折。早起。随喜给孤园，望兜律寺。野寺江天豁。游西寺。楼角凌风迥，东楼。仰穿龙蛇窟。登慈恩寺塔。筑居仙缥缈，赠陈谏议。得非元圃裂。奉先刘少府。泽国绕回旋，秋日夔府。原野转萧瑟。留花门。恣意同远步，西枝村。力稀经树歇。九月一日。进舟泛回溪，泛溪。水深波浪阔。梦李白。展席俯长流，李公见访。斑白居上列。后出塞二。敕厨倍常羞，郑典设。嘉蔬既不一。暇日。香芹碧涧羹，陪郑广文。经齿冷于雪。槐叶冷淘。嗜酒益疏放，故郑公虔。剧谈怜野逸。寄李白。斜晖转树腰，绝句。凉风起天末。怀李白。馀酣漱晚汀，军中饮酒。飘萧觉素鬓。义鹘行。时复问京华，溪上。轩冕罗天阙。赠奉常张卿。南宫吾故人，别唐诫。时来知宦达。寄高詹事。文章实致身，赠鲜于京兆。声华当健笔。故李公邕。嗟余竟轗轲，咏怀。江湖漂短褐。寄韦丈。雲泥相望悬，送韦书记。不才甘朽质。宴王定。歌长击樽破，屏迹。回首肝肺热。铁堂峡。慷慨有馀悲，水槛。欢乐曾倏忽。七月。此会共能几，送严侍御。旧游易磨灭。赠汝阳王。同人惜解携，水宿。临歧意颇切。送李校书。迟迟归路赊，入乔口。江城带素月。听杨氏歌。

〇集杜成古诗，前人未开此体，随题段落屈折迤逦，几如无缝天衣。

读杜白二集

子美千间厦，香山万里裘。迥殊魏晋士，熟醉但身谋。拈出二公大节，知人论世，不当如是耶？

索得学山兄遗稿

忘年群从绝追攀，入梦遗容想象间。秃笔累累犹作家，可堪埋骨欠青山。

南北驰驱客路长，依人空办嫁衣忙。阿连自为文章哭，岂特伤心旧雁行。首篇悲其未葬，次篇表其文章，而昆弟之谊自在言下。

司马相如

挑得琴心正倦游，垆边尚典鹔鹴裘。长门解为他人赋，却惹闺中怨白头。

索人题照

针孔流光露电身，灵台本合净根尘。君能索我形骸外，翻觉庐山面目真。此不取形而取神也。

七言断句都能翻空，回视死煞句内者，有床上下之分。

宋乐

字玉才，江南常熟人。廪生。○玉才少年多才，以呕血卒。陈亦韩司成嘱予定其遗诗，七言绝尤工，向未镌板，已散佚矣。只存其能记忆者四章。

送别

别路风光早，江南芳草天。人心似春色，千里逐君船。

潇湘曲

枫落早鸿过，洞庭无限波。相望终不见，只是白雲多。意不必深，风神绝世。

答扬州乔子

病馀缠缚似春蚕，诗酒风情亦尚堪。日落离心满扬子，知君江北望江南。近刘宾客。

苏台柳枝词

十里珠帘映碧流，丝丝金线拂船头。阊门过去盘门路，一树垂杨一画楼。又有句云：「不如飞絮随流水，化作浮萍个个圆。」上言思妇之感别离也。失记全文，附录于此。

郑玉珩

字荆璞，江南江都人。著有止心楼诗。○荆璞大父为名侍御晦中先生，文章谏草，著声于时。荆璞述祖励行，诗特馀事也。采取二章，矫矫拔俗，知留心此艺者久。

铜雀台

露下金凫冷，风来玉座清。美人掩瑶瑟，独对月华明。横槊虚豪气，分香感故情。西陵松柏响，犹似管弦声。微讽高于痛斥，是为诗品。

渡江

铁瓮城高落日沉，秋涛滚滚起层阴。天教设险分南北，水识朝宗自古今。风急江豚吹白浪，月明乌鹊绕空林。千年销尽英雄气，留与吾侪击楫吟。

清诗别裁集卷二十八

萬夔辅

字伯安，江南宜兴人。贡生。著有鲭馀集。○先生孤介正直，为宵人构陷系狱，久而得白。然孤介之性终不改也。韵语不尚风格，一归真挚，于伦常日用，三致意焉。令嗣星锺太史，以诗鸣，绍家学也。星锺为画山储太史女夫，画山为余详述之。

孤雁

凄绝雲边雁，高飞忽断行。一声哀夜月，孤影怯秋霜。汾水蒹葭冷，衡阳道路长。客中愁见汝，忆弟泪沾裳。少陵咏物，不取形而取意，此篇得其宗法。

中秋狱中作寄老妻

此生此月狱中看，分照累人不算圆。泣忆牛衣心并瘁，坐当木榻膝俱穿。自注：狱中只一木榻，坐卧其上。明夷曾卜周文易，惜誓还吟屈子篇。生我恩深惭未报，夜深长跪礼金仙。自注：廿二为先慈忌日。○于极颠沛中，不忘明夷、惜誓，视「梦绕雲山心似鹿，魂飞汤火命如鸡」者，较有定守。

故明鲁王废宫

当年赐履尽银潢，禽父山川此启疆。矢到十传知肃慎，宫留千尺识灵光。无端白马屯河朔，曾见青衣泣路旁。甲帐已空遗楔在，自注：有仁孝坊尚存。冷烟残照过莓墙。怀古诗，许浑、刘沧不免落套，此篇胜人，在处处切定鲁地。

九日

丘　迥

字翼堂，江南山阳人。贡生。○先生冲和谦抑，接童稚以礼，及读书发论，不受前人束缚。有友人赠以诗，中云："小心友天下，大论贯古今。"艺林传述，谓足当此二语。

寻诗绕遍一篱花，落叶声中日易斜。忆得高堂临别语，授衣时节望还家。

乌鲗行

乌鲗吐沫如玄雲，妄冀屏蔽藏其身。渔师却认雲生处，以网投之百无误。远害焉知适见招，纷纭小智空心劳。鲲鱼一举渺无极，浩荡江湖随所遭。见任智不如任天也。

岳忠武王墓

明圣湖头宋将茔，神州戮力想精诚。关张义勇原无敌，李郭功名竟未成。沙漠何期归故主，权奸乃敢坏长城。孤忠遗恨千秋在，大树悲风日夜鸣。不填故实，自然不可移易。

乔崇修

字介夫，江南宝应人，贡生。官铜陵县教谕。著有乐玩斋集。○介夫为石林先生克家子，不矜门阀，自尊良贵，以荐举只就广文，旋复归里，生平志趣可知矣。不欲以诗人自鸣，没世后，搜遗稿数篇，亦足想其大概。

挽方石川

风雨昼如晦，嘤鸣何所求。含凄念君子，逝矣不复留。缅想结谊初，把臂在邗沟。俯仰三十载，于义诚不偷。君昔官京师，良宴间从游。岂伊文酒会，中心结绸缪。迨君入西川，视学三岁周。自兹音尘隔，合并嗟无由。白日不停晷，江河驰急流。君时尚无恙，远念心悠悠。去春奉王事，按节向越州。便道过白田，讯我暂维舟。论旧语未毕，荐祢拟见收。余曰老矣夫，田园方退休。五月杨梅熟，连林叫钩辀。放我湖上棹，酌酒与君酬。汝南高月旦，叹余竟白头。咄嗟事如昨，百年君已遒。昨往视君疾，抚榻心独忧。勿药望有喜，讵意遂弗瘳。路人且怆恻，况我重交游。因哀遂成赋，泣献君知不？平叙交游，哀戚自见，次山箧中集内每有此种。

寄杨千木佥事

二年投老浙江东，强健宁甘万事慵。四海交游重文举，半生豪气迈元龙。嵇山瑶草春应长，镜水寒波绿未浓。此际由来可乘兴，扁舟雪夜许相从。

乔　肃　字敬哉，江南宝应人。岁贡生。

八月十五夜侍母宴时大人客上党大兄客夔州即事书情次苏长公中秋见月寄子由韵

积阴一扫冰轮高，洞澈直欲明秋毫。北堂清敞宴初设，栖禽夜惊松间涛。肩随弟妹率稚子，恪立庭除欢菽水。进觞再拜悄无言，孤雲带雁西风起。流光迅速奔双丸，父年半百霜毛皤。书来自言日健饭，太行西去秋多寒。忆从燕蓟游梁汴，岁岁秋风客程变。征车何日毁双轮，课子前经闭庭院。伯兄面壁赤甲山，宝弃不怨志益坚。剑阁每从雲际上，阵图时向江边看。宵深气肃月更好，露湛金罍泫阶草。天涯此夕知何如，庭桂香浓秋未老。闲居色养岂辞贫，愿得门无离别人。酒肴既彻启明出，寒芒独照无眠客。如题安放，喜惧交并。

过留雲堂书侄邃墨迹后

笔阵走蛟虬，纵横孰汝俦。两行清泪落，一曲广陵休。薄俗无青眼，斯人未白头。空教竹林下，掩卷独淹留。

叶永年 字砚孙，江南上海人。贡生。官赣榆训导。著有玉壶诗稿。

虎丘山楼即目

阖闾城南桑满枝，阖闾城西柳丝丝。一百五日雨过候，二十四番春尽时。花妥真娘曾入梦，月明山鬼亦题诗。何妨索取银瓶酒，一醉前山短簿祠。不必奇警，风格自高。

燕

芹泥重葺旧巢新，记取年年及社辰。入幕不惊挥麈客，巡檐如唤卷帘人。鸳鸯楼外春如海，玳瑁梁间月似银。闲向主家谈故事，昭阳台榭已凝尘。五六空写一联，妙仍是不即不离，李樊南时用此法。

方还 字蒉朔，广东番禺人。贡生。著有灵洲诗集。○蒉朔为九谷先生长子，所学一本庭训，移家于吴，倡诗教，喜宾客，四方诗人来吴者，每登方氏广歌堂，赋诗宴饮，称一时之盛。知广南屈、梁、陈三家外，别有方氏派衍云。

旧边诗九首

铁岭迢迢接锦川，关城三面绕烽烟。春深秣马蒲河北，秋老连营木叶前。沧海旧闻通运舶，金州谁解议屯田。诸军自失横江险，白草黄沙暗朔天。

右辽东

北平雄镇翼幽燕，千里潮河朔漠连。司马高台闻夜吹，卢龙古塞入秋烟。开疆竞说分三卫，筹国何因弃外边。叹息宁封南徙后，遂令烽火达甘泉。初以大宁为外边，永乐中，宁王内徙；而蓟始重内边，此失策之大者，诗中畅言之。

右蓟州

万全八驿接神京，上谷千年汉将营。地险旌旗藏杀气，山盘鼓角壮军声。边歌竟日来红石，铁骑中宵度赤城。谁识兴宁残废后，漠南无计援开平。弃大宁后，土木之变又弃兴和，则开平亦不能守。

右宣府

马头北去是雲中，极目川原处处通。绕镇卫城分十五，沿边都阃辖西东。自注：明初设山西行都司，管辖东西二路一十五卫。颓垣正接葫芦海名月，旷野长吹鹦鹉堡名风。闻道频年还调戍，诸臣何策建奇功？

右大同

三关平列势逶迤，日落连城鼓角多。帐外深烟迷众堡，营前孤月坠长河。赤山寒谷惊烽燧，青冢秋原入骆驼。谁使总戎移逸地，偏头空旷牧人过。自注：嘉靖中，抚臣请移总兵于宁武，而偏头一带地皆空虚。

右山西

榆林四望黄沙际，千里连墩绝塞天。夹道陈兵横套口，长城环堑绕延川。徙边御史筹无缺，自注：旧治绥德，成化间，都御史余子俊建议移镇榆林，内地遂安。折色司农计苟全。自注：弘治中，改延庆等府本镇之税为折色，军用始窘。此地从来多勇敢，莫教枵腹事鸣弦。

右榆林

镇城西倚贺兰开，满目沙飞笮箥哀。冰合黄河朝走马，雲迷红寺夜登台。膏腴昔日称蕃庶，蹂践连年尽草莱。欲识金城旧方略，浚渠即是靖边才。自注：自陕西筑为边墙，窪为沟渠，修复秦、汉故迹，边城外固，沟渠内深，以资灌溉，全陕之利也。

右宁夏

秋入平原动鼓鼙，弓鸣风劲塞雲低。汉家营垒沿山后，秦郡川原尽陇西。徵调频年忧戍士，逃亡何计复蒸黎。徘徊险阻谁为守，花马池边落日迷。固原为八郡咽喉之地，虞诩守阶州，招流亡，开漕道，羌人慑服，即其地也。明代频调临巩、西凤兵防守，刍粮在本军额内支给，乖前人策矣。诗中见及之。

右固原

风急荒原落雁声，西河霜气逼严城。金笳几处秋乘障，铁马连群夜点兵。充国留屯沙际没，嫖姚遗垒月中明。古来无限安边策，哈密徒劳苦战争。丁酉秋，同人集广歌堂，赋旧边诗，时家方舟、刘东郊、李客山、孙丕文及予诸人俱在，或成一二首，多者四五首，冀朔日才亭午，已成全诗，又皆按切时势，同人叹服，选中因全录之。

右甘肃

镇海楼

独立危城城上楼，层层遥接大荒秋。三条江色来千里，四面山光尽十洲。东海鸡鸣红日拥，南溟鹏徙白雲流。试观百粤声名盛，离火文明贯斗牛。

少年行

不解阴符与六韬，似知名姓五陵豪。此身未识为谁用，慷慨长歌看宝刀。传出聂政、荆轲心事，视「不通名姓粗豪甚」及「系马高楼垂柳边」，皆皮肤语耳。

方　朝　字东华，广东番禺人。国学生。著有勺湖集。○东华幼岁失明，复明时，年十三四矣。考九谷先生，不令习时艺，文读诸子，诗读汉、魏、盛唐，宋、元以下书均未寓目，故著述无时下一点习气，喜结宾客，与乃兄冀朔同。二方之名，远近交推之，而弟名尤著。集中尤长五古，故所收诸体从略。

中宿峡

沧海雲际来，一泻开地轴。嶔岑双屏转，坱轧森草木。仰窥流光短，益觉日晷速。乃知东南天，于此亦不足。鲛宫倚禅房，鱼梁饮麏鹿。帝子去杳然，清光映江曲。维舟探遗踪，雲旗想幽谷。起步突兀，东南天亦不足，此景此意，无人道过。

出峡

烟横山根青，日落水面赤。孤村牛羊下，出峡景已夕。网罟归澄潭，礐礐恋幽石。苍然前林远，江天月流碧。山水信足佳，其如在于役。

由临川北道抵馀干山行五首

鸡鸣发征夫，驱马万壑黑。仰观参星横，俯怯崖石昃。烽回溪流转，林密寒光逼。空山乌吟悲，百里无人迹。安知丛莽中，不有猛兽匿。惊风吹客衣，伫立增太息。

寒泉泻崇阿，绝壁开古道。暮投渔樵烟，朝拂溪涧藻。征雲遘微风，相随越林表。出门闻雁声，客舍非春草。江湖风波轻，梦寐间关杳。苍茫问前途，下视见飞鸟。

炎晖焦林木，客子朝雨汗。侧见垂萝静，四岭雲气断。幽崖响淙潺，竹泉远分灌。行行度谷口，黯淡惊雷电。马头风雲兴，涧底蛟龙见。苍黄顾僮仆，中道已失散。

出郭落月辉，涉涧山日昼。客行路纡回，我影忽左右。悬猿啸风枝，飞鸟来烟窦。回瞻寒潭口，潇洒石泉溜。东皋苗尚青，溪南稻多秀。神明何施为，物情自为候。

山行宿常迟，白日忽已坠。美人在天末，明霞倩谁佩。总角事远游，夙昔临东岱。中怀念旧丘，极目炎雲外。奈何来豫章，咫尺庾关在。明朝乃回车，转欲向吴会。「老、庄告退，山水方滋」，昔人以品谢公者，请移赠斯人，以品地风格略近前贤也。末章已近庾岭，未返南粤，惓惓有故国之思焉。

开先寺观瀑布

客寻瀑布来，恰到雲归处。层峦耸万叠，悬霤空中注。白昼泻银潢，中天昭太素。逝者无终穷，千秋等朝暮。古寺枕寒渊，苍崖喷长雾。蛟龙卜灵窟，形神洽幽趣。洗心视听外，无言发清悟。可参「子在川上」章，不止清言起悟，视东坡作境界又开矣。

三峡涧

宿昔梦龙门，兹晨越三峡。湍雷翻水花，林风坠霜叶。行人与飞鸟，邂逅忽相接。寺门苍崖削，松台紫雲叠。我欲穷源泉，于兹将远涉。所恐触潜虬，俯视为气慑。

碧落洞

日暮棹秋水，烟花满江曲。翠壁何嵯峨，幽岩凿山麓。我来纵游观，天风振樛木。其外不可攀，其内可以屋。洞底上回磴，兹山乃空腹。石阁两三层，苍莲根地轴。香烟老苔藓，佛床女萝绿。老僧击晚磬，寂寞共雲宿。会稽吼山凿山空腹，人力既尽，转近天工。「洞底」十字，令我如遇旧游。

力田

躬耕习农时，岂敢称高蹈。侯门不可干，聊以从吾好。方春理耒耜，随时调水潦。布衣足掩形，茅檐频洒扫。日暮耕者还，斗酒相欢劳。四运有常功，吾生复何校。

仓庚鸣桑林，唤我荷鉏子。雨泽一以降，耕作从兹始。黄犊分我劳，葛条系我履。行行石梁畔，涧道多新水。草花纷芳菲，山光无表里。乘闲偶流眄，木末春雲起。胎原陶公，起四语已到自然地位。

春日自邓尉移櫂支硎山中信宿

川原既透迤，我游亦无定。甫别湖上峰，旋蹑雲中磴。临渊想修鳞，过寺闻清磬。渔樵相引接，水石交绵亘。野风吹春服，低回发清兴。林端敛斜阳，浦上轻雲暝。

月下自寒山还至莲花峰下

西阁寒日没，策杖寻松径。归鸟半在巢，山家烟火静。清月流素辉，幽篁生虚听。依然向来路，雲影飞无定。欲逐樵人踪，尽识山中胜。行行见柴门，寒潭似清镜。

大江吟

大江曲，山树秋，天寒日暮，野鸟啁啾，中流激荡风浏浏。北兼汉沔，东下扬州，沧波浩瀚谁能收。江上何所有？芙蓉北渚，葭菼中洲。江中何所有？鲸鱼鼓浪，天吴嬉游。峨嵋雪消春水涨，瞿唐巴峡猿啼幽。奔涛瞬息千里泻，雷霆惮赫日月愁。思欲一济无方舟，美人旌旆雲外浮。乍去乍来不我求，青鸟欲语意夷犹。天路险阻怀灵修，白日西驰不我留，长歌徙倚增离忧。末段缅雲路之阻长，叹蹇修之未遇，正则遗音，耐人吟讽。

藐姑山

一角青天缺，孤峰补白雲。洞深泉自出，山险路难分。日月愁关锁，风雷乱见闻。但令栖隐去，何必遇神君。「风雷乱见闻」，深山中疑鬼疑神，真写得出。予游良常山，有「风雷生绝壑」句，然自视觉平近矣。

蓉

偶尔逢时雨，延生过井栏。托根多在石，为性不知寒。古洞封长满，阴崖湿未乾。是谁留屐印，幽处久盘桓。水流湿，水不知湿也。火就燥，火不知燥也。唯其性生也。性本寒，故不知寒，五字可以见道。

江夜有怀

风力卷雲霾，孤舟傍翠崖。江星动鱼脊，山果落猿怀。旅梦滩声断，乡心驿路乖。不知莲社客，谁最念天涯。「江星」二语，字字生新，而「山果落猿怀」，尤极自然，却又无人写到。或谓近贾长江，愚意转觉过之。

清溪

清溪知几曲，深处有楼台。树杪江帆去，门前潮水来。温风丹荔熟，明月素馨开。童稚歌连袂，桥南浴始回。

峡口

峡口波涛壮，居人不满村。众山风落木，深洞月归猿。水并星河泻，雲兼石壁翻。千秋追帝子，如可梦精魂。

听抚洞庭秋思曲

曾放扁舟溯楚天，清猿泪竹思凄然。廿年梦里湘山月，今夜分明在七弦。只末句写听曲，作法最工。

屈　复

字悔翁，陕西蒲城人。著有弱水集。〇悔翁以布衣遨游公侯间，不屈志节，固有守士也。诗虽未纯，亦时露奇气，惟过自矜许，好为大言，而一二标榜之人，至欲以一悔翁抹倒古今诗家，于是学者毛举疵瘢而苛责之，悔翁无完肤矣。余所采数章，皆铓刃不顿，人宜厌心者。

鲁隐公菟裘

菟裘未营，友爱杀身。为我杀人者，即为杀我人。锺巫之祭徒纷纷。羽父之恶，写来可畏。

力士椎

力士误椎人共惜，搜之无迹疑鬼伯。天地且震动，日月亦变色。祖龙不死安可得，辒凉车已先褫魄。

邓通钱

黄头郎君忽有钱，王侯公卿皆比肩。尔钱来何路，乃敢凌豪贤。古无不崩之铜山，日中有钱人所羡，日夕饿死人谁怜。举一邓通，警世之多钱自雄者。

王母庙

七日龙鸾未可凭，终南遗庙白雲层。阶前古柏寒无叶，门外瑶池积有冰。秦地山河留落日，汉家宫阙见孤灯。如今应是蟠桃熟，寂寞何人荐茂陵。见求仙之无益，茂陵有知，应亦哑然失笑。〇七言律悔翁有书中乾蝴蝶诗、水中雁字诗，皆二十馀章，此种最足减损诗品，愚故独取此篇。

偶然作

百金买骏马，千金买美人，万金买高爵，何处买青春？欲觉晨钟，但恐买骏马、买美人、买高爵者俱不闻耳。

黄粱梦卢生祠

梦作公侯醒作仙，人间愿欲那能全。从知秦汉真天子，不及卢生一饷眠。从来作者总言卢生之痴心，此更翻得有味。

题汉乐府后

李陵苏武少陵师，直掩曹家横槊时。更有房中传乐府，汉京开国胜男儿。唐山夫人乐府更在李延年、司马相如之先，特为拈出。

题元遗山论诗后

鸳鸯绣出一生心，野史亭中带泪吟。今古宁无炼石手，补天原不用金针。所见者大。

徐　珽　字紫长，江南无锡人。著有香树斋诗。○香树以诗受知圣祖，修书内廷，常追随属车豹尾间，故其诗多近唐人应制。

大猎

圣主亲临讲武台，风沙漠漠阵图开。四山旗似晴霞卷，万马蹄如骤雨来。壮士晾鹰森勇气，将军射虎老边才。雅歌泪漆夸从狩，乐胜军前奏凯回。

程　鸣 字友声，江南歙县人。

论画答王耕南

杜陵赠画师，五日画一水。意在落墨先，苦心究终始。前贤论惜墨，其意端在此。第云墨如金，只取减省耳。王洽米襄阳，烟雲常满纸。学古希古心，不学古人面。荆关境在胸，挥洒付柔翰。规矩虽具陈，神明取能变。试看造化炉，新机异昏旦。而胡丹青家，刻舟以求剑。为临摹古人者更进一解。

顾我锜 字湘南，江南吴江人。廪生。〇鄂文端任江苏藩使时，古学试士，得五十三人，湘南为冠。后举博学鸿词，文端奏请若为湘南设也。及诏下而湘南殁矣。丰于才，啬于命，文端叹息弥襟。

趵突泉

泰山之水环山来，阴崖汩汩逝不回。自注：源发于岱崖之阴，至渴马崖始伏。陡然一落不复见，渴马立壁空崔嵬。济南城西天下绝，珍珠金线交横发。伏流到此倏复通，平地跳出三白龙。初疑风雨至，万籁翻空波撼地。继若骊宫倾，珠玑瑟瑟腾光晶。雷奔箭激不可以逼视，夭矫势欲升天行。其旁有高楼，缥缈如仙灵。流丹百仞映涯涘，飞沫万点喷檐楹。挥手倚楼坐，对此可以倾酴醾。吾闻匡庐瀑，天绅倒挂双峰麓。又闻太华顶，绿净红酣池万顷。未若兹水虚可惊，倒行逆出相喧争。乘风我欲破空去，转恐平地洪涛生。写倒出数语，离奇夭矫，有势有声，令读者如置身其间。

海山亭观落日歌

羲和鞭日声隆隆，朱轮丹毂双碾空。涂穷猝入大瀛海，回光倒烛深潭龙。海水忽涌沸，银涛如屋相撞舂。欲吞不吞吐不吐，但见万里熔红铜。阳侯惊诧海若笑，幻出万象真无穷。天矫一金蛇，独卧洪波中。连蜷袅窕千万丈，小蛇蜿蜿来相从。熠然变火光，倾泻玻璃宫。浮光照曜际穷髮，馀光溢出难为容。飘飘海山亭，结抅当海冲。我来露顶坐其上，放眼顿觉开心胸。霞收景灭忽不见，皎皎玉镜升天东。正写落照，旁写馀光，真能状难状之象。

九日登缥缈峰

太湖湖水平如油，南临吴兴北常州。雲涛澒洞千万顷，天遣峭石支中流。奇峰罗列七十二，意象岧嵲穷雕镂。青螺势绵延，支联脉缀相沉浮。就中一峰起天半，孤撑磔卓无朋仇。有如端拱坐清殿，奔走万国朝群侯。置身峰巅断尘土，缥缈雲烟袅孤柱。微波一曲辨荆溪，顽石数拳窥顾渚。未知大地竟安穷？但觉长空浩无主。孤舟远泛若停桡，断雁低飞如馀羽。是时秋空方泬寥，丹枫黄叶山之椒。彭泽把盏正采菊，中山摇笔还题糕。我贫无物作重九，凭仗两脚升青霄。指挥雲物作几案，呼叱嵂崒同儿曹。吴山箫鼓真一笑，苦向平地夸登高。峰为七十二峰最高，俯见荆溪道场山等处，然自下而上，无亭台树木，有登无顿，不易造极也。作者浩气孤行，豪情直上，不负登高之目。末言吴山箫鼓，平地登高，真堪一笑。

龚　诚　字羽阶，江南常熟人。布衣。○羽阶，寒士也。王佥宪西涧爱其诗，时遗以粟，后西涧亦处窘迫，无周卹羽阶者矣。某岁除为人草寿序，携所酬值归，溺水死，同人醵金殓之，并刻遗集，至今知有羽阶姓名者。

却寄

江东才人才厉锐，之子拔戟树一队。用师可进不可退，攻无坚城当者碎。扁舟曾梦浮吴淞，雲帆高挂拂九峰，割鲜三泖鲈腮红。入门大笑四壁空，东头老屋陆士龙。

二月望日西涧佥宪招饮

杏花满地春狼藉，獭髓鸾胶医不得。玉兰杨柳锁东风，绝世芳华更谁惜。低头客馆叹无聊，闷过春光五十朝。黄冈先生老好事，高斋置酒欢相招。酒徒嗜酒惭户小，饮未三升迷白皂。许翯汪叟但长吟，醒眼相看应绝倒。遇酒不饮负主人，遇春不醉还负春。酒徒平生愿无负，明朝却叩谁家门？负主人犹可，负春真可惜矣。末同杜老旅食京华心事，妙在不讳。

春日次韩耕雲韵

万里休论野鹤心，东来聊复写幽襟。山中故旧苍松老，柳外人家画阁深。渺渺溪烟新雨后，离离春草旧城阴。风波满眼惊头白，破屋青灯一怅吟。

朱鼎铉 字楚祯，浙江海盐人。贡生。著有丰岩诗钞。○丰岩性孝友，尝成孝经补注，私淑陆清献公，尝成理学渊源录，不欲以诗名也。而诗亦近唐贤风格，朱竹坨先生于后辈中每推奖之。

拟西北有高楼

高楼矗层雲，清夜焚兰熏。素帏先受月，悄然照罗裙。借问月中人，顾我何殷勤。相怜必同病，各自爱清芬。月即不自语，我意转自殷。中心如皎月，清光常为君。天边见月光，千里忆离群。

雨后放舟

小壑连旬雨，轻桡泛绿溪。春寒花信晚，水涨野桥低。漠漠烟中柳，胶胶午后鸡。乱雲飞不尽，又过夕阳西。昔人以「柳塘春水漫，花坞夕阳迟」为中唐神来之笔，此故得其气味。

秋斋杂兴

触景皆堪适，惟秋更洒然。白云飘似絮，空水碧于天。渐觉轻绡爽，浑忘小扇捐。谁怜凭吊客，犹有续骚篇。三四语云是秋云，水是秋水，移三时不得。

倪濂

字公介，浙江仁和人。

客中除夕次结苍韵

驹影难留住，惊看岁又更。星河低远树，霜柝急高城。旅食乡心切，浮踪世累轻。宁知寒漏下，春已逐愁生。

闻角

银汉淡遥空，边声四野同。高城吹早月，孤枕动秋风。地白驱原鹿，云黄断塞鸿。今宵乡思远，砧杵万家中。

雪霁古直结苍过宿旅斋同赋

贫巷荒斋寂，荆扉昼掩时。冷吟依宿火，软语把深卮。雪净鸦归晚，泥融马到迟。夜寒眠不稳，烧烛共论诗。三咏平易近人，无饾饤挦撦之迹。

王苍璧 字玫玉，江南昆山人。国学生。

咏古

致身非不荣，而贵辨出处。始进不以正，功业何足语？孔明人中龙，君臣实心膂。三分定（制）〔荆〕益，一德并伊吕。当其未遇时，夷然视圭组。鹿门拜庞公，南阳咏梁父。向非昭烈贤，三顾犹未许。君子慎自藏，守身如处女。当与荀文若对看。

童谣

赈饥民，吏胥饱，饥民泣，吏胥恼。吏胥勿恼尔当喜，官府明朝粜官米。恐官府分多，吏胥分少，不容不恼也。

周远 字少逸，江南吴县人。

京师九日城南黑窑厂登高

愁思天涯九日晴，凭高闲望夕阳明。天清万丈秋潭影，风急三关落木声。双阙参差连御苑，乱山合沓入边城。悬军绝幕思飞将，闻道河西已厌兵。明后七子中最近沧溟。

高炳

字澣文，江南金坛人。诸生。○雲衢王丈不肯轻许人，而于澣文独下东野之拜，今读其遗集，每负奇气，宁瑕疵，无庸近，故是徐文长一辈人。

天生桥

自注：在万县。

两崖临绝涧，微径垂一缕。中间横巨石，足可容百堵。凿空非人力，枝撑自太古。奔泉喷雪下，轰若雷霆怒。长天惨白日，六月失炎暑。平生轻波涛，三峡未足数。中流挥羽扇，啸咏狎飞鱐。迨兹翻凛然，顿觉毛髮竖。勇怯亦何常，择地自可贾。因思昆阳捷，千载称光武。却笑李将军，徒夸射猛虎。见人无勇怯，气盛则险处皆夷也。写境地中有议论在。

渝州重逢芮文彬赋诗道别

君家濑水湾，我住钱溪侧，两家南北对洮湖，朝夕往来不相识。今年四月朔，我正在荆州，隔窗忽听故乡语，招手同上江陵楼。江陵城边酒如乳，笑脱青衫典春酤。为君一饮尽百觞，挂帆西去适渺茫。此去亦何期？风波梦里思。恨我何早发，思君行太迟。昨到渝州屡回首，一见行人君在口。闻君尚住巴江东，不意君来我翻后。相逢一笑酒重倾，樽前且听风雨声。何时归去复携手，明日拂衣还独行。 初不相识，既成相知，先发渝州，到偏在后，叙事中有无限波澜。

读昌谷集

帝阙飘飖邈何许，庞眉书客天人语。兴来倒吸海底乾，八荒并入秋毫端。瑶姬仙史不能读，留向人间问空谷。风吟雨怨几多年，南山石烂真可怜。不须呜咽陇头水，陇西长吉今未死。 读昌谷集，便学昌谷。

朱厚章 字以载，江南昆山人，寓居嘉定。廪生。著有多师集。〇以载长身鹤立，言论侃侃，尝于座间见旁列二人，各操纸墨，以载口授，一成四六序，一改友人长律，而已又誊孝子传，有所得，使二人参错书之，序、长律俱工，已所录无讹字，五官并用人也。 徵博学鸿词，病卒。 门下士金君昂午刻其集，行心丧礼，乡邦并重之。

拜方正学祠

秋气凛毛髮，祠门吊落晖。何人加白帽，大节在麻衣。草乱疑瓜蔓，庭空绝燕飞。景公遗庙近，化鹤并来归。

寄答王千里

留滞通侯邸，真成客里家。高门贺燕雀，华髮吐烟霞。逸士方三拜，才人温八叉。知君怀故里，丘陇有梨花。千里客彻侯张氏，廿年不归，作诗讽之，犹古道交也。

题青溪集

黄柳花飞扑醉巾，六朝滚滚马头尘。也知李峤真才子，可但江淹是恨人。淡粉轻烟疑在眼，珠帘甲帐最伤神，倩谁谱入参差玉，诉与无情古月轮。

九日登东城寄南华

苍烟影里独凭高，瑟瑟寒生薜荔袍。我愿满头常插菊，天生左手为持螯。雲随暮鸟归村树，风卷秋钟撼海涛。佳节一杯桑落酒，故人何处斗诗豪。

岁暮杂诗

吴氓殚力办租庸，霖潦深秋骇老农。信有橧巢师鸟雀，尽抛𥝩𥟖豢鱼龙。漫空水气难为雪，照野阳威未化淞。闻道中丞能入告，便令寒谷转春容。雍正丙午七月，连雨至明春始晴，禾稼不堪问矣。领联写景纪实，中丞入告而曰闻道，诗人婉讽之词。

秦淮绝句

风花无力扑帘波，佳节偏从客里过。听说儿童挑荠菜，青青只有故宫多。

观柳河东初访半野堂小像

蘼芜脉脉柳疏疏，想见文君放诞初。谁识秋风摇落后，独将一死报尚书。词婉意微，当于言外领取。○蘼芜，河东君小字。

蒋梦兰 字香山，江南金坛人，吴县籍。诸生。

䳭鸠啼

晚来䳭鸠鸣不已，鸠妇含愁农妇喜。馌饷才归又出门，仰望乌雲何处起。䳭鸠䳭鸠愿尔鸣，明朝可免车河水。儿夫肌肉日炙焦，鸠妇休伤雨濡尾。

方贞观

字履安，江南桐城人。〇康熙癸巳岁，履安以负罪者累，诏隶归旗籍。雍正癸卯，奉旨复归江南。十年中别母妻，弃丘陇，行动羁絷，极人世之困穷，然境穷而诗乃工矣。卷中所采，多流离抑郁时作。

平陵公子歌

家世平陵东曲住，生长轻肥耻纨袴。夷门曾访鼓刀人，赵州一拜平原墓。杀身不惜为知己，乡间但道酒人耳。北上边城望大荒，南寻禹穴西衡湘。万里阴相天下士，眼中彼彼止如是。一笑归来更读书，十年折节为名儒。当时心慕要离勇，今笑荆轲徒匹夫。气矜之勇，不如义理之勇为大勇也。妙在写来不腐。

敝袍

故友绨袍意，今经几岁寒。补多微觉重，老瘦渐嫌宽。色已随年尽，棉因屡洗残。更新吾岂敢，还作赠时看。

送渤海公回吴门

倾盖即成故，因之离恨生。谈空不得力，此别若为情。渚白烟无际，江流月有声。遥知松偃处，童子下山迎。渤海公应是吴僧。「江流月有声」，有窃其句成名者。

出宗阳

回首故山尽，前途直北长。萍蓬自兹去，乡国永相望。短草寒烟白，孤村落日黄。生逢击壤世，不得守耕桑。

抵家

行衣乍脱喜还悲，仍似桑乾入梦时。亲老幸邀天与健，家倾翻痛妇能持。山田白露登新谷，篱落黄花发故枝。欢捧一尊为母寿，阿奴不道有归期。玩诗集，非赦归抵家，是许抵家省亲，仍隶旗籍也。喜处正是悲处。

题侯家鹧鸪

谁将越鸟到京华，一入侯门闭笼笯。道是珍奇翻累汝，可能流浪便为家。魂依苦竹岭头月，梦落黄陵庙里花。未免输他秦吉了，却安饮啄在天涯。

谢芳连 字皆人，江南宜兴人。国学生。著有香祖诗。○皆人工短篇，品地在色香臭味之外，新月在天，残雪在地，可以想象其诗，

月夜汲中泠泉

新月泉上出，江华照衣冷。扁舟荡秋桨，汲取波中影。昨与山僧期，煮月翻瓦鼎。

孟夏山中晚坐

孟夏变物侯，景仄风光稀。石林湛雨气，山月连阳晖。鸟语遍幽涧，人声隔翠微。弹琴迟渔者，衣上落英飞。

溪村早起即事同邵八丈子湘

早起杏花白，饭牛人出门。野田多傍水，深柳自为村。比屋尽耕稼，服畴皆弟昆。爨烟犹

未散，林鸟乱朝暾。妙在绝不用力，惟不用力，人不易到。

宿山园

小雨松径寒，人归夜深火。宿鸟栖未安，惊飞落山果。辋川外又开一境。

密雪望行人

人行犬寒吠，密雪迷村影。欲扣酒家扉，山桥一蓑冷。「山桥」五字入画。

题李百药三十六湖草堂

钓罢归来解钓筒，题诗灯火夜深红。湖村犬吠人眠尽，商女棹歌烟月中。

吴　诩 字砥亭，江南太仓人。贡生。

登州蓬莱阁

山连汉武候神处，阁在田横旧砦东。五岛乱浮雲气里，双城浑住水声中。遥滩夕涨生空绿，古庙残阳曳断虹。便欲刺舟从此去，七条絃上响天风。

孙　宏　字量如，江南桐城人。国学生。

过倪雲林祠

玉山池馆已荒烟，清閟祠堂尚俨然。破产放情多难日，无家投老太平年。碧梧修竹骚人节，远岫平林水墨仙。应与所南同俎豆，遗民心事画中传。自注：雲林山水不画人，所南画兰不著土，两公宜并祀一堂。三语指元时，四语指易代时，下半人品画品俱见。

黄侍中祠

金川万骑蹴烟尘，叩马难将大义陈。妻女一时同殉节，君臣千古有完人。魂归罗刹江声壮，碑照秦淮血影新。咫尺孝陵松柏路，夜深风雨走青磷。

叶　锦　字子美，江南上海人。诸生。

渡泖

孤舟迎夕照，入望总苍茫。月上潮三尺，天空雁一行。暮山随意远，客思与波长。指点茸城近，村烟满野塘。

晓渡

隔岸疏钟动，平林宿鸟飞。夜潮随月落，小艇带烟归。

熊良巩 字弼士，江南潜山人。诸生。

客邸思归

静听木叶下西风，灯影昏昏照病容。滴碎愁心秋夜雨，敲残客梦寺楼钟。衡阳雁断三千里，巫峡猿啼十二峰。我久欲归归未得，雲山叠叠水重重。大历十子风格。

康瑄 字雅六，陕西泾阳人。岁贡生。

拟将进酒

娇丝脆竹陈高堂，明灯煌煌出洞房。美人罗袖怨清商，一曲哀歌君断肠。博山香炉金络索，上有仙人驾鸾鹤。同心欢乐寿万年，不用三山觅仙药。何如小槽滴沥琥珀浓，浇胸顿使金罍空。醉乡乃在太古世，后辈尧禹轻羲农。酒中之乐人不省，劝君饮酒君自领。

孙阳顾 字秦郃，浙江□□人。

登塔

半空身忽住，飞鸟共经过。江海掌中揽，烟雲足下多。四围丛苑树，一气接银河。欲向高天问，无言对我何？章八元登塔诗，当时盛称，几同魔道，此作突过前人，全在雅俗之别。

吴学濂

字曦洲，江南休宁人，浙江仁和籍。诸生。著有香雪堂诗。

送梅（藕）〔耦〕长令浙东

廿年卧对敬亭雲，名士如君始是真。太白乐章惊贺监，微之辞句诵宫人。素衣不受缁尘化，墨绶偏膺白髮新。山水永嘉堪眺览，谢公遗迹未湮沦。

杨椒山公祠

祠宇重新古驿旁，姓名犹觉满城香。五奸已褫权臣魄，一疏堪争烈日光。谢却蚺蛇真有胆，撑将铁骨不随杨。阶前请铸分宜像，斫地行人共激昂。「满城香」、「不随杨」，皆椒山朝审诗中字也，末用岳墓铸秦桧像事。

程　烈

字伟昭，江南桐城人。

浮山

缥缈接瀛洲，孤筇海上游。山从波底出，人在镜中浮。古树风疑雨，阴岩夏亦秋。茫茫杳无际，隐约指丹丘。

朱国汉

字为章，福建绥安人。布衣。○为章隐于贾，尝游金山，有贵人苦吟未就，为章得句云："烟霞灭没三山外，江海苍茫一气中。"贵人大赏之，对曰："偶记他人句也。"其厚自晦藏如此。

张中丞祠

绣帐烟沉铁面灰，中丞生气尚峨巍。孤城百战鼠雀尽，长笛一声天地哀。当日江淮资保障，至今号令肃风雷。贺兰未灭英雄死，滚滚波流恨不回。睢阳有军中闻笛诗，对鼠雀恰称。

文丞相祠

丞相荒祠白日寒，直教一死寸心安。崖山激烈原非易，柴市从容更较难。穷海有人埋碧血，普天无地著黄冠。西台恸哭悲风起，剩水残山忍再看。无一浮语，"普天无地著黄冠"句尤警。

岳武穆墓

森森宰木战英风，葛岭高坟夕照中。白马怒涛人共恨，黄龙痛饮事皆空。风波诏狱成三字，朔漠羁魂哭两宫。从此君王无远略，杭州可与汴州同。

刘正谊

字戒谋，浙江山阴人。著有宛委山人诗集。

自笑

自笑情何僻，谋生竟未能。鬻田买古砚，贷米给诗僧。花月耽成癖，禽鱼狎似朋。室人交谪我，妇语不须譍。想见雅人风趣，僻士襟怀。

访毛西河太史留赠

充栋书成自不刊，频年握椠暑兼寒。鲁鱼舛后多釐正，秦火焚来尽补残。画舫两湖明月共，篮舆十里好山看。感施馀论沾荒帙，白苇黄茅足改观。三四是西河身分，末二句应是西河作序，诗以报之。

曹煜曾

字麓蒿，江南上海人。贡生。著有道腴堂诗。〇曹文诗得董苍舒指授，故其品特高。

水仙花

江湍漱雲牙，夜濯宓妃魄。一洗罗袜尘，踏霜晓无迹。冰肌归药房，清芬袭巾舄。脉脉契素心，疏梅影横壁。清气逼人。

曹炳曾

字为章，江南上海人。诸生。著有放言居诗。○曹氏昆弟，人比之刘孝绰三昆齐名，诗品亦复相当。

九日送人北归

折取茱萸当柳条，送君明日上兰桡。望乡惜别分南北，并作离魂一夕销。望乡，指所送之客；惜别，指送客之人。两层都到。

曹煐曾

字春浦，江南上海人。贡生。著有长啸轩诗。

病中雨夜

炉烟浓欲篆，夜色淡生阴。病骨秋花瘦，愁怀暮雨深。疏灯孤榻影，衰草乱虫吟。无限关心事，朦胧梦里寻。工于琢句，外此如「残岁斜阳促，轻寒落叶知」、「酒力缘愁薄，诗情到枕工」，语不必奇，耐人吟咀。

陈履平

字勉夫，河南商丘人。

花下独酌

花枝娅姹摇春风，纷纷蜂蝶争繁丛。我来提壶饮花下，闲愁如雪皆消融。枝头黄鸟声更好，似惜春光怨春老。少年乐事那复得，只今空忆长安道。救人无术廿载中，归来两鬓已成翁。故交如花渐凋落，欲话衷曲谁人同？且拚烂醉花阴卧，明日呼童扫落红。

秦时昌

字枚谔，江南震泽人。

方竹

举世尚圆通，尔形独合矩。不同睢园种，亦殊嶰谷侣。直方坤之德，锺秀天特与。虽惊世人眼，实为君子许。棱棱霜气凝，矫矫峻节举。宿土移数竿，岁久森圃墅。坚竹竖为杖，登临借撑拄。毋令柔媚人，一朝削圆女。见君子当终守矩矱，勿慕圆通改节末路也。前半自矢，结意自规。

朱肇璜

字待宾，福建建宁人。岁贡生。著有槎亭诗钞。〇闽中诗林膳部鸿、高典籍様以盛唐为归，故正声也。后不善学者，往往得其形似。本朝诗人起而非之，变为清削；清削固佳，然缘此遂疑膳部、典籍之非，则又偏矣。采待宾昆季诗，偶一论之。

寒夜读书

朔风号纸窗，霜气肃檐瓦。耿耿一灯明，虚室意潇洒。简编随意读，寻味我心写。淡泊得膏腴，肤浮付土苴。上下观古今，一一归炉冶。此时天气寒，瀹茗代杯斝。披帏盼高空，星河淡欲泻。邻鸡冻不鸣，应知和者寡。

朱　霞 字天锦，福建建宁人。岁贡生。著有曲庐诗钞。

书屋新成示儿子琪瑛犹子珏璠

矫矫松林下，山斋喜落成。积书须善读，隙土可深耕。习礼束筋骨，安弦养性情。更期三益友，开径每相迎。

汪　沅 字右湘，江南歙县人。○右湘少居歙之潜口，砂泉丹嶂，拱列户庭，有园适当林壑胜处，年少即以诗见重于老苍，敦槃之会，无弗列也。二十九辞世，梅耦长序其遗诗，比唐之李昌谷、明之徐昌穀，不胜叹惋云。

谢皋羽西台

何事西台上，空山恸哭声。风雲皆变色，天地竟无情。竹石敲新裂，江流恨不平。客星祠咫尺，万古共澂清。

读南渡野史作

过江名士竞从龙，佐命先邀五等封。阃外新开都护府，师中群噪大司农。文章江令娴歌谱，游宴长星劝酒锺。忽讶双眉愁不展，佳伶稀选未央供。元旦，弘光忽郁郁不乐，臣下问：「意先帝仇未复，流寇未殄灭耶？」答曰：「无佳优伶耳。」

龙盘虎踞石头城，跋扈亲挥汉水兵。相国临戎防北伐，将军卷甲急南征。华林但问虾蟆语，葛岭惟闻蟋蟀声。燕子春灯韬略在，不须司马更连营。左良玉进兵汉水，以扫清君侧为名，而马、阮不防大兵北下，遣黄得功急御左兵，此诗意也。时给事罗象观疏，有「春灯谜、燕子笺即枕上阴符、袖中黄石」等语。

周　瓒

字黄在，云南大姚人。官翰林院孔目。

柳絮曲

点点觉春深，飞飞恨不禁。露沾疑妾泪，风散比郎心。晓月隋堤畔，残阳灞水阴。年年飘荡处，肠断白头吟。

沈廷扬

字天将。江南吴县人。诸生。

送友人屯田塞上

经国千年计，凭君此日行。官非汉司马，人是赵营平。时雨兼兵洗，边春带雪耕。伫看成沃壤，胜筑受降城。

刘宗霈 字蔚园，江南兴化人。

看菜花

乍逢红雨点回塘，又见平畦千顷黄。色比散金无异种，香连绣壤不分疆。已娱老眼消春昼。旋引归心立夕阳。自注：予家以园圃为业。燕麦兔葵无感触，不须佳句忆刘郎。通体俱着题，未免近板，得颈联空写，上下六语皆活矣，李义山时有之。〇张翰「青条若揔翠，黄花如散金」，指春日黄花也。唐代以黄花句试士，通场皆指菊花，无一合者，故太白云：「张翰黄花句，风流五百年。」诗中第三语本此。

王　道 字圣由，江南吴县人。

过仙霞岭

昔闻仙霞名，今上仙霞岭。攀陟人力穷，贲育敢言猛。危峰插高空，奇壑俯深井。险绝猿鸟踪，阴障羲娥影。历尽廿八盘，始蹑最高顶。史浩昔开凿，闽越通两境。而胡跋扈藩，恃险抗朝请？妖氛应远寇，中原颇传警。妄意蟠蛟龙，终类跳蛙黾。天兵一以加，鈇钺膏首领。岩疆讵可恃，天道宜深省。承平今百年，岭畔烽烟静。商旅日登陟，往来道无梗。盛德渐要荒，谁敢作不靖。为语守土臣，设险谨藩屏。先写关岭之险隘，次写逆藩之跋扈，次写王师之荡平，而终归于设险守国，井井整整，不愧方家。○汉书注："春朝曰朝，冬朝曰请。"请，去声，在敬韵中。近多作造请之请，入梗韵矣，此未免从俗。

沈　源 字蕴久，浙江归安人。○蕴久工于制笔，立行不苟，犹萧中素之隐于木工也。诗亦静细，士大夫不以艺人目之。

闻柝

击柝严城凄复清，听来一一触离情。天街夜静霜初落，绣阁灯寒梦未成。宵恨短长随晓箭，韵移高下逐风声。座中有客支孤枕，归思惊催白髪生。三四工于取神。

赵关晓 字开夏，浙江归安人。诸生。

踏雪

踏雪访山樵，山樵踏雪去。一路草鞋痕，寻入松深处。神合唐人「松下问童子」一绝。

赠友

不向人间留姓名，草衣木食气峥嵘。山深虎出依声急，夜半长歌空手行。

周振采 字白民，江南山阳人。选拔贡生。○白民制义比于天半朱霞、雲中白鹤。典江南试者，每以不得白民为愧，然终于不遇，天也。诗不多作，亦娇娇拔俗。

晚甘园芍药盛开莼江招饮

君留燕，吾适鲁，去年花时各羁旅。鞭梢两地恰归来，一时花下同宾主。殿春朵朵翻琼英，白头相对千花明。有酒但作长鲸饮，有句肯学寒螿鸣。物情共艳三公爵，魏国声名兆花萼。我与君家共息机，无须离别怅分飞。朱朱白白皆堪赏，不羡扬州金带围。

老将

百战沙场功未酬，偏裨年少早封侯。敌人俯首惊无恙，法吏吹毛对若仇。老马蹑雲偏伏枥，苍鹰羁鞴欲腾韝。请看猿臂终强健，射虎南山气尚遒。此白民自写照也。三语暗用郭令公见回鹘事，四语暗用大将军急责李广对簿事。

孙璜 字弥邵，江南长洲人。诸生。

江干月夜

雪夜江干月倍清，推篷遥望正三更。天连玉峤千山白，水漾金波万里明。旅况每依甘露寺，名心遥系石头城。沙寒洲冷渔灯灭，倦听邻舟擫阮声。康熙癸巳二月省试，余与弥邵同泊江干、同赋是题，余诗废弃久矣，披读孙诗，恍如尘梦。

王应奎 字东溆，江南常熟人。诸生。著有柳南诗钞。

箬包船纪事

有船锐其首，以箬包裹之。名为箬包船，聚泊疑茅茨。浮家无定所，忽湖忽江湄。居货挟土产，擅技兼卜医。中有无良者，行乞同残黎。讵料豺狼心，所志窃童儿。神咒与饼饵，绐儿儿辄迷。牵引至船中，毒手恣所为。或为矐其目，或为擟其肢。或屈曲其体，如籧篨戚施。形骸几变尽，父母居然疑。清晨负之出，索钱号九逵。夕仍负以入，倾倒囊中资。数倘有不充，攒刺加鞭笞。苟延此残喘，性命危如丝。有时更肆恶，视彼躯干肥。入之人鲊瓮，饱啖若餔糜。吸儿脑与髓，嚼儿肝与脾。从此筋骨强，便堪耐刀锥。更闻藏秘器，卖以疗尫羸。一七为神膏，索值恒不訾。淫人祈长生，食之甘如饴。又闻湖海滨，茫洋有神祠。神曰抽筋姆，此辈所皈依。重午暨中秋，庙门搴灵旗。群船竞祭赛，以儿为牲牺。祭罢饮福酒，狼籍骼与胔。年来迭败露，官长胥周知。勿问所从来，立毙陈其尸。谓足抵儿命，此外无穷治。不究其本根，徒然剪旁枝。官长法深刻，胡独偏仁慈。其毒仍滋蔓，其故难寻窥。谁为采风者，听我歌此诗。此皆一一纪实，（此）曹恶败露后，被残肢体女子详述于公堂、详述于父母者也。独是官长只毙所获者命，不穷根株。此意作者不解，吾亦不解。

汤懋统

字建三，江南巢县人。官迁江知县。〇兄名懋建，官刑部郎。诗品清高，今家居著述，弟兄均擅清名，此居巢所仅见者。

岁暮得家书

冉冉逢残岁，迢迢隔故庐。一灯游子梦，双泪老亲书。敢怨功名薄，深惭菽水疏。却思诸弟妹，绕膝意何如。情真语，不雕琢而自工。

除夕

残腊辞人逐漏频，寒毡堪笑独吟身。仅支鹤俸能供岁，轻掷鱼竿自取贫。柏酒竟疏婪尾宴，梅花虚拟故园春。遥思伯氏京华久，一样灯前忆老亲。

故衣

检点衣衫敝箧存，十年相与历寒温。香尘惯惹春风陌，寒杵多敲落月村。赠友未堪酬缟带，思亲每为染啼痕。贫居赖酒消岑寂，曾典青钱向市门。四语不离不即，前人所谓取诗之魂也。六语著题中，传出孝思，尤为难事。

金衡　字平仲，江南吴县人。○隐居洞庭东山，以诗自娱，不求闻达。徐坛长先生爱其诗，每摘佳句赏之。

自律

托迹从嘉遁，居心合守谦。畋渔凭典籍，餍饫仗虀盐。蛮触毋相斗，熊鱼未可兼。古人吾尚友，高枕到羲炎。

过友人别馆

竹静江喧称隐居，席门久矣断轩车。寒香入座花开半，清影穿窗月上馀。倚枕相忘人化蝶，临流安见我非鱼。耦耕夙约行当践，有伴巢由合荷锄。

赵虹 字饮谷，江南嘉定人。布衣。

戊午七月自大梁东归感喟成诗用以自赠

飘零淮楚逾河朔，转徙幽州更大梁。迢递关河双去雁，古今歧路几亡羊。时无燕赵悲歌士，坐有邯郸挟瑟倡。但得翠娥深劝酒，不辞酩酊罄清觞。问讯沧浪旧钓矶，樵兄渔弟共相依。眼看西北高楼远，心逐东南孔雀飞。园吏好寻濠上乐，丈人已息汉阴机。浚郊不用弓旌辟，自署中吴老布衣。此饮谷倦游后作，年七十馀，未除芒角，宜壮盛时能以高谈雄辩屈服众人。

汪洋 字万育，江南休宁人，寄籍昆山。国学生。

秋霖

君不见千村白水沟塍合，阴雨兼旬雲百匝。禾沉水底不得收，腐烂只堪饱鹅鸭。书生空有恤民心，无路排雲叫阊阖。

阎陈二公祠

阎讳应元，河间人，故江阴典史，迁英德簿，未去任。大兵围城，与新任典史陈明选誓死守城，百战不屈，三阅月城陷，同被戮，两家百口俱尽。今祠在江阴栖鸦寺。奉职同时尉海滨，微官誓死各捐身。原知苦战违天意，甘守危城识大伦。南国比肩双烈士，自注：宋史忠义传：元伯颜攻常州，知州姚訔与通判陈照率义兵战御，城破，皆死之。睢阳合节两忠臣。百年论定还祠庙，愧尔军前纳款人。邵青门阎典史传生气勃勃，昌黎书张巡传后复见此篇，真奇文也。作者浑括成诗，精力团聚，亦属杰作。

王　泌　字侪邺，江南元和人。诸生。

越女祠

一曲菱歌韵碧澜，耶溪归櫂日将残。情多自易含惆怅，不为秋深怨路寒。哀怨起骚人，极低徊掩抑之致。

周　焯　字月东，直隶天津人，布衣。

五十

人寿罕百年，五十倏焉至。至道了无闻，容鬓日凋瘁。柽老质易朽，松苍色弥翠。令德不克崇，年高反滋累。当及未衰时，晚节早自励。卫武公年九十馀，犹作宾筵抑戒以自警，恐年高反为累也。

此种诗，吾辈亦当时时诵之。

陈伦 字逊其，江南无锡人。诸生。

张循王墓

六丁不下驱天骄，宫车碾雪夜渡辽。白头乌啄大家屋，衣锦王孙路傍哭。一马化龙浮渡江，临安王气于斯卜。烽火江淮草木残，中原血战腥风寒。挥戈谁洗靖康耻，屈指英雄岳与韩。区区子英奚为者？片纸赝书背人写。风波万里坏长城，三字翻称廷尉平。北人歌舞南人泣，贺兰铁骑仍纵横。两宫魄冷冰天月，配飨反旌谗谄骨。麒麟墓道枕苍烟，御墨淋漓洒碑碣。墓门高揭对晴湖，松栝深深叫训狐。金陵城外苍茫处，丑缪堂封千载污。

张俊承秦桧意，锻炼张宪，至自为狱辞以成岳忠武之狱，盖奸恶之甚者也。高宗赐葬，自制碑文，遗命身后以俊配享，是诚何心？诗中合全局言之，后以桧之秽冢作结，天然相对，惜无有人平其墓者。

朱蔚 字霞山，浙江桐乡人。

送王仲山副使重往秦中

匣中宝剑夜有声，萧萧班马门前鸣。天明未明出门去，春风吹度平凉城。平凉城北将军树，旧是使君停骑处。十年摧抑今复来，岁月苍茫感行路。丈夫志愿乐长征，入海真能掣大鲸。自怜苦被儒冠误，不得从君万里行。

沈　炯　字逊扬，江南吴江人。诸生。

过惶恐滩

叠叠青山势郁盘，片帆遥泝赣江澜。危滩共指名惶恐，古县空闻号万安。自注：县属吉安府，滩在县南三里许。风撼巅崖崩巨石，雷喧硐壑走惊湍。劳人略与孤臣似，不独东坡泣路难。自注：东坡有「地名惶恐泣孤臣」句。○惶恐、万安天然反对，滩本名黄公，东坡有慨于中，故云。

书怀

七度长江向石头，依然踪迹半沉浮。草玄字字翻成白，刻棘年年未类猴。老我也曾磨铁砚，古人先已敝貂裘。从兹万里堪乘兴，浩荡难驯似野鸥。

李天根　原名大本，字天根，江南无锡人。○吾友芥轩子也。生平不妄言，不疾行，硜硜自守，人有假其名具呈当事者，知之曰：「污我名矣。」遂易之以字，余仍之，恐违其志也。

题听松山人雨蕉书屋图

江南六月时方旱，田中甲坼乾以熯。赤日当空无寸雲，四野农夫坐愁叹。听松山人意奇特，腕底大有回天力。泼墨写作雨蕉图，满纸淋漓雲墨色。山童携图到茅舍，座客争看尽惊讶。入手如闻风雨声，开缄似见波涛泻。吾闻古人画月但画雲，渲染巧妙妙入神。今君画雨不著纸，雨声却在芭蕉里。何须怀素手植千万株，却疑滛川急雨直如矢。卷图烈日忽遮藏，天半萋萋野雲起。自注：是晚果大雨。

程　简　字尊一，江南长洲人。

送春

九十韶光转眼空，怪他青帝去匆匆。都将思妇劳人意，付与啼红怨绿中。有恨催归惟杜宇，无情相送是东风。仙山若果春长在，早觅丹砂访葛洪。颔联不染送春习气，结意唤醒痴人，求仙者应爽然自失。

庭梅迟开诗以志慨

开遍南枝又北枝，小庭蓓蕾未逢时。严寒剥后冰心固，翠羽飞回芳信迟。岂为十年高不字，剧怜终岁苦相思。主人事事居人后，因使幽花亦缓期。

冬夜读书

读书有味聊忘老，自注：放翁句。此意谁云只放翁。今古英雄当末路，消磨岁月短檠中。有老骥伏枥之意。

朱家瑞 字平津，江南吴县人。

晓行

晓鸡才唱趣登车，拂被霜寒似月华。还喜梦魂清不减，卧游山阁咏梅花。

石　年 字能高，江南元和人，隐于市。

江上

春山春水碧迢迢，病起扶筇过野桥。几日不寻江上梦，东风吹长杜蘅苗。以韵胜人，佳处在语言之外。

蔡书升 字廷彦，江南长洲人。官成县知县，改通政司经历。

横塘道中时清明日

东邻愁冷食，稚子叩柴门。旧俗分新火，三家共一村。草深眠鹿子，庄老出鸡孙。细雨看荒冢，梨花开正繁。横塘西名三家村，天然属对。

于　鼇

字□□，辽阳人。官河工同知。

友人出示河津龙门图

河山莽苍（上）合，回抱夏王宫。地拔双峰表，天开一罅中。风雲雄气象，笔墨辟鸿蒙。千古文章在，如逢太史公。

源从天上落，一气撼乾坤。高峡千寻险，浑流万里奔。晋秦平可揽，星斗仰堪扪。胸次涵中夏，澄清事讨论。力大于身，无一弱句弱字。

清诗别裁集卷二十九

沈荣僖 字谦之，浙江归安人。乾隆丙辰举人。○谦之少湛李义山诗，集李成律至二十章，中道自悔，欲归盛唐，然病中示予桃花二章，仍是玉溪生体也。玉溪原本杜陵，须人善学耳。

书怀

丈夫无雄雌，时运有通塞。一身隔青雲，两手满荆棘。马周困长安，行路愁逼侧。卓见非常何，火色人谁识？古今英雄人齐欲下泪，举马周以例其馀。

桃花

柳暗花城梦不通，谁家姊妹倚东风。凭伊几点清明雨，催出新妆试小红。自注：玉溪生诗「桃叶桃根双姊妹」。

三千红袖总无媒，蕊乱雲盘绿水隈。金屋有恩谁保得，故应怕向未央开。咏桃亦咏美人，而臣下承君之恩，言外可思。

枕上闻笛

孤灯黯黯月明明，院冷楼寒梦不成。离恨已无肠可断，谁家犹送断肠声。

陈　份

字古村，广东顺德人。乾隆丙辰举人。

捉搦歌

瓜皮艇子长二丈，小姑十撑九不上。何如泊岸候潮长，免打江心逆流桨。

露筋祠迎神曲

秋雨兮冥冥，庙门兮水汀。苇叶兮簌簌，茨菇花兮青青。若有人兮美女，珮明珰兮饰翠羽。桂栋兮蕙帏，奠之兮椒醑。嗟行露兮无家，萎玉颜兮如花。甘捐生兮江浒，与白璧兮无瑕。

粘著者固近于腐，而但工写景，恐又失之太离，不离不腐，此作得之。

钱之青

字恭李，江南震泽人。乾隆丙辰举人，官宁武知县，升保德州牧，旋归里。著有数峰诗钞。○恭李少岁孤露，苦心力学，官宁武时，为前明将军周遇吉请祀典，勤政恤民，不媚上官，别于时下所称能员者。归里后，杜门谨守，周恤亲族，常以诗文自娱，远近交重之。

鲜民悲罔极也

鲜民不如死，我生遭不造。父兮生不见，母兮丧何早。茕茕失所依，鞠育赖祖考。涕泣授诗书，嘻笑索梨枣。弱冠未成人，吾祖复终老。因顿里闬间，奔走长安道。薄宦逾中年，牧民谢机巧。恐贻父母羞，中心石皓皓。所伤茕独身，反哺愧禽鸟。虽有牲牢祭，何如菽水好。虽有锡命荣，拱木已枯槁。茫茫夜台灵，漠漠故垄草。哀哉罔极恩，长号呼彼昊。发乎至性，不藉修饰，得风人之遗。

归里后亲朋枉过有作

吾家聚族居，比邻皆亲友。念我远道归，胥来问安否。回首出门初，变迁几八九。门庭半更新，旧存惟榆柳。尊长既凋零，辈行俱老丑。远归非不适，离别苦太久。追往更抚今，恐作穷独叟。重感丈人情，为我治斗酒。连下一章，脱胎杜老羌村之作而情事各别，杜伤乱离，此感盛衰也。

斗酒不复却，丈人前致辞。消长各有数，聚散亦有时。陈迹已往矣，良会喜在兹。尔我不相见，谁为把酒卮？况今逢令节，日永熏风吹。丹华耀榴火，圆叶滋荷池。子其爱景光，烂醉毋推辞。闻言散幽怀，醉乡同赴之。去年当此日，触热方驱驰。

宿村家

入夜投村路，家家列炬迎。长官无善政，父老自多情。敢谢盘中黍，相期垅上耕。夜阑闻笑语，今岁喜丰盈。三四不负心语，今之长民者谁肯言之。

归途作

客久馀蓬鬓，归途负薜萝。儿童皆晋语，舟子自吴歌。茅屋秋风破，原田荒草多。所欣安梦寐，依旧硕人薖。

中秋夜述怀

去年醉月曲江头，绿酒红牙记胜游。今夜中秋形对影，故人还复上南楼。

张若需　字树彤，江南桐城人。乾隆丁巳进士，官左春坊左赞善。著有见吾轩诗。○宫赞为药斋公令嗣，孝友笃实，一承前人。诗笔各标面目，而性情温厚，异而仍同，人比之苏瓌有子。

生日太夫人自乍浦寄衣适至

侵晨远人至，寒衣寄江城。珍重一开缄，光采生敝箧。老亲念幼子，称体新裁成。书云御尔寒，著以湖绵轻。寒燠隔异地，犹廑慈母情。忆兹初成时，长短劳经营。襟袖密密缝，十指针线萦。健妇把刀尺，指点熨贴平。感激母意厚，顾我非童婴。二十要自立，俭素敦家声。五陵自轻肥，温饱无令名。今兹茹冰檗，用佐严君清。短褐取蔽体，宁羡罗绮荣。被服矢无斁，敢忘我初生。至性流出，不假雕琢。

望医巫闾山

海门日出扶桑红，朔天万里霜烟空。马前了了列巨嶂，隐然气色雄关东。北镇之山名最古，望秩远稽尧典中。路遐径僻到者少，林荒虎豹依榛丛。鞭痕天泐暴秦迹，炼馀尚缅娲皇工。空岩雪霁落飞瀑，寒光簸荡银河风。六山环抱互掩映，绝顶下瞰冯夷宫。我欲从之叫虞舜，苍梧窅霭雲蓬蓬。兹山阅历万万古，剑首一吷归鸿蒙。後王德薄乃尚鬼，凿山起殿开谾豅。火龙金简烦传遽，千年火铄香炉铜。祷祈禳禬走氓庶，庙祝伛偻神为聋。又疑兹山怪名字，侏儒颇类夷与戎。勋华不为易华语，后来累译无由通。职方纪载缺训诂，郭生只解笺鱼虫。辽阳壤地界蒙古，近拱三辅尊土中。内安外攘托保障，功德远配岱华嵩。以兹庙食庶不忝，不然峻极惭穹窿。寒风刺面紧格格，马蹄动地声隆隆。扬鞭大笑入关去，他日来挂天山弓。「叫虞舜」以下，纵笔挥洒，精神全在后半。

徐州河决弥漫百馀里舟行迷渡俟仆马不至宿王庄逆旅

古渡茫茫野水屯，客来无路辨前村。孤舟飘泊朝乘涨，后骑苍黄夜叩门。陆地风涛游子泪，凶年鸡黍主人恩。天涯骨肉寒灯共，浊酒中宵慰旅魂。自注：时家兄澄宇、侄翔羽同行。

陈思王墓

鄄水东流势已分，空馀感激诵遗文。五官嬗代羞当璧，七子论才合冠军。白马诗篇悲逐客，惊鸿词赋比湘君。鱼山缥缈留清梵，何处春芜没故坟。洛神赋犹屈子之咏湘君，后人以为感甄，非也，作者故有特识。

五日润州

第一江流荡画桡，虚传竞渡踏风潮。五丝谁续庚寅命，双桨人过丁卯桥。令节只今成寂寂，怀沙终古恨迢迢。何如满泛菖蒲酒，快对金焦破泬寥。三语五日，四语润州，天然典切。○金山竞渡极盛，康熙某年，沈没几舟，后遂禁止。诗中云「虚传」、云「寂寂」，盖为此也。

包彬 字文在，江南江阴人，乾隆戊午举人。

游弘济寺

秋江静无烟，山影恍图画。晨登燕子矶，尘鞅一时卸。径转直复曲，奇峰若相迓。冈峦中断馀，两崖仍可跨。迸石树无皮，疑是白龙化。花宫隐深雲，香风逗林罅。娑罗落高阴，傍户枝柯亚。洞穴豁堂皇，禅房半相借。上有衔花鸟，下有投岩麝。缘壁陟高阁，山川拓眼界。江明匹练横，天际波涛泻。此境足勾留，俦侣催返驾。徘徊石磴旁，归雲拥足下。只「秋江静无烟」五字近六朝人。

钱塘咏古

宋祚将移讶鬥星，君臣迹似浪中萍。黄龙出海朝廷小，白雁横江战血腥。南国无家归燕子，西台有泪哭冬青。诸陵麦饭今谁荐，风雨兰亭夜火荧。此咏宋亡国事。

金陵感怀

万峰青拜故宫前，王气收时总黯然。西下戈鋋飞画鹢，北来笳鼓骇啼鹃。春风泪洒桃花扇，夜月歌残燕子笺。弹尽凄凉天宝曲，江南愁杀李龟年。此咏前明南渡事，桃花扇、燕子笺，天然点缀。

次韵答薛汇仙

带水难同李郭舟，鹧鸪枝上总勾留。新诗似锦惟缄恨，春梦如雲半结愁。马剪焦毛嘶紫陌，鹤盘瘦影叫沧洲。天空地阔容疏放，只有吾曹气味投。

倪承茂

字稼咸，江南吴县人。乾隆戊午举人。著有岫塘诗稿。○岫塘得名最早，成名甚迟，艺苑方重望之，而倏焉辞世，予哭之以诗，末云：「比似方干差足慰，生前乡举已题名。」慰之实悲之也。素长于词，而诗亦工稳妥贴，不落宋人以后。

苦寒行

燕山九月即飞雪，玄冬寒气更栗烈。河西冰胶午不开，山头冻雀眼流血。荒城日暮少人行，茅檐几处炊烟绝。雲黯风饕日色黄，槎丫老树重阴结。朱门贵客狐白裘，拥炉酌酒罗珍羞。谁怜路有冻死骨，旬日委弃无人收。况闻淮南罹水患，十家八九趋他县。穷途无食给饔飧，那有兼衣御霜霰。昔年杜老忧民艰，愿得广厦千万间。而今寒士流离转沟渎，虽有万间知不足。杜陵心事，末一转更深一层。

九日道中

一年两度涉淮黄，扰扰缁尘染素裳。衰柳共怜残鬓短，闲雲应笑客程忙。南归无分吟风月，北去先愁饱雪霜。孤负故园丛菊好，不知今日是重阳。

钱塘怀古

五代兴亡一梦中，射潮江浒想英雄。锦衣木石沾恩幸，铁券山河誓始终。凤舞龙飞形胜在，虎符玉节霸图空。花开陌上年年好，无复行人指故宫。此独咏吴越王事。

陶善圻

字树声，江南元和人。乾隆戊午副榜。

元日书怀

献岁敞荆扉，欢言起痌瘝。空斋洁琴樽，闲居望亲爱。日出鸟声和，风暄草心快。行将整篮舆，探梅白雲外。气体高洁，二「快」字抵过「欣欣向荣」及「甲坼」等字。

钮汝骐

字稼仙，浙江乌程人。乾隆己未进士，官翰林院编修。著有南雅堂诗。

题黄夫人寄升庵诗后

猜忌君臣际，自注：升庵谏议礼谪戍后，世宗犹有馀憾，每问杨慎云何，侍臣以老病对，乃稍解。升庵闻之，遂佯狂以免。乖离夫妇间。百年悲死别，两地梦生还。市上簪花髻，闺中损玉颜。至今传锦字，流唱满南蛮。此千秋恨事也。四十字中，委曲道尽。○原本「万里梦生还」句法剧佳，但蜀中距滇，初非万里，故易二字。

辰龙关

自注：吴逆作乱时，沅、辰道梗，王师由此入黔、滇。

飞将急前锋，危关实要冲。虚声经亥豕，间道出辰龙。自注：王师声言由五溪入黔，故贼将不备此关。亥豕，溪名。六诏惊天降，群蛮扫地从。皇威清万里，徼外乐耕农。王师入黔、滇意，西崖少宰浑言之，此畅言之。

舒　瞻

字雲亭，辽阳人。乾隆己未进士，历任浙江知县。○雲亭亲交卫、霍，在京师屏居委巷，如寒素然，既出仕，而浙东西颂其廉明，传其风雅，古所云文学饰吏治者也。诗品在元、白之间，近情处迥不易及。

别竹田

莫向风前折柳枝，柔条原不绾相思。人生难得惟知己，天下伤心是别离。半载篝灯同听雨，何年把酒更论诗。西泠夜夜添新梦，多在烟江月上时。古之伤心人耶？读竟，辄唤奈何！

留别当湖诸人士

萍絮何须问旧因，离筵开处对残春。谁言琴鹤非家具，自喜溪山似故人。北道应牵归客梦，东风偏上苦吟身。归舟莫笑轻如叶，千卷残书已不贫。不忘知己，不忘溪山，近日仕途中能有几人？

偶占

芳草青青送马蹄，垂杨深处画楼西。流莺自惜春将去，衔住飞花不忍啼。于无情中，写出情来。

为朱蕴千题杏花春雨图

浅深春色几枝含，翠影红香半欲酣。帘外轻阴人未起，卖花声里梦江南。梦江南，本属韵事，梦于卖花声中，又添韵事一重矣。入唐人绝句中，亦称中驷。

为堇浦太史悼亡

工愁善病最怜君，梦里啼鹃不忍闻。仿佛旧时苏玉局，自将诗句哭朝雲。

陈景钟

字几山，浙江钱塘人。乾隆辛酉举人。

缫丝曲

三春雨足桑叶肥，家家饲蚕昼掩扉。三眠三起近小满，桑葚垂垂叶已稀。盼得红蚕齐上箔，更喜同功茧不薄。大妇收拾缫丝车，小妇安排汤满镬。银丝抽绎比清霜，虚室堆床生白光。哑哑轧轧声不绝，绿阴低处新丝香。小姑回头笑问嫂，转眼相看织成缟。茜红鸭绿染随心，长剪腰裙短裁袄。嫂云小姑尔未知，阿哥正苦卖丝迟。明朝抱入城中去，已值官粮征比时。亦足备采风者采择，诗不徒作。

张　进　字翼庭，江南吴县人。乾隆壬戌进士，官翰林院庶吉士。著有绿野园诗。○予与徐子龙友诸人结葑南诗课，翼庭与焉。许其清不染尘。选贡入都后，规模台阁体，不复唱渭城矣。今所录者，皆结诗课时作。

由空谷至中峰

出谷山路转，松深馀落晖。隔林闻语响，始知人采薇。归鸟引前路，碉花点客衣。倚筇憩梵宇，钟鸣自掩扉。华鸿山学韦左司，可云循墙而走，作者似欲过之。

雪中忆家园池上草堂

客居常苦寒，况复积深雪。夜明山鸟惊，清响寒柯折。遥知池上园，虚白人踪绝。

五人墓

意气偶然激，成名竟杀身。空山馀落日，古木出青燐。地近要离墓，雲连胥水滨。匹夫能就义，嗟尔附炎人。恰是五人分量，结意指顾秉谦、魏广微一辈，见缨冠中人不如市中人也。四十字字字老成。

梦麟 字文子，蒙古人。乾隆乙丑进士，官至工部侍郎。〇乐府宗汉人，五古宗三谢，七古宗杜、韩，虽不能至，心向往之，不必议其不醇也。近日台阁中，无逾作者，倘天假以年，乌容量其所到。

雉朝飞

雉朝飞，其羽灼灼。雌前跳，子后跃。于田于薄，是饮是啄，我弗如尔行乐。尔乐我哀，朝行出游，日暮独归，独归兮心悲，群嗷嗷兮夜饥。我无术兮哺儿，先我死者知之。借乐府题悼亡，词古情挚，于安仁、子荆外，又辟一门户。

哀歌行

喧者勿喧，歌者勿歌，呜呼我哀，我哀奈何？父知儿寒，母知儿饥，我无父母，饥寒谁知？亲在忆亲，亲没恋坟。魂断难复，草荒更新。夜坐秉烛，兄右弟左。同为孤儿，哀哉生我！抱女置膝，忍涕中悲。儿亦无母，我怀痛之。烛短夜寒，予心之酸。男儿低头，顾影自怜。

蓼莪之诗，皆直白语，而千古哀痛，以此为至。此作复相似，然前哀父母，后哀无母之女与幼女之母，人伦缺陷，一身当之，日夕萦怀，宜年命之不永也。

西涧赴山将往雲罩憩天香禅刹

天鸡叫海日，晴翠浓诸峰。丹崖媚朝雾，了了青芙蓉。寻溪背初旭，入谷闻惊风。半岭生飞烟，忽没岩边松。仰睇辨莲宇，稍见僧楼红。流雲布群壑，清梵生虚空。石径去不极，前路谁能穷。钩索得悬解，妙寄饶归宗。踟蹰憩莲社，叹息怀支公。西涧一路，予曾早发，读此，如置身其间。

由天香行药西盘初入山口

岩秀澄孤怀，趣涂意先往。理策遵回蹊，空林得樵响。幽悰眷岑寂，矧兹秋日爽。霜径稍曲盘，虚翠忽晃朗。渐历纡峦深，未识回涂广。孤晖随趣浓，悬磴玻烟上。杳蔼接诸天，振衣发遐想。王裴不可作，丘壑谁心赏？何时饭名僧，松檜税尘鞅。

朝往香山

梦觉钟鱼清，褰裳月在栋。盥濯辞精庐，山僧出林送。苔衣润芒屩，昨宵知露重。乱泉听乍失，溪涧涩馀冻。石骨生清凉，逼人寒欲中。日出照幽谷，山鸟发新哢。微风荡空翠，流雲散岩洞。永怀煨芋者，隔岫闻清诵。曰清，曰新，曰生，曰真，四者兼之。此种诗可以涤人尘俗，发端尤警。

夜过青浦

理棹投暮烟，馀晖黯遥巘。轻舸寻归流，空波肆怡衍。野风送香气，浩露滴微泫。重叠林景昏，微茫峰色浅。远火辨孤城，隔岸闻乱犬。稍别林墟移，渐觌雉堞转。华月淡始照，流雲蔚初展。一与清景俱，乍喜尘悰遣。惆怅怀前踪，馀风动深缅。

临江楼

亦知非故土，扶杖且登楼。落日万古色，长江千里秋。浮雲蔽楚望，朔气老边州。无限关心事，凭栏起暮愁。

孙贻武

字绍衣，浙江归安人。乾隆乙丑进士。

吴越王

凤舞龙飞地脉优，挺生人杰说婆留。潮回龛赭三千弩，地拥金汤十四州。承宠树皆披锦

绣，称藩臣自息戈矛。栉风沐雨辛勤甚，圆木惊眠老未休。第六语讥其不讨朱温也。婉讽贤于直斥，

吴　檠　字青然，江南全椒人。乾隆乙丑进士，官刑部主事。○青然举鸿博不遇，放归，后官西曹，决大狱，能不阿大吏意，众论许其守官。

咏怀

曲径非不捷，由之转穷途。欲速嗟无成，蹇步愧亨衢。徘徊望觚棱，我思郁以纡。致身有本末，朱芾难苟图。突梯性不适，那敢轻贱躯。梦鹿忘覆蕉，伺兔笑守株。得失良偶然，岂必巧有馀。立身居官，可云不苟。

晚次彭城

薄暮荒城首重回，雲烟芒砀客愁开。三齐驿路连天阔，万里河流动地来。戏马台前寒日落，斩蛇沟外野风哀。狗屠狱掾皆黄土，感叹当年楚汉才。

蔡寅斗　字方三，江南江阴人。乾隆丁卯举人，官国子助教。○方三工古今文及骈丽韵语，闻四方有才人，必远道走访，与之定交，盖以文章友生为性命者也。壬申恩科会试，自经于号舍中，不解其故，人谓之遇祟。文人之厄一至此耶？

坦坦碕

平桥跨曲池，池清波渺㳽。沙沚聚闲鸥，塔影沉寒水。澄碧映琴书，浮光上棐几。日晚坐虚亭，怅然怀彼美。自注：徐高士介白。○此明瑟园景之一，与予同游赋之，注中徐介白，明末遗老，隐居于此。

游盘山

渔阳千里郁巃嵸，第一名山压蓟东。白练粘天飞绝顶，自注：水经注徐无山山上水可高二十馀里，即今之盘山也。苍龙裂石挂遥空松名。茫茫雲气长城入，漠漠风烟古塞通。何日相随石门叟，掉头还与问鸿蒙。

雄奇形胜自天开，遥拱神京冠八垓。地势直从沧海尽，山形还向太行回。烟雲深处迷盘谷，风雨声中啸剑台。闻道宸章烛霄汉，磨崖百丈破莓苔。颔联写盘山形势，有海涵地负之概，此盘谷非李愿栖息之地，上有李将军舞剑台，谓李靖也。

挽徐澄斋太史

倦飞孤鹤下烟霄，劫外灵光见后凋。海舶雲旗归万里，经筵雪鬓侍三朝。老馀秃管论删述，病卜青山卧寂寥。谁为元亭重载酒，满江枫叶荡寒潮。三语谓出使琉球，四语谓三朝讲官。

林明伦

字穆安，广东始兴人。乾隆戊辰进士，官翰林院编修、记名御史，出为衢州太守。○穆安留心正学，严义利之介，方保举御史时，有劝其谒掌院者。答曰："御史以求而得，何以自立耶？"后守衢，洁己恤民，因谒上台稍迟，疑其傲，以才力不及劾之落职，衢人哭而送之。

吊五人墓

西市繁霜日，南躔贯索中。歌诗忧板荡，占象叹屯蒙。国柄归旁落，刑馀蔽主聪。衣冠婴赤族，屠狗叫苍穹。竟触貂珰怒，谁怜骨鲠忠。捐生片语易，仗义五人同。道直心宁悔，名存死不空。招魂堤水上，葬骨虎丘东。墓草侵阶绿，山鹃带血红。要离三尺土，千古共英风。

张　畹

字荪九，江南长洲人。布衣。○荪九穷居郊外，世缘半绝，素交二三人外，车骑造访之，弗接也。论诗必溯源唐人以前，有与争辨者，至面赤不顾，或目为诗癖、为诗愚，乃大喜。身后诗篇零落，只存社中共赋一篇。

移木芙蓉植后圃

吟罢楚客辞，逍遥向园圃。缅彼拒霜花，一枝移带雨。我生同弱植，终当委草莽。况兹摇落辰，孤芳谁搴取。浅土托根荄，松菊聊为侣。借题自寓，品地如见。

张　钺　字少弋，江南华亭人。布衣。

月夜黄姑滩露坐简山中一二知己

明河净无波，憩息爱幽境。良游值杪秋，佳趣心各领。颓阳匿馀晖，微月扬清景。草中僧独归，烟际钟初静。霜林飒有声，风蜑悄多警。怅与赏心违，长谣一延颈。「僧归」二语，写山寺晚景如画。

闽中九日寄吴中诸兄弟

海天万里独登台，佳节空嗟白髮催。愁绝雁声从北至，苍然秋色自西来。霜清乌石蛮烟豁，潮落金崎越艇回。遥忆故园兄弟在，几人同把菊花杯。

金义植　字立斯，江南吴县人。诸生。〇太白于右军书，目以清真，清则不杂，真则不伪也。惟诗亦然。立斯之诗，清而真矣。与其配倡酬于枫江之滨，晚岁耳聋，不闻世事，尤得安分自适之趣焉。

高函三夜话

五载一相见，江边落木风。那堪多难日，正在别离中。世事茫无定，吾生固有穷。夜吟须尽醉，秋雨一灯红。

怀高武康侍御军台

身讶新擐甲，冠为旧触邪。一言陈白简，万里度黄沙。食禄应持论，投荒肯顾家。从戎堪报国，垂老莫长嗟。起二语，侍御及从军皆见，下表其正直，勉以报国，得古人立言之体。

怀三弟

东粤携家远，南荒作尉难。五句双白鬓，万里一微官。城郭新教筑，衙斋未得安。遥怜蛮海畔，辛苦百忧攒。自注：陆丰，系新分邑。○诗品之高，总不外一真字，本乎性情则真。

江上

江上不来双鲤鱼，堤边空过七香车。结交无力缘金尽，泛宅何之且陆居。紫塞月明千帐外，绿窗人静卅年馀。此时聊得闲中趣，仲蔚蓬蒿亦自如。五句对第一句犹诗之「彼采萧兮」也，六句对第二句，犹诗之「出其东门」也。无力结交，无地泛宅，惟领闲居之趣可已。

尤　怡字在京，江南长洲人。布衣。○昔皮袭美寓临顿里，陆鲁望自甫里至，与之定交倡和，其地为皮市。在京居其地，周子迂村亦至自甫里，相与赋诗，恰符皮、陆也。在京就韩伯休术，欲晦姓名，诗亦不求人知，而重其诗者，谓得唐贤三昧，远近无异词云。

杂感

春至阳气动，轻雷殷方鼓。晴川泛朝光，草树沐新雨。农人负耒出，操作及童竖。有生宁不劳，俯仰各有取。曰余本拙懒，逝将事农圃。所急在治生，岂伊慕高古。贫贱惜筋力，忧伤亦何补。陶公心事，正于不讳治生传出。

明月流素影，照我室中帷。清光缺复满，佳人难再期。宝镜不复开，玉琴生网丝。翩翩双黄鸟，巢我庭树枝。雄衔原上草，雌啄泽间泥。辛苦被流渗，一旦伤其雌。身死亦何言，悲此巢中儿。此首悼亡。

驽马策蹇足，驰望昆仑丘。自非千里姿，焉得追骅骝。斥鷃翔数仞，黄鹄四海游。岂不愿高举，羽翼非所俦。慎尔失故步，蹎蹶乃贻羞。天分固有定，躁进非良谋。此警躁进。

山居杂兴

晨起草木湿，林霏散清曙。始知东峰雲，夜作涧上雨。光风叶上泛，新泉草下注。群鸟林际鸣，游鱼水面聚。万物各有分，劳生转多慕。倖中成虚名，多为来者误。君看区中缘，扰扰曷有数。

刘东郊归自关中述华山之游为作诗纪之

刘君新从华阴归，为我口述华山游。华山巀嶭五千仞，金精白气西作秋。初向雲台辨雲树，已是希夷栖隐处。足捷如骑酒家龙，眼明未厌公超雾。径回路绝飞鸟还，青壁杳蔼凌雲端。停策仰望坐叹息，安得羽翼临风翻。垂垂铁绠一千丈，烈日长风久摩荡。半足入壁出壁间，双手缘雲上雲上。苍龙当我来，兀嵲露半背，我欲踏之势恐坠。不知天际去之几，俯视人间已无地。此时贾勇气转健，矫首三峰忽当面。峰顶玄鹤鸣向人，雲中玉女遥相见。仰天长啸天宇空，浩浩万里来罡风，幸不吹堕尘埃中。五陵北原青未已，黄河无声流向东。平生浪迹长游衍，太华峰头足萧散。以兹顿遣胸中忧，却使雲泉今尚婘。吾闻此语心茫然，天池仙掌纷眼前。忽忆十年意不乐，魂梦却堕东峰巅。何时拄杖凌紫烟，仙人金液非我意，试看峰头玉井莲。详华山之奇险，然语语是友生所述，别于纪游，结意撇开求仙，正见高旷。

宝剑

宝剑芙蓉锷，韬光匣里横。星辰秋忽动，风雨夜还惊。边郡今多事，故人方远征。徘徊欲相赠，不独为平生。一气鼓铸，精力尤在后半，神到候自然遇之，人工不与。

秋晚登楼

淡雲含雨过城头，独自凭阑豁远眸。万木秋声来大壑，乱山寒色上危楼。登临不为依人感，摇落应添揽镜愁。闻道菊花堪泛酒，共谁来此一消忧。

馆娃宫

峰顶曾闻置别宫，艳歌娇舞欲无穷。美人一去碧雲冷，行客独来山殿空。香径落花春度曲，古廊依树夜鸣风。登临漫为勾吴感，旧馆荒台处处同。

白秋海棠

谁将清泪洒幽墀，散作瑶华别有姿。最是玉人肠断后，淡妆无语背人时。只「瑶华」二字点白，馀皆以神韵传写，悠然自远。

江　声 字飞涛，江南常熟人。

病起即事

日暖风恬春正酣，闲听归燕语喃喃。形同陌上三眠柳，心似筐中八茧蚕。洛下有书凭犬附，床头无易任鸡谈。抛荒残卷尘凝榻，裘褐萧然拥一龛。

柳絮次陶庵韵

茫茫如梦复如尘，时逐游丝送暮春。连臂踏歌招不得，就中愁杀倚楼人。「连臂踏歌」，用杨白花事，落句传出远神。

乔　湜

字睦州，江南宝应人。岁贡生。

芭蕉

绿雲当窗翻，清音满廊庑。风雨送秋寒，中心不言苦。古意亦复古音。

周天藻

字掞之，江南吴江人。

题剑南诗后

归老雲门著句多，往年豪气未消磨。杜陵集里收京咏，垂老悬悬望两河。万六千馀首中，标出「北定中原」之志，才是放翁知己。

病中遣兴

量减三蕉众所知，兴来时复一中之。此生颇似灵均醒，也和渊明止酒诗。渊明之醉与灵均之醒，同一心事，诗中颇能见及。

孙谟

字定叔，江南上元人。

辽东

辽阳形胜接幽燕，关塞中分势极天。渤海东流环一面，浑河西去尽三边。何年互市来良马，此日屯耕有废田。欲问开平旧功业，野狐山北遍荒烟。

陈灿霖

字雨岩，江南长洲人。诸生。

咏橘

洞庭朱实饱经霜，信手拈来满座香。有柚愿教兄弟合，自注：淮南子：槐榆与橘柚合而为兄弟。成林休虑子孙忙。厥包锡贡来天府，作诵留名重楚湘。但得贞心能不改，纵令移植亦何妨。兄弟合，子孙忙，如玉合子底遇著盖也。结意翻得独高。

古怨

独卧绣窗静，月明宿鸟啼。不嫌惊妾梦，羡汝是双栖。妙在不怨之怨。

陆文铭

字书岩，江南吴县人。诸生。○书岩甘于食贫，舅氏为荆山吴文恪公，居六卿之贵，无一语干渎，品可知矣。诗亦戛戛独异，适如其品。

拟古

明月在浊流，不改月色清。孤松盘曲径，不改松性贞。君子遇险巇，此心恒荡平。此见德性既贞，不随物变也。诗中兴体。

杂诗

天地不生成，古今有何事。茫茫万劫中，生民多所嗜。黄金变为土，盗跖亦柳季。造物起争端，无怪人趋利。有酒且斟酌，万事付一醉。庄生之旨，见造物亦为多事，何独圣人。

利器行

干将之刃篆籀箭，斩骑贯革如飞电。不逢挥剑发机人，锋铦未许伤缟练。铅刀蓬矢各逞奇，光芒骇目莫敢携。风胡去兮养由逝，吾安归兮长相思。不逢真识，利钝混淆，感慨无尽。

日入行

昆仑山摧若木枯，虞渊泛滥沉金乌。羲和沉湎不肯醒，后羿奋臂斗雕弧。八龙骨朽呼不起，石马嘶烟寒月里。玉桃溃裂饱青鸾，方朔偷儿今日死。茫茫元气千古浮，劫灰飞尽天地愁。回头长叫广成子，黄帝何为土一抔。全学昌谷。

李　璧

字雲和，江南句容人。

乌栖曲

花影参差覆辘轳，空房泪滴一灯孤。无端金井梧桐月，偏照双栖白项乌。

马长海

字汇川，辽阳人。著有雷溪草堂诗。〇汇川遗弃缨绂，意气自豪，尝遇之琛亭都统席间，时琛亭防秋，汇川脱鱼肠剑赠之，悲歌感慨，即生平之诗可知矣。

移居沧州蔡玉躬阁学以诗送行次韵奉酬

仕宦亦人情，沉沦堕其志。徒深山水怀，喜无儿女累。期为尘外游，今鼓沧浪枻。峨峨黄阁老，潇洒饶逸志。送我河之干，赠言有馀味。非不惜离别，孤怀喜能遂。沧州海一隅，可访安期辈。为问天地根，果否生天地。长跪谢微言，我将从此逝。

再赠西山隐者

山路透迤入杳冥，十年重访枕烟庭。问名指眼看蓬鬓，留客呼儿挈酒瓶。雲似客闲朝出岫，鹤如人立夜听经。先生不与寰中事，长啸一声天地青。

读陶诗

处士胸中别有春，田园寄托写天真。义熙尚有关心事，岂便羲皇以上人。窥见陶公心事，予亦有句云：「至今南村诗，可续西山歌。」予诗明言，汇川蕴蓄，觉蕴蓄者耐人寻思。

金　綖

字丝五，江南吴县人。官宣城训导。著有蕴亭诗稿。〇蕴亭诗负奇气，磊磊明明，不肯一语庸下，比之利剑，宁寸寸折，不为绕指柔也。晚年研究易理，不复成诗。

自三山至牛渚连山盘屈舟出其下

晴日山照耀，林峦现金碧。何年浮屠宫，峙此奇险石。钟磬不可闻，天风荡虚壁。轻舟出其下，牵揽不得力。巉岩更阴森，使我毛髮磔。惊涛喷晴雪，盘屈增险阨。上视飞鸟绝，下瞰鼋鼍逼。寒江静鱼梁，细路隐樵迹。我欲逐孤猿，济胜理轻策。高妙蹑雲关，力扶羲御侧。风水趁前途，回首空叹息。熟老杜发秦州杂诗，有此笔力，有此神气。

舟晓

寒潮月稍落，渔浦烟初起。苍茫钟出林，萧瑟雁飞沚。须臾沉雾迷，不辨天与水。使我神恍惚，置身雲海里。日出影渐开，遥山树如荠。翠微半出没，沧波亦流绮。指顾远帆生，一一势千里。清景旷无垠，吾心淡如此。起绘舟晓，令读者如置身其间，雾不生于平旦而生于平旦以后，日高则散矣。老于道涂者始知。

采石矶

扬帆溯江涛，江阔沿叠嶂。诘屈百里间，一一奇鬼状。篙师太卤莽，拨石轻奔放。峥嵘屡萦回，采石屹相向。天风飃惨来，险绝不可仰。昔闻忠武王，挥戈实开创。于此奋神威，力腾千仞上。真宰有驱除，中原气自壮。至今三百年，谈者神犹旺。龙虎一失险，洪波空荡漾。郁郁松柏枝，钟山日相望。

村居答社中诸子

柴桑有处士，襄阳有遗老。尽室入蓬蒿，终年颜色好。人生苦不足，吾道无求饱。愿得同心人，浩歌藉芳草。入蓬蒿而颜色转好，人情已难，况加以尽室终年乎！惟梁鸿、王霸夫妇足以语此。

送刘东郊

木落岭猿愁，江帆开素秋。寸心千里远，孤剑一身留。闽海天垂尽，仙山雲半浮。安期方待子，且抱古琴游。律诗最争起手，起手得力，下迎刃而解，餍饫盛唐者能之。

寄芝仙西征幕府

枚生长托乘，王粲始从军。会有平戎策，能开西极雲。令严千雪帐，犒士万羊群。指日应降虏，铙鼓奏凯闻。

周　京　字少穆，浙江钱唐人。〇少穆足迹远到，欲结契宇内英杰，召试鸿博，不遇归，时偕一二友生游宴西湖，赋诗写怀，盖自此无四方之志矣。诗体和平中正，不为馋刻艰深之语。

武功县望太白山

百里武功县，明当太白山。雪从何代积，春到几时还？清霁迴晴昊，高寒指翠峦。军行休鼓角，风色正愁颜。

褒斜谷

阁道横空去，连峰叠嶂开。地随秦塞尽，山自汉中来。行蚁缘旋磨，粘蜗上古台。当年转战处，弥望满蒿莱。自注：黄牛铺为吴康卿战金兵处。〇十字包括秦、汉，力大于身。

代州

青峦万壑锁岩疆，旧绕楼烦古战场。冷碛雨收秋草绿，大荒日落塞雲黄。滹沱河去包并冀，句注山横下狄羌。惟有年年关外雁，不妨迢递到衡阳。

燕来

烟雨疏疏覆绿苔，海棠时节燕重来。不辞故国三千里，还认雕梁十二回。荒草谁家深院落，繁花何处好池台。却怜旧馆曾相识，为把湘帘手自开。

杨花

南陌风光剧可怜，杨花撩乱扑秋千。一年春事抛流水，半醉心情付别筵。冉冉惯寻芳草岸，蒙蒙欲下夕阳天。残红同尽无消息，又化浮萍上钓船。三四空写一联，离形取神，晚唐时有此格。同友人湖上有句云：「野鸥导我有闲意，新柳笑人成老夫。」风趣可挹。

二十六日晓过德州河

即次停骖客梦残，又携残梦上征鞍。小人有母忆尝食，游子离家空复还。沙月渡头斜欲落，野风林外晓生寒。廿年明发天涯泪，到此真成行路难。

方肇夔 字引谐，江南江都人。诸生。

客中送春

记得离家是首春，与春相伴走风尘。而今杜宇频频唤，半饯春归半劝人。感春归而已不能归也，语近情遥，得司空表圣「俯拾即是」、「触手成春」之方。

桃花坞吊唐六如墓

先生胸次海天宽，只爱桃花不爱官。荒土一抔魂魄在，满溪红雨落春寒。唐墓在横塘，桃花坞读书处也，误认者多。此从桃花着笔，而六如襟抱，如或见之。

缪宗俨 字敬思，江南吴县人。

虎山桥玩月

山白月当空，平波乍摩莹。入雲淡欲无，荡水光难定。长松倚层崖，风吹韵笙磬。桥下渔舟归，櫂歌入清听。夜深群动息，一啸众山应。清绝。

洪嘉植 字去芜，江南歙县人。

蕲州禹庙

罗州之台蕲水东，江声千古环卑宫。盘龙山高风落石，乾明岩断雲回空。地平天成岂苍水，九州四载疑玄熊。朝宗于海自江汉，巍巍巀嶭思神功。以古诗行律体，胎原少陵，东坡亦尝为之。

邓尉看梅

停舟策杖屡攀跻，石路初消雪后泥。竹径参差逢野寺，人家一半住花溪。寒生夜磬行来远，天压春山望处迷。万树香风偏渡水，莫厘雲断两峰西。

朱瑄

字枢臣，江南吴县人。

钟山拜孝陵并瞻遗像

蒋山山下吊松楸，瞻拜遗容识冕旒。凤目龙瞳存尺幅，珠襦玉匣自千秋。林间片壤依元子，石畔荒原附列侯。更望孤栖埂边路，离离禾黍满平畴。端重有体，依元子，谓懿文太子，「附列侯」，谓中山诸王侯也。

祖龙引

徐市楼船竟不还，祖龙旋已葬骊山。琼田倘致长生草，眼见诸侯尽入关。嘲笑求仙，祖龙有知，亦应齿冷。

汉宫词

阆苑瑶池路邈然，延灵高筑迓群仙。岂知待诏金门客，偷堕尘寰十八年。连上一章，神似义山断句。

周杭 字祖望，江南吴江人。诸生。

题倚剑牧马图

百金买一剑，千金买一马。十年磨剑不得试，驱马归来牧岩下。忆昔锦衣狐白裘，身挟两龙万里游，尔时意气轻王侯。吁嗟丈夫有命那可说，紫髯如虬悲白髮。雄心难待马生角，袖手应怜剑虚拔。君不见古来穷达变化犹飘雲，南山尚有射虎手，无人知是李将军。剑与马或合或分。结出飞将军射虎，大有英气。

俞玉局 字爻心，江南无锡人。诸生。

题剑南诗稿

年垂九十恨谁知，肠断偏安恢复迟。高孝光宁身备历，荥河温洛见无期。梦中拜手迁都疏，死后关心家祭诗。个是诗坛老方叔，壮犹弹压几偏裨。写放翁忠心豪气俱见，若第扬其诗，便为凡手。〇荥、河、温、洛，中原所失地也，对高、孝、光、宁四朝，流走不滞。

石　文　字贞石，浙江上虞人。

同丁敬身访张丈应华有赠

静看林景过茅茨，径曲村深步屧迟。南北舍分新竹色，两三客对夕阳时。邻多野老同耽隐，贫有闺人共课诗。长日闭门殊自得，屡空意味许谁知。敬身嗜古，应华食贫，并有得于屡空意味者，贞石臭味相同，自应莫逆于心，相视而笑。

顾嘉誉　字来章，江南吴县人。布衣。

雪狮歌

封姨玉戏江天白，万里琼瑶厚盈尺。平林雕鹘偃不飞，大泽蛇龙卧难蛰。街头跳掷嬉儿童，竹帚扫雪冲寒风。爬罗随手试抟弄，物态一一无雷同。蛮奴心孔偏狡狯，装出狻猊露奇怪。爪牙忽作之而形，拉虎吞貔宛然在。蹲伏恍遇沧州城，贡献疑通安息界。髵髵落落张巨口，仰天欲作河东吼。四围腰鼓声喧阗，灯火荧煌照左右。入山那可抟戲狸，当路直堪走猘狗。寒威消歇阳气回，朝来倏忽扶桑开。狰狞跋扈转瞬耳，流澌消却银皑皑。君不见冰山万丈高崔嵬，压倒泰岱轻徂徕，一朝失势竟安在，区区雪狮何有哉！吁嗟乎！区区雪狮何有哉！冰山难恃，其本意也，借雪狮发挥，纵笔所之，不受束缚，山人亦纵横乃尔。

翁格 字去非，江南吴县人。诸生。

暮春

莫怨春归早，花馀几点红。留将根蒂在，岁岁有东风。安分俟时，意言俱妙。

陆苍培 字学起，江南长洲人。廪生。

咏怀

燕市相逢处，吟坛与酒垆。雲山万里别，天地一身孤。元叟聊称漫，仪曹自号愚。从兹懒求友，耕钓是吾徒。五六承「一身孤」言之，言自此无意求友矣。学起见赏于辇下诸公，故有是云。

闻雁

梦断空堂家万里，酒醒秋夜漏三更。他乡风雨此时急，独听南飞雁数声。

殷再巡 字二南，江南常熟人。○二南受知于赵秋谷，曾为点定其诗。

汉武帝

雲旗不动射蛟回，宴坐承华月满台。花发碧桃方朔过，窗开青鸟阿环来。灵坛夜静光三烛，仙掌风微露一杯。万里贰师归绝幕，只盘天马赋龙媒。

华龙翔

字丕光，江南无锡人。诸生。○予未识丕光，杜雲川太史为予言，同人赋诗，丕光诗成，众俱敛手，邑中才人也。后华生汉畿授予遗稿，寻味之，果如雲川之言。

感遇

戛戛高冈梧，孤榦修以直。疏阴不自庇，虫蚁争蠹蚀。铿然遭斧斤，谓是中琴瑟。朱弦徽黄金，绮囊护丹漆。知音世所希，俗耳聪若窒。何似摧为薪，犹足供鼎食。言知而不知，不如不知也，此作者有激云然。

翠声阁

雲罄架书巢，庭户满空翠。空翠本非色，寻声复何在。渊明无弦琴，音在弦指外。独坐泯见闻，悠然自来会。古云空翠难强名，翠中有声，只可意会，不可注解。

恭寿先生于黄山深谷得杖一枝双茎盘曲节目轮囷首尾仍合并为一极离奇瑰异之观为作短歌

恭寿之杖一而两，夏后双龙落吾掌。恭寿之杖两而一，驱蛩相合几忘匹。骊珠百六节可数，追琢丁丁缺鬼斧。八年刊木遍神州，遗却黄山笑神禹。或言轩辕丹灶多遗薪，自注：黄山有黄帝同浮丘公炼丹处。烬馀裂石蟠灵根。双桠竞茁不相让，欲劈未劈成轮囷。或言扶桑相纠老东溟，孙枝迸出仍骈颖。九乌长喙日夜啄，节目蚴虬堕残梗。我来欲把不敢触，恐是生蛟遭缚束。先生兴至时捉之，不借雲軿驾双鹄。世途夔峡从崎嶔，扶携直过三山曲。都从一枝双茎著意，离奇诘屈，排荡纵横，极才人之能事。

示仲孙应和 时将北上

牖下嗟吾老，天涯忆汝单。因人知不易，行路敢辞难。有舌囊宜括，无鱼铗莫弹。饥驱为客早，惜别恨千端。

刘瞻榕 字于根，江南无锡人。诸生。

春日田家

草庐负高阜，柴扉面清池。村居本安闲，况值春风时。春风果何心，如与丘园私。一夕逢好雨，千顷新绿滋。朝来荷锄出，对此情自怡。时运无或愆，力田复何疑。仓庚先已觉，飞鸣桑树枝。春风之私，正言其公，语妙从杜诗中出。

送须觐予还晋陵

啄粟野田黄口雀，尽日挥之苦难却。翛然老鹤迥出群，连轩矫翼谁能驯。春风楼前梅花白，看花君作西洲客。细雨冥冥梅子肥，鹧鸪声里送将归。何须咎君言别早，客舍虽佳归更好。一帆明日向东去，正是鄙夫心忆处。起四语兴觐予之归，得六义之一。

冯嗣京 字留士，浙江桐乡人。贡生，官长兴县学训导。

上韩慕庐学士

门分洛蜀路多歧，中立如公总不移。进退每关天下事，襟期独有圣明知。后堂长蓄公田酿，外国争求贺雨诗。莫漫抒辞颂功德，即论风雅亦吾师。一起四语，与匠门先生暗合，时文懿公中立不倚，故诗家以此为赠言。

宋匡业 字鼎来，江南长洲人。贡生，以子宗元贵诰赠中宪大夫。○生平谦退谨约，无疾言遽色，远近称善人，性爱梅，咏梅诗成帙。兹取其尤高洁者。

庭梅

屋角冷雲破，横空挺一枝。瘦应同鹤立，清似畏人知。写影惟凭月，传神不在诗。空山流水外，脉脉寄相思。以清畏人知品梅，极见成语，从前无人道及。

梅花

不染纷华别有神，乱山深处吐清新。旷如魏晋之间士，高比羲皇以上人。独立风前惟索笑，能超世外自归真。孤芳合与幽兰配，补入离骚一种春。传梅之品，宋人蹊径一扫而空之。

陆淹 字菁三，江南长洲人。钦取入都，未授官卒。

秋怀

叶染深秋变早枫，轻雲如黛月如弓。闲情毷氉非关酒，倦骨支离不耐风。鱼悔尾赪思溟北，冢夸头白笑辽东。分明袖手看残弈，一角争差劫未终。

江宏文 字书城，江南嘉定人。钦取入都，放归卒。

感怀和周铁门韵兼呈汝南公

九重宫阙隔雲霓，昔梦曾依浴殿西。青琐几人犹索米，玄都千树莫留题。孤鸿出塞惊衰草，旅燕寻巢识旧栖。遥忆东山桥下路，秋风起处暮烟迷。

单衣短褐话当初，潦倒空悲岁月虚。击鼓谁云丞相怒，扫门自与舍人疏。陆沉渐觉风波老，生死还依骨肉居。三十三年多梦梦，此生犹在黑甜馀。江君九龄能书擘窠大字，未弱冠，以诗受九重知，命入武英殿纂录，将得官矣。缘放浪被劾归，县尉至揶揄詈辱之，文人之厄，无逾于此。今阅感怀二章，抑塞之中，自饶磊落。勿以遇之穷而轻之。

陈叶筠 字廷望，江南昆山人。诸生。○廷望论诗，断断唐、宋之分，有近石湖、剑南者，必排斥，时共目为怪人。陈子树滋独推重之。惜中道殂谢，遗稿散佚。采录三章，比之一鳞半爪也。

张睢阳庙

丧乱逢天宝，江淮障一身。死甘为厉鬼，生岂负人伦。卞壶拳还握，苌弘血尚新。灵旗风卷处，犹似扫黄尘。厉鬼、人伦，即用张中丞语，神完气足，居然唐音。

滇阳峡

一径入峡口，盘盘在复回。烟横两岸合，水划万峰开。命托长年手，魂惊乱石堆。前途望不极，何处越王台。

寄许子逊

不见南来双鲤鱼，风尘落拓感何如？偶过燕市悲歌地，曾上长沙痛哭书。芳草天涯分晓梦，暮雲江树惜离居。春深何处堪凭吊，为我携尊酹望诸。

张　琯　字紫维，江南太仓人。

吊鹦鹉

雕笼悲越鸟，饮啄岂无情。本为多言误，翻怜一死轻。聪明应再世，文采毕今生。犹记南窗下，春风自唤名。语语是吊。

张嵩龄　字东屿，江南太仓人。诸生。

流莺词

日暮听流莺，流莺啼不住。上苑春来又几时，深闺梦醒惊何处。初闻仿佛在东墙，又见随风出绿杨。睍睆枝头明似剪，绵蛮树底巧如簧。豪门争拥颜如玉，斗酒黄柑共相逐。宛转疑吹秦女箫，悠扬胜度吴娘曲。独有高楼粉黛人，年年夫婿怨飘零。鸳鸯独宿银屏冷，倚遍阑干不忍听。绰态柔情，初唐风调。

南昌秋夜

秋气频侵袂，空宵独掩扉。愁来心易醉，客久梦难归。灯焰床头短，虫声户外微。起看乌鹊影，三匝向南飞。比「梦里还家不当归」更深一层。

程之鵕

字羽宸，江南歙县人。著有练江诗钞。○练江游踪，几遍大江南北及楚、越、东鲁，而登眺不倦，尤在黄山，故发而为诗，多登临凭吊之作。同郡曹进士震亭与之倡和，震亭多才，不轻许可，独折服练江，则练江之诗可知矣。子笙友、管庭寄遗集乞序，因采而录之。

芦花被

不并青绫一样看，只从江上借秋寒。覆时应共鸥群梦，卷处浑疑雪影残。中夜月侵如有失，半醒霜凛觉无完。可知雪满江南路，借与袁安卧更安。三四正写，五六虚写，结意「旧谷中舂出新粒」也。

晓过平望

半夜帆开遇好风，平明平望一湖通。人家水气涵虚白，野树霜华染浅红。舵尾鱼虾吴市早，船头歌唱越吟工。前途烟雨楼边过，身入空蒙罨画中。五六恰是过莺脰湖诗，移易他处不得。

黄山

黄山三十六芙蓉，浴罢汤泉曳短筇。仙乐鸟名疑闻缑岭鹤，钵盂峰名欲豢鼎湖龙。迷漫雲气皆成海，穿穴峰头半是松。始信到来仍不信，天工理外若为容。自注：黄山有始信峰，又有「说也不信」扁额。〇予尝游黄山，始知此诗布置之稳。「始信」，犹云到此始知也；「不信」，犹言天地间无此幻境也。两层作一层，故妙。

抵金陵

晓风策策柳毵毵，帆影遥天破蔚蓝。一片伤心金粉地，落花时节到江南。六朝旧地，已足伤心，况落花时节乎？全在神韵动人。

席　镐 字渭南，江南常熟人。著有西墅诗钞。

表弟吴习之赠闽兰数种今兰盛开而习之下世已复逾年追感成咏

幽兰问何自？云是故人赉。故人今云亡，香草依然在。回忆十年来，周旋见情态。信宿娄江程，不阻水如带。芳菲表同臭，辱赠展相爱。一从入洛游，空教悬榻待。子本中林秀，扬扬远埃壒。俯视世俗文，无讥等自郐。凿枘两相违，谁欤加盼睐。人事既锄兰，天意复剪艾。可怜身后事，一一散馀瑷。即此是故物，同心如晤对。年年及花期，思君一长慨。习之不遇而殁，将锄兰剪艾点染，倍觉触物伤感。

除夕感怀亡弟湘北

去年当此夕，步屧过子庐。候门肃以入，列坐情怡愉。是时群从集，灯火荧前除。儿童绕我戏，捋髭牵衣裾。流光如转烛，景物与时俱。痛子竟长往，浮雲变须臾。弟兄我七人，强半归丘墟。存者与子三，何堪返黄垆。在原爱由性，抚时感如初。百年洵难料，一岁行看徂。强壮子已矣，我衰当何如？直白说去，情事最真。

周孝学 字孺仍，江南吴江人。诸生。

登穹窿绝顶望震泽同蒋香山作

吴中富名山，穹窿独称长。郁律耸晴空，凭眺快无两。兹来值秋霁，疏翠揽盈掌。行行跻笠峰，孱颜俯群象。天平遥搢笏，卑犹成覆盎。雲从岭下飞，飞鸟不能上。西南临具区，风涛相震荡。烟消螺髻浮，日落新镜晃。混合天水色，分坼吴越壤。呼吸凌青冥，啸歌脱尘鞅。何当寻赤松，相与出世网。

书牧斋集后

铜驼榛棘话酸辛，东涧盘旋剩旧身。碑碣大书杨左传，前朝公论借斯人。明季年，牧斋为党魁，杨、左诸公志传，皆其特笔也，表之不没其实。

归老空门结净因，落花时复饯离人。出魔入佛超然处，欲瀚朝衫一斗尘。此言其末路心事，见托佛而逃，悔恨无及也。不加贬斥，婉约可思。

李果 字客山，江南长洲人。布衣。著有石闾集。〇沧州陈公鹏管京口时，客山投诗造谒，公遂与定交，后大理李公因其谨慎，欲任以盐筴，力却之。及李公被罪，诸任事者皆罹祸，客山超然，人服其识。诗格苍老，一洗肥腻，有一二字未安，屡改不倦。晚年文誉蔼郁，过吴门者争识其面，几以鲁灵光目之。

示两儿

初冬可读书，披帷对月影。困穷亦何常，天意默示警。所期在远大，忘此清夜永。经义纂孟荀，如汲得修绠。摛辞芟缪悠，百家足驰骋。蕴辉珠处渊，含英金在矿。世人竞目睫，欲语还如哽。但求寡悔尤，焉用名炳炳。

马援覆闻过，柳玭重行己。吾家旧遗经，先德盛积累。黾勉无异营，颇识剥复理。中岁偶行游，致汝业渐弛。我无一顷田，经籍足耘耔。义理苟能通，出处有根柢。医药与货殖，困穷亦可倚。吾生少失学，垂老方知悔。展转力就衰，炳烛思晓起。努力爱景光，汝曹从此始。首勉以穷经，次期以述祖，少年子弟，共宜佩服斯言。

王将军剑歌

神物铸成干将手，三尺苍龙半夜吼。七星吐焰烛银潢，魍魉潜藏白猿走。将军匹马来疏勒，手握寒光边塞黑。赠将海内有心人，风吹一片无情色。半行籀文不可认，血花点点荆卿恨。平生慷慨思报恩，尊前睚眦何须问。

哭沈方舟三首

去冬送汝江上行，今年哭汝隔淮城。念汝寥落走四海，白头客死难为情。岂无当路可投足，苦心自许无人告，中夜悲歌恒刺促。黄河风高波涛恶，雨雪严冬古寺泊。来船去马不敢行，鹭鸧哀叫鱼龙跃。乡国迢遥渺何处，西隔金陵东浙渚，魂招不来奈何许。平生笔力足拒石，西河药亭争避席。故老诗成海岳篇，诸陵绝塞吟霜白。卅载同袍魂梦劳，相思落月临江皋，雁飞何处求其曹。连下三韵，其声急直，哀挽诗正宜如此。

怀陈处士阳山

老卧天池岭，寒松骨共苍。人如陈仲子，诗是孟襄阳。有女尸蘋藻，无儿受缥缃。风流今已矣，忍更过书堂。三语状其孤介，四语表其清疏。

泛艇木渎

晨光初泛艇，流水枕清酣。风定晴湖渺，雲生远岫含。梨花明月寺，芳草牧牛庵。多景灵岩近，乘春取次探。明月寺、牧牛庵，木渎之佛刹也。加以梨花、芳草，遂成名句。

晚菊

迎冬方吐艳，篱下竟谁看？岂敢伤迟暮，何妨历岁寒。孤怀原淡泊，独立未凋残。迟尔风前落，骚人佐夕餐。可当作者写怀。

从弟至

奔走怜吾弟，归来感慨多。风尘遭白眼，冰雪渡黄河。几作无家客，空为击楫歌。嗟余亦寥落，相对奈愁何？

失喜还疑梦，灯前认未真。流离二十载，惨淡一孤身。思子心如割，伤亲泪满巾。春秋虚祭扫，风木恨难伸。

关山月

重关峻岭郁嵯峨，月色偏临绝塞多。万里寒生玄菟郡，三秋光射白狼河。黄榆风急传吹角，玉帐沙明照枕戈。最是空闺音信断，中宵愁听陇头歌。

范文正公祠

石笋排空山骨清，范公祠庙俨峥嵘。独从天下关忧乐，尚想胸中富甲兵。晚穗迎霜遗断陇，寒乌啼日傍丹楹。先皇银榜龙章在，红树阶前交映明。自注：康熙四十四年圣祖题「济时良相」四字榜其祠，祠前有枫树三十株。〇忧乐、甲兵，人人意中语，此嘉其安放之工。

韩 骐 字其武，江南吴县人。贡生。著有补瓢集。

赵忠毅公铁如意歌

妖蟆障日天地闭，代州戍卒性薑桂。手中刚铁尺二长，得共朱雲剑争利。额图星斗背弓弯，罗纹细蹙银花斑。铭词奇倔篆文古，仿佛铸鼎昭神奸。百馀年来亲手泽，古今义愤通呼吸。想当边城起舞时，魑魅潜形鬼神泣。千秋正气座右存，物因人重珍瑶琨。指挥欲落崔魏胆，把玩许招杨左魂。呜呼明社久已屋，一器森芒夺人目。风前还吊宋遗民，击将如意西台哭。后半写赵忠毅、写铁如意，合并不分，结出西台痛哭，义士忠臣，天然作对。

五人墓

英风飒飒绕回塘，旧冢累累侠骨香。一击自同椎博浪，百身何异痛三良。头颅敢为忠臣惜，贩负能增党籍光。变例春秋墓前碣，先人特笔凛严霜。自注：崇祯初，逆案既定，吴人共毁逆祠，即其地葬五人遗骸。先大父年未及冠，以书名吴下，吴因之先生致书曾大父曰：「异事必得异人题碣，乃称。」大父承命，大书「五人之墓」四字，勒石墓前。噫，阉部大臣屈膝阉寺，称子称孙，人道灭矣。书曰，人予之也，所以愧天下之不为人者也。○博浪一击，夺祖龙之魄，五人一击，魏阉不复遣缇骑矣。市人虽微，亦复有功正士，诗中不没其实。

题赵承旨画兰

花花叶叶带春风，自出王孙挥洒工。犹有遗民作心史，也将馀墨写幽丛。将画兰不著土者反衬，人品判然。

高日新 字健明，江南长洲人。诸生。

咏阮步兵

长啸哭途穷，风流怀阮公。胸真多块垒，时定少英雄。白眼相看外，黄垆酣饮中。步兵堪吏隐，谁与测冥鸿。时无英雄，非指高皇时，谓魏、晋间无人也。玩上句胸多块垒，其意自见。

马　位 字思山，陕西武功人。官刑部员外郎。○思山贵公子，喜与寒士接，老苍遇之，谓如飞鸟依人，人自怜之也。诗品追摹李奉礼，时与神合，年方壮卒。岂天上又成白玉楼，又须作记耶？

湘中弦

水宫仙子湘江妃，芙蓉裳兮芰荷衣。张翠盖兮摇雲旗，月光荡漾烟霏霏。采芳洲之蘅杜，弄明珠于澧浦，老鼍击鼓群蛟舞。洞庭波兮秋风，若有人兮苍茫中。九疑山青雲梦绿，千年血泪啼斑竹。

中秋夜

清风扫雲去无迹，碧空高挂银蟾光。鼎焚鸡舌向天拜，虱臣欲乞长生方。彩霞缥缈现金阙，鸾箫风吹音琅琅。结璘授我两丸药，乃是兔捣千年之玄霜。调以华池漱神浆，金波透入丹田凉。吴刚斧声听不见，桂花压露凝秋香。结意见天路阻修，桂枝难斫，出以隐语，令不遇之士潸然泣下。

鹦鹉

吴音好鸟来陇西，翠衿红嘴架上栖。金屋花深隔娇女，纱窗如烟传笑语。银绦系胫不得飞，人前饮啄矜毛衣。园中歌舞晓携出，高挂绿杨迷一色。富家买尔巧舌声，那闻布谷催春耕。人每伤其文采被累，此另换意作结，更高一筹。

程樊　字是若，江南山阳人。安东诸生。○是若抗心希古，矻矻于学，咏怀次章，其自写襟抱也。乃年命不永，托之空言，惜哉！

咏怀

兰为王者香，芬馥清风里。从来岩穴姿，不竞繁华美。龟以告犹亡，翟以炫采死。不善保厥初，受患每如此。莘野彼何人，三聘乃一起。如何志士躯，轻用徇知己。此为荀文若辈言，要离、聂政之流又不在此数也。大易慎其随，语当深思。

尘器多稠浊，云物俱不灵。所以山水间，往往有馀清。绪风发爽籁，幽谷舒芳英。草木觉生色，泉石俱空明。余怀本贞素，对之神益澄。宁静自致远，何为营浮名。

清诗别裁集卷三十

允禧

紫琼主人，宗室。左宗正，封慎郡王。著有花间堂诗钞。王勤政之暇，礼贤下士。画宗元人，诗宗唐人，品近河间、东平，而多能游艺，又间、平所未闻也。

灌花

阶砌罗群芳，宛然如藻缋。照日相鲜新，临风各向背。盱睢忘忧子，淡焉此静对。荣谢寄流转，采色看迭代。体兹造化心，泽物恐不逮。园丁汲井栏，时时自灌溉。题虽灌花，意在泽及庶物，胸次正大，于触物处抒写之。

樵歌

不闻人声，但闻斧声。寂寂岩响答，丁丁飞鸟惊。得柴换酒，醉归踏月山歌清。友木石，无衰荣。白雲流水自朝暮，万山漠漠烟光青。起手八字，写尽空山伐木神理。

月夜台上听友人弹琴

高台夜色深，月下闻清琴。能使座中客，俱生尘外心。石泉泻寒碧，霜竹折孤音。曲罢长天静，忘言一整襟。只写琴理，不形容琴声，与常建江上琴兴同一清绝。

村夜

旅舍灯犹在，村人语渐稀。山兼寒月静，叶带暗霜飞。厩马啮槽枥，邻鸡唱翠微。烟霞惹残梦，幽思满柴扉。

圆明园召看烟火恭纪

银汉星桥不动尘，斜飞火凤入勾陈。一声雷起地中蛰，万树花开天上春。太乙高楼灯似昼，未央前殿月移轮。君王行乐新年盛，先使恩光遍近臣。

双径

客去自掩关，林深鸟声静。徘徊夕阳中，秋烟淡孤影。「秋烟」五字如出贾长江手。

邦均野寺

僧罢夕阳钟，客怀正孤绝。山鸟下空林，自啄茅檐雪。五言绝唐人以古淡胜，此又以清瘦见长。

七夕

银河脉脉渡雲軿，未拟穿针倚画屏。独向闲阶风露下，夜深无语拜双星。

弘曣 字思敬，宗室。官奉恩辅国公。

值宿闻乌夜啼

值宿霜寒夜，蟾光瓦欲流。哑哑听乌语，历历数更筹。已傍龙楼稳，能销畚矢忧。鸡竿应有兆，计日下皇州。乐府解题：「闻乌夜啼，明当有赦。」指宋元嘉时事也。末一句本此。

德普 字修庵，宗室。官宗人府左宗正。

中秋无月

谁道秋雲薄，中宵掩桂轮。姮娥开镜懒，愁杀倚楼人。于无情处写情，得唐人三昧。

恒仁 字月山，觉罗镇国公子。○乾隆甲子岁，月山以韵语来学，授以唐诗正声，造诣日进，吐属皆山水清音，北方之诗人也。丙寅冬，予请假归里，送至江干。明年还朝，月山已没矣。诗卷零落，存此二章，志其大概。

玉泉禅院

道人种松罢，傍水开禅关。春风吹不到，白雲相与闲。偶寻林外约，引我过前山。倚杖看奇石，徘徊殊未还。孟山人风格。

南西门外即目

澄潭初月影微微，雨过凉生透葛衣。十里乱蝉风两岸，藕花香送钓船归。

高述明 字东瞻，奉天人。东轩相国兄，官至凉州总兵。

塞外

雲暗难分骑，沙深欲陷车。炎风初解冻，夏草渐萌芽。义勇心能一，尊严令不诈。楼兰犹未斩，那敢顾身家。

人日塞外马上口占

马蹄犹得蹋黄尘，马上犹吟塞外春。只谓此生常近鬼，岂知今日又逢人。彩花剪细风光旧，沙海雲开气象新。便拟题诗寄良友，草堂何处转伤神。写人日，切定塞外，便能作惊人语。

高　斌 字东轩，奉天人。官至大学士。东轩相公研穷易理，居己廉静，待人以诚，与之交者，必使之得其意而去，所谓休休有容者也。诗多说理而不腐，别于白沙、定山一派。

次韵奉和西林先生

忠信良非易，好学古所难，缅维颜夫子，得善斯拳拳。固守几于化，深造居乃安。哲人亦已远，勉矣士希贤。读书必自期，责己何敢宽。西林有美人，怅望青雲端。

塞尔赫 字晓亭，宗室。官兵部侍郎。○晓亭遇能诗人，虽樵夫、牧竖，必屈己下之，固以诗为性命者也。辨唐、宋之分，如渑、淄然。身后诗为夫己氏所编，不免以中驷为上驷矣。知诗者惜之。有佳句云：「一水明残照，孤村入暮烟。」「宋朝南渡君称侄，周室东迁帝是侯。」忘其全篇，附录于此。

荆卿墓

身入虎狼国，心空百二州。壮怀生死外，易水古今流。白日淡将夕，行人去不留。墓傍谁击筑？寂寞野花秋。有如此笔，方许作荆卿墓诗。

白芍药

珠帘入夜卷琼钩，谢女怀香倚玉楼。风暖月明娇欲堕，依稀残梦在扬州。与「无情有恨何人见，月晓风清欲堕时」同一取题之神。

康弘勋 字仲山，陕西泾阳人。官参议道。

榆林道中

已过皋狼镇，行行秋色中。晓霜明佩剑，残月上雕弓。草带三边雪，雕盘万里风。客心似红日，常傍海雲东。

鲍钤 字冠亭，奉天人。官海塘通判。○冠亭好客，有负之者，重来待之如初，曰：「我爱其才也。」风趣近吴园次太守，虽沉溺下僚，艺林重之。

雁门太守行

不见雁门高，安知太守骄。雁门高雁不可度，太守骄新不如故。堂堂复堂堂，汉家重循良。几人考上上，承恩奏明光。几人考下下，贬窜之他邦。五马煌煌二千石，河间姹女同朝夕。徒手相将拜路尘，清寒逼人太守嗔。冠亭两为邑宰，受太守斥辱，故有此诗。

范忠贞公祠 自注：公赠太子少保、兵部尚书，嗣君亦由闽浙制府历升大司马。

当年闽海见传烽，犀兕空多弃甲重。大节并推颜鲁国，孤忠直继段司农。碑题岘首留残碣，世握兵符踵旧封。应与睢阳同庙食，堂堂授命尽从容。无一字无来历，便是好诗。

李锴 字铁君，奉天人。著有豸青山人集。○豸青系勋臣后，当得大官，乃偕其配隐于盘山。有武攸绪风。既老，岁至京师，然一二日即归，人罕见其面。诗古奥峭削，自辟门径，高者胎源杜陵，次亦近孟东野。

江南

江水是弱水，久已沉羽毛。江水是江水，我岂无轻舠。中流双鸳鸯，唼波影凌乱。鸳鸯且莫飞，我有好针线。绣在合欢被，与汝日相见。古意古音。

当来日大难

驾青骊，骖驳牛，西上皋兰山，直入昆仑丘。求西王母不可得，归来还作人间游。人间逼仄，来日几何。但见北邙之山，如杨如麻，累累坡冢皆谁何？昨日前日，对酒当歌。只末二语见欢乐之境不可常也。若从欢乐说到丧亡，便直而少味。

项王祠

白蛇断，乌骓穷，海内莫敌隆準公。百二小儿歌沛中，霸气汩没三户空。眼中成败势即判，大王叱咤终英雄。楚雲沉沉压祠宫，千秋伏腊犹鼓钟。鼍龙叫啸宝剑血，草木惨淡雲旗风。乾坤失意丈夫泪，大江日落寒涛东。落句妙于写景，含却无限苍茫，即骆宾王易水结法。

闻归雁感赋

毕竟家何处？而云北是归。高城残照下，万里一行飞。风急毋相乱，沙寒定有依。畸人方失序，缘汝泪沾衣。竟似出杜陵人手，所云四十字，字字皆君子也。能事全在起结。

新秋雨中塞晓亭侍郎招饮署斋即席分赋

飞鸟无心惜羽翰，游鱼随处狎波澜。于人岂敢行藏异，好我何妨礼数宽。头白亲知稀握手，酒深风雨一凭阑。年光向晚贪高会，已醉辽东管幼安。

陈景元 字石闾，奉天人。布衣。○石闾甘老布衣，耻言名利，交与惟李豸青几辈，不妄交也。雷副宪贯一视学浙中，成怀五布衣诗，石闾居一，即石闾可知矣。诗亦清矫不凡。

咏怀

高阁临清池，明月当天心。万有坐消歇，可以鸣幽琴。上弦来别鹤，下弦起龙吟。夜静天地清，指中出正音。不惜操缦苦，持此感人深。「夜静」十字，写琴理最高。

严陵钓台

钓台临绝壁，峦壑抱幽深。一片桐江月，千秋出世心。独寻高士迹，忘却客星沉。予亦怀微尚，徘徊听濑音。不著议论，严陵之品自见。王贞父作后，应推此篇。

古北杂诗

昔者杨无敌，英名代朔闻。我来北平右，人指令公坟。尚勇儿童拜，酬神酒肉分。边庭重死节，不祀李将军。可以教忠。

山夜

登眺忘疲茶，归来约四更。人依山鬼宿，星代月华明。入寂无昏旦，观心一死生。野溪流不断，风定夜声清。

程嗣立 字风衣，江南安东人。贡生。○风衣长古歌诗杂文，惜无稿可觅，蔡子方山处偶见此篇，因采录之。

送边秀才入成都

卧龙丞相锦江水，跃马公孙白帝城。往事雲烟多变灭，羡君意气自纵横。向西形势参天出，稽古名流爱蜀行。如此丹崖青嶂里，不妨终日有猿声。

高　岑 字岘亭，河南商丘人。官丰城知县。〇岘亭为宋商丘冢宰外孙，故诗有渊源，归田后，学力尤进。

秋日书怀

江城木叶已翻飞，深巷萧萧独掩扉。北雁应知书有泪，西风不管客无衣。他乡岁月秋难遣，故国亲朋日渐稀。坐尽残阳灯火上，满天雲影望依依。

暮春送别

飞花万点扑征衣，南浦依依怨落晖。肠断离亭烟柳色，留君不住共春归。送别送春，于一语中兼到。

姚世钰 字玉裁，浙江归安人。诸生。

吴兴太守行

唐公多美政，第一数停徵。能令一叶荫，遮遍湖州城。湖州本水国，旱潦频相撄。上司入奏报，皇帝蒙嗟矜。救灾议留漕，赈廪开常平。奈何春夏交，雨点天瓢倾。二麦悉烂死，原蚕又无成。县吏夜催租，打门鸡狗惊。不食三日矣，失限罪所丁。民实畏官府，民岂甘敲搒。可怜饥馑迫，始觉性命轻。是时三伏热，触暑如遭烹。尪羸县门集，县官醉方醒。平头摇羽扇，轻风来清泠。翠瓜切片玉，朱李沉寒冰。巍峨坐堂皇，鞭雷车砯砰。扑抉臀无肤，老耄难逃刑。何来朱书符，传自太守厅。吏胥俱蹙额，颜状失狰狞。逝将焚如死，岂意脱然生。退衙遣归农，闾里欢逢迎。忍饥幸少安，两月宽作程。钽禾分辛苦，补败期秋成。何以报太守，请歌吴兴行。不愿公三公，不愿公九卿。愿得长借公，流泽苕溪清。百姓乐复乐，受福惟王明。写县官之草菅民命，如见其形，如闻其声。

将至扬州与家人病中别

暮齿千行泪，新年百病身。自然憔悴尽，何待别离频。药裹关心劝，衣装倩手纫。平安早相报，江上有春鳞。

哭女

十岁言诗有性灵，木兰爱说替耶征。黄泉不是黄河水，闻否耶娘唤女声。即从木兰诗中生情，触手生哀，高于微之哭子诸作。

贫家生小俭梳妆，竹笥练裙少盛装。绣得罗襦几回著，送终犹是嫁衣裳。

传业方今羡蔡邕，慰情那更比陶公。明知此恨古人少，哭女偏当无子翁。哭女可哀，无子哭女，倍难为怀矣。句中兼写两层。

姚世钧 字炳衡，浙江归安人。诸生。

饶州舟次独酌醉后放歌

东风吹我来饶州，因循又作两日留。乍晴乍雨天气换，一杯聊复消牢愁。寓形宇内一瞬耳，双丸毂转如浮沤。春来秋去陋鹧蛑，朝生暮死嗤蜉蝣。我今头颅欻老大，蹉跎壮志无一酬。寻章摘句守矩矱，庾辞谜语工雕搜。有时随俗恣谐谑，浩歌一歌商声讴。贾生泪忍但暗下，班超笔在仍空投。芸窗俯首历几稔，幽忧之疾无从瘳。莺花三月辞故国，飘然来作南楚游。冲风踏浪无不可，三千里路望阻修。蒲帆十幅钓台转，轻舠一叶钱塘浮。饶州自古称上郡，土地则广人民稠。鄱阳澒洞恰绕郭，瑞芝峭削才当楼。兹游信宿敢易视，湖山暂向笔底收。远涉思入女儿港，近眺拟泛琵琶洲。左挈偏提右不落，狂呼惊动东西舟。遥汀鱼跳刀泼刺，垂杨风卷丝飕飗。水天下上黑如漆，严城俄报三更筹。醒无人劝醉莫管，两行银烛开双眸。丈夫意气贵卓荦，安用狭隘趋时流。周身会须罗千骑，当车只合拥八驺。

七尺之躯三寸舌，不取相印终封侯。吟成自笑还自泣，金尊重举浇诗喉。身行万里从此始，浩荡莫让波间鸥。如潮之汹涌，如风之飘忽，抱才如此，而年命不永，何哉？

邵　岷 字百峰，江南元和人。诸生。○百峰少岁作诗，汨于异说，总以险怪为主，后为刘君东郊女夫，日渐月摩，一归于正。至三十馀，居然作手矣。能者固不可测，不信然耶？闻其七言律诗最工，而遗稿散佚，叹息弥襟。

长歌留别江汉诸同学

吾为若楚歌，若为吾楚舞。刘邦项籍天下雄，一听楚声泪如雨。楚声慷慨闻千载，屈宋风流至今在。山鬼萝衣旧有情，江妃玉佩长相待。我生足迹遍九州，发轫便为荆楚游。沱潜汉沔纵沿溯，澧兰沅芷供采求。廿年四上晴川阁，过眼江山遂成昨。野客依然水上萍，故人半化雲中鹤。此度淹留时最久，武昌三见青青柳。一时牧伯多礼贤，惭愧人前呼老友。男儿有才供作使，万丈光芒终已矣。正平文采世无伦，却被曹瞒视作蚁。昨岁鹤书下江左，州司催促驰駊騀。浪游那有上天梯，罡风吹向尘埃堕。岂无知己荆南公，自注：襄郧副使鲁公亮侪。疾呼不管众耳聋。天门迢遥帝座远，浮雲况自迷苍穹。郢中白雪和者寡，我胡为是栖栖者？江上有山笑未休，枝头杜宇声将哑。几番弹铗歌归去，泥沙易著因风絮。朝来青鸟促朝天，主人难留客不住。去住因人剧可哀，老马更踏黄金台。未知郭隗更谁是？登临且放心颜开。半生踪迹昭丘畔，酒社诗盟满江汉。别泪应添逝水流，离情忍向当歌断。断续歌声短复长，沙边朔雁去行行。凭将此日临歧曲，遥继灵均哀郢章。此百峰鸿博被荐，忽遭斥逐，既之江、汉，复上金台，因作此歌也。跌宕悲凉，卷舒无迹，「飘风骤雨惊飒飒，落花飞雪何茫茫」，可以移赠。

赵忠愍公得谥诗

滇南侍御人中杰，气如虹霓耿不灭。壮猷早著剪萑苻，正色俄看冠朝列。维时明祚丁末造，劫火烧天百川竭。弄兵剧贼覆神州，食肉谋夫营蚁穴。可怜国事无可为，但见乾坤日流血。阉人夜半开九门，百万黄巾拥丹阙。君王披发殉山河，宰执全躯效臣妾。大臣命重小臣轻，劲草何知疾风烈。一呼巷战千人靡，身首分馀立如铁。但教心与赤日悬，肯惜身随天柱折。腐肉馨香何处归，愍忠寺畔埋冰雪。风雨犹闻啸国殇，沧桑未许磨残碣。易名巨典隆圣代，特采嘉言表奇节。百年幽沕一朝显，六诏山川增皦洁。丈夫七尺即泰山，取义成仁在勇决，不尔芳名何卓绝。君不见同时多少偷生人，一念蹉跎成瓦裂。赵侍御名撰，云南人。当流贼破京师时，巷战而殁。藁葬愍忠寺侧。章皇帝旌表范景文以下诸忠臣，因无人奏请，偶然遗之。乾隆中补谥忠愍，此诗凛凛有生气，令读者如见其衔须受刃时。

过鹿角岔

横空断壁疑削成，上有一罅通人行。左旋右折盘空曲，锋棱峨峨欲来触。苍藤古木相结缠，白日不到阴崖前。征马哀鸣仆夫瘁，果然蜀道如登天。忆昔摇鞭过剑阁，逸气飞腾小川嶽。那知垂老瘴江游，万里羁魂销鹿角。

送友出塞

离笛作边声，怜君万里行。雪埋光禄塞，雲起赫连城。地入龙沙阔，身将马革轻。封侯原素志，去矣莫沾缨。

秋戍

寒信回穷漠，悬军尚朔方。残旗孤垒月，哀角五更霜。榆叶飘金甲，边风裂箭疮。黄花犹未解，七尺委沙场。语语捶炼而出，捶则声响，炼则字遒。

将之成都

万里鱼凫国，青春别恨长。行行穿鸟道，寸寸断猿肠。人以风尘贱，诗兼鬓髪苍。谋生宜道路，从此问蛮荒。

谢淞洲

字沧湄，江南长洲人。布衣。○沧湄画师元人，得四家意趣，精于鉴古，世宗皇上出内府所藏，命其鉴别，一一不爽。世宗善之。诗学以天趣为贵，不加镂琢，犹画中之元人也。

支公禅院

鸟道泆鸣雷，古寺转高木。白雲淡无人，清风在修竹。爱此山翠光，欲滴幽人屋。野客闻鹤鸣，山僧报茶熟。愿逐支公侣，常傍泉声宿。

田家杂兴

深村犬迎吠，曙色行者稀。归人自城市，负荷返柴扉。耒耜颇整理，蓑笠亦庶几。朝来拨春陇，泉脉流微微。菖蒲亦已生，屋角梨花飞。物候有如此，东作慎无违。

晓色起陇亩，荷耜还西林。悠悠清溪水，自识沮溺心。林际半新月，村静闻远音。何人柴门下，慷慨隆中吟。未知千载事，好风开我襟。忽持一尊酒，苍然白雲深。五言古三章，俱归自然，无时下伧气。

寒夜

含泪别乡人，翻然作游子。枕上听猿啼，家乡五千里。

吴定璋 字友篁，江南吴县人。太学生。○友篁成七十二峰足徵录，表章具区文献，吾党有心之士也。诗不分唐、宋，以新颖为归，时有名论。与翁君琢山，称东山二家。

漂母祠

乞食亦偶然，一饭何足道。针砭英雄人，为德不望报。王孙师其意，矜伐祸宁召。我来淮阴里，怀古一凭吊。贤母风渺然，荒祠叹欹倒。惟见淮水清，东风长浩浩。持必报漂母之心望汉高，所以蹈钟室之祸也。以不望报为针砭英雄，何等卓识。

见雁

北雁亦无情，叫月自南去。欲将一行书，托汝遥空寄。远影没横雲，怅望银河曙。言短韵长。

读文信国题颜鲁公祠诗碑

丞相徵兵汗马驰，鲁公祠下特题诗。不图一旅勤王地，同此空拳冒刃时。慷慨悲歌存正气，淋漓碧血满桓碑。两贤心事真千古，落日西风戈欲挥。生枯俱下之笔，信国、鲁公一齐并见。

补衮图

杏花红锁玉楼人，拭拂山龙日正春。愿得圣朝无阙事，不烦纤手号针神。

黄子雲

字士龙，江南昆山人。布衣。著有野鸿诗稿。〇野鸿天赋俊才，少岁诗无一语平庸，无一字轻浮，真堪压倒元、白。中年后成诗的上下卷，龙标、太白、昌黎、东坡概为挥斥，以下更不足言。而已诗颓放，前后如出二手矣。兹所录者，皆旧稿中作，予珍重之，又复惋惜之。

舟行望南韶诸山

出关青不断，天地日逼窄。连峰塞东南，显晦错朝夕。峭摩层穹心，窟压厚坤脉。壁面劈洪荒，狞色向人射。羲阳回六辔，照见灵斧迹。轮囷长鲸鬣，嵌空老龙脊。血埋霓影红，藓蚀铜花碧。女皇补天后，狼藉五色石。哀壑惨光晶，沆漭玄雲积。乳窦溅瀑丝，一泓耿幽白。中峰石扇开，直下雷声劃。枯杉皮复苏，卧柏腹全坼。落日风泠泠，山鬼摄人魄。下土径绝踪，邈与人境隔。我行逾千里，丘壑兴转剧。逝将凌紫崖，逍遥炼金液。此意恐未然，一身有驱迫。扁舟转瞬过，回首已夙昔。

卧钟

台城越西隅，萧飒秋岩清。金镛卧不起，蟲飬如长鲸。岁久厚地裂，半与泥沙平。下压黄泉脉，上腾白虎精。虚中广百围，出入纵横行。不知何代物，漫灭无其名。碧埋鬼血鲜，红蚀土花萦。日月光摩荡，风雷力支撑。对之不敢叩，肃肃栖神明。正始久歇绝，甘同秋草并。大宝关天意，显晦非人争。庙廷奏箫韶，世自求其声。借卧钟以写奇才不遇也。沈郁整肃，得刀少陵。○钟系永乐二年姚广孝监铸，一铸京师，一铸金陵，诗中云「不知何代物」，未之审视耳。

画鹰 自注：元阿尔粺绘。

轩轩摩空翮，忽入堂楹内。四壁黯光晶，萧瑟若野外。委形是何年，画师阿尔粺。苟非大匠手，笔力何超迈。至今天风入，如闻解鏇带。金眸左右动，辉燿练光碎。亦知边秋至，毛骨痒生疥。燕雀声啾啾，惧其转睛快。耸身欲著人，座客悄怀退。猛气莽峥嵘，飒与雲霄会。恭惟丹山鸟，大圣自仁爱。绵邈烟雾际，不乏枭獍辈。何由厉霜飔，抟击清草昧。顾眄粉墨姿，陡觉雄心在。敛翮难飞腾，中怀空抑忆。此章如竟出少陵手矣。「至今天风入」以下数言，锋棱神气俱到。

蒋子空水刀歌

金飔飒飒霜天高，高堂白月明秋毫。锦袖掣开宝刀露，蒋侯直立栏前操。此物来自海西国，影落洪波断鳌极。不知何代降元精，使我白帝生颜色。回看天地莽峥嵘，晶光所向无留行。五陵侠客久错莫，床头夜吼声铿訇。铜花拂拭苍鳞碎，将军战血馀腥在。锋锷摧崩鼓角前，精灵踸踔风雷外。此时起舞月光寒，雪龙掉尾凌空翻。泰山欲倒海水立，二十八宿皆离垣。玉关杀气连穹昊，安得西走咸阳道。天生神物岂沉沦，叹息风前我将老。梁药亭日本刀歌中云：「抽出天上星摇摇。」叹为奇杰，篇中「此时起舞」以下四语，怪伟生动，正复不让前人。

山中守岁歌

山扉凄凄烟日暮，瞥眼新年年复故。还欣齿发未尽凋，颇觉村园亦成趣。粘户重书郁垒符，插檐高折冬青树。茅堂洒扫豁心颜，博山一缕沉香烟。厨门之东出新妇，手捧炰脍盈盘餐。大儿随行主家祭，稚女移灯封井泉。中天空光若电扫，知是邻家共迎灶。僮呼如愿未移时，山妻亦媚西南奥。绕室炉添松火温，一枝梅破冰瓶笑。黄昏促席饮屠苏，上座居然属老夫。我家瓦盆尽陈列，兴酣小大相歌呼。遭逢苟非尧舜世，腐儒安得欢妻孥。来朝天子朝元初，谁补豳风守岁图。

度仙霞岭

鸟道纡回上，猿声缥缈闻。峰盘三百级，身入万重雲。天地闽中险，阴晴岭半分。出关尽蛮语，端合作参军。

大洋

不觉舟如叶，随风入窅冥。潮来天宇白，日照海门青。孤屿遥相认，危樯觉有灵。中流抚身世，万里一浮萍。时徐澂斋太史奉命册封琉球，野鸿随行，故有大洋、望海诸篇，境奇，诗安得不奇。

那坝望海

大块更无外，鸿蒙混两间。龙行何处雨，蜃现别洲山。一气涵诸夏，层波走百蛮。茫茫万馀里，仍向此中还。「一气涵诸夏」五字中，包括九有。

孟庙

歇马馀残照，循墙谒閟宫。冠裳王者并，俎豆圣人同。战国风趋下，斯文日再中。低徊抚松柏，惆怅仰龟蒙。不粘著孟子七篇及孟、荀世家。却一字不可移易，自是作家手段。

毛氏园观牡丹

十亩芳菲宅，名花最后看。乍疑春欲醉，可爱露难乾。倚日自矜宠，回风不受寒。药阑频徙倚，吟望夕阳残。脱去习语，方许作牡丹诗。

题太白楼

文章睥睨世无敌，湖海飘零气转遒。六代诗坛馀此席，一江春色独登楼。为君天特开青嶂，题壁人今亦白头。犹有浣花祠屋在，怀铅直欲锦城游。全在对偶欹侧处见长，题太白楼，却有自己在也。一结即乃所愿则学孔子意。

翁照 字朗夫，江南江阴人。太学生。著有赐书堂诗文集。○朗夫小心敬慎，虽仆隶下人，不衣冠不见也。事上接下，以诚以礼。嵇、高二相国先后以鸿博、经学荐，皆不遇，与予相约为耦耕伴侣，结庐有日矣。乃倏焉殂谢，友生为位以哭，多失声者。少年诗专工佳句，后渐臻老境，识力俱高，有虞伯生老吏断狱之目。

咏史

周衰政不纲，征伐强侯擅。霸业复凌夷，私门势强悍。三桓七穆兴，鲁卫势衰愞。六卿专晋权，扬水为之先。争强互相吞，三晋六国半。俱酒为家人，倒置履与弁。如何周威烈，封侯遂其愿。坏法自天朝，史笔昭独断。司马续春秋，岂独重辞翰。分封三晋，坏法乱纪，自王朝始，此司马温公资治通鉴托始于威烈王二十三年也。○俱酒，晋侯子，赵襄子废为家人。

秦赵会渑池，相如称勇智。秦人诈不行，赵亦严兵备。瑟缶互相击，计实同儿戏。何不讲战守，乃以人国试。沛公赴鸿门，累卵危不啻。项庄剑已拔，亚父玦屡示。如厕间道归，偶值猛虎睡。轻兵蹑其后，釜鱼那能避。不见楚怀王，留秦死秦地。见诡谋虽幸成，不如议战守之正也。以楚怀王入武关客死于秦作证，义尤显然。

嬴秦失其鹿，群雄互吞啮。沛公能任人，左右有三杰。炎威既飚张，西楚遂灰灭。一朝飞鸟尽，良弓自摧折。功人既囚絷，功狗焉望活。而胡丰沛游，歌风起激越。韩彭并菹醢，猛士惧流血。谁愿守四方，保身自明哲。韩、彭菹醢后，而思猛士守四方，谁愿为韩、彭续耶？汉祖歌风，乃无聊之词，非有悔心也。命斩樊哙，更在歌风之后。

武皇重经术，发策策贤良。广川抱硕学，天人语周详。贾茂董更醇，治道通阴阳。而胡命世材，出俾相骄王。守正端轨则，推诚化披猖。留滞终外藩，稍异投沅湘。曲学阿世人，升之在庙廊。汉业不复兴，格心谁周防。叶公空好龙，见龙乃张皇。策贤良，欲得正人辅翼也，而柄用者偏在曲学阿世之公孙，欲望汉业之醇，岂可得乎？

文成五利封，尚主亦不惜。谓世无神仙，佺乔在咫尺。文成五利诛，骈首如羊豕。谓世有神仙，所言皆妄耳！金银宫阙间，可望不可到。清心守环中，无为领众妙。而况至人徒，修短非可校。不朽超形骸，千秋光远耀。「清心守环中」，老氏要旨，神仙之说，不足惑之也。末见颜子早夭，千秋不死，议论更高一层。

孔光谮王嘉，浸润致之死。马融排李固，承顺权臣指。两人擅声华，素推经术士。忽焉好恶乖，交口肆诋毁。失己违本心，媚人求贵仕。平生读何书，适佐贪且鄙。一念入奇邪，百世人不齿。愿尔顾修名，慎勿污青史。心术不正，多读书无益也。孔光、马融悬为鉴戒，后王半山亦以经学误国，岂经学果误国耶？

送归愚沈少宗伯予告归里

片帆潞河来，相值在沛水。知公予告归，南雲指故里。敬读御赐诗，千丈荣光起。载赓洵一德，眷注情无已。遭逢媲虞唐，进退善终始。公归有程期，我老失凖轨。离筵布南池，自注：杜老咏诗处。鸣蝉绿阴里。无计更挽留，去去波如驶。但愿南风狂，维解舟仍舣。

忆昔初识公，其岁当壬午。两地合雲龙，侨札通缟纻。吴门与暨阳，来往互宾主。矻矻商古今，硁硁订出处。龙跃终升天，雲散难作雨。遥遥两地分，间隔寒与暑。雲龙今复合，情深逾昔者叶。齿增易惊惕，道进无违拒。相期同惜阴，晚节师侃禹。

送公归去来，悠悠返荷屋。作社赴鸡豚，约伴同樵牧。弭棹香水溪，采芝砚山麓。谁识衮冕俦，依然抱黄犊。道充轻禄位，天定归淳朴。我将还故林，老去爱雲木。三十三山间，结庐卧空谷。公能复来过，江皋路应熟。念旧话前程，草堂夜同宿。无世俗酬应气，以道相与，砺坚晚节，今人中古道交也。

蓑衣

记得寒江外，曾披上钓舟。烟波双鬓老，风雨一身秋。戴笠偏相称，垂竿亦自幽。严陵如爱此，应不著羊裘。佳句。○帆影云：「残月半痕巫峡晓，夕阳一片洞庭秋。」与友人寻山云：「友如作画须求淡，山似论文不喜平。」皆鲜新可采。

将之北河留别

织就文禽作对飞，一篝灯火久相依。耦耕当日言犹在，佐读终年计转非。但使我能抛犊裤，肯教君更泣牛衣。料应不学苏家妇，金尽归来也下机。比孺仲夫妇同其清节，兼之风韵，一结表所配之贤。

赠沈侍御椒园

展卷光腾五朵霞，总由忠爱发精华。诗宗杜老能忧国，文溯昌黎属大家。午夜疏灯焚谏草，春风小驿见常花。自注：白傅有常花驿见杨八题梦兄弟诗：时难兄樗庄晤邹平驿中。悬知兄弟联吟处，添得新诗护碧纱。

梅花坞坐月

静坐月明中，孤吟破清冷。隔溪老鹤来，踏碎梅花影。选中五言断句，俱近唐人。

钱源来　字清许，浙江嘉善人。诸生。

少陵草堂

飘泊干戈后，为堂傍水涯。三巴五亩宅，千古一诗家。无复临江树，犹存覆地花。危楼当北斗，想象望京华。即于草堂上表其忠爱，何等自然。

马曰琯　字秋玉，江南江都人。著有嶰谷集。○维扬，肥腻地也，嶰谷嗜好殊俗，富藏书，有希见者，不惜千金购之，玲珑山馆中四部略备，与天一阁、传是楼诸家若相等也。喜宾客，四方有文行者，每加礼焉。结诗文社，韩江雅集诸刻，可续王新城红桥修禊风，嶰谷没，风流渐消歇矣。过其地者，每想见其为人。

冬夜宿南庄

空江欲雪雲冥冥，天低月暗吟寒厅。独雁时闻四窗白，双眼未合孤灯青。败芦丛篆环沙尾，几树横斜映清泚。未春先已发幽香，岁晚篱边见冰蕊。城南小筑掩柴荆，袅袅茶烟客思清。夜犬无声人语寂，枯棋坐隐已三更。短童首触屏风卧，檐外一声惊雀堕。萧骚水阁纸衾单，有梦不愁花底涴。

春江渔父词同半查作

五湖三泖烟波宅，燕子来时春水碧。莼丝采罢荇丝牵，隔岸桃花红欲滴。蓑笠由来是水仙，鸬鹚鸂鶒伴闲眠。青山倒影低昂见，潮落潮生不计年。篷窗沽酒空蒙里，一声渔笛沧浪起。纶竿收得寂无人，明月烟江照千里。馀韵徐歇，悠然自远。

过涧上草堂徐昭法先生故居

先生居涧上，生死世相忘。剩有三间屋，而无一瓣香。冰霜堪久耐，薇蕨共谁尝。留得潺潺水，终年护草堂。玩六语以夷、齐与之，圣世遗民，清风常在。

杨　潅　字瞻衡，江南昆山人。诸生。○瞻衡处困穷，有客欲招之北往，已卜期矣，缘其配病痼不能往，一二年，夫妇并寒饿死。文人之厄，此为尤甚。

落叶

秋声一夜撼林柯，极目江潭凄怆多。北雁已辞边塞月，西风初起洞庭波。飘零愁结兰成赋，摇落深悲宋玉歌。忽忆故交征棹远，翻飞如叶度关河。通体旁衬比拟，摇之曳之，视肥腻者有生死之别。

韩忠武王墓

古碑崒嵂倚荒丘，宋室存亡仗运筹。十万敌兵来假道，八千骁骑截中流。为惭南国输金辱，聊向西湖纵酒游。埋骨青山遗恨在，寒风落日战松楸。是韩忠武京口之战，不可移入朱仙镇、顺昌、和尚原等处，洵推能手。

李　进　字亦吾，江南华亭人。诸生。著有西枝诗稿。

暮秋访何雪芳城东读画楼醉后题壁

城上高楼俯碧波，楼头小住病维摩。萧疏红树半溪冷，偃蹇青山两岸多。抱膝目中无管乐，苦心句里有阴何。与君且酌匏樽酒，明月钩帘一放歌。五语高具抱负，六语表其诗格，对仗工整。

追悼友萍次立甫韵

门巷萧条冷若冰，城南一过恨填膺。诔文作自先生妇，遗稿归于后死朋。自注：余近辑其诗文。绝壑穷岩开面目，唐风宋格辨淄渑。那堪池水都成墨，博得生平砚癖称。

过春山 字湘雲，江南长洲人。诸生。

过吴竹屿园居

雨后遥山色如洗，萝径无人暝烟起。露滴荷衣生暮寒，抱琴独宿秋声里。为君一鼓沧浪吟，万壑千岩流水深。何处夜猿啼不断，西风萧飒引离心。

题石湖烟雨图

林风吹雨川光暝，远岸鸬鹚点秋影。小楼人宿水声中，一枕溪雲孤梦冷。我本沧洲旧散仙，蘋花零落五湖船。如何对此不归去，七十二峰空暮烟。两诗脱尽尘氛，比之白沙寒流，清彻见底。

周永铨　字昇逸，浙江钱塘人，苏州籍。诸生。著有东冈诗钞。○昇逸修己自好如处子，然及发言为诗，逸情云上，直欲希风开、宝以仰窥汉京，友生中不易才也。五十馀不肯见人，惟家方舟与余过之，谈谐不倦。予通籍归里后，并不能一见矣。时或议其为僻、疑其为矫，余益重其为人。

西崦舟夜

疏星缀林端，残月悬峰缺。环岭抱回溪，岩灯远明灭。身落五湖滨，孤舟梦松雪。

义卒行

有客为余述杭州某姓卒代兄戍滇事，余高其义，作义卒行以纪之。时康熙五十八年春二月。

惨惨堂前紫荆，飞飞原上脊令。嗟嗟行役万古情。一解。彼少年者，色何黯然，娶妇未三月，昨来黄纸到官，行将出戍南滇。归告阿母，阿母叫天，新妇口噤目眵，依依不能前。二解。小弟前致辞，母兄且勿悲，阿母生我二人，兄今有嫂未有儿，何得远去，存没未可知。弟当代兄役，门户兄自主之。三解。阿母兄嫂，闻言泪下如绠縻。大兄前致谢，此事甚非宜。感君区区怀，我心已再思。熟知此别异苦乐，何乃反累吾弟为？切切相劝止，但言兄嫂勿复疑。四解。翻然出门去，意气何慨慷。别我先人墓，办我行子装。佩刀三尺馀，挽弓三石强。弓刀及戎服，罗列东西厢。亲戚走相送，酌酒歌同裳。五解。晨兴拜堂上，骨肉相悲切。临行嘱兄嫂，欲语复呜咽。但得兄嫂一心善事阿母常喜悦，万里羁人慰愁绝。六解。收泪就长道。关山别思重。白日结愁雲，至情感苍穹。之子识大义，行当早立功。归报皇帝陛下，无烦远顾蛮中，扬名史册垂无穷。七解。○义卒为兄嫂言，兄答义卒言，义卒复答兄嫂言，叙述如面语，而卒之义勇孝友一齐俱见，与木兰替耶事，可以并传。

鲟溪吟赠归愚子

鲟溪溪水清且涟，鲟溪水与吴淞连。吴淞片帆挂雲树，直到鲟溪屋边住。君家在溪侧，我家在江边。溪光江色两潇洒，往往相思乘钓船。自从我卜城东宅，送君翻作朱方客。君去几廾溪畔花，君归还卧溪边石。我来访君溪上行，溪水迎人如有情。门前问字多俊英，堂上论文皆老成。高斋学士定谁属，被褐先生方自名。只今五十头未白，闭户著书声籍籍。生徒自重沈雲祯，时俗那知王彦伯。愧我与子称莫逆，濩落相看感今昔。空怜早岁误儒冠，徒尔穷年抱遗册。君不见鱄鲟门外水绕村，田居蚕室好称尊。与君一咏沧浪曲，世事悠悠何足论！此余五十时赠言也。徘徊曲折，一往情深，佳处全在音节。

关山月

一片关山接塞天，愁看白月迥临边。寒侵古戍秦城远，晕逐连营汉阵圆。少妇楼头鸾镜合，将军帐外玉弓悬。金波尽入征人泪，回照乡园路十千。

京口闻雁

楚雨迷红树，吴霜老白蘋。一声京口雁，愁杀渡江人。二十字抵人千百言，唐人后稀见此种。

拟唐人边庭四时怨

望断阳和到雪山，故园花月梦刀环。汉家雨露提封外，春色遥应度玉关。翻王之涣「黄河远上」篇意，何等温厚。

草生边地夏初回，暑雨刀耕白漠开。愁杀赤亭飞鸟断，行人何事火山来。

昨夜西风入戍楼，前军移帐急防秋。阴山猎火龙沙月，同照征夫出塞愁。

万堡雲迷朔气凝，雪深马足失超腾。浑脱驼终岁防飞渡，况复黄河十月冰。见边防之宜急也。视卢弼原辞四章，几欲突过。

捣衣曲

一夕凉生秦女机，砧声不待雁南飞。谁知万里黄雲戍，已有新霜上铁衣。总能自出新意。

周　準　字钦莱，浙江钱塘人，长洲籍。诸生。著有迂村漫稿。○迂村以迂自信，亦以迂自安，年二十馀，裹粮携笻屐游武昌、沔、汉等处，兴尽而返，不谒一人。后闻佳山水必往游，既老，之京师，一如游南汉时。昔有人问高僧曰："京师许多人？"僧曰："只两个人，一为名，一为利。"迂村超然名利外，是京师有三个人也。与余同辑本朝诗，皆盖棺论定者。临终，含笑谓所亲曰："我幸甚，我诗可入别裁集中矣。"诗宗法唐代以前，五言古、七言绝尤善。

宿灵隐寺梵香阁晓起眺望

晚从冷泉游，遂止招提境。入门闻清钟，孤阁夜方永。倾耳听泉声，声喧意弥静。朝来小雨过，宿雾散高岭。凭窗见层峰，涧壑殊清迥。不知晓雲过，但觉衣裳冷。清飔动林薄，初日照山影。行当访韬光，直上松雲顶。"声喧意弥静"，深于山水者得之，比"蝉噪林逾静"较有味。

赋得古别离送郑子

劲羽乏群栖，转蓬靡暂息。伊人贫困士，能无去乡国。辞乡阻长川，旅迹殊可怜。昨别俄六载，斯游定几年。游踪渺无畔，淮水连河岸。回瞻雲树深，忽忽兴长叹。雲外指京畿，秋风冷客衣。可堪闻塞雁，正值向南飞。结语淡淡，离情于言外遇之。

发朱砂庵径观音岩登石人峰

言探黝山奇，早别朱砂石。升厓得险境，指示深悚惕。熟游尚色变，何况远来客。凌空四无倚，投趾不容隙。壁削缘藤行，崖倾藉人掖。所凭勇往志，不随艰苦易。幽岩既已经，危峰自不隔。振衣造其巅，奇胜在咫尺。俯身入烟萝，欲诣仙人宅。即游山可悟求道，康乐引其绪，此更显言。

缘天都峰趾度雲巢洞上升仙梯遂憩文殊院

天都信岧峣，特立若翠屏。取径过其趾，俯仰皆奥境。松石俱象形，岩峦类盘绠。将陟目屡眩，恐坠心更警。行经阴洞中，恍惚陷深井。须臾从井出，冉冉首露顶。睥盼多创遘，不类人世景。境断缘梯升，气逼毛骨冷。意坚斯有获，出险真自幸。向晚憩禅扉，一灯照孤影。写雲巢洞四语，深入险出，殊足骇人。

壮士行

请为壮士行，用识壮士情。壮士重恩轻死生。主人临歧，陈设饮宴，悲歌声彻，客容尽变。酒阑日落雲天高，远闻凄风起于旷野，猛虎啸于林皋。风鸣虎啸扬鞭走，去去报仇不回首。

如见白衣冠祖送时情事。

明妃曲

中原消息断，胡地风沙寒。经年不逢春，凄恻摧心肝。君王遣妾和戎虏，万里辞家心独苦。早知塞外不胜愁，那怪将军怕边土。君不见百战生降李少卿，羁留绝域一身轻。丈夫失路尚如此，贱妾含悲空复情。

备责李少卿，而措词微婉，得风人之旨。

怀旧

自失鸳湖叟，诗盟三载寒。已知生死断，犹作别离看。老去悲丘井，情来望逝湍。还闻淮水畔，禅宇托空棺。

此怀家方舟作。

行经拂水山庄

扁舟泛泛越南沙，倚杖愁临涧路斜。孝穆荒斋犹竹石，总持故宅尚莺花。名高那许遗缨绂，情重难教弃室家。太息百年同逝水，凄凉还为惜才华。咏此题者不免过于发露，作者婉约出之，不知微言讽谕过于显斥也。此诗品高下之分。

晨自松陵归渡太湖即事

回望垂虹隔杳冥，湖波浩渺快扬舲。半篙日气雾中白，万点浪花烟外青。隐隐榜歌来雁汊。凄凄渔笛出雲汀。还怜心切乡闾近，未暇携筇访洞庭。

戍妇吟

凄凄贱妾闭兰堂，渺渺征人戍朔方。漫拟龙城罢行役，空怜燕阁阅年芳。分弓营畔沙如雪，挂镜台前月似霜。绝域荷戈音信杳，几回清泪湿流黄。似「莺啼燕语报新年」之作。

题秦馀女史所画楚辞图

绕堂烟浪洞庭深，芳杜幽兰遍水浔。北渚已传湘女恨，南征更识楚臣心。雲中桂棹声疑咽，天际瑶台影乍沉。写尽离骚无限意，竹枝歌罢又猿吟。

江上曲

空江潮落水茫茫，南楚征途万里长。为是曾经分手地，不听离曲亦神伤。

塞下曲

持筹绝域感蹉跎，沙塞年年漫枕戈。翻羡苏卿归国早，白头终向茂陵过。子卿归于昭帝时，时孝武殂落五年矣。诗意见子卿犹得生还也，用笔甚曲。

蝴蝶词

万花谷里逐芳尘，自爱翩跹粉泽新。多少繁华任留恋，不知只是梦中身。邯郸一梦，以二语该之，世人日在梦中，而稍不觉寤何也？

汉川

汉川城郭枕江堤，黯黯烟波日乍低。我欲停桡访神女，暮山无际楚雲西。

盛锦

字庭坚，江南吴县人。诸生。著有青嵝诗钞。〇青嵝诗从大历下入手，后层累而上，风格渐高，至入蜀诗得江山之助，沈雄顿挫，直欲上摩王渔洋之垒，以仰窥少陵。盖渔洋诗以蜀道集为最胜也。游京师，王公以下多折节下之，不耐冗杂归。丙子岁殁。是岁周子迂村、朱子木鸢、汪子山樵相次殁，吴下诗坛黯然无色矣。予归田后，时与青嵝商榷，尤深人琴之感云。

履霜操

自注：泸有抚琴渡，相传尹伯奇弹履霜操处，遂拟是作。

霜皑皑兮泸之浒，儿弗履兮，畏我父母叶。儿身载寒兮，儿心载苦。儿心兮父心，儿身兮母身。寒兮苦兮，实伤我亲。儿罪兮莫逭，亲心兮可转。俟日出而回光兮，履霜亦暖。与「臣罪当诛，天王圣明」同一悱恻，可以教孝。

十二碚

群峰束奔流，虎牙怒相向。对峙十二碚，罗列钟鼓状。颠崖矗层霄，旁窦穿激浪。峡泉落九天，汹汹翻海藏。撑舟出井底，篙师气先丧。众工捷如猱，百丈缘壁上。木末纵飞腾，山凹迭升降。一鼓更作气，千篙力谁让。造化何神奇，设此待霸王。颇闻白帝子，于此拒汉将。铁锁贯浮梁，金戈森卫仗。萧铣复何人，屯兵倚叠嶂。群雄电扫空，故垒犹在望。平生历险艰，未若兹游壮。万里投蛮荒，一身堕烟瘴。风餐案倾攲，水宿魂震荡。搜奇命转轻，得句神益旺。讵畏前途修，瞿塘险如象。 峡高绛逾百丈，上下不能相顾，故以鼓为节。杜诗所谓「百丈牵江上濑船」「打鼓发船何处郎」也，经其地者，能亲切言之。

空舲峡

出峡复入峡，两崖插青冥。中流逐狂飚，奔腾万马声。下滩梭一掷，触石危樯倾。逆挽劳百夫，十步九倒行。力尽听所止，刺篙就回汀。爱此民居壮，凌空驾轩楹。宿雲出洞户，古木撑岩屏。惊猿或挂树，怪鸟时一鸣。扪萝上绝壁，山风动冠缨。呼童拾锦石，信手扳杂英。兴幽忘涉险，触目多怡情。前途苦逼仄，绝境难久停。过午岩日晦，磊落见数星。厓黑畏突虎，蛮语频丁宁。移舟近湍激，拍枕声铿訇。骨肉缘久断，中宵梦亦清。狂吟出险句，那顾邻舟惊。前后极形其险，中间忽入拾锦石、扳杂英一段，犹杜老北征杂入「或红如丹砂，或黑如点漆」也。骨肉缘断，而梦亦不接，是远游人呕心语。

过滩

重峡间百滩，一滩度一厄。江涡众鼖趋，厓口乱石积。大石叠鼋鼍，小石攒剑戟。中流若沸川，翻倒蛟龙窟。牵舟逼下流，凛若阻兵革。长篙拄峰腰，远缆走山脊。鸣金策众工，锐进不盈尺。一丝中进断，百里供一掷。触石无完艘，沈渊有惊魄。是时雨初霁，沙石多滑泽。亡命争上厓，匍匐落冠舄。妇孺互扶携，鸡犬任狼藉。暂脱鱼腹灾，波涛亦衽席。转思断鳌初，四极奠磐石。岂其禹力衰，此境终未辟。吾尤罪巨灵，何惜只手擘。天宰真梦梦，人事日逼窄。波静有潜鳞，林深多敛翮。寄语营利徒，勿作远行客。一丝迸断，百里一掷，前人入蜀诗未曾写到，「波涛亦衽席」，倒衬出鱼腹之险，真十成用力语。

峡夜

嗷嗷猿啼夜，凄凄鹤唳空。断厓开四壁，深井落孤篷。树漏暂明月，湍惊无定风。万重雲水隔，归梦亦途穷。深井五字，惊绝。

虎牙滩

楚蜀分争地，雄关扼怒涛。滩声牛峡转，山势虎牙高。岩树丹青杂，舟樯下上劳。新诗横槊赋，旅兴一时豪。

晓发

晓发东安道，轻霜净马蹄。乱鸦僧阁外，残月女墙西。春冷花犹敛，沙平路欲迷。东皋待时雨，取次把锄犁。晓行如绘，与「鸡声茅店月，人迹板桥霜」可以并传。

老将

白髮枕戈眠，黄沙带甲穿。风雲经百战，筋力尽三边。旧识飞狐路，高谈射虎年。闻笳心未死，尚想勒燕然。诗家老境，可入极玄集中。

登白帝城

万仞墙临滟滪堆，子阳霸业划江开。白盐峰对城头出，巫峡帆从地底来。雲起化龙迷故井，风生跃马有高台。汉家陵阙同灰灭，泪尽寒猿日夕哀。「深井落孤篷」，从高处入峡也，「巫峡帆从地底来」，从峡升高处也。

白帝城谒昭烈武侯庙

永安宫殿峡江头，一体君臣祀武侯。天祖式临传诏夜，风雲色变出师秋。鸣銮久绝空山道，筹笔犹悬古驿楼。瞻尚死忠谌死孝，千秋配食重诒谋。颔联颈联分写君臣，结以君臣之后人言，英气凛凛。瞻、尚死忠，愧死谯周；谌死孝，愧死后主。此种诗那得不传。

蜀道写怀

辞家动作经年别，去国真成万里游。泪眼已枯猿啸夜，乡书空望雁来秋。蚕丛路险连雲栈，鹿角滩惊上峡舟。心折江陵灌园叟，黄柑千树比封侯。一起四语，直书胸臆，人力不与。

舟抵泸州

锦江直下古城壕，地入炎荒近不毛。万里亲朋劳梦寐，十旬餐宿托风涛。征蛮罗甸军声远，谕蜀文园典策高。扫尽瘴烟开郡阁，岷峨天半落挥毫。

任城使院晤翁霁堂有赠

并马长安忆旧游，逢君意气振高秋。酒徒半散荆卿市，词垒孤悬李白楼。握手星辰摇短剑，离心风雨送扁舟。明年醉我南池上，须典千金紫绮裘。

题杜文贞公南池新祠自注：沈菽园侍御建，肖公像，配以许主簿。

浣花游迹寄南池，洗马鸣蝉感昔时。遇主名高三礼赋，怀人心折八哀诗。铸同贾岛应呼佛，绣比平原合买丝。玉貌仰瞻如旧识，忆曾亲拜草堂祠。自注：丁巳余入蜀，至瀼西，曾拜公祠下。

白莲

玉井分栽到野塘，冰绡翠袖迴生凉。半江残月欲无影，一岸冷雲何处香。真相尚留开士社，红衣尽洗美人妆。水仙操罢扁舟去，谁与凌波解珮珰。青嵝中年作也。頷联远神远韵，耐人吟咀，所谓不著一字尽得风流者耶？

别兄弟

未斟别酒已伤神，四海终输同气亲。此去白雲天万里，望归无复倚闾人。

别家人

伏雌烹罢劝加餐，秉烛喃喃语夜阑。点检箧中裘葛具，预知别后寄衣难。作六千里别，不得不预料寄衣之难，诗之动人，全在一真字。

入蜀怀沈湘皃

双溪对掩古溪边，妇汲儿舂各可怜。浩浩乾坤两萍叶，计程我更远三千。时湘皃客江汉，故云更远三千。

汪　俊

字吁三，江南長洲人。官醴泉知縣。著有山樵詩。○聖祖第三次南巡，山樵獻詩，命入書局纂修，議敘得官，然敲扑喧囂，非所長也。醴泉罢归，久之几无立锥地，独能以诗消遣，苦中得甘，而其诗亦不自爱惜，随手散去。身后得其草稿九束，大半温柔乡语，删存五章，皆近元和、长庆诗人者。

芦花

尔本无情者，缘何亦白头。丹枫同瑟瑟，野水并悠悠。霜冷下宵雁，月明来钓舟。相逢秋雪里，老我不胜愁。

哭少宗伯春晖姊丈

老去身家不两存，俄看霜后萎芳荪。燕巢华屋垂新泪，马鬣空山感旧恩。岂意十年重一面，却来千里与招魂。茑萝虽附潘杨末，未敢同声哭寝门。春晖宗伯为其先人营葬，故有第四语，山樵入京，春晖旋没，故有第六语。

谁知小别竟千年，梦幻韶华逐逝川。我尚拖泥兼带水，君非成佛定生天。从前似历华严劫，向后休参文字禅。昨自黄公垆下过，一声邻笛欲潸然。

哀墓

香雲漠漠雪飘飘，积翠层岚近可招。犹记玉堂春夜梦，短篷斜系虎山桥。因游袁墓而追忆往昔之梦游也。修书在武英殿，故不碍云玉堂。

元宵忆家

大地冰轮原普照，故园想亦共清光。别离人度团圞夜，白髮红颜各断肠。与「独眠人起合欢床」同意，眷念家人，不比寻常浮艳。

朱受新

字念祖，江南吴县人。诸生。著有木鸢诗稿。○诗体以七言绝句为最难，四句中开阖动荡，语近情遥，不镂琢，不点染，而言中言外神远韵流，方为尽善。宋、元人有心奇巧，往往失之。木鸢诸作颇近唐人，惜无旗亭画壁，能赏「黄河远上」者。

咏蝉

抱叶隐深林，乘时嘒嘒吟。如何忘远举，饮露已清心。木鸢为诸生，不应乡试。抒写怀抱，已见此诗。

独处怨

月中自顾娉婷影，镜里谁怜憔悴容。永夜制衣金剪冷，秋风万里度卢龙。

流萤词

暗飞几点隔帘栊，影乱繁星度远空。莫入班姬金阁里，恐随团扇落秋风。与「犹带（朝）（昭）阳日影来」对看，便知其工。

吴宫词

夜拥笙歌百尺台，太湖月落宴还开。君王自爱倾城色，却忘人从敌国来。眼前语，却无人道破。

春莺曲

千门春静落红香，宛转莺声隐绿杨。任尔楼头啼晓雨，美人梦已到渔阳。亦与「啼时惊妾梦，不得到辽西」对看，善于翻用古人。

明河曲

清秋泻影画楼前，一水盈盈耿碧天。若果此中风浪静，女牛何事别经年。

白秋海棠

清秋湛露浥琼芳，素影风摇玉砌旁。夜静看花人独立，水晶帘外月如霜。写花并写出看花美人，与尤子在京作可云笙磬同音矣。

楼　锜　字于湘，浙江钱塘人。

春日归泊阊门

年年踪迹感漂蓬，冷落柴门烟雨中。燕子归来迷旧垒，桃花何处笑春风。于湘寓吴中，几无家矣，自维扬归，感而赋诗，未几病殁。倘所谓忧能伤人者耶？

王大椿　字八千，江南常熟人。诸生。○八千为画师石谷曾孙，励志向学，日夕不倦，将有成矣，中道以瘵疾亡。存诗一章，诗意欲从学见复，望其大叩大鸣也。中正端严，体如平原书法。

上陈见复先生

读书不求名位高，饮酒不尽千锺醪。得心每在淡与泊，此中至乐诚陶陶。先生闭户穴坟典，卅年门径从蓬蒿。三公令仆断梦寐，淡如雲影轻鸿毛。忽传下诏贲郡邑，水南水北纷喧嚣。公卿合辞拜手荐，汉廷经术千秋遭。申辕年已惫筋力，蒲轮难涉风尘劳。上陈著述达黼座，至尊下遣官胥钞。周情孔思审中正，辨别白黑穷厘毫。少司成职重太学，帝命取式风之浇。先生受官不受禄，几席讲学仍衡茅。走也仰钻希万一，有似蚁垤窥嶕峣。韩门近在许偻入，欲抉精髓弃粕糟。寸莛巨杵叩俱应，试听镗镗天半鸣蒲牢。

李　苑　字啸村，江南怀宁人。诸生。

上巳忆白下

清明恰是握兰辰，遥卜秦淮景物新。杨柳晚风深巷酒，桃花春水隔帘人。桥边车过香生路，楼外船归月满津。憔悴不堪来旧馆，相逢谁为浣沙尘。秦淮风景，宛然画出，令人追忆旧游。

题雅雨师借书图

旋假旋归未得闲，十行俱下片时间。百城深入便便腹，直抵荆州借不还。巧思。

过废园

谁家亭院自成春，窗有莓苔案有尘。偏是关心邻舍犬，隔墙犹吠折花人。以邻犬之吠人，传出芳园之废，如画家之用烘衬也。

潘廷墉　字雅奏，江南吴江人。诸生。

徐俟斋祠

羊肠岭畔幽栖处，一水当门泻作渠。薇蕨西山心自印，藻蘋南涧奠还虚。相忘桑海逃名后，不接贤豪俟命馀。自注：汤文正抚吴日，两访之，俟斋避之秦馀山。此日行人罕凭吊，烟雲惟护逸民庐。潘次耕太史受业于俟斋先生，次耕子文虎，文虎子雅奏，学术渊源，盖有自也。俟斋祠废，文虎父子重葺之，雅奏没，祠恐复废，读其诗，有望于潘氏之兴也。

清诗别裁集卷三十一

徐　燦　字明深，浙江杭州人。大学士陈之遴室。

送方太夫人西还

旧游京国久相亲，三载同淹紫塞尘。玉佩忽携春色至，兰灯重映岁华新。多经坎坷增交谊，遂判雲龙断夙因。料得鱼轩回首处，沙场犹有未归人。此相国被罪，尽室讁谪塞外，羡方太夫人归，怜己之未能归也。极愁惨中，不失和平气象，是为正声。

方维仪　字仲贤，江南桐城人。大理卿大镇女，姚孙棨室。夫亡无子，请大归守志，以苦节闻。

死别离

昔闻生别离，不闻死别离。无论生与死，我独身当之。北风吹枯桑，日夜为我悲。上视沧浪天，下无黄口儿。人生不如死，父母泣相持。黄鸟各东西，秋草亦参差。予生何所为？予死何所为？白日有如此，我心当自知。

旅夜闻寇

蟋蟀吟秋户，凉风起暮山。衰年逢世乱，故国几时还。盗贼侵南甸，军书下北关。生民涂炭尽，积血染刀镮。少陵风格。

纪映淮 字阿男，江南江宁人。诗人映钟妹，杜某室，以苦节旌门。

秦淮竹枝词

栖鸦流水点秋光，爱此萧疏树几行。不与行人绾离别，赋成谢女雪飞香。王渔洋秦淮竹枝有"栖鸦流水空萧瑟，不见题诗纪阿男"，盖赏其风神也。纪咏桃叶渡中云："波摇秦代月，枝带晋时春。"亦称佳句。

钱凤纶 字雲仪，浙江钱塘人。

哭伯兄

在昔皇天倾，覆卵无完理。兄不即殉身，感奋良有以。摩挲双匕首，一夕再三起。千钧重一髮，恐复忧天只。荏苒岁月间，隐痛入骨髓。未揕仇人胸，抱疾忽焉死。尸床目不瞑，不继非人子。尚有娥亲在，李寿汝莫喜。因兄报仇之志未遂而死，己以一身任之，字里行间，读去铮铮有声，使人增孝思、增义气也。第未知异日报仇与否？

毕著 字韬文，江南歙县人。昆山王圣开室。○著父守蓟丘，与流贼战死，尸为贼掳，众议请兵复仇，著谓请兵则旷日，贼且知备，即于是夜率精锐入贼营，贼正饮酒惊骇，著手刃其渠，众溃，以兵追之，多自相践踏死者，舆父尸还，葬于金陵，时二十岁女子也。后来吴中为昆山王圣开室，裙布荆钗，无往时义勇气矣，白首相庄以没。阅毛太史大可集载沈列女雲英为父报仇杀贼事，与相类，岂世乱时，天故生奇女子不一人耶？抑所传闻异辞耶？○韬文诗稿向见于家来远兄处，序中有云：「梨花枪万人无敌，铁胎弓五石能开。」又云：「入军营而杀贼，虎穴深探；夺父尸以还山，龙潭妥葬。」又云：「室中椎髻，何殊孺仲之妻；陇上携锄，可并庞公之偶。」时异其人，钞录五言古、七言绝二章，来远兄没，毕诗遍索不得矣。存此旧录，聊以见其生平。

纪事

吾父矢报国，战死于蓟丘。父马为贼乘，父尸为贼收。父仇不能报，有愧秦女休。乘贼不及防，夜进千貔貅。杀贼血漉漉，手握仇人头。贼众自相杀，尸横满坑沟。父体舆榇归，薄葬荒山陬。相期智勇士，慨焉赋同仇。蛾贼一扫清，国家固金瓯。机智义勇忠孝，于一诗中见之。

村居

席门閒傍水之涯，夫婿安贫不作家。明日断炊何暇问，且携鸦嘴种梅花。视前诗如出二人。

章有湘　字玉筐，江南华亭人。进士孙中麟室。

晓思

窗外鸡初唱，花间露未乾。欲临明镜照，犹怯翠眉寒。宿鸟翻林树，归鸿振羽翰。不知乡国信，何日报平安。

钱敬淑　字师令，江南江宁人。谈允谦室。

泊浦子口

残年泊归棹，问酒郭西亭。雪圃芹芽白，江醪竹叶青。夕阳新别路，衰草古离情。隔岸寒山色，含凄望旧京。

吴　琪　字蕊仙，江南长洲人。管勋室，后寡居，皈依空门。

送别

雪意满芳洲，苍山引去舟。霜风醒客梦，笳月起边愁。万里从军急，孤身倚剑游。家园落日里，莫上最高楼。

春晴晚眺

积雨经旬鹤未过，小楼闲眺费吟哦。帘开燕子归来晚，门掩梨花落处多。新水小桥通蕙畹，乱山古寺入烟萝。雲开树杪看浮棹，画出春帆送绿波。娟秀。

吴绡 字素公，江南长洲人。常熟进士许瑶室。○冯定远文集中有与高阳夫人论古诗乐府源流，即谓素公也。定远听听持论，少可多否，而推许夫人，则夫人之诗格可知矣。

啸台

魏晋已如梦，荒台今独存。龙蛇正交斗，鸾凤自高骞。避俗惟长啸，逢人常不言。始知真隐意，何必入桃源。入手高朗沉郁，盛唐风概。

七夕

星光历历汉悠悠，怅望双星独倚楼。莫谓人间多别恨，便疑天上有离愁。梁清滴去谁相伴，子晋归来合共游。惟有月娥应最妒，一轮风露不胜秋。

杨柳枝词

宫柳初开一抹眉，武昌城下乍逢时。春来树树烟条绿，欲认何枝是旧枝。
寒食东风已满城，小枝纤弱拂啼莺。东君不惜离人苦，又向前年折处生。

咏古

公子翩翩信绝伦，拟将豪举却狂秦。不知宾客成何事？枉向楼头斩美人。信陵之得毛、薛，可云得士。若三千中十九人，皆碌碌也，而斩美人以谢之耶？平原之徒豪举，即于此见之。

侯怀风

字若英，江南嘉定人。通政讳峒曾女。

感昔

黄河流水响潺潺，当日腥风战血殷。大地尽抛金锁甲，长星乱落玉门关。居延蔓草萦枯骨，太液芙蓉失旧颜。成败百年流电疾，苍梧遗恨不堪攀。此感思陵失国时事，降将倒戈，虎臣战没，而君王因之殉社稷矣。忠臣之女，宜有是诗。

吴　氏

江南桐城人。○未详名字出处，然以女子能组织史事，殊为难得，于诗观中录之。

咏史

六贵同朝激虎彪，横江勒马下秦州。银枪酒市春双靥，玉屧莲台月半钩。赵鬼西京谙汉赋，阿兄东阁压通侯。谁知讲武旄头入，芳乐笳声碧麝秋。萧衍谓张弘策曰：六贵同朝，乱将作矣，东昏嬖幸之徒，有赵鬼者，能读西京赋，曰：柏梁既灾，建章是营。乃大起芳乐等苑。梅虫儿，齐主呼为阿兄。

右南齐

同泰一人归佛地，寿阳千骑渡江波。盟成自取金瓯缺，蔬绝空陈鸡子多。五月谁勤君父难，七官先反弟兄戈。江淮废后襄阳促，秋草台城放槖驼。临贺王正德引侯景以千兵渡江。「金瓯无缺」，武帝自矜语。围台城时，蔬茹皆绝，邵（临）（陵）王纶上鸡子百枚。太清三年五月，武帝殂。武陵王自称帝曰：七官文士岂能匡济。湘东王绎行七故云。

右南梁

倪仁吉

浙江义乌人。○仁吉工写山水，尝种方竹于庭，以自况也。有同志者，斫一竿与之。

题宫意图

调入苍梧斑竹枝，潇湘渺渺水雲思。听来记得华清夜，疏雨梧桐独坐时。

方琬　字宛玉，福建莆田人。诸生林树声室。

戊子避乱舟中寄弟

野树鸣蝉咽未休，蓼花蘋叶晚来秋。干戈满眼惊残梦，风雨伤心逐去舟。丧乱相依吾弟在，艰危无奈老亲忧。更怜宿草青青冢，寒食新烟望里愁。

范姝　字洛仙，江南如皋人。诸生李延公室。

闻蟋蟀有感

秋声听不得，况尔发哀吟。游子他乡泪，空闺此夜心。已怜装阁静，还虑塞垣深。萧瑟西风紧，行看霜雪侵。此闻蟋蟀而怜远行也。起十字便已高绝。

熊湄　字碧沧，江南长洲人。许烂石室。

寄远

几回闻雁忆连然，天末遥将锦字传。万里飘流羁远客，十年迢递阻回船。浮雲目断苍山外，落月魂消洱海边。何日刀镮遂初约，免教暗卜掷金钱。

柴静仪

字季娴，浙江钱塘人。沈汉嘉室。有凝香室诗钞。○本乎性情之贞，发乎学术之正，韵语时带箴铭，不可于风雲月露中求也。令子方舟能承母教，已详二十五卷中。

与冢妇朱柔则

深闺白日静，熏香垂罗帱。病起罢膏沐，淡若明河秋。自汝入家门，操作苦不休。蘋藻既鲜洁，牖户还绸缪。丈夫志四方，钱刀非所求。惜哉时未遇，林下聊优游。相对理琴瑟，逸响随风流。潜龙慎勿用，牝鸡乃贻羞。寄言闺中子，柔顺其无忧。以提躬勖子，以淑慎勉妇，闺阁中居然儒者。

子用济有远行诗以贻之

吾子廉吏孙，读书昧生理。三十未成名，徒然还乡里。外侮旋复来，内忧方未已。忽然远行役，披衣中夜起。明星光在天，河流正弥弥。行雲有返期，游子靡所止。揽涕下高堂，长途从此始。野雀从南来，翩翩思择木。感此主人贤，飞鸣集其屋。才地非独优，处卑愿亦足。矧有嘉树林，朝昏托栖宿。鹰鹯过莫窥，罻罗无由触。哀彼黄鸟诗，长谣念邦族。诗中比体，勉其因不失亲，随遇自安也。

勖用济

君不见侯家夜夜朱筵开，残杯冷炙谁怜才。长安三上不得意，蓬头黧面仍归来。呜呼世情日千变，驾车食肉人争羡。读书弹琴聊自娱，古来哲士能贫贱。立身一败，万事瓦裂，皆由不能贫贱之故，贫贱中正可磨炼人品也。能贫贱，他日即能富贵矣。学者宜三复斯言。

长信宫

玉台妆罢无人见，伤心空自悲团扇。秋草偏生长信宫，春风只在昭阳殿。殿里君王酒半醺，娇歌雅舞争纷纷。三千锦帐飘香麝，十二长裙散彩雲。众中别有人如玉，新妆艳艳娇红烛。不许寒乌带月啼，恐惊春燕衔花宿。谁怜长夜梦难成，忽度流莺似有情。片月高高挂天汉，千秋应照妾心明。

秋分日忆子用济

遇节思吾子，吟诗对夕曛。燕将明日去，秋向此时分。逆旅空弹铗，生涯只卖文。归帆宜早挂，莫待雪纷纷。

送顾启姬北上

一片桃花水，盈盈送客舟。春来万杨柳，叶叶是离愁。顾我穷途者，逢君意气投。烟虹时染翰，风月几登楼。只合熏香坐，谁堪鼓枻游。燕台一回首，雲白古杭州。

王慧

字兰韫，江南太仓人。学使王长源女，冰庵太守妹，常熟诸生朱方来室。○兰韫一门风雅，得所承受，故其诗清疏朗洁，其品最上。王渔洋只赏其「一缕柳花飞不定，和风搭在绣床前」，犹以寻常闺阁待之也。

山阴道中三首

出郭忘远近，十里清阴中。川陆互回没，延缘遂无穷。冈峦去殊势，竹树交成丛。安知蒙密处，下有溪流通。石桥路可寻，一转迷西东。烟空人不见，寂寂山花红。

行行转深迴，所得益幽奇。万壑与千岩，今来始见之。纷纷红复碧，相引呈异姿。心目所应接，人各领其私。烟缕出丛薄，山家住茅茨。人世杳然隔，何殊太古时。「人各领其私」，正以私见公。从少陵「欣欣物自私」化出。

溪流绕嵚岩，一苇去不息。沙濑清且浅，水底见竹色。文石无岁年，山根浸历历。谷鸟鸣转幽，溯洄安所极。水花爱明净，绝境杳难即。可有浣纱人，一笑似相识。

冷泉亭

泉声檐槛外，林壑杳然深。人世热何处？我来清到心。松林藏日色，潭底卧峰阴。一自乐天记，山光寒至今。

移居茜里旧宅

新塘一水绕街东，旧是柴桑五亩宫。松菊尚存思祖德，蓬蒿不剪见家风。花深鸡犬疏篱外，潮落鱼虾小市中。却爱堂前双燕子，还寻故垒入帘栊。

秋夜梦同先慈赋诗得天上桃花之句觉后因足之

太华峰头见上真，霞衣绰约是前身。海中若木何尝夜，天上桃花不计春。瞬息去来原是幻，片时欢笑亦相亲。钟声已碎昆明劫，好向毗伽问后因。语有仙气，不因镂刻而成。

邻女幼归儒家因婿无藉沦于塞下闻而有感

曾向邻居共绛纱，裁雲咏絮斗芳华。香沾绣帙同分线，春暖妆台互送花。漫说罗敷原有婿，可怜蔡琰竟无家。于今辫发垂双耳，紫塞斜阳泣暮笳。极不堪事，写来蕴藉，服其笔墨之工。

芝塘候潮因忆亡女

水浅舟胶日半斜，扣舷闲望似天涯。烟深竹坞鸠呼雨，潮落芦根蟹聚沙。愁绪萦缠同蔓草，年华衰谢感残花。剧怜弱女常同泊，相对蓬窗数晚鸦。

禹陵

明德弥苍昊，神功迈大庭。怀襄方尽力，胼胝极劳形。草木开蒙昧，龙蛇涤秽腥。铸金九土贡，志怪八方经。苍水先呈简，防风后至刑。相传弓剑弃，此地隧泉扃。三古遗祠庙，千秋共荐馨。璧牲前代典，碑版列朝铭。深殿从群后，空山走百灵。旧闻雲罕驻，今见翠华停。心法传河洛，天章焕日星。殊恩沾后裔，异数出明廷。肃穆瞻新象，登临泊小舲。城垣辞镂琢，户牖炯丹青。莫觅藏书穴，徒看窆石亭。萝长驅窜迹，松老鹤修翎。众水环襟带，诸峰列嶂屏。桥山同故事，寂寞对秋坰。一起五韵，包括神禹生平，通体整肃，有少陵谒先主庙风格，不意于闺闱中见之。

徐氏 山东新城人，耿侍御鸣世室，都御史庭柏母。

寄子诗

家内平安报尔知，田园岁入有馀资。丝毫不用南中物，好作去声清官答圣时。见王渔洋诗话中。

张　氏

山东德州人。丽水知县田绪宗室，刑部侍郎雯母，封太恭人。著有茹荼集。

示儿

一部楞严户昼扃，木鱼竹杖倚围屏。老人自觉修斋好，不为儿曹讲佛经。不讲佛经，讲孝经可也。宜田氏后有令人。

庞　畹

字小宛，江南吴江人，诗人吴锵室。〇锵字闻玮，尝以诗扇赠先大夫，系其夫人琐窗断句，余儿时即喜诵之，今录于此，每一吟咀，犹忆角丱见宾时也。

琐窗杂事

夫婿长贫老岁华，生憎名字满天涯。席门却有闲车马，自拔金钗付酒家。夫婿身分，即从留宾传出，而已之贤淑，亦从此可见。

春雨春寒过落梅，连宵不禁晚风催。闲园收拾残花片，供得儿曹醵面来。

范淑锺 字秀林，江南休宁人。

送夫子之鸠江

征鞍落叶打离披，忍泪临风饯一卮。夕照渐低人渐远，断鸿声里立多时。

吴永和 字文璧，江南武进人，董玉苍室。

虞姬

大王真英雄，姬亦奇女子。惜哉太史公，不纪美人死。虞兮之死，史笔无暇及此，然一经拈出，真见心思。

赠外子玉苍北上

挟策长安去，谁怜行路难。恐伤游子意，别泪不轻弹。

丁瑜 字静娴，浙江长兴人。进士臧眉锡室。著有皆绿轩诗。

家居

木石风花结四邻，寂寥门巷久无人。昔年燕子今重到，始信交情尔独真。

张令仪

字柔嘉，江南桐城人。姚湘门室。著有蠹窗诗集。○此文端公长女也。工古文，不专韵语，端本殖学，比于韦逞母之授经。

西颢

大火既流，凉风荐爽。四时代谢，成功者往。是刈是获，东作乃登。馨香玉粒，神享其烝。率我妇子，中夜鸣机。凉霜戒晨，勿使无衣。

玄冥

北户乃墐，凝阴沍寒。两仪混一，雨雪漫漫。何以御穷？修其旨蓄。草木既胎，蛰虫咸伏。无视无听，以还纯朴。百尔君子，宜谨嗜欲。于天时为闭藏，于人心为守中，得汉人气息，而又别存理趣。

不寐

天将降阴雨，病骨必先痛。转辗不能寐，常至霜钟动。老觉近年增，愁自三生种。万虑积此时，疾苦非所重。逝者日以久，忧来谁与共。一岁又将除，五穷复难送。翻羡长眠人，不醒钧天梦。此称未亡后诗，得白太傅神理。

五亩园旧蓄二鹤忽殒其一孤侣哀鸣都忘饮啄诗以吊之

西风一夜返芝田，仙蜕仪形尚宛然。旧过苍苔犹有迹，重来华表是何年。独临池畔悲孤影，唳入秋空泣暮烟。何处惹人情最切？严霜落叶五更天。吊鹤实以自吊，五六语分写孤侣哀鸣，字字凄恻。

病中口占

珍重馀生劫后身，却怜孤负一分春。殷勤好与东风约，留取馀花待病人。

徐昭华 字昭华，浙江会稽人。诸暨骆加采室。○昭华为毛西河太史学诗女弟，诗附毛集中以传，毛极推扬之。然绰约有馀，未尽离铅粉之习。

舟泊垂虹桥重翻吴江闺秀诗有感

吴江之水春泱泱，水边曾蘸青螺香。我寻黛影不得见，对此绿波空断肠。残星点点障轻雾，左妹金闺在何处？雉堞连墙有蔽亏，渔舟荡桨空来去。茭花菰叶满江浮，画烛银缸彻夜游。曲渚流霞漾金线，碧天清露洒琼楼。一时吟咏出花下，百尺天孙锦雲绖。相隔风光知几春，教人宛转怀长夜。十幅蒲帆五两风，长桥犹跨旧城东。美人不在桥边住，盼作春天一段红。

送虞英嫂归诸暨

落尽红衣莲子多，相看绿水木兰过。晓风不解吹愁去，偏送佳人到苎萝。

孙　淑　字静谷，江南常熟人。诸生许灏室，孝廉进益母。著有诗集四卷。〇集中有达哉行，作于九十岁时，述孙、许两家门户之盛衰，一己终身之阅历，皆乐天安命语也。共五百馀言，一时远近传诵。

五日吊古

田文五日生，屈原五日亡。吉凶同此日，理固难推详。原与国休戚，一死分所当。渔父棹自鼓，詹尹龟宜藏。抱石投湘流，心与日月光。文从狡兔计，高枕乐未央。后合魏秦赵，伐齐何披猖！身死薛随灭，高户仍不详。文生鸡狗雄，原死荃蘅芳。世人何梦梦，悲屈羡孟尝。我心独不然，临风慨以慷。抚时怀往事，聊进菖蒲觞。正则之死，贤于孟尝之生，合两传校之，其论自定。定论出闺闱中，大难！大难！

金　氏　字法筵，江南吴县人。吴江沈六书室。

偶然作

灼灼庭前花，春风斗红紫。随荣复随谢，盛衰偶然尔。草木岂无情，谁能一生死。我思更如何，欲种菩提子。

彭氏 河南邓州人。广西布政讳而述女，李鸿室。

华山

三峰崒嵂插青冥，高处平扪井鬼星。池上莲花开日月，硐边石鼓动雷霆。药篮何日逢毛女，仙掌于今忆巨灵。愿驾鹿軿过雾市，丹炉石榻检遗经。

周志蕙 字解苏，浙江钱塘人。诸生陈仲衡室。

柳

岁岁逢春春可怜，争禁三起又三眠。丝丝愁绪随风乱，濯濯丰姿著雨妍。古渡欲牵游子棹，离亭留赠旅人鞭。一声长笛河桥晚，回首苍茫几树烟。

王炜 字功史，江南太仓人。陈纬度室。

乡思

不禁乡思倚危楼，山色空蒙海气浮。风雨别来花半老，音书隔绝雁惊秋。林间野鹤呼幽梦，天际浮雲带远愁。好寄相思与娄水，门前日日有潮头。

王瑶湘 字瑶湘，广东南海人。诗人王隼女，李孝先室。

独夜

残灯明灭里，遥夜梦醒时。起立庭前树，孤怀明月知。

拟送别

孤舟暮归去，别路江南树。烟外有钟声，故人在何处？

朱柔则 字道珠，浙江钱塘人。诗人沈用济室。○方舟为红兰主人客，道珠遥寄故乡山水图，主人作诗，有「应怜夫婿无归信，翻画家山远寄来」之句。方舟旋归，当时传为佳话。

寄远曲

恨少垂杨柳，殷勤系玉鞍。夕阳鸦背暖，春雪马蹄寒。入世逢迎拙，依人去住难。痴儿啼向我，昨夜梦长安。

猎猎风初劲，沉沉雨未阑。因怜儿被薄，转忆客衣单。栖燕将雏苦，征鸿失侣寒。居家与行路，同是一艰难。

闻说燕台路，生涯亦可怜。耻弹门下铗，谁乞广文钱。久客非长策，归耕有薄田。一棺痛慈母，急为卜牛眠。讽游子以行路之难，弹铗之耻，犹姑氏季娴以能贫贱、亲正人勖子也。末章望其葬亲急归，游子不容不归矣。性情既挚，诗安得不工。

送外之大梁

前时失意悔游燕，此去中州枉自怜。飘泊君同苏季苦，操持吾愧孟光贤。计程已隔三千里，念别谁堪四五年。自注：方舟云，此行以五年为期。莫向离亭歌折柳，恐催客泪落离筵。

河渚观梅约顾女春山 春山，方舟妾。

相期河渚玩春华，一棹迎风路未赊。楼外有梅三百树，美人不到不开花。约看花而云不到不开，望其早到也，不妒可知。讵止工于措语。

方舟庐先姑墓感赋

寝苫枕块空山里，却望松楸泪泫然。纵使慈乌能反哺，可能飞得到重泉。

马士骐 字韫雪，四川晋城人。张应垣室。

齐雲楼

凭栏天际荡心胸，一片雲飞接岱宗。缥缈层檐疑结蜃，等闲高卧笑元龙。自传家学三千众，谁数仙居十二重。为问芙蓉楼上客，何如东海表齐封？

张学典 字古政，山西太原人。

感亡姊旧居

绣网蛛丝镜满尘，闲花狼藉不知春。添愁怕见梁间燕，犹是呢喃觅主人。

张凌仙 字学鸪，江南吴县人。沈某室，以苦节闻。

杂咏

家住青山侧，青山断尘迹。浮世几兴亡，依旧青山色。明镜如满月，朝朝弄妆靓。一自弃尘埃，不照孤鸾影。夙昔爱鸣琴，流泉指下生。子期今已没，谁听断肠声。

岁暮感怀

灯前课子诵芸编，百事萦心逼岁阑。泉路十年音信断，空山风雪一家寒。四断句中，俱有冰霜之色。

顾英 字若宪，江南长洲人。常山知县张之顼室。〇孺人萧然四壁，药房萝屋间，时闻诵诗读书声，远近称女学士。

初夏送夫子北上

杜鹃唤春归，和风吹芳芷。何堪对斯景，把酒送吾子。分手即天涯，惜此须臾晷。别绪如茧丝，柔情似潭水。离怀寄孤鸿，相思托双鲤。征途勉加餐，努力拾青紫。上慰高堂亲，下酬贤伯氏。君行既雅醇，君才复俊美。但保金石心，豪门勿投趾。桃李易凋残，松柏岂朝萎。行矣勿悲嗟，风雲自此始。不忮不求，何用不臧，勉夫以持身处世之正也。保金石心、断豪门迹，守此两言，可云有所不为矣。此种诗犹存雄雉遗意。

周淑媛　字又洲，江南泰州人。

元日哭先大人

一夜思亲泪，天明又复收。恐伤慈母意，暗向枕边流。仁孝之言，自在流出。

张蘩　字采于，江南长洲人。吴士安室。

戏为外子拨闷

失意休教苦自煎，为君把卷论前贤。儿顽应笑同王霸，婢钝何须学郑玄。涤器当垆情更洽，操春举案志犹坚。久藏赖有床头酝，莫负梧桐月正圆。「奴爱才如萧颖士，婢知书似郑康成」，向推剑南佳句，得其意而翻用之，以高隐重，不以才藻鸣也。家风敦朴，于兹可见。

沈树荣　字素嘉，江南吴江人。叶舒颖室。

送别

落叶枫林两岸秋，曾于南浦动离愁。只今一片江头月，不照归舟照去舟。

琅琊女子 浙江桐乡人。

和汪钝翁姑苏杨柳枝词

柳条风静雨初收，更罢罗衣懒上楼。花下欲将新月拜，一钩却到绿梢头。

叶　楙 江南昆山人。许心扆室。

孤雁

一声凄切度河梁，不诉离群也断肠。寂历寒沙眠铩羽，空明霜月照分行。无心避患衔芦荻，肯恋馀生逐稻粱。闻道边庭尚征戍，孤鸣幸勿到辽阳。

侯承恩 江南嘉定人。

丁酉三月葬亲吴郡贞山之麓泪馀赋此

买得吴山土一堆，思亲日夕寸肠催。粗安窀穸封新鬣，可卜神明稳夜台。满目松杉滋涕泪，无情猿鸟亦悲哀。祖先丘陇遥相望，累叶忠魂总不灰。

薛　琼 字素仪，江南长洲人。山人李崧继室。

寒食

一样莺花二月天，饧箫声里兴萧然。三旬九食吾家事，不独今朝是禁烟。想见清士家风。

张　氏　湖北潜江人。

绝句

病废机丝老废蚕，牙签缃帙兴犹耽。唐诗汉赋都收卷，日向明窗诵二南。弃辞藻而重修齐，闺中端本之学。

倪瑞璿　江南宿迁人，徐起泰继室。○柔顺供职，妇德也，独能发潜阐幽，诛奸斥佞，巾帼中易有其人耶？每一披读，悚然起敬。

过凌城庙谒古戴二公忠义冢

古讳达可，戴讳国柱，同以忠勇见知于可法史公。自注：时史公总督漕运、巡抚淮扬。怀宗十四年，流寇袁时中寇睢，古时驻宿，邀戴往击，战于凌城庙，众寡不敌，俱死焉。史公随遣使致祭，命于所瘗地刻石立忠义冢。呜呼，二公真烈丈夫哉！丁酉秋，予同母氏往过拜其墓，深惜其事之未传于史也，因为诗以俟輶轩之采。

秋风鸣高空，乱峰下斜照。老树枝交天，苍黄覆古庙。入门扪残碑，太息拜遗貌。忆昔明运衰，群盗起聚啸。剿抚两失策，蜂虿变虎豹。所过无坚城，苍生任凌暴。二公真人豪，忠贞出天造。金铁冶成心，冰霜厉寒操。贼锋一朝来，矢石躬亲冒。官小誓捐躯，力薄那自料。慷慨互争先，从容共谈笑。燃炮击贼人，天地为震悼。贼用魇魅法，自注：命裸妇人拜炮反震。蚁聚蜂屯到。众寡势不当，头断臂犹掉。成仁并取义，日月争光耀。碧血洒平芜，贼马不敢蹈。至今旷野中，白日常见烧。如何八十年，荐绅少凭吊。姓氏已稀传，父老犹相告。兰台事纂修，幽微须阐耀。谁为秉笔人？搜求不遗奥。「剿抚两失策」二语，断尽熊文灿、杨嗣昌诸人之罪。古、戴二公，明史失载，此诗可补阙略。

四弟恳予易其名字予取文王世子语为更名曰克昕字徵子因诗以勖

人生重贤豪，不在名字美。难以易相方，自注：唐进士黄居难为诗慕白乐天。故名居难字乐地。赤将白自比。自注：李赤自比李白。岂遂足追配，效颦空复尔。四弟性明慧，翩翩致可喜。世业下相城，生来故家子。先人早弃世，沦落来居此。家毁不谋归，侨寓贫如洗。画荻复和丸，提携赖母氏。就傅勤诵读，弱冠终军齿。挺然才气雄，籍甚声华起。尔字与尔名，呼之有年矣。忽然厌旧称，十呼懒一唯。向我索更之，我特不敢诿。文取世子篇，义载大戴礼。宋郊变宋庠，饮香从此始。名氏新改初，譬若居新徙。努力事葺修，栋梁庶不圮。莫若江南橘，逾淮化为枳。酌雅禀经，顾名思义，诗不徒作。

戏赠山人李老 自注：山人有足疾，为余舅氏灌园。

李山人，年已翁，可怜白髪颜犹红。矮茅屋是尔宫，青藜杖是尔童。烟霞满怀丘壑卧，夜呼骨痛朝呼饿。戚施举步行逡巡，天意厚汝汝莫嗔。汝不见孙膑成名无一足，苻坚快意得半人。

樊大舅客金陵有诗吊方正学先生墓予次其韵

金川门入北平军，叔父周公逐嗣君。碧血一区埋十族，青山千古护孤坟。祠依忠烈缘同志，自注：闻先生祠与景公祠相接。藓蚀碑铭认旧文。樵牧那知青史事，经过也复吊斜曛。吊正学诗所见夥矣，词严义正，气足神完，无出斯篇之右。

阅明史马士英传 自注：阮大铖附。

王师问罪近江渍，宰相中书醉未闻。复社怨深谋汲汲，扬州表到血纷纷。金墉旧险崇朝弃，郿坞多藏一炬焚。卖国仍将身自卖，奸雄两字惜称君。贵阳、怀宁二贼臣，只修复社之怨，报魏阉之仇，王师南下，阁部告急，掩耳不闻，视贾似道之不救樊城，尤为人头畜鸣也。究之杀身亡家，遗臭终古，末路安可问哉！奸雄二字，曹孟德辈足以当之，予以奸而不予以雄，具有卓识。

金陵怀古

石头天险壮层城，虎踞龙蟠旧有名。峙鼎三分吴大帝，渡江五马晋东京。高台凤去荒烟满，废苑萤飞茂草生。往事不堪频想象，夕阳西下看潮平。

忆母

河广难杭莫我过，未知安否近如何？暗中时滴思亲泪，只恐思儿泪更多。因忆母而转出母之忆女，其情倍深。

袁九嫕

字君淑，江南通州人。

秋日楼居

高楼一骋望，秋林何冥冥。金飔飒然来，拂拂吹轩楹。严霜凋蕙草，竹根莎鸡鸣。落日凄以黄。照此朱槿荣。房栊郁窈窕，芳树纷葱菁。低枝触锦瑟，泠然激清声。境寂意自惬，虑淡心寡营。因悟静者远，而多遗世情。

林以宁 字亚清，浙江钱塘人。钱石臣室。

忆父禹都

晓登百尺楼，遥望中条山。天际有白云，日夕自往还。去来何寥邈，引领难追攀。谁云生女好，少长违亲颜。岂不眷庭闱，安能事间关。问寝久疏阔，视膳良以艰。回步循南陔，踯躅涕汍澜。

陈瑸 字怀玉，江南天长人，江宾谷室。

瘦菊为小婢作

瘦菊依阶砌，檐深承露难。莫言根蒂弱，翻足奈秋寒。

哭程夫人

忽驾青鸾返碧虚，琼花吹折痛何如。修文应是才人尽，徵到姮娥旧侍书。天上修文，几成套语，一用点化，顿觉鲜妍。

蔡琬

字季玉，辽阳人。绥远将军毓荣女，高文良公其倬继室，诰封一品夫人。著有蕴真轩小草。○夫人无书不读，谙于政治，文良奏疏移檄等项，每与商酌定稿，闺中良友也。诗集无可觅，于选本中录取四章，皆掷地有声者。

辰龙关

一径登危独惘然，重关寂寂锁寒烟。遗民老剩头间雪，战地秋闲郭外田。闻道万人随匹马，曾经六月堕飞鸢。残碑洒尽诸军泪，苔蚀尘封四十年。

关锁岭

山从绝域势遥分，天限西南自昔闻。烽静戍楼狐上屋，风喧古木鹤惊群。横盘石磴危通马，深锁雄关冷护云。叱驭昇平犹觉险，挥戈谁忆旧将军。

江西坡

西岭千重簇剑铓，曾挥万骑蓦羊肠。鬼灯明灭团青血，野冢荒凉啸白杨。梦断层霄空漠漠，事随流水去茫茫。只今剩有残兵卒，指点空山说战场。

九峰寺

萝壁松门一径深，题名犹记旧铺金。苔生尘鼎无香火，经蚀僧厨有蠹蟫。赤手屠鲸千载事，白头归佛一生心。征南部曲今谁是，剩有枯禅守故林。绥远将军平吴逆后，随获谴咎，归空门以终。四章皆怀滇南征战地，悲歌感慨，其原出于少陵诸将、咏怀古迹等篇。

方京

字彩林，广南番禺人。进士讳殿元女，广文金綎室，子祖静贵，诰封恭人。○恭人承家教，古诗宗汉、魏，近体宗盛唐，故所著无宋、元气味。

薤上露

薤上露，日出晞。朝槿花，日暮萎。微物转瞬间，人生亦如斯。彭祖帝尧民，亦复同所归。服食求神仙，仙成竟何时。守道以待终，令名庶可垂。薤露原词只言人命奄忽，以挽王公贵人，此陈求仙之谬，而以守道令名为不朽，粹然儒者之言。

送孟调大侄南还

相对疑梦寐，言别百愁生。孤飞易为感，使我心魂惊。聚散人生常，此别难为情。尔我本一树，相期共枯荣。尔今折枝条，芽肄何时萌。沾润我本怀，老髦愿难行。尔今返吴中，闭门守硁硁。勉哉崇令德，努力以扬名。取法不在远，祖父有遗型。周亲我老矣，垂涕重丁宁。古意古音，勖之以正。

示长媳杨珊珊

十年为妇蓼莪馀，疏水家风乐自如。宛似举场勤苦士，妆成惟对古人书。姑近儒者，妇近书生，闺中乐事，备于一家矣。

孔传莲 浙江桐乡人。赠翰林院编修宜川丞冯锦继室。

寄夫子宜川

斯立只哦松，君今意气雄。官为七品佐，身落万山中。羽檄驰荒徼，征求感大东。莫嫌劳瘁剧，黾勉救疲癃。此通家生侍御冯浩母也。于羽书旁午财粟殚亡之日，望夫子尽瘁救时，是何等胸次！

吴雯华 字雲素，江南吴江人，贡生叶舒璐室。

秋日村居

自爱投闲纵所之，江村林壑漫栖迟。本无喜愠抽身早，须信英雄种菜宜。逸兴耽于黄菊候，幽情诉与白鸥知。绿杨影里三间屋，羡杀渔人理钓丝。

沈蕙玉　字畹亭，江南吴江人。贡生倪弁江室。著有聊一轩诗存。〇读四箴可补班氏女诫，惜年命不永，而弁江绩学，旋亦沦亡。评阅时，为欷歔者久之。

自箴

天生蒸民，有觉其性。阴阳肇判，含元达顺。琴瑟载咏，蘋蘩攸司。夙夜用敬，犹惧或亏。无曰深闺，莫余云觌。淑慝在躬，指视暗室。维椒与兰，植于中田。我思君子，淑慎塞渊。

此以慎独自箴。

先民有言，言不出阃。牝鸡之晨，厥家用损。节以应佩，琴以和神。词苟或费，宁默而存。勿尚尔舌，寸心是弛。既悔而追，不胫千里。嗟嗟愚盲，慎其德音。鹦鹉多言，只名文禽。

此以谨言自箴。

纡纩在笥，焕乎有烂。凄其以风，滋我永叹。维织与纴，为坊厥心。舍业而嬉，淫慝相寻。野有络纬，振迅其翼。尔安用媮，微羽所疾。虽有孔翠，不如春蚕。之子纂组，不如布缣。

此以勤劳自箴。

冀妻如宾，孟光举案。夫岂矫情，偷惰斯远。啼眉折腰，邦国之妖。彼昏罔知，反以用骄。

幽闲贞静，曰配君子。载色载笑，若佐之史。敬而能和，穆如清风。修身准此，维以令终。

此以和敬自箴。

同声歌

少小属闺闼，感君意缠绵。聘以明月珠，迎以黄金鞯。结褵自今夕，誓好永百年。采兰涉秋水，荐藻奉华筵。合欢裁作被，朱丝操作弦。虽无兰蕙姿，向日呈芳妍。一身皆君有，寸心私自怜。何用答嘉惠，持以充豆笾。在天莫为雲，雨落难上天。在地莫为影，日暮愁弃捐。婉娈保素志，跬步矜比肩。于同声中写同心，有和顺，无狎昵，所谓「有道妻子皆得佚乐」，于弁江夫妇见之。

杨珊珊 字珮声，浙江山阴人。布衣杨宾女，观察金祖静室。

乡思楼

旅寓金阊五十秋，亲年多半老依刘。嗟予未识乡关路，廿载空登乡思楼。浅浅语，自有远神。

姚世鋆 字金心，浙江归安人。王豫室。

春感

东风庭院林莺语，斜日帘栊海燕飞。九十春光今已半，行人到此也应归。

卧病

姚益敬　字元吉，浙江归安人。董暨室。

卧病逾时岁又新，衡门两版绝嚣尘。垂帘怕放东风入，春到贫家不当春。

力疾作书寄外因题纸尾

尺素题初罢，轻罗泪未乾。离愁不堪寄，聊复报平安。

周淑履　山东莱阳人。高荫楙室。○妇为相国曾孙女，幼工诗，于归后，夫妇如师友，然荫楙早殁，家尽落，母家亦落，贫无依，借织纴以生。教三子读书成名下士，远近以女师尊之。

述怀

轧轧机杼声，漠漠空天雪。操作入中宵，十指皆皴裂。积丝匹难成，不忍中道绝。著此缟素裳，怡然矢同穴。积丝十字，为学如是，立节亦如是。

孤儿髫龀年，欲令就外傅。大者陶性情，次亦理章句。宁云致通显，不敢陨故步。尔父有残书，慰母在寒素。

冬日送别表妹

萧萧风雪逼人寒，欲整行装忍泪看。珍重送君无别语，高堂代我问平安。

吴　巽 字道娴，浙江嘉兴人。郑联室。

冬日村居读靖节先生日月依辰至句遂演成一律

日月依辰至，村居岁欲残。补衣朝旭暖，织素夜灯寒。节分於陵苦，贫偕孺仲安。囊空忘羞涩，不用一钱看。

奉怀两大人 自注：幼弟已亡。

复抱西河痛，遥知泪不乾。可怜双白髮，谁与劝加餐？

癸丑秋陈妾得举一子时婿年四旬矣志喜

穷薄还凭世泽存，朝来弧矢喜悬门。翻嗟姑舅先朝露，未得生前一弄孙。志喜中转复增悲，微特不妒，弥见孝思，此妇德之纯者。

闻雁

一字横排筝柱来，声声似拨楚弦哀。愿为羽翼偕飞去，纵遇高峰誓不回。

绿牡丹和韵

平台冉冉黛初匀，不逐邻园斗丽春。金谷荒凉成往事，风前犹想坠楼人。商丘宋公任江左屏藩时，咏绿牡丹二律，和者几于盈千，然皆刻画景状，馀韵无存也。此妙在不即不离。

钱纫蕙

江南吴县人。太史讳中谐女，武平令许廷鑅室。○竹素以诗鸣吴中，今之鲁灵光也。厥配亦高风格，趋步唐音。

新安江行

乘潮渡渔浦，沓嶂夹江濆。下瞰绿波影，能令纤芥分。筏移疑入镜，碓落自舂雲。听尽潺湲水，滩高易夕曛。佳句。

度梨关

迢递逾梨岭，肩舆胜驽骖。雄关限闽越，幽境极东南。地暖常多雨，雲开忽作岚。乡闾望不极，聊复上岩龛。

毛秀惠 字山辉，江南太仓人。诸生王愫室。○存素娱情画理，不慕荣禄，闺中人亦同素心。读其诗，想见其幽居之乐。

戽水谣

绿杨深沉塘水浅，辘轳车声满疆畎。倒挽河流上陇飞，渴乌衔尾回环转。今夏旱久农心劳，西风刮地黄尘高。原田迸裂龟兆坼，引水灌之如沃焦。男妇足茧更流血，鞭牛日夜牛蹄脱。田中黄秧料难活，村村尽呼力已竭。其声促，恰称此题。读雲汉诗可悟。

渔父图

竹竿袅袅微风里，失鱼不忧得不喜。收纶放艇出芦丛，白鹭横空忽飞起。江皋落日江水清，水清无复见鱼行。仙源有路渺何处，雲水苍茫无限情。

钱塘怀古

京洛烟尘弃不收，西湖台阁作金瓯。流连秋色还春色，歌咏杭州胜汴州。自愿苟安增币帛，谁抒孤愤报仇讐。栖霞岭畔将军墓，只有南枝记旧丘。宋高苟安，父仇不报，戊午谠议序极言之，闺闱中亦见及此。

乙卯秋外赴金陵省试不售诗以慰之

新妆竞埽学轻盈，俗艳由来易目成。谁识天寒倚修竹，亭亭日暮最孤清。

寒女频年织锦机，深闺寂寂掩重扉。却怜鸩鸟为媒者，空向秋风理嫁衣。

重阳风雨滞幽斋，失意人难作遣怀。篱菊已花还觅醉，便须沽酒拔金钗。慰夫不遇，喜无噍杀之音。

许飞雲 字天衣，江南吴县人。诸生王又溟室。

新月

远望雲山暮霭浮，初生纤魄挂南楼。树头宿鸟惊弓影，水面游鱼怯钓钩。淡淡画眉微有恨，深深学拜便含愁。广寒风动银河浅，罗襪新裁夜出游。此方虚谷所谓著题体也。中二联写景写情。新字于末句借点，布置极工。

许孟昭 字景班，江南元和人。许廷鑅女。

寒夜曲

金剪生寒夜漏长，玉人纤手懒缝裳。素娥偏耐秋光冷，来照鸳鸯瓦上霜。有义山绝句神味。

许楚畹 江南元和人，许廷鑅孙女。

寒夜曲

沉沉夜永漏声添，倚户萧条对彩蟾。青女不知幽院冷，还吹霜气入重檐。

陈奇芳 字兰佩，江南吴县人。举人时敷五室。

秋风

乍觉商飚动，园林色渐非。井梧吹欲堕，梁燕送将归。延爽开罗幕，迎凉卷纻衣。汉宫藏扇者，安命掩金扉。

梅影

东风吹梦入烟村，月地雲阶印浅痕。竹外横斜空色相，水边隐约认香魂。一枝欲寄人难折，三匝无依雀自喧。顾我清臞怜共瘦，琐窗徙倚向黄昏。妙在字字是影。

周　巽　字顺吉，浙江山阴人。仁和诸生沈心室。著有须曼阁小稿。

秋夜闻笛

今夕是何夕，忽听苍龙吟。成连之海上，千载有遗音。窥牖月如水，隔墙风满林。漏深吹忽断，不尽故乡心。通体高格，明人中近徐昌穀。

题海昌女史李是庵水墨牡丹

元舆赋里识芳姿，玉篆牌悬第几枝。想见深闺多逸韵，含毫不用买胭脂。

汪　瑶　字雲上，江南新安人。朱昂室。

寒山　自注：赵凡夫栖隐处。

飞雨过群岭，篮舆陟翠微。幽径入松际，轻风吹人衣。高士有遗迹，想见疏凿时。老屋就深树，寒泉泻平池。墓梅双虬龙，屈铁盘高枝。缅怀硕人轴，偕隐赋乐饥。已辞梁栋材，自远太庙牺。一门擅文藻，渊雅良可师。自注：凡夫及子灵均工古篆，配陆卿子工诗，子妇文俶工写花鸟。予亦慕高隐，愿采商山芝。鹿门期可逐，怀古生遐思。吊偕隐人，而己亦愿偕隐，志趣可知。

吴若华 浙江嘉兴人。藩司吴嗣爵女，屈恬波室。○若华制艺极工，小题镂刻近隆、万人。王渔洋称士女商畹人能工制举文，此其替人矣。

新磨古镜

古镜朦胧减旧清，一朝磨洗倍晶莹。雲开夜月秋毫见，雨过菱花色相明。阅世兴亡疑有眼，辨人好丑总无声。玉台妆罢时时拂，莫使浮尘又暗生。五语写古字巧，六语喻君子知人，不自矜其名也。对偶较胜。

留别淮阴道署

三载依依玉镜前，旧梳妆处最相怜。不知今后红窗里，又是何人点翠钿？

秋风

满耳萧骚梦不成，残雲凉月夜凄清。等闲吹落长林叶，杂入千家捣练声。

宋凌雲 字逸仙，江南长洲人。李博室。○昔铨部宋南园先生尝向余言：「孙女弱龄即喜诵吾子诗，妆台侧时手一编也。」今将四十年，其言如昨，而逸仙已归泉壤矣。俯仰三世，可胜慨然。

偶成

天外鱼书绝，征人岂念家。可怜小儿女，夜夜看灯花。

忆父

吴树燕雲断尺书，迢迢两地恨何如？梦魂不惮长安远，几度乘风问起居。欲归未得怅空囊，儿女相思泪数行。苦忆寝门双白鬓，朝朝扶杖倚闾望。

许　权

字宜媖，江西江州人。进士崔谟室。

梦天

招我以神仙之窟，凤麟之墟，乘我以青鸾之辇，赤龙之车。手摩日与月，浩荡经天衢。回首人世真渺茫，齐州九点烟青苍，我欲乘风任翱翔。忽闻空中飘鼓吹，绰约佳人御雲气。似曾相识碧落间，共赴瑶池为仙吏。瑶池日敞宴初开，星娥月姊双双来。相携千年乍熟蟠桃实，劝饮百巡不醉流霞杯。顿觉心清体骨轻，梦回漏箭报三更。烟霞已散空庭寂，静听梧桐淅沥声。题同长吉，而诗格却仿青莲，梦意于末路点明，随即换境作结，令读者不能测识。

七夕

七月七之夕，家家望女牛。神仙不可见，凉风何飕飗。我疑天孙之巧转近拙，东西隔断难飞越。一年一度一分离，千古银河响幽咽。不须乞巧向天孙，若赐巧来愁欲绝。君不见东家力田妇，耕馌常相随。旦暮共苦乐，白首不分离。又不见西邻有才女，夫婿上玉堂。终年不相见，怅望悲河梁。玉露无声夜清悄，盘中盼断蛛丝绕。不知巧思落谁家，只恐巧多人易老。寄语人间痴女儿，宁为其拙毋为巧。

尹琼华 字秉贞，江南吴县人。卞培基室。○秉贞淑慎敦孝行，年二十三殁，培基以有子不再娶，重妇德也。

题姜贞女画

自注：纶周女，名桂，字芳华。

空闺工六法，取势入微茫。野渡涨秋水，远山明夕阳。古心无丽藻，淡墨有冰霜。不点双飞鸟，图中断颉颃。三四语正写画，馀俱从守贞著笔，不同泛泛。

韩韫玉 江南长洲人。宗伯文懿公幼女，西宁知县顾渭熊室。○前辈韩东篱太史述幼妹少读群书，兼工词翰，年三十时，著述已富，病殁前，尽取焚之，不欲以文采见也。渭熊从书帙中检得十馀首，比于吉光片羽云。

咏鹤

丹顶玄裳白羽轻，芝田旧日得仙名。生来雲水原天性，望里蓬壶是去程。代远每过千岁寿，露寒常向九皋鸣。不随卫国乘轩队，稳卧松巅梦太清。

杨克恭

字德基，江南扬州人。少傅敏庄公孙女，德清徐志岩室，封宜人。

读唐书李白传

汾阳微日无人识，独有青莲赏最真。再造唐家缘救免，可知卓见出诗人。太白识郭汾阳于行伍中，为脱其罪。后白陷永王璘事，汾阳欲解职以赎其罪，新唐书载之，苏子瞻言之，后人翻驳谓无其事者，吹毛索瘢，殊可不必。

金　顺

字德人，江南吴县人。中书汪曾裕室。夫亡，以节孝称。

题管夫人画竹

墨妙由来数仲姬，闺房静对写风枝。王孙若解凌霜节，合署鸥波老画师。题仲姬画，却从竹上讽谕王孙，用意微婉。

汪　璀　字偓弟，浙江乌程人。诸生徐以坤室。

从苕返德清

秋思入寒砧，帆飞度远林。溪分前路合，桑密晚烟深。白发慈闱梦，青年昧旦心。孤城遥在望，鸟外见雲岑。

怀舍弟都中

上苑栖枝后，春风又一年。雁行悲断续，雲路戒腾骞。母老凭余侍，门衰仗汝贤。家庭为政好，早放潞河船。　昔人问前辈居官之法，曰：「玉阶露滑，须缓缓行。」即戒腾骞意也。得自闺阁中尤难。

袁　机　字素文，浙江仁和人，太史子才之妹，幼许字如皋高氏子，后高以子有恶疾，愿离婚。素文曰：「女从一者也，疾，我侍之，死，我守之。」卒适高。高躁戾佻荡，倾奁具为狎邪费。不足，扑挟外，至以火烧灼之。姑救之，殴母折齿。既欲鬻妻以偿博者。不得已，始归母家，长斋素衣，孝养母氏。高氏子死，哭泣尽哀，血泪尽。越一年，亦死。女子中苦行，无逾此也。检箧笥得手编列女传三卷，诗一卷。

有凤

有凤荒山老，桐花不复春。死还怜弱女，生已作陈人。灯影三更梦，昙花顷刻身。何如蜩与鸴，鸣噪得天真。

闻雁

秋深霜气重，孤雁最先鸣。响入空闺静，心怜永夜清。自从成只影，同是感离情。谁许并高节，寒林有女贞。应自归母家后作。自怜只影，静正守贞，言外绝无怨尤，可以哀其志矣。

清诗别裁集卷三十二

戒　显

字晦山，太仓人。以下僧诗。○玩登黄鹤楼诗，应是遗民而为僧者，无诗稿，于卷轴中得之。（案：晦山，原作悔堂。据陈垣励耘书屋丛刻改。）

登黄鹤楼

谁知地老天荒后，犹得重登黄鹤楼。浮世已随尘劫换，空江仍入大荒流。楚王宫殿铜驼卧，唐代仙真铁笛秋。极目苍茫渺何处，一瓢高挂乱云头。起有撼山岳、吞云梦之概，具此胸次手笔，不管「崔颢题诗在上头」也。通体俱振得起。

正　岩

字豁堂，浙江仁和人。著有同凡草。○豁堂国变后为僧，尝云：「人非金石，立见消亡，不若逃形全真，自游方外。」诗二卷，王新城尚书目为汤惠休、帛道猷之流。（案：正岩，原作止岩，复误以为「徐姓，名继恩」。据陈垣励耘书屋丛刻改删。）

田家

田家无他望，所望在平畦。但恐终岁力，不得遂其私。何哉造物者，亦得厚我施。夜来微雨过，使我菜麦滋。登丘一以眺，秀色远参差。此时桃与李，岂乏好容姿。顾予朴野性，独与此相宜。及时务耕作，那敢贪天时。近陶公性情，不在面貌。

戏酬友人惠日铸茶

几日春游遍若耶，入城布衲满烟霞。正愁仙福难消受，又吃人间御贡茶。

月下由御教场下投净慈宿朗公房

御教场中月直时，下山全不道归迟。三松影落半湖水，一路沿钟到净慈。

南　潜　字月函，浙江乌程人。〇月函，董姓，说名。本贡生，中岁出家吴之灵岩寺。诗思路手笔俱不凡，然多偏欹，欠完善，兹录其近情者。（案：月函，原作月岩。据陈垣励耘书屋丛刻改。）

招魂曲

梦魂夜逐青桐叶，飞落秋园作蝴蝶。一星鬼火入筵青，法王院榜招魂帖。灵旛剪纱钱剪纸，月黑松摇古须鬣。高僧咒开枉死城，精灵隐隐啼秋怯。啸声认得故人魂，犹带生前旧豪侠。鬼气近昌谷。

宫人入道和唐人

听断昭阳鼓吹声，道家衣向御前更。已抛团扇三秋怨，却胜琵琶万里行。留锦只谋装秘笈，买丝还拟绣飞琼。天家异日赍香使，白髮宫奴记旧名。和平之音。

听雨

梧桐滴沥客心惊，秋雨能吹白髮生。孤馆灯昏惟对影，丽谯鼓湿不知更。前宵松月疑尘梦，明日泥涂听屐声。寻著漏痕当屋角，夜深百匝绕书行。

实讱 字可南，江南吴县人。○诗从黄子若木处钞得，无稿本也。气清语削，涤尽尘俗，见我吴前此大有诗僧。

石公山

湖上山忽起，突兀孤云中。洪涛日相击，飞雪洒晴空。悬崖疑欲堕，怪异由天工。雨晴苍翠湿，水落根玲珑。时有好事者，闲来穷鸿蒙。

虾蟆岭

君不见虾蟆岭，崔嵬横截日无影。特立太湖烟水中，飞鸟何曾至绝顶。崩崖挂倒树，日久生莓苔。飞瀑洒石壁，磴道鸣殷雷。百步几盘曲，去矣如复回。虾蟆岭，何年开？日见行人天上来。

伤范东生

苕水清，湖水浑，东西相望愁人魂。君今长别故山去，春光寂寂梅花村。湛园月下池光冷，冷浸芙蓉夜正永。于今何处问风骚，空向草堂吊清影。

江楼望月

江村犹不夜，月已到高楼。碧瓦光相射，虚檐影自流。山山皆在水，树树尽成秋。天迥空无著，西风一钓舟。起与「残夜水明楼」同妙，「山山皆在水」，写得残夜山水出。

烂溪访周公美不值

晚风吹乱苇，簌簌鸣荒畴。山月白如晓，溪雲凉似秋。蝉声在高树，水气生空舟。问主不相见，门前闲片鸥。

夜同凝父宿元朗斋头有怀秋潭

帘外丝丝雨，因风亦易晴。孤灯照清话，一钵了浮生。野鸟不依树，闲雲偶入城。悬知溪上意，流水是经声。生新之句，时近贾长江。

答董然明

木落水容淡，寥寥独鸟还。小楼明月上，照见隔溪山。贻我句何逸，想君心倍闲。前期倘不弃，扫石梅花间。所选八首中，五首写月，得月之神，并传月下人性情，前身岂谢希逸耶？

月夜过元弘山房

忽动幽人思，昏黄过草堂。江明初月上，地白已凝霜。相见更何事？岁寒心不忘。石床终夕语，松隙又晨光。

显　谟 字言成，江南吴县人。

山房同端白迟兰公不至

林中掩荆扉，白日忽已暝。松风阴壑生，淅沥寒秋听。相对淡忘言，诗成禅侣定。期子不我来，寂寂孤雲径。

柬陆长卿

为别亦何易，山山尽是秋。曾期过一夜，不见到孤舟。风劲叶离树，月寒人在楼。所思湖水阔，清梦得同游。

海　遐 字介旭，江南宜兴人。

送友之吴门

东风吹柳拭烟轻，折赠柔条空复情。一望吴山千万叠，知君只在此中行。

同　揆 字轮庵，江南吴县人。著有寒溪诗。○轮庵，文中翰启美之子，文肃公犹子也。沧桑后逃于禅。所为诗皆人伦日用盛衰兴废之感，墨名儒行，斯人有焉。

鼎湖篇赠尹紫芝内翰

丁丑、戊寅间，先公受知于烈皇帝，遵旨改撰琴谱，宣定五音正声，被诸郊祀。上自制五建皇极、百僚师师诸曲，命先公付尹紫芝内翰，翻谱钩剔。时司其事者，内监琴张，张奉命出宫嫔褚贞娥等，礼内翰为师，指授琴学，颁赐紫花御书、酒果缣葛之属，极一时宠遇。追闯贼肆逆，烈皇帝殉社稷，诸善琴者，偕投内池。内翰恐御制新谱失传，忍死抱琴而逃。南归，谒先公于香草垞，言亡国时事甚悉。从此三十九年，不复闻音耗矣。癸亥秋，余在寒溪，内翰忽来，相见如梦寐，意欲剃染，事余学佛。余伤之，为赋鼎湖篇以赠。

鼎湖龙去秋溟溟，惊风吹雨秋山青。白头中翰泪凝霰，叫霜断雁栖寒汀。烈皇御宇十七载，身在深宫心四海。一朝地老与天荒，城郭依稀人事改。当年删定南薰曲，内殿填词徵召促。琴张好学直乾清，先公屡赐金莲烛。雅乐推君独擅场，望春楼下拜君王。高山一奏天颜喜，奉敕新翻旧典章。昭仪传谕何谆切，予赉先颁女儿葛。上林避暑抚丝桐，温语贞娥遵秘诀。流泉石上坐相邀，薇省风清玉珮摇。神武门前轻执戟，永和宫里薄吹箫。如意初殇泪沾臆，自注：皇五子悼灵王。那堪又报河南失。钿蝉零落葬田妃，池水苍茫尚凝碧。寒食花飞不见春，冬青冢树斫为薪。煤山一片凄凉月，犹照疆埸血化磷。世间万境须臾梦，老臣剩有西台恸。四十年来寄食艰，何人再听高山弄。鉴湖南去雲门外，古寺松篁景晻霭。维舟无意忽相逢，恍惚梦魂同晤对。夕阳影里话前朝，天寿诸陵王气消。留得闲身师白足，满头白髮影飘萧。吴梅村祭酒诗道胜朝亡国事，凄凄切切，可被管弦，令读者愀然伤怀，此篇竟似出梅村手。梅村道本身事，轮庵道先人事，其感一也。神来尤在后半。

过五经岭

绝壑松杉合，悬岩冒雨登。雲中人种麦，天际我攀藤。路尽峰能转，巢危石欲崩。寒烟满萝屋，应有未归僧。阻风登采石矶云："去帆疑峡走，卷浪骇江飞。"亦能作奇语。

雪霁后晓行过龙舒

冲寒初放棹，侵晓度溪湾。残月霜中角，长江雪后山。铎清知塔近，波定识鸥闲。载笔频年梦，潇湘一衲还。

吴翼生归自塞上话旧

七载风霜雪满鞯，曾骑款段独行边。之官恰值初裁俸，作吏惟知不爱钱。薄宦暂归仍是客，残僧久别已忘年。地炉芋火深宵共，破院相依有夙缘。清空如话。吴洪雅之清味自见。吴后为冢宰。

大灯

字同岑，浙江秀水人。〇以下五僧诗皆得自选本中。

游毛公坛

千古仙坛在，丹书孰更闻。藤萝春覆雪，洞壑晚连雲。药灶花间出，人家谷口分。何时移草阁，向此卧斜曛。

秋夜宿八峰山房

黄花篱下乱蛩鸣，古寺秋高岭月明。夜半石床清睡去，不知枕上落泉声。

大　瓠　字笷在，江南宣城人。

浒墅留赠周玉凫仪部

瓢笠飘然特讯君，连朝风雨惜离群。青杨花覆山桥路，白石溪连竹屋雲。却怪鸱鸮嘲凤德，敢将骤裹应龙文。荒凉一径空延伫，回首江关已夕曛。时仪部罢官家居，故有五六语。

函　可　字祖心，广东南海人。

丁亥春将归罗浮留别黄仙裳

春尽雨声里，扬帆趁晓晴。路经三笑寺，归向五羊城。末世石交重，馀生瓦钵轻。悲凉无限意，江月为谁明。

本　源 字兀庵，浙江湖州人。

过王皓庵旧居却寄郡城

菰城摩诘在，久不住岩阿。白日携筇到，青山送客多。林空一片月，涧落万重波。知我无如子，秋深几度过。

大　宁 字石潮，浙江钱塘人。

寄胡柏庵

时有渡江梦，孤怀历岁深。淡雲归鸟意，春树野人心。岸草青连屋，山花红满林。好知千古事，明日几回寻。

成　鹫 字迹删，广东番禺人。著有咸陟堂诗集。〇上人姓方氏，本名诸生，九谷先生弟也。中年削髮，不解其故，然既为僧，所著述皆古歌诗杂文，无语录偈颂等项，本朝僧人鲜出其右者，拟之于古，其惟佪、秘演之俦欤？

祝髮呈本师

男儿爱身及肤髮，平生一毛不敢拔。蹉跎四十一回春，负此遗骸等株橛。蒙师为我操慧刀，头上不与留纤毫。一朝四大轻鸿毛，昔日缝掖今方袍。缝掖翁，方袍子，本来面目应相似。镜中见影不见形，莫道昨非今乃是。请辞大众入山去，山月松风供稳睡。「莫道昨非今乃是」，见为儒未必非，为僧未必是也。知其未必是而为之，此何故耶？

屈翁山归自金陵予将入泷水赋赠

君不见至人有身无四大，乘风稳踞溟鹏背。下览九州如历块，朝发越裳莫燕代。君不见至人善行不任足，驰驱直入蜗牛角。纵横游说蛮与触，三军解甲舆脱辐。斯人人耳无大奇，致虚守静如伏雌。中间真宰微乎微，神出鬼没不可知。去年尽室吴江去，江边欲与鸱夷住。高堂有母生喜惧，自刺扁舟出烟雾。归来重理漉酒巾，黄花彩服参差新。炙鸡秉烛招比邻，黑貂贯过墙头春。兴来起舞醉无力，举觞遍告座中客。此身有母难许国，自作散儒深可惜。深可惜，未忍闻，长歌短曲聊和君。明朝我向泷西隐，世事悠悠勿复云。角韵叶。

○郁郁律律，欲灭欲没，如相马者，应索之牝牡骊黄之外。

罗浮采药歌

朱明老仙能辟谷，日饭胡麻茹黄独。轻身直上铁桥行，踏破飞雲雲在足。四百峰头种紫芝，千寻涧底菖蒲绿。药名药品皆离奇，神农本草那得知。相逢一一为予说，予心半信还半疑。老仙大笑导予去，指点深山最深处。随取随有却随无，杀人活人不知数。倾筐不盈盈更归，归时忘却来时路。缥缈欲仙。

秋钟

寂寞秋原寺，霜钟韵最幽。数声生殿角，一夜白人头。皛皛月当枕，萧萧风满楼。何能此时节，还起景阳愁。

镜

爱尔本无我，虚明识故人。滞形还偶影，顾笑复怜颦。虚室自生白，太虚谁写真。所嗟承弁髦，一见一回新。惟太空所以无物不照，写镜写心，是一是二。

问天

我有千古恨，高高将听卑。亦知曾补后，不似未分时。得气清何少，流光照或私。可能空阔外，容我管中窥。既补后天，杂以人矣，所以清中有浊，公中有私也。补灵均未问意。

问影

不辨谁宾主，何因有往还。怜君时一顾，笑我未能闲。世态胶难合，前尘迹可删。终当事韬晦，相待掩重关。

登大科峰顶

爱山登陟不辞劳，直上嵚岑振敝袍。老去始知行脚稳，年来惟恐置身高。青天有路随孤鹤，沧海无根仗六鳌。闲倚西峰发清啸，下方谁识是吾曹。出世人何必作此语耶？

读宋史偶笔

从来吾道本虚公，洛蜀何因有异同。端礼门前书姓氏，原来都在党人中。洛、蜀同异，总在党籍碑中，一以见相争之多事，一以见程、苏之均不碍为君子也。此种诗可当史论。

大　成　字竺庵，湖南醴陵人。

山居

一株两株老松青，松下结个小茅亭。三日五日来一次，肩荷椰栗手持经。读经读到山月出，听松听罢天落星。适然抛卷松间卧，梦与松根乞茯苓。有生趣，另备一格。

海　岳　字中州，江南镇江人。

访友不值

寻君复不见，寂寞出林间。落叶溪边路，浮雲海外山。午烟桑柘隐，秋色户庭闲。爱尔幽栖好，归来亦闭关。

天　定　字双溪，湖北武昌人。

涵师峨嵋游归因赠

峨嵋西去似登天，见说亲行到顶边。古木千年都化石，衲衣六月总装棉。阴风昼洒岩端雪，急雨宵闻洞口泉。袖得图归夸示我，芒鞋踏破意忻然。奇语，却是真境，故人黄尊古住峨嵋半载，为予言之。

大　健　字蒲庵，江南和州人。

登锺山

钟山常在望，惆怅有谁登。蹑履过灵谷，披雲拜孝陵。荒途迷乱草，深涧咽寒冰。香火馀宫监，悲凉向野僧。

僧　残

字石溪，湖南湘潭人。

古意

瘗琴峨嵋巅，知音何寥寥！埋骨易水旁，侠士魂难招。物性不可违，岂必漆与胶。尝恨士不遇，白首空萧骚。

齐已能作雄壮语，如「拔剑绕残尊，歌终便出门」是也。此更过之。

超　远

字心壁，雲南人。○心壁出家西江之庐山，商丘宋公巡抚西江，与酬接唱和，后移节江苏，心壁复来吴中，又有唱和诗，时人以东坡得佛印比之。

竹湛

数家烟树里，竹湛最佳名。茅屋经秋补，山田隔岁耕。残阳归牧笛，零露咽虫声。更遇村翁说，生平未入城。

铁锁桥

万山谁划断，一水界东西。地旷风逾急，天低雲易迷。半空横铁索，千尺跨虹霓。我欲桥边宿，江猿休夜啼。

晓音　字碓庵。著有高雲堂诗集。〇碓庵主华山方丈，圣祖御制有欲游华山未往七绝，碓庵和至百首进呈，大约以多为贵者。兹只录清真一章，重性情也。

过东寺晤天逸兄别来已二十六年白头相对慨然有作

吴天楚地两茫茫，尺素难凭雁寄将。隔绝五千馀道路，俄经二十六星霜。只疑相对还成梦，敢定重逢在此方。顾我青年悲失恃，羡君白髮奉高堂。自注：兄有母年逾九十。

性休　字尺木，前朝宗室后，未详省县。

渔父图

东西南北任遨游，万里长江一叶舟。梦里不知身是客，醒来大地忽新秋。从渔洋诗话采入。

德元　字讷园，江南长洲人，著有来鹤庵诗。

玄墓看梅

谢却兰桡信杖藜，千峰盘磴入花畦。晴雲度影迷三径，暗水流香冷一溪。僧寺多藏深树里，人家半在夕阳西。登临更上朝元阁，满壁苔痕没旧题。

石墙茅屋老梅丛，仄径危崖处处通。半岭人烟香雪里，下方鸡犬白云中。溪边杨柳萌新绿，谷口樱桃缀小红。还拟放舟明月夜，虎山桥北太湖东。

通　岸　字智海，广东人。

采石谒李祠题峨嵋亭

江南雨过群峰青，沙边兰桨时一停。青莲居士不可见，千秋空有峨嵋亭。峨嵋山月还依旧，昔年曾照杯中酒。为问骑鲸飞上天，不知更落人间否？

古　奘　字愿来，广东人。

山行

出门无定所，一路乔松阴。流水道人意，青山太古心。偶然乘兴往，不觉入云深。独立发长啸，萧萧风满林。

智　朴　字拙庵，江南徐州人。〇拙庵主蓟州之盘山，作山志，与新城、商丘诸公往还，其诗不多见。

盘山

苍松乱插连雲石，石上苔痕虎行迹。拄杖来从飞鸟边，下视苍茫远烟碧。

宗渭

字绀池，江南华亭人。〇绀池少学诗于宋荔裳观察，中年后游西堂尤侍讲之门，得所传授。尝谓门弟子曰：「诗贵有禅理，勿入禅语。」即其议论，可以觇其品格。弘秀集虽唐人诗，实诗中野狐禅也。

横塘夜泊

偶为看山出，孤舟向暝停。野梅涵水白，渔火逗烟青。寒屿融残雪，春潭浴乱星。何人吹铁笛，清响破空冥。「春潭」五字，每于夜泊时遇之。

怀余广霞处士

才气真飞将，东南壁垒分。长镵皋庑月，短褐孝陵雲。金尽还交客，诗成最让君。深秋烟水阔，何处倚斜曛。

次韵酬九来

风急树萧萧，思君梦易销。鸟啼黄叶寺，僧语夕阳桥。得句霜钟度，安禅佛火烧。十年诗律苦，珍重贮山瓢。

钱塘观潮

落日海门下，钱塘潮正来。半江堆响雪，两岸起惊雷。倾刻银山合，奔腾白马回。夫差遗恨处，终乏霸王才。

织帘先生书斋晚望时顾伊人属和

隐几淡无虑，日斜偶启关。鸟声寒过竹，树色静疑山。世藉六经重，天留一老闲。落霞江岸远，如为映苍颜。

浦城下水

隔宵戒语过清晨，细雨枯篷出剑津。舟子下滩常鬥水，估人遇险只呼神。空门无我休言命，逝者如斯任此身。两岸鸟啼行不得，遍山红染杜鹃新。

重过海印庵

三年重向虎溪游，石路依然碧水流。鸟背斜阳微带雨，寺门衰柳渐迎秋。弟兄谊重难为别，师友情深竟莫酬。叹息此身闲未得，天涯明日又孤舟。鸟背一层，斜阳在鸟背一层，微带雨又一层，七字中写出三层，浑然无迹。

中秋同鹿洲圯授天行紫英业师坐月

银河潋滟碧雲鲜，徙倚柴门月正圆。影泻苍松清带露，光摇秋水淡无烟。钟残自爱添衣坐，香烬何妨后客眠。皎洁一年惟此夜，莫教容易负婵娟。

早起

愿　光 字心月。

宿雨散凉色，竹林烟未醒。流莺三四语，啼破半窗青。

送陈少庵之楚谒所知

粤国千山外，言扬楚水舲。送君出江口，黄叶满津亭。树色寒雲梦，秋声落洞庭。故人一相见，吟眺九疑青。

溥　畹 字兰谷，广西人。

剑阁

险绝惟双剑，迢遥一线通。水分巴字峡，山接汉王宫。梯石来天上，穿云入地中。无知怜李特，漫欲守蚕丛。五六极形其险，结意见窃据必败，犹少陵叙公孙述割据后云，「恐此复偶然，临风默惆怅」也。

虎丘访卖花老人

缓携椰栗访山家，一路斜阳五色霞。不是闲园是花国，可留馀地种桑麻？此正论也。勿谓方外人作杀风景语。

元　龙字牧堂，江南华亭人。○牧堂兴化李氏，祖父迁华亭，名家子也。圣祖南巡献诗，命赋「山色有无中」，称旨，赐紫。初成诗取捷，晚岁自悔苦吟，存诗寥寥，故所收从略。

秋胡行

养蚕胜养儿，养蚕犹吐丝。养儿防亲老，而乃离庭闱。君怜采桑妇，不念桑榆人。桑榆景苦短，桑妇时悲辛。还君相赠金，请君断诸妄。君意在桑间，妾情非濮上。攀条谢郎君，倚门人久望。颜延年此题诗，详叙列女传，叙毕而止，秋胡之不孝自见；此浑括大意，明责其不能养亲，而秋胡之不孝弥见。颜诗妙在详，此诗又妙在简。

乞食

林间才定起，洗钵出门行。童子亦知善，设斋非爱名。说经酬饭价，回施合凡情。果腹便归去，寒山万木平。

楚　琛　字青璧，江南松江人。

西湖感旧

支筇两过采兰辰，十锦塘边已暮春。飘絮沾为苔面雪，落红踏作马蹄尘。当年白社惊谁在，此日青山似故人。遥望南屏峰顶路，绿萝庵畔绝无邻。

大　宁　字石湖，江南桐城人。

杂韵

峰顶屋三间，松边石一片。早晚雲飞来，只有樵夫见。

元　璟　字借山，浙江平湖人。○借山以诗受圣祖知，居京师久，后放归。丙午岁，与予遇于天宫佛寺，名流咸在。时炎月，借山裸裎指予曰："此即长洲沈生耶？"既出诗稾相质，为点出败阙几处，辄心服。别时整衣送半里外，知非一例傲岸者也。惠天牧学士不轻许人，向人每称借山，即诗品可知矣。

题屈翁山诗集

三闾有苗裔，流落海南滨。奇服纫香草，狂歌托美人。杜鹃心事苦，斑竹泪痕新。欲与重华语，青辞何处陈？

三忠祠 自注：陆秀夫、张世杰、文天祥。

播越无全业，艰危不顾身。厓山倾一旅，柴市接三仁。棋到残难算，金从炼后真。崇祠妥海角，岁岁荐香蘋。

一览楼

未放九峰舟，先登一览楼。天清鹤孤唳，地尽海东流。佛土由来净，神仙不易求。松风和梵籁，涤荡客中愁。

十月朔入会稽山平阳寺参寒泉老人

双眼平生隘八垓，江东法社半蒿莱。波光清泛耶溪曲，山色奇争委宛开。钟自万松阴里出，人随一雁影边来。须知水乳相投合，缒石磨砖挽不回。

蛟门

十丈帆张五两风，笑谈间已出蛟宫。两拳石束波争立，一隙门开天忽东。雲压鳌头蓬岛黑，日翻鱼眼柁楼红。平生夷险经曾惯，要吐胸襟浩荡中。与东坡泛海诗同一襟怀，乃偏出自学佛人，知不以禅寂自缚者也。

答徐文虎

伟长诗骨玉森森，顾我城南秖树林。入梦几人飞白凤，登台终古吊黄金。尘中岁月愁将老，霞外心期话自深。若得把茅灵谷近，瘦梅花底共清吟。

斥堠

五里与十里，一双复一只。送尽往来人，转似无情客。

卢沟桥

日色才分万众嚣，黄尘漠漠马蹄骄。题诗笑问桑乾水，曾有闲人过此桥。十四字中，写尽往来名利之客，不啻当头棒喝。

马家山

山脚山腰尽白雲，晴香蒸处昼氤氲。天公领略诗人意，不遣花开到十分。花取半开，诗意亦取不尽，此作者有得之言。

过杨铁崖故里

玉削群峰抱一村，甘泉如乳出雲根。负薪伐木扶犁叟，多是杨家十叶孙。此诗渔洋采入诗话。

大　汕　字石濂，浙江嘉兴人。

访梅谷和尚不值宿南涧寺有怀

入门不见鼓瑶琴，冷落苍萝满地阴。古树寒雲孤客梦，空潭明月故人心。猿飞绝壁窥孙確，鹤立高枝忆道林。一夜泉声来枕上，不知何处更追寻。

九日前一夕泊韶州逢陆丽京

十年重泛曲江舟，客路逢君感旧游。壮志不因谈剑得，馀生当为著书留。天涯细雨黄花夕，野岸疏灯白露秋。明发孤帆仍远别，南天凄绝旅鸿愁。

吴江访顾茂伦不值因寄

松陵寂寂草芊芊，雲掩茅堂一径偏。隔岸桃花开野渡，到门春水缆鱼船。黄冠应避秦时客，白眼空怀晋代贤。久立还思问童子，笛声吹散五湖烟。读颔联，令人神往三高祠畔。

睿

字目存，江南吴县人。○目存工画，山水花卉人物俱师法古人，南宗北宗兼善。当路荐入京师，旋以疾告归，方外中淡于荣利者。无诗稿，兹从画卷中采入。

题簪花图

莫摘秾香压鬓鸦，懒将时势斗铅华。他年得入维摩室，不许簪花许散花。图写张忆娘簪花，卷中题咏几及百人，独此首甚超。

然　修

字桐皋，江南长洲人。○桐皋诗笔清倩，蔡大将军延之京口，欲其渐次主讲席也。年三十馀殁，故诗稿不传。录其勒石金山一首。

金山

苍茫落日下藤萝，身在荆关画里过。飞去断云双白鸟，浴残寒浪一青螺。蕲王有庙疏烟冷，郭璞无坟乱石多。千古寂寥俱莫问，且听江月送渔歌。

岑　霁

字樾亭，江南长洲人。著有柏堂诗。〇上人将母柏堂，尽子道，喜读儒书，敦友生谊，盖隐于禅者也。诗品清澈无尘，远近名流争欲识其面。樾亭矽。吴中无诗僧矣。

贯华阁晚眺

轻飔起长林，疏钟应岩谷。一径度修篁，高阁散远目。江平帆去迟，树暗云归速。春江淡容与，寒花正芬馥。物情爱和煦，人意耽幽独。悠然酌山泉，夕阳下乔木。

柏堂对月和周昇逸

柏堂今夜月，云物不能侵。对此碧空净，闻君白雪吟。入帘明鹤髮，绕树见禽心。坐觉清言久，疏钟报隔林。

韬光寺

磴道盘纡上化城，松篁影里乱泉鸣。径堆黄叶行偏滑，钟过白雲声更清。带雨秋潮归海静，盘空山势到江平。道人尚有烧丹处，认得当年旧鼎铛。自注：有吕仙炼丹处。

西山道中

扶携笻竹上空亭，夹路长松不断青。千尺涧泉飞洞壑，百盘螺髻入高冥。人行乱叶雲迷屐，雁下寒芦雪满汀。空谷谁能继遗逸，移文应辱草堂灵。诗思清入骨。

自龙泉关过岭宿白雲寺

万丈雄关到始谙，空中斗插五浮岚。白雲僧下山头寺，黑雨龙飞石上潭。冰雪百层寒代北，波光一线认江南。闲身随处堪投宿，直上诸天是蔚蓝。

寻涧上先生故居

先民隐迹付寒烟，策杖相过一怆然。谷鸟飞鸣竹林外，山花开落草堂前，凿坏而遁名难晦，采蕨为粮世共贤。一曲山泉上沙出，何人溉灌种瓜田。是逸民，是遗老，伯夷、邵平一身兼之，诗品清绝。

露筋祠

沙草凄迷烟树昏，荒祠寂寞托贞魂。灵旗高卷秋风晚，惟有清淮照墓门。赋此题者多粘腻近腐，王渔洋以写景别行一路，为避俗也。作者同一写景，而意言之外，仍表其幽贞，故自耐人寻味。

蘋花

翠叶金花杂杜蘅，湘湖千里最知名。秋风飒飒过南浦，乡思无端一夕生。

德亮

字雪床，江南长洲人。〇此吾友树滋陈上舍弟也。出家后，豪气未除，能面斥人过，人以正理责之，亦拜而受。诗不多作，出语必欲胜人。

龙泉关

绝域龙泉限，横关鸟道开。塞雲昏客路，虎气伏山隈。风土犹三晋，人烟自五台。当年频设险，因忆出群材。沉雄无蔬笋气。

孤花

一点出尘绿，春情仍自深。香微怜土薄，开晚少人寻。雨渍犹堪赏，风吹略不禁。翛然苔石畔，谁为表孤心。极写孤字，形神俱有。

佛　旸　字旭昙，江南江都人。

月夜过雷塘道中

谁唱吴歌古渡头，一声清怨过迷楼。凄凉满地芦花月，撩乱连天鸿雁秋。寒树著霜犹是绮，废塘埋玉尚名钩。道人不为繁华感，午夜行吟别有愁。

德　晖　字潜谷，江南吴县人。

探梅

老恋绳床懒出村，偶携筇杖破苔痕。到来晴雪迷岩谷，卧入寒雲冷梦魂。目既成馀唯有笑，心当醉处欲忘言。一瓢此际真堪挂，拟剪茅茨覆荜门。王渔洋以苍雪僧「十日花开湖上路，半春家在雪中山」句采入诗话中，潜谷「卧入寒雲冷梦魂」，名隽正复不让。五六尤觉脱尽窠臼。

超　源　字莲峰，浙江钱塘人。○莲峰见知于世宗皇上，召入内廷，敕主吴中怡贤禅寺，一时尊宿也。而其诗揣摩王、孟，举释典玄妙融化出之，殊有空山冰雪气象。

题画

溪口有亭，岩边有屋，不见人归，空留雲宿。向度滕公岭有句云：「石屋不见人，惟留白雲住。」不意莲峰先得我心。

梦故友程风衣

春雨何淅淅，春雲更沉沉。程君已隔世，宵梦来相寻。自言身朽心不朽，象外风月皆吾友。从前胶扰海天空，只是泉台无美酒。斜阳烟柳门前溪，欲别不别重牵衣。寄语淮阴小儿女，我今野鹤同翻飞。

友人枉过开化寺

青眼多情客，携朋问暮秋。人同山共瘦，时与水俱流。黄叶迷村路，清风满寺楼。荒凉郊外景，肯向锦囊收。

题画

春浦风生柳岸斜，好山何处著人家。白雲遮断桥西路，不许渔郎问落花。渔郎问落花，韵事也。今云不许问，尤见其韵。

妙复

字天钧，江南无锡人。有石林吟稿。○天钧与荣道士洞泉、杜太史雲川结诗社，称九龙三逸。

兩鹤

昔年两白鹤，巢我青松林。夜寒时警露，众壑流清音。一鹤恋故栖，孑焉守雲岑。一鹤忽遐举，天路探幽深。神山境恍惚，浩浩谁能寻。惊飚吹未息，素羽愁难任。故林遥待汝，贞此岩阿心。作招隐诗读。

访山中禅友

晓爱山气清，晚爱山烟苍。日夕常在山，遂与山相忘。相忘忽相忆，忆我山中客。松扉轻叩声，或恐惊栖翼。

律然

字素风，江南常熟人。著有息影斋诗。○素风于诗友三五人外，不慕贵游，不储钵资，坐石经室几六十年，人品高，故诗亦不落禅门偈颂体也。柏太史蕴高许以「穆如清风，静若止水」，人共信之。

落梅

和风和雨点苔纹，漠漠残香静里闻。林下积来全似雪，岭头飞去半为雲。不须横管吹江郭，最惜空枝冷夕曛。回首孤山山下路，霜禽粉蝶任纷纷。

西斋小葺初成西洞露潸两先生见过赠诗次韵

锱庐不厌如蜗小，喜是轩窗两面开。种竹叶沾新雨露，移松根带旧莓苔。偏多白髮携筇过，尽放青山入座来。点检阶除忙未了，幽花野草按时栽。佳句。

悼鹤次蒋迪甫太史韵

病久胎禽剩瘦形，朝来羽化竟冥冥。孤情望断林间影，秃笔书残石上铭。苔径忽空新印迹，松巢忍见旧遗翎。高人从此添离索，哀怨还如失一丁。语语是悼。

元祚

字木文，湖广雲梦人。西洞庭山寺住持。著有鹤舟诗草。

从安节宓草昆仲乞写鹤舟图

我家住近黄鹤楼，门对青青鹦鹉洲。一朝巢破防倾卵，独鹤扁舟任远游。飘零奄忽三十载，几见桑田变沧海。细柳新蒲失旧观，惟有青山常不改。去年览古凤凰台，台上白雲难扫开。凤皇黄鹤遥相望，彼此茫茫招不来。浮生一梦真草草，秋月春花人易老。早知飘瓦本无情，何事从前愁不了。水田茅屋莫愁村，别有遗风古道存。采薇烹蕨从先志，头白相逢两弟昆。生性烟霞入骨髓，人爵之荣糠秕耳。胸中同有造化炉，写出真山与真水。夙世辞人兼画师，何须粉本求成规。意在笔先才落笔，坌涌元气何淋漓！我生爱画世无对，逢人索画如索债。凭君合写鹤舟图，渺渺胎仙水雲外。胸中堆阜，尽露纸墨，不得以枯禅目之。

独树堂散怀

得失吾何有？荣枯事尽删。神常游物外，名恐落人间。流水一声磬，夕阳数点山。闲身倚枯树，伫看鸟飞还。

棕竹新添杖，扶来步步安。浑如得老友，从此共盘桓。天地孤身在，冰霜白髮寒。一编写情性，只可自家看。

寄高澹游

卖尽青山说买山，高年正好学偷闲。洞庭尽有梅花屋，何不携家住此间。澹游工六法，故有起句。

明　印字九方，江南常熟人。吴中怡贤寺住持。

秋日过王冈龄山斋次韵赋答

良辰赴幽期，名园散清步。黄菊未辞秋，霜鸿正横曙。逍遥玩泉石，参差数药树。主人出卷轴，精力所凝注。六法韵俱流，五字神或助。把玩愧不如，爱极翻成妒。「我见犹怜，何况老奴」，妒极翻成爱也。此对面言之，一系佳人，一系释子，不禁粲然。

陟级已梯空，登兹江畔楼。取适那在高，聊足恣冥搜。虚檐仰晴穹，疏槛临平畴。西山送遥青，风前上帘钩。趣以淡为赏，情以忘转投。寒城送暝钟，一笑还淹留。

尤　埰字玉田，江南长洲人。著有担雲集。以下道流。〇玉田以道术擅名，后主康亲王邸，与诸大老唱酬，烟霞之气渐少矣。兹取芜城一章，系未之日下时所作。

芜城怀古

零落杨花帝业消，龙舟东下泛春潮。长堤帆影三千女，明月箫声廿四桥。金井寒泉无绠汲，玉钩香土有魂招。游人莫笑江都梦，赢得风流胜六朝。

俞　桐　字秋亭，江南长洲人。○秋亭以病入道，隐于画，馀事成诗，取自然，不求工也。赵秋谷每赏之。

渔父

身为渔父，志不在鱼。投竿直钓，悠悠江湖。钓不必得，得不求沽。烟霞为餐，天地为庐。弗愿独醒，颓然一壶。忘我忘天，浩歌可夫！视渔父答孙缅歌，所见尤高。

舟行

遥望炊烟处，桥阴断玉环。淡霞明到水，丛树远疑山。寂寞三春过，夷犹百里间。晚来随意泊，鸥鸟共溪湾。三四眼前语，雕镂者转或失之。○绀池僧「树色静疑山」，妙在静字，此「丛树远疑山」，妙在丛字。